U0115771

王水照文集

中国古代文章学研究

半肖居文史杂论

第八卷

北京大学毕业照

1960 年

"黄皮"《中国文学史》修改工作基本完成，师生合影

第二排左侧第四位起为教师吴组缃、游国恩、杨晦、林庚诸先生；
最后一排左起第四位为教师陈贻焮先生，第五位为王水照先生

1959 年 7 月 23 日

中国古代文章学国际学术研讨会合影

2009 年 4 月

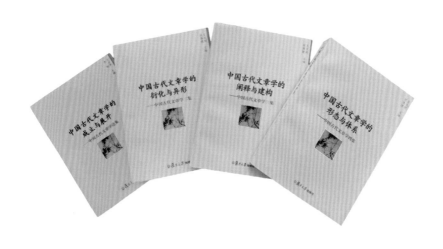

王水照先生主编"中国古代文章学四集"书影

复旦大学出版社，2011 年、2014 年、2017 年、2020 年

第八卷 整理说明

　　本卷收录《中国古代文章学研究》和《半肖居文史杂论》两种，均系第一次结集印行。前者纂辑有关古代文章学的论文十五篇，后者纂辑作者其他专书未收录的学术论文十四篇及所撰《中国大百科全书》词条十九则，主要集中于唐代文学、词学和文学史编撰等论题。

第八卷目次

中国古代文章学研究

1

半肖居文史杂论

中国古代文章学研究

文话：古代文学批评的
重要学术资源

　　文话，与诗话、词话一起，是中国古代文学批评的重要著作体裁，历来为研究者所重视。随笔体的诗话、词话和文话，均起源于宋代。欧阳修的《六一诗话》为诗话之鼻祖，作于宋神宗熙宁四年(1071)欧阳修致仕、退居汝阴时期；第一部词话应是杨绘《时贤本事曲子集》，约作于元丰初(元丰元年为1078年)，相距不到十年；今存第一部文话著作当推南宋乾道六年(1170)成书的陈骙《文则》，它也是我国最早的辞章学专著，实已不为说部性文话所限(说详下)；四六话则数王铚的《四六话》，成书于宣和四年(1122)，还在《文则》之前。自开山林，径途日辟，历元明清而作者继踵，典籍洋洋大观，汗牛充栋，因而汇编之丛书应时而生。诗话方面有清何文焕《历代诗话》(27种)、丁福保《历代诗话续编》(29种)；丁氏又辑《清诗话》(43种)，近人郭绍虞继辑《清诗话续编》(34种)。又有自署"不求闻达斋主人"所辑《古今诗话丛编》(33种)、《续编》(36种)。词话方面则有唐圭璋《词话丛编》(1934年初版60种，1986年修订版收入85种)。唯独文话丛编汇刊之举却告阙如，长期以来，引为学界一大憾事。《历代文话》的编辑出版，实为填补我国古籍整理方面的重大空白，对中国文学史、中国文学批评史、中国修辞学史、中国语言学史等学科提供基础的文献资料，也能对当前的文章写作乃至一般的文化发展发挥相当的作用。

　　上述《历代诗话》、《词话丛编》和本书(即《历代文话》)，分别为中国古代诗学、词学和文章学的研究、评论资料的汇编,所收范围并不仅限于随笔体、说部性质之"话",只不过"话"以其形式自由、笔致轻松而为作者们所喜爱采用,因而更较常见而已。从论"文"方面而言,自先秦至魏晋,评论、研究文章之风日盛,但零锦片玉,散见于学术论述和各自文集之中。现存最早的论"文"之独立专著,当推《文心雕龙》。其前之挚虞《文章流别志论》、李充《翰林论》、任昉《文章缘起》今均残佚。刘勰之书体大思周,笼圈条贯,其宗旨、其规模,实开后世文评的先声。然诗、文融而未分,其研究对象乃是"杂文学"整体。随着"文笔之辨"兴起,韵、散始区疆分界,文评亦渐趋独立。降至唐代,古文运动勃兴,"古文"概念在"骈散之辨"中始得确立。但其时论"文"之作,现存者均为单篇序跋书简;所著录之专书,如孙郃《文格》、冯鉴《修文要诀》、王瑜卿《文旨》、王贞范《文章龟鉴》、倪宥《文章龟鉴》等(见《宋史·艺文志》卷八),今皆佚失。

古文研究与批评之真正成为一门学科,即文章学之成立,殆在宋代。其主要标志在于专论文章的独立著作开始涌现,且著作体裁完备,几已囊括后世文论著作的各种类型:一是颇见系统性与原创性之理论专著,如陈骙《文则》,论述井然有序,体裁颇为严整,尤在修辞理论上更富开拓性。宋末人李淦《文章精义》以见解精当亦属此类。二即是具有说部性质、随笔式的著作,即狭义之"文话"。比之前类著作,内容广泛丛脞,大都信口说出,漫笔而成,于系统性、理论性有所不足。如周密《浩然斋雅谈》之卷上论文,以搜集遗闻轶事为主,兼及评骘文章优劣,形式自由,编次无序。楼昉《过庭录》仿此。《朱子语类》卷一三九《论文》亦可归入此类。三为"辑"而不述之资料汇编式著作。如王正德《馀师录》,杂辑前人论文之语,不加己意。张镃《仕学规范》之《作文》四卷,亦是如此。四为有评有点之文章选集。吕祖谦之《古文关键》首创古文评点之风,精选唐宋名家文,各标举其命意布局之处,卷首又列《看古文要法》,论述文章体式源流等;其门人楼昉《崇古文诀》踵事增华，扩大收文范围，点评别出新意；真德秀《文章正宗》以尚理为旨归，取径偏窄；宋末又有谢枋得《文章轨范》等。

此四类著作体裁成为后世文评著作的基本格式，未再出现新的品类，然亦有演变、发展。如第三类资料汇编式者，至明高琦《文章一贯》，始予前人论说材料类聚区分，纳入"立意"、"气象"、"篇法"、"章法"、"句法"、"字法"以及"起端"、"叙事"、"议论"、"引用"、"譬喻"、"含蓄"、"形容"、"过接"、"缴绪（结）"等十五子目，由"杂抄"进而为"类编"，规矩粲然，且体现编者一定的文论思想。此法又为后人所采用并加以损益变化。

由于上述种种情况，本书所收文评资料（专著和单独成卷者）便断自宋代开始。何况宋以前兼论诗文的《文心雕龙》已广为流传，不难研习；《文章缘起》已见本书所收之明陈懋仁《文章缘起注》；其他几种或残或佚。因此，收书始于宋代是较为合理的。

自宋以后，明清两代是我国文评之大繁荣时期。现存之文评著作，绝大部分产生于此时。林林总总，目不暇接，如明有宋濂《文原》、吴讷《文章辨体序说》、徐师曾《文体明辨序说》、王文禄《文脉》、王世贞《文评》、谭浚《言文》、朱荃宰《文通》等；清有黄宗羲《论文管见》、方以智《文章薪火》、顾炎武《救文格论》、唐彪《读书作文谱》、魏际瑞《伯子论文》、魏禧《日录论文》、张谦宜《絸斋论文》、田同之《西圃文说》、刘大櫆《论文偶记》、王元启《惺斋论文》、吴德旋《初月楼古文绪论》、叶元垲《睿吾楼文话》、曾国藩《鸣原堂论文》、刘熙载《文概》、孙万春《缙山书院文话》等，均为其中较为重要者。繁荣之局乃由多种因素促成，其中有二因更可强调：一是受时文（八股）兴盛之刺激与驱动。明清以八股取士，为应举士子开示门径之指南性读物应运而生；"以古文说时文"或"以时文说古文"成为一时风尚。二是流派纷呈，作家群体鹊起。如明代前后七子、唐宋派、竟陵派各为自己主张而著书立说，编纂评点本的文章选集，尤能扩大社会影响，归有光《文章指南》、茅坤《唐宋八大家文钞》即是著例;清代更是桐城一脉占据坛坫,其理论层次更高,辨析作法更细更精,自方苞、刘大櫆、姚鼐,中经曾国藩承源异流之湘乡派,以迄出入桐城之吴汝纶、林纾等人,各有建树。林纾《春觉斋论文》等应是传统古文理论的总结。

以文评著作为主要载体之我国古代文章学,内涵丰富复杂,却自成体系,最具民族文化之特点。举其荦荦大端,则有(一)文道论,即论文之根本与功能,属本体论范畴。《文心雕龙》首举原道、征圣、宗经,影响深远,既突出经世致用之意义,又因维护阐道翼教功能与重情、审美相冲突,对散文发展的作用,巨大、深刻而又正负兼具。(二)文气论,关涉作家之涵养、写作准备及"气"在作品中之表现。(三)文境论,包括境界、神、味等诸多文论范畴,探求作品的艺术灵魂与审美核心的构成。(四)文体论,论析文章各体之发生、规范与特点,文体流变过程中之正、变之辨。(五)文术论,有关写作技巧、手法之多方面探讨,以及"有法"与"无法"关系的研究。(六)品评论,评析作家作品之优劣得失及其各自特色。(七)文运论,研究文章之历史演变、流派发展等。此外,还包括作家行迹及其轶事等生平背景研究,以及考订、辨析、辑佚等文献方面的内容。以上即是我国文评著作内容的大致构成。其对散文功能的深入研讨,散文艺术的真知灼见,散文技法的全面阐发,其所蕴含的思想、智慧与艺术经验,足以启迪来者,于进一步发展、完善我国文章学具有重大价值,是一份珍贵的文化遗产。研究中国古代文章学,重新发掘和认识中国文学思想和审美观念的传统特点,还能促进当代中国文化的建设,增强中国文化自身的凝聚力以及在世界文化中的影响力和竞争力,意义不容低估。

文评著作以论析古文为重点,但也涉及骈文、时文与辞赋。魏晋六朝骈文兴盛,光耀文坛,却导致片面追求辞藻、用事、对偶、声韵之美,唐代古文运动起而反拨,终成对垒之局。但古文家随即从反骈重散走向骈散统一，韩、柳、欧、苏的创作与理论均兼融骈散，不少四六话著作亦力主两者互摄并收的观点。虽亦有以骈文为文章正宗之说，但不占主导。宋代出现一批专论四六的专著，如王铚《四六话》、谢伋《四六谈麈》、杨囷道《云庄四六馀话》；至于洪迈的《容斋四六丛谈》，乃是后人从其《容斋随笔》中摘抄而成，俨然成一独立论著。清人孙梅《四六丛话》则是集成性著作。论及时文之著作，纯为应试场屋服务，车载斗量，泥沙俱下，佳构颇少。但其研讨时文作法时，亦有与古文写作潜通暗合之处，不可一笔抹杀。明李叔元编《新锲诸名家前后场肆业精诀》，清梁章钜编《制义丛话》等，均有精言要语，不为举业所拘。辞赋介于诗、文之间，从先秦骚赋、两汉大赋、魏晋南北朝抒情小赋、唐代律赋至宋代文赋等，往往伴随同时代主要文学样式的更迭变化而变化。论赋之专书，以元祝尧《古赋辨体》为较早；明清时期又进入繁荣期，一时出现《历代赋汇》、《七十家赋钞》、《赋钞笺略》等大型赋选总集，也产生一批论赋著作。如清人李调元《赋话》、王芑孙《读赋卮言》、刘熙载《赋概》，或以博综资料见长，或以见解允当取胜。本书限于体例，酌收论骈文和时文的著作，但论赋之作暂不阑入。

　　文评著作，在充分估定其价值与意义的同时，也应认识到它的局限与不足：一是繁冗，一是重复，这是两个相当突出的缺点。我国可能是世界上最重视文体分类研究的国家。西晋挚虞的《文章流别志论》、东晋李充的《翰林论》以及梁代任昉的《文章缘起》都是从文体论角度来论文的；《文心雕龙》在某种意义上也可称为文章文体学专著，刘勰在分类标准、源流演变、体制风格特点、选文示范等方面，建立了颇为严密的文体论体系。自任昉分 85 体（今本作 84 体）、《昭明文选》分 37 体，刘勰分 33 大类（又分不少细类）以来，后世此类著作层出不穷，推阐越加细密，乃至颇呈繁冗之弊。明吴讷《文章辨体》和徐师曾《文体明辨》，前者分 59 类，后者分 136 类，贺复徵继又增修而成

《文章辨体汇选》，亦达 132 类，陈懋仁《续文章缘起》竟达 149 类。诚如《四库全书总目》卷一九二评《文体明辨》时所云："千条万绪，无复体例可求，所谓治丝而棼者欤！"后又有人自博返约，加以归纳合并，正是文体论发展的必然。如姚鼐《古文辞类纂》划为 13 类，曾国藩《经史百家杂钞》分为 3 门 11 类等。然而同时又有人坚持以细分详列为能事，如王之绩《铁立文起》分 109 类，王兆芳《文章释》多达 143 类。在研讨为文之"法"方面也时有此弊。不少文评著作又表现出"辑"而不述的著作宗旨，其书实为编撰而非严格意义的论著，因而存在着陈陈相因、转相抄录的现象。

繁冗和重复都派生于这类著作的"尚用"这一撰写动机。为指导初学者入门，加强操作性、实践性，因而其性质偏重于写作学，而非古文理论与批评之系统化，于是毛举细末，纤悉无遗，强立名目，稗贩蹈袭，不一而足。然而，入门书中也不乏精到深微的艺术见解，示人以创作所应遵从的法度，并不完全等同于强人入牢的固定套式，这是需要细心辨别、不可一概否定的。而重复称引，从文章学史的角度来考察，某书或某类书被称引频率的多寡，适足以判定该书被接受度之广狭、深浅，以及时间的久远与短暂，从中还可研究各代文风的趋尚，这也是一个很有意义的题目。如在明清两代汇编类著作中，陈骙《文则》、李淦《文章精义》、陈绎曾《文章欧冶》等或许是被引用最为频繁的著作，对说明其价值、意义和影响，是很有说服力的。当然，繁冗意味着系统性、理论性的不足，重复则无疑是原创性、开拓性有缺。面对前贤这笔丰富的文化遗产，其时度金针，指途识津，探幽阐微，张皇幽妙处，已尽著述之职；而取舍斟酌、自具只眼为我所用，则责在后人了。

《四库全书总目》卷一八六总集类序云："文籍日兴，散无统纪，于是总集作焉。一则网罗放佚，使零章残什，并有所归；一则删汰繁芜，使莠稗咸除，菁华毕出，是固文章之衡鉴，著作之渊薮矣。"此论"总

8

集"编纂的两个原则，即"全"与"精"，对编纂《历代文话》也有启示作用，即既求其全面性，凡属重要的、有代表性的著作，应该做到"应有尽有"；同时，针对现存文评著作的复杂面貌，亦应稍作别择，应该做到"应无尽无"。这两个标准在实际操作时会产生矛盾，这只能权变斟酌用之。资料汇编书籍本宜不厌其"繁"，故于后一点更需从严掌握。本书今收录专书和单独成卷之文评论著共143种，大致能达到集散见著述为一编的要求。

资料是研究的基础和前提。这些论著虽不是文评资料的全部（尚有大量序跋、书信、评点等），但将对有关学科的研究起到重要作用。传统古文理论的价值判断与"五四"前后新旧文化的冲突关系至巨。文言、白话之争，实质上是新旧两种文化之争。这在新文化运动策源地的北京大学，两军对垒之势更是形同水火，如收入本书的林纾《春觉斋论文》、姚永朴《文学研究法》、刘师培《汉魏六朝专家文研究》等都首先作为北京大学的讲义、教材问世，这在后来也任教于北大的陈独秀、胡适、钱玄同等人心目中，无疑正代表了"桐城谬种"和"选学妖孽"。而林纾更是自觉地站到了新文化运动的对立面。几经较量过招，林纾等人终于败下阵来。他们是这场斗争的失败者，这是历史的定谳，不能翻案也没有必要去翻这个案。但是，林纾等人的文评著作却随之遭到不应有的贬低，甚至整个中国古代文章学的地位也受到了影响。然而，当我在编定本书目录最后部分时，突出地发现"五四"前后出现三十种左右著作，都是我国文评发展史上的最重要成果。或许如有的学者所说，他们在文化上只是代表过去，而不像王国维那样能导示未来。此论虽不无道理，然而文化上的守先待后者与开风气之先者，实不能截然分开。如林纾本人的两大文化工作，即大量引进西洋小说和"力延古文之一线"（《送大学文科毕业诸学士序》）之间，果真新旧划然、彼此绝无潜通暗接之处吗？为中国近现代文学打开面向世界窗口的"林译小说"，实际是林纾为了表明西洋小说"处处均得古文文法"的产物,尽管其文言译文算不得他心目中的真正"古文"(参看钱锺书《林纾的翻译》,见《七缀集》),新与旧,有时候是相反相成的。本书录入的林纾、刘师培的各三种文评,名言要语,精彩纷呈,其对散文艺术的抉剔推阐,达到相当高的境界,其中不少内容是可以成为建立现代文章学的思想资源的。王国维在词学中创"境界"说(《人间词话》),被认为具有新的文学、美学观念,林纾在古文研究中也提出"意境"为"文之母"即文之艺术核心的见解(《春觉斋论文·应知八则·意境》),两者相通而呼应。姚永朴《文学研究法》和现时尚不受学者重视的王葆心《古文辞通义》、来裕恂《汉文典·文章典》等,则以体系宏大、论述周全、首尾贯串而优入现代著作之林,其中亦有借镜国外尤其是日本修辞学理论之处。陈康黼《古今文派述略》、胡朴安《历代文章略论》、陈衍《石遗室论文》均具有初步的文学史发展观念,可视作最早的"中国散文史"之雏形。吴曾祺《涵芬楼文谈》、唐恩溥《文章学》,直至褚傅诰《石桥文论》、陈怀孟《辛白论文》、刘咸炘《文学述林》等亦有可圈可点的地方。值得一提的是唐文治这位著名的古文教育家,近代江南文史名家多出其门,他所潜心撰著的《国文经纬贯通大义》等,提出44种古文作法,虽不免分类过细、求之过深,但其倾力玩索,细心揣摩的努力,在古文创作论上自有别具一格的贡献,似亦应引起研究者的注目。在对"五四"进行反思的热潮中,从文章学角度进行再研究与再探讨,看来也是有必要的。

本书是对文章学资料初步系统的搜集与整理,颇有一些传本较为稀见。例如从东瀛采入六种,即陈绎曾《文章欧冶》、曾鼎《文式》、高琦《文章一贯》、王世贞《文章九命》、王守谦《古今文评》、左培《书文式·文式》等,可以对中国散文史的认识提供一些新的视角。陈绎曾《文章欧冶》以及他的《文说》、《静春堂诗集后序》等诗文评论著作,确立了他在中国文学批评史上的历史地位,即元代诗文批评领域中重要的,甚至是第一位大家。由于《文章欧冶》国内仅存的两个本子不易阅览，对陈绎曾的评价目前似有不足。高琦《文章一贯》亦颇重要，但国内不少学术专著只能依据转引的节本予以研究和评价，令人不无遗憾。王守谦《古今文评》等不仅中土久佚，且从《古今文评》在日本翻刻而一度受挫中可获知彼邦文派斗争的消息。王世贞《文章九命》，国内不乏传本，我们之所以采用"和刻本"，是因为从日人所作的序跋中可了解它在日本流布、接受的情况。至于采自国内各藏书单位的书籍，亦多有一些未经研究者使用过的。例如庄元臣《庄忠甫杂著》二十八种似颇罕觏，今从北京国家图书馆藏本中入录《论学须知》、《行文须知》、《文诀》三种。作者强调"文，心声也"，认为"天下至文""本乎自然"，应是无思无饰之文，于散文写作艺术多有自己见解。《论学须知》大都引苏轼之文为例证来说明其理论主张，不啻为苏轼散文研究之专著，值得苏轼研究者参酌。但对通行本也需作具体分析，如《四库全书》本历来颇受版本学家的质疑，我们经过仔细比照，发现多种文话却以四库本为优，因而仍选作底本，并分别说明入选之由。

（本文为《历代文话》的前言，原载
《四川大学学报》2005 年第 4 期）

三个遮蔽：中国古代文章学
遭遇"五四"

　　回望已矗立整整 90 年的"五四"历史丰碑，再来观察中国古代文章学的曲折命运，探索这一目前尚处边缘化学科的发展新路径，虽仍充满迷惘和困惑，却更能激发起我们学术承担的责任感和使命感。

　　发生在 20 世纪初我国社会大转折时期的"五四"运动，既是救亡图存的爱国运动，又是提倡民主、科学、自由、平等的新文化运动。作为新文化运动重要的两翼，新文学运动和白话文运动，以摧枯拉朽之势席卷神州大地，对中国古代文章学的生存、衍化产生了直接的影响。参加"五四"当天游行的中坚人物罗家伦很早提出"五四运动"的名称，他可能还未意识到这将成为一个历史名词，更没有想到"运动"一词如何准确地反映出这一历史事件的全部复杂性：它的气吞山河的声势，对改变社会发展的方向起到了巨大的作用；它的顺存逆亡、睥睨一世的气概，又不免玉石俱焚、泥沙俱下。"矫枉过正"，原义指矫正错误、缺点时，不要超过"度"；这时却成了"矫枉必须过正，不过正不能矫枉"。激进的反传统姿态在"五四"时期如此显眼，广涉一切领域，以至于现代中国的所有学问，都必须从抛弃传统开始，这当然就为中国古代文章学唱起了挽歌。然而，从历史进程的总体而言，"五四"新文化运动又担负着近代以来中国传统学术向现代形态转型的任务，而且，如果相信许多当事人的事后说明，承认他们的某些过激言论是出于策略性的考虑，那么完成传统学术的现代转型才是真正的目标。在此意义上，我们可以检讨"五四"的观念和策略给中国古代文章学学科建设带来的一些负面作用，曰三个"遮蔽"。

一

第一个"遮蔽"，文言文被白话文所代替，文言文所蕴含的中国民族文化深厚积淀未能被充分揭示和强调，中国学术文化的本土化追求受到忽视，阻断了中国古代文章学的建构过程。

"五四"以后，白话文取代文言文成为通用的书面语言，这本是历史发展的必然，更是中西文化激烈碰撞、融合的产物。早在光绪二十四年(1898)，第一份白话文报纸《无锡白话报》创刊，其主编裘廷梁同年在《苏报》上发表《论白话为维新之本》一文，明确提出"崇白话而废文言"的口号。1917 年，胡适、陈独秀等发动了轰轰烈烈的新文学运动和白话文运动，明言白话为文学的正宗，要以白话文取代文言文，白话文应是通用书面语的唯一工具。

语言是思想的直接显示，人对世界的认识无不受语言的左右。为了适应急剧变化的社会现实生活，表达人们的思想感知，必须变革语言。语言变革是一切思想、文化乃至文学变革所必需的前提。因此在"五四"那两年，白话报刊多达 400 种，犹如雨后春笋般纷纷涌现，极大地推动了文化知识的普及，适应时代发展的潮流。其历史正当性是毋庸置疑的。

然而，"运动"有自己的展开形态，有特殊的作派方式，它不会也不可能按照一个预先设定的步骤、方针循序循理循情推进，一切都在激进主义的刺激之下，其负面作用伴随而生。

陈独秀《文学革命论》"大书特书吾革命军三大主义"，将中国传统文学斥为"贵族文学"、"古典文学"、"山林文学"，必须一概"推倒"，而把建设"国民文学"、"写实文学"、"社会文学"，作为文学革命的目标。他在这篇讨伐传统文学的檄文中,历数明代前后七子与八家文派之归(有光)、方(苞)、刘(大櫆)、姚(鼐),捆绑成"十八妖魔"作为"宣战"的主要对象,其结语更是耸动天下:"有不顾迂儒之毁誉,明目张胆以与十八妖魔宣战者乎? 予愿拖四十二生的大炮,为之前驱!"①此"四十二生的大炮",指威力震动当时的德国制 42 厘米口径的克虏伯火炮,这是在思想文化领域运用"炮打"一词的先例。

钱玄同在 1917 年 7 月 2 日致胡适信中,提出了"选学妖孽,桐城谬种"的口号,对"古文"作了更激烈、更彻底的攻击,将古文斥为文化暴政的工具,致"二千年来的文学被民贼和文妖弄坏"②。进而,他又从打倒文言发展为打倒汉字,说:"二千年来用汉字写的书籍,无论哪一部,打开一看,不到半页,必有发昏做梦的话。"③

新文化运动的中坚人物,也并非不知他们的主张有过激之处。胡适在提出著名的"不用典"、"不用陈套语"、"不用对仗"等"八不主义"后说道:"以上所言,或有过激之处,然心所谓是,不敢不言。"而且还容许与对方做"平心静气"的讨论:"此事之是非,非一朝一夕所能定,亦非一二人所能定。甚愿国中人士能平心静气与吾辈同力研究此问题! 讨论既熟,是非自明。吾辈已张革命之旗,虽不容退缩,然亦决不敢以吾辈所主张为必是而不容他人之匡正也。"④在答汪懋祖的"通信"中,胡适一再强调:"主张尽管趋于极端,议论必须平心静气。"并以此定为《新青年》"将来的政策"⑤。连蔡元培也不得不承认:"然革新一派,即偶有过激之论,苟于校课无涉,亦何必强以其责

---

① 陈独秀《文学革命论》,《新青年》第 2 卷第 6 号,人民出版社影印本,1954 年8 月。
② 钱玄同致胡适信,《新青年》第 3 卷第 6 号"通信"栏。
③ 钱玄同《中国今后之文字问题》,《新青年》第 2 卷第 4 号。
④ 胡适致陈独秀信,《新青年》第 3 卷第 3 号"通信"栏。
⑤ 胡适致汪懋祖信,《新青年》第 5 卷第 1 号。

任归之于学校耶？"①

　　胡适对于自己追求的目标，认识尤为清醒。他对作为通用语的"白话"和作为古代文学、文化载体的"文言"，有着明确的区分。他认为中国人用白话文、在学校中用"国语"做教科书，"这是一个问题"；而"古文的文学应该占一个什么地位"，"我们研究文学的人是否应该研究中国的旧文学"，"这另是一个问题"。此与陈独秀文学"革命军三大主义"显然异趣。胡适还具体主张，高等小学可以"另加一两点钟的'古文'"，中学堂"'古文'与'国语'平等"，大学则"'古文'的文学成为专科，与欧美大学的'拉丁文学'、'希腊文学'占同等地位"，"古文文学的研究，是专门学者的事业"，这是他 1918 年 8 月 14 日在白话文运动尚处高潮时答复一位同乡时所表达的意见②。

　　然而，这种理性的态度并没有在革命阵营中占上风。陈独秀回答胡适信中写道："天经地义，尚有何种疑义必待讨论乎？""是非甚明，必不容反对者有讨论之馀地，必以吾辈所主张者为绝对之是，而不容他人之匡正也。"③手握"绝对之是"，横扫一切。

　　无论是陈独秀、钱玄同，还是胡适等人，无一不是中国传统文化涵养深厚的人物，钱玄同是"章门"弟子，陈独秀对"小学"造诣亦深，胡适更是一代文史宗师。他们当时的立场和态度，一方面为社会情势所迫使，中国自戊戌变法、辛亥革命以来的所有革新几乎都失败了，而在他们提倡改革之初，社会反响冷落，于是采取"王敬轩"双簧手法，"引蛇出洞"，以期引起人们的注意；另一方面，也由于论战双方意气用事，恶言相向，彼此都有将对方"妖魔化"的倾向。陈独秀提出"十八妖魔"，林纾就作小说《荆生》《妖梦》，新派人物或被"伟丈夫"

---

① 蔡元培《致〈公言报〉函并答林琴南函》，《蔡元培全集》第 3 卷，浙江教育出版社 1997 年版，第 576 页。
② 胡适《附答黄觉僧君〈折衷的文学革命论〉》，《新青年》第 5 卷第 3 号。
③ 陈独秀致胡适信，《新青年》第 3 卷第 3 号"通信"栏。

15

荆生毒打,或竟被阿修罗王"全部吃掉";钱玄同作"王敬轩书","敬轩"即影射"畏庐",林纾即在小说中采用同样的诡名托姓的手法。"荆生"原指经生,林纾有自喻之意,此点《新青年》同仁也心知肚明,但不久转口指为徐树铮,谓林纾欲借其军政权力迫害陈独秀等人,这些都使他们本人后来自感尴尬,纷纷悔恨。

"五四"文学革命和白话文运动在历史的吊诡中毕竟取得了成功:开启了中国现代文学的进程,白话文成为通用书面语言。而其所反对的"三种文学"并未"彻底"消灭,"八不主义"也无法兑现,古典诗词仍在各种中国文学史中雄踞重镇,学术研究正常开展,取消汉字的努力劳而无功,或将被证明为永无实现之可能的空想。受害最深、被打击最重的就是文言文及以它为根基的中国古代文章学学科,长期处于边缘化地位。先由当时政府明令全国小学一律废除文言文教科书,继而白话文成为"国语"的代名词,文言文则标志着落后与腐朽,其影响直至今天。蔡元培在《致〈公言报〉函并答林琴南函》中,曾反驳北京大学"已尽废古文而专用白话"之谰言,主张"白话与文言,形式不同而已,内容一也"①,为古文保留一块地盘,于学理上也无懈可击,但他的观点,直到20世纪80年代出版的大学教材中,还被认为存在"较为严重的思想局限",表现出"白话文运动所具有的那种软弱性和妥协性",足证中国古代文章学发展所遭遇的严重困境,已经成为必须纠正和加强的课题,这对于中国文学史、中国文学批评史而言,是具有全局性的。

汉文字、汉语言、汉文体是最能体现中国文学民族特色的三个因素,可为今后的文学史书写提供开拓创新的巨大空间。文言文即古代汉语的书面化形态,其书写文本即文章。日本学者吉川幸次郎在其名作《中国文章论》中,开篇第一句话即说:"在中国人的意识里,做

---

① 蔡元培《致〈公言报〉函并答林琴南函》,《蔡元培全集》第三卷,浙江教育出版社 1997 年版,第 574—575 页。

文章——即把想用语言表达出来的东西用文字写下来——是人间诸生活中最重要的事情。……由此而来的结果,文章作为人格的直接象征,在中国人的生活中,至少在已往的生活中,占有着极其重要的位置。"①此文对中国文章的两大特点即暗示性与装饰性,做了精到的分析,直到今天,我们在中国古代文学研究中还存在语言分析缺席化的情况,此文不失示范性。他在《中国散文论》一书的自序中还说:"借助修辞而达到高层次的语言,是中国文学史上的显著事实。这一情况使得中国过去的文学在世界文学史上具有重大而且恐怕也是珍贵的意义。"②离开语言分析,离开文章写作,所谓中国古代文学史的民族特点,所谓中国文学史的世界性地位,将无从谈起。

　　精通外语者可能从异质语言的对比中,更能体悟到汉语尤其是古代汉语、文言文的民族特点和无穷魅力。吉川幸次郎是身为外国人而研究汉语,而这在精通外语的国人中也不乏其例。

　　文化怪杰辜鸿铭是一位精通十国外语的奇才,他在《中国语言》中说道:"汉语是一种心灵的语言,一种诗的语言,它具有诗意的韵味,这便是为什么即使是古代中国人的一封散文体书信,读起来也像一首诗的缘故。所以,要想懂得书面汉语,尤其是我所谓的高度优雅的汉语,你就必须使你的全部天赋——心灵和大脑,灵魂和智慧的发展齐头并进。"③他所谓"高度优雅的汉语",也就是吉川幸次郎所说"借助修辞而达到高层次的语言",无疑主要是指文言文,它积淀了中国文化之魂、之根,由于受到"五四"的打击影响,我们现代人对它的体认实在甚为肤浅,远未达到前辈的水平。另一位外语奇才就是钱

---

① 　王水照、吴鸿春编选《日本学者中国文章学论著选》,上海古籍出版社 1994年版,第 259 页。
② 　参考上注所揭书序言。
③ 　辜鸿铭《中国人的精神》,黄兴涛、宋小庆译,海南人民出版社 2007 年版,第91 页。

锺书先生,杨绛先生如此解释钱氏在解放前夕"不愿去父母之邦"的原因:"一个重要的原因是他深爱祖国的语言——他的 mother tongue,他不愿用外文创作。"①这里的"祖国的语言",自然包括古代汉语。对我国古代文章,无论散体还是骈体,钱先生从早年学术发轫时期起,就寝馈日深,含玩日久。早在清华求学时,他在给父亲的一封信中就论述过骈体文的起源问题:"汉代无韵之文,不过为骈体之逐渐形成而已",具体而言,由辞赋变而为骈体,其机制是"错落者渐变而为整齐,诘屈者渐变而为和谐;句则散长为短,意则化单成复",并指出"汉赋之要,在乎叠字;骈体之要,在乎叠词"。他还提出了"骈文定于蔡邕,弘于陆机"的论断,予以深入阐释②。这不奇怪,他来自清代骈文故乡常州,自幼耳濡目染,感受风会。正如他自己所说:"不才籍隶常州,骈文为吾乡夙习,少而好之,熟处迄今(指 1983 年)未忘。"③至于古代散体文,他特别拈出"家常体"一脉,从魏晋文章到六朝之"笔",笔记小说,再到宋人题跋、明清小品,其特点是"不衫不履得妙",与另一脉正统文之"蟒袍玉带踱着方步"者异趣。前一脉为"小品文",后一脉他戏称为"极品文",指"官居极品"之"极品",文有"纱帽气"④。这些他大学时代的"少作",已表示出他对我国古代骈、散两体文的倾心关注和衷心赏会。"文言文"是我国一宗珍贵的民族文化遗产,并不因退出通用书写的舞台而失去它的价值和魅力。

二

第二个"遮蔽","杂文学"观念被"纯文学"观念所代替,无法真正

① 汤晏《一代才子钱锺书》卷首影印手迹,上海人民出版社 2005 年版。
② 钱锺书《上家大人论骈文流变书》,《光华大学半月刊》1933 年 4 月。
③ 朱洪国选《中国骈文选》卷首影印手迹,四川文艺出版社 1996 年版。
④ 钱锺书《近代散文钞》,《新月》月刊第 4 卷第 7 期,1933 年 6 月 1 日。

把握中国文学史的民族特点，满足中国文学史主体性的追求。

鲁迅曾指出，新的文学观念"是从日本输入，他们对于英文literature 的译名"①。依据他的提示，我们在 1904 年开始编写的黄人《中国文学史》第四编"文学的起源"第一节"文学的定义"的"文与文学"小节中，果然看到黄人写道："日本太田善男所著《文学概论》第三章第一节云：文学者，英语谓之利特拉大（literature），自拉丁语 liter 出，其义为文典，为文字，又为学问，次第随应用而变。"②而太田善男的这一说法，以及对"文学特质"的具体讨论，他均直接引用烹苦斯德（今译朋科斯德）等多位西方学者的著述，黄人的这一"文与文学"小节的内容，几乎全袭自太田氏《文学概论》，"太田善男的著作充当了黄人移植或吸纳西方文学观念的'中间驿骑'之角色"③。

由此看来，中外对"文学"的概念，都有广狭两义，真所谓"东海西海，心理攸同"，但西方较早地完成学科现代化的过程，形成对"文学"的相对明确定义，使其从混沌一片中初步分离出来；而我国在"五四"时期传统学术转向现代学术以前，虽然从魏晋时期起也开始这个分离过程，即世称"文学自觉时代"，却始终并未走出"杂文学"观念的笼罩。这不是我国古代文学的落后或缺点，恰恰是我们应予充分重视并加以深入阐释的民族特点。

"中国文学史"一语可以有两种读法："中国的文学史"和"中国文学的历史"。前者与英国文学史、法国文学史等，具有同一个"文学史"概念，不同的只是国别；后者与其相同的只是"史"，只要求符合史

---

① 鲁迅《且介亭杂文·门外文谈》"七、不识字的作家"，人民文学出版社 1993 年版，第 87 页。
② 黄人《中国文学史》第 3 册，国学扶轮社本。
③ 陈广宏《黄人的文学观念与 19 世纪英国文学批评资源》，《文学评论》2008 年第 6 期。

书写作的共同规范，而"中国文学"作为一个独立概念，可以而且应该不同于其他国别的"文学"概念，其内涵和外延有所差别。

"杂文学"就是这样一个能够体现中国民族特点的概念，可在现代文学理论的观照下，对其重新阐释和评价。"中国文学"不是一个凝固不变的概念，它有一个动态的发展变化过程，从文史哲三位一体中逐渐分野的过程。中国文学史应该描述出"文学"从其他文类中剥离、分疏的轨迹。

例如"文"与"史"即文学与历史著作的分离过程。司马迁自我标举"究天人之际，通古今之变，成一家之言"（《报任安书》），从现代观念看来，表达的是一种哲学、历史和文学融为一体的文化理想，因而《史记》的基本定性虽然是历史著作，但也可以看作文学作品，正如鲁迅所言："史家之绝唱，无韵之《离骚》。"（《汉文学史纲要》）但在班固《汉书·司马迁传》的"赞"语中，他引述汉人刘向、扬雄的话，赞扬司马迁"有良史之才，服其善序事理，辨而不华，质而不俚，其文直，其事核，不虚美，不隐恶，故谓之实录"。这个赞语，与其说是对《史记》的具体评论，不如说是他们对一切历史著作的核心特性即"实录"精神的强调。因为《史记》一书，在在体现出文学笔法，不乏想象、虚构，叙事并非全"核"，语言风格多姿多彩，因为作者是将"没世而文采不表于后"引为可"鄙"的（《报任安书》）。事实上，《汉书》以后的纪传体史书，文学色彩逐渐淡化。至唐刘知幾《史通》出，对史书的宗旨、体例、笔法探讨更为深入，规定日趋严格，尊体意识日益自觉。他在《史通·叙事》中，强调"叙事之工者，以简要为主"；虽然"史之为务，必藉于文"，史与文有着不可分割的关系，但他更突出两者在体制上的区别：历史著作必须忠于史实，绝不能"虚加练饰，轻事雕彩；或体兼赋颂，词类俳优；文非文，史非史"。在《杂说上》中，他甚至不满司马迁叙事的委曲复沓，对刘向、扬雄推崇司马迁"善叙事"表示异议："按迁之所述，多有此类，而刘、扬服其善叙事也何哉？"①在他看来，文是文，史是史，虽有关联却应分疆划界，不容混淆。在这部我国现存最早的史学理论名著以后，文、史之别的观念基本定型。

然而，仍有文学因素"侵入"历史著作的个别事例，这就是一人同时兼修官、私两种史书的欧阳修。他在刘知幾之后，又在官撰史书已经制度化的环境里，但其执笔修撰的《新唐书》本纪等部分，是一副笔墨；而在独撰的《新五代史》中，又是另一副笔墨。大量虚字的运用，尤其是发论必以"呜呼"始，标志着这部史书对个性化和抒情性的强烈追求，突破了史书体例的规范，体现了他独特的"六一风神"散文风格。宋张九成云："人言欧公《五代史》其间议论多感叹，又多设疑。盖感叹则动人，设疑则意广，此作文之法也。"②而章学诚作为一位严肃的文史学家，则一再批评欧阳修的《新五代史》。他说："欧阳名贤，何可轻议？但其《五代史记》，实无足矜。"③"虽有佳篇，不越文士学究之见，其于史学，未可言也。"④甚至说《新五代史》"只是一部吊祭哀挽文集"，作为史书，体例不纯，"如何可称史才也"⑤。张、章二人各从"作文"和"作史"的不同角度作出褒贬迥异的评价，也说明文学从史学中剥离过程的曲折和反复。《新五代史》保持了更多的文学因素，与司马迁《史记》可谓异代承流接响。

"文"与"哲"即文学与哲学著作的分离过程，情况相类，且基本同步。我们可以从历代史志书目的编纂中看出这一趋向。我国第一部史志目录是班固的《汉书·艺文志》，他在刘向、刘歆父子《七略》的基

---

① 刘知幾《史通》卷六，四部丛刊初编本。
② 王构《修辞鉴衡》卷二引《张横浦日新》，《历代文话》第 2 册，复旦大学出版社 2007 年版，第 1209 页。
③ 章学诚《史学例议上》，《文史通义·外篇一》，上海古籍出版社 1956 年版，第 232 页。
④ 章学诚《上朱大司马论文》，《文史通义·补遗》，同上，第 345 页。
⑤ 章学诚《信摭》，《章氏遗书》外编卷一，民国嘉业堂本。

础上，把当时所存图书分为六艺、诸子、诗赋、兵书、数术、方技六类，标志着对学科分类的初步觉醒。后经三国魏郑默《中经》、西晋荀勖《中经新簿》等发展，至东晋李充正式提出四部之说，"五经为甲部，史记为乙部，诸子为丙部，诗赋为丁部"，后世遂演变为"经、史、子、集"四部，直至清《四库全书》，长期遵循，至今影响不衰。"集部"从"经部"、"子部"中分离出来，可以粗略地视为"文学"与"哲学"的初步分野。萧统《文选序》："老庄之作，管孟之流，盖以立意为宗，不以能文为本：今之所撰，可以略诸。"姚鼐《古文辞类纂序目》分论辩、辞赋等十三类，他明确说："自老庄以降，道有是非，文有工拙，今悉以子家不录，录自贾生始。"①他们对文学与哲学的分科意义，都有相当的自觉，"立意为宗"与"能文为本"更是用语简省、意味深永的分界定义，尽管他们对《老子》、《庄子》、《孟子》的"能文"、"工文"的评估有待商榷。

以审美价值为核心，重形象、重抒情的西方"纯文学"观念的传入，已为 20 世纪初国人开始编写的各类《中国文学史》所接受，编撰者们纷纷以这把标尺来衡量中国古代文本，符合者取之，不合者弃之，形成了文学史的文本系统。这是一次由"纯文学"观念全面掌控下的重新划分，诗词、小说、戏曲进入叙述系列自无问题，问题发生在如何处理中国古代文章上。一般只叙述先秦的诸子散文和历史散文，两汉以后，仅有散点叙述（如《史记》、唐宋八大家、明代唐宋派、清桐城派等）以及个别名篇的零星评赏，看不到中国散文史的线与面，这与我国学术史中文、史、哲分离过程的内在理路是完全脱节的。中国古代的作家和批评家，他们心目中的确逐渐形成与西方"纯文学"观念相类似的"文学"观念，"中国文学"这个概念的内涵特质，目前虽然很难明确定义，却是"固有定指"的，尚待我们进一步深入探讨。但

---

① 　姚鼐《古文辞类纂》，上海古籍出版社 1998 年版，第 1 页。

我们原有的"杂文学"观念（包括政论、传记、学术等类应用文等），现在看来仍然具有生命力，我国古代丰富的文体论著作，都有大量的既具民族特性又有理论深度的阐述，是探讨"中国文学"这个难题的有效资源。我国古代文体论的特点是对各种应用文体都提出艺术性、文学性的要求。刘勰《文心雕龙》讨论了三十多种文体（不包括小类），无一例外地都有文学因素的体例规定，在一定程度上已把它作为审美对象来看待，这对以后的文章理论和写作实践具有深远的影响。在总结我国古代文体论的基础上，正确认识"中国文学"这个对象，正确划分"中国文学"的范围，对认识中国文学的民族特点，提升研究水平具有重要的意义。

三

第三个"遮蔽"，就是按"五四"新观念建构的文学批评史或学术史遮蔽了许多"旧派"的文章学批评专家和专书，这在清末民初尤为严重。"五四"狂飙对中国古代文章学的打击是致命性的，但并未完全窒息这一领域的声音，停止这个学科发展的步伐。仅拙编《历代文话》所收文章学专书，这一时期即达三十种左右，但除少数几种如林纾《春觉斋论文》、陈衍《石遗室论文》、刘师培《论文杂记》等为现今文学批评史所论析外，大多数已沉晦无闻。其人其书往往甫一问世，即被主流思潮视为落伍、反动而流传甚稀，不能进入中国古代文章学发展的谱系。这批著作既不能与历时性的同类著作进行对话、交融、接续、补益，形成学科发展的学术链，甚至又不能与共时性的学术观点、立场展开交锋互动，普遍为新派人士所轻视、鄙视乃至无视。而实际上，这批著作虽然在总体上站在"力延古文之一线"（林纾语）的立场上，但其内部却都呈现出多元拓展的倾向。或对传统文论进行系统梳理和总结，在古文理论和方法上有所推进；或进行中西文化融合的有益尝试，加强对古文的文学性、审美性的探索，力图在本土学术语境中实现最大限度的新变，它们理所当然地应在中国文学批评史中占一席之地。

王葆心《古文辞通义》就是突出的例子。此书实为古文理论的集大成性著作，全书二十卷，六十馀万字，历十馀年几经修订而成（从《汉黄德道师范学堂国文讲义》到《高等文学讲义》，再成此书）。此书问世之初，好评如潮，在清末京师的桐城派学术圈中，"咸深印可"，马其昶、姚永朴、林纾、陈衍等都予以首肯，林纾赞为"百年无此作"。王先谦为之题耑，评为"今日确不可少之书"。当时"分科大学文科诸君多展转购求以去"①，风行一时。"五四"以后，却悄然淡出，印本稀觏，几乎无人问津。直至 20 世纪 60 年代台湾地区始见影印出版。

此书分六篇，先破后立，以《解蔽篇》开端，下列《究指》、《识途》、《总术》、《关系》、《义例》各篇，逐一研究文章学的各类专题。此书取材极为广博，尤对散见于序跋、书简、随笔、小品等单篇文话资料，几乎有一网打尽之概，正可弥补拙编《历代文话》只收专书和单独成卷者的缺憾。章学诚说过，"纂述非著述"，王葆心此书却已从资料汇编式书籍而优入著作之林。

据其《例目》，此书的论述方式有两类：一是"先本己意以贯穿旧说"，二是"先依据旧说而剖析、折中以己意"，其共同点就是"旧说"与"己意"的融汇，文献资料和"每立一义"的互为依存，也即他引述达尔文《种源论》（今译《物种起源》）的话，要求"征引繁富，议论详明"。他要求自己的著作不止于"辑录旧说"，还要加以"研究"和"融贯"，"每篇自为小结构，统众篇又成一大结构"，提升著作的系统性和完整性。两种论述方式不易严格区别，但仍有着重点的不同。先介绍后一种"以己意折中旧说"的论述方式。钱玄同曾高喊"桐城谬种，义法为

---

① 　均见书前作者自识，《历代文话》第 8 册，第 7035 页。

臭"，对"义法"声罪致讨。而在此书《总术篇》中，王葆心先列述"方望溪有物有序说"，引述方苞"义即《易》所谓'言有物'也，法即《易》所谓'言有序'也"原文，加以发挥；然后依次引"陈兰甫（澧）有伦有脊说"（伦指层次，脊指主意）、"曾文正（国藩）知言善养气说"（知言在能识古义通世务，养气在能"无纤薄之响"）、"郝兰皋（懿行）有故成理说"（有故，持论之有本；成理，谓其能成条理）、"李次青（元度）出词气远鄙倍说"（鄙、倍两病，一在词，一在气）。王葆心以方苞"义法"为主，广引陈、曾、郝、李的同类论说，最后概括其要旨为："有物有脊有故，深言之，即合'义'，即资于故实；浅言之，即有主意也。有序有伦成理，深言之，即有'法'，即成条理；浅言之，即有层次也。必知言，则主意不乖而雅词远鄙；必养气，则层次能适而醇气远倍。定此主意以作文，则内律外象，关乎质干与枝叶者均有安宅而终身可循持。"①经过这样的融会贯通，互释互训，丰富了义法说的内涵，绝不是一句"义法为臭"的口号所能抹杀推倒的。方苞"义法"说虽有崇奉程朱理学的思想背景，但它所关涉的，实是内容与形式相结合的一般论题，具有普泛的理论意义。

再介绍前一种"以旧说证己意"的论述方式，则更富独立见解。如"文之总以地域者"即从南北文风对举的角度论析我国历代文派的衍变，既具全景式，又有理论深度，有助于目前颇见活跃的地域文学研究。其要点有：一、他指出，以南北不同论学，遍及各个领域，学派有南北之分，禅宗、道教均有南北之宗，书家、画家有南北对垒，词曲有南曲、北曲，甚至击技划分南拳、北拳，连堪舆家也分南北，何以多分南北不言东西？他认为："文家地域，举北可以概西，举南可以概东。北方地域为黄河巨川所经，起关陇而迄齐鲁者也；南方地域为扬子江巨川所经，起蜀滇而迄吴越者也。以南北地域区列代之文，无宁

---

① 　王葆心《古文辞通义·总术篇》，《历代文话》第 8 册，第 7702 页。

以两巨浸区列代之文而已。"所谓南北文学乃指黄河流域文学和长江流域文学的区分。二、中国文学发展的趋势是归向南方,这集中表现在他论宋代文风嬗变升降上。在宋初,虽有"南派"而非主流,如"西昆及四杰一派则肇自南方,杨大年、钱惟演、夏竦、盛度、路振、吴淑、陈彭年,皆南人,或法西昆,或宗四杰",但其时文坛主流是北方派:"是时北方文学最先力行,此旨由推演前代进而为反背前代,乃北方文家届末运时之一小振动。""故宋时反前代者以北方为之先导",柳开为北方第一支流,穆修为北方第二支流。至欧阳修、苏轼时,"南声最宏,在是时矣","是宋文开于北方而大于南方也","故南派迄宋末不亡",最后提出结论说:"推宋以后文事观之,吾华文家大统之归全在南方,而又能遥接北派前此说理叙事之坠绪,其盛始于宋时,迄今(指清末)犹炽,较之先汉以前又成一反背之势也。"①汉以前北派为盛,宋以后"吾华文家大统之归全在南方",他的这个"己意",由众多前贤论说作支撑,由他加以"贯串"、"综合",具有相当的说服力。三、他强调研究南北文派,不是强立门户,而是为了弄清文学家的地域分布,探究地域流派的特点,于作家而言,更应注意吸收异派之长,不能固地自封。他说:"盖分派以示人者,无非欲人由门户从入之中,即此一派而更知有他派,更由彼派与此以观其通而会其源,若水之行地,必详其源流分合而始得其归墟。"②了解文派的源流分合,目的在于会通,那才能达到众水所归的大海深处。他又接着说:"今余于《总术》一篇,前多言'统'而后多言'派',皆所以详文家分合之观察也。"③在文章学中,他注重前后相承的诸多统一性命题,又关注各类不同派别、不同风格的分疏,达到相当精深的学术水平。总之,这部篇幅最大的文话著作,存在着深入发掘的巨大空间,理应作为文论名

---

① 以上均见《历代文话》第 8 册,第 7776—7780 页。
② 见《历代文话》第 8 册,第 7807 页。
③ 见《历代文话》第 8 册,第 7807 页。

著,早日归位于中国文章学的序列,使受"五四"影响而中断的学术链恢复起来。

另一位值得注意的人物是唐文治,他在近代史上的地位和声誉广为人知,作为一位卓有成效的古文教育家也是众口称赞的,但似也未获得文学批评史家的关注,少有著述提及。《历代文话》收录他的《国文经纬贯通大义》等三种,在探求古文作法,揣摩文章章法、立意、布局、详略、顺逆、离合、虚实、收放、动静、神气、韵味等方面,虽不免求之过细,却多体会有得之言。另外,"以声求气"是他课堂教学的一大特色,为刘大櫆"学者求神气而得之于音节,求音节而得之于字句"的论述,提供生动而丰富的实证。

还有一位刘咸炘,这位僻居蜀中的罕见博学之士,享年仅 36 岁,其《推十书》收著作 231 种,涉及经学、史学、哲学、文学等领域,涉及之广、功底之深,令人叹为观止。我们在上面讨论过"文学"概念问题,他就有自己的见解。在《文学述林》的《文学正名》中,开端即云:"文学一科,与史、子诸学并立,沿称已久,而其定义范围,则古无详说,今亦不免含混,是不可不质定者也。"①他首先指出,《论语》中所说的"文学",乃"统言册籍之学";其后才有"专以文名者",则有四种说法:一是由"诗赋一流,扩为集部",以与史、子相区别;二是在齐梁时,有"文"、"笔"之分,"专以藻韵者为文";三是至唐时,因"藻韵之弊,复古反质,所谓'古文'者兴";至近世,又偏于"质",阮元等又申述文笔之说,而章太炎又"纠阮之偏","谓凡著于竹帛皆谓之文";四是最近,"专用西说,以抒情感人、有艺术者为主,诗歌、剧曲、小说为纯文学,史传、论文为杂文学"。然后他详加辩说,提出"体性"、"规式"、"格调"三项为"文"之标准,认为"齐梁之说不可用于今,则西人之说又安可用乎?"他对"四说"的历史叙述颇为明晰,但所立新说仍多难

① 见《历代文话》第 10 册,第 9707 页。

27

明之处，不过他力图从我国旧说和西方新说之外另求别解的努力，对解决"中国古代文学是什么"这个难题是有启发性的。刘咸炘的治学特点是坚守中国文化本位，但又积极而审慎地吸纳、融化西方新说，因而比较容易与现代学术接榫，在努力建构中国古代文章学的新体系、新规范乃至评赏话语系统的工作中，这是一位值得多加关注的学者。

以上论述"五四"过激主张给今天的古代文章学学科建设带来的严重副作用，概括为三个"遮蔽"。在历史上，过激主张可能起到过积极作用，特别在社会危机和文化危机极度发展之际，不下猛药不足以警醒世人，但其改革的强烈力度又不易与社会、文化的承受能力取得协调。这是无法走出的历史悖论。后继者如不能及时补救，则必将付出沉重代价。本文追究了造成此种困境的历史原因，希望有利于我们走出困境。

（原载《文学评论》2010 年第 4 期）

《日本学者中国文章学论著选》^①前言

中国文章学是日本汉学研究的一个重要分支,尤自江户时代(1603—1867)以来,成果颇多。江户时代的有关论著大都采取"文话"的形式。文话原是中国古代文学批评的一种传统样式,主要评论古代散文作家和作品,叙述散文历史演变和流派,记录有关散文的议论以及考订、辨析、辑佚等,内容广泛,形式自由,但于系统性和科学性有所不足。比起诗话、词话来,我国的文话数量稍逊。但日本江户时代却有多种关于中国散文的文话流传于世,我所闻见的约有20多种。其中《拙堂文话》、《渔村文话》两种尤为著名,颇足重视。清李元度(1821—1885)《〈古文话〉序》在感叹我国古代文话之作甚少后说:"而日本国人所撰《拙堂文话》、《渔村文话》反流传于中国。"(《天岳山馆文钞》卷二六)可证同治、光绪间此两种文话已流传我国,但以后又沉晦少闻。

明治维新(1868)以后,日本的中国文学研究逐渐从无所不包的传统"汉学"(实是包括文、史、哲、经等各个领域的"中国学")中发展成为独立的学科,对中国散文的研究也在观念和方法上有所更新和深化。直到20世纪40年代,当代日本汉学界公认的权威吉川幸次

---

① 王水照、吴鸿春编选《日本学者中国文章学论著选》,上海古籍出版社1994年版。

郎氏发表了出色的长篇论文《中国文章论》,把研究提高到一个新的水平,影响深远。

本书即将这三种最具代表性的论著勒成一编,以便了解日本学者研究中国古代散文的情况,并提供中日文章交流史的生动资料。这对我们的中国古代文学研究当有他山之石之效,对中国语言学、修辞学等的研究也不无助益。

斋藤正谦(1797—1865),江户时代末期的儒者。字有终,号拙堂,又号铁研,有《拙堂文集》6卷。他的《拙堂文话》8卷、《拙堂续文话》8卷,在日本素负盛名。富士川英郎的《江户后期的诗人们》(筑摩书房版)有《斋藤拙堂》专章,他说:"在拙堂的著作中,最应引起重视的不能不说是正、续共16卷的《拙堂文话》。论诗与诗人的所谓'诗话'在当时是很多的,而拙堂的《文话》专论中国和日本的古今学者、文人的文章。作为独特的'文话',在质与量上出其右者,可以说至少在江户时代是没有的。我们从中可看到拙堂对汉文所作的有趣的考察和所具有的卓见。"直至今天,此书仍是日本学人了解中国散文发展史的一种重要教科书。

首先,本书是作者"忧近世文弊所作"(土井有恪跋)。江户时代末期,日本文坛深受明代前后七子馀风的影响,正如赖襄在序中所说,"败于明清间俗流之文,非剿剿则鄙俚"。斋藤正谦基本上站在明代唐宋派的立场上给予尖锐的抨击。当时这股"剿剿"、"鄙俚"文风的始作俑者是以荻生徂徕为代表的"古文辞学"派,因而书中对这一学派多所指摘。作者特别引用他的老师古贺精里氏论文之语:"大抵世儒不能自立脚跟,常依傍西人之新样而画葫芦,其取舍毁誉皆出雷同,初不由己。向也物茂卿(即荻生徂徕)辈以嘉隆七子为标的,诗则青云白雪,文则汉上套语,陈陈相因,固可厌恶,然犹有气格体制之近似。"古贺氏在指出先时学明七子之弊后,又指出近岁学宋元、袁(宏道)、徐(渭)、钟(惺)、谭(元春)、李渔、袁枚之弊(卷一)。这实是本书文论思想的核心之一。显然,这与当时日本汉文学界崇尚唐宋八家文的主流是一致的,也与我国贬抑七子、褒扬唐宋派的传统看法一脉相承。对这种传统看法,我们今天未必能完全接受,事实上近年来我国学术界已经结合明代资本主义萌芽的社会背景提出再评价的课题。然而,研究在日本发生的这场关于明代文学论争的投影或重演,仍给我们多方面的启示,有助于我们作出更全面的科学评价。本书关于"以功归功,以罪归罪"(卷二)、力求评价公允的原则(如卷一肯定学习李、王、袁、徐有"筚路蓝缕之劳",使文"始雅"、"始真",卷二评徐渭、袁宏道功过兼及等),关于学习古代散文遗产的态度的论述(如卷六论"不规规学先辈言语",续集卷一关于临帖既要"无我"又要"有我"的论述等),关于秦汉文和唐宋文的特点和关系的见解(如卷一论"沿唐宋溯秦汉",卷三论"文当以唐宋为门阶,秦汉为闺奥",同卷论"宜效宋人由唐而溯秦汉,慎勿如明人弃唐宋直趋秦汉",续集卷三引侯方域"欲舍八家跨《史》《汉》而趋先秦,则是不筏而问津,无羽翼而思飞举"语等),都不乏精到平实之见,发人深思。

其次,作者以纠正"近世文弊"为写作的重要目的,这就决定了本书正集八卷框架的独特安排:开卷即从论列日本古今文风始,并追源到中国明代诸家,卷二论明清文,然后卷三、四论及唐宋文,卷五、六再上溯论及先秦两汉文,七、八两卷则附论文章写作之法和山水游记等各体文章。续集八卷则以品评文章特点、讨论作法等为主,各卷所述并非完全是同一论题,时有其他内容夹入。大抵卷一主要论山水文,卷二论文体,卷三、四历论先秦至明之文,卷五、六、七评述清文家的文论思想,卷八主要论谏疏之文。由此可以看出,对中国历代散文作家、作品的评析构成本书的主要内容,甚至可作为一部中国散文史纲要来阅读。不少评述值得重视。如卷六、续集卷三对《春秋》三传的比较,卷五、续集卷三对《史记》《汉书》的比较,卷三对韩、柳文的比较,欧、苏在散文史上地位的比较等,这些比较研究颇能探幽索隐,直抉文心。对于散文写作技巧的一些分析,如论错综纵横法、带叙法、转法、倒句等,时见精彩。如卷六对李斯《谏逐客书》中用二"今"字、二"必"字、一"夫"字以"斡旋文势",作了精到的分析,钱锺书先生在《管锥编》中给予很高的评价,并说"斋藤论文,每中肯綮",所以"随机标举,俾谈艺者知有邻壁之明焉"(第3册,第881页)。其他对个别词语的训释等,也可资参考。如卷五柳宗元《送澥序》"吾去子终老于夷矣",释"去"为"别",驳沈德潜"吾逢子之去"之解;续集卷三韩愈《送许郢州序》"虽恒相求,而喜不相遇",释"喜"为"多",而讥擅删此字者之非等。卷五论苏轼《表忠观碑》胎息于《史记·三王世家》,而非王安石所云《汉兴以来诸侯年表》,也显示出考辨的缜密。

第三,本书又是一份研究中日文学关系史的难得资料。卷七系统地论述了日本士人写作汉文的一些义例,反映出日本人写作汉文汉诗的盛况。本书记录的一些汉文作品也饶有兴趣,如卷七柴栗山记那须与市事文,确是"笔笔飞动,写得如画",中井履轩记俗传猿岛复仇事,类似韩愈《毛颖传》,谐趣横生,皆是异邦汉文的佳构。本书用纯熟流畅的古代汉语写成,也反映了作者本人深厚的汉文素养。此外,本书卷一所录王守仁《送日东正使了庵和尚归国序》、詹仲和《苇牧斋跋》等,也是中日文字之交的生动例证。

海保元备(1798—1866),字顺卿、百顺、春农、纯乡,号渔村、传经庐、章之助,上总人。师事大田锦城,长于经义考据之学,对《易》、《书》、《诗》、《论语》等都作过注释和研究,但刊行者不多。有《传经庐文钞》,收于《崇文丛书》。

他的《渔村文话》正续两编,并非其主要学术成就的代表作,但在日本仍影响甚巨。青木正儿在《中国文学概说》中评论道:"海保渔村是幕末的儒者,此书(指《渔村文话》)乃论唐宋八家古文之源流及概说古文之作法者,就其要领妥当之点来说,在中国也看不到这样的书。"这位著名汉学家对中国文话的评价似未必"妥当",但反映出本书在日本学者心目中的重要地位。

本书主要是辑录中国历代论文的资料而成,近乎"述而不作",但实际上是以述为作、寓作于述的。书中所列条目,涉及文章的写作过程论、构成要素论、文体论、文风论、源流论、批评论等各个方面,对于我们今天建立新的文章学体系,具有一定的启迪作用。每个条目,作者对有关文论材料作了广泛的采撷和细心的排比,论述平实可信,对我国的文论思想作了一个深入浅出的总结,其中也融注着作者的个人心得。如《改润法》分析"翻"、"变"、"融"等十种修改方法,《病格》中讲三十六种文病,繁而不冗,剔抉入微。本书的又一特点是简明切实,要言不烦。如论"记事贵简",但应避免"应当载入的略去不载"的"疏"(《简疏》条)等。

总之,这是一部指点初学门径的入门书,也是具有一定学术水平的文论著作。

吉川幸次郎(1904—1980),是日本当代的汉学权威。1927年毕业于京都帝国大学,赴中国留学三年,曾在北京大学学习。后任京都大学教授、东方学会会长等职。著作宏富,辑为《吉川幸次郎全集》32卷(至1987年已出27卷)。

他的这篇《中国文章论》写于1942年末至翌年春。原载《文学界》杂志,继因杂志停刊,未能全部登载完毕;后收入他的论文集《中国散文论》。他在《中国散文论》一书的《自序》中说:"借助修辞而达到高层次的语言,是中国文学史上的显著事实。这一情况使得中国过去的文学在世界文学史上具有重大而且恐怕也是珍贵的意义。"本文正是他系统地探讨这一问题的最早论文。

本文着重论述中国古代文章的两大特质:暗示性和装饰性。暗示性，"是指不把要表现的内容全部地在文章的表层展示出来，而是尽量地克制；或者说，在想要表现的内容中，只展现其高潮，其馀则依赖于读者的想象的一种性质"。这与所谓"书不尽言，言不尽意"是一脉相通的。作为表达思想情感的媒介，语言文字本身所具有的潜能和限制，它的模糊性和非确定性，正是产生比兴、寄托、隐喻、象征和意义无限多元性的基础，也就是文学之所以成为文学的前提。而装饰性，是指"中国的文章总是强烈地追求着形式的美，特别是音乐的美"，即所谓"言之无文，行而不远"、极力追求充分发挥语言文字的表达功能的尚辞精神。作者不仅用生动的例证对此加以精辟的论证，尤其使我们感到兴趣的，是他从汉语的特点、口语和文言的差别、中国人的语言观、文章观等多种角度，对形成这两大特质的原因作了深刻独到的阐述，最后指出这两大特质的本质及其相互之间相反相成的关系。他是一位善于从宏观上把握研究对象的学者，这篇半个世纪以前所写的论文，不少见解是指向现今的；同时又保持并发扬日本汉学注重实证、严谨踏实的传统学风。因而，本文在日本有着广泛的影响，例如佐藤一郎的《中国文学概论·文章》即采纳本文的基本看法，在京都学派中也得到普遍的赞赏。

《渔村文话》正续编初刊于嘉永五年（1852），即传经庐本，本书据明治二十四年（1891）刊行的《日本文库》本翻译（《解题》、森蔚《序》和汤川恺、梨本宥两篇《跋》均原系中文）。《中国文章论》则译自《中国散文论》一书（1949年弘文堂初版；1966年筑摩书房再版，作为《筑摩丛书》第48种，本书据1985年第四次印刷本）。翻译者均为吴鸿春先生。他在翻译过程中，曾得到日本日中学院砂冈和子先生的热情帮助，谨此表示衷心的感谢。《拙堂文话》正编刊于文政十三年（1830），即古香书屋本，续编刊于天保七年（1836），即不自欺斋本，原为中文，由高克勤先生校点，我亦校阅一过。中内惇的《拙堂先生小传》有助于对作者的了解,故从《拙堂文集》抄出作为附录。为了便于我国读者的阅读,涉及日本人名、年代、名词、术语等处,我都作了简要的注释;引文大都按中国典籍作过核对,随处有所改正,遇有重要讹误或疑异的地方,略作校记。我们在编选工作中容有不足和错失,敬请读者批评指正。

1988 年 3 月

古文运动和韩愈、柳宗元

一、古　文　运　动

"古文"是和"骈文"相对立的概念。它的特征是散行单句,不拘格式,不同于骈文讲究排偶、辞藻、音律和典故。这在文体上恢复了先秦两汉文章的传统,所以称为"古文"。唐中叶韩愈等人提倡这种文体,以反对六朝以来的浮艳文风。他们相互支持,彼此呼应,结合成一个新的文人集团,大力从事"古文"的宣传和写作,渐渐形成一种社会风尚。这就是所谓"古文运动"。这个运动主要是文风、文体和文学语言的改革运动,在文章的演变上有着划时代的意义;对文学、特别是文学散文的发展,也产生过直接的影响。

古文运动是借助于儒学复古运动的旗帜而发展起来的。儒学复古运动的兴起,跟中唐时期的社会经济、政治和文化的情况有密切关系。这是社会危机深刻发展的时代。国内藩镇割据,中央政权的实力逐渐削弱,宦官擅权和朋党之争也已开始;特别是,吐蕃、回纥也威胁侵扰。内忧外患严重,国势岌岌可危。在文化思想上,佛道两教的势力在最高统治者的扶植下,也更为炽盛。这是一方面。然而,这又是安史之乱以后社会经济由中衰转向中兴的时代,尤其是手工业和商业日趋繁荣,获得了一个相对稳定的局面,这就提供了重新巩固地主阶级专政的现实条件。一些比较开明的士大夫,为了唐王朝的统一,维护封建秩序,抵御侵扰,便积极崇尚儒学,以恢复儒家的正宗地位。这在当时广大庶族地主阶层中间得到特别强烈的反响,于是形成了韩愈所倡导的儒学复古运动的社会阶级基础。韩愈为了复兴儒学,树立了从尧、舜、禹、汤、文、武到周公、孔子、孟子的"道统",并以"道统"继承者自居,鼓吹先圣先王之"道";又积极地"觝排异端,攘斥佛老",为复兴儒学扫清道路。柳宗元在排斥佛老这点上和韩愈相反,但在尊崇儒学的精神上还是一致的。

古文运动和这个儒学复古运动的联系,就体现在韩愈文道合一的主张里。这个主张并不意味着他已明确地认识到:为了宣传儒学而必须进行文体的变骈为散的改革;但要用"道"来充实"文"的内容,以纠正齐梁以来的形式主义文风,这对当时处在儒学复古运动中的广大知识分子,无疑具有很大的号召力,从而促进了古文运动的蓬勃发展。

然而,古文运动的发生和发展,更主要的还由于本身的深刻原因。它实际上是我国文章发展的必然结果。两汉以前那种自由质朴的文章几乎全被骈文所代替,作者们越来越追求声韵对偶的和谐齐整和词藻的典丽。于是,骈文成了表达思想反映现实的镣铐。随着社会生活的日益广阔与复杂,文体改革的要求也就产生了。远在西魏,苏绰作《大诰》提倡模仿《尚书》,就是标志之一。到了初唐,一方面沿袭六朝骈文的馀风;另一方面也开始了变革的气象。这是将变未变的时期。后起的陈子昂"始变雅正",和他的诗歌复古主张相呼应,也要求文体的改变。他的论事书疏之文,素朴明朗,已向好的方向转变。

萧颖士、李华、元结、独孤及、梁肃、柳冕等是陈子昂以后、韩愈以前提倡古文的杰出的作者,也是韩愈古文运动的先驱。萧颖士、李华等都主张"尊经"、"载道",以改变当时的衰靡文风。元结的散文在形式上摆脱了骈偶体裁的桎梏,内容也和他的诗一样具有现实主义的精神。特别是柳冕文道合一的主张,旗帜更为鲜明。他认为"君子之儒,必有其道,有其道必有其文,道不及文则德胜,文不及道则气衰"(《答荆南裴尚书论文书》),要求文道兼备又以道为重,积极提倡"文章本于教化,发于情性"的"教化中心说"。古文运动先驱者们的这些理论虽还不够完整和明确,但已很接近后来韩愈的论点;他们的写作实践虽未能完全摆脱骈文的影响,但已逐渐走向散体化。他们的功绩为韩愈古文运动奠定了基础,而其局限也只有在古文运动的进一步发展中才能得到克服。

韩愈(768—824),字退之,河南河阳人。唐德宗(李适)贞元八年(792)考中进士,开始卷入当时统治阶级内部保守派和革新派的政治斗争。他的基本政治态度虽倾向于代表世族大地主阶层利益的保守派,但由于出身于中下级官僚家庭以及其他方面的原因,他和庶族地主阶层之间还有不少思想上和人事上的联系。贞元十九年任监察御史时,关中天旱人饥,他上书请宽民徭,因为党派之间的排挤,被贬为阳山令。唐宪宗(李纯)元和十二年(817),随从裴度平定淮西藩镇吴元济之乱,出了不少参谋策划之力。十四年因向宪宗谏迎佛骨,触怒当局,几乎被处死刑,后贬为潮州刺史。唐穆宗(李恒)长庆元年(821),重回京城。这时镇州发生兵变,他奉命前往宣抚,使局面转危为安。因功升为吏部侍郎,所以后世称为韩吏部。

韩愈所倡导的儒学运动和古文运动,在表面上看来,都是在"复古"的口号下进行的;可是它并非完全复古,而是在继承传统的基础上有所革新和创造。在儒学方面,复古是主要的,他还没有建立起一种新的儒家学派;在文体改革方面,革新则是主要的,以他的理论和实践树立了新的文章标准,从而奠定了他在我国散文史上的重要地位。

韩愈的古文理论包括文学和文体两个不同性质的组成部分;但

是，他对文学的见解往往通过对文章的看法而表达出来。

文道合一而以道为主，这是韩愈古文理论的基本出发点。他说："愈之志在古道，又甚好其言辞。"(《答陈生书》)或换个说法："然愈之所志于古者，不惟其辞之好，好其道焉尔。"(《答李秀才书》)反复强调文道应该兼备，然而道是决定性的东西。如果把这作为对文学的内容与形式之间关系的理解，基本上是正确的。他的文气说更从作家创作的角度具体地发挥了内容决定形式的见解："气盛则言之短长与声之高下者皆宜。"(《答李翊书》)在韩愈看来，作家写作时仿佛有一种力，这种"力"充足了，便会达到得心应手、左右逢源的境界，这就是"气盛"。他进一步指出，"气"是从作家不断地加强道德修养和文学修养中逐渐取得的。只有在这种"气"的基础上才能驾驭语言。这比之曹丕、刘勰的文气说，更密切地联系了写作实践，表述得也更为具体。

韩愈的"道"，在他的理论认识上仍然是指传统的儒家之"道"。虽然也有一些儒家"仁政"思想的内容，但像《原道》、《原性》等代表作中，却系统地宣扬封建等级制度和伦理制度。这就使他的古文理论的思想意义，不能和同时期白居易的符合现实主义基本精神的诗歌理论相提并论。但在他的写作实践中，"文道合一"却还含有另一种重要意义，即指文章要言之有物，并不只是把"文"归结为传"道"的手段。他的文集中真正"扶经之心，执圣之权"(皇甫湜《韩文公墓铭》)的传道文章是不多的。这用来理解一般文学作品对内容的要求，也是很有意义的。由于与现实实际生活的一定联系，他有时就突破了儒家教条的一些羁绊，从而提出了某些很有价值的文学观点。如他结合自己早期不得志的遭遇，而为广大中下层知识分子抱不平的"大凡物不得其平则鸣"(《送孟东野序》)的看法，就不是"君子恶居下流而讪上者"之类的儒家传统偏见所能范围，这样，他在解释作家的创作动机和文学根源时，就能和一定的社会矛盾相联系，具有更多的现实内容。

但是,这些在论"文"时所反映出来的文学观点并不是他的古文理论的中心内容,他的文体改革论才是它的精华,并在古文运动和他自己的写作实践中起了重要的指导作用。韩愈是从词汇和语法两方面来建立他的新型"古文"的标准的:一是"惟陈言之务去"(《答李翊书》),要求语言的新颖;一是"文从字顺各识职"(《南阳樊绍述墓志铭》),要求文句的妥帖和流畅。他还认为这两方面应该统一起来:言贵独创,词必己出,但必须不违背"文从字顺"的语言规律和文风要求;而且应该用这种更新颖更丰富的语言来创造更正确更流畅的新文体。

对于我国源远流长的散文传统的继承和创新,是韩愈文体改革的主要基础和途径。他强调全面地吸收前人的成果:"穷究于经传史记百家之说,沉潜乎经义,反复乎句读,砻磨乎事业,而奋发乎文章。"(《上兵部李侍郎书》)特别是不像古文运动先驱者们只是局限在六经之中,甚至排斥屈、宋、两汉文学,他是主张在兼收并蓄之中来求推陈出新的。他在《进学解》中,说道"作为文章,其书满家",从六经开始,"下逮庄骚,太史所录,子云相如,同工异曲",认为都有可以师法的地方。他的名作《答李翊书》讲述自己学道学文的过程,实际上也是对传统进行继承批判的过程:原先是"非三代两汉之书不敢观,非圣人之志不敢存"的,随着学习的深入,才逐渐分辨出古书中有正有伪,还有"虽正而不至"的。这固然主要指内容而言,但也包括语言、文体上的缺点,如语言的过分简奥,形式的过分散漫等,他的办法是"而务去之,乃徐有得"。所以,韩愈的文体论,尽管有复古的一面,但主要精神是革新。他在《答刘正夫书》中论"能"时说:"能者非他,能自树立,不因循者是也。"就是最明白的说明。自然,追求创新,有时不免"怪怪奇奇",这也是应该指出的。

总之,韩愈力求创造一种融化古人词汇语法而又适合于反映现实表达思想的文学语言,同时力求用这种新颖的文学语言创造一种自由流畅、直言散行的新形式。这就是他的文体改革的主要内容,也是古文运动的主要成就。

韩愈这种比较切合实际的文体主张,由于适应时代社会的迫切要求,由于他通过师承、交游关系的大力鼓吹,在古文运动中得到了很好的实现。作为"韩门弟子"的李翱和皇甫湜,或学习韩愈文章的平易通畅,或发展他的奇诡宏伟,成为著名的古文家。与他同时的欧阳詹、李观、沈亚之等也纷纷从事"古文"的写作。李翱在《韩吏部行状》中说:"自贞元末以至于兹(长庆末),后进之士,其有志于古文者,莫不视公以为法。"说明古文运动已成为一种广泛的社会运动了。

柳宗元在古文运动中有特别重要的作用。但从唐代到北宋,一直没有得到应有的评价。他不仅热情地培养和指导后进的古文作者,而且以自己杰出的散文成就在士大夫中间树立了新文体的威望,实际上成为仅次于韩愈的核心人物。

这次古文运动的胜利,不仅有力地打击了风靡三百年的绮丽柔弱的文风,而且直接启示了北宋的文学革新运动,开创了中国文学史上以唐宋八大家为代表的古文传统,对后世的影响是极其深远的。

二、韩　　愈

韩愈不仅是古文运动的倡导者,而且也是杰出的古文家。著有《昌黎先生文集》40 卷。他把新型的"古文"广泛地用于政论、书启、赠序、杂说乃至祭文、墓志铭等各种体裁,产生了不少优秀的文学散文或带有文学性的散文。文学工具的革新,有助于在叙事、抒情和议论等方面取得更出色的艺术成就。

　　韩愈的记叙文,写人、记事、状物都很重视形象的鲜明和完整。他写人物继承了《史记》中传记文学的"实录"精神,善于选择最典型的真实事件来突出人物的主要性格,在客观的叙述中,寄寓强烈的爱憎感情。如《张中丞传后叙》写张巡、许远、南霁云英勇守城的事迹,慷慨悲壮,令人可歌可泣。其中写南霁云断指斥贺兰进明一段,尤为精彩:

　　　　南霁云之乞救于贺兰也,贺兰嫉巡、远之声威功绩出己上,不肯出师救。爱霁云之勇且壮,不听其语,强留之,具食与乐,延霁云坐。霁云慷慨语曰:"云来时,睢阳之人不食月馀日矣!云虽欲独食,义不忍;虽食,且不下咽。"因拔所佩刀断一指,血淋漓,以示贺兰,一座大惊,皆感激为云泣下。云知贺兰终无为云出师意,即驰去。将出城,抽矢射佛寺浮图,矢着其上砖半箭,曰:"吾归破贼,必灭贺兰!此矢所以志也。"

着墨不多,但一个忠勇坚贞的形象已呼之欲出。又如《国子助教河东薛君墓志铭》写薛公达的"气高",仅以设标射的,三发三中,"中,辄一军大呼以笑,连三大呼笑,帅益不喜"的场面,略写几笔,人物便如见如闻。而如《毛颖传》、《石鼎联句诗序》等传奇小说体作品,寓庄于谐,趣味横生,别是一副笔墨。

　　与叙事紧密融合是韩愈长篇抒情散文的特点。《祭十二郎文》一反传统祭文的固定格套,用自由的散体来抒写悼念亡侄的哀感。琐琐家常的诉说,融注了作者恳挚的骨肉之情和宦海浮沉的人生感叹,便觉字字句句,凄楚动人。在祭文中是不多见的。《送李愿归盘谷序》也是一篇近于抒情散文的名作。比起《祭十二郎文》的不假雕饰来,它是以淋漓尽致的刻画见长的。其中对富贵人家的奢靡排场,奔名逐利者的卑屑丑态,和归隐者的冷落境况,写得笔酣墨饱,充满了

强烈的愤世嫉俗的批判精神。他的短篇抒情文,则往往把感情提炼得更集中、更单纯。如《送董邵南序》:

> 燕赵古称多感慨悲歌之士。董生举进士,连不得志于有司,怀抱利器,郁郁适兹土,吾知其必有合也。董生勉乎哉!夫以子之不遇时,苟慕义强仁者,皆爱惜焉;矧燕赵之士,出乎其性者哉!然吾尝闻风俗与化移易,吾恶知其今不异于古所云邪!聊以吾子之行卜之也。董生勉乎哉!吾因之有所感矣。为我吊望诸君之墓,而观于其市,复有昔时屠狗者乎?为我谢曰:"明天子在上,可以出而仕矣!"

董邵南的前途交织着希望和失望。封建时代的正直知识分子就是这样不能掌握自己的命运。乐毅、高渐离等历史人物的引入,使这种沉沦不偶的感慨抒发得更为含蓄而有情味。

这种感慨在他的"杂说"中是通过另一种艺术手法和形式来表现的。如《杂说一:说龙篇》、《杂说四:说马篇》和《获麟解》等,借助于龙、马或麟等的遭遇,来抒写自己怀才不遇的悲愤和穷愁落寞的情怀。寓意委曲深致,构思精巧缜密,对后世散文很有影响。如:

> 世有伯乐,然后有千里马。千里马常有,而伯乐不常有,故虽有名马,祇辱于奴隶人之手,骈死于槽枥之间,不以千里称也。马之千里者,一食或尽粟一石,食马者不知其能千里而食也;是马也,虽有千里之能,食不饱,力不足,才美不外见,且欲与常马等不可得,安求其能千里也?策之不以其道,食之不能尽其材,鸣之而不能通其意,执策而临之曰:"天下无马!"呜呼,其真无马邪?其真不知马也。

——《杂说四:说马篇》

"杂说"是韩愈论说文中唯一具有文学价值的散文；但他的其他论说文字却更为历代的文章家所推崇。这类文章一般每篇只有数百字，绝少烦譬冗言，然而说理透辟，结构严谨，具有很强的逻辑力量。《原道》、《原毁》、《本政》、《守戒》、《争臣论》、《师说》等都是有名的篇章。或论政，或说"道"，或谈学，宣扬作者儒家的政治主张和哲学思想，其中虽也有不少封建说教，但能针砭时弊，反映了一定的社会现实；在他的教育思想中，更有丰富的民主性精华。

这类文章虽然不是文学作品，但写得气势磅礴，汪洋恣肆，最能代表韩愈的独特文风。而且，其中也包含着若干艺术技巧的因素。如对比手法的运用。《原毁》通篇以古今"君子"作比，强烈地谴责了当时一般士大夫百般挑剔、诋毁后进之士的不良风气，并揭出形成这种风气的社会心理在于"忌"。用来对比的这两大段文章之中，再以"责己"、"待人"的不同态度分别作比，间架细密，环环紧扣，具见作者布置匠心。而后忽然穿插"某良士"、"某非良士"的一正一反的"试语"，更把对比的运用和一定的形象性的描写结合起来，尖锐地揭露了所谓"今之君子"所隐藏的卑劣的内心活动；而且也使行文在整饬中见出波澜，而不是平衍板滞了。《师说》中批评当时不重师道的社会风尚，也分别以"古之圣人"和"今之众人"比，以对子弟和对自己比，以"巫医乐师百工之人"和"士大夫之族"比，写得比《原毁》更为灵活自然，使文章动荡流走、富有生气。而对比的运用，鲜明有力地显示出这些士大夫的愚蠢和可笑，取得比一般表达方式更为强烈、更为深刻的效果。

韩愈的文章是他的古文理论的良好实践。它们在句法、体裁和语言上的特点，虽然并不都具有文学的意义，但对文学散文的发展有直接的影响，因而也是文学史所应提及的。

韩愈彻底地摆脱了六朝以来骈俪文的束缚，用纯净的散句单行的形式进行写作，如《祭十二郎文》、《毛颖传》、《与李翱书》、《与崔群书》等,使文气更为自由奔放,绝少局促滞涩之病;他的另一些散文,如《进学解》、《送李愿归盘谷序》、《送孟东野序》、《原毁》等,则运用了较多的排句和偶句,连类引发,一气贯注。这是形成他的宏伟风格的句法上的因素。然而,这些文章,如《进学解》等,虽有对仗,但与致力用典又以四六呆板程式为特征的骈文仍根本不同,它是由两汉散文中那种"高下相须,自然成对"的偶句发展而来的;而像《原毁》等,却把排偶的特点从句子扩大到段段相对,与意义上的对比,取得很好的呼应。他的文章的句型长短不一而又错综变化,造成散文特有的节奏感。长句的运用有时也助成浑浩流转的文风,如《柳子厚墓志铭》中"今夫平居里巷相慕悦……"一句长达 84 字,就是突出的例子。

韩愈在体裁上也有发展和创造。他扩大了同一体裁的表现范围。如"记"这种应用文字,他的《燕喜亭记》只写亭址的发现、营建和命名,虽是一般"记事之文",然工于刻画;《徐泗濠三州节度掌书记厅石记》却极力渲染掌书记地位的重要,寄寓宾主相得的深沉感慨;而《蓝田县丞厅记》,开头描写县丞处境的尴尬狼狈一段,则是富有小说意味的片段了。他写的"墓志铭",也不是因袭旧套,按题敷衍,而有种种不同的写法。另一方面,同一内容在不同体裁中又有不同的剪裁和处理。如柳宗元死后,他写过三篇文章:《柳子厚墓志铭》、《柳州罗池庙碑铭》、《祭柳子厚文》,记的都是同一个人,却无一笔犯重。墓志铭是写韩愈眼中的柳宗元,满掬同情之泪,写出一个正直知识分子的品德与文学才能;庙碑铭则写柳州人民心目中的柳宗元,用敬重的笔调,写出一个循吏的政绩;祭文则是直抒胸臆,赞其文才,悲其遭遇,有浓厚的抒情色彩。

韩愈散文的语言是新颖、简洁和生动的。他不仅善于吸收古人语言中的有益养料来熔铸新词;更重要的是他善于在当时全民语言中,选择富有表现力的语言,或者在当时口语的基础上加以提炼。他所创造的词语,往往言简意赅,生动活泼,有的已经成了现代汉语的成语或常用词汇。这类例子是不胜枚举的。韩愈的写作实践表明：他为了达到"惟陈言之务去"的目的，确是做过一番惊人的语言上锤炼的工夫，从而丰富了我国文学语言的词汇宝库。但在有的文章中，选用难字，读之佶屈聱牙，晦涩难懂，那是不足取的。

韩愈不但在文体改革方面有卓越的成就，他的诗也在李、杜之后开辟了一个重要的流派。保存下来的诗有三百多首。所谓"以文为诗"和"奇崛险怪"，正是在艺术风格上企图有所革新的表现。司空图说："韩吏部歌诗数百首，其驱驾气势，若掀雷抉电，撑抉于天地之间，物状奇怪，不得不鼓舞而徇其呼吸也。"(《题柳柳州集后》)这正说中了韩愈诗风的特点。他选用了便于排比铺张的长篇古风形式，采取写文写赋的笔势笔调，才力充沛，想象奇特，气势宏伟，不同凡响。这在纠正中唐以来柔弱浮荡的诗风上，是有积极作用的；和当时诗人孟郊等的诗风有相互促成的作用，对于李贺诡谲冷艳风格的形成也有某些影响，从而使诗歌风格更加多样化。但是，"以文为诗"的结果，却又破坏了诗歌语言的特质和美感，也容易造成缺乏诗趣的诗句，甚至使诗变成了"押韵之文"(惠洪《冷斋夜话》引宋沈括语)；同时，过分追求新奇，也不免流于险怪，其僻字晦词，拗调硬语，更妨害了诗的形象性和音乐性。这些也对后世发生了不良的影响。

韩愈诗风的这个特点主要表现在他的一些描写自然景物和某些酬唱诗中，而反映人民疾苦、抒发自己政治上不得志的诗篇，则还是比较平易晓畅的。此外，韩愈也写了些风格清峻、意味隽永的近体诗。尤其在后期，如随裴度平定蔡州之乱和贬官潮州途中的作品，风格是有明显变化的。

韩愈一生对于奇异壮丽的事物有特殊爱好，他的写景诗突出地表现了诗人的浪漫气质。在他看来，形势险巇的奇景异物，用硬毫健笔来描摹是最恰当的。代表作品有《南山》、《陆浑火山》等。在《南山》诗中,铺排山势和景物,列写四时的变幻,重峦叠嶂,层出不穷。笔势奔腾,气象瑰丽,在一定程度上反映了自然美中奇特的一面。然而,他又醉心于拗中取奇和因难见巧,在长达 102 韵的诗中,故意一韵到底,于是不得不押些险韵。又接连用"或"字的诗句竟有 51 句之多,叠字之句也多至七联,这又不能不使诗的美感受到损害,时见斧凿痕迹而又艰涩难读了。

但他的写景诗并不完全是这样的风格。如同样是记游的《山石》:

> 山石荦确行径微,黄昏到寺蝙蝠飞。升堂坐阶新雨足,芭蕉叶大栀子肥。僧言古壁佛画好,以火来照所见稀。铺床拂席置羹饭,疏粝亦足饱我饥。夜深静卧百虫绝,清月出岭光入扉。天明独去无道路,出入高下穷烟霏。山红涧碧纷烂漫,时见松枥皆十围。当流赤足踏涧石,水声激激风吹衣。人生如此自可乐,岂必局束为人靰。嗟哉吾党二三子,安得至老不更归。

写由黄昏、入夜而至黎明的琐琐见闻,笔意轻灵,在看来十分平凡的荒山古寺中发现了浓郁的诗意,给人以新鲜的印象。

韩愈直接为人民呼吁的作品较少,也不像杜甫、白居易那样热切;但他对当时昏暗的政治和动乱的社会还是作了较为广泛的反映,这主要表现在他的政治抒情诗中。这些诗篇往往把对国事的忧愤和自己宦途偃蹇的失意情怀交织起来,激愤填膺,感慨淋漓,如《归彭城》、《促促》、《八月十五日夜赠张功曹》等。他的长篇古风如《此日足可惜赠张籍》、《县斋有怀》、《赴江陵途中寄赠三学士》等,还有另一个特点即以诗叙事,继承杜甫《北征》、《彭衙行》等"诗史"传统而又有所变化。它们通过自身经历的细致委曲的抒写,反映了中唐时代一些重大的历史事变;但比之杜甫,则更偏重于个人悒郁情绪的发泄。这和他的"不平则鸣"的文学见解是一致的。这类诗一般写得朴素刚

健,自然流畅,但也有较为险怪的,甚至有像《嗟哉董生行》那类流于怪诞的非文非诗的作品。近体诗则是另一种面目,如:

> 一封朝奏九重天,夕贬潮阳路八千。欲为圣朝除弊事,肯将衰朽惜残年。云横秦岭家何在？雪拥蓝关马不前。知汝远来应有意,好收吾骨瘴江边。
>
> ——《左迁至蓝关示侄孙湘》

写在贬官潮州途中因关山迢递所逗引起的失意之感,是痛切而动人的。

其他性质的诗,如写射猎的《雉带箭》,寥寥十句,就使画面神采飞动,确能在短幅之中而尽龙腾蛟舞之观:

> 原头火烧静兀兀,野雉畏鹰出复没。将军欲以巧伏人,盘马弯弓惜不发。地形渐窄观者多,雉惊弓满劲箭加。冲人决起百馀尺,红翎白镞随倾斜。将军仰笑军吏贺,五色离披马前堕。

这与《汴泗交流赠张仆射》中写击球的"侧身转臂著马腹,霹雳应手神珠驰"的情状,《听颖师弹琴》中"昵昵儿女语,恩怨相尔汝;划然变轩昂,勇士赴敌场"对音乐的描摹,都因十分逼真地捕捉了客观事物的特征而为后人所赞赏。

三、柳 宗 元

柳宗元(773—819),字子厚,河东(今山西永济县)人。唐德宗(李适)贞元九年(793)考中进士,便热情地广事交游,显示出这位年轻政治家渊博的学识和惊人的才华。唐顺宗(李诵)时,王叔文等执政,力图在政治、经济、军事等方面有所革新,以打击豪族地主集团以及与之相勾结的宦官、藩镇等反动势力。柳宗元是这个比较进步的政治集团的主要成员。他们实行了不少激进的措施,如罢宫市、免进奉、释放宫廷教坊女乐、撤办贪官污吏以及企图夺回宦官的兵权等。然而,执政只有一百四十多天,就遭到旧势力的猛烈反击而惨败,并受到残酷的政治迫害。柳宗元也被贬为永州(今湖南零陵)司马。

在永州历时十年的贬谪时期,在柳宗元的生活道路上具有特殊的意义。由于对现实政治和人民生活的进一步观察,身受政敌的继续迫害以及对贫困生活的亲身体验等,他的思想和创作有了很大的发展。在《天说》《天对》《非国语》和贬谪后续成的《贞符》等文中,他进一步发挥并论证了前期已经初具的朴素的唯物主义世界观,给唯心主义的神学说教以猛烈的抨击;他并把无神论的思想原则运用到社会历史领域,创立了以"生人之意"为历史前进动力的、具有人道主义色彩的新学说,由此反对"继世而治"的贵族特权,表现了鲜明的庶族地主的思想倾向。与这种哲学思想和政治思想的发展相联系,他的文学创作也具有更强烈的政治内容和现实主义精神。他的散文名作绝大多数是这时产生的,而前期却大都是一些表状碑板文字,比较浮泛。在艺术方面也基本上摆脱了六朝文章的规矩,成为我国文学史上有独特风格的散文家。

唐宪宗元和十年(815),他改任柳州刺史。四年以后即死于柳州,年仅四十七岁。这时期在创作上没有什么明显的发展。但为柳州人民做了一些好事,如设法赎回许多被典质的贫苦人民的子女等,使当地人民在他死后还怀念、感激不已。他的集子《柳河东集》现存诗文45卷。

柳宗元是古文运动的积极支持者。他也是以新型的"古文"来从事散文创作的。韩愈在古文运动中的作用固然为柳宗元所不及,但柳宗元在散文的文学成就上,却又有高出韩愈的地方。

柳宗元的散文也是丰富而多样的。他的寓言讽刺文和山水记是两类最富创造性的文章。他把先秦诸子散文中仅作设譬之用的寓言片断，发展为完整的、更富文学意味的短篇，使寓言取得一种独立的文学样式的地位；同时，他在寓言中带进了更为深厚的现实内容，使之成为有战斗特色的讽刺文学。著名的《三戒》，就是借麋、驴、鼠三种动物的故事，来讽刺那些或恃宠而骄、或盲目自大的得意忘形之徒，并指出他们自取灭亡的下场。如其中的《黔之驴》：

> 黔无驴。有好事者船载以入，至，则无可用，放之山下。虎见之，庞然大物也，以为神。蔽林间窥之，稍出近之，慭慭然莫相知。
>
> 他日，驴一鸣，虎大骇，远遁，以为且噬己也，甚恐。然往来视之，觉无异能者。益习其声，又近出前后，终不敢搏。稍近，益狎，荡倚冲冒，驴不胜怒，蹄之。虎因喜，计之曰："技止此耳！"因跳踉大𬺈，断其喉，尽其肉，乃去。
>
> 噫！形之庞也类有德，声之宏也类有能，向不出其技，虎虽猛，疑畏卒不敢取，今若是焉，悲夫！

这些寓言往往概括了一种普遍的生活真理，其讽刺对象是较广泛的；但这些徒有其表、虚张声势的社会现象，在统治集团中间却是更为大量而集中的存在，因此，它无疑是刺向整个官僚社会的一把锋利的匕首。他的《罴说》虽对"不善内而恃外者"有所讽喻，但其中所描写的"鹿畏貙，貙畏虎，虎畏罴"的逐一制服的故事，实际上也是弱肉强食、尔虞我诈的社会现实的缩影。至于《蝜蝂传》中写贪婪成性的蝜蝂，其锋芒所向是那些"日思高其位，大其禄"的官僚阶级，则是十分明确的了。这类寓言的故事部分写得委婉生动，饶有兴味，而取以寓意的事物往往是易见的动物或日常的生活现象，比之韩愈"杂说"用龙、麟或千里马的典故,更为通俗而亲切;其结论部分用极其精炼的三言两语点明主题。前后配合贴切,更见警策,发人深思,表现出作者思想的机智和观察的敏锐。

柳宗元是郦道元之后刻画山水的能手。他的山水记不是纯客观地描绘自然,而是渗透着自己痛苦的感受和抑郁的情怀。这是山水记的一种发展。他的《愚溪对》、《愚溪诗序》等文已经表现了许多被"辱"而"愚"的牢骚,而从《永州八记》(实际上有九篇)每一篇所刻划的山水形态中,都可以或隐或显地看出作者的影子。他认为西南山水无人赏识,遭遇到遗弃和埋没,正与他自己被遗弃、埋没一样。这些山水记固然流露出封建社会知识分子的孤独感,但主要还是因为在丑恶现实中,坎坷潦倒,理想不得实现而引起的严重不满情绪。《愚溪诗序》说:"余虽不合于俗,亦颇以文墨自娱,漱涤万物,牢笼百态,而无所避之。"正是他的创作心理的自白。把他仿《离骚》九篇中的《囚山赋》、《梦归赋》等作品联系起来考察,可以进一步看出他的山水记的较为深刻的思想意义。

自然山水对于柳宗元不是一种冷漠的存在,仿佛是亲切的知己。因此,他笔下的自然山水便具有和他的性格相谐调、相统一的美的特征:高洁、幽邃、澄鲜和凄清。这种自然美是通过对事物洞察幽微的细致刻划而表现出来的。如《永州八记》中的《钴鉧潭记》、《钴鉧潭西小丘记》、《至小丘西小石潭记》、《袁家渴记》等文,写一草一木,一泉一石,颜色、声音、动静、远近等,生动逼真,神妙入微。如:

> 潭中鱼可百许头,皆若空游无所依;日光下彻,影布石上,怡然不动;俶尔远逝,往来翕忽,似与游者相乐。
>
> ——《至小丘西小石潭记》

这里对于游鱼形态的揣摹,臻于化境。虽无一笔写水,但水的明净和清澈已可完全感到,体现了实中写虚、以少胜多的美学原则。而字凝语炼,多用短句,则代表了他的散文语言的共同特点。

除了上述两类散文以外,柳宗元的传记文也有一定的成就。像《段太尉逸事状》、《童区寄传》等,是有真人真事作为依据的。一写爱护人民、不畏强暴的正直官吏段秀实,一写智杀人贩子、英勇自救的童子区寄,作者没有因为赞美讴歌的激情而损害史传文学的真实性,但又有所剪裁和集中。《宋清传》、《种树郭橐驼传》、《梓人传》中的人物,却有更多的虚构成分。作者的主旨是用来说明自己一定的思想:或抨击势利场中"炎而附、寒而弃"的丑恶现象,或要求"使民以时"的安定的社会秩序,或主张统治阶级剥削的相对限制,然又夹杂着"劳心者治人"的封建说教等,带有寓言文学的特点。但是,作品在具体描绘中,却突出地表现了这些卖药人、工匠和种树者等市井细民的可贵品德或熟练的劳动技能,从而实际上成为对劳动和劳动者的颂歌。

柳宗元的另一名作《捕蛇者说》也有不少的传记成分,但对现实的揭露更为直接和尖锐。作者所选择的蒋氏三代宁可死于毒蛇而不肯死于苛政的生活事件,其本身就具有一定的典型意义,加上他对民生凋敝情况的描述,悍吏鱼肉乡里的叙写以及捕蛇者心理状态的细致刻划等,使这篇不到五百字的短文,从侧面揭示了封建社会阶级压迫和阶级剥削的重大主题。

柳宗元的论说文写得缜密谨严,条理井然,内容丰富而有识见;但从文章风格的角度来看,不及韩愈的笔力雄恣、才气纵横了。

柳宗元在创作上的成就还表现在诗歌方面。《柳河东集》中就收有《古今诗》两卷,约一百四十馀首。他的诗大都是在贬官以后写的,比起散文来,更多地抒发了诗人个人忧伤悲凉的情怀,有时也不免泛起一些虚无寂灭的思想沉滓,反映了在政治斗争中失败后的正直士大夫的精神面貌。他也写了不少直接反映社会生活的诗篇。他的诗风清朗疏淡,用功精细,和陶渊明、韦应物等人的风格有些近似。

长期的西南边远地区的逐客生涯,不能不在柳宗元的内心烙下深深的创伤。如《南涧中题》写在永州萧瑟的秋天:"羁禽响幽谷,寒藻舞沦漪。去国魂已游,怀人泪空垂。"写出了一个凄凉的意境。《哭吕衡州》、《哭凌员外》中对于与自己有共同政治抱负而又同遭贬窜的吕温和凌准的追悼,则流露出理想不得实现的惋惜和感伤。到了以后作柳州刺史时,离乡去京更为遥远,蹉跎岁月,人事沧桑,他的这种情绪发展得更加委曲深沉而无法排遣。如《登柳州城楼寄漳、汀、封、连四州刺史》:

> 城上高楼接大荒,海天愁思正茫茫。惊风乱飐芙蓉水,密雨斜侵薜荔墙。岭树重遮千里目,江流曲似九回肠。共来百越文身地,犹自音书滞一乡!

这与《寄韦珩》、《别舍弟宗一》等诗一样,巧妙地发挥了寄赠题材的特点,把自己贬逐后的生活感受,紧紧地交融在对挚友的怀念或亲人的惜别之情中,调子虽较低沉,却有一定的感染力量。

其他像《跂乌词》、《笼鹰词》、《放鹧鸪词》等寓言诗,都以飞禽自况,借以抒写失意沉沦的不平之感。其中如"还顾泥涂备蝼蚁,仰看栋梁防燕雀"和"草中狸鼠足为患,一夕十顾惊且伤"等诗句,不仅反映了仕途的险恶,也对那些牛鬼蛇神们的鬼蜮伎俩有着刻骨的憎恨。这和他的寓言散文的讽刺精神是一致的。

这种对现实政治的讽刺和抨击,在《古东门行》和描写农村生活的《田家三首》中,就锋芒毕露了。前者指责堂堂宰相武元衡被藩将李师道派人刺死后,朝廷不闻不问,凶徒逍遥法外而臣僚们竟噤若寒蝉。后者用单纯明快的笔触描写了在横征暴敛下农民生活的悲惨图画"蚕丝尽输税,机杼空倚壁"的赤贫者,还要用鸡黍来供奉傍晚过路的里胥。从"公门少推恕,鞭扑恣狼籍"的惨象的描写中,从农民"迎新在此岁,惟恐踵前迹"的恐惧惴栗的心理刻划中,充满着和《捕蛇者说》同样深厚的对人民的同情心。然而,总的说来,在诗中反映现实的深度和广度是不及他的散文的。

柳宗元诗歌的特色在一些写景小诗中表现得也很突出。如:

千山鸟飞绝,万径人踪灭。孤舟蓑笠翁,独钓寒江雪。

——《江雪》

破额山前碧玉流,骚人遥驻木兰舟。春风无限潇湘意,欲采蘋花不自由。

——《酬曹侍御过象县见寄》

宦情羁思共凄凄,春半如秋意转迷。山城过雨百花尽,榕叶满庭莺乱啼。

——《柳州二月榕叶落尽偶题》

在第一首安谧冷寂的画面中,我们还不大容易看出诗人内心的矛盾和痛苦,后两首则充分说明这些小诗的写作也并非完全是一片恬淡平静的心境。三首小诗代表三种不同的境界,或高旷,或深隽,或凄清,都能给人以一定的美的感受,因此历来为人们所传诵。

(原载中国科学院文学研究所编《中国文学史》,人民文学出版社 1962 年版)

宋代散文的风格

——宋代散文浅论之一

　　宋代散文是我国古典散文史上一个重要的发展阶段。在三百多年间出现了人数众多的散文作家,传统所谓的"唐宋古文八大家",宋人就占了六位①。从《宋文鉴》(宋吕祖谦辑)、《南宋文范》(清庄仲方辑)、《宋文选》(清顾宸编选)等总集来看,写作的数量十分惊人,其中包括不少文学散文或带有文学性的散文,也有许多议论文的名作。散文的普遍繁荣影响到宋代文学的其他领域:宋诗的散文化是众所周知的现象,词在苏轼、辛弃疾手中也越来越多地加重了散文成分,对诗词创作发生好坏兼具的复杂作用;赋也从散文中得到启示而重获艺术生命,形成一种新颖的类似散文诗的赋体;甚至连骈文也不太追求辞藻和用典,采用散文的笔法和气势,带来一些新的面貌。

　　宋代散文的重要成就之一,在于建立了一种稳定而成熟的散文风格:平易自然,流畅婉转。这比之唐文更宜于说理、叙事和抒情,成为后世散文家和文章家学习的主要楷模。清蒋湘南在《与田叔子论古文第二书》中说:"宋代诸公,变峭厉而为平畅:永叔情致纡徐,

① 《四库全书总目》卷一六九《白云稿五卷》条下云:"明朱右撰。右字伯贤,临海人。……右为文不矫语秦汉,惟以唐宋为宗。尝选韩、柳、欧阳、曾、王、三苏为《八先生文集》,八家之目,实权舆于此。"但其所编《八先生文集》未传。后茅坤评选《八大家文钞》,这个称呼才广为流行。

故虚字多;子瞻才气廉悍,故间架阔。……即作古文者,亦以两家为初桄。"(《七经楼文钞》卷四)是符合实际情形的。

这种散文风格的形成,既是传统散文发展的结果,也是北宋古文运动斗争的产物。

唐代的古文运动主要是文风、文体和文学语言的改革运动,因此,写作的"难"或"易"、"奇"或"平"自然地成为运动中注意的中心问题之一。韩愈的文论一方面要求"文从字顺各识职"(《南阳樊绍述墓志铭》),主张明白晓畅,另一方面又强调"惟陈言之务去"(《答李翊书》),崇尚戛戛独创,这里实际上包含着矛盾。他的《答刘正夫书》说"(文)无难易,唯其是尔",企图把矛盾统一在"是"上。但是,在这封信中,他同时突出地强调了文章贵"异"贵"能",要求不同凡响,表现了他论文的重点和主要倾向,这也是他调和"难"、"易"的解说使人感到有些抽象和空泛的真正原因。在他的写作实践中,虽有不少平易浅显的名作,但偏重于雄健奇崛的方面,甚至有的流于"怪怪奇奇"(《送穷文》)。韩愈以后,"奇"、"平"两派并行发展,韩门弟子皇甫湜、李翱各是其中的代表。李翱《答朱载言书》中说:"其爱难者则曰文章宜深不当易;其爱易者则曰文章宜通不当难。"在理论上,一个容易走向平衍肤浅,一个往往趋于艰涩怪僻,其利弊似乎相等;但在晚唐五代的写作实践中,后者变本加厉,愈演愈烈,却暴露了更多的缺点。

宋代古文家们为了使文章更好地表达思想,在政治斗争和社会生活中发挥更大的作用,对这个传统进行了认真的分析取舍。刘熙载说:"昌黎与李习之(翱)书,纡馀澹折,便与习之同一意度,欧文若导源于此。"又说:"韩文出于《孟子》,李习之文出于《中庸》,宗李多于宗韩者,宋文也。"(《艺概·文概》)指出了他们抉择的方向。王禹偁最早肯定韩愈古文中"易"的一面。他说:"吾观吏部之文,未始句之难道也,未始义之难晓也。"(《答张扶书》)再三地提出"句易道,义易晓"的要求(《再答张扶书》)。古文运动的领袖欧阳修虽以"尊韩"相号召,但他批判了为韩愈所称道的樊绍述的奇险文风:"异哉樊子怪可吁,心欲独出无古初:穷荒搜幽入有无,一语诘曲百盘纡。孰云己出不剽袭,句断欲学《盘庚》书。"(《绛守居园池》,《欧阳文忠公文集》卷二)他主张"其道易知而可法,其言易明而可行"(《答张秀才第二书》),认为作家可以"各由其性而就于道"(《与乐秀才第一书》),反对逞奇炫巧,矫揉造作。苏轼论文也主张"自然"、"畅达"。他在《答谢民师书》中批评了扬雄"好为艰深之辞,以文浅易之说",而扬雄正是韩愈不止一次地称赞过的作家①。这反映了宋代古文家们的共同认识,也和宋代影响很大的道学家的文论有某种一致的地方。

欧阳修所领导的古文运动批判地继承了韩愈古文运动的精神,又有自己时代的内容。这还与这个运动的对立物的性质密切有关。通常流行的观点,把宋代的诗文革新运动仅仅归结为西昆体和反西昆的斗争,这是不够全面的(诗的问题,不是本文范围,姑置不论);或者说成是反对骈文的斗争,也不大符合实际情形。韩愈曾努力于文体变骈为散的改革,到了欧、苏等人,他们采用了韩愈已经创立的新型"古文"的形式,但并不反对骈文本身。欧阳修说过:"偶俪之文,苟合于理,未必为非,故不是此而非彼也。"(《欧阳文忠公文集》卷七三《论尹师鲁墓志》)因为骈文在一定范围内应用(如诏、制、表、启、上梁文、乐语等),是当时既定的体制。欧、苏都是骈文的能手,他们倒是给骈文增加了散文的气息。陈善《扪虱新话》卷九说:"以文体为诗,自退之始;以文体为四六,自欧阳公始。"清程杲在《四六丛话·序》中说:"宋自庐陵、眉山,以散行之气,运对偶之文,在骈体中,另出机杼;而组织经传,陶冶成句,实足跨越前人。"欧阳修的《采桑子·西湖念语》、苏轼的《乞常州居住表》等都是写得相当出色的骈文。这样,宋

---

① 参见《进学解》、《答刘正夫书》、《答崔立之书》、《与冯宿论文书》、《送孟东野序》等文。

代古文运动就把全部力量集中在文风的革新上了。

欧阳修和当时两种不良文风进行斗争。一种是沿袭唐末五代柔靡浮艳的文风。宋人叶涛在评述欧阳修对古文的贡献时,着重指出当时"文章专以声病对偶为工,剽剥故事,雕刻破碎,甚者若俳优之辞,如杨亿、刘筠辈,其学博矣,然其文亦不能自拔于流俗,反吹波扬澜,助其气势,一时慕效,谓其文为昆体"①。这种风气弥漫在所谓"时文"里,西昆体文只是其中的重要代表。另一种是宋初古文作者在反对艳冶文风时所产生的新的流弊:由简要平拙、学古不化而流入艰涩和怪僻。前者连柳开、穆修、尹洙等人也不能避免,后者如宋祁的"涩体"。发展到欧阳修时,这一风气同样充斥文坛,引起他的竭力反对:"嘉祐二年(1057),先公(欧阳修)知贡举,时学者为文,以新奇相尚,文体大坏。僻涩如'狼子豹孙,林林逐逐'之语,怪诞如'周公伻图,禹操畚锸,傅说负版筑,来筑太平之基'之说。公深革其弊,一时以怪僻知名,在高等者,黜落几尽。"②苏轼在《上欧阳内翰书》中也指出当时存在"浮巧轻媚、丛错采绣之文"和"求深者或至于迂,务奇者怪僻而不可读"之文,并简明地概括为"馀风未殄,新弊复作"两个方面。这两位先后主持文坛的领袖,认识是完全一致的。正是从这两方面的斗争中,既清除了五代的浮艳馀风,又吸取了早期古文的失败经验,才把建立平易流畅的散文风格,作为宋代古文运动的基本目的。

这一风格是由哪些因素构成的呢?除了作家的气质、素养和美学理想等外,主要还由于结构和语言上的特点。

---

① 《重修实录本传》(朱本),见《欧阳文忠公文集·附录》卷三。
② 欧阳发等:《事迹》,见《欧阳文忠公文集·附录》卷五;又参见《附录》卷四《四朝国史本传》(淳熙间进)、《附录》卷一吴充《欧阳公行状》、叶梦得《石林燕语》、《宋史》卷三一九《欧阳修传》等,文字略有不同。

苏洵在评述韩、欧文风的区别时,有一段十分精彩的话。他说韩愈的文章,"如长江大河,浑浩流转,鱼鼋蛟龙,万怪惶惑,而抑遏蔽掩,不使自露;而人望见其渊然之光,苍然之色,亦自畏避,不敢迫视"。而欧阳修却是"纡馀委备,往复百折,而条达疏畅,无所间断;气尽语极,急言竭论,而容与闲易,无艰难劳苦之态"(《上欧阳内翰第一书》,《嘉祐集》卷一一)。这对理解唐宋文的区别同样适用。从布局谋篇上来说,大抵唐文重于纵横开阖,突起突落,虽有"抑遏蔽掩"的起伏波澜,但于转接之间不可测识;宋文贵在曲折舒缓,藏锋敛锷,即使在"气尽语极,急言竭论"时,也是一片行去而少突兀奇峰。韩愈的《谏臣论》和欧阳修的《与范司谏书》都以劝诫对方应该负起谏官的职责为内容,但韩文劈头揭起"恶得为有道之士"的断语,以下三难三驳,穷追猛打,咄咄逼人;欧文则前半不慌不忙地娓娓道来,阐明谏官"任天下之责,惧百世之讥"的重要地位,后来又委婉地陈述进谏不应待时的意见,字里行间才透露出期望的殷切。又如韩愈的《上兵部李侍郎书》和苏辙的《上枢密韩太尉书》都是"干谒"之文,韩文直来直往,一则说"非言之难为,听而识之者难遇",既则说"不发于左右,则后而失其时矣",锋芒外露,求助之情毫不掩饰;苏文却从文章修养说起,缓缓地归结到求见的本题。这是造成唐宋文不同风貌的一个因素。

唐代的古文家们大都致力于语言的锤炼,选择或熔铸色泽强烈的新颖词语。韩愈在这方面作出了惊人的努力。试以《进学解》这篇不到八百字的短文为例,就出现了像"业精于勤"、"爬罗剔抉"、"刮垢磨光"、"细大不捐"、"补苴罅漏"、"张皇幽眇"、"回狂澜于既倒"、"含英咀华"、"佶屈聱牙"、"同工异曲"、"动辄得咎"、"俱收并蓄"以及"焚膏油以继晷"、"闳其中而肆其外"等独创性词语,给人以面目一新的感觉。宋代的散文语言是明白如话的,朱熹说:"欧公文章及三苏文好,只是平易说道理,初不曾使差异底字,换却那寻常底字。"(《朱子语类》卷一三九)这可以作为宋文的概评。即使像范仲淹《岳阳楼记》中的写景文字,虽被宋人"病其词气近小说家",但只觉华美而非奇特,和柳宗元山水记的峭刻劲急的语言风格还是各异其趣的。他们又特别善于发挥虚字的作用。罗大经说:"韩柳犹用奇重字,欧苏惟用平常轻虚字。"(《鹤林玉露》卷五)欧阳修改"仕宦至将相,富贵归故乡"为"仕宦而至将相,富贵而归故乡"的故事①,就透露了其中的消息。虚字这种语言手段的适当运用,有助于造成纡徐圆畅的散文节奏。《醉翁亭记》连用二十一个"也"字结尾,就形成一种富有情韵的吟咏句调,而韩愈在《送孟东野序》中一连用四十个"鸣"字,却使人感到腔吻急迫,雄奇有力。这是造成唐、宋文不同风格的语言上的原因。

在平易、婉转的基本风格的基础上,宋代散文家又各具自己的特色。风格的多样化正是宋代散文走向成熟的标志之一。欧阳修是这种共同风格最有代表性的作家,但他散文中富有抒情兴味的所谓"六一风神",就不是其他作家所共有。试以书序为例。欧阳修和宋代其他几位古文家都是作序的名手,但他在题材的处理和风格上很有独创。曾巩是善于目录序的,他的《战国策目录序》、《新序目录序》、《列女传目录序》都以议论为主,以儒家卫道者的热忱,或排斥战国时的游士之言和诸子百家的"异端邪说",或发挥君子"身修故家国天下治"的道理,劝诫国君重视内廷的教化。王安石是擅长序经义的,他的《周礼义序》、《书义序》、《诗义序》等,用简洁的文字,阐述它们跟当时施政的关系。朱熹为《诗经》、《楚辞》、《大学》、《中庸》等古代典籍写的序,也常被一些古文选本所选录,其中颇有一些宝贵的艺术见解和治学心得。而欧阳修的诗文集序,却以浓厚的抒情性见长,具有更

———————————

① 见《过庭录》。这两句是《相州昼锦堂记》的开头。

高的文学价值。如《苏氏文集序》、《江邻幾文集序》、《梅圣俞诗集序》、《释秘演文集序》、《释惟俨文集序》等,都结合着作者和他们交游冷落、飘泊不偶的遭遇,抒发回肠荡气、呜咽凄楚的不平之感。这种低回婉转的抒情特点和欧阳修采用主客映衬的手法密切有关。《江邻幾文集序》从作铭说到作序,又以梅尧臣、苏舜钦预示江邻幾的影子,然后才说到本题,避免了浅露板直、一览无遗的缺点。两篇释序都以石曼卿作为陪衬,但不像前序那样逐段分写,而是主客一路滚滚并出,忽起忽落,烟波无际,使抒情更为含蓄和深沉了。

曾巩和苏辙的文风,大致和欧阳修相近。但他们二人之间仍有所区别,面目绝不混同。我们只要把曾巩的《寄欧阳舍人书》和前面已经提到的苏辙《上枢密韩太尉书》略作比较,就可以看出,尽管曾巩也采用了曲折迂回的结构方式,把酬谢的主旨放在史传和墓铭异同等议论之后,但他不像苏辙在汪洋淡泊之中仍有骏发蹈厉的气势,而表现出冲和整洁、醇厚质重的特色,别有一番平和雍容的意味。

苏轼是才情奔放、文思横溢的天才作家。他的议论文和苏洵是同一路数,学习了《战国策》纵横捭阖、辩丽恣肆的特点;其他文字也大都达到行云流水、舒卷自如的境界。他和欧阳修是宋代风格最鲜明的散文大家。王安石在欧、苏两家之外独辟蹊径。他虽然嘲笑过韩愈"力去陈言夸末俗,可怜无补费精神"(《临川集》卷三四《韩子诗》),但在文章上实在深得韩愈拗劲逆折的特长,这在他的短文,如《读孟尝君传》、《书刺客传后》等文中表现得更为突出。

南宋的文风基本上继承欧、苏的传统。由于道学家文论的进一步传播,欧阳修的影响似更大些,风格更趋明畅,文字更为醒豁。朱熹、陆九渊等道学家的某些有名的文章就是如此。苏轼的文集在北宋末年曾遭到过禁绝,南宋初期又盛行起来。陆游说:"建炎以来,尚苏氏文章,学者翕然从之。"(《老学庵笔记》卷八)竟达到"家有眉山之书"的盛况。辛弃疾、陈亮的策论,叶适及宋末爱国志士如文天祥、谢枋得、郑思肖的文字,雄赡豪迈,是比较接近苏轼的。

宋代散文的成就和特点、继承和革新以及在我国文学史上地位和影响等,是一个值得广泛研究的课题。本文仅从散文风格方面作一些粗浅的论述,其他问题拟另作文探讨。

（原载《光明日报·文学遗产》1962 年 11 月 11 日）

宋代散文的技巧和样式的发展

——宋代散文浅论之二

宋代散文在表现技巧上有哪些新的特色？在样式上又有哪些新的创造？这首先要求对宋代散文进行必要的分类研究。散文的分类问题至今还没有得到科学的解决，我在这里不得不走一条老路：按照政论、史论、书序、记、赋、随笔、书简、题跋等不同文体，作一些初步的探索。以下行文时又分成三个部分，大致各以议论、叙事、抒情为主要因素（当然，其中有些文章，或夹叙夹议，或亦情亦理，或融人、事、景、物、情、理于一炉，是不易严格归类的）；而就文学价值而言，则是从带有一定文学性的文章谈到真正的文学散文。

一

先秦的诸子散文和历史散文中有不少议论时政的文字（如《韩非子》《战国策》等），从汉代贾谊、司马迁、班固等人起，我国更有了独立成篇的史论的传统。到了唐代，韩愈、柳宗元的政论文一般都在千字以内，较少繁譬博引，史论如韩愈的《伯夷颂》、柳宗元的《桐叶封弟辨》，更是判断短截，不枝不蔓。宋代议论文的共同趋势是展开铺排，条分缕析，论辩滔滔，一泻千里。这是为了适应内容的需要。策论如苏轼《上皇帝书》、王安石《上仁宗皇帝言事书》、胡铨《上高宗封事》、辛弃疾《美芹十论》、陈亮《上孝宗皇帝书》和朱熹《戊午谠议序》等，都是有名的长篇力作。有的引古证今,统论天下时政,有的专对某事进行细致入微的探究。欧阳修、苏洵、苏轼等都写过不少史论。苏氏父子尤其擅长翻案文章,摆脱传统说法,时有新见;虽也有强词夺理之处,但在文章的命意、布局和文词上都给我们有益的启示。南宋吕祖谦的《东莱先生左氏博议》更以好发异议、长于辩析为特色,对后世文章家影响很大。

议论文中的语言风格的要素是很复杂的,它有一般的说明、推理和论证的语言,也有艺术性的叙述、生活形象的描写、抒情的感叹以及其他加强文章生动性和具体性的修辞手段和语言手段(如比喻、对比、各种不同句型的特殊应用等)。所以,把议论文笼统地看作文学散文是不很妥当的;然而分析后者在文章中所起的作用,应该是文学研究者的任务。宋代古文家写的议论文,和其他古典散文名作一样,不仅要求以理服人,而且注意文章的抒情性和形象性。如欧阳修的《五代史伶官传序》就具有以情动人的特点。这篇文章旨在总结历史教训,在结构上也可分为提出命题、论证、结论三个部分,和一般议论文的三段论式似无二致,但从"呜呼!盛衰之理,虽曰天命,岂非人事哉"的开头,读到"夫祸患常积于忽微,而智勇多困于所溺,岂独伶人也哉"的结尾,我们不仅了解到作者所要表达的"忧劳可以兴国,逸豫可以亡身"的道理,而且感受到作者内心的激动。"呜呼"等感叹词以及"何其壮哉"、"何其衰也"等咏叹句式的运用,使叙述或议论中平添了一种感喟俯仰的情调。文中有关史实的叙述,还采用人物的对话,也增加了历史生活的具体感觉。

比喻、夸张和渲染等是宋代议论文中常用的艺术手段,那类寓言式的杂说(如苏轼的《日喻》、王安石的《伤仲永》等)更把一定的形象和哲理意味的议论结合起来,具有较大的概括力量,这都是人所熟知的。我在这里想谈谈另一种常见的表现手段:引证。

写文章举例子,这原是很普通的现象,但宋人特别讲究引证的

"艺术",在不同文章中产生不同的作用。我们试想把欧阳修《朋党论》后半部分的引证"腰斩"掉,对他所要表达的意思可说没有什么大影响,因为前半议论大致已把主题说清楚了,但那会变成一篇毫无光彩和力量的文字。欧阳修却先按时代顺序,从尧、舜、殷、周直到汉、唐,一一举例叙述;然后又分别归纳为正反两面的历史经验加以总结。这种重复引证的手法,使文章更加雄辩有力,还使论点有所发展:君子之朋,"虽多而不厌",越多越好。司马光《训俭示康》的后半部分也是引证,然而别有一番布置匠心。他先从本朝人中举出李沆、鲁宗道、张知白三个"以俭素为美"的例子,后又从古今七个具体人物身上看出正面的或反面的经验教训,这两段中间又插入一段根据春秋时御孙的话而发挥的议论,把"俭"和"侈"的对立,提到善恶的伦理高度。前段引证结合着具体的描写,后段引证包含着鲜明的对比。可以看出,这里的引证不仅仅作为论点的印证,而且是论点借以推进和深化的杠杆。苏轼的《志林·平王》,这个特点表现得更为突出。这篇文章不到七百字,然而一连引证十三个有关迁都的史实,拉杂写来,句式各异,乍看似乎散不可收,细加复按,无一不是围绕"东迁之谬"而发:一类是并非惧怕外族侵略而迁都的,一类是虽有外族威胁而终不迁都的,它们结果都是兴盛的国家。另一类是像周平王那样迁而后亡的。这样,从各个角度证明了平王的失策,并使文气旺盛、富赡炫目,如用单文孤证就不可能具有这样的力量。欧阳修的《为君难论》、苏洵的《权书》、《衡论》、苏轼的《上皇帝书》等也是如此。在这里,引证不单是作为逻辑论证中的论据出现,而且有助于造成精细严整的布局、汪洋恣肆的文势,成为文章结构和风格的重要手段,并表示出政论和史论相结合的倾向。

书序在宋代议论文中占有重要的地位,比之唐代是一个引人注目的收获。除了欧阳修、曾巩、王安石、朱熹等人的一般性书序以外,应该着重提出的是一种描写人物的书序。这恰好填补了宋代传记文的空白。用散文写人物，不能像小说那样具有完整的情节和故事，也不能对人物作着力的刻画，它只能选择一两个典型事件大致勾勒人物的轮廓，或者甚至只能信手点染几笔，留下一些身影，但仍能达到生动性和形象性的要求。陈亮的《中兴遗传序》和陆游的《师伯浑文集序》就是如此。他们写的都是南宋投降集团压抑下的爱国志士，陈序实际上是龙伯康和赵次张二人的小传，突出了他们的神奇狂傲或机智才略。其中写二人射箭处尤较精彩：次张先射，十中六七，"心颇自喜"；继而"伯康拾矢而射，一发中的，矢矢相属，十发亡一差者"，不禁使次张一"惊"；然后补出伯康"此亦何足道"的议论，使"次张吐其舌不能收"，层层深入地从人物的相互关系中写出伯康的磊落不凡。陆游的笔触似更凝练，他写师伯浑的满腔抑郁愤懑：

> 予既行，伯浑饯予于青衣江上。酒酣浩歌，声摇江山，水鸟皆惊起。伯浑饮至斗许，予素不善饮，亦不觉大醉。夜且半，舟始发去。至平羌，酒解，得大轴于舟中，则伯浑醉书，纸穷墨燥，如春龙奋蛰，奇鬼搏人，何其壮也。

这里虽然不可能有典型性格的深刻发掘，甚至算不上对人物有什么正面的描写，就在生动的叙事中，使人对师伯浑留下难忘的印象。

李清照的《金石录后序》和文天祥的《指南录后序》是两篇带有自传性质的优美散文。尽管文章都以叙事为主，但李清照并不放弃描写，如夫妇猜书品茶和途中离别等段，写得颇有情韵；而文天祥气势奔放，笔墨淋漓，特别是一连例举二十种濒于死亡险境的那段文字，融注着作者强烈的悲愤和赤胆忠心，跟他的为人一样，光照千古。加强形象性和抒情性，提高文章的文学价值，这正是宋代书序发展中的一个特点。

二

"记"这种体裁,原来只是客观记事的应用文字。明陈懋仁《文章缘起》注中说:"《禹贡》、《顾命》乃记之祖,记所以叙事识物,非尚议论。"唐代韩、柳以后,"记"就突破了原来"叙事识物"的范围,或借以议论感慨,或工于景物刻画。到了宋代,进一步扩大了这种文体的社会内容,加强了它的文学因素,成为文学散文的一种重要形式。其中尤以亭、楼、台、院记和游记散文取得更大的成就。

方苞在《答程夔州书》中说:"散体文惟记难撰结,论、辨、书、疏有所言之事,志、传、表、状则行谊显然,惟记无质干可立,徒具工筑兴作之程期,殿观楼台之位置,雷同铺序,使览者厌倦,甚无谓也。"(《方苞集》卷六)这在一定程度上概括了"记"的一般流弊,但宋代优秀的散文家们自有解决这个通病的办法。他们把叙事、描写和议论熔为一炉,腾挪变化,涉笔成趣。这类"记"最一般的构成形式是先叙事、次描写,最后以议论作结。议论部分常常是作者思想的集中表现,写景部分却往往是他们用力的重点。王禹偁的《黄冈竹楼记》、范仲淹的《岳阳楼记》、欧阳修的《醉翁亭记》等都是如此;苏舜钦的《沧浪亭记》、苏辙的《武昌九曲亭记》、韩元吉的《武夷精舍记》等,只是前段叙事和写景参用,稍有变化而已。这种相似的结构并没有束缚他们思想性格的表露和艺术独创性的发挥。范仲淹和欧阳修都是在仕途不得意时写了上述两篇名作的,但范仲淹提出了"先天下之忧而忧,后天下之乐而乐"的宏大抱负,作为自己谪居生活中的鞭策,也是对朋友的勉励。欧阳修却与自然美景怡然心会,表现出洒脱淡逸的神态。在写景手法上,范仲淹是把分类摹写、对比和文字上的排比结合起来。一阴一晴,互相映衬。写晴处,又分写春晴、秋夜的风光,而"浮光耀金"和"静影沉璧"又分别概括出秋夜中有风或无风时的江上景色。构思是十分细密的。可以看出,范仲淹致力于选择最有典型性的景物,否则这种写法是较易流于呆板的。欧阳修用的是移步换形的手法。开头一段交代醉翁亭的位置,写来由大及小,层层深入,从所见的山峦到所闻的泉声,几经回环,才在"峰回路转"之后出现了一座玲珑剔透的亭子,引起读者身临其境的感觉和探胜索幽的兴趣。后面写山中朝暮、四季景物的变幻,乡人的和平恬静和宴游的欢乐喧闹,也属分类描写之法,但笔意飞洒,摇曳多姿,与范仲淹各擅其美。

苏轼的亭、台、堂、阁记却不死按上述的"三段论式",而把叙述、描写、议论错杂并用,极富灵活变化之能事。《超然台记》、《放鹤亭记》、《凌虚台记》都不外是老庄出世哲学的表现,但议论或前或中或后,不拘一格,在结构中发挥不同的作用。如《超然台记》劈头一段长达二百多字的"游于物外"的议论,首先造成一种与主题相适应的飘渺超脱的意绪,然后进入叙事;而《放鹤亭记》先写亭址和命名,文章的意图已经完成,似乎难以为继,他却顺手拈出国君好鹤和隐士好酒作对比,反衬出"隐居之乐"的可贵。最后又加《放鹤》、《招鹤》两段歌词,增添不少抒情气氛。他的许多记都能从相似的题材中,写得各具面目和兴味。

宋代的游记散文,学习了柳宗元山水记的文字凝炼简短、风格峭拔遒劲的特点,一般都按照游踪的线索,采用移步换形的手法,具有一种引人入胜的魅力。我国的写景文字大致可分三类:一种偏重于对自然景物客观的、准确的刻画;另一种把这种刻画跟作者对景色的诗意感受结合起来,读后见物又见人;第三种是把这两种写法交错并用。宋代游记继承了这个传统并加以发展。朱熹的《百丈山记》和邓牧的《雪窦志游》都是偏重客观描绘的,写得回环曲折,体现了东南山水"山重水复疑无路,柳暗花明又一村"的特色。朱熹在介绍百丈山的六处胜景时,层次分明,有主有客;邓牧喜欢偶尔点缀一些人事,如轿夫的答语,野僧的留客,烘托出淳朴深厚的泥土气息,跟山水描写

又很和谐。王质有几篇十分出色的游记,但向来不为人们所注意。像他的《游东林山水记》:

> 又三四曲折,乃得大溪,一色荷花,风自两岸来,红披绿偃,摇荡葳蕤,香气勃郁,冲怀胃袖,掩苒不脱。小驻古柳根,得酒两罂,菱芡数种。复引舟入荷花中,歌豪笑剧,响震溪谷。风起水面,细生鳞甲,流萤班班,若骇若惊,奄忽去来。夜既深,山益高且近,森森欲下搏人。天无一点云,星斗张明,错落水中,如珠走镜,不可收拾。……

作者在荷溪边展开了一个多么爽心快目的天地!色、香、饮、歌、縠纹、流萤,写得清丽诱人,把普通景色提高到诗情画意的境界;晚上,星儿映入荷溪中,"如珠走镜,不可收拾",又是多么新鲜、生动!自然景色处处是在作者的审美情趣的映照下再现出来,比之客观描写更易在情绪上感染读者。这篇文章不只这一段写得好,全文都达到相当高的水平。晁补之的《新城游北山记》前半着力于景物的准确描摹,特点还不甚显明;后半则结合着主观感受,写出了一个凄神寒骨的可怖境界,在艺术上似更出色些。这对我们今天游记散文的写作,提供了很可思索的艺术经验。

在原以议论为主的"书序"中,我们发现了讲究描写和抒情的"别格";在原以叙述为主的"记"中,又有一种旨在议论的"异体"。议论成分的加重,也是宋代许多散文的共同趋势之一。如王禹偁的《待漏院记》,完全撇开有关建筑物本身的修建、位置等情况,而是一篇"借题发挥"的告诫宰执大臣的政论。他向他们提出了"勤"和"慎"的要求,希望他们为国为民做些好事。文中以贤相、奸相、庸相作对比,使是非邪正的区别更加明白清楚。贤相、奸相作比时,文字上也是两两相对,在整齐的形式中取得强烈的效果。这完全是种议论文的写法了。在游记散文中也有类似的情形。例子可举有名的《石钟山记》和《游褒禅山记》。作者苏轼和王安石都用游记的题材，生动地说明了有关思想方法和学习方法的重要见解，是两篇很别致的说理文。

三

宋代散文在样式上还有一些发展和革新。

赋是从《楚辞》发展而成的传统诗体之一。经过"汉赋"、魏晋时的"抒情小赋"直到唐代"律赋"的曲折发展，赋的创作颇为沉寂。欧、苏沿袭传统格式所写的几篇赋，在艺术上没有特色，这正酝酿着改革的要求。于是，在散文普遍繁荣的形势下，赋也走上散文化的道路。它一方面吸取赋的某些特点和手法，保持诗的特质和情韵；另一方面又采取散文的笔势笔调，多用虚字，少用对偶，打破原来固定的句式、韵律，形成了中国文学史上罕见的散文诗。欧阳修的《秋声赋》、苏轼的《前赤壁赋》、《后赤壁赋》、《秋阳赋》、《黠鼠赋》等就是这种改革的积极成果。它们都适当地运用了传统赋的铺张排比的手法，明丽绚烂的辞采，铿锵和谐的语言，还错落地押了大致相同的韵脚，这些都是诗的因素；但更为重要的是驰骋着优美的想象，饱和着丰富的感情，这才构成了真正的诗意。欧阳修对于无形秋声的渲染，苏轼对江上美景的描绘，都笼罩着一层诗意的纱幕。散文中常见的说理，在这些赋中也被抒情化了，特别是《前赤壁赋》，叙事、写景、抒情和说理浑然一体，相互渗透，在艺术上达到了很高的境界。

宋代的散文赋在我国文学史没有发展成一个传统，对后世发生巨大影响的倒是另一种文体——随笔。

笔记文滥觞于魏晋，在宋代蔚为盛观。说部之作成批出现，不下六十馀种；诗话、词话也大都采取笔记的形式和写法。其中有些具有一定的文学价值。如欧阳修的《归田录》、《笔说》、沈括的《梦溪笔谈》、庄季裕的《鸡肋编》、周辉的《清波杂志》、陆游的《老学庵笔记》、周密的《癸辛杂识》、《武林旧事》等。它们一般以记事为主，题材十分广泛，正像很多书名所标示的："杂"、"漫"、"琐"、"随"。或记遗闻佚事，或述风土人情，信手拈来，随口说出，漫笔写成，特饶一种质朴自然的情味。

苏轼《志林》中的一些篇章，却不讲求记事的生动、准确，而是在自己日常生活片断的叙述中，坦率地表现了封建文人落拓不羁、随缘自适的个性。这种抒情小品是随笔的一大发展。对晚明公安、竟陵派和清代袁枚、郑板桥等的小品文有过直接的影响。明王圣俞在选辑《苏长公小品》时说："文至东坡直是不须作文，只随笔记录便是文。"（见《书天庆观壁》眉批）倒很通俗地说出了这种小品的特点：不刻意为文，只是信手点染，努力在三笔两笔中写出一种情调或一片心境。

书简和题跋也是随笔中两类重要的文字。苏轼、黄庭坚、陆游等尤擅胜场。《苏黄尺牍》中收录不少表现他们性情和风致的小简，大致苏轼轻逸洒脱，黄庭坚较为谨严冲和。苏轼的题跋也很有特色，如《题凤翔东院王画壁》：

> 嘉祐癸卯上元夜，来观王维摩诘笔，时夜已阑，残灯耿然，画僧踽踽欲动，恍然久之。

在迷离恍惚中，写出了栩栩如生的画面。陆游有时在疏淡的笔墨中，陡然泼上一堆浓点，照映得全文光彩夺目。如《跋李庄简公家书》：

> 李丈参政罢政归乡里时，某年二十矣。时时来访先君，剧谈终日。每言秦氏，必曰咸阳，愤切慨慷，形于色辞。一日平旦来，共饭，谓先君曰："闻赵相过岭，悲忧出涕；仆不然，谪命下，青鞋

布袜行矣。岂能作儿女态耶?"方言此时,目如炬,声如钟,其英伟刚毅之气,使人兴起。后四十年,偶读公家书,虽徙海表,气不少衰,丁宁训戒之语,皆足垂范百世,犹想见其道青鞋布袜时也。

这类文艺性的题跋和书简对后世也具有深远的影响。

宋代的散文,在继承前代散文的基础上,充分发挥题材广泛、笔法自由的特点,加强了议论性、形象性和抒情性,丰富了表现技巧和手段,在样式上也作了新的开拓和改革,从而在我国散文史上奠定了重要的地位。但一般说来,宋人好议论的特点有时不免流于空泛和迂阔,也缺少唐代战斗性的讽刺散文,抒情中也夹杂不少消极因素,不少文章写得冗长和粗率。这在评价它的成就时也是应该注意的。

(原载《光明日报·文学遗产》1963 年 3 月 31 日)

欧阳修散文创作的发展道路

中国传统文化发展到宋代,又达到了高度繁荣的新的质变点。其标志之一就是涌现了一批具有多方面成就的文化名人。他们视野开阔,通古博今,占领了一个又一个文化领域的巅峰,其本身往往是一代文化的结晶和代表。欧阳修就是北宋前期最早升起的一颗文化巨星。他作为当时文坛盟主,领导了宋代的古文运动,奠定了宋代散文的群体风格。他和梅尧臣、苏舜钦一起,开创了有宋一代诗歌的新面貌。在宋初词坛上,他和晏殊所组成的晏欧词派居主导地位。他又主持《新唐书》的编撰,并独立完成《新五代史》,在我国众多的史学家中,成就卓著。他以《易童子问》、《诗本义》等经学著作,开创了以务明大义、疑古辨伪为特征的"宋学",与传统的神化经典、恪守传注的"汉学"相抗衡。他又是金石考古学的开拓者,我国第一部诗话著作的作者。他当之无愧地荣膺散文家、诗人、词家、历史学家、经学家、考古学家、诗歌评论家等多种称号。而作为散文家的欧阳修,他流传至今的五百馀篇作品,是他文学创作中成就最高的部分,其重要的历史地位,尤引人注目。

一、古文创作初露锋芒(1031—1034)

欧阳修(1007—1072)现存的最早散文作品,写于宋仁宗天圣年间,在 66 年的人生历程中,他勤奋地写了近半个世纪。他的散文创作道路、散文特点的形成和成就的获得,跟北宋古文运动的发展直接关联,也跟北宋的整个政治环境和社会情势密不可分。也就是说,散文创作、古文运动和政治革新三者在他身上是交互影响、同步行进的。

引导欧阳修走上古文写作之途的是韩愈。欧阳修四岁丧父,随母去随州投靠在那里任推官的叔父欧阳晔,遂长居该地。他在城南李尧辅家,第一次得见韩愈的文集:"见有弊筐贮故书在壁间,发而视之,得唐《昌黎先生文集》六卷,脱落颠倒无次序。因乞李氏以归,读之,见其言深厚而雄博。然予犹少,未能悉究其义,徒见其浩然无涯若可爱。"(《记旧本韩文后》)韩文在他孤贫力学的生活中不啻展现了一个崭新的世界。原来唐中叶韩愈、柳宗元的古文运动成就突出却后继乏人,不久骈文重又抬头,到五代乃至宋初,浮泛靡丽的骈文占据了文坛的统治地位:一切官场应用文字,上起诏敕,下至判辞书牍,以及科举程文等皆用骈文。欧阳修为准备应举,自然也把学习骈文作为重要日课。他追述说:"仆少孤贫,贪禄仕以养亲,不暇就师穷经,以学圣人之遗业,而涉猎书史。姑随世俗作所谓时文者,皆穿蠹经传,移此俪彼,以为浮薄,惟恐不悦于时人,非有卓然自立之言,如古人然。"(《与荆南乐秀才书》)正是以"顺时取誉"为目的的僵死卑弱的骈文为参照物,韩文"深厚而雄博"、"浩然无涯"的美学特征才对他产生了巨大的吸引力和感染力。

天圣元年(1023),17岁的欧阳修参加随州州试,试题是《左氏失之诬论》。他的答卷尽管有"石言于宋,神降于莘。外蛇斗而内蛇伤,新鬼大而故鬼小"等"奇警之句"流传后世(《东轩笔录》卷一二),却以落官韵被黜。复又重读韩集,"喟然叹曰:学者当至于是而止尔。……以谓方从进士干禄以养亲,苟得禄矣,当尽力于斯文以偿其素志。"(《记旧本韩文后》)立下了尽早摒弃骈文这块敲门砖,潜心研治韩文的志愿。这表明欧阳修领导的古文运动,固然跟唐代古文运动一样,也标举明道师经的旗帜,但更具诱惑力的契机却是对韩文艺术特性、美学风范的钦羡和认同,这也预示着欧阳修今后的文论思想朝"重道更重文"的方向发展。

天圣八年,他终于进士及第,次年三月到洛阳出任西京留守推官,直至景祐元年(1034)秩满。这三年间,他积极参与了洛阳文人集团的诗文革新活动,是他古文创作的发轫期,并在文坛上崭露头角。

当时钱惟演任西京留守,大批文人学士聚集在他周围。从欧阳修《七交·自叙》、《书怀感事寄梅圣俞》等诗中,充分反映出名士荟萃的盛况。这个具有大致相同文学好尚的文人集团,其实际领袖是通判谢绛,重要成员有尹洙、梅尧臣、欧阳修等。梅尧臣《依韵和答王安之因石榴诗见赠》云:"是时交朋最为盛,连值三相(指李迪、钱惟演、王曙)更保釐。谢公主盟文变古,欧阳才大何可涯,我于其间不量力,岂异鹏抟蒿鷃随。"在《依韵和王平甫见寄》中又说:"谢公唱西都,予预欧尹观,乃复元和盛,一变将为难。"俨然与韩、柳、元、白的元和时代先后比美,蔚成文学史上的大观。

这个颇为松散的文人群体虽然主要活动不过是"文酒聊相欢"、"崎岖寻石泉"的宴游生活,且尚未提出明确的诗文革新纲领,但毕竟是依照一定的文学趋尚而发生互动关系的共同体,也不能离开宋初以来诗文革新运动的整体发展。柳开、王禹偁等人首先对浮艳空泛的"五代体"发起攻击,提出复兴"古文"的要求。然而,以大中祥符年间《西昆酬唱集》结集为标志,西昆体时文又逐渐取代宋初早期古文的地位。这又引起孙复、石介、穆修、苏舜钦等人的反对,西昆体时文的影响遂日趋减弱。更加上天圣七年仁宗下《贡举诏》戒除文弊,"比来流风之弊,至于荟萃小说,磔裂前言,竞为浮夸靡蔓之文,无益治道",要求"学者务明先圣之道"(《续资治通鉴长编》卷一〇八)。(以后明道二年、庆历四年又下诏重申。)这一行政措施跟文坛发展要求完全吻合,因而产生了重大的社会影响,正如欧阳修一再指出的,皇帝下诏后,"由是其风渐息,而学者稍趋于古焉"(《苏氏文集序》)。"其后风俗大变。今时之士大夫所为,彬彬有西汉之风矣"(《与荆南乐秀才书》)。可以说,欧阳修是在比较顺利的条件下开展古文运动和从事古文写作的,比起韩愈面临的"挽狂澜于既倒"、"摧陷廓清"的严峻任务来,他的困难和阻力要小,这也直接有助于他的中和之性、情韵之美的散文精神的形成。

洛中三年对欧阳修的散文创作道路发生过一锤定音式的重要作用。第一,编校韩集,写作古文。他自述:"举进士及第,官于洛阳,而尹师鲁之徒皆在,遂相与作为古文。因出所藏《昌黎集》而补缀之,求人家所有旧本而校定之。其后天下学者亦渐趋于古,而韩文遂行于世。"(《记旧本韩文后》)而欧阳修本人也从此学为古文,摒绝骈文。他说:"今世人所谓四六者,非修所好。少为进士时,不免作之。自及第,遂弃不复作。在西京佐三相幕府,于职当作,亦不为作。"(《答陕西安抚使范龙图辞辟命书》)从此,古文成为他抒情述志、驰骋才华的理想领域,终生未渝。

第二,崇尚"道"的实践性性格。文道合一、以道为主是唐代古文运动的理论基石。韩愈论"道",主要指儒家的礼治秩序、伦理关系,高言宏论,神圣莫犯。欧阳修却强调"切于事实",突出"道"的实践性性格,大大缩短了"道"和人们的心理距离。洛阳时期他表达文论思想的文字不多,但已初露端倪。如明道二年写给求教者张棐的《与张秀才第二书》指出:"君子之于学也务为道,为道必求知古。知古明道,而后履之以身,施之于事,而又见于文章而发之,以信后世。"又说:"孔子之后,惟孟轲最知道,然其言不过于教人树桑麻、畜鸡豚,以谓养生送死为王道之本。……而其事乃世人之甚易知而近者,盖切于事实而已。"从一开始就表现出对空谈性理或放言圣道的厌弃,表现出贴近现实政治和实际生活的倾向。

第三,提高知名度,声誉鹊起,为日后主盟文坛创造条件。一切文学作品只有被人阅读时才取得有实际意义的存在,文人集团作用之一,在于加强了这种文学交流的过程,扩大了作品的影响,从而帮助自己的成员获得社会的认可。苏辙《欧阳文忠公神道碑》说:欧阳修"补西京留守推官,始从尹师鲁游,为古文,议论当世事,迭相师友。与梅圣俞游,为歌诗相倡和。遂以文章名冠天下。"由此而增强了他在文坛的号召力和威望。

第四,孕育了他独特散文风格的胚芽。文学创作是文人集团活动的中心,在互相切磋、激励、竞争中,往往培养出一种新的欣赏习惯,使之成为较稳定的审美爱好。邵伯温《邵氏闻见录》卷八云:钱惟演"因府第起双桂楼,西城建阁临圃驿,命永叔、师鲁作记。永叔文先成,凡千馀言。师鲁曰:'某止用五百字可记。'及成,永叔服其简古。永叔自此始为古文。"释文莹《湘山野录》卷中记此事略有差异,他说:"欧公终未伏在师鲁之下,独载酒往之,通夕讲摩。师鲁曰:'大抵文字所忌者,格弱字冗。……'永叔奋然持此说,别作一记,更减师鲁文廿字而成之,尤完粹有法。师鲁谓人曰:'欧九真一日千里也。'"这两则文坛逸事,具体细节容有出入,但崇尚"简古"、"完粹有法",力忌"格弱字冗"确是欧阳修散文风格的特点之一,也是他文论思想的一个要点。(以后在《论尹师鲁墓志》等文中还有更多的发挥。)同时,文友间的切磋琢磨也有助于他散文风格的日趋成熟。他在嘉祐八年《集古录目录》自跋中说:"昔在洛阳,与余游者,皆一时豪隽之士也。而陈郡谢希深善评文章,河南尹师鲁辨论精博,余每有所作,二人者必伸纸疾读,便得余深意。以示他人,亦或时有所称,皆非余所自得者也。"时隔三十年,对"谢、尹之知音"仍拳拳于怀如此,足证切磋之功。尤应强调指出,对洛阳文人集团的追念成为欧阳修巨大的精神财富,这对形成他散文主体风格即"六一风神"产生了不容忽视的作用。"六一风神"的审美核心,就是抚追今昔、俯仰盛衰、沉吟哀乐的情韵意趣,这集中表现在他为洛阳友人所作的墓志、祭文之中。如果不是以存亡离合感叹成文,不是把作者自身纳入其中,就不可能把这些实用性的墓志、祭文写成情辞并茂、声泪俱下的绝妙文字。《张子野墓志铭》等就是佳例。近代文学家林纾说："欧文之多神韵，盖得一'追'字诀。追者，追怀前事也。"又说："欧公一生本领，无论何等文字，皆寓抚今追昔之感。"(《选评古文辞类纂》)堪称一语中的。对洛阳盛游的追思，对今昔盛衰悲剧性的人生体验，已成为形成他主体风格的切入口和契合点。

洛中三年是欧阳修散文创作的初步丰收时期。现存这时期各类文章三十多篇，其中有不少富于文学性的散文。与上述情况相对应，这些散文的显著特点，一是学韩。如《杂说三首》《伐树记》《戕竹记》《非非堂记》《养鱼记》等，不仅《杂说三首》沿袭韩愈《杂说四首》的题目和手法，而且其他几篇"记"实质上也属特殊的"杂说"寓言，都借用具体事例阐发某种哲理或人生思想，而这又承受了《庄子》的思想熏陶。二是崇尚简古的风格。这些文章大都篇幅较短，文字洗练简洁，要言不烦。《戕竹记》结尾云"推类而广之，则竹事犹末"，由小引大，含意颇深；《养鱼记》结尾云"感之而作《养鱼记》"，所"感"为何，不明言而妙在不言之中。三是多骈偶句式。如"且戕且桴，不竭不止"，"服上官为慢，齿王民为悖"(《戕竹记》)，"不方不圆，任其地形；不揫不筑，全其自然"(《养鱼记》)。大抵受积习所使，摇笔自来，他后来才自觉吸收骈文的艺术长处，达到另一境界。总之，这时的散文还处在练笔阶段（这可能是大都未收入他亲自审定的《居士集》、而被后人编入《居士外集》的原因），但已初步显露出构思运笔的较高才能和自己的独特风格。

二、革新弊政的志士，振兴文运的宗师(1034—1045)

从景祐元年(1034)到庆历五年(1045)，是欧阳修政治道路和文学道路上又一个重要时期。他历任馆阁校勘,夷陵令、乾德令、滑州通判,知谏院、知制诰等职,经历了在朝——外贬——在朝的曲折过程。两次在朝,他积极参加了范仲淹等革新派和吕夷简、夏竦等守旧派的激烈的政治斗争,而第一次夷陵被贬对他的思想、性格和创作发生了深刻的影响。

宋朝比之以往的几个统一王朝来,是中央集权程度最高的朝代。这一方面对于巩固宋王朝的统一、安定社会秩序、发展经济和抵御少数民族统治者的侵扰,起了一定的积极作用;另一方面,军权集中带来了宋朝军队训练不良、战斗力削弱;政权集中带来了官僚机构庞大臃肿、腐败无能;财权集中又刺激了统治者的穷奢极欲、挥霍享受,再加上每年向辽、西夏输币纳绢,造成沉重的财政负担。开国不过三十多年,宋太宗时就爆发了王小波、李顺的农民起义,人数达几十万。正是在积贫积弱局势逐渐形成、内外社会矛盾急剧发展的情况下,封建士大夫中有些改革家就出来倡导"变法",改革弊政,形成了变法运动。范仲淹的"庆历新政"就是最初掀起的一场政治改革。欧阳修在景祐年间严斥附和吕夷简的谏官高若讷,为范仲淹贬官饶州鸣不平,因而自己也遭外贬夷陵的打击;而在庆历新政期间,他更积极出谋划策,努力舆论宣传,与参政范仲淹、枢密副使富弼、韩琦一起,成为新政的核心人物。这是他一生中政治上最为进取的时期。

宋代的古文运动一开始就是作为政治革新运动的一翼而出现的,因此具有鲜明的教化辅政的目的。范仲淹早在天圣三年的《奏上时务书》中,就提出"国之文章,应于风化;风化厚薄,见乎文章",强调文章与社会教化的密切关系,要求在政治改革的同时,"兴复古道","救斯文之薄"。在庆历新政时,更兴建太学,改革科举,改变专以诗赋墨义取士的旧制,注重策论经义,使"天下学者日盛,务通经术,多作古文"(欧阳修《条约举人怀挟文字札子》)。随着政治革新浪潮的推进,古文运动也随之扩大了社会影响,吸引了众多的士人从事古文的写作。同时,欧阳修在文坛的地位也日益提高,终于成为公认的领袖。他自己在宝元二年所作的《答梅圣俞寺丞见寄》诗云:"文会忝予盟,诗坛推子将。"大概因该年谢绛死去,故而和梅尧臣二人分别负起"文会"、"诗坛"的领导责任,这可能还属于某一局部的文人范围之内。而范仲淹于庆历八年所作的《尹师鲁〈河南集〉序》,则概述宋初以来文坛大势说:"懿、僖以降,寖及五代,其体薄弱。皇朝柳仲途(柳开)起而麾之,髦俊率从焉。""洛阳尹师鲁,少有高识,不逐时辈。从穆伯长(穆修)游,力为古文。而师鲁深于《春秋》,故其文谨严,辞约而理精。章奏疏议,大见风采,士林方耸慕焉。遽得欧阳永叔从而大振之,由是天下之文一变。"他是从文坛全局立论,肯定欧阳修在当时转变文风中的关键性作用。

与这种社会思潮和欧阳修文坛地位相适应,他的文论思想也臻于成熟。《与荆南乐秀才书》、《答孙正之第二书》、《答吴充秀才书》、《答祖择之书》这些指导各地士子的书简以及随后的《苏氏文集序》、《送徐无党南归序》、《答宋咸书》等文,都是有代表性的文论之作。他仍然标举"我所谓文,必与道俱"(苏轼《祭欧阳文忠公夫人文》引)的重道旗帜,但对"道"的内涵作了新的阐述:一是继续发挥《与张秀才第二书》中"道"必"切于事实"的思想,强调"道"必须和实际生活中的"百事"相联系,反对"弃百事不关心"(《答吴充秀才书》),重视"道"的实践性性格;二是提出"圣人之言,在人情不远"的思想(《答宋咸书》),对"圣人之言",其着眼点不在它所规定的人伦关系中尊卑名分的等级性,而是突出其中的感情联系和交流,不使感情因素被强制性的行为规范所吞噬。这就把抽象的、理念性的"道",转换成具体的、实在的、充满情性内涵的"道",与他散文中"信实性"和"抒情性"的特点正复一致。

其次,强调"文"的独立价值和作用。他说:"古人之学者非一家,其为道虽同,言语文章未尝相似。"(《与乐秀才第一书》)又说:"其见于言者,则又有能有不能也。"(《送徐无党南归序》)都从作家才能或文体、风格的不同,来说明道是不能完全代替文的。他还说:"君子之所学也,言以载事而文以饰言,事信言文,乃能表见于后世。《诗》、《书》、《易》、《春秋》,皆善载事而尤文者,故其传尤远。"(《代人上王枢密求先集序书》)提出"事信言文"兼重的命题,肯定"文采"对传之久远的重要作用。这里有必要弄清"道胜者文不难而自至"(《答吴充秀才书》)和"勤一世以尽心于文字间者,皆可悲也"(《送徐无党南归序》)两句话的含义。前句来源于"有德者必有言"(《论语·宪问》)的古训,后句又与道学家"玩物丧志"说相类。实际上,前句主要是"充道为文"之意。他说:"道纯则充于中者实,中充实则发为文章辉光。"(《答祖择之书》)这是对韩愈《答李翊书》"根之茂者其实遂,膏之沃者其光晔"的发挥,其主旨在于从文人修养的角度来讲文学才能的提高、作品艺术感染力的获得。后句是从整篇文章"三不朽"的题旨出发,强调"立德、立功、立言"三者必须以"立德"为本,而且徐无党已有文名,"予欲摧其盛气而勉其思也",同时"予固亦喜为文辞者,亦因以自警焉"。在他心目中,首先应以道德家、政治家自期,其次才是文学家,但这并不意味着对"文"的轻视和否定。他后来在论及为杜衍作墓志时说过:"平生知己,先相公(杜衍)最深,别无报答,只有文字是本职,固不辞。"(《与杜诉论祁公墓志书》)说明他终究是位毕生"尽心于文字"的文人。

这时期的散文创作有几点值得注意。第一,与他的政治活动紧密配合,他写了不少有关政治革新的文章,仅奏议就多达六七十篇,政论有《原弊》、《纵囚论》、《本论》等,《与高司谏书》、《朋党论》更是传诵一时的名作。这些文章,词气严正,说理透辟,表现了一位政治家凛然的气节和不屈的斗争精神,也是庆历新政的可贵的历史文献。第二,由于文名卓著,他应请写了不少墓碑文。这时期有名的有《张子野墓志铭》、《黄梦升墓志铭》、《南阳县君谢氏墓志铭》等,这些墓主大都很少有勋业政绩可以称述,他因而采取从虚处落笔的手法,或以交游聚散感叹著文,或从亲人口述笔录成篇,充满了缠绵呜咽的情韵,为墓志铭的写作别辟一途。他以后写的《尹师鲁墓志铭》《资政殿学士户部侍郎文正范公神道碑并序》等,则强调简古的文字风格和突出大节的写作原则。然而,精心选择富有生活气息的典型事例,以表现人物的精神性格,则是他墓碑文的共同特点。第三,与曾巩擅长目录序、王安石工于经义序各异其趣,欧阳修以精于诗文集序著称。这时期所写的《释惟演文集序》《释秘演诗集序》开了此类书序的先河。这两篇为佛门中人所作的诗文集序,颇受韩愈《送高闲上人序》以客映主手法的影响,但已显出学韩能化的境界。以后他又陆续写了不少书序名篇,对这一文体的写作提供了多方面的艺术经验。

三、宦途的再贬,风格的成熟(1045—1054)

从庆历五年(1045)到至和元年(1054),是欧阳修第二次被贬外任时期。范仲淹为首的"新政"在守旧派的攻击下不幸失败。庆历五年,欧阳修又以"盗甥"的流言不明不白地贬知滁州,继知扬州、颍州、应天府,直到至和元年返京任职。滁州之贬是他人生思想转折变化的分界线,而他的散文主体风格却由此走向成熟。

两次被贬,欧阳修的心态并不相同。他前次贬赴夷陵途中写的《与尹师鲁书》,仍以到贬所后"勿作戚戚之文"相戒,保持不畏诛死、慷慨刚直的献身精神;然而,庆历新政的失败促进了他对政局的深刻反思和忧苦,"盗甥"流言的人格污辱更增加了他的心理重负,于是他从前期的果敢进取转而为畏祸徘徊,直到以后发展为一再要求提前"致仕"、急流勇退的决绝态度。

然而,这种由激进到消极的政治态度的转变,在他身上仅只是表面的、浅层的,其实他的政治思想和人生思想中有一以贯之的深刻的、内在的动因。他在为庆历新政辩护时说："仲淹深练世事，必知凡百难猛更张，故其所陈，志在远大而多若迂缓，但欲渐而行之以久，冀皆有效。"（《论杜衍范仲淹等罢政事状》）其实，"渐"也是他自己的主张。《本论》讲以"礼义"辟佛，也应"莫若为之以渐，使其（指众民）不知而趣焉可也"。因此，他政治思想的核心是渐变而非突变，因循保守则恐国势日危，改革旧章又怕另滋扰乱，矫枉不能过正，力图掌握分寸和限度。因而在前期他虽果敢而不叫嚣跋扈，在后期虽畏祸而不颓丧绝望。他的人生哲学是崇尚这种中和之性，沉稳平静，时刻保持心理的平衡。

南宋韩淲《涧泉日记》卷下说："欧阳公自《醉翁亭》后，文字极老。"他把滁州所作的《醉翁亭记》作为欧文风格成熟的标志，是颇堪玩索的。在前人对欧文主体风格的众多评论中，要数苏洵最早也最为确当。他在嘉祐元年（1056）的《上欧阳内翰第一书》中说："韩子之文，如长江大河，浑浩流转，鱼鼋蛟龙，万怪惶惑，而抑遏蔽掩，不使自露；而人望见其渊然之光，苍然之色，亦自畏避，不敢迫视。执事（欧阳修）之文，纡馀委备，往复百折，而条达疏畅，无所间断，气尽语极，急言竭论，而容与闲易，无艰难劳苦之态。"这里他首先正确地指出了从韩文到欧文审美旨趣的变化，即从崇尚骨力到倾心于风神姿态的转变。林纾《春觉斋论文》"情韵"条云："世之论文者恒以风神推六一，殆即服其情韵之美。"甚至有个专门概念："六一风神"（《石遗室论文》卷五）。这是构成欧文风格的美学层次，也是它的核心。《醉翁亭记》正是体现"风神"的代表作品。该文说："饮少辄醉，而年又最高，故自号曰醉翁也。"这当然不是对"醉翁"含义的真实自白：既非嗜酒，年又仅四十，何得谓之"醉翁"？他的《题滁州醉翁亭》诗说："四十未为老，醉翁偶题篇。醉中遗万物，岂复记吾年。"借酒解愁，忘却万物，才是它的底蕴。《醉翁亭记》原是以"乐"为全篇之目，但既含有离开政治漩涡之后的自适，又有排遣贬谪苦闷的自悲和自忧，感情体验不是单一的。其实,乐与悲、昔与今、理与情,在他的内心世界中是不可分解的并存结构,既各自肯定,又互相否定,痛苦可以化解,欢乐也不必过于欣喜,时间和空间的重叠、渗透使他不断品味往昔的愉悦和现今的悲哀,但他炽热的感情始终受到理智的节制,因而保持一种徐缓平和的节律和恬淡俯仰的感情定势。这就是"六一风神"的精髓。清散文家方苞等人也从墓碑文写作的角度论及此点。方苞《古文约选序例》说:"退之、永叔、介甫俱以志铭擅长。但序事之文,义法备于《左》《史》。退之变《左》《史》之格调,而阴用其义法;永叔摹《史记》之格调,而曲得其风神;介甫变退之之壁垒,而阴用其步伐。"姚永朴《文学研究法》卷二补充说:"退之变偶为奇,而谋篇变化,造句奇崛,遂为第一大手笔。宋诸家惟欧公有其情韵不匮处。故《援鹑堂笔记》云:欧文黄梦升、张子野墓志最工,而《黄志》(《黄梦升墓志铭》)尤风神发越,兴会淋漓。"这是欣赏欧文时最突出的艺术感受。

其次是结构层次。苏洵说:"纡徐委备,往复百折。"清魏禧《魏叔子日录》卷二说:"欧文之妙,只是说而不说,说而又说,是以极吞吐往复、参差离合之致。"都说出了欧文结构上回环曲折、吞吐掩抑的特点。魏禧还指出韩欧文起法不同:"韩文入手多特起,故雄奇有力;欧文入手多配说,故委迤不穷。"这也是符合实际的。但《醉翁亭记》删去初稿数十字,改用"环滁皆山也"突兀开端,收到了奇警之效;然而以下行文由山而西南诸峰,而琅琊山,而酿泉,才出现醉翁亭,由大而小,逐层推进,这仍是"力避本位"的结撰之法。从全篇来看,更从山林之乐,到游人、宾客之乐,到太守之乐,行进舒缓,颇富悠长之趣。滁州所写的另一篇《送杨寘序》,与韩愈《送孟东野序》都为慰解对方之作,抒写怀才不遇之感。但韩文劈头以"大凡物不得其平则鸣"领起,一口气列举历史上种种不平事例,连用近四十个"鸣"字,音节强劲急促,真令人"不敢迫视";欧文却从自己有"幽忧之疾"、以琴治之叙起,并以"疾"、"琴"为全文眼目;中间一大段恣意描摹琴声,类似

《琴赋》；最后才归结为以琴为杨寘散愁解郁之药石，说明他从韩入、由韩出，从而表露出自家的本来面目。

最后是语言层次。韩愈主张"词必己出"，"戛戛独创"，在选择和熔铸词语上用力极勤，创获甚巨。欧阳修却以平易自然为其散文语言的特征。南宋罗大经《鹤林玉露》甲编卷五说："韩柳犹用奇重字，欧苏惟用平常轻虚字，而妙丽古雅，自不可及，此又韩柳所无也。"多用和善用虚词更是他一大本领。《醉翁亭记》以二十一个"也"字结尾，就形成了一种一唱三叹的吟咏句调，虽然个别之处不免令人感到矜持作态，但这二十一个陈述句，其语气仍各有差别，整篇运笔又多转折，故而不像有些模拟者那样堕入庸调。他又喜用"呜呼"。如作《新五代史》赞，几乎每篇如此。原因如他自己所述："五代之乱可谓极矣，五十三年之间易五姓十三君，而亡国被弑者八，长者不过十馀岁，甚者三四岁而亡"（《本论》），因而"发论必以'呜呼'，曰：'此乱世之书也。'"（欧阳发《事迹》）可见不单纯是个语言运用问题。南宋李淦《文章精义》就说："欧阳永叔《五代史》赞首必有'呜呼'二字，固是世变可叹，亦是此老文字，遇感慨处便精神。"正确地指出他用语特点是形成"六一风神"的一个因素。

这时期的重要作品，除《醉翁亭记》外，如《丰乐亭记》、《菱溪石记》、《偃虹堤记》、《真州东园记》诸记，《送杨寘序》、《送秘书丞宋君归太学序》、《苏氏文集序》和《新五代史》所作序论，以及为尹洙、范仲淹、苏舜钦等人所作的墓志、祭文，都不同程度地体现了上述独特风格。

四、主盟文坛，力挫颓风，古文运动的全面成功（1054—1067）

从至和元年（1054）到治平四年（1067）这十三年间是欧阳修又

85

一在朝任职时期。他离京已整整九年,被召回时已满头白发,连仁宗见了也不免凄然。先任权判流内铨(掌管官员的铨选、任命、升降等事),历任翰林学士、知礼部贡举、知开封府、礼部侍郎、枢密副使,直至参知政事,仕途顺遂,位高声隆。虽然不改忧国忧民的初衷,不时有所建言,期望刷新弊政,但与庆历时期相比,锐于进取的势头毕竟大为减弱。其时的《读书》诗写道:"自从中年来,人事攻百箭","形骸苦衰病,心志亦退懦","何时乞残骸,万一免罪谴"。竟变成一位畏缩退避的衰翁,很难想象出自仕途得意者之口。这与庆历新政后弥漫整个朝廷的蹈故循常的政治空气是息息相关的。

然而在文坛上他却极其活跃,形成了以他为盟主的嘉祐文人集团,其规模、影响和历史作用,比之洛阳文人集团都大大超过。特别是他趁知贡举之机,对当时流行的"太学体"进行了坚决的斗争,终于奠定了宋代散文平易自然、流畅婉转的群体风格,取得了古文运动的全面胜利。

韩琦《欧阳公墓志铭》说:"嘉祐初,(修)权知贡举。时举者务为险怪之语,号'太学体'。公一切黜去。取其平淡造理者,即预奏名。初虽怨谤纷纭,而文格终以复古者,公之力也。"关于"黜去"的具体情形,《梦溪笔谈》卷九说:"嘉祐中,士人刘幾,累为国学第一人,骤为怪险之语,学者翕然效之,遂成风俗,欧阳公深恶之。会公主文,决意痛惩,凡为新文者,一切弃黜,时体为之一变,欧阳之功也。有一举人论曰:'天地轧,万物茁,圣人发。'公曰:'此必刘幾也。'戏续之曰:'秀才剌,试官刷。'乃以大朱笔横抹之,自首至尾,谓之'红勒帛',判大'纰缪'字榜之。既而果幾也。"关于"怨谤纷纭"的具体情形,《续资治通鉴长编》卷一八五说:"嚣薄之士候修晨朝,群聚诋斥之,至街司逻吏不能止,或为《祭欧阳修文》投其家",以发泄愤恨。足以见出斗争相当激烈的态势。

"太学体"的始作俑者,是反对西昆体的健将、欧阳修的同年友好石介。庆历二年,他因杜衍之荐,任国子监直讲;庆历四年设太学后,他又任博士。欧阳修《徂徕石先生墓志铭》说"太学之兴,自先生始",揭示出石介对太学发展的关键作用。据《湘山野录》卷中载,他"主盟上庠,酷愤时文之弊,力振古道"。有位学生作赋,有"今国家始建十亲之宅,新封八大之王"(是年造十王宫,又封八大王元俨为荆王)之句,他"鸣鼓于堂",严予呵责。但他在反对时文的拼凑对偶的同时,却助长僻涩怪诞文风的滋长。欧阳发《事迹》中也曾举例揭橥:太学体"僻涩如'狼子豹孙,林林逐逐'之语,怪诞如'周公伻图,禹操畚锸,傅说负版筑,来筑太平之基'之说",的确已走到了文字的绝路。

欧阳修继承宋初王禹偁"句易道、义易晓"(《再答张扶书》)的主张,对这种文风一直采取毫不妥协的批判态度。明道二年(1033)《与张秀才第二书》就提出"其道易知而可法,其言易明而可行。及诞者言之,乃以混蒙虚无为道,洪荒广略为古,其道难法,其言难行"。景祐二年(1035)他批评石介"好异以取高"的个性,而又"端然居乎学舍,以教人为师",必将对学子产生不良影响(《与石推官第一书》)。庆历四年(1044)作《绛守居园池》诗又斥责被韩愈所称道的樊绍述的奇险文风:"异哉樊子怪可吁,心欲独出无古初,穷荒搜幽入有无,一语诘曲百盘纡,孰云己出不剽袭,句断欲学《盘庚》书。"庆历七年(1047)他又告诫王安石"勿用造语",不要模拟韩文(曾巩《与王介甫第一书》引)。嘉祐、治平间,他再次批评元结和樊绍述:"余尝患文士不能有所发明以警未悟,而好为新奇以自异,欲以怪而取名,如元结之徒是也。至于樊宗师,遂不胜其弊矣。"(《集古录跋尾》卷六《唐韦维善政论》)他与宋祁同修《新唐书》,对宋的"涩体"也以"宵寐匪祯,札闼洪庥"的戏书相揶揄,不满他喜用僻字:实仅"夜梦不祥,书门大吉"之意(见《涵芬楼文谈》五),使宋祁晚年"每见旧所作文章,憎之必欲烧弃"(《宋景文公笔记》卷下）。嘉祐二年"知贡举"事件正是他一贯思想的必然结果。

欧阳修经过二三十年的不懈努力，既反对"剽剥故事，雕刻破碎"的西昆体骈文的流弊（前此是浮艳卑弱的五代体），又吸取宋初以来古文家写作的失败经验，才把建立平易自然、流畅婉转的风格，作为宋代古文运动的基本目标。他开创了一代文风，这是他对中国散文史的最突出的贡献。

苏轼《居士文集叙》中说："至嘉祐末，号称多士，欧阳子之功为多。"嘉祐时的汴京，全国的文学精英几乎都聚集在欧阳修的门下。苏洵、苏轼、苏辙父子于嘉祐元年进京，二苏即被欧阳修、梅尧臣等录取高等，同榜中试者还有曾巩等人。苏洵为欧氏激赏，王安石也由曾巩推荐而结识欧公。《冷斋夜话》卷二说："欧阳文忠喜士，为天下第一。尝好诵孔北海'坐上客常满，樽中酒不空'。"他奖掖后进惟恐不及，一时名士云集，叹为观止，苏轼甚至有"醉翁门下士，杂遝难为贤"的感叹（《送曾子固倅越得燕字》）。嘉祐文人集团的功绩在于使整整一代的后起之秀由此得到全社会的重视和承认，出现了宋六家并峙争胜的繁荣局面，还酝酿推出了文坛的下一位领袖苏轼。宋代古文运动至此已取得完全的成功。

这时期他的散文创作仍沿着既已形成的个体风格继续发展。《浮槎山水记》、《有美堂记》、《相州昼锦堂记》诸记，《梅圣俞诗集序》、《廖氏文集序》、《集古录自序》等书序，以及《秋声赋》等，都是代表作品。特别是《秋声赋》在我国赋史上有重要地位。赋从骚赋、辞赋、骈赋直到唐代律赋的曲折发展，创作已趋强弩之末。而《秋声赋》作为宋代散文赋的典范之作，既吸取赋的某些特点和手法，保持了诗的特质和情韵，又采取散文的笔势笔调，打破原来固定的句式、韵律，形成一种亦诗亦文、情韵不匮的新型赋体——散文诗，丰富了中国文学的样式。

五、晚年的迟暮心态和创作的
新收获（1067—1072）

从治平四年（1067）到熙宁五年（1072），这是欧阳修又一次离京在外时期。由于卷入"濮议"之争（对英宗生父濮安懿王称"皇考"或"皇伯"之争），再遭流言构陷，他辞去参知政事，出知亳州。后又转知青、蔡两州，终于获准退居颍州。一年后病逝。

这生命旅程的最后五年，他似乎更多地表现出对政治的退避，对回归自然、保持自我生活情趣的追求。他在治平四年九月所写的《归田录序》中，对近几年来的政治生涯作了一番反思："幸蒙人主之知，备位朝廷与闻国论者，盖八年于兹矣。既不能因时奋身，遇事发愤，有所建明以为补益，又不能依阿取容以徇世俗，使怨嫉谤怒丛于一身，以受侮于群小。""宜乞身于朝，退避荣宠，而优游田亩，尽其天年。"他果然一再坚持要求致仕，先后编辑《思颍诗》、《续思颍诗》，归颍占据了他整个心灵的注意中心。

这时期的散文作品集中地表达了这种迟暮之感。他的《六一居士传》说："吾家藏书一万卷，集录三代以来金石遗文一千卷，有琴一张，有棋一局，而常置酒一壶。"又："以吾一翁，老于此五物之间，是岂不为六一乎？"从"醉翁"到"六一居士"自号的改变，反映了他对自我情趣追求的递进。《题青州山斋》对"将吾老矣，文思之衰邪"的自叹，《岘山亭记》对"汲汲于后世之名"的讥悯，都在崇尚自我情趣之中，流露出老之将至的迟暮心态。至于名篇《泷冈阡表》写追念亡父，时已六十四岁，父死达六十年，离初稿《先君墓表》的写作也近二十年，时间的长期间隔，更使他百感交集：时而对乃父孝行和仁心的衷心敬仰，时而对不愧有待的自满自足，时而对一生波折的黯然神伤，似赞似叹，如诉如泣。而出语重复，乃至老人式的细事絮叨，也反而增添了文章感人的力量。

《归田录》和《六一诗话》是这时期散文的另一收获。《归田录》是宋代较早的一部笔记,《六一诗话》也采取笔记的形式和写法,都为宋代大量笔记和诗话著作的涌现导夫先路。前者或记遗闻逸事,或述风土人情,融注着这位元老重臣对朝廷往事的温馨回忆。后者或品鉴赏析诗义,或记诗人轶闻、士林掌故,颇多甘苦之言,而娓娓道来,如亲謦欬。其文风质朴自然,简洁隽永,达到了很高的文字工力。苏轼在欧阳修《试笔》后跋云:"此数十纸,皆文忠公冲口而得,信手而成,初不加意者也。其文采字画,皆有自然绝人之姿。"欧阳修的《试笔》与《归田录》、《六一诗话》性质相同,有几则甚至互见,苏轼之语可以移作对欧阳修所有这些笔记小品文的概评。

欧阳修领导的北宋古文运动的完全成功,结束了骈文从南北朝以来长达六百年的统治地位,为以后元明清(五四运动以前)九百年间提供了一种便于论事说理、抒情述志的新型"古文"。作为一代文章宗师,他的丰富的散文作品直到今天还能满足我们认识历史、陶冶情操、审美鉴赏等多方面的需要,对当前的散文写作乃至一般文化的发展仍没有失去它的借鉴和启迪的作用。这是一份值得研究和学习的宝贵遗产。

(原载《社会科学战线》1991 年第 1 期)

《辨奸论》真伪之争

《辨奸论》的作者为苏洵，自宋迄明，原无异议。到了清初，李绂作《书辨奸论后》，始认为此篇乃邵伯温伪作；其后蔡上翔《王荆公年谱考略》又予补证。经过这两位王安石江西同乡的努力，伪作说几成定谳。近年来又有学者提出疑问。其中章培恒教授的《〈辨奸论〉非邵伯温伪作》（见《献疑集》）一文，力证非伪；最近邓广铭教授又有《〈辨奸论〉真伪问题的重提与再判》（载《国学研究》第三卷）与章氏商榷，确认此篇著作权"非邵伯温莫属"。两文均是各为 5 万字、2 万字以上的长文，广征博引，论述酣畅，为近年少见之考据力作。

考据之学，一重材料，二重对材料的准确解释，而归根结底，基础仍在材料。我这里提供两条他们未及论述的材料，并主要向邓老求教。

一是宋刻孤本《类编增广老苏先生大全文集》。此书目录载八卷，残存四卷，原为清瞿镛"铁琴铜剑楼"旧藏，今存北京图书馆。据《铁琴铜剑楼藏宋元本书目》考证，此书"殷、徵、匡字缺笔，而桓字不改作威，亦不缺笔，疑是北宋麻沙本也"。经复核，书中《管仲论》《春秋论》中多处"桓"字均不讳，瞿氏的考证似可信从，应定为北宋末年宋钦宗赵桓以前的刊本。

而此书第三卷却收有《辨奸论》全文。李绂之所以提出此篇乃"邵氏（伯温）赝作"而"非老泉作"，其主要论据即是苏洵文集"原本不可见"，"其文始见于《邵氏闻见录》中，《闻见录》编于绍兴二年

(1132)"。李绂所说的"绍兴二年",据《闻见录》的《自序》及其子邵博《序》,实为邵氏开始写作之时,成书还在其后。今知麻沙本苏洵集刊于宋钦宗以前,则《辨奸论》早在1126年以前已流行于世,远比《闻见录》为早。这与章先生论及《泊宅编》(成书于1125年)已有《辨奸论》的记事,在时间上倒是相衔一致的。邓先生说,在《闻见录》全书未印之前,"并不排除有某些条目先已采用了传抄或刻印的办法而流行于世"。意指邵氏伪造《辨奸论》后,先单篇流传,此说惜无证据;退一步说,麻沙本也绝无可能采用设想中的单篇邵氏伪作,因为两本的文字出入颇多,显系不同来源。有此麻沙本的存在,邵伯温"伪作说"很难成立了。

二是另一宋刻孤本《东坡集》。此书四十卷,现存三个残本,分藏于北图及日本内阁文库、宫内厅书陵部。三本卷次互有存佚,合而为一方成完帙。此书避讳至"慎"字,当为宋孝宗时所刻。陈振孙《直斋书录解题》卷一七称,苏轼集在南宋时有杭本、蜀本,又有苏峤(苏轼曾孙)所刻建安本等。从刻工姓名及其所在地区来考察,内阁本实属杭本范围,而宫内本和北图本乃同一版本,或说江西地区官版,或说建安刻本,尚无定论。但从编次体例和版刻款式来看,与杭本均属同一版本系统。陈振孙说"盖杭本当坡公无恙时已行于世矣",而胡仔更论定这部《东坡集》是苏轼亲自编定的。他在《苕溪渔隐丛话》后集卷二八中云:"世传《前集》(即《东坡集》)乃东坡手自编者。随其出处,古律诗相间,谬误绝少,如《御史府》诸诗,不欲传之于世,《老人行》、《题申王画马图》非其所作,故皆无之。"今验此本,均确如此。而此书卷二九即收有《谢张太保撰先人墓碣书》一文。我们知道,《辨奸论》先被全文收入张方平所撰《文安先生墓表》之中,苏轼遂作此《谢书》对张方平表示谢意。李绂等为证成《辨奸论》是伪作,势必要连带证明上述两文也是邵氏一并"赝作",否则伪作说不攻自破。今知苏轼《谢书》收入宋刊《东坡集》,而《东坡集》"乃东坡手自编者","最为善本"(胡仔语),至今无人能指出其中有任何一篇伪作羼入。此本的权威版本地位表明:若无确证,就不能断定苏轼此篇《谢书》为伪。此文不伪,《辨奸论》当亦不伪,否则何用谢人?

(原载《新民晚报》1997 年 2 月 15 日)

再论《辨奸论》真伪之争
——读邓广铭先生《再论〈辨奸论〉非苏洵所作》

一

我在 1997 年 2 月 15 日《新民晚报》"夜光杯"副刊上发表了《〈辨奸论〉真伪之争》一则千馀字的笔记,仅就两部宋刊老苏和大苏集的材料,对《辨奸论》为邵伯温伪作说表示质疑。邵伯温伪作说是由清初李绂、蔡上翔两人首先提出的,离北宋嘉祐年间已长达七百多年了。对邵氏伪作说,我心存疑异日久,因为现存宋代的各类文献资料均支持苏洵对《辨奸论》的著作权,对伪作说提供了种种反证。第一,邵伯温何以在绍兴年间要假冒苏洵之名伪作此文?且何以要连带假冒张方平之名作《文安先生墓表》,假冒苏轼之名作《谢张太保撰先人墓碣书》?而此三文又何以能分别收入宋人所编的《老苏集》、《乐全集》、《东坡集》?这些别集刊本的源流,至今尚可考知,其编者(宋刊《东坡集》其乃源自东坡手编者)何以都为邵伯温所欺,将伪作羼入本集?第二,《辨奸论》文本,在宋代文献中至少尚存七种,即麻沙本《类编增广老苏先生大全文集》、《乐全集》卷三一九《文安先生墓表》、邵伯温《邵氏闻见录》卷一二、吕祖谦《皇朝文鉴》卷九七、朱熹《五朝名臣言行录》卷一〇(节本)、李焘《续资治通鉴长编》卷二〇八(节本)、王称《东都事略》卷一一四《苏洵传》等,均著录此文作者为苏洵。而从文字异同情况来考察,并非同一来源,至少不是全从《邵氏闻见录》所出,而是另有所据。第三,宋人笔记中记载苏洵作此文者甚多,主要有:方勺《泊宅编》卷上、邵伯温《邵氏闻见录》卷一二、叶梦得《避暑录话》卷上、朱弁《曲洧旧闻》卷一〇、陈善《扪虱新话》下集卷三、周密《浩然斋雅谈》卷上等,他们在记叙的具体细节上(如时间、场合、写作动机之类)容有出入,当是传播过程中常见的“增值”现象,然于苏洵作《辨奸论》一事,则均众口一词,绝无半点疑议。且现知《泊宅编》成书时间确在《邵氏闻见录》之前,方勺又怎能从晚于他的《闻见录》中取材?

以上三点,是我致疑于李、蔡两位“伪作说”的一些主要缘由,许久以来不免形成一个基本观点:李、蔡对《辨奸论》的证伪,是可以被证伪的,简言之,即证伪之证伪。

邓广铭先生发表在《国学研究》第三卷上的《〈辨奸论〉真伪问题的重提与再判》一文,是为反驳章培恒先生《〈辨奸论〉非邵伯温伪作》而写的。两文观点相反,但其讨论对象却都是李绂和蔡上翔的旧说,只不过章文全面予以驳难,邓文肯定并发挥李、蔡之说,进行驳难之驳难。窃以为李、蔡两人的证伪诸点,均难以成立,因而发表在《新民晚报》的那篇短文,自然而然地“主要向邓老求教”了。承邓先生不弃,写了《再论〈辨奸论〉非苏洵所作——兼答王水照教授》(见本刊卷一三),赐以教言。我写那篇短文时,完全不知道邓先生的身体状况,及至在本刊上拜读到此文时,邓先生竟已归道山,读时感慨万千。邓先生是我素所景仰的学术前辈,特别在宋代文史研究上建树卓异,沾丐孳乳后学多多;时届九秩高龄,奋笔为文,具见献身学术的高尚风范,不能不令人肃然起敬。但另一方面,我又对他的教言仍未能涣然冰释,觉得“《辨奸论》绝非苏洵所作的问题”,并非已成定谳,可以“宣告结束”。这样,是否继续撰文,我颇为踌躇。但为尊重学术,也为尊重邓先生，谨将鄙见述出。因为对一位学者的最大尊重，莫过于认真研读他的著述，并真诚坦率地表示自己的感受，然而只能向广大学术界同好请教，而不能起先生于地下了。

二

邓先生说，他的第一篇讨论《辨奸论》的论文，"虽有两万多字，但大部分还只是引申阐发"李绂、蔡上翔的"旧说"，"可以称作我的创见之处并不多"。因而他在这第二篇论文中，首先提出要"揣其本"，抓住"这次辩论的主题的根由"。这个"本"和"主题"，就是他文中第二节标题所言："根本问题是曾巩所写《哀辞》万无不用之理"。请即从此说起。

宋英宗治平三年(1066)四月，苏洵病死于京师，朝野之士为诔者达百三十有三人。其中有曾巩的《苏明允哀辞》(《元丰类稿》卷四一)。文中说：苏轼兄弟"其年(治平三年)以明允之丧归葬于蜀也，既请欧阳公为其铭，又请予为辞以哀之。曰：'铭将纳之于圹中，而辞将刻之于冢上也。'余辞不得已，乃为其文曰……"。作为文体的"哀辞"，其原来的功能是以抒写哀痛之情为主，因而多为韵文；其应用范围为"童殇夭折，不以寿终者"(挚虞《文章流别论》)。降及宋代，"哀辞"除抒情、韵文一类外，也有叙事、韵散结合的一类，而应用范围已不受"童殇夭折"的限制。如曾巩所作三篇哀辞(《苏明允哀辞》、《吴太初哀辞》、《王君俞哀辞》)均是叙事、韵散结合的；而秦观的《曾子固哀辞》(《淮海集》卷四〇)却全篇以骚体韵文出之。哀辞一般并不刻石于墓上，就我所能查过的宋人文集中，尚未发现第二个上石的例子。曾巩这篇老苏哀辞，特别申明是苏轼兄弟请求将哀辞"刻之于冢上"的，这正好说明哀辞上石是一种特例。同时的章望之，也作一篇《老苏先生哀辞》(见康熙三十七年邵仁泓所刊《苏老泉先生全集》本附录），全篇为骚体韵文，即是不刻石于墓上的。

"刻之于冢上"的文字理应是"墓表"，为什么苏轼兄弟不直接向曾巩求墓表而求哀辞呢？这是因为墓表以赞扬死者的功业德行为主，哀辞却原属哀祭悼念性的文字；墓表树立在墓外，供人们传观瞻仰，墓主亲属有时视墓表比之墓志铭是更为重要的，墓表作者的写作态度也更为郑重严肃。我们翻检宋人文集会发现两个显著的现象，一是同一作家写作墓志铭的篇数，远比写作墓表为多。如宋古文六大家中，欧阳修有墓志铭 81 篇，墓表 14 篇（另神道碑 12 篇），王安石有墓志铭 105 篇，墓表 8 篇（另神道碑 12 篇），曾巩有墓志铭 60 篇，墓表仅 1 篇（另神道碑 3 篇）。三苏例不作墓文，因而缺乏代表性，除苏辙为伯父作过一篇墓表外，老苏、大苏均告阙如。墓表要担负起显亲扬名、使墓主的"潜德晦善，显于后世"的重大责任（欧阳修语），因而是不能轻易措笔的。

另一现象是写作墓表的时间往往不与下葬同时（墓志铭必在下葬时一同埋入圹中），一般总在下葬的数年之后，目的是等待时机，尤其是等待朝廷对子孙的封赠，以便墓表在题衔上更为荣耀风光。我们不妨随手举些例子。司马光一生只作两篇墓表：一篇《赠比部郎中司马君墓表》（《司马文正公传家集》卷七九），为其从兄司马谘（字嘉谟）而作。司马谘死于天禧四年（1020）六月，葬于天圣六年（1028）三月，而此表作于其妻之死的熙宁三年（1070，题下原注"天圣元年作"，误），离卒时整整五十年了。另一篇《赠卫尉少卿司马府君墓表》，墓主司马浩乃司马光从伯父，死于天圣八年（1030）四月，葬于庆历二年（1042），而此表作于"熙宁六年（1073）五月辛酉也"（题下原注"庆历三年作"，亦误），离卒时亦四十多年。秦观文集中也只有一篇墓表，即《泸州使君任公墓表》（《淮海集》卷三三），墓主任伋是老苏之友。他死于元丰四年（1081），葬于元丰六年（1083），而秦观此表则作于元祐元年（1086）以后他任蔡州教授之时（文中称苏轼、苏辙为"翰

97

林、中书公"，他俩分别任此两职在元祐元年八九月以后)，相距也有五年多了。最能说明墓表文不是葬时即写的，是欧阳修的《泷冈阡表》。此文发端即云："呜呼！惟我皇考崇公卜吉于泷冈之六十年，其子修始克表于其阡。非敢缓也，盖有待也。"其父欧阳观葬于大中祥符四年(1011)，此表作于熙宁三年(1070)，前后相距六十年之久。在此以前，他曾于皇祐五年(1053)作《先君墓表》，但未刻石。从初稿到定稿亦相距十八年。其原因即在一个"待"字，等待父因子荣的时机。而欧阳观果然等到了"赐爵受封，显荣褒大，实有三朝之锡命，是足以表见于后世，而庇赖其子孙"的荣耀。对于墓表写作的这一习俗，苏轼在《答李方叔书》(《苏轼文集》卷四九)中更有明确的说明。李廌(方叔)致书于苏轼，似要求为孙甫(之翰)作墓表(已有欧阳修为之作墓志铭)，并提出将孙氏所作《唐论》"别书此文入石"(与张方平《文安先生墓表》全文采入《辨奸论》同一思路)，苏轼辞却，并指出"独所谓未得名世之士为志文则未葬者，恐于礼未安"，"他日有名世者，既葬而表其墓，何患焉！"说明先行安葬，"他日"再立墓表，于古礼、于时俗均是无所违碍的。苏轼此信，还反映出对墓表作者必求"名世之士"即声名隆重者的高要求。

现在可以来讨论邓先生提出的"根本问题"了。所谓"曾巩所写《哀辞》万无不用之理"，实是不存在问题的问题。首先并无材料表明此篇《哀辞》为苏轼兄弟所"弃置"，也未见有人提出《哀辞》已被"不用"的看法，倒是张方平的《文安先生墓表》，最后"苏氏亦不入石"的(《避暑录话》卷上，又见《扪虱新话》下集卷三)，那可能是此文毕竟易滋是非，兄弟俩早已有"嘻其甚矣之谏"了(《谢张太保撰先人墓碣书》)。邓先生的问题可能在于，苏轼兄弟既已请曾巩写了《哀辞》，"将刻之于冢上"，为何"在隔了十多年后又去请张方平写什么《墓表》而把它树之墓上"？实即重申李绂"既有《哀辞》，不应复有《墓表》"(《书〈辨奸论〉后》)的质疑。

然而从以上论述可知，"哀辞"与"墓表"的文体功能原是不同的，曾巩于苏洵下葬时作《哀辞》，并由于苏轼兄弟的特别请求，"辞将刻之于冢上"，此于"哀辞"乃是创例；而墓表例在下葬多年后，再物色声名隆重的"名世之士"来执笔，张方平自是合适的人选。事情演变的整个过程，于宋人对墓表的文体观念和应用实况，其时丧葬之风俗礼仪，并无矛盾难解之处。

三

邓先生论文第三节的标题是："《哀辞》倘被弃置，曾巩怎会毫无反应？"这是上节讨论的延伸。既然《哀辞》之被"弃置"，尚属假设或然之事，我想不如把应讨论的问题表述为：苏轼兄弟请张方平撰写《墓表》，"曾巩怎会毫无反应"？其实，这个问题就邓先生自己的论证系统而言，是不难回答的。张方平何时作《墓表》，有两种说法：一为元丰初，一为元丰末或元祐年间。邓先生虽然认为此篇乃邵伯温伪作，但在论证时是把此事定在"元丰末"或"元祐年间"的。他在此文中有"在所谓的张方平于元丰末年所撰《墓表》"之句，又说"在隔了十多年后又去请张方平写什么《墓表》而把它树之墓上"（曾巩《哀辞》作于治平三年，"十多年后"当在元丰末）；而在第一篇论文《〈辨奸论〉真伪问题的重提与再判》中，则又有张方平"元祐年间就写老苏的《墓表》"的文字。"元丰末"或"元祐年间"虽稍有出入，但认为作于哲宗朝是一致的。今查曾巩卒于元丰六年（1083）四月（见曾肇《行状》，《曾巩集》附录），离元丰八年三月哲宗登基已足有两年，《墓表》之作还在其后。这就是说，在张方平作《墓表》以前数年，曾巩早已撒手西归，他当然不可能对此事作出任何反应。如此说来，邓先生的"曾巩怎会毫无反应"的问题，是可以不必回答的。

但我却倾向于元丰初年说。叶梦得《避暑录话》卷上云："明允作

《辨奸》一篇，密献安道。……《辨奸》久不出，元丰间，子由从安道辟南京，请为明允《墓表》，特全载之。"苏辙于熙宁十年（1077）应南京留守张方平之辟，出任签书应天府判官，次年即改元丰。叶梦得对苏轼一家的记述甚多，在不少细节上颇有出入，但其基本事实则可信程度较高，因他的材料大都直接来自苏轼的幼子苏过。苏过长期侍奉其父，直至岭海；苏轼死后，他又随叔父苏辙居住颍昌一年，因而对父、叔情况知之最稔。他在徽宗重和元年（1118）知郾城县，属颍昌府，而其时颍昌知府即为叶梦得。苏过与叶等人交游唱和，极一时之胜，有《许昌唱和集》。苏过经常向叶谈论乃父遗闻逸事。如《避暑录话》卷上载叶梦得曾向苏过询问东坡海南作墨之法；邵博《邵氏闻见后录》卷一四载，苏过曾告诉叶氏，"东坡先生初欲作《志林》百篇，才就十三篇，而先生病，惜哉！"验之苏轼《与郑靖老（三）》（《苏轼文集》卷五六）云："《志林》竟未成，但草得《书传》十三卷。"说明其记载是真实的。《避暑录话》所云苏辙"从安道辟南京"时请其作《墓表》，应是大致可信的。此其一。

第二，熙宁十年十月，朝廷祀南郊，大赦天下。苏洵亦受到封赠。苏轼于元丰元年作《祭老泉焚黄文》（《苏轼文集》卷六三）云："乃者熙宁七年、十年，上再有事于南郊，告成之庆，覃及幽显，我先君中允赠太常博士累赠都官员外郎。轼、辙当奔走兆域，以致天子之命。王事有程，不敢言私。谨遣人赍告黄二轴，集中外亲，择日焚纳，西望陨涕之至。"这可能是促发苏轼兄弟求人撰作《墓表》的契机，正如欧阳修迟至六十年后才作《泷冈阡表》一样。

第三，苏轼《谢张太保撰先人墓碣书》一文，收入宋孝宗时所刊《东坡集》卷二九。此本为现存苏集的第一善本。此书前诗后文，大致编年。收入卷二九之文，《谢书》之前的《答舒焕书》、《答黄鲁直书》作于苏轼任职徐州时期，《谢书》之后的《与章子厚书》、《答李端叔书》则乃贬官黄州时所作。苏轼于元丰二年三月罢徐州任，又于元丰三年二月到黄州,因而,也可大致推测《谢书》应作于这一时段(约元丰元年至三年)。近见孔凡礼先生《苏轼年谱》卷一七,即系此《谢书》于元丰元年条。

至于邓先生所认同的《墓表》作于"元丰末或元祐时"之说,主要依据可能是苏轼《谢张太保撰先人墓碣书》一文。一是《谢书》称张方平为"太保",而据《宋史·张方平传》:"哲宗立,加太子太保。"由此推定《谢书》作于哲宗朝。但元丰初张方平任南京留守时已摄太尉,(苏辙《谢张公安道启》云:"伏惟留守宣徽太尉才高一世,望重累朝。")元丰二年张氏致仕时则已"检校太保",见王巩《行状》:"以宣徽南院使、检校太保、太傅、太子少师致仕,遣使臣赍诰敕至第赐之。"又,范祖禹《赐新除宣徽南院使、检校太傅、依前太子太保致仕张方平辞免恩命不允诏》(《范太史集》卷二八)等亦可证,因而元丰初称张方平为"太保"也无不可。二是《谢书》云:"《辨奸》之始作也……独明公(张方平)一见以为与我意合,公固已论之先朝,载之史册。"此处"先朝",有的学者指为神宗朝,因《宋史·张方平传》载,神宗初,张方平已有反对任命王安石为御史中丞的言行,故此《谢书》作于哲宗时。但从《谢书》行文来看,张方平在仁宗嘉祐时赞赏《辨奸论》,"一见以为与我意合",然后紧接"公固已论之先朝"云云,则"先朝"似解释为仁宗之时为胜,在时间上衔接更紧些。至少在仁宗皇祐时,张方平已对王安石不满、"恶其人"了。《宋史·张方平传》云:张方平守宋都日,富弼自亳移汝,过见之曰:"人固难知也。"张方平应答说:"谓王安石乎?亦岂难知者!方平顷知皇祐贡举,或称其文学,辟以考校。既入院,凡院中之事,皆欲纷更。方平恶其人,檄使出,自是未尝与语也。"他的知人之明,使富弼闻之"有愧色",看到《辨奸论》自然感到"与我意合"了。此事即发生在仁宗朝。

如果张方平作《墓表》在元丰初,曾巩去世在元丰六年,则他有可能获知此事。即便如此,我以为曾巩也不会产生"任何不满反应"。

他自当明白,他所作者乃《哀辞》,与《墓表》具有不同的文体功能,按例是不用刻石墓上的,之所以"刻之于冢上",是由于苏轼兄弟的请求,这是一种权宜的特例。他有什么理由因自己写了《哀辞》而反对别人再去写正式《墓表》呢? 更何况张方平此篇《墓表》有记载说最后并未刻石,曾巩更无必要论理此事了!

曾巩《哀辞》刻石墓上乃为特例,在宋代很少有人援用,但在后人著述中却不乏仿效者。清代赵执信的《张母王夫人哀辞》(《饴山文集》卷六)记张佶之母王夫人死,张佶求赵氏作墓碑文,赵回答说:"墓门之石,余深愿文之。然葬期迫矣,无及,姑为辞以抒子之哀,可乎?"他只同意写"哀辞"而未允写"墓表"。"葬期迫矣",一方面说明墓表文一般可在葬期以后若干时日来撰写的惯例,一方面也是一种托词,主要是等待朝典封赠,以便墓表内容上增添光宗耀祖的色彩。赵氏在文末云:"他时朝典,锡以丰碑兮。余知贤子,当为书之兮。"就和盘托出其中的原委。钱谦益的三篇《哀辞》中,就明确提及曾巩以"哀辞"权代"墓表"的先例。《翁兆隆哀辞》(《初学集》卷七八)记翁兆隆死,其弟向钱氏请求写篇墓传,钱氏云:"吾闻之,古之人有史传,无家传。家传,非古也。用史家之法则隘,毁史家之法则滥,滥与隘,君子弗取也。曾子固不云乎:'墓铭纳之圹中,而哀辞刻之冢上'。然则文之有哀辞,不铭而名焉,不传而传焉,余固可以窃取其义而为之也。"他正是依据曾巩的变通先例,"不铭而名焉,不传而传焉",把哀辞当作墓铭、墓传来用。《徐巨源哀辞》(《有学集》卷三七)又云:"姑为词以舒余哀,书一通以遗其子,俾读而焚诸殡宫,且镵之墓上。""读而焚诸殡宫",这是"哀辞"原来的作派,"镵之墓上",则担当起墓表的功能了。《严宜人文氏哀辞》云,严栻妻文氏死,其子请钱氏写篇"墓志铭",他却"弹毫缀思,百端交集,聊为哀辞一通,以写余怀。曾子固有言:'墓铭埋之墓中,而哀辞刻之冢上。'以辞代铭,亦可以慰人子之思于没世。"曾巩的"哀辞"既可代替"墓表",当然也可以权代"墓志铭"

了。这种韵散结合、以叙事为主的文体,三者原是一致的。

清全祖望《鲒埼亭集外编》卷四七《答沈东甫徵君文体杂问(六条)》,其中回答"哀词"与"墓表"关系时云:

> 哀词、哀赞、哀颂皆起于东汉,本不过伤逝之作,而间有以充碑版之文者。蔡中郎为胡夫人作哀赞曰:"仰瞻二亲,或有神诰灵表之文,作哀赞书之于碑。"是竟以当墓碑也。南丰作《老苏哀词》曰:"将以镵诸墓上。"是竟以当墓表也。庐陵作《胥夫人墓志》曰:"为哀词一篇以吊,而藏诸墓。"则又以哀词当墓志之铭也。推此则张纮之哀颂亦其类也。其但以伤逝而作,而不用之墓者,不在此内焉,所当分别观之。

全氏的分疏十分明晰,哀词可以充当"墓碑"、"墓志之铭"用,然均为"间有以充",即偶一为之、权且充当而已;其常规用法是为了"伤逝而作",是"不用之墓者"。

在宋代文学的发展过程中,始终伴随着尊体和破体的相反相成的趋势。宋人既极力强调"尊体",提倡严守各文体的体制、特性和功能范围,又主张"破体",大幅度地进行破体为文的种种尝试。苏轼就是破体为文的能手。比如古人相别,例以送别诗相赠(也有赠序类之古文),送别词却不发达。但苏轼第一次任杭州通判时,竟以《虞美人·有美堂赠述古》等七首词来送别知州陈襄,使词获得诗的一种应用功能,但这并不妨碍他另作诗送别的。苏轼集中,对同一送别对象,既作诗又作词者指不胜屈。如《送李公恕赴阙》诗与《临江仙·送李公恕》词、《次前韵答马中玉》诗与《虞美人·送马中玉》词、《送钱穆父出守越州绝句二首》诗与《西江月·送钱待制穆父》词等,诗词并举,并无扞格难通之处。曾巩《哀辞》在写法上兼重韵散,以叙事为主,在应用上刻石墓上,这在宋代文学"破体为文"的大背景中,只是增加一个实例而已。所谓"既有《哀辞》，不应复有《墓表》"的问题，表面上似是两难选择，实际上《哀辞》、《墓表》是可以并存不悖的。

要之，曾巩对张方平写作《墓表》一事，无论知与不知，他是不会也无必要需作出"任何不满反应"的。

<h2 style="text-align:center">四</h2>

邓文第四节的标题是"苏轼的《谢张太保撰先人墓碣书》是百分之百的伪品"，这牵涉到我那篇短文中对宋刻孤本《东坡集》的评估意见。我说过，这部南宋孝宗时刻本，"实属杭本范围"，此书卷二九即收有《谢书》，"而《东坡集》'乃东坡手自编者'，'最为善本'（胡仔语），至今无人能指出其中有任何一篇伪作羼入。此本的权威地位表明：若无确证，就不能断定苏轼此篇《谢书》为伪"。

邓先生认为，我的这些话，"把不应混同的问题都混同搅拌在一起了，因而不免授我以柄"。他有两个"把柄"。第一个"把柄"是：司马光曾手编一部《传家集》，而其裔孙司马伋南宋初的所刻本却混入伪作《弹王安石章》，"根据这同一道理，又怎能因南宋刻本《东坡集》收有《谢张太保书》而即断言东坡手自编定、并在他无恙时已经在杭州版行的《东坡集》中必已收有此《谢书》呢？"

这里似关乎考证方法问题。类推法，即由已知之事推论相类之未知之事，不失为考证的一种方法，但重要的是类推的条件和论证的过程。从一事物的情况直接推断另一事物必有相同情况，必得对构成类比的可比性作出充分的论证，也不能略去最重要的论证过程。因司马伋重印《传家集》中有一篇伪作掺入（姑不论此事实情如何），就"根据这同一道理"，类推而怀疑南宋《东坡集》重印本也有伪作，且更进而怀疑其所收《谢书》为伪作，我觉得是缺乏说服力的。陈寅恪先生说得好："历史研究，资料范围要尽可能扩大，结论则要尽可能缩小,考证要求合实际,一屋的人穿蓝的,也许就有一个人穿黑的,除有一定前提,类推不宜常用。"(陈述《陈寅恪先生手书信札附记》,见王永兴编《纪念陈寅恪先生百年诞辰学术论文集》)按照陈先生的意见,即使其他所有的北宋作家自编文集之南宋重印本,统统混入伪作,也不一定能证明此南宋《东坡集》重印本中必有伪作。我以为这才是符合推理逻辑的。

我并没有把《东坡集》的南宋本和北宋苏轼手自编本(杭本)简单地等同起来,只是正面论证此南宋本保存了"杭本"的原貌。胡仔《苕溪渔隐丛话》后集卷二八云:"世传《前集》乃东坡手自编者。随其出处,古律诗相间,谬误绝少,如《御史府》诸诗,不欲传之于世,《老人行》、《题申王画马图》非其所作,故皆无之。"此《东坡集》即《前集》编录苏轼自嘉祐六年(1061)至元祐六年(1091)三十年间的诗文,前十八卷为诗,不分古、律,按年排列,即所谓"随其出处,古律诗相间",又果然不收"乌台诗案"时所作《予以事系御史台狱,狱吏稍见侵……》等诗,亦不见《老人行》、《题申王画马图》等伪作,与胡仔所言皆吻合。傅增湘《藏园群书经眼录》卷一三论此本说:"审其结体方整,雅近率更(欧阳询),自是南渡以后浙杭风度。陈氏《直斋书录解题》述《东坡集》刊版有杭本、蜀本、吉本之别,此断为杭本无疑。"这位著名版本学家裁鉴明确,口吻坚决,不容置疑。近年中、日两国学者更从刻工姓名及其所在地区进行细致的考察,也得出同一结论。再从使用实践来看。此本近来日渐流行后,一直为苏轼研究者视为苏集的第一善本,他本无夺其席。孔凡礼先生点校《苏轼诗集》、《苏轼文集》即以它作为"集甲"列在诸本之首,取得了丰富的校勘成果。不仅证明此本所收作品均极可靠,别择精严,而且保存许多极有价值的异文资料,比之现存刊刻较精、时间较早、流行较广的南宋郎晔编注的《经进东坡文集事略》和明成化《东坡七集》本来,亦显出优长之处。《中国版刻图录》在著录北图本《东坡集》时说"明成化间刻东坡七集文字多误，可据此本是正”，是符合实际的。

鉴于此本的权威版本地位，我说“若无确证，就不能断定苏轼此篇《谢书》为伪”，想来是不算谬误的。

邓先生所说的第二个“把柄”是认为“‘墓表’与‘墓碣’，分明是功用不同的两种东西”，“墓表是树立在墓外的，而墓碣则必定是纳之圹中的”，苏轼的“谢书”标题是《谢张太保撰先人墓碣书》，而文中却称“伏蒙再示先人墓表”，“苏东坡是何等精明人，如果《谢书》确实由他写出，何至‘马大哈’到这般地步，竟至把‘墓表’与‘墓碣’不能加以区别呢?”此论“墓表”与“墓碣”是“功用不同的两种东西”，恐与一般文体常识相背。明徐师曾《文体明辨序说》介绍“墓碑文”，谓“盖葬者既为‘志’以藏诸幽，又为‘碑’、‘碣’、‘表’以揭于外，皆孝子慈孙不忍蔽先德之心也。”即是说，神道碑、墓碣、墓表均是树立于墓外之文。清吴曾祺《文体刍言》亦云：“碑遂为文体之一，大都为纪功德而作者居多。而施之墓者，则谓之‘墓碑’，或谓之‘墓表’，或谓之‘墓碣’（列于墓道旁者，谓之“神道碑”）；其入幽者曰‘墓志’，曰‘墓志铭’，曰‘圹志’，曰‘圹铭’。”界定十分清楚：墓外者即墓碑、墓表、墓碣、神道碑；墓内者即墓志、墓志铭、圹志、圹铭。柳宗元《唐故兵部郎中杨君（凝）墓碣》（《柳河东集》卷九）对墓碣的性质更有明确的说明：“……既葬，其子侄洎家老，谋立石以表于墓。葬令（世彩堂本注：葬令，唐时丧葬之令）曰：凡五品以上为碑，龟趺螭首；降五品为碣，方趺圆首，其高四尺。按，郎中品第五，以其秩不克阶，降而从碣之制。”杨凝任郎中仅五品，按唐时丧葬令，不能用碑，只能用碣。这也说明碑与碣并没有性质上的根本区别，所以黄宗羲《金石要例》在引述柳文后云：“此碑、碣之分。是凡言碑者，即神道碑也，后世则碣亦谓之碑矣。”大致说来，墓碣有任官等级的限制，墓表则有官无官皆可用之，但其揭之于墓外者则是一致的。《说文解字》石部：“碣，特立之石也。”近人来裕恂《汉文典》第二九九页：“碣者，楬橥也，有所表识也。”也从字义上揭出"墓碣"与"墓表"同为墓外之文。

那么，宋代的情况又是如何呢？欧阳修《内殿崇班薛君墓表》（《居士集》卷二四）云，墓主薛塾死，其子先请欧阳修作《墓志铭》，继而又请欧氏作《墓表》。他说："'铭'之藏，诚以永吾先君于不朽；然不若'碣'于隧以表见于世之昭昭也。"欧氏认为"其子又欲'碣'以昭显于世，可谓孝矣"，慨然应允而作此篇"墓表"。足见"墓表"与"墓碣"之同一，也反映出"墓表"之"昭显于世"的作用优于"墓志铭"。欧氏《河南府司录张君墓表》（同上卷），有小注"一作碣"，此注当是宋人孙谦益所加。该文内称："……故于其改葬也，书以遗其子，俾碣于墓，且以写余之思焉。"题为"墓表"，文中却说"碣于墓"，这与苏轼《谢书》题为"墓碣"而文中却说"墓表"，不是毫无二致吗？此均说明"墓表"与"墓碣"在宋时一般情况下是可以通用的。

邓先生还说，明人沈德符《万历野获编》载有一事，明朝某宦官挖取南京一古墓，"于墓中得墓碣，知其为王安石墓也。此可证当时必皆以墓碣埋圹中"。按，沈氏所记原文见《万历野获编》卷二九"发冢"条："冢墓被发，即帝王不免。然必多藏始为盗朵颐。如王荆公清苦，料无厚葬。其墓在金陵，正德四年，南京太监石岩者，营治寿穴，苦乏大砖。或献言云：近处古冢砖奇大。遂拆以充用，视其碣乃介甫也，则薄葬亦受祸矣。"宦官石岩挖墓的目的是取大砖以备营造自己寿穴之需，并非盗墓取宝，文中所说之"碣"亦未明言从"圹中"所得。"发冢"条又云："又正德九年，扬州府海门县城东有古墓见发，视其题，乃骆宾王墓。"此"题"即是墓碑，也是墓外之物。因而，"视其碣乃介甫也"，当系年代久远，墓碣圮塌蔽掩，一时未被看清罢了。这篇王安石墓碣文（疑应为神道碑文）乃至他的墓志铭，至今一无所存，为宋史一大疑点；但王安石却为他人写过"墓碣"，倒是明明白白说是"表之隧上"的。他为谢绛之妻夏侯氏作《仙源县太君夏侯氏墓碣》（《临川集》卷九九）云："若夫夫人（指夏侯氏）之善，不有以表之隧上，其能与公

（指谢绛）之烈相久而传乎？此博士（指夏侯氏之子谢景初）所以属予之意也。"这篇"墓碣"肯定是并非埋入圹中的。由此看来，邓先生"必皆以墓碣埋圹中"的说法恐是欠妥的。苏轼《谢书》之"墓碣"、"墓表"并用，也是毋庸置疑的。

邓先生还举出苏轼《谢书》恳请张方平作《墓碣》时，谓知信其父者，"举世唯公一人"，而苏洵在希冀欧阳修为其作《墓志铭》时又有"知我者唯吾父与欧阳公也"的表示，依据他墓碣与墓志铭同为埋入圹中的主张，因而认为两处必有"一真一伪"，教示我作出非此即彼的"选择"；但既然墓碣与墓志铭并非一文，一在墓外，一在墓中，幽明犁然，分别由张、欧两位大老执笔，旗鼓相当，最佳组合，并不使我"感到有歧互难合之处"。

五

邓文第五节主要讨论麻沙本《类编增广老苏先生大全文集》的问题。该书卷三"杂论"中收有《辨奸论》全文，这是现存宋刻老苏文集中首次出现此文，而李绂之所以提出此篇乃邵伯温伪作，其主要论据即是苏洵文集"原本不可见"，因而我认为这是应予重视的新材料。然而，在邓先生的这篇论文中，说我"把那个本子的身价竟估定到那样高贵惊人的程度"，而在他看来，却是"着无庸议"的"枝节问题"。

宋代福建建阳县麻沙镇的刻本，主要以营利为目的，刻印欠精，向为版本学家所诟病，宋周煇《清波杂志》卷八早有"麻沙本之差舛，误后学多矣"之叹。但它毕竟是宋时旧物，时至今日，从研究者的角度言，多有意想不到的收获。麻沙书坊以"类编"、"增广"、"大全文集"为书名而编刻的多种名家文集，今尚存《类编增广老苏先生大全文集》（存北京图书馆）、《类编增广颍滨先生大全文集》

（存日本内阁文库）、《类编增广黄先生大全文集》（存北京大学）三种；至于刻于蕲州的《增广司马温公全集》（存日本内阁文库），虽系官刻本（有学者定为宋高宗绍兴刻本），亦属同一类型。这些"类编"、"增广"、"大全文集"本，虽然带有明显的商业色彩，但平心而论，编纂者求"增"求"广"，搜讨必有出处，往往为今人保存了许多珍贵的材料。先以《颍滨集》为例，此书存一百三十七卷，收诗达一千七百多首，按纪行、述怀等一百类（附九类）编排，其篇数与通行《栾城集》三集本完全相同，经对勘，仅多《开元寺山茶》七律一首，疑是新发现的佚诗。而文的部分，却增多《古史世家论》、《古史列传论》等多篇文字，以及"经史"论一类的《诗》、《春秋》、《洪范五事图》和《龙川略志引》、《龙川别志引》、《注老子序》、《古史序》等文。这些《栾城集》以外的文字，均采自苏辙的几部单行著作如《古史》、《龙川略志》、《龙川别志》、《老子解》等，并非始见的佚文，但说明其标举"增广"以广招徕，却绝非胡编乱收的。此书又蕴藏着繁多的异文，可供纠误或参酌之处不少，实是此书的主要价值所在，惜未被新出的点校本《栾城集》、《苏辙集》所利用。此书还有少量颇有价值的校记，也表现出编纂态度严谨的一面。

相比较而言，《老苏集》中的大量佚诗，《司马温公集》中的未刊日记，更是近年来备受学人注目的重大发现。后者曾得到邓先生的高度赞扬，认为"温公的这两卷书，虽非全帙，但终属极可宝贵之资料"（见《司马光日记校注·前言》引）我这里只谈谈《老苏集》情况，以与本文论旨相扣。

《老苏集》仅残存四卷。一、二两卷共收诗四十六首，而现存《嘉祐集》仅二十七首。此书除少收《香》一首外，共多出二十首，占苏洵全部诗歌的近半数左右。这些佚诗的发现，对研究苏洵的生平、思想和创作具有不容忽视的意义：一是可以纠正"苏明允不能诗"（《后山诗话》引"世语"云）的传统看法，而能更恰当地估定苏洵在宋诗发展史中的地位;二是《初发嘉州》等一组十多首佚诗,作于嘉祐四年(1059)南行赴京途中,是考订、编辑苏氏父子的第一个诗文合集《南行集》的第一手资料,有助于对三苏早期创作的研究;三是七古长诗《自尤》(700 字)及其长《序》(237 字),细致真实地记录了苏洵与其妻兄程浚及其子程之才的交恶过程,揭开了苏洵幼女之死的内幕,也是探讨苏洵人生思想嬗变轨迹的一条线索;四是较高的校勘价值。仅举《忆山送人》一诗为例。通行本"道逢尘土客,洗濯无瑕痕"两句,此书上句作"道途尘土容",则为自指,细按全诗,于上下文脉理颇顺;"一月看山岳"句,"山岳"此书作"三岳",承上记游嵩山、华山、终南山,作"三岳"为是;"大抵蜀山峭,巉刻气不温;不类嵩华背,气象多浓繁"四句,"背"字费解,此书作"辈",文义遂通。他如"或时度冈领","领",此书作"岭","仰面啜云霞",此书作"仰看啜云霞",均堪参酌。

此书的大量佚诗,至今未见有人指出其中有伪,而其异文价值之高亦甚显然,这就足以说明,此《老苏集》的编纂,不仅态度颇称严谨,而且其取材必有相当可靠的来源。

前已述及,《辨奸论》的文本在宋代至少有七种,从文字异同中似可窥探其取材来源的多元性。兹为反驳邵氏伪作说,仅以麻沙本与《邵氏闻见录》本互相对勘,以说明麻沙本《辨奸论》绝非来自邵氏。(《邵氏闻见录》即用中华书局 1983 年本,该本以夏敬观校本为底本)《辨奸论》原文不足五百字,而此两本歧异者共有十九处,且并非是"随意的窜改"或"无意的疏忽",更没有一处是"讹脱"的。为避烦冗,谨举两例:

(一)《闻见录》本:"昔者羊叔子见王衍,曰:'误天下苍生者必此人也。'"麻沙本"羊叔子"作"山巨源"。按:作"山巨源"是。羊叔子即羊祜,据《晋书·羊祜传》,羊祜之从甥王衍见羊氏陈事,祜不然之,后谓宾客曰:"王夷甫方以盛名处大位,然败俗伤化,必此人也。"他只说王衍将"败俗伤化"而不是"误天下苍生"。山巨源乃山涛,据《晋书·王衍传》:王衍"总角尝造山涛,涛嗟叹良久。既去,目而送之曰:'何物老姬,生宁馨儿!然误天下苍生者,未必非此人也。'"在宋代七种文本中,其他六种均作"羊叔子",独麻沙本不误,说明其自有底本。蔡上翔却解释为邵氏作伪时的援引错误,"传之既久,亦有知其非而改之者,则今世所传本是也"(《王荆公年谱考略》卷一〇)。这不过是一种猜测,他未见到宋刊麻沙本早已作"山巨源"了。

(二)《闻见录》本:"使晋无惠帝,仅得中主,虽衍百千,何从而乱天下乎?"麻沙本"中主"作"中原"。此处麻沙本误。然其误显非音近、形近所致,而是别有原委。在宋代的七种文本中,此句处置情况颇有不同:大都作"中主",但吕祖谦《皇朝文鉴》(卷九七)却径删去"仅得中主"一句,而作"使晋无惠帝,虽衍千百,何从而乱天下乎?"朱熹《五朝名臣言行录》(卷一〇)在引用张方平《墓表》后,附录《辨奸论》详细节本,也无"仅得中主"一句。他们是所见底本作"仅得中原"、觉其不妥而删却,还是"中主"一词作中等才能的君主讲,颇感突兀而芟除,这就无法悬揣了。

麻沙本这两处异文,一正一误,均为其他宋代六种文本所无。据此独一无二的情况,尤其是与《闻见录》本异文有十九处之多,因而推论其非出于邵本,于理恐无大碍。

关于麻沙本刊行年代问题,我原来采用了瞿镛的"疑是北宋麻沙本也"之说(《铁琴铜剑楼藏宋元本书目》),根据主要是此书不讳"桓"字。现邓先生转请北大图书馆沈乃文先生考察,依据北大所藏《类编增广黄先生大全文集》,其版式与《老苏集》完全一致,而黄集目录后有牌记标明是"乾道端午",是黄集确刊于宋孝宗之时,因推定《老苏集》的刊刻"当与黄庭坚集相去不远,以定在宋孝宗在位期间较合事理"。沈先生的考辨过程,理据均称充分,给我很大的启发。最近又在沈先生的热情帮助下,我去北大图书馆阅览了黄集原本，确与《老苏集》相同（仅黄集版匡比《老苏集》略高略宽一些）。

　　沈先生说："真是无独有偶，如此孤罕之书（指《老苏集》），天壤间竟存一书堪与比对。"其实，寒斋所藏的麻沙本《类编增广颍滨先生大全文集》覆印本，其版式与《老苏集》、黄集也是完全一致的（附图1—3），天壤间竟有三部孤本同光共辉，也是不幸中之大幸了。我在收藏此覆印本时，早就读到傅增湘《藏园群书经眼录》卷一三对此本的题识："今观此本，板式行格字体劲峭而露锋棱，必为麻沙镇所刊。且余见李椒微师（盛铎）所藏《类编增广山谷先生大全文集》五十卷（旧藏海源阁杨氏），其版式字体与此正同。又书名标题咸与颍滨相配匹，必为闽中同时书坊所合刊行世者。惟山谷大全集目前有牌子数行，题为乾道端午麻沙镇水南刘仲吉识。兹册逸去首册，无从证明为足惜耳。"此李盛铎所藏黄集本即今北大藏本。傅氏既云《颍滨集》与黄集"版式字体"、"书名标题"咸相配匹，"必为闽中同时书坊所合刊行世者"，此点正与沈先生所论暗合；但因《颍滨集》逸去首册，未见牌记，又以无从取得直接证据为憾，态度审慎如此，令人钦佩。我因检《颍滨集》，发现避讳至桓、构、慎字，因自定此本乃宋孝宗时所刊，似可为傅先生之说助证。三本版式全同，已知两本确为宋孝宗时所刻，能否推定《老苏集》亦为同时之物？我对类推法信心不足，总嫌缺少直接依据。《老苏集》又只存四卷，篇幅甚少，还未遇到"慎"字，而"桓"字却均不讳（见《管仲论》、《春秋论》），这与《颍滨集》避"桓"字明显不同。我因而在上述那篇短文中采信了瞿镛之说。现在看来，《老苏集》"疑是北宋麻沙本"的意见，存有疑点，应该充分考虑沈先生的考证成果，作进一步的研究。

　　即使麻沙本《老苏集》刊于南宋，根据我前面对该本整体面貌与异文情况的论述，也似能证明其所收《辨奸论》并非来源于《邵氏闻见录》。邓先生力主《老苏集》刊于南宋，在《闻见录》之后，因而判定《老苏集》此篇必取材于邵氏，"决非另有来源"，我仍是不能苟同的。

好在有关《辨奸论》的记事方面，方勺《泊宅编》确是早于《邵氏闻见录》的。此对邵氏伪作说，实是一项十分有力的证伪。但在《邵氏闻见录》成书年代问题上，邓先生对我和章培恒先生有所批评。邵氏在绍兴二年（1132）所作的《自序》中说："伯温早以先君子（邵雍）之故，亲接前辈，与夫侍家庭，居乡党，游宦学，得前言往行为多。……类之为书，曰《闻见录》，尚庶几焉。"章先生据此把绍兴二年看作邵氏"着手著书"之时，成书尚在其后。我采纳了他的意见。邓先生反驳我说："'类'者，编次之意；'之'者，指多年以来所记录的从'闻见'得诸前辈的前言往行，如果没有'之'字所包含的这些内涵，那将把什么东西编类'为书'呢？对如此明白易解的文句，而竟重蹈章文的覆辙，作出错误的解释……。"

我想这是一个误会。一部著作的产生全过程，大致有前期准备、开始撰作、成书杀青、刊刻行世这四个阶段。这里讨论的落脚点原应是在比较《泊宅编》和《邵氏闻见录》两书"刊刻行世"的时间，以探明在宋代笔记中，《辨奸论》其事究在何时开始流传于世。但由于资料限制，我们只能比较两书的"成书年代"之孰先孰后。章先生的上述结论是有证据的：一有本证，即邵伯温《自序》。此序所述乃为"简单的写作缘起"，应作于全书写成之前。"类之为书"四字，确如邓先生所释，"明白易解"，并没有也不可能产生什么歧义；但这些所"类"之"之"，即多年所记的单篇材料，均属着手编著以前的准备工作。进入正式编撰阶段，尚待整理、修改、编排和另行补写充实。果然，二有旁证，即其子邵博《序》。邵博说："此书（《邵氏闻见录》）独晚出，虽客寓疾病中，笔削不置，其心可悲矣。先君既不幸，上得其平生之言，有制褒扬甚备。博不肖，终无以显先君之令德。类次其遗书既成，于绝编断简之中得《闻见录》，为次第二十卷，并传于代。"则在邵伯温绍兴四

113

年去世以前，其书尚在笔削过程之中；分卷编次之事，皆邵伯温死后邵博所为。邵伯温《自序》中的"绍兴二年"，难道不是着手编撰之时吗？三有内证。该书卷五载元祐皇后孟氏事，记其谥号为"昭慈圣献"，此谥号据史载是绍兴三年改谥的，则此条应作于绍兴三年改谥之后。有此三证，说"绍兴二年"为"着手著书之时"实乃符合情理，"成书当在其后"也是顺理成章之事。至于前期准备工作始于何时，已不可考，这里也无探究的必要。章先生又以七条证据证明《泊宅编》三卷本成书在宣和七年（1125），比之《邵氏闻见录》"着手著书之时"的绍兴二年（1132），也已早了七年。邓先生在其第一篇论文中有"刊行于宋高宗绍兴四年（1134）的邵伯温《闻见录》"的句子，绍兴四年为邵伯温去世之年，其时该书尚未定稿，其子邵博能于乃父死后同一年内迅速整理定稿、并立即予以"刊行"吗？惜未见邓先生举证。即便如此，也必在《泊宅编》之后无疑。总之，既然早于邵书数年以前，方勺《泊宅编》已有苏洵作《辨奸论》的记载，必已为世人所知，又怎能说此文由邵氏伪造的呢？此点实是主张伪作说者的一个不能绕过的障碍，故不惮辞费辨析如上。

附带论及朱弁的《曲洧旧闻》。朱弁于建炎元年（1127）出使金国，被羁留十七年，至绍兴十三年（1143）始南归，次年去世。据《四库全书总目》卷一二一考定，《曲洧旧闻》作于"留金时"，那么他在北方也很难能看到绍兴四年以后才刊行的《邵氏闻见录》。他的关于苏洵作《辨奸论》的记述，当是使金前所得之"旧闻"，亦与邵书无涉。

六

讨论《辨奸论》真伪的直接目的，自然是为判明此文著作权之归属，但讨论的意义不限于此。不仅是继承和发扬我国传统考证之学的精神与方法，在实际运用中以提高这门学问的学术水平；而且也可深入了解宋代士大夫政治纷争的复杂和人际关系的微妙，这个颇显离奇的事件蕴含着鲜活的历史内容，在个案分析中亦可看出一般的政治纷争的风云（如王安石执政前，韩琦、李师中、吴奎、鲜于侁等为数不少的士大夫，均曾预言过王氏之"奸"，"必坏乱天下"）。所以尽管一时未能就具体真伪问题取得共识，讨论却仍然是有价值的。而引起我个人参与兴趣的，还因为在日常读书中常常引发出与此问题有关的困惑，今略举三例如次，以作本文的馀论。

一、晁说之在宣和七年为好友苏过作《宋故通直郎眉山苏叔党墓志铭》，文末云："文安先生之知人，难乎其为子也；东坡先生之事君，其为之子者又亦不易也。"（据《永乐大典》卷二四○一"苏"韵所录，《嵩山文集》卷二○收此文，后半残缺。）后一事不难理解，因为通篇《墓志铭》突出苏轼一生"忧国爱君之心日加"却遭遇坎坷，苏过之侍奉其父"一身百为而不知其难"，确乎"为之子者又亦不易也"。前一事则颇费猜详了。苏洵究以何事表明他的"知人"？为何他的"知人"又会造成"难乎其为子"的后果？夷考苏洵生平，他有首《自尤诗》却是自责无知人之明，错把幼女嫁与程家而被折磨夭亡；他的《名二子说》倒是有点预见性的，但那是对二子的正确导示，也是不能说成"难乎其为子"的。惜乎晁说之未能点破，然而他的讳言，恰好反证出苏洵此处的"知人"之举必有不得不讳言的难言之隐，是否即是写作《辨奸论》一事呢？

二、伪作说者曾从写作技巧、语言运用、修辞等方面论定《辨奸论》是篇有失水准的古文，因而不可能是苏洵所作。但苏轼文章中，多处袭用或化用此文的语句，如《上神宗皇帝书》："势有必至，理有固然"，"故曰：善用兵者，无赫赫之功"；《伊尹论》："得失乱其中而荣辱夺其外"（《辨奸论》"好恶乱其中而利害夺其外"）；《答李方叔书》："动辄欲人以周、孔誉己"，"深不愿人造作言语"（《辨奸论》"相与造作言语,私立名字,以为颜渊、孟轲复出")。这又应作何解释?

三、《辨奸论》曾举"竖刁、易牙、开方"三人为"不近人情者,鲜不为大奸慝"之例,这一名字排列次序,与传统说法不同,而与苏洵《管仲论》完全一致(出现四次)。据《史记·齐太公世家》,管仲病,齐桓公问他谁可继任为相? 管仲回答的次序是"易牙杀子"、"开方倍亲"、"竖刁自宫"均因不近人情而不能重用;在后来的三人作乱中,也是易牙为主犯。《史记》张守节《正义》引颜师古说,也记管仲"愿君远易牙、竖刁"之语,"明年,公有病,易牙、竖刁相与作乱",均以易牙为首。《左传·僖公十七年》记事也是如此。最有意思的蔡上翔,他在引述《辨奸论》原文后,自己的叙述语言却改作"又曰非特易牙、竖刁、开方三子之比"、"后引易牙、竖刁、开方,故曰非三子之比"等,也变成以易牙为第一了。"竖刁、易牙、开方"的排列顺序,是否是苏洵个人的习惯用法,而在《辨奸论》、《管仲论》里无意中留下印痕呢?

诸如此类也许不值一提的"枝节问题",可能是心存"证伪之证伪"的私见所致,一并述出以请学人们指教。《辨奸论》真伪问题似有继续讨论的必要,恐不宜过早"宣告结束"。

1998 年 7 月

(原载《学术集林》卷一五,1999 年 1 月)

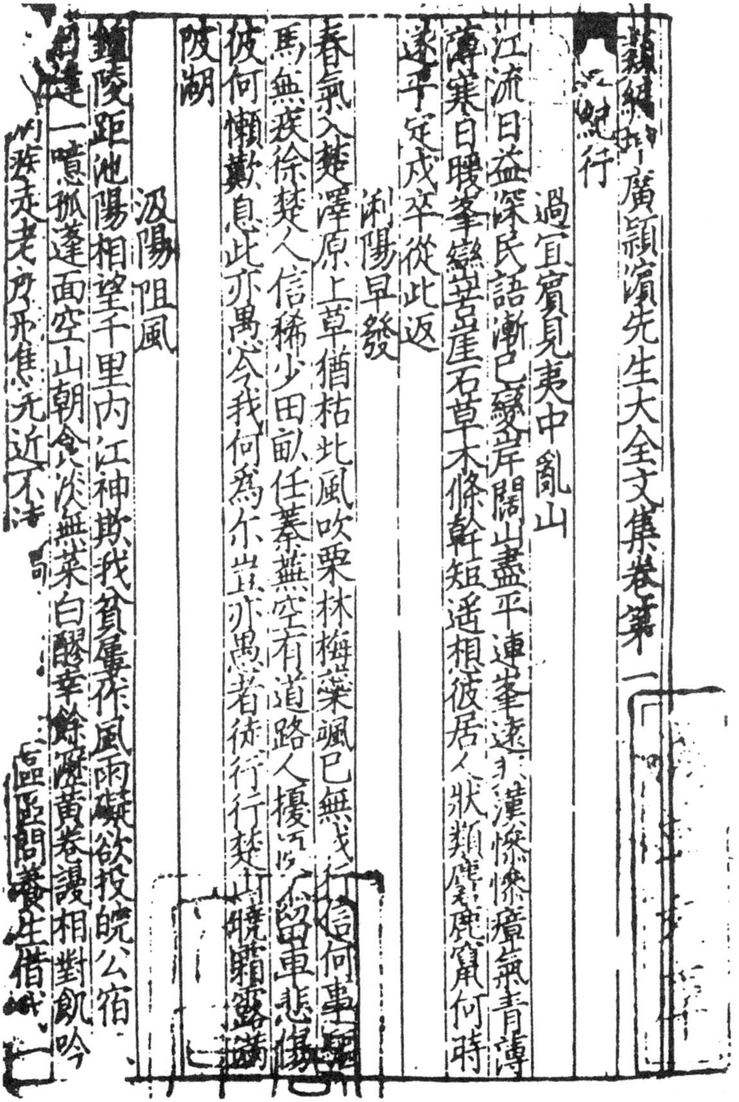

類編

廣頴濱先生大全文集卷第一

紀行

過宜賓見夷中亂山

江流日益深民語漸已變岸闊山盡平連峯遂ㄑ漢炎炎瘴嵐青薄

薄寒日曚峯巒岂石草木條幹短遥想彼居人狀類麏鹿竄氣何時

遂平戌卒從此返

陂湖

彼何懶歡息此亦馬令我何為尒當亦馬者徒行行楚

閑陽早發

春氣入楚澤原上草猶枯北風吹粟林梅葉颯已無戈空有道路人擾汔

馬無疾徐楚人信稀少田畝任蕪空留車悲傷曉瞞露邁

鍾陵距池陽相望千里內江神断我貧屬作風雨凝欲投皖公宿

逢一噴孤蓬面空山朝食次無菜白醱幸餘深黃卷漫相對飢吟

汲陽阻風

區區問養生借此

州蔟老乃飛焦光近不浹

图1

117

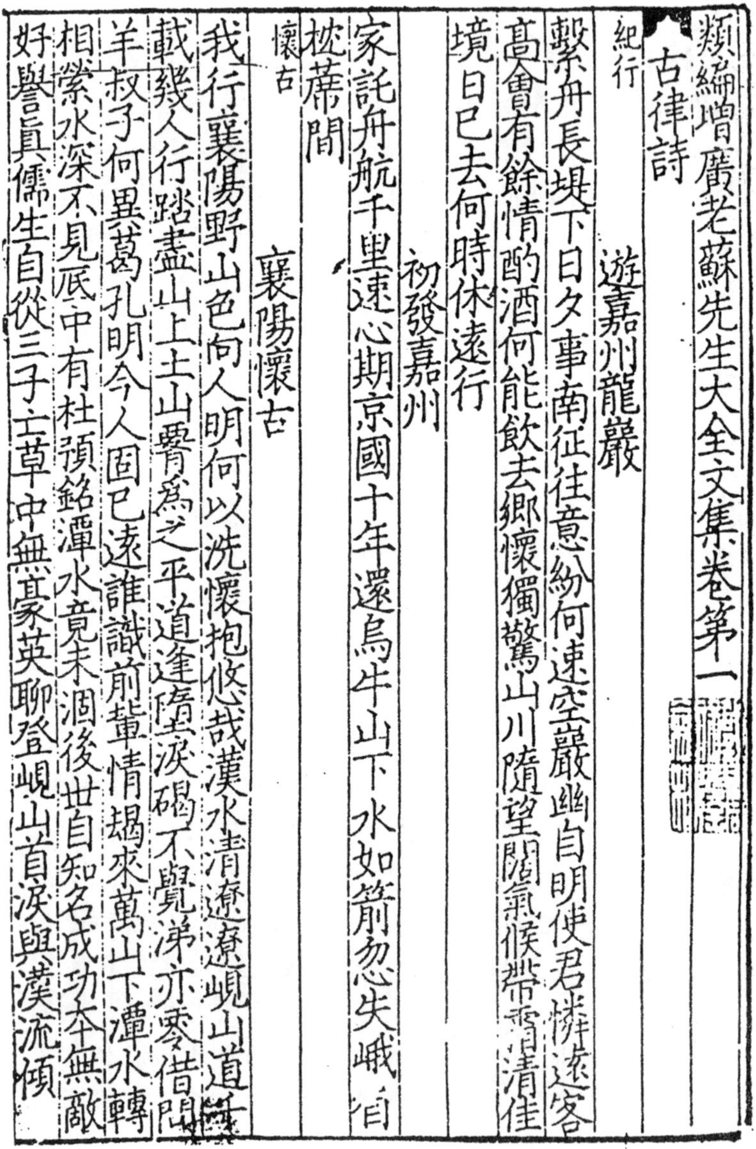

類編增廣老蘇先生大全文集卷第一

古律詩

紀行

遊嘉州龍巖

繫舟長堤下日夕事南征往意紛何遽空巖幽自明使君憐遠客高會有餘情酌酒何能飲去鄉懷獨驚山川隨望闊氣候帶霜清佳境日已去何時休遠行

初發嘉州

家託舟航千里速心期京國十年還烏牛山下水如箭勿失峨嵋...

襄陽懷古

挼蒢間懷古

我行襄陽野山色向人明何以洗懷抱悠哉漢水清遼遼峴山道載幾人行踪盡山上土山罍爲之平道逢墮淚碣不覺涕亦零借問羊叔子何異葛孔明今人固已遠誰識前輩情竭來萬山下潭水轉相縈水深不見底中有杜預銘潭水竟未涸後世自知名成功本無敵好譽真儒生自從三子亡草中無家英聊登峴山首淚與漢流傾

图 2

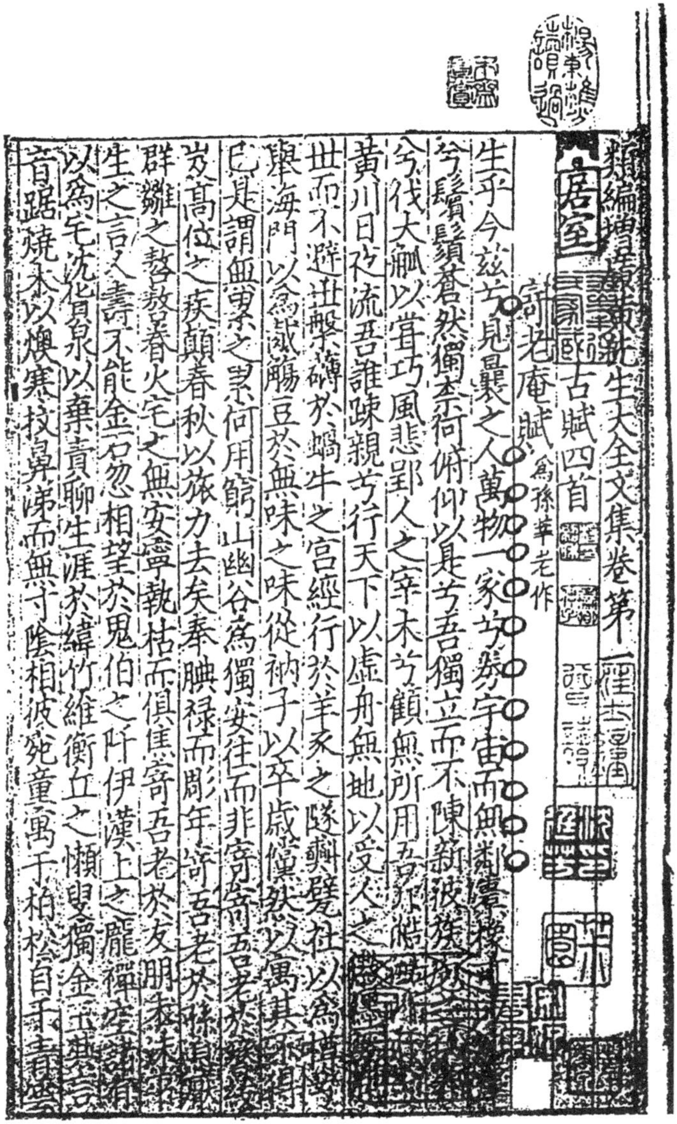

图 3

苏洵散文与《战国策》

对苏洵散文的特点及其渊源所自，他的同时代人的看法有所出入。欧阳修曾评他的《六经论》等为"荀卿子之文"（苏洵《上欧阳内翰第二书》引）；张方平在《文安先生墓表》中说"左丘明《国语》，司马迁善叙事，贾谊之明王道，君兼之矣"，而从苏洵《上欧阳内翰第二书》、《上张侍郎第二书》等来看，张方平主要把他比之为"廉洁而有文"的司马迁；韩琦则把他比作贾谊，"尝与论天下事，亦以为贾谊不能过也"（《文安先生墓表》），这倒与苏洵的自许吻合。他说："常以为董生得圣人之经，其失也流而为迂；晁错得圣人之权，其失也流而为诈。有二子之才而不流者，其惟贾生乎？"（《上田枢密书》）足见其祈向所在。在《上韩枢密书》中更直接地说："及言兵事，论古今形势，至自比贾谊。"苏轼《眉州远景楼记》也说，"独吾州之士，通经学古，以西汉文词为宗师"，"吾州之士"似应包括其父，"西汉文词"主要也指贾谊，但这着重从内容（策论）而言的。

这些评论符合苏洵文章的一个方面，但不是主要的方面，苏洵散文无论在内容和写法上，都深受《战国策》的影响。当然，司马迁、贾谊之文，也与《战国策》有关。如朱熹即说："司马迁文雄健，意思不帖帖，有战国文气象。贾谊文亦然。老苏文亦雄健。"（《朱子语类》卷一三九）又说："贾谊之学杂，他本是战国纵横之学，只是较近道理。"（同上卷一三七）但着重点仍有不同。相传苏洵常挟一策以自随，虽苏轼兄弟亦不得见，他日视之，原是《战国策》一书。第一个明确指出苏洵文渊源于《战国策》的是王安石。他说："苏明允有战国纵横之学。"（见邵博《邵氏闻见后录》卷一四）朱熹说："老苏父子自史中《战国策》得之，故皆自小处起议论。"（《朱子语类》卷一三九）黄震更把苏洵列为宋代纵横之学的"巨擘"。他说："本朝理学大明，而战国纵横之学如三条四列，隐见起伏。铮铮于本朝者尚四人：苏者（老）泉其巨擘，其次为李泰伯，其次为王雪山，其后为陈龙川。"（《黄氏日抄》卷八四）元潘昂霄《金石例》卷九云："明允多自《战国策》中来。"清人更多这类评论。如朱彝尊《与李武曾论文书》指出，"北宋之文，惟苏明允杂出乎纵横之说，故其文在诸家中为最下"（《曝书亭集》卷三一）。沈德潜谓"老泉杂于霸术"（《唐宋八家古文读本》序）。吴德旋也指出"恽子居（恽敬）文多纵横气"，"文章说理不尽醇，故易见锋锷。子居自命似欲独开生面，然老泉已有此种"（《初月楼古文绪论》）。但这些评论大都又认为苏洵以战国游士的权谲自喜，于经术则驳杂不醇，因持贬抑态度，这未免失之偏颇了。

在宋代古文六大家中，欧、曾、王都标榜为文必须原本六经，苏洵却主要取径于纵横之学，并部分地影响到苏轼，确是显著的特点。苏洵《谏论上》自谓："龙逢、比干，吾取其心，不取其术；苏秦、张仪，吾取其术，不取其心。"他不满于孔子"纯于经"的"讽谏"，主张"参乎权而归乎经"的"直谏"，公然提出采纳游说之士的"机智勇辨"以"济其忠"，来矫正孔子之偏，这跟曾巩《战国策目录序》中指责游士的违背儒道、"偷为一切之计"，是迥然有别的。但是，苏洵并非简单重演游士的纵横捭阖、徒逞口辩的故技，而是从现实政治出发，特别是从针砭"当世之过"的要求出发，从而使他的文章具有较强的现实性。比之那些仁义道德、礼乐教化的空洞说教，他的政论、经论、史论等总结了远较深刻的政治斗争的经验，提出了不少颇具识见的策略，适应了当时统治者内部政治革新的时代思潮。欧阳修说他"性识明达"，"精于物理而善识变权"，"文章不为空言而期于有用"（《荐布衣苏洵状》),是符合实际的。

《权书》、《衡论》、《几策》是苏洵政论文的代表作。《权书叙》云："权书,兵书也,而所以用仁济义之术也。"《权书》是言"术"之作,前五篇(《心术》、《法制》、《强弱》、《攻守》、《用间》)讲兵法,后五篇(《孙武》、《子贡》、《六国》、《项籍》、《高祖》)实属史论性质。《衡论》十篇(《远虑》、《御将》、《任相》、《重远》、《广士》、《养才》、《申法》、《议法》、《兵制》、《田制》)本"有权有衡"之意,对《权书》有所补充,但涉及政治的方面更为广泛。《几策》两篇,其《审势》劝国君审度强弱之势,"而应之以权",势弱时强调用威;《审敌》主张勿赂契丹而宜速战。《衡论·远虑》云:"圣人之道,有经有权有机。""曰经者,天下之民举知之可也;曰权者,民不得而知矣,群臣知之可也;曰机者,虽群臣亦不得知矣,腹心之臣知之可也。"可知这些政论都属于奇权密机的性质。钱丰寰云:"老泉平日镌肾镂骨以求其至者,在《战国策》,故《权书》、《衡论》诸篇,多似《战国策》。"(《三苏文范》卷二引)所言甚是。如《权书·六国》提出战国时六国亡于秦的原因在于"赂秦":

> 秦以攻取之外,小则获邑,大则得城。较秦之所得,与战胜而得者,其实百倍;诸侯之所亡,与战败而亡者,其实亦百倍,则秦之所大欲,诸侯之所大患,固不在战矣!思厥先祖父暴霜露,斩荆棘,以有尺寸之地,子孙视之不甚惜,举以予人,如弃草芥,今日割五城,明日割十城,然后得一夕安寝,起视四境,而秦兵又至矣。然则诸侯之地有限,暴秦之欲无厌,奉之弥繁,侵之愈急,故不战而强弱胜负已判矣。至于颠覆,理固宜然。古人云:"以地事秦,犹抱薪救火,薪不尽,火不灭。"此言得之。

这是该文的主要段落。这里不仅明引战国时游士"抱薪救火"之喻:《战国策·魏策三》记孙臣谓魏安釐王曰:"且夫奸臣固皆欲以地事秦。以地事秦，譬犹抱薪而救火也。薪不尽，则火不止。今王之地有尽，而秦之求无穷，是薪火之说也。"《史记·魏世家》记苏秦之弟苏代亦谓魏王曰："且夫以地事秦，譬犹抱薪救火，薪不尽，火不灭。"而且其"地有限，欲无厌"的主要论点，也来自苏秦、虞卿等合纵者之说：《战国策·韩策一》记苏秦说韩宣王曰："且夫大王之地有尽，而秦之求无已。夫以有尽之地，而逆无已之求，此所谓市怨而贾祸者也，不战而地已削矣。"《战国策·赵策三》记虞卿说赵孝成王亦云："且秦虎狼之国也，无礼义之心。其求无已，而王之地有尽。以有尽之地，给无已之求，其势必无赵矣。"苏洵此文后半为六国规划一段，也俨然是苏秦辈的口吻。这些都是师法《战国策》之处。然而，苏洵吸取纵横之学却是针对北宋向契丹输币纳绢、乞取苟安的现实。此文结尾云：

> 夫六国与秦皆诸侯，其势弱于秦，而犹有可以不赂而胜之之势；苟以天下之大，下而从六国破亡之故事，是又在六国下矣！

警告北宋统治者不要重蹈六国覆辙，无异当头棒喝。《衡论》中的《任相》、《御将》等篇，大讲人主统驭相、将之术，也不免引起后代儒者的非议。如彭可斋云："老泉之学，多出于纵横。故其论谏也以说术，其论御将以智术。夫术之一字可施之君臣之间哉？"（《三苏文范》卷二引）但苏洵不是凭空搬弄权术，而是面对宋时任相不以重责、御将（特别是"才将"）失去统驭等弊端而发，而其分析又能细致入微，烛幽照隐，不乏一些有效的纠弊措施，实不能因其"大抵兵谋权利权变之言"（王安石语，见《邵氏闻见后录》卷一四）、"纵横家之术"（沈德潜语，见《唐宋八家古文读本》卷一七）而一概摈斥之。

他的经论也表现出"善识变权"的特点。《六经论》分别论述"圣人"作《易》、《礼》、《乐》、《诗》、《书》、《春秋》的用意，全从"机权"、"微权"的角度立论。他说，"圣人"作礼，是利用人们的羞耻之心，如若违反礼的规范,即以不齿耻之,这便是圣人教民知礼之"微权"(《礼论》);但光有"礼而信"还不行,必须济之以"易而尊",而圣人作《易》,是利用人们对事物"不可窥"的神秘心理,这便是圣人用的"机权","以持天下之心",维持圣人之道的尊严(《易论》)。礼的实施"易而难久",于是圣人又作乐以济礼之穷(《乐论》);礼是靠利用人们的羞耻之心来维系,但"有不顾其死,于是礼之权又穷",所以圣人作《诗》,使之能自我克制,不至于到了"自弃于淫叛之地",而使礼坏而乱(《诗论》)。苏洵总结道:"《礼》之权穷于易达,而有《易》焉;穷于后世之不信,而有《乐》焉;穷于强人,而有《诗》焉。——吁,圣人之虑事也盖详。"(《诗论》)其他讲《书》,也从圣人因风俗之变而用其"权"立论,讲《春秋》则以"天子之权归于鲁"为一篇主旨。所以,《六经论》贯串一个"权"字。朱熹说:"看老苏《六经论》,则是圣人全是以术欺天下也。"(《朱子语类》卷一三〇)《御选唐宋文醇》卷三六评云:"噫!亦浅矣。彼其视圣人之经,无往不用其权者,然则非六经,乃六权也耶?"《礼》、《乐》等封建的上层建筑和意识形态,本来就是维护封建统治的思想工具,后世经师们又对此附会上连篇累牍的神圣说教,寄托了无穷的天真幻想,而苏洵的见解却不同。他的见解固然具有游士讲"术"、讲"权"的特点,但从现实政治的利害着眼,揭示了统治者驭民的深微用心,比之那些说教和幻想来,不是更接近真理吗?

当然,苏洵文也有谲诳变诈之弊。如《明论》阐述人的认识问题,原也提出"大知"、"小知"一类有意义的命题,但最后结尾说"天下之事,譬如有物十焉,吾举其一,而人不知吾之不知其九也;历数之至于九,而不知其一,不知举一之不可测也,而况乎不至于九也?"简直是教人以藏头露尾、卖乖弄巧之术,以示高深莫测,由"变权"而流于欺诈。他却一再宣扬:如《易论》所谓"人之所以获尊者,以其中有所不可窥者也。"《衡论叙》所谓"事有可以尽告人者,有可告人以其端而不可尽者"。楼昉即指出,此类亦"自《战国策》来","未免挟数用术之说"(《崇古文诀》卷二二),确是不足为训。

章学诚《文史通义·诗教上》评《战国策》文风时说:"至战国而抵掌揣摩,腾说以取富贵,其辞敷张而扬厉,变其本而加恢奇焉。"苏洵的文风也具有这种揣摩人情、敷张扬厉、变本加奇的特点。欧阳修评苏洵文为"博辩宏伟","纵横上下,出入驰骤,必造于深微而后止"(《苏明允墓志铭》)。这段有名的评语,实际上也指明了他跟纵横家文风的类似和接近。我们读他的两篇史论文《高祖论》和《管仲论》,即具这种雄辩的特色。《高祖论》对刘邦"安刘氏必勃也"的临终之言揣摩入微,认为他已预知有吕氏之祸。文章以陈平、张良陪说刘邦开篇,极力推崇刘邦为"后世子孙之计",其智非陈、张所能及,然后提出本文的主旨。但在论证时却先不直接展开,而说当时不去吕后之故,在于借吕后以制强臣,来巩固惠帝之位;然后引出刘邦病中命陈平、周勃斩樊哙(他"娶于吕氏")一事,推断刘邦此举乃借以削弱吕党。以下忽说刘邦的心事:诛灭樊哙则吕后虽毒但"不至于杀人";忽谓如果樊哙不死,周勃诛诸吕必遭失败;忽驳樊哙未必叛汉的非难,抑扬反复,将刘邦斩哙制吕的深微用心论定。李方叔(李廌)云:"文字要驾空立意。苏明允《春秋论》揣摩以天子之权与鲁之意作一段议论,《高祖论》揣摩不去吕后之意作一段议论,当时夫子与高祖之意未必如此,皆驾空自出新意,文法最高,熟之必长于论。"(《三苏文范》卷二引)刘邦究竟有无如此用意,樊哙究竟会不会叛汉,读者会感到于理未必如此,但对苏文敷张扬厉的纵横之势却不禁额首称奇。《管仲论》也讲管仲临终遗言之事,却专论其不能荐贤自代之失,别具一番手眼。管仲临死时曾劝齐桓公勿用竖刁、易牙、开方三奸,后三奸果致齐国乱亡。按理,此足证管仲有先见之明,但苏洵却反论其罪。此文从管仲生前、死后的齐国兴衰说起,论到"祸之作,不作于作之日,亦必有所由兆",竟提出乱齐者不是三子,而是管仲,桓公之所以任用三子乃因管仲的论点。以下逐节转换,逐段反驳:一段驳管仲"以为威(桓)公果能不用三子矣乎?"二段驳管仲"以为将死之言,可以絷威公之手足耶?"然后推出管仲"不知本"的结论,即举贤自代才是治齐的根本,才能使"(管)仲虽死而齐国未为无仲",而不在于个别奸佞之徒的去留。至此题旨本已缴清,却又以晋文公来比照齐桓公,进一步论证管仲之失策;又驳世无贤者之非难;又举史鳅、萧何临终举贤自代作正面例证;最后煞尾云:

> 夫国以一人兴,以一人亡,贤者不悲其身之死,而忧其国之衰。故必复有贤者而后可以死。彼管仲者,何以死哉!

句句紧逼,笔力千钧,几使管仲复生也无言自辩。以先见之明一变为乱国祸首,见出苏洵变本加奇的纵横家的辩才,从中也包含封建统治的某些政治经验教训。

苏洵为文常用凭空布置、逆接递折的结构方式和巧譬妙喻、连类不穷的修辞手段,前人指出这两方面也取径于《战国策》。李淦《文章精义》云:"文字顺易而逆难。《六经》都顺,惟《庄子》、《战国策》逆。韩、柳、欧都顺,惟苏明允逆。"以文势的顺逆论文,苏洵的部分文章是属于《战国策》一类而与韩、柳、欧有别。如前述《高祖论》、《管仲论》即是如此。《三苏文范》卷二《御将》眉批云:"文章譬喻,如《易》立象,寓不穷之意。自有文字来,譬喻莫善于《庄子》,次则《国策》,再次则苏氏父子耳。"这里把苏洵父子的用喻放在中国散文史上来论列。如《谏论下》用"猛虎逼人"比喻用威刑求谏言,《御将》用制六畜喻御将,用养骐骥、养鹰的不同比喻御才将之大小者其术有异,用喻随意生发,论与喻并,加强其敷张扬厉、变本加奇的雄辩特色。

然而,《战国策》主要是游说之辞的记录,苏洵文则是专题论述或记叙之作,因而苏洵文在结构和语言上学习《战国策》而又有所变化。钱丰寰说苏洵以《战国策》为标的,"然行文出没变化,错综吞吐处,自不同。试取苏（秦）、张（仪）、陈（轸）、楼（缓）、虞（卿）、范（雎）诸人之文参对之，自当了了"(《三苏文范》卷二引)。这是有道理的。

苏洵的文章结构大致有两类：一类是各自为段，段段自为一意。如《心术》论用兵凡七节，逐节自成段落，而又围绕一个中心，似断似续，犹如军事学提纲。《法制》也是同一机杼。不过《心术》前三段（心术、上义、战守）属战略范围，后四段（愚士、审势、用术、形固）属具体战术，经权互济，而《法制》则段自为意，都属具体策略。《上皇帝书》条举十事，亦逐节论述，各自起结。《史论上》在平列分段的形式上稍作变化。此文论"史"，却以"经"陪说。先说经史"义一"，皆为"忧小人而作"；次说经史"体二"，"经以道、法胜，史以事、词胜"，"经不得史无以证其褒贬，史不得经无以酌其轻重"，"经非一代之实录，史非万世之常法"，"体不相沿而用实相资"，然后对上述论点逐句分析，各立小段。另一类结构是讲究首尾照应，周匝谨严。如《上欧阳内翰第一书》，不过写希冀欧阳修汲引之意。全文分三段：第一段叙范（仲淹）、富（弼）、余（靖）、蔡（襄）、尹（师鲁）及欧六人起用、被贬、再起用的过程，以"合必离，离必合"为眼目，从六人中推出欧公一人，表示自己的慕望执鞭之情；第二段即评欧公之文，见出自己对欧公所知之深；第三段从欧公文转述自己学文经历，终于表露希望欧公知己之心。三段文情如千仞走丸，流利婉转，尤其在第一段叙六人起用、被贬、再起处，已巧妙地夹叙自己：一则曰当诸公起用时，自己学道（实指文章之道）未成，"退而养其心，幸其道之将成"，而可以复见诸公；二则曰当诸公被贬时，他"姑养其心，使其道大有成，而待之何伤"？三则曰当诸公再起用时，他"道既已粗成，而果将有以发之也"。汪武曹说：这些夹叙，"既为第一段之线，又为第三段之根。则十年慕望爱悦诸君子之心，即十年求道之心，首尾融洽，打成一片矣。若第一段中止叙诸君子离合，见己慕望之切，不将己之于道预为插入，至第三段乃始更端自叙，其于法不已疏乎"？(《唐宋文举要》甲编卷八引)

他的这一分析，精辟地说明了本文结构上严丝合缝、前呼后应的特点。又如《送石昌言使北引》全文分两大段：前段以时间顺序，历叙作者与石扬休的交谊始末。从幼年时石氏以"枣栗啖我"的"甚狎"，因作者成年废学而"甚恨"，以及为作者折节苦读而"称善"和作者所感的"自喜"，直到此次奉命出使契丹的"意气慨然"，文凡四转，掩抑生情。后段即承出使，以不辱君命相勖，前后联系紧密，一气呵成。《御将》、《审势》等篇，论点步步进逼，如绳穿珠，环环相扣，这些都是谋篇完整的好例。至于《项籍论》从项羽恋战钜鹿而不抢先入关攻秦，来论定他没有夺取天下的战略眼光。此文前面既借曹（操）、刘（备）影说项羽，又以两个"或曰"提起，用驳论之法论项羽之才原能入关、入关即是救赵等，议论风发，文势壮阔；但结尾论诸葛亮弃荆州而就西蜀为失策，论毕即戛然而止。此结暗中比拟项羽不先入关之失，但不明提，于全篇无照应，别是一格。

从语言风格来说，苏洵的各体文章以凝炼简劲为主。他的论辩文字气势雄放，而用字造句却极讲究，论断斩截，不枝不蔓。而《送石昌言使北引》、《张益州画像记》、《木假山记》等杂记文却以言简意赅、笔意坚劲为特色。如《木假山记》：

> 木之生，或蘖而殇，或拱而夭；幸而至于任为栋梁，则伐；不幸而为风之所拔，水之所漂，或破折，或腐；幸而得不破折、不腐，则为人之所材，而有斧斤之患。其最幸者，漂沉汩没于湍沙之间，不知其几百年，而其激射啮食之余，或仿佛于山者，则为好事者取去，强之以为山，然后可以脱泥沙而远斧斤。而荒江之濆，如此者几何，不为好事者所见，而为樵夫野人所薪者，何可胜数。则其最幸者之中，又有不幸者焉。

此段讲木假山得来不易：从树木生长本身讲，它随时可能夭折；从自然条件讲,它可能被风、水所摧折、腐蚀;从和人的关系讲,它成材后可能被随意砍伐。幸而度过这些厄运,又要经过几百年急流的冲刷才能造成假山形状,终于可供人们观赏。文字简约,辞意丰富,用层层推演的手法,强调人才成长的艰辛过程,抒写了人才难成与人才难得的感叹。下面描写他家藏的一座具有三峰的木假山说:

> 予见中峰,魁岸踞肆,意气端重,若有以服其旁之二峰。二峰者,庄栗刻峭,凛乎不可犯,虽其势服于中峰,而岌然决无阿附意。吁! 其可敬也夫! 其可以有所感也夫!

这里突出地写了"二峰",他们虽然按其社会地位不得不"服于中峰",但节操自守,绝无阿谀逢迎的媚态,表达了作者对有抱负、有气节的士人的赞颂,也是他的自励和自况。前人多谓"以三峰比父子三人"(《崇古文诀》卷二二、《山晓阁选宋大家苏老泉全集》等),是不确的。

除凝炼简劲外,苏洵有时也以词采富赡而炫人眼目。他兼有两副笔墨。如《名二子说》和《仲兄字文甫说》:

> 轮辐盖轸,皆有职乎车,而轼独无所为者。虽然,去轼则吾未见其为完车也。轼乎,吾惧汝之不外饰也。
>
> 天下之车,莫不由辙,而言车之功者,辙不与焉。虽然,车仆马毙,而患不及辙,是辙者,善处乎祸福之间也。辙乎,吾知免矣。
>
> ——《名二子说》
>
> ……今夫风水之相遭乎大泽之陂也,纡馀委蛇,蜿蜒沦涟,安而相推,怒而相凌,舒而如云,蹙而如鳞,疾而如驰,徐而如徊,揖让旋辟,相顾而不前,其繁如縠,其乱如雾,纷纭郁扰,百里若

一。汩乎顺流,至乎沧海之滨,滂薄汹涌,号怒相轧,交横绸缪,放乎空虚,掉乎无垠,横流逆折,溃旋倾侧,宛转胶戾,回者如轮,萦者如带,直者如縫,奔者如焰,跳者如鹭,跃者如鲤,殊状异态,而风水之极观备矣。故曰"风行水上涣"。此亦天下之至文也。

——《仲兄字文甫说》

两篇都为取名取字而作。前文仅八十一字,篇幅短小而婉转旋折,造语省净却又含蕴丰富,二子生平遭遇,如已洞悉,而又充满着殷殷期待、瞩望之情。后文主要借以阐述他的文艺思想,对"风水之极观备矣"作了淋漓尽致的渲染。楼昉评云:"状物最妙,所谓'大能使之小,远能使之近',此等文字,古今自有数。"(《崇古文诀》卷二一)

所谓"大能使之小,远能使之近"一语,见于曾巩的《苏明允哀词》。曾巩说:苏洵文"少或百字,多或千言,其指事析理,引物托喻,侈能尽之约,远能见之近,大能使之微,小能使之著,烦能不乱,肆能不流,其雄壮俊伟,若决江河而下也,其辉光明白,若引星辰而上也。"指出苏洵散文简约亲切、深微显豁,文意丰富而有条理,文势奔放而不失之流荡等特点。林纾说曾巩"论明允行文之法,可以数言尽《嘉祐》一集"(《林氏选评元丰类稿》)。曾巩的评语,确是一个简明而确切的概括。苏洵散文在篇章结构和语言风格方面,就不是《战国策》所能范围的了。

(原载《宁波大学学报(人文科学版)》
第 1 卷第 2 期,1988 年 12 月)

《曾巩研究论文集》①序言

　　江西省纪念曾巩逝世九百周年学术讨论会于 1983 年 12 月在江西南丰隆重举行。本书就是在大会收到的论文基础上编选而成的。

　　初冬的曾巩故乡到处洋溢着丰收的喜悦，驰名遐迩的南丰蜜桔获得了极好的收成。我们眺望盱江两岸翠绿茂密的桔林，也为解放后曾巩研究的第一批成果的取得而感到由衷的高兴。这是双重的丰收。

　　中国文学史上有些古代作家的遭际，他们在生前和死后的隆替毁誉，实在也是一个值得专门研究的课题。陶渊明这位六朝最大的诗人在钟嵘《诗品》中仅列"中品"，对李白发出"千秋万岁名，寂寞身后事"深沉感叹的杜甫，自己不也是生前得不到应有评价，谢世许多年后才被人们认识到他是中国的"诗圣"？曾巩却与他们相反。他曾得到他的老师、同辈、门生的交口称誉，其文学和学术地位在当时实与王安石、苏轼等相埒，历元明清而盛名不衰。但从"五四"以来，特别是开国以来，他的名字突然从中国文学史和学术史上消失了，遭到了异乎寻常的冷落。除了几部文学史一笔带过外，竟没有一篇研究文章！作为古典文学的爱好者和研究者，我们对这种历史的不公平表示遗憾，是很自然的；因而，对这第一批研究成果感到格外的欣喜和快慰，也是十分自然的了。

---

① 《曾巩研究论文集》，江西人民出版社 1986 年版。

我在学习了这些论文以后,得到很大的教益和启示。

一是研究范围力求"全"。曾巩是一位有多方面成就的作家。他是传统所谓"唐宋古文八大家"之一,其古文理论和古文实践成就卓著,影响深远。他的诗,"平实清健,自为一家"(方回语)。从李清照《词论》把他和王安石相提并论来看,他该是一位属于"豪放词派"的词人。他又是以"经术"著名于世的学者,其学术思想(包括哲学思想、史学思想、教育思想等)也自具特色。此外,作为一个长期在地方上任职的官员,又有一些值得称道的政绩。所有这些,在大会收到的论文中都有所论列。(只有词,因作品绝大多数散佚,今仅存一首,无法评论。)这也说明曾巩所建立的多方面的业绩,直到今天还没有失去它的价值,仍然引起人们的重视和兴趣。虽然论文的作者各自成文,事先对选题并没有统一计划,但现在汇成一集,却俨然是一部体系完整的曾巩研究著作,从中可以看到曾巩的"全人"。

二是评价力求"准"。这些论文虽为纪念曾巩而作,却力避有些纪念文字的溢美、夸饰之弊,努力遵循马克思主义历史唯物主义的原则,在掌握有关曾巩的大量材料的基础上,作出实事求是的评价。实事求是的态度,才是科学的态度。只有采取这种态度,才能真正从曾巩的遗产中吸取有益的养料,也是对这位文化名人的最好纪念。细心的读者将会发现,收在本集中的论文在对曾巩诗、文的总评价、特色的概括和阐发乃至曾巩思想和理学的关系等一系列问题上,意见并不完全一致。这是学术研究工作中正常的甚至是必然的现象。这些认识上的差异、分歧和矛盾,必将通过今后的互相切磋、争鸣,获得很好的解决,从而使我们对曾巩的认识更深刻,评价更准确。

三是视野力求"广"。这些论文以曾巩为研究对象,但并不局限于曾巩一个作家,而是力求从时代社会的、文化思潮的以及整个宋代文学的背景上来展开对曾巩的研究,眼界比较开阔。比如,离开对宋代古文运动的发展、宋代诸多散文大家的各自特点、中国古代散文的历史传统等问题的探讨，就不可能对曾巩以说理为主的散文作出具有说服力的阐明，正如离开对宋诗的时代特点的研究，不能解决曾巩诗歌特点和评价问题一样。大会上还提出宋代文学中"江西作家群"的问题，就与扩大研究视野有关。宋代的江西是一个文人荟萃、群星灿烂的地区。在"唐宋古文八大家"中，宋人有六位，江西就占了三位，即欧阳修、曾巩和王安石。而欧阳修作为文坛的领袖，对宋代古文运动的成功，起了最重要的作用。无怪前人有江西为"古文家乡"之称了。宋诗以"苏黄"为代表，实际上黄庭坚和江西诗派更能代表宋诗的特点，直接影响了南宋诗的发展。南宋的大诗人杨万里也是江西人。与杨万里同乡的罗大经在《鹤林玉露》中专列"江西诗文"一条，推崇欧文、黄诗，并非仅仅出于对乡贤的尊重。再从词的方面说，据唐圭璋先生《两宋词人占籍考》的统计，宋代的江西词人共一百二十名，占全国第二位（第一位是包括国都临安在内的浙江）。在宋词发展过程中，江西词人有着举足轻重的地位，如宋初词坛就为晏（殊、幾道）、欧一派所占领。大会对"江西作家群"形成的原因，它是否具有统一的地方色彩，曾巩在其中的地位等进行了热烈的讨论，为研究工作开辟了新的领域。

因此，我衷心感谢江西省社联、江西省文学艺术研究所、抚州地区社联、文联和南丰县纪念曾巩活动办公室，他们主办的这次讨论会，成为曾巩和宋代文学研究的一个良好的开端。

当然，我们的研究工作仅仅是"开端"，而不是终点。在"全"、"准"、"广"等方面，并未达到精诣的境界。我们的路程还远。我以为，除了继续加强马克思主义的学习和资料建设以外，我们的研究方法也来一个突破。那种以政治风向为依归，先定"调子"、再凑材料、推而论之的演绎法，固不足取；就是那种就事论事、拘于一隅的简单的归纳法，也有很大的局限。近年来已有同志提倡综合研究法，实在应该引起我们的重视。综合研究之所以必需，就在于作家本来就不是一个孤立的人，文学也不是在封闭自足的圈子里演化发展的，总要跟社会、政治、经济、文化思潮、民族心理、作家习俗等发生错综复杂的交互影响，因此，我们研究的眼光就应该更开阔一些，多方面、多角度、多层次地展开我们的工作，有时甚至要打破学科的界限。我们的选题，似乎过分集中于单个作家的研究，或者论其某一文学样式，或者论其某一具体作品，这类研究当然是必要的，但又有其不足之处。我们迫切需要选择一些便于展开综合研究的题目。例如，宋代作家间的师承交游关系，就是一个饶有趣味的课题。钱惟演、欧阳修、苏轼都曾作为文坛盟主或领袖，而且代代相沿，成一系列。宋诗的"开山祖师"梅尧臣是在西昆体代表人物钱惟演的热情培养下成长起来的，梅尧臣和苏舜钦又是欧阳修诗歌创作的启迪者。欧阳修发现苏轼的才华，欣喜疾呼："老夫当避路，放他出一头地。"苏轼又对门生们说过："方今太平之盛，文士辈出，要使一时之文有所宗主。昔欧阳文忠常以是任付与某，故不敢不勉；异时文章盟主，责在诸君，亦如文忠之付授也。"研究这种主盟形式对文学发展的具体作用，比单纯就诗论诗、就文论文不是更有意义吗？我每读欧阳修"缅怀京师友，文酒邈高会"的诗句，欣赏传为李公麟所画的《西园雅集图》，总引起对当时作家间交游情形的许多遐想。他们在文酒诗会上究竟怎样互相切磋琢磨？这种活动方式对他们的创作究竟发生怎样的影响？他们各自的风格、特点有否相互吸取而又彼此有意标新之处？遐想不等于科学研究，在现存资料的基础上尽可能细致完整地描绘出当时作家活动的具体情况，对于理解宋代作家研究中的一些问题，无疑将有很大的裨益。

从这部论文集，我看到了曾巩和宋代文学的研究确实取得了可喜的初步成绩，冲破了沉寂，填补了空白；同时也觉得领域尚待开拓，认识还须深入，水平亟须提高；然而又充满信心，相信在马克思主义基本理论的指导下，通过我们的共同努力，一定能开创出研究工作的新局面！

1984 年 5 月于上海复旦大学

曾巩的历史命运

——《曾巩研究专辑》代序

作为北宋的一位文化名人，曾巩流传至今的全部诗文，包含着明道、宗经、征圣即"渊源圣贤、表里经术"的正统儒家政治社会思想，沉稳凝重、不迫不躁的文化性格，严谨平实、细密条畅的审美旨趣，为他的当时和后世提供了文化选择的可能性。

从一定意义上说，文化和文明的嬗变发展也是一个历史选择的过程和结果。任何时代的读者和作者总是根据自己的时代需要和文化发展的趋向来取舍传统。因而使传统文化有的盛誉不衰，有的冷落遗弃，或者是同一对象的某些部分光景常新，另一些部分却黯然失色。对这种结果的惋惜或抱憾并非必要，对原因的探究和反思却是意义深长的，因为文化和文明正是在严格的历史选择中不断地刷新自己，开辟新的天地和境界。

我在一篇文章中说过，曾巩是一位擅名两宋、沾丐明清、却暗于现今的作家。这只是一个大致的概括，且未作进一步探本的说明。日本江户时代学者斋藤正谦（1797—1865）在其《拙堂文话》卷四中说："曾南丰之文，典雅有馀，而精彩不足。当时为苏氏兄弟所掩，虽朱子称扬之，不必置于欧苏之列，故未甚显。及明王遵岩出，喜之如渴者饮金茎露。钱牧斋辈继之，以至清朝诸作家，多宗南丰。盖南丰学术醇正，格律谨严，譬之犹无盐（齐宣王后）、孟光，虽外貌不扬，而资质淑美，必遇齐宣、伯鸾（梁鸿）而后得识矣。"他也论及曾巩在宋明清的历史遭际,并对其原因作了某些探索。

曾巩从登上北宋文坛之日起,就遇到了社会选择。也许可以说,第一个有影响的选择者就是他的老师欧阳修。欧阳修是嘉祐时一位著名的文坛领袖,他有着十分自觉的主盟意识。这种主盟意识,不仅来自他在天圣时列于以钱惟演为首的洛阳文人集团的亲身体验,而且也是当时社会思潮影响的结果。我们读《徂徕集》,就可以发现石介为纠正不良文风,如何苦心孤诣地寻找文坛领袖,为扩大集团性、加强战斗性而竭尽全力。石介曾尊奉柳开、孙复为盟主,又推崇士建中、赵先生、王君贶为宗主,甚至把自己或自己的学生张绩许为领袖,目的是"主盟于上,以恢张斯文"(《与君贶学士书》)。欧阳修正是从主盟后继者的角度来对待曾巩的。我们现在虽然很难确切地捕捉到欧阳修当时对曾巩和苏轼这两位门生的选择心理,但他在遇到苏轼以前,倾心瞩望于曾巩,则是无疑的。他说:"过吾门者百千人,独于得生(曾巩)为喜。"(曾巩《上欧阳学士第二书》引)又说:"吾奇曾生者,始得之太学;初谓独轩然,百鸟而一鹗。"(《送杨辟秀才》诗)曾肇在《亡兄行状》中说:"欧阳文忠公赫然特起,为学者宗师。公(曾巩)稍后出,遂与文忠公齐名。……其所为文,落纸辄为人传去,不旬月而周天下。学士大夫手抄口诵,唯恐得之晚也。"则径以曾继欧、欧曾并称,可见曾巩地位。苏轼在熙宁初年所作《送曾子固倅越得燕字》诗中,也说:"醉翁门下士,杂遝难为贤,曾子独超轶,孤芳陋群妍。"俨然以欧门颜回视之。然而,苏轼却后来居上,成为欧阳修心目中的真正传人和事实上的继任者。欧阳修知贡举时,在读了苏轼的试卷和感谢信后,惊喜地说:"不觉汗出。快哉,快哉! 老夫当避路,放他出一头地也。可喜,可喜!"(《与梅圣俞》)后并预言"三十年后世上人更不道着我",未来的文坛将属于苏轼(朱弁《风月堂诗话》卷上,又见《曲洧旧闻》卷八)。他于是明确地把"文章盟主"之任,"付与"苏轼(《师友谈纪》)。

欧阳修选择的变向,反映了这位文坛耆老对两位后辈已经表露的文学才能的估价和预测。第一,曾巩和苏轼一样,都已达到或将达到当时的第一流的文学水平,都具有领袖群彦的资格;第二,尽管从个人才性来看,欧与曾更为接近,正如晁公武所说:"欧公门下士,多为世显人。议者独以子固为得其传,犹学浮屠者所谓嫡嗣。"(《郡斋读书志》卷一九)但时代的需要和客观的美学标准却使曾巩为苏轼"所掩","精彩不足"而缺乏竞争能力。欧阳修的选择体现了历史的选择,自有深刻的原因。

曾巩和宋代的许多文化名人一样,也具有多方面的才能:他的诗"远比苏洵、苏辙父子的诗好"(钱锺书先生《宋诗选注》);他的词惜亡佚殆尽,但在李清照眼中,则是与王安石并提的不拘于传统词风的词家。然而,他提供人们文化选择的却主要在散文方面。第一是他以"经术"为根底而又主张"有因有革"的政治社会思想。他宗儒,严格维护原始儒学的正宗性和纯洁性,绝不浸染当时士大夫几乎不能摆脱的佛老思想;但又主张通变,具有密切关注现实的实践性性格,因此形成切实严密的政论风格,决无空谈性理的弊病。然而,他通变的程度又有相当大的限度,这对于纠正当时积贫积弱的时弊,冲破因循保守、暮气沉沉的政治局面,就缺乏摧陷廓清的力量。第二是他的散文写作艺术。他的散文以实用达意为目的。在宋代平易自然、流畅婉转的主体风格基础上,他既不同于苏洵、苏轼的汪洋恣肆,雄健奔放,也不同于王安石的拗折峭刻,斩截有力,即使与欧阳修、苏辙都大致倾向于纡徐平和,温醇典重,但也同中有异。质言之,他在我国古代散文的价值体系中,提供了一种严谨平实、"一字挨一字"的最适宜于实用的散文风范。

曾巩作品的这些内在因素,一方面使他在当时不能不屈居于苏轼之后,比之苏轼思想的通脱敏锐、博大睿智,时时超越传统而又重视散文的文学性,以及他作品的新鲜感、个性化和感染力来,曾巩自然不免逊色;另一方面,确又包含为后世文化选择所不可忽略的不少有益的内容,具有独特的价值和深远的影响。

但他在后世的影响却颇为复杂。他的思想特点首先得到南宋道学家的推崇。朱熹对"宋古文六家"中的其他五位,——严加抨击,于苏轼攻诋尤力,独对曾巩多所赞许。这反衬出曾巩信奉正统儒学的保守和封闭的一面。一般说来,南宋散文向加强说理和思辨的方向发展,朱熹本人也不例外。因此,他又从这个角度肯定曾巩的写作艺术。他说:"公(曾巩)之文高矣,自孟、韩子以来,作者之盛未有至于斯。"(《曾南丰先生年谱序》)他特别赞赏曾文语言风格的"峻洁"、"平正"(《朱子语类》卷一三九)、"简庄静重"(《跋曾南丰帖》)。茅坤曾说:"今观朱子之文,波澜矩度似亦从南丰来。"(《唐宋八大家文钞·曾文引》)点出了他们之间的传承关系。但朱熹毕竟是道学家中深谙散文写作艺术的作家,因而又对曾文多所保留。《拙堂文话》卷四说:"朱子不喜三苏,不喜其议论耳,非必不喜其文词也;其喜南丰,喜其议论耳,非必喜其文词也。"这有一定道理。朱熹对曾文仍使"难字"的不满,对他不及欧阳修"纡徐曲折"的指责,对他"谨严、然太迫"的评论,都透露出曾巩散文写作艺术上的一些局限。然而值得玩味的是,当他需要对曾巩和苏轼的写作艺术进行选择时,于曾文又多维护。《朱子语类》卷一三九载:"或言陈蕃叟(武)不喜坡文,戴肖望(溪)不喜南丰文,先生(朱熹)曰:二家之文虽不同,使二公相见,曾公须道坡公底好,坡公须道曾公底是。"又说:"人有才性者,不可令读东坡等文,有才性人便须取入规矩,不然荡将去。"表面上不偏不倚,骨子里却左祖南丰,这又曲折地反映出南宋文坛的时代风气。这里还可以顺便介绍两位古代朝鲜人的"曾苏比较论"。金昌协(1651—1708)说:"曾文似荀卿,而苏文似孟子。盖荀文丰博有委致,孟文简直有锋锐,二子之于文亦然。"(《农岩集》第613页)嗣后黄玹在《答李石亭书》中说:"北宋多大家,而法胜者莫如南丰,以无法胜者莫如东坡。"(《梅泉集》卷六)他们对曾、苏文的感受体会比较深微,把握了对象各自的特点,特别是论及曾、苏依违规矩的不同之点,几与朱熹异口同声。不同国度文化背景中的评论者,他们的相似结论,应该是具有客观性和说服力的。

曾巩的思想特点又常常在社会相对安定的历史时期中被广泛揄扬。明代的唐宋派和清代的桐城派就是在这种社会背景和思想前提下来发掘曾文写作艺术的一些特点的。以王慎中、唐顺之、归有光、茅坤为代表的唐宋派,反对前后七子"文必秦汉"的拟古主张,提倡作文应从学习唐宋文章的法度中而自具面目。他们在取法唐宋诸家中尤其推重欧、曾,王、唐二人则更倾心于曾巩。《明史·王慎中传》云:"慎中为文,初主秦汉,谓东京下无可取。已悟欧、曾作文之法,乃尽焚旧作,一意师仿,尤得力于曾巩。顺之初不服,久亦变而从之。壮年废弃,益肆力古文,演迤详赡,卓然成家。"茅坤在《八大家文钞论例》中说:"近年晋江王道思(王慎中)始知读而酷好之(指曾巩之文),如渴者之饮金茎露也。"王慎中自己在《曾南丰文粹序》中更说"予推曾氏之文至矣",把曾文视作文章的极致。他们推重曾巩之文,主要借以改变当时秦汉派远拟往古的文风,并从中总结出"作文之法",这在我国文学史上有一定的进步作用;但他们又强调曾文"议论必本于六经"、"会通于圣人之旨",这种以儒家之"旨"为古文核心的文论思想,又表现出忽视或轻视散文写作艺术的倾向。

降及清代,钱谦益在《读南丰集》中说:"余每读子固文,浩汗演迤,不知其所自来。"他也从流畅婉转的角度肯定曾文,取径正与王慎中相同。嗣后,以方苞、刘大櫆、姚鼐为首的桐城派,更奉曾巩为圭臬。方苞提出的著名的"义法"说,最早即见于王慎中的《曾南丰文粹序》一文:"盖此道不明,士之才庶可以有言矣,而病于法之难入,困于义之难精。"方苞又提出"雅洁"的文字标准,曾巩正是其心目中的典范之一。姚鼐"所为文高简深古,尤近欧阳修、曾巩"(《清史稿·姚鼐传》)。他的阳刚之美和阴柔之美的著名见解，尽管在理论上似崇尚阳刚之文，但实际上却以阴柔之文为重，其《古文辞类纂》中欧、曾之作所选甚多。桐城派对曾巩的推重，也有借以鼓吹"原本经术"、"长于道古"以适应当时政治需要的一面，但对曾巩散文的作法和风格的研究却有所促进。

从五四运动迄今，我国社会历史经历了一个翻天覆地的巨变，曾巩的文化遗产也经受了严峻的审察。在"打倒孔家店"、"选学妖孽"、"桐城谬种"的时代呼声中，曾巩崇奉正统儒学的思想面貌自然不会引起人们的兴趣。但在实际上，曾巩的思想遗产经过一代又一代人的评论，有的部分被强调，有的被忽略，虽不乏正确的阐发，也不免有失误和差谬，我们面对的已是它的第二存在，并不符合它的原始面貌。在历代众多评论所塑造的"醇儒"乃至"迂儒"的形象中，人们往往忽视曾巩儒学的实践性品格和他要求通变的观点，这是我们今天重新研究曾巩思想时所应注意之点。其次，新的文学观念的引进，更对包括曾巩在内、以说理为主的古典散文，几乎在整体生存上提出了怀疑。但实际上恐怕更需要我们调整对"中国古典散文"的观念，采取多元取向的态度，对传统进行准确的选择。

"古典散文"的界说是目前学术界尚在探讨的疑难未决的问题。困难在于，如依新的文学观念，用形象性、抒情性作标准，则只允许书序记传、随笔小品等类品种进入文学的殿堂，这种"循名责实"又很难符合中国古典散文发展的实际，因而也很难为大多数研究者所接受。我们是否可以采取另一途径：在新的文学观念的观照下，主要从清理和总结我国古典散文的理论成果和写作经验，来确立"古典散文"的新界说。

我们知道，散文学作为我国文学理论批评史中的一个分支，实肇始于唐宋时代。唐顺之《董中峰侍郎文集序》中说："汉以前之文，未尝无法，而未尝有法，法寓于无法之中，故其为法也，密而不可窥。唐与近代之文,不能无法,而能毫厘不失乎法,以有法为法,故其为法也严而不可犯。"这里所自觉提出的"文"之"法",即散文写作规律,是包括说理文在内的"杂文学"的概念。以后桐城派方苞提出以"义法"作为文章纲领,而刘大櫆以"神气"、"音节"、"字句"分别为文之"最精者"、"稍粗者"、"最粗者",企图建立我国古文理论的大致框架。姚鼐则在《古文辞类纂》中把古文分为13类,"而所以为文者八,曰神、理、气、味、格、律、声、色。神、理、气、味者,文之精也;格、律、声、色者,文之粗也"。这就是说,古文的写作规律,既有结构、剪裁、调声、音韵、用笔、用字等浅层次的具体作法,也有洋溢于文中的神理气味等所体现的风格特征,这应是深层次的总体领悟和把握。毫无疑问,这两类都蕴涵着丰富的美学内容,而其对象则是包括说理文在内的全部"古文"。深入研究我国古代散文理论的独特概念系统和整个理论体系,或许更能把握我国包括说理文在内的古典散文的美学特征和艺术技巧。对我国古典散文的多种美学风貌,也应作多层次、多角度的剖析和探讨,不宜专取一种,自毁取径。明乎此,则曾巩所代表的实用性的古典散文,仍有可供今天文化选择的价值。朱自清评曾巩"学问有根柢,他的文确实而谨严"(《经典常谈·文第十三》),其实,这位现代文学史上的散文大师的风格不是也有"确实而谨严"的特点吗?郁达夫评叶绍钧散文为"风格谨严","脚踏实地,造次不苟。我以为一般高中学生,学他最好"(《现代散文导论》)。对于曾巩,不是也可以说类似的话吗?所以,曾巩在我国古代散文审美体系中所提供的具有一定典范性的一种类型,直至今天仍然具有相当强的文化感染力和竞争力,就推动民族语言和一般文化的发展而言,也具有比"纯"文学创作更为广泛的意义。

我高兴地看到,在1983年江西省纪念曾巩逝世900周年学术讨论会以后,出版了《曾巩研究论文集》及其他研究论著,初步冲破了解放后曾巩研究沉寂的局面;现在,抚州师专学报编辑部和南丰社联又联合出版了《曾巩研究专辑》,对曾巩进行了多方面的深入探讨:从文学样式来说,包括了曾巩的文、诗、词等作品;从内容来说,涉及学术思想、艺术成就乃至传记、交游、辑佚等;从研究视角来说,既有从新观念、新角度来探讨曾巩的心理机制和性格心态,也有运用行之有效的传统方法而作的论析或者考辨。总的看来,研究水平有所提高,研究领域日趋拓展,这是可喜的新收获。这也有力地证明:曾巩的文化遗产在今天建构民族新文化的过程中,并没有失去它的意义和价值。

(原载《曾巩研究专辑》,《抚州师专学报》1988 年第 4 期)

王安石的散文理论与写作实践

宋陈善《扪虱新话》卷五云："唐文章三变,本朝文章亦三变矣。荆公以经术,东坡以议论,程氏以性理,三者要各立门户,不相蹈袭。"这里的"文章"概指学术文化而言。但在当时的散文理论中,也有政治家、古文家和道学家三派,王安石就是政治家文论的代表。

王安石的文论,以重道崇经、济世致用为核心,但比之刘勰的"原道"、"征圣"、"宗经"和韩愈、柳宗元的"文以明道"来,更强调了文章的社会实际效用,使"文"与"道"、"经"、"政"一体化,成为一种更直接的功利主义的工具论。庆历六年,他在汴京为献文而作的四封书简,即《与祖择之书》、《上张太博书二首》、《上人书》①,是他文学思想的最早的集中表现,以后又贯穿他的一生。他开宗明义地说:

> 尝谓文者,礼教治政云尔。(《上人书》)
> 治教政令,圣人之所谓文也。(《与祖择之书》)

他把"文"归结为"礼教治政"、"治教政令",归结为政治的宣传工具。那么,"治教政令"又是怎样产生的呢? 他在《与祖择之书》中说:

---

① 《与祖择之书》中自云"十二而学,于今十四年矣",则王安石时年二十六岁;《上张太博书二首》中自谓"出仕""于今三年矣",他庆历二年进士,签书淮南判官,即为"出仕"之年,"至今三年"则亦庆历六年;《上人书》与上三书内容、用语颇多相似,当亦同时所作。

> 圣人之于道也,盖心得之。作而为治教政令也,则有本末先后,权势制义,而一之于极。其书之策也,则道其然而已矣。

"治教政令"来源于"道",来源于圣人对道的深有心得。他还说过:"若欲以明道,则离圣人之经,皆不足以有明也"(《答吴孝宗书》);"夫圣人之术,修其身,治天下国家,在于安危治乱,不在章句名教焉而已"(《答姚辟书》);"惟道之在政事"(《周礼义序》);"经义正所以经世务"(《宋史·王安石传》记王安石对神宗语)。这样,在他的心目中,"文"与"道"、"经"、"术"、"治政"等等是完全融合为一的,他并把这看成"圣人作文之本意",甚至批评韩愈、柳宗元"徒语人以其辞耳",而没有抓住这个"作文之本意"的根本(《上人书》)。他的著名的《韩子》诗:"纷纷易尽百年身,举世何人识道真?力去陈言夸末俗,可怜无补费精神。"把韩愈追求语言创新、"惟陈言之务去"(《答李翊书》)的主张,也斥为"无补"于维护真正的"道";欧阳修曾把他比作李白和韩愈:"翰林风月三千首,吏部文章二百年。"(《赠王介甫》)他却回答说:"欲传道义心虽壮,强学文章力已穷。他日若能窥孟子,终身何敢望韩公?"(《奉酬永叔见寄》)表示立志追求的是孟子的"道义",而不以韩愈的"文章"自期,都可以帮助理解他的文论思想的这个核心。

但是,王安石重内容、轻形式的观点还没有导致对辞章技巧的完全否定。《上人书》中又说:

> 且所谓文者,务为有补于世而已矣;所谓辞者,犹器之有刻镂绘画也。诚使巧且华,不必适用;诚使适用,亦不必巧且华。要之以适用为本,以刻镂绘画为之容而已。不适用,非所以为器也;不为之容,其亦若是乎? 否也。然容亦未可已也,勿先之,其可也。

这里对辞章技巧等艺术形式作了肯定,即"未可已也";但这种肯定仍然是很有限度的：它是一种容饰，只能放在次要的地位，没有相对独立的美学价值。

颇有意味的是，王安石、司马光等政治家与周敦颐等道学家，欧阳修、苏轼等古文家，都有对孔子"言之不文，行而不远"、"辞，达而已矣"的解说，可以看出三派对于"文"的估量的不同。

> 文所以载道也。轮辕饰而人弗庸，徒饰也。况虚车乎？……文辞，艺也；道德，实也。笃其实而艺者书之；美则爱，爱则传焉，贤者得以学而至之，是为教。故曰："言之无文，行之不远。"……不知务道德而第以文辞为能者，艺焉而已。噫！弊也久矣。（周敦颐《通书·文辞第二十八》）

> ……而曰"言之不文，行之不远"云者，徒谓辞之不可以已也，非圣人作文之本意也。（王安石《上人书》）

> 孔子曰："辞，达而已矣。"明其足以通意，斯止矣，无事于华藻宏辩也。（司马光《答孔司户文仲书》）

> 某闻《传》曰："言之无文，行而不远。"君子之所学也，言以载事而文以饰言，事信言文，乃能表见于后世。《诗》、《书》、《易》、《春秋》，皆善载事而尤文者，故其传尤远。……故其言之所载者大且文，则其传也章；言之所载者不文而又小，则其传也不章。（欧阳修《代人上王枢密求先集序书》）

> 孔子曰："言之不文，行而不远。"又曰："辞，达而已矣。"夫言止于达意，即疑若不文，是大不然。……辞至于能达，则文不可胜用矣。（苏轼《答谢民师书》）

据王安石的解说，孔子的原意只是认为文辞并不是不需要，但决不是文章的"本意"。在这点上，司马光和他的见解一致。但欧阳修却提出"事信言文"兼重的命题，要求文章记载的事实确然无误，且有巨大意义，又富于文采，才能传之久远，所谓"言之所载者大且文，则其传也章"，比之王安石显然把"文"提到更重要的地位。特别是苏轼，认为"辞"能做到"达"，文采（包括各种修辞手段）已经用不胜用，即已是很高的艺术境界了。应该说，王安石的解说是比较符合孔子原意的，但在论点的具体内容乃至表达形式上，反与道学家文论相同，都把"文"当作一种饰物（器用之饰或轮辕之饰），否认其相对独立的美学价值；只是他的"道"着重于经世济时的事功之道，不同于道学家的心性命理之道，也不像二程等人从周敦颐的"文以载道"说发展为"文以害道"说。但与欧、苏相比，他对"文"的估量，无疑是不足的。

王安石的这些观点在我国散文理论史中并非罕见，其本身说不上具有特殊的文学理论价值，对内容和形式的片面理解也是显然的；但是，它却是当时社会政治改革思潮的产物，具有鲜明的实践性格。这些观点与其说是散文理论，毋宁说是政治改革的主张。一是为了反对"时文"，即当时的科举文。在《上仁宗皇帝言事书》中，他尖锐地指出，当时的"课试之文章，非博诵强学，穷日之力则不能。及其能工也，大则不足以用天下国家，小则不足以为天下国家之用"。以后改革举试科目，成为新法内容之一。二是为了反对西昆体诗文。他的《张刑部诗序》云："杨、刘以其文词染当世，学者迷其端原，靡靡然穷日力以摹之，粉墨青朱，颠错丛庞，无文章黼黻之序，其属情藉事，不可考据也。"《上邵学士书》云："某尝患近世之文，辞弗顾于理，理弗顾于事，以斁积故实为有学，以雕绘语句为清新。譬之撷奇花之英，积而玩之，虽光华馨采，鲜缛可爱，求其根柢济用，则蔑如也。"事实上，这两种不良文风又是互有关联的。欧阳修《记旧本韩文后》云："是时天下学者，杨、刘之作，号为'时文'。能者取科第、擅名声，以夸荣当世。"我们不难发现，王安石在批判不良文风时所用的武器仍是工具论，但用策论、经义代替空洞无物的诗赋、贴经、墨义，毕竟是一种进步；而他在批评西昆体时，又注意到文章应有"黼黻之序"，"属情藉

146

事"应该考核可信，文辞应与"理"、"事"相符，这也不能不说是可取的观点。

其次，王安石的有些具体论述不乏中肯的见解。例如，他也十分强调文章"言志"的作用，强调作家的自我修养。《上张太博书》云："夫文者，言乎志者也。"因此，作者必须对"道"有深刻的体会和丰富的学识积累。他特别赞同《孟子》关于自我修养从"自得"、"居安"到"资深"、"左右逢源"顺次发展的论述（《上人书》）。在《祭欧阳文忠公文》中，他说："公器质之深厚，智识之高远，而辅学术之精微，故充于文章，见于议论，豪健俊伟，怪巧瑰琦。其积于中者，浩如江河之停蓄；其发于外者，烂如日星之光辉。"韩愈曾说过："养其根而俟其实，加其膏而希其光。根之茂者其实遂，膏之沃者其光晔。"（《答李翊书》）欧阳修也说过："学者当师经，师经必先求其意，意得则心定，心定则道纯。道纯则充于中者实，中充实则发为文者辉光。"（《答祖择之书》）王安石对之作了很好的发挥。

尤应指出，王安石的散文作品突破了功利主义工具论的局限，具有广阔的社会现实生活内容和独特的散文风格和技巧。作为一个杰出的散文大家，他对辞章之美是不能不悉心用力的。

王安石的各体散文都取得很高的成就，尤以论说、书序、记、墓铭、祭文为突出，充分表现其拗折刚劲、简古瘦硬的风格。

他的论说文以结构严谨、论辩犀利著称，而特别注重文章的气势和情辞相得，因而又有一定的文学价值。作于嘉祐四年（1059）的《上仁宗皇帝言事书》，长达万馀言，被梁启超称为"秦汉以后第一大文"（《王安石评传》）。以往的许多奏书，往往条举数事，作平列式的单线论述，如贾谊的《陈政事疏》等，此文却以人才问题为中心，而又广泛地涉及当时的各类弊政，头绪纷繁而又题旨集中，段段自为一意而又相互勾联，呈现出网状结构的形态，在奏书中独创一格。全文共二十九个自然段。序论部分即有七段,因是万馀言大文,开端宜稍长,不用开门见山式。序论中论及当时宋王朝存在的内外弊政,指出其原因在于"无法度",不合先王之法;而要法先王,必当"法其意";而不能法先王之意,又在于"人才不足",层层推理之后,才进入本题。本题共二十段。又分三层展开论述:先述陶冶人才之道的内容,分"教之"、"养之"、"取之"、"任之"即教育、培养、选拔、任用四方面逐次加以说明,而"养之"部分,又分"饶之以财"、"约之以礼"、"裁之以法"即增财优待、以礼约束、用法制裁三个子目来详加阐发。次述当时陶冶人才之非其道,又分说"教"、"养"、"取"、"任"四者"非其道"的情况,与上段段段对比。后述陶冶人才的步骤和方针:以"虑之以谋,计之以数,为之以渐"即先作有预见的考虑,作出心中有数的计划,再逐步推行三点为步骤,又以"勉之以成、断之以果"即努力促其成功而又坚决果断为方针。至此,本题论证始毕。最后结论部分仅两段:申述力破流俗之论,归结为法先王之意,应前作结。茅坤说:"此书几万馀言,而其丝牵绳联,如提百万之兵,而钩考部曲,无一不贯。"(《宋大家王文公文抄》卷一)的确说中了这一网状结构的复杂性和条理性。此文是王安石变法思想的第一次系统的表述,充分展示出一位杰出改革家的恢宏气度和缜密的思索。他的其他奏书,如《上时政疏》、《本朝百年无事札子》、《乞制置三司条例》、《上五事札子》等,都是阐述变法思想或变法措施的名作。《本朝百年无事札子》更是一篇正题反作的妙文。此文依题应述"无事",故前半部分歌颂了神宗的列祖列宗的德政和方略,后半部分却笔锋一转,尖锐地揭示出当时危机四伏的社会政治局势,"无事"为了突出和反衬"有事"。他更说明"无事"仅仅是一时的"天助",实非列祖列宗的德政方略所致,而"天助之不可常恃","人事之不可怠终",有力地归结到变法改革必要性和迫切性这个主旨。

王安石史论的一个特点是善作翻案文章,如《羹说》、《伯夷》、《孔子世家议》《读孟尝君传》等。这些史论长者数百字，短者几十字，往往敏锐地抓住史书记载中的一些破绽，三言两语批驳殆尽。刘熙载云："半山文善用揭过法，只下一二语，便可扫却他人数大段，是何简贵！"（《艺概·文概》）这些史论最能体现这一特色。如《读孟尝君传》：

> 世皆称孟尝君能得士，士以故归之，而卒赖其力以脱于虎豹之秦。嗟乎！孟尝君特鸡鸣狗盗之雄耳，岂足以言得士！不然，擅齐之强，得一士焉，宜可以南面而制秦，尚何取鸡鸣狗盗之力哉？夫鸡鸣狗盗之出其门，此士之所以不至也。

全文四句九十个字。首句提出论题，语势缓和。二、三两句为驳论，辞气凌厉，顿作巨澜。结句似老吏断狱，牢确不移。起得缓，接得陡，结得疾，真乃短论杰构。谢枋得评此文云："笔力简而健。"（《文章轨范》卷五）沈德潜评云："语语转，笔笔紧，千秋绝调。"（《唐宋八家文读本》卷三十）皆为知言。逆反思维虽不一定完全正确，却开拓思路，获得创见。此文意在说明"士"必须具有经世济时的雄才大略，那些"鸡鸣狗盗"的欺诈之徒不配这个高贵称号，给人以一种议论显豁的新鲜感觉，也反映出作者自己的胸襟和自负的态度。《夔说》辨夔不是舜新任命之官，驳孔安国，《伯夷》辨伯夷未曾有叩马谏伐之事，驳司马迁、韩愈，《孔子世家议》指责司马迁把孔子列入《史记》的"世家"，是自乱其例，都写得简捷劲折，却又言之成理，不失为一得之见。而《书刺客传后》《书李文公集后》等史论，在简捷之中又显出析理的细致。司马迁在《史记·刺客列传》中对曹沫、专诸、豫让、聂政、荆轲五个刺客一律加以赞扬，称其"立意较然，不欺其志，名垂后世"，王安石却认为应加以区别对待：除对专诸置而不论外，他认为曹沫身为鲁将，与齐战，三败北，丢失遂邑之地以和，但能在齐鲁盟会上，用武力胁迫齐桓公，侥幸取回失地，还是值得许可的；豫让以自杀报答智伯相知之恩，实不值一提，但能"不欺其意"，违背本志，也还是值得许可的；至于聂政、荆轲能"自贵其身，不妄愿知"，更值得称赞了。显然，他认为聂政、荆轲二人高于曹沫、豫让，在于他俩善于"有待"。结句有感而发："彼挟道德以待世者，何如哉？"言下之意，更应以聂政、荆轲为榜样，愈加自重自爱了。这篇文章仅一百二十四字，却条分缕析，层次井然，并且见出作者借古论今、据事述志的用意。《书李文公集后》对李翱非议董仲舒的《仕不遇赋》，提出异议。他先从《诗经》之作多为"发愤于不遇"和孔子"吾已矣夫"的不遇之叹为论据，说明李翱的非议不合儒家经典；又从李翱曾因不得显官而面诋宰相的事实，说明李翱言行不符，他本人也颇多不遇之感。至此为文章第一大段，实已把翻案的题旨缴清。但第二大段转论李翱面诋宰相的行为，指出李翱之怒，实因宰相乃是"小人"之故，而史官"以其利心量君子"，以为纯出于李翱的私心，这是不公平的，则对李翱的否定中又有所肯定了。第三大段又补述李翱以推荐贤能为己任，寝食不甘，"奔走有力"，实是不知"士之废兴，彼各有命"；最后又援据儒家的中庸之道，认为李翱的好恶皆"过分"，是《礼记·中庸》中所谓"过之"的"贤人"，与"不及"的"不肖者"一样都不能正确地推行大道，则在肯定中又含有否定之意了。《书刺客传后》也是论及有关出处哲学的，其主旨是肯定"自贵其身"，善于"有待"，不要汲汲于求世所知所用；而此篇既肯定士不遇之叹的正当性，又提出"士之废兴，彼各有命"的所谓"知命"，实际上却无法掩盖作者的不平和愤慨，但内涵却丰富得多。全文不足三百字，文势陡提陡接陡转，但对李翱的反驳，非中有是，褒贬的当，析理周匝，了无剩义。

王安石的书序也大多属于议论文。欧阳修长于诗文集序，曾巩工于目录序，而王安石的三篇经义序，即《周礼义序》《诗义序》《书义序》却以独特的风貌成为书序中的卓然名篇。熙宁六年(1073)三月，置经局,命王安石提举。八年六月,颁三经义于学官,这三篇序即为此而作。方苞指出:"三经义序,指意虽未能尽应于义理,而辞气芳洁,风味邈然,于欧、曾、苏氏诸家外,别开户牖。"(《唐宋文举要》甲编卷七引)所谓"辞气芳洁,风味邈然",主要指其共同的语言特色,即大量地引用经典之语。如《诗义序》全文仅四百字,或用经典成句,如"止乎礼义"、"泯泯纷纷"、"神罔时恫"、"四方以无侮"、"日就月将,学有缉熙于光明"等,或化用事典和有来历出处的辞语,如"孔子悦而进之"、"《棫朴》之作人,以寿考为言"等,共达十多处,经过作者的镕裁组织,别有一番典雅隽美的语言风味。茅坤则有"其辞简,而其法度自典则"之评(《宋大家王文公文抄》卷六),的确,其篇法圆活完密,为另一特色。如《周礼义序》从承命修撰《周官义》叙起,转而概括《周官》大旨,再述训发经义、追复周代政事之难,然后转言神宗有志追复,故不觉训发之难,末以请求制诰颁布作结。严谨整饬之中又富顺逆顿挫之致。

黄庭坚在《书王元之〈竹楼记〉后》中,曾记述王安石论文主张:"荆公评文章,常先体制,而后文之工拙。尝观苏子瞻《醉白堂记》,戏曰:'文词虽极工,然不是《醉白堂记》,乃是《韩白优劣论》耳。'"他自己的杂记文,有的是遵照"体制"而作的。如庆历三年(1043)所作的《扬州新园亭记》,是现存最早一篇杂记文。首叙建园缘起,次述新园规模,末以"金石可弊,此无废已"的感叹作结,叙述、描写、议论兼具,严守"体制",黄震《黄氏日抄》卷六四赞为"法精确老苍"。但他大部分优秀杂记文,却突破常规,变化多端,尤其是普遍地加重了议论成分。名作《游褒禅山记》、《芝阁记》、《度支副使厅壁题名记》,或记游洞,或记灵芝,或记任官姓名,却都是特殊的说理文。前篇通过一次游洞经历,"入之愈深,其进愈难,而其见愈奇",而"其至又加少矣",作者及其友人也终于退出,未能探明究竟。他感叹道:

故非有志者,不能至也;有志矣,不随以止也,然力不足者,亦不能至也；有志与力，而又不随以怠，至于幽暗昏惑而无物以相之，亦不能至也。然力足以至焉，于人为可讥，而在己为有悔；尽吾志也而不能至者，可以无悔矣，其孰能讥之乎？此予之所得也。

本文主旨是反对浅尝辄止，半途而废，提倡深入探索，百折不回。他提出必须具有志、力、物即理想、能力和客观物质条件的三者配合，才能做到这一点。而在这三者中，最主要的是"有志"。上述引文，推理严密，重点突出，是典型的逻辑推理和论证句型。前面三个分句，表面上并列三个条件，实际上是以志为主，以力、物为从；"然力足以至焉"（按，此句后应有"而不能至"之类的语句）以下两个分句，一反一正，着重在于"尽吾志"，尽了自己的努力还不能达到，才可无悔无讥。而此两个分句又与前面三个分句处于对照反衬的地位，因而这个结论更显有力。《芝阁记》的议论不以逻辑严密见长，而是融注着俯仰唱叹的人生感慨。作者在叙述灵芝一物在真宗、仁宗两朝一显贵一冷落的不同遭遇后说：

噫！芝一也，或贵于天子，或贵于士，或辱于凡民，夫岂不以时乎哉？士之有道，固不役志于贵贱，而卒所以贵贱者，何以异哉？此予之所以叹也。

黄震说："《芝阁记》实贬题，而寄兴以及其大者，意味无穷，犹为诸记中第一。"（《黄氏日抄》卷六四）因物喻人，由小及大，作者正是从灵芝的际遇中看到士子的荣辱乃至自己的进退升沉，笔端含情，寄兴遥深。"厅壁题名记"原是刻写在官府墙壁上记述历任官吏姓名、吏迹的官样文字。《封氏闻见记》卷五"壁记"条云："朝廷百司诸厅，皆有壁记，叙官秩创置及迁授始末，原其作意，盖欲著前政履历而发将来健羡焉。故为记之体,贵其说事详雅,不为苟饰。"按常规,应是叙事之文。而王安石的《度支副使厅壁题名记》在简略交代缘起以后,借题发挥道:

> 夫合天下之众者财,理天下之财者法,守天下之法者吏也。吏不良,则有法而莫守;法不善,则有财而莫理。……然则善吾法而择吏以守之,以理天下之财,虽上古尧、舜,犹不能毋以此为先急,而况于后世之纷纷乎?

这里从"众"、"财"、"法"、"吏"四者关系出发,指出财理才能"不失其民",而理财的两个重要条件就是法善和吏良。这是王安石变法思想的核心。最后一段又归结到三司度支副使作为理财官员的重要职责,刻石题名,以为吏治优劣的鉴戒。在这点上,又符合厅壁记的体制,与韩愈《兰田县丞厅壁记》以出色描绘官场情状为特长的写法,又是不同的。在人事杂记中,他的《伤仲永》也是脍炙人口的名篇。这些杂记文往往不拘"体制",不死粘题目,而是开掘深广,诚如沈德潜所评,"用意在题外","此最是介甫擅长"(《唐宋八家文读本》卷三〇评《扬州龙兴讲院记》语)。

《临川集》所收王安石的墓志、神道碑、行状等传记文达十四卷,一百二十多篇,量多质高,历来为人们所称道。这首先取决于王安石严肃的写作态度。他在《答韶州张殿丞书》和《答钱公辅学士书》中,对这类传记文的目的、要求和写法,提出了明确的见解。一是传"善"。张殿丞(师锡)向他提供王氏父亲王坚任职韶州时的政绩,弥补了王安石"不能推扬先人之功绪馀烈"的遗恨;当时除了"尊爵盛位"者,一般人往往沉晦无闻,王安石对这种"善既不尽传"的现状深致愤慨。这也是他为一百多人立传的原因之一。二是传"信"。他提出传文所叙事迹必须"皆可考据",即核实可信,而当时"执笔者又杂出一时之贵人"，褒贬是非"赝其忿好之心"，他严予斥责。因而他的碑志文具有很高的史料价值。《宋史》中的不少传记与他的碑志文相仿（如孔道辅、田况、沈遘等），似即采自王氏之文。三是传"要"，即选择要事，突出大节。他为钱公辅之母写了《永安县太君蒋氏墓志铭》，钱公辅要求补写墓主有"得甲科为通判"之子，"通判之署有池台竹林之胜"；还要求把墓主的孙子——一具列。王安石拒绝增改。他在《答钱公辅学士书》中逐点反驳道：前者"何足以为太夫人之荣，而必欲书之乎？"后者"七孙业之有可道，固不宜略，若皆儿童，贤不肖未可知，列之于义何当也？"今检铭文"孙七，皆幼云"，仍一笔带过，维持原稿。这与欧阳修"其事不可遍举，故举其要者一两事以取信"的看法（《论尹师鲁墓志》）是一致的。这就是说，写碑志文不能事无巨细，包罗无遗，而应选择事关大节的典型事例，这不仅服从于传善的目的，而且也是题材处理上的一个原则，是其碑志文艺术上取得成功的重要因素。被茅坤誉为"荆公第一首志铭"（《宋大家王文公文抄》卷一二）的《给事中赠尚书工部侍郎孔公墓志铭》，即用此法。他为突出墓主孔道辅的"刚毅谅直，名闻天下"，仅举他谏争三事：一请宋真宗后刘氏归政仁宗，二劾枢密使曹利用、权阉罗崇勋，三阻仁宗废郭皇后，以见他"事君之大节如此。"另一篇备受称道的《广西转运使孙君墓碑》也精于择事，塑造出一位文武兼备的能吏孙抗的形象。开篇即突破常规："君少学问勤苦，寄食浮屠山中，步行借书数百里，升楼诵之而去其阶。"嗜书攻读的形象即已跃然纸上。

王安石的碑志文堪与欧阳修并肩，而又各有特色。华豫源《书临川集后》云："金陵焦弱侯（焦循）亟称之，志铭自庐陵外，不得不推介甫。庐陵迤逦而行，介甫突兀而起；庐陵于闲冷中点染，介甫于整齐处错综；庐陵为相知者倍着精神，介甫不问何人皆有生趣。虚实互用，变化多姿，观止矣。"这里分析欧、王异点，颇有启发。王安石这类文章的特点是简洁而不繁复、重事理而少抒情以及对各类传主的不同处理等,表现出鲜明的独创性。

谢绛死后的第二年,欧阳修作《尚书兵部员外郎知制诰谢公墓志铭》,数年后,王安石又作《尚书兵部员外郎知制诰谢公行状》,供史官采择之用。两文写同一传主,但结构不同:欧志以行年先后为序,委婉条畅,王状却按内容布局,分经历、政事(又分外任、在朝)、家世,末以先世世系为附录。欧笔繁复因而纡徐委备,王笔简古因而巉刻峭拔,今录其中叙述谢绛知邓州吏绩三事以示例:

欧《志》	王《状》
及求知邓州,其治益以宽静为本,州遂无事。先时,有妖僧者以伪言诱民男女数百人,往往昼夜为会,凡六七年不废,公则取其首恶二人寘之法,馀一不问,民始知公法可畏而安于不苟。	邓州有僧某,诱民男女数百人,以昏夜聚为妖,积六七年不发,公至立杀其首,弛其馀不问。
南阳堰引湍水溉公田,水之来远而少能及民,而堰墩墩破,公议复召信臣(西汉时南阳太守)故渠,以罢邓人岁役,而以水与民。	又欲破美阳堰,废职田,复召信臣故渠以水与民,而罢其岁役,以卒故不就。
大兴学舍,皆未就而卒。	(无)

关于第三件"大兴学舍"事,王《状》不载,因其前面叙其外任总况时,有"所至辄大兴学舍"一句,已包括邓州了。而记述前两事,繁简异趣,各得其妙。还应指出,欧《志》擅长"闲冷中点染",颇饶"六一风神"。其文末云:

> 昔太史公世称其文善以多为少,今予不能,乃不暇具书公之事,而特著其大者略书之。噫!公之事何多欤?繁予文而不克究。使公而寿,且用极其材,则凡今所书,又有不暇书而又著其尤大者尔。

这段文字有的欧集不载。但王《状》中提到"庐陵欧阳公铭其墓,尤叹其不寿,用不极其材云",故知应是欧《志》原文。这段文字不过是补充说明他写作此志的笔法,即"著其大者略书之",但叙来哀感满纸,真切动人,王氏《行状》中就没有这类烘托气氛、渲染情绪的文字了。

王安石所写的一百多位传主中,有"为相知者倍着精神"的作品。如《王逢原墓志铭》,哀悼他所激赏的短命的天才诗人王令,颇具欧阳修呜咽摇曳的风神,他自认为"此于平生为铭,最为无愧"(《与崔伯易书》)的得意之作。但也有不少是沉沦下层、声名不彰的各类人物,写来却"不问何人皆有生趣"。一类是抓住典型的细节、片断,几笔勾勒,突出人物精神面貌的。如《处士征君墓表》,本应为一位"居乡里,恂恂恭谨,乐振人之穷急,而未尝与人校曲直"的乡居士子征某立传,却连带为医者杜某(杜婴)和筮者徐某(徐仲坚)作附传。写杜婴行医,"无贫富贵贱,请之辄往。与之财非义,辄谢而不受";徐仲坚卖卜,"虽疾病召筮,不正衣巾不见","日得百数十钱则止,不更筮也"。因三人同为淮南善士,故作合传。从墓表文的体制来说,自是别具一格了。一类因所传事迹不多,故以议论抒慨为主的。如《宝文阁待制常公墓表》《王深父墓志铭》等,因为常秩、王回的履历事迹简单,故前篇几无一语直接具体叙事,而纯用夹叙夹议的评赞方式:讲行谊则云:"公学不期言也,正其行而已;行不期闻也,信其义而已。所不取也,可使贪者矜焉,而非彫斲以为廉;所不为也,可使弱者立焉,而非矫抗以为勇。"讲出处则云:"官之而不事,召之而不赴,或曰必退者也,终此而已矣。及为今天子所礼,则出而应焉。"讲历职则云:"于是天子悦其至,虚己而问焉。使茈谏职,以观其迪己也;使董学政,以观其造士也。"讲建树则云:"公所言乎上者无传,然皆知其忠而不阿;所施乎下者无助,然皆见其正而不苟。"全文多用对偶排比句,也与这种避实就虚的评赞方式相谐和。茅坤评云:"通篇无一实事,特点缀虚景百数十言,当属一别调。"(《宋大家王文公文抄》卷一六)后篇记王回,文分三段,除第三段具体记事外,一、二两段纯就王回的生平抒感发叹,借以赞扬他洁身自好、节操自守的品德,同情他不为世人所知、才华未展的遭遇。又一类对传主有褒有贬,甚或语含讥刺的。碑志文一般徇于墓主家人的请托,故多"谀墓"之文,但王安石坚持史德,要求信实。如《马汉臣墓志铭》,墓主马仲舒是作者的门生,但长作者四岁。文中如实地写他"为人喜酒色,其相语以褒私侈为主",后经作者"以礼法开之",才改过迁善。作者最后以孔子"秀而不实"之语(《论语·子罕》)许之,对其终无建树表示惋叹,分寸得当。《泰州海陵县主簿许君墓志铭》为一位虽善趋时、却未得重用的下层官吏许平立传,文章先叙生平,交代他屡获"大人"、"贵人"的荐引,终以不得大用而卒;继而笔落天外,理情迸发:

> 士固有离世异俗,独行其意,骂讥、笑侮、困辱而不悔。彼皆无众人之求,而有所待于后世者也,其龃龉固宜。若夫智谋功名之士,窥时俯仰,以赴势物之会,而辄不遇者,乃亦不可胜数。辨足以移万物,而穷于用说之时;谋足以夺三军,而辱于右武之国,此又何说哉?嗟乎!彼有所待而不悔者,其知之矣。

这里以趋时而未必得遇的许平辈,来反衬"有所待而不悔"的君子,愈见出后者处世态度的正确、可贵。此文作于嘉祐年间,个中颇有作者自己的影子。吴北江曾指出,"辨足以移万物"四句如果删去,上下文也能相衔,"然局势直率,无此雄厚恣肆矣"(《唐宋文举要》甲编卷七引),颇具眼力。在墓志铭中发抒作者如此沉郁的感慨是不多见的,难怪曾国藩用"引声读此文"的方法,来显示文章的"精神意态",借以指点门生习文的门径了(同上)。

与欧阳修一样,王安石也善于撰写祭文。祭文通常用四言韵语,王安石的《祭范颍州文》、《祭丁元珍学士文》即是;也有全用不押韵的散体句子构成,如韩愈《祭十二郎文》,却较罕见。宋人喜用长短参差的句式,但又多排偶成分,更用长距离的押韵,形成祭文中的一种新风气。王安石的《祭欧阳文忠公文》就是代表作。在前已引述的盛赞欧阳氏文章之后,他写道:

> 呜呼! 自公仕宦四十年,上下往复,感世路之崎岖,虽屯邅困踬,窜斥流离,而终不可掩者,以其公议之是非。既压复起,遂显于世,果敢之气,刚正之节,至晚而不衰。
>
> 方仁宗皇帝临朝之末年,顾念后事,谓如公者可寄以社稷之安危;及夫发谋决策,从容指顾,立定大计,谓千载而一时。功名成就,不居而去,其出处进退,又庶乎英魄灵气,不随异物腐散,而长在乎箕山之侧与颍水之湄。

这两段分别赞其气节刚毅和出处不苟,以"离"、"非"、"衰"和"危"、"时"、"湄"押韵,驰骋笔墨,组织藻绘,抒情随叙事、议论喷薄而出。这也是他祭文的一般特点,即使是四言韵文体,也是如此。如《祭束向原道文》:"霜落之林,豪鹰俊鹯,万鸟避逃,直摩苍天。踬焉仅仕,后愈以困,洗藏销塞,动辄失分。如羁骏马,以驾柴车,侧身堕首,与骞同刍。"以鸷鸟、骏马设喻,叹英才之不遇,情深辞浓,与他的议论文是两副面目。

在宋代文坛普遍"尊韩"的风气中,王安石独主"非韩";但宋代散文家的写作大都趋向平易婉转的风格,他却走韩愈奇崛雄健一路。早在庆历年间,欧阳修在看了王安石文章后,托曾巩传话给他:"孟韩文虽高,不必似之也,取其自然耳。"(曾巩《与王介甫第一书》)说明他早年是学韩的。其实,从整体来看,他的散文风格也以拗折刚劲、简古瘦硬为特点。刘熙载指出:"王介甫文,取法孟、韩。""介甫文得于昌黎，在陈言务去。其讥韩有'力去陈言夸末俗'之句，实乃心向往之。"（《艺概·文概》）姚范《援鹑堂笔记》卷四四云："王荆公坚瘦，又昌黎一节之奇。"都揭示出他理论上非韩、写作上学韩的矛盾。

朱熹说："大率江西人都是硬执他底横说。如王介甫、陆子静都只是横说。"（《朱子语类》卷一三九）"横说"实际上包含他独拔流俗的识见。如《太古》、《原过》等短论，前篇直揭"太古之人不与禽兽朋也几何？"那种"归之太古"的复古论调，"非愚则诬"，论断斩截，犹如生铁铸就，一字不可移易；后篇谓改过即是复得本性，鼓励人们改过，而开头云："天有过乎？有之，陵历斗蚀是也。地有过乎？有之，崩弛竭塞是也。"（"陵历斗蚀"语出《汉书·天文志》韦昭注："经之为历，突掩为陵，星相击为斗"，"亏毁曰食"。又《汉书·五行志》："山崩川竭。"）明言天地也有过错，这在旧时代不啻石破天惊之语。当然，强毅果敢的个性有时不免偏执自任，他在《上仁宗皇帝言事书》中说："古之人欲有所为，未尝不先之以征诛而后得意。"直言不讳地主张用刀和剑为改革开道，真乃惊世骇俗之论。这是形成他拗折雄俊风格在内容上的因素。

韩愈说："气盛则言之短长与声之高下者皆宜。"（《答李翊书》）王安石文则表现出勃郁充沛、拗怒不平的奇气。他的《读孟尝君传》固然是笔笔转折的短制名篇，即便是《上仁宗皇帝言事书》，在严整布局之中，充溢着高屋建瓴、势如破竹的逼人声气。他运笔简捷，惜墨如金，深谙纵横开阖之法。如《答司马谏议书》为反驳司马光指责新法而作。司马光的《与王介甫书》长达三千馀字，王安石目光如炬，正确而简练地概括其要点为"侵官"、"生事"、"征利"、"拒谏"四项，然后逐点驳辩："某则以谓受命于人主，议法度而修之于朝廷，以授之于有司，不为侵官；举先王之政，以兴利除弊，不为生事；为天下理财，不为征利；辟邪说，难壬人，不为拒谏。"短者一句，长者亦只三句话而已。笔锋犀利，语势劲健，几令对方无以置喙。而对"怨诽之多"，却稍费辞剖析。至此已辞尽义足,但他最后又加一补笔,对司马光"未能大有为"的责备,明说"知罪",实则反戈一击,绵里裹针,文情缓又转急。他着重指责对方不应以"一切不事事"为善,实是司马光一切论难的基本出发点。击中要害,抉剔无遗,遂成"理足气盛"(吴汝纶语)的千古名篇,而文仅三百五六十字[注]。韩愈的《答吕毉山人书》也是应责之作,驳覆一位干谒者对他不能礼贤下士的责难,却是围绕一个论点展开驳论,但对对方抑极而扬,扬处又抑,极尽变化之能事,与王氏此文有同工异曲之妙,颇堪对读。

从句式上看,王安石文多短句,语句利落干净,章无剩句,句无剩字,显得节奏急促,巉刻深细。他尤善用正说加反说的开合句式。如《答段缝书》:"孔孟所以为孔孟者,为其善自守,不惑于众人也;——如惑于众人,亦众人耳,乌在其为孔孟也?"《伤仲永》:"彼其受之天也,如此其贤也;不受之人,且为众人。——今夫不受之天,固众人;又不受之人,得为众人而已耶?"《进说》:"古之道,其卒不可以见乎?士也有得已之势(指不用自荐的时势),其得不已乎? ——得已而不已,未见其为有道也。"《答曾子固书》:"彼(指扬雄)致其知而后读,以有所去取,故异学不能乱也。——惟其不能乱,故能有所去取者,所以明吾道也。"《上杜学士言开河书》:"夫小人可与乐成,难与虑始,诚有大利,犹将强之。——况其所愿欲哉!(何况他们自愿修水利,更应兴办。)"这类逆折式的逻辑推理,收到了奇警峭拔的效果,这也是形成其拗折刚劲、简古瘦硬风格的因素之一。

〔注〕 司马光《温国文正司马公传家集》卷六〇,有熙宁三年与王安石书信三通。二月二十六(一本作"七")日《与王介甫书》云:"介甫从政始期年,而士大夫在朝廷及自四方来者,莫不非议介甫,如出一口。下至闾阎细民,小吏走卒,亦窃窃怨叹,人人归咎于介甫。"又说:"自古圣贤所以治国者,不过使百官各称其职,委任而责成功

也。……介甫以为此皆腐儒之常谈，不足为，思得古人所未尝为者而为之，于是财利不以委三司而自治之，更立制置三司条例司。"又说："夫侵官，乱政也，介甫更以为治术而先施之。贷息钱，鄙事也，介甫更以为王政而力行之。徭役自古皆从民出，介甫更欲敛民钱顾市佣而使之。"又说："或所见小异，微言新令之不便者，介甫辄艴然加怒，或诟詈以辱之，或言于上而逐之，不待其辞之毕也。明主宽容如此而介甫拒谏乃尔，无乃不足于恕乎？"又说："孟子曰：'仁义而已矣，何必曰利！'……今介甫为政，首建制置条例司，大讲财利之事，又命薛向行均输法于江淮，欲尽夺商贾之利。又分遣使者散青苗钱于天下，而收其息，使人愁痛，父子不相见，兄弟妻子离散，此岂孟子之志乎？"又引《老子》"我无为而民自化，我好静而民自正，我无事而民自富，我无欲而民自朴"之语，后云："今介甫为政，尽变更祖宗旧法"，"使上自朝廷，下及田野，内起京师，外周四海，士吏兵农，工商僧道，无一人得袭故而守常者，纷纷扰扰，莫安其居，此岂老氏之志乎？"王安石简洁地概括为"侵官、生事、争利、拒谏"。但王氏此信，作于司马光第二信之后；其答第一信，今《临川集》不载。因司马光于三月三日《与王介甫第二书》云："光以荷眷之久诚，不忍视天下之议论恟恟，是敢献尽（荩）言于左右，意谓纵未弃绝，其取诟辱必矣。不谓介甫乃赐之诲笔，存慰温厚，虽未肯信用其言，亦不辱而绝之。"王氏此信亦云："虽欲强聒，终必不蒙见察，故略上报，不复一一自辨。"都说明对司马光第一信，王氏曾作过简覆。且从司马光第二信内容来推断，王氏第一信讲过孟子"义利之说"及关于"父子不相见，兄弟妻子离散"的辩论。司马光第二信云："光虽未甚晓孟子，至于义利之说，殊为明白，介甫或更有他解，亦恐似用心太过也。""今四方丰稔，县官复散钱与之，安有父子不相见、兄弟离散之事？光所言者乃在数年之后。"而司马光第三信的内容，却是针对王氏此信："光皇恐再拜，重辱示谕，益知不见弃外，收而教之，不胜感悚，不胜感悚！"以下又对"议法度以授有司”、“先王之政”、“辟邪说、难壬人”及盘庚迁殷等多有论难,正与王氏此信衔接(另参看《续资治通鉴长编拾补》卷七)。王氏此信开头云“昨日蒙教”,可知当作于熙宁三年三月四日。详引司马光信如上,也可看出两人文风一斩截一纡徐的不同。(蔡上翔《王荆公年谱考略》卷一六,谓“司马原书,至三千三百馀言之多,中间杂引经传及汉唐遗文,已居四之一”,评为“喋喋”,近是;但他据此指为伪作,“必非君实之言”,则不可信。)

(原载《十大散文家》,上海古籍出版社 1990 年版)

苏辙的文学思想和散文特色

一

苏辙之孙苏籀所记《栾城遗言》云："公（指苏辙）解《孟子》二十馀章，读至'浩然之气'一段，顾籀曰：'五百年无此作矣。'"以"气"论物论人论文，是苏辙思想的一个重要构成。在《臣事策三》中，他说："神者何也？物之精华果锐之气也。精华果锐之气，其在物也，烨然而光，确然而能坚。是气也，亡则皆枵然无所用之。夫是气也，时叩而存之，则日长而不衰；置而不知求，则脱去而不居。"他认为万物之所以有"神"，有光彩，性坚确，在于具有内在的"精华果锐之气"，一种精粹纯真、强而有力的精神力量；并认为这种"气"是可以"存之"、可以"求"之的。他接着从物之气论到人之气："是气也，物莫不有也，而人为甚。"并称引《孟子》所谓的"夜气"（见《告子上》），即是"精华果锐之气"。然后他说："天下乱，则君子有以自养而全之；而天下治，则天子养之以求其用。今朝廷之精明，战阵之勇力，狱讼之所以能尽其情，而钱谷之所以能治其要，处天下之纷纭而物莫能乱者，皆是气之所为也。"把"气"的作用与现实的政治、军事、司法、财政等治乱联系起来。特别是在《北狄论》、《臣事策五》等文中，他又具体地论证了"气"为战守之要："盖所以战者，气也；所以不战者，气之畜也；战而后守者，气之馀也。古之不战者，养其气而不伤；今之士不战而气已尽矣，此天

163

下之所以大忧者也。"这里对"气"的论述,乃是针对当时弥漫朝野的恐辽病而发,具有很强的现实性。

苏辙的《上枢密韩太尉书》是他以气论文的名作,也具有这种强调现实的生活实践的特点。《孟子·公孙丑上》云:"我知言,我善养吾浩然之气。"他的"浩然之气",原指先验的"至大至刚"之气,却对后世文论产生很大的影响。曹丕《典论·论文》说:"文以气为主,气之清浊有体,不可力强而致。譬诸音乐,曲度虽均,节奏同检,至于引气不齐,巧拙有素,虽在父兄不能以移子弟。"曹丕在这里提出了我国文学理论史上最早的"文气说",苏辙对此却有所补充和纠正。他说:"以为文者,气之所形,然文不可以学而能,气可以养而致。"曹丕讲"文以气为主",文由气所决定,作家的气质、才性的不同决定了各自不同的风格,企图从作家主体入手来揭示创作风格形成的原因,他是把"气"和"文"的关系看作决定和被决定的关系的。后来韩愈以水和浮物来比喻气和言,说"气盛则言之短长与声之高下者皆宜"(《答李翊书》),也是强调写作古文要以气为先。苏辙却讲文为"气之所形",是"气"的外现,所谓"气充乎其中,而溢乎其貌,动乎其言,而见乎其文,而不自知也"。他是从表现和被表现的关系立论的。苏洵曾认为名篇佳作是作家"充满勃郁"的内在思想感情、学殖修养而见诸于外的产物(见苏轼《江行唱和集叙》引),苏辙此说渊源家学而又作了具体的阐发,而与曹丕、韩愈之说相较,则侧重点有所不同,实是必要的补充。其次,曹丕所说的气,偏重于先天的禀赋,强调"虽在父母,不能以移子弟",强调"不可力强而致"。韩愈所说的"气",近似于文章的气势,但气盛来源于平时的学养,所以他又说"不可以不养也"。苏辙的"气"是指内在的精神力量,他认为文的神妙之境虽不是光靠学力所能达到,但气却能通过具体途径"养"成。他的这一说法与曹丕相反,与韩愈有同有异。

刘勰是在文论中最早提出"养气说"的文学理论家。《文心雕龙·体性》篇中提出"气以实志,志以定言",讲养气以充实情志,不同的情志表现为不同的言辞。《养气》篇专论养气之法,反对"钻砺过分,则神疲而气衰",主张"从容率情,优柔适会",不要劳者焦虑,勉强写作,而要顺乎自然,欣然命笔。他要求"吐纳文艺,务在节宣,清和其心,调畅其气",善于调节疏导,保持内心的清明和顺,体气的调和舒畅。他讲"养气",主要是从自我调摄的角度来"卫气"的。苏辙所论则又进了一步。他明确指出,养气有两个途径:一是内修,二是外阅。他以孟子、司马迁为例说:

> 孟子曰:"我善养吾浩然之气。"今观其文章,宽厚宏博,充乎天地之间,称其气之大小。太史公行天下,周览四海名山大川,与燕、赵间豪俊交游,故其文疏荡,颇有奇气。

这里以孟子为例,说明从加强内心修养来"养气";以司马迁为例(《栾城遗言》也称"子瞻诸文,皆有奇气"),说明从扩大外境阅历来"养气"。从外阅来说,他又突出周览"奇闻壮观"与"豪俊交游"的作用。从这封给韩琦的书信全文来看,主旨是讲求见韩琦以助己养气,其重点是强调"豪俊交游"这一点。这样,把作为创作原动力的"气",跟作家的思想修养的加强、生活阅历的扩大明确地结合起来,他的气也就不指先天的禀赋,神秘玄妙,而是后天的社会实践、思想修养所致,这就把创作放在朴素唯物主义认识论的基础之上了。苏辙的这个见解,比之前人更全面、更细致,因而也更正确。

二

苏轼评苏辙其人其文云:"子由之文实胜仆,而世俗不知,乃以为不如。其为人深不愿人知之,其文如其为人,故汪洋淡泊,有一唱三叹之声,而其秀杰之气,终不可没。"(《答张文潜书》)这里指出苏辙为人沉静安详,冲夷恬淡,不愿为人所知,因而其文汪洋淡泊而内含秀杰。苏轼以"文如其人"出发来评论乃弟的文风,可谓知言。

早在嘉祐元年(1056),张方平在亲试苏轼兄弟之文后对苏洵说:二子"皆天才,长者明敏尤可爱;然少者谨重,成就或过之"(《瑞桂堂暇录》)。指出苏辙气质"谨重"而与苏轼之"明敏"有别。苏辙在给刘敞的信中,对于刘的"明俊雄辩"、"高亮刚果"多有劝诫,主张"以拙养巧,以讷养辩"(《上刘长安书》),可以看出他自己才性修养的旨趣所在。据说他晚年"南迁既还,居许下,多杜门不通宾客"。有乡人从蜀中来见,竟"弥旬不得通"。后乡人伺其游园之际趋谒,他"见之大惊,慰劳久之,曰:'子姑待我于此。'翩然复入,迨夜竟不复出"(《却扫编》卷中),韬默沉晦如此。而苏轼虽亦时或"以言为戒",却又每每不能不吐,两人性格,正成对照。

苏辙这种沉静谨重的气质、性格影响到他散文的思想和艺术面貌。

苏辙的政论、史论,一方面师法父兄,以探讨治乱得失为旨归。他说:"予少而力学,先君予师也,仁兄子瞻予师友也。父兄之学,皆以古今成败得失为议论之要。"(《历代论引》)另一方面,比之父兄较少权术机变之说,经术色彩较重,与欧曾相近。他22岁所写的《上两制诸公书》中,自述为学过程云:"始学"之时,"得一书伏而读",就书读书,反复思考,不依赖传注;"既长","乃观百家之书,纵横颠倒,可喜可愕,无所不读,泛然无所适从";最后,"晚而读《孟子》,而后遍观乎百家而不乱也"。他认为,不读"百家"则为"腐儒";但应以《孟子》为本,衡量是非得失。他的《民政一》提出"王道之本,始于民之自喜,而成于民之相爱",然后大量引用《诗经》诗句,说明当今人民虽然不自喜,不相爱,但可以导之教之,则"王道之无难者也"。其引用和阐发《诗经》的诗句以成文,也与曾巩《福州上执政书》颇相仿佛。苏辙和欧、曾一样，原本"经术"，论"王道"论"教化"，有时甚至表现出复古的倾向。如《民政二》为了达到"三代之盛"，崇仁义，敦教化，竟要求恢复古代举孝廉之制，以纠进士科之偏，就是一例。

苏辙即使讲"术"，也着重发挥以柔克刚、以弱胜强之说。《三国论》以汉高祖刘邦来陪说刘备，刘邦能以不智不勇战胜有智有敢的项羽，在于懂得"所以用之之术"，他能"忍忿忿之心"，避其所短，而能发挥自己"先据势胜之地"、任用"出奇之将"、善养"果锐刚猛之气"的长处，最后以弱胜强，而刘备却不知其"术"，因而未成帝业。又如《商论》用周朝以"优柔和易"治国，国运得以长久，来与商朝的"刚而不长"作对比，得出"物之强者易以折，而柔忍者可以久存"的结论。从这一思想出发，他所提出的对付辽和西夏的策略，就与父兄不完全相同。老苏、大苏不满当时忍辱苟安的局面，积极鼓吹主战，苏辙的有些文章如《北狄论》虽也与他们相类，但主要是发挥以优柔笼络为手段、伺机战而胜之的策略思想。如《民政九》对"国辱而民困"的"今世之病"深表幽愤，但又反驳"宁战而无赂"之说。他本着老子"将欲取之，必固予之"的思想，提出卑辞厚礼使对方放松武备，我则加强战备而外示至弱之形，这样，"彼怠而吾备，彼骄而吾怒，及此而与之战，此所谓败中之胜而弱中之强者也"。从当时敌我形势来看，这也不失为一种有效的策略。另外，《汉文帝论》推崇汉文帝的"以柔御天下"，而不同意晁错的削藩之议，《狄仁杰论》讲陈平、狄仁杰用"待其已衰而徐正之"的策略对付吕后、武后，克成复汉复唐的大功，而王陵、裴炎硬拼硬打，终于失败。此文结尾又引用老子"将欲敛之，必固张之；将欲弱之，必固强之"的话。可见他的策略思想主要取法于老子"柔胜刚、弱胜强"之说，也与他的气质偏胜于阴柔一面，是一致的。

"一门父子三词客"（三苏祠楹联）。三苏虽出一门，但文风不同，各自成家。元刘壎云："老泉之文豪健，东坡文字奇纵，而颍滨之文深沉。"（《隐居通议》卷一五"三苏"条）明丘睿云："余按苏次公浑博不如乃尊,奇幻不如乃兄,而疏畅媚娜,有一段烟波,则非诸人所及。"(《三苏文范》卷一八引)清沈德潜云:"老泉之才横,矫如龙蛇。东坡之才大,一泻千里,纯以气胜。颖滨渟蓄渊涵。"(《唐宋八家古文读本序》)结合前引苏轼对他的评论,苏辙文风的特点主要表现在沉稳有变、淡处见浓和圆转其外秀杰其中等方面。

苏辙自评云:"子瞻之文奇,吾文但稳耳。"(《栾城遗言》)他的各体文章,沉稳厚重,深淳温粹,不作奇幻怪异之笔。从布局谋篇来说,整饬周匝,有脊有伦。同一《刑赏忠厚之至论》试题,苏轼之作,从尧、舜等盛世和周末衰世的刑赏皆本忠厚讲起;然后拈出"疑"字展开论述,着重从"疑"上说明"先王"掌握刑赏亦皆本忠厚,作为本文的中心部分,最后引证《诗经》、《春秋》作馀波渲染,文情灵活跌宕。而苏辙之作,首段谓有赏无刑乃是圣人之本意,此本意固是忠厚;次段谓有刑无赏乃是圣人之不得已,此不得已也是忠厚;末段谓刑则从轻、赏则从重乃圣人之权变,此权变又是忠厚。全文即从圣人本意、不得已、权变三层论证刑赏忠厚之意,结构严谨,辩说有力,而与苏轼之作异趣。他的《元祐会计录序》也从三个角度来论述写作此书的必要性,属同一结构形式。又如《梁武帝论》论佛老问题,颇与韩、欧的攘斥态度不同。首段引《易经》"形而上者谓之道,形而下者谓之器",以"道"、"器"二字作为全文眼目,提出佛"其道与老子相出入,皆《易》所谓形而上者",而"老佛之道与吾道同",因此不能一概排斥;但"老佛之教与吾教异",因此又不能一概奉行。次段即用史例说明:后秦姚兴、南朝梁武帝兴佛而亡,北魏太武帝、唐武宗灭佛而亡,证明对佛教"欲施于世"或"欲绝于世"都不正确。末段再论证"老佛之道,非一人之私说",其"道"可以治气养心,所以不能废;但老佛之说,"蔑君臣,废父子",无异丢掉了可治天下之"器"(礼乐刑政等),所以不能用。道器并用,大化天下,只有周孔的儒家之说。在苏辙看来,儒家思想,循器而得道;佛老思想,主道而离器,因此,对佛老思想不能采取绝对肯定或绝对否定的态度。这种佛老治心、儒学治世的观点，反映了当时"三教合一"的社会思潮，成为不少封建知识分子的处世哲学，连佛门中人也是如此。如释智圆云："儒者饰身之教，故谓之外典也；释者修心之教，故谓之内典也。""故吾修身以儒，治心以释。"(《闲居编·中庸子传》上)苏辙的思想比之韩、欧单从治世的政治角度排斥佛老来，显得精微深刻。此文布局整齐匀称，逻辑性强，也属"稳"的一路。他的《君术二》讲君主"察情"问题，也是一篇以结构整齐见称的文字。孙琼评云："此篇文字，极为整齐。起处借上篇(指《君述一》，讲"驾驭英雄"之术)'术'字，提出'情'字，作一总冒；结处双绾君子、小人，作一总收，是首尾整齐。上半篇详说君子之情，下半篇详说小人之情，是两对整齐。说君子之情，分作六段(按，指好为名高者、好为厚利者、好自胜者、有所相恶者、素刚者、素畏者)；写小人之情，分作四段(按，指声东击西谋取大权者、制造纷争自固其位者、利用人君好善之心伪饰求进者，巧语诱逼人君从吾所欲者)，是排段整齐。说君子之情，将情字放在前，说小人之情，将情字放在后，是倒转得整齐。说君子六段，文法段段交换；说小人四段，结法段段不变换，是变换得整齐。通前通后，直是一篇整齐文字。"(《山晓阁选宋大家苏颍滨全集》)这段精辟的分析，说中了苏辙文整齐而不呆板、稳中有变的特色。以上诸篇以及苏辙的其他一些文章，还表现出"淡"的特点：恬淡和疏淡。他行文平和纤徐，毫无剑拔弩张甚至叫嚣粗豪之气；遣词选句，明白晓畅，而不自铸伟词以求色泽尖新。

说苏辙文"稳"、"淡"，主要是与老苏、大苏比较而言，如果以欧、曾一派诸家相比，则仍有骏发蹈厉、辞采富赡的一面。如《君术五》劝谏宋仁宗对待当时士大夫要求改革弊政的舆论浪潮，必须"制其所向，以定其所归。"他说：

　　夫天下之人，驰而纵之，拱手而视其所为，则其势无所不至。

> 其状如长江大河,日夜浑浑,趋于下而不能止,抵曲则激,激而无
> 所泄,则咆勃溃乱,荡然而四出,坏堤防,包陵谷,汗漫而无所制。
> 故善治水者,因其所入而导之,则其势不至于激怒垄涌而不可
> 收;既激矣,又能徐徐而泄之,则其势不至于破决荡溢而不可
> 止。……

文中前后两大段都以水为喻,上引是前段。周厉王时,召公曾说:"防
民之口,甚于防川。"(《国语·周语上》)郑国子产说:"岂不遽止,然犹
防川:大决所犯,伤人必多,吾不克救也;不如小决使道。"(《左传·
襄公三十一年》)汉贾让说:"治土而防其川,犹止儿啼而塞其口。"
(《汉书·沟洫志》)苏文显从其中化出,但加以引申发挥。通篇文情
充畅,层波迭浪,一气贯注,气势逼人,与《国语》等的简约恰成对比。
又如他的《黄楼赋》,苏轼曾以"振厉"、"欲以警发愤愦者"许之,并说
当时人因其接近苏轼的风格竟疑为苏轼所代作(《答张文潜书》)。再
如他的《庐山栖贤寺新修僧堂记》云:

> 元丰三年,余得罪迁高安。夏六月,过庐山,知其胜而不敢
> 留。留二日,涉其山之阳,入栖贤谷。谷中多大石,岌嶪相倚,水
> 行石间,其声如雷霆,如千乘车行者,震掉不能自持,虽三峡之险
> 不过也,故其桥曰三峡。渡桥而东,依山循水,水平如白练,横触
> 巨石,汇为大车轮,流转汹涌,穷水之变。院据其上流,右倚石
> 壁,左俯流水,石壁之趾,僧堂在焉。狂峰怪古,翔舞于檐上,杉
> 松竹箭,横生倒植,葱倩相纠,每大风至,堂中之人疑将压
> 焉。……

采取移步换形的叙述手法,用笔雄健奇警,一如水石的汹涌险峨。苏
轼在《答李公择》中说:"子由近作《栖贤堂记》,读之惨凛,觉崩崖飞瀑

逼人寒栗。"他后来亲游庐山,作《栖贤三峡桥》诗云"况此百雷霆,万世与石斗。深行九地底,险出三峡右"等,可以看出受了苏辙此文的影响。

苏辙自评云:"余少作文,要使心如旋床,大事大圆成,小事小圆转,每句如珠圆。"(《栾城遗言》)"圆",使其文情流畅奔放,汪洋浑浩;"转",指曲折回旋而非平衍板滞,曲折之中往往内含桀傲不平之气。他的不少文章,正意常不一口说破,犹如辘轳取水,纡徐缠绕后才露主旨。《上枢密韩太尉书》原是向韩琦求见的"干谒"之文,但他却从"文者气之所形"讲到"养气",从"养气"的两个途径内修、外阅讲到求见"豪俊",从已见欧阳修一笔斡转到韩琦身上,这才说出求其接见以养气"自壮"的本意。我们不妨以韩愈的《上兵部李侍郎书》加以比较,这也是一封向一位掌管全国军事的高级长官求见的信。信一开头便自称"究穷于经传史记百家之说,沉潜乎训义,反复乎句读,砻磨乎事业,而奋发乎文章",俨然以经纶奇才自居,已露要求引见之意;然后说到对方身为"朝廷大臣",正当"天子新即位"之际,提拔人才义不容辞。要求延引之意,咄咄逼人,与苏文的雍容俯仰、圆转曲折是各异其趣的。但苏文又自占地步,并非卑躬屈膝。

苏辙文的另一种写法是直叙中见反复、呈波澜、露气势。作于元丰五年的《武昌九曲亭记》和六年的《黄州快哉亭记》就是好例。这两篇亭记作于他贬官高安时期,都反映出作者随缘自适以自我排遣的情怀,在表面平静闲逸之中隐寓着勃郁不平之气。《黄州快哉亭记》采取这类亭台楼阁记的通常写法:先叙事,次写景,末议论。文中首先叙写建亭及命名缘起说:

> 江出西陵,始得平地,其流奔放肆大。南合湘沅,北合汉沔,其势益张。至于赤壁之下,波流浸灌,与海相若。清河张君梦得谪居齐安,即其庐之西南为亭,以览观江流之胜,而余兄子瞻名

171

之曰"快哉"。

亭在江边,即以江水开端,写长江出西陵峡,继合湘、沅、汉、沔诸水,才至黄州赤壁,由远及近,分三层逐次写出水形的日渐壮阔:由"奔放肆大"、"其势益张"以至"与海相若",这与欧阳修《醉翁亭记》开端的由大及小的写法,有异曲同工之妙。再由江水引出建亭及苏轼命名,叙次井然不紊。其次写景说:

> 盖亭之所见,南北百里,东西一舍。涛澜汹涌,风云开阖。昼则舟楫出没于其前,夜则鱼龙悲啸于其下。变化倏忽,动心骇目,不可久视。今乃得玩之几席之上,举目而足。西望武昌诸山,冈陵起伏,草木行列,烟消日出,渔夫樵父之舍,皆可指数:此其所以为快哉也。至于长洲之滨,故城之墟,曹孟德、孙仲谋之所睥睨,周瑜、陆逊之所骋鹜,其流风遗迹,亦足以称快世俗。

这里既写山水胜景,又写历史胜迹,观赏今景,凭吊古事,两者都使人充满"快"意。最后,以"快哉"一词的出处(即宋玉《风赋》)引发议论作结:

> 昔楚襄王从宋玉、景差于兰台之宫,有风飒然至者,王披襟当之,曰:"快哉此风!寡人所与庶人共者耶?"宋玉曰:"此独大王之雄风耳,庶人安得共之!"玉之言盖有讽焉。夫风无雌雄之异,而人有遇不遇之变;楚王之所以为乐,与庶人之所以为忧,此则人之变也,而风何与焉?士生于世,使其中不自得,将何往而非病?使其中坦然,不以物伤性,将何适而非快?今张君不以谪为患,窃会计之馀功,而自放山水之间,此其中宜有以过人者。将蓬户瓮牖,无所不快;而况乎濯长江之清流,挹西山之白云。

> 穷耳目之胜以自适也哉！不然，连山绝壑，长林古木，振之以清
> 风，照之以明月，此皆骚人思士之所以悲伤憔悴而不能胜者，乌
> 睹其为快也哉！

这里从正、反两面来说明士生于世，如果心中坦然，就会无往而不自
得。既以安慰谪居中的建亭者张梦得，又以自慰。全文由叙事而写
景而议论，都以"快"字贯串，因而于直叙之中别有一种俯仰顿挫、一
唱三叹的抒情韵味。《武昌九曲亭记》也分三大段。首段叙写武昌西
山为苏轼贬居黄州三年来"意适忘反"的游乐之地；次段叙写九曲亭
建成，苏轼"于是最乐"；末段谓"天下之乐无穷，而以适意为悦"，忘却
得失，自适其适，此即苏轼"之所以有乐于是"的缘故。此文按建亭
前、建亭、建亭后的次序叙写，但每段中叙事、写景、议论、抒情等成分
交织融合，又以"乐"字贯串全篇。平平顺次写来，烟波浩渺，不落板
滞。这是苏辙集中两篇最富文学意味的杂记散文。

　　苏辙写给亲朋的一些书信，更见摇曳转折的情趣。如《答黄庭
坚书》：

> 　　辙之不肖，何足以求交于鲁直；然家兄子瞻与鲁直往还甚
> 久，辙与鲁直舅氏公择相知不疏，读君之文，诵其诗，愿一见者久
> 矣。性拙且懒，终不能奉咫尺之书致殷勤于左右，乃使鲁直以书
> 先之，甚为愧恨可量也！自废弃以来，颓然自放，顽鄙愈甚，见者
> 往往嗤笑，而鲁直犹有以取之。观鲁直之书，所以见爱者，与辙
> 之爱鲁直无异也。然则书之先后，不君则我，未足以为恨也。比
> 闻鲁直吏事之馀，独居而蔬食，陶然自得。盖古之君子不用于
> 世，必寄于物以自遣，阮籍以酒，嵇康以琴，阮无酒，嵇无琴，则其
> 食草木而友麋鹿，有不安者矣。独颜氏子饮水啜菽，居于陋巷，
> 无假于外，而不改其乐，此孔子所以叹其不可及也。今鲁直目不

求色，口不求味，此其中所有过人远矣，而犹以问人，何也？闻鲁
直喜与禅僧语，盖聊以是探其有无耶？渐寒，比日起居甚安，惟
以时自重。

此信前半幅起写慕名已久却先得彼书，"甚为愧恨"，接写彼此心心相
印，书之先后，非彼即我，未足为恨，作一转折。后半幅先以阮籍、嵇
康为例说明古人"必寄物以自遣"；接写颜渊"无假于外而不改其乐"，
器度高出阮、嵇一头，又作一转折。然后归美黄庭坚恬淡自处，可以
比美颜渊。信笔写来，于不迫不躁中弥见顿挫，充分表露出两人之间
志趣的契合和对黄庭坚超俗胸襟的倾慕。

　　他的两篇人物小传《孟德传》《丐者赵生传》，一写退伍之卒却具
"浩然之气"，一写乞丐年百馀，却是得道异人，都具有狂傲神奇的色
彩，用笔跌宕，与苏轼所作人物传记近似。

（原载《三苏散论》，《四川师范大学学报丛刊》
第 13 辑，1987 年 7 月）

陈绎曾：不应冷落的元代
诗文批评大家

元朝立国不足百年，算不得中国文学批评史上的繁荣时期，出现的诗文评类专著更少，大都是单篇批评文字。元中叶的陈绎曾却是拥有多种论著的批评家，今存《文章欧冶》(一名《文筌》)、《文说》、《古文矜式》、《诗谱》四种，另有《静春堂诗集后序》一文，论及影响文学的环境因素，提出"居"(固定性、长期性之环境)和"遇"(变化性、短期性之环境)两个新颖概念，颇有见地。此外，他还编选文章总集《诸儒奥论策学统宗》，精选宋人议论之文。他还是一位书学理论家，今存《翰林要诀》与《法书本象》二种。

然而，在以往出版的各种中国文学批评史著作中，很少介绍陈绎曾的文论，甚至连他的名字也不见。最近我高兴地看到复旦大学七卷本《中国文学批评通史》，把他和王沂合为一个子目予以评述，说明他已开始引起当代学者们的注意。但如何对他作出应有的历史定位，似仍可探讨。

造成这种被冷落的直接原因，是陈绎曾最重要的著作《文章欧冶》在国内传本稀少(据我所知，仅有两部抄本)，但在韩国、日本却颇为流行，说来也是"墙内开花墙外香"了。早在明嘉靖二十九年(1550)已有朝鲜光州刊本，刊行者为全罗道监司南宫淑、大司谏尹春年等。尹春年是位"以声论诗"的学者，有《学音稿》行世。他在《文筌序》中，特别指出"欲求诗声，当从《文筌》而入"。他自述 10 多年来，从中国古诗和诗话《诗人玉屑》、《诗家一指》中探寻诗歌声律，"然未得要领"。其后幸获《文筌》，反复参究，积有岁月，恍然有悟，始知此书之精善。他还对《文筌》论诗、文的声律部分，特加注释予以阐发。到了日本元禄元年（1688），日人伊藤长胤又将此朝鲜刊本重刻于京都，是为此书传入日本之始。他在《后序》中说"《文章欧冶》者，作文之规矩准绳也。凡学为文者，不可不本之于《六经》，而参之于此书"，把此书的地位提到与《六经》并论的高度；还认为吴讷《文章辨体》、徐师曾《文体明辨》两书只局限于论述文体，"至于作文之法，则未若此书之纤悉无遗也"。此书在东瀛流布甚广，也引起学术界的高度重视。早在 20 世纪 30 年代，日本学者竹友藻风著《文学总论》，他把陈绎曾论文章体制的起、承、铺、叙、过、结的六节说，与古希腊西西里亚派修辞学创始人科拉克斯提出的绪言、叙述、论证、补说、结语五段说，详加比勘，辨析异同，借以说明中西文心之相通，饶有趣味（中译文载《微音月刊》1931 年第 1 卷第 1 期）。晚近著名版本学家长泽规矩也氏又把此书收入《和刻本汉籍随笔集》第 16 辑，更使珍本稀本化身千百成为普及书了。此本共 142 页，包括《古文谱》七卷，附录有《四六附说》、《楚辞谱》、《汉赋谱》、《唐赋附说》、《古文矜式》、《诗谱》六种，其中的《古文矜式》、《诗谱》曾单行别出而被著录于公私书目。在我国宋元以前的诗文评类著作中，除了《文心雕龙》外，此书内容之丰富、篇幅之巨大，或可称为首屈一指。单凭此点，也是不应被忽视的。

陈绎曾被冷落的另一原因，在于他的著作大多属于指导初学入门的普及性质，以及采取"诗格"类的著述形式。这类书往往有"强立名目"、琐碎固陋之讥，实不可一概而论。如皎然《诗式》的四不、四深、二要、二废、四离、六迷、六至、七德、五格，齐己《风骚旨格》的六诗、六义、十体、十势、二十式、四十门、六断、三格等，陈绎曾也有抱题十四法、用笔九十法、造句十四法、下字四法、用事十八法、描写七法、叙事十一法、议论七法、养气八法、起端八法、结尾九法等等，名目繁多，穷竭变化，极尽条列化之能事。这里有两个评估原则应予注意，一是初学者之阶梯与深造艺术真谛殿堂的关系，一是有法与无法的关系。入门书中也不乏精到深微的艺术见解，示人以创作所应遵从的法度，并不等同于强人入牢的固定套式，两者不是截然对立的。就陈绎曾而言，从文学门类看，古文、诗、赋、骈文均在其研究范围之内；从文论思想格局看，文学本体论、修养论、创作论、鉴赏论、文体论、风格论悉有论列，视野开阔，框架完整，论述详备细密，多有体悟有得的看法，不但在元代是位居于领先地位的诗文批评大家（尤在古文理论方面），即在整个中国文学批评史上也是并不多见的。他的文论思想的完整体系，这里不能详述，当另撰文阐明。今仅举一二以见一斑。陈氏说："文者何？理之至精者也。"（《文筌序》）他与前辈的"以文明道"、"文以载道"论不同，特意不言"道"而言"理"。他把"理"分成四目：神理、天理、事理、物理，并分别予以界说。这显与宋儒二程（程颢、程颐）论"理"不同。二程论"理"主要有两个命题，一是"天下只有一个理"，一是"一物须有一理"，前者指天理，乃宇宙万物的一个抽象的共源性之根本，后者的理即指具体事物的规定性。两者综合，即是"理一分殊"的著名论断。但在陈氏的分类中，赫然把"天理"与其他三理（神、事、物）并列，使"天理"与万事万物处在同一层次上。其最突出的文学理论上的意义，在于强调了文学所要表达之"理"的丰富性和宽泛性，突破了把文学作为理学附庸的束缚。此例略见陈氏在理论思辨上的高水平。他在审美鉴赏上也有不俗的表现。如论《老子》："《老子》善议论，精极无言；不得已而言之，言犹无言也，故妙。老于世故，故高。"论《庄子》："《庄子》善议论，见识高妙，机轴圆活，情性滑稽。故肆口安言亦妙，缄口不言亦妙，开口正言亦妙。"《老》《庄》同属道家，陈氏论两家"议论"之同中之异，可谓抉剔入微。被称为"元代馆阁巨手"的许有壬有言："江

177

南陈绎曾,博学能文,怀才抱艺,挺身自拔乎流俗,立志尚友乎古人。"(《荐吴炳陈绎曾》,见《至正集》卷七五)陈氏确是"学"、"文"、"才"、"艺"兼擅的文学批评家。

陈绎曾的文论在元明清三代不乏称述者。何人把《文筌》改名为《文章欧冶》,已不可确考,或许是明人朱权,见《其所刻《文章欧冶》,今藏山东省图书馆,其序后有行书"神"字等他个人的特别标识。(明周弘祖所撰《古今书刻》上编,载各直省所刊书籍,在"江西弋阳王府"下已有《文章欧冶》一书。)此人在《文章欧冶序》中亟称此书之"奇":"世之奇者,奇莫奇于是书尔。所奇者几近道矣。汶阳陈绎曾演先圣之未发,泄英华之秘藏,撰为是书,名曰《文筌》,可谓奇也;然出乎才学,见乎制作规模,又可谓宏远矣。"从文学功用论和文术论两端对该书给予崇高评价。尤其指出"不知体制,不知用字之法,失于文体,去道远也","孰不知文章制作五十有一,各有体制,起承铺叙过结,皆有法度,稍失其真,则不为文",最后他说,他之所以重予刊行,是使后学"知夫文章体制有如此法度,庶不失其规矩也。更其名曰《文章欧冶》。以奇益奇,不亦奇乎?"说明此书从艺术上阐发"蕴奥精微之旨",乃是其主要价值所在。明初赵㧑谦(1352—1395)的《学范》,共分六门,其第四门《作范》,就引用陈氏《文说》的不少言论。另一明人高琦在《文章一贯》中也引述《文筌》中论"实体"、"虚体"之别:"实体:体物之实形,如人之眉目手足,木之花叶根实,鸟兽之羽毛骨角,宫室之门墙栋宇也(惟天文题以声色字为实体)。""虚体:体物之虚象,如心意声色、长短、动静之类是也。心意声色,为死虚体;长短高下,为半虚体;动静飞走,为活虚体。"他的论"虚实",有自己的思考成果,为艺术理论的丰富提供思想资料。许学夷(1563—1633)的《诗源辩体》卷三五,评论陈氏《诗谱》云:"'东都以上主情,建安以下主意',卷中惟此论最妙,前人未尝道破。"也给予称赞。降及清代,有托名陈维崧(1625—1682)的《四六金针》一书,完全是袭取陈绎曾论四六之文编缀而成的(见《四库全书总目》卷一九七)，倒从一个特殊侧面反映陈氏此书影响甚巨。

早在 1400 多年以前，刘勰在《文心雕龙》中特置《知音》篇，开端即有"知音其难哉"的感叹。回视陈绎曾在中国文学批评史上的显晦浮沉，不禁怃然惘然。

（原载《新民晚报》"半肖居笔记"专栏，1997 年 10 月 5 日）

半肖居文史杂论

唐诗发展的几个问题[①]

一

唐代诗歌标志着我国古代文学发展的极其重要的阶段,呈现出空前繁荣的景象,代表了我国古代诗歌的最高成就。

从现存近五万首诗歌来看,唐诗广泛而深刻地反映了唐代的社会生活,诗歌题材的领域得到前所未有的开拓。唐代又是一个诗人辈出的时代。仅《全唐诗》所录即达二千多家。李白、杜甫、白居易等都是负有世界声誉的伟大诗人。唐代开宗立派、影响久远的大家,不下二十人。其馀特色显著、在文学史上有一定地位的诗人,也有百人之多。唐代诗坛多种艺术风格的争奇斗艳,诗歌体制的完备成熟,形成了百花齐放的伟观,可以和思想史上战国时代的百家争鸣前后媲美。唐诗,是我国文学遗产中最灿烂、最珍贵的部分之一。

在唐诗研究中,困难不在于描述唐诗繁荣的盛况,而在于正确解释繁荣的原因。我们在下面提出一些粗浅的看法,希望能引起进一步的探讨。

唐诗繁荣的局面是当时经济、政治、文化等特定条件所促成,也

---

① 本文是中国社会科学院文学研究所编《唐诗选》前言的前三部分;曾先刊载于《文学评论》1978 年第 1 期。

是诗歌自身传统发展的结果。

唐诗的繁荣首先跟唐代的经济高涨和文化高涨是密不可分的。文学艺术的发展，和政治、法律、哲学等其他上层建筑一样，总是以经济的发展为基础的。恩格斯在论及十八世纪法国和德国哲学繁荣的原因时指出："哲学和那个时代的文学的普遍繁荣一样，都是经济高涨的结果。"①由于隋末农民大起义对于魏晋以来世族庄园经济的摧毁，由于唐初"均田制"的推行以及其他一些有利于生产发展的措施的实施，促成了唐初一百多年的经济高涨，出现了我国封建社会经济发展的一个高峰。唐时的中国是当时东方最强大的封建国家。正是劳动人民，主要是农民阶级的辛勤劳动，创造了雄厚的社会财富，成为包括诗歌在内的唐代文化发展的物质基础。唐代国际文化的广泛交流，国内各民族文化的密切融合，加上唐王朝对思想文化采取相对自由的政策，儒、佛、道思想容许同时并存，以及其他种种原因，使得各个文化领域，尤其对诗歌发生直接影响的音乐、绘画、书法、舞蹈等艺术部门，都获得高度的成就。没有唐代音乐的普遍发展，就不可能出现白居易《琵琶行》、韩愈《听颖师弹琴》、李贺《李凭箜篌行》这类描摹各种器乐曲达到出神入化境界的诗篇。唐代的一部分诗歌是可以合乐歌唱的，王昌龄、王之涣、高适同饮旗亭听唱的传说②，元稹的"数十诗"曾由徐杭一位善弹箜篌的歌女商玲珑演唱③，都是例证。唐代题画诗的兴起显然派生于绘画艺术的发展。像王维既是山水诗的大家，又是南宗山水画的开创者，他自称"宿世谬词客，前身应画师"（《偶然作六首》之六）。这些艺术品种之间的创作精神和原则是相通的，它们互相吸收，彼此促进：画家吴道子曾学书法于张旭，提高了自己的画境；张旭观公孙大娘的《剑器浑脱》舞，"自此草书长进，

---

① 《马克思恩格斯选集》第四卷第 485 页。
② 唐薛用弱《集异记》中"王涣之"（即王之涣）条。
③ 见元稹《重赠〈乐天〉》自注及"休遣玲珑唱我诗"句。

豪荡感激"①；杜甫的名作《观公孙大娘弟子舞剑器行》，诗风也宛如雄武健美的舞蹈，表现出相似的矫捷奔放的气势。张旭的草书，李白的诗歌，裴旻的剑舞，就被并称为"三绝"②，各臻其妙，相得益彰。可以说，唐代的各种艺术品种共同形成了一个时代的高度艺术水平，这为唐代诗人从事创作提供了丰富的文化积累和艺术营养。关于唐诗繁荣的经济、文化原因，许多论著都有阐述，我们不再详说。

庶族地主阶层是唐代诗坛的主要社会阶级基础，唐诗的繁荣又决定于这一阶层力量的勃兴和发展。

列宁指出："在奴隶社会和封建社会中，阶级的差别也是用居民的等级划分而固定下来的，同时还为每个阶级确定了在国家中的特殊法律地位。"他还指出，封建社会的"阶级同时也是一些特别的等级"，"等级的阶级"正是封建社会区别于资本主义社会的一个重要特征③。唐代正处在以新的封建等级制代替旧的封建等级制的时代，在地主阶级和农民阶级这一主要矛盾的制约和影响下，统治阶级中的世族地主和庶族地主的势力发生了急剧的不同变化④。如上所述，隋末农民大起义，严重地打击了以占有奴婢、部曲等劳动人手为特征的世族地主的经济力量，庶族地主的势力便应运而生，得到巨大的发展。经济地位的改变必然引起政治地位的改变。庶族地主与世

① 　杜甫《观公孙大娘弟子舞剑器行》序。
② 　《新唐书》卷二〇二《李白传》。
③ 　《列宁全集》第六卷第 93 页注。
④ 　我们采用了有些史学家的观点，把我国封建社会一定时期的地主阶级，划分为皇族地主、世族地主、庶族地主三类。皇族地主是地主阶级专政的体现者，也是国家土地的最高所有者。世族地主，又称士族、豪族，他们在经济上、政治上享有封建特权（如免税免役、所谓"官有世胄，谱有世官"的垄断官位等）。庶族地主，又称寒门，却没有或很少有这些特权。有的世族地主破落以后占地很少甚至全无土地，有的庶族地主却拥有大量土地，所以，我们不用"大地主"、"中小地主"来指称他们。

族地主发生重新分割政治权力的斗争。李唐皇族原是陇西大姓,但与山东旧族(指居住在华山以东地区的王、崔、卢、李、郑等世族)存在尖锐矛盾。在这一斗争中,皇族地主是和庶族地主站在一起的。唐太宗李世民下令重修《氏族志》,高士廉等竟然仍定崔姓为第一,皇族李姓为第三。李世民直接规定"不须论数世以前,止取今日官爵高下作等级"①,用官职品级代替门第、身分作为划分氏族等级的新标准,借以贬抑世族。高宗李治时,宰相李义府因"耻其家代无名,乃奏改此书(即指《氏族志》)",进一步规定"皇朝得五品官者,皆升士流。于是兵卒以军功致五品者,尽入书限,更名为《姓氏录》。由是缙绅士大夫多耻被甄叙,皆号此书为'勋格'"②。"地实寒微"的武则天执政时,更破格任用了一些庶族地主中的人物,其中许多就是因文学见长而被提拔的③。这样,唐王朝虽然仍是整个地主阶级对农民阶级的专政,但庶族地主阶层却已形成一种新的政治力量,走上了历史舞台。

庶族地主阶层属于剥削阶级,是整个地主阶级的一部分,因而在根本上是坚决维护封建制度的。但是他们的社会地位不高,不像世族地主享有许多封建特权,比较了解人民的某些愿望和要求。他们是唐代历次"党争"中地主阶级革新派的阶级基础,也是唐代诗坛的主要社会基础。

已知的唐代二千多位诗歌作者,来自不同的社会阶层,有工匠、舟子、樵夫、婢妾等被剥削被压迫的劳动人民,也有出身世家豪族的

---

① 《旧唐书》卷六五《高士廉传》。
② 《旧唐书》卷八二《李义府传》。
③ 参看《通典》卷一五《选举三》引"礼部员外郎沈既济曰:初,国家自显庆以来,高宗圣躬多不康,而武太后任事,参决大政,与天子并。太后颇涉文史,好雕虫之艺。永隆中,始以文章选士。及永淳之后,太后君临天下二十馀年,当时公卿百辟,无不以文章达,因循日久,浸以成风"。

贵族诗人,但其基本队伍是寒素之家的封建知识分子。他们虽然积极跻身于封建统治的上层,但大多数仍然沉沦下僚,流浪江湖,经历了种种坎坷不平的遭遇,比较接近下层,加深了对于社会生活和斗争的认识。尤其重要的,确定一个诗人是什么阶级或阶层的代表,并不仅仅决定于他的出身。即使像杜甫那样出身于世代"奉儒守官"的家庭,"生常免租税,名不隶征伐"(《自京赴奉先县咏怀五百字》),享有免赋免役的封建特权,但是,他的思想仍然反映了当时庶族地主阶层的物质生活和社会地位所决定的利益和要求,也不能越出庶族地主阶层所越不出的根本的阶级界限。他也是这一阶层的代表诗人①。没有庶族势力在经济上、政治上的勃兴,也就不可能会有代表他们利益和要求的诗人们在唐代诗坛上的活跃,这在下面还将论及。

唐代以诗赋取士为重要内容的科举制度,是打破世族垄断政治、为庶族大开仕进之门的新的官僚选拔制度,也是促成唐诗繁荣的一个直接因素。曹魏以来实行的九品官人法,造成了世族对政权机构的世袭垄断②。唐承隋制,发展了科举制度,设置进士、明经等八科来选拔人才。后以明经、进士两科并重,又逐渐演变为进士科最为时所崇尚③,台省要职、州县官吏多为进士科出身者所占据,而进士应试的主要科目就是诗赋。从过去依门第、身分得官改为凭诗赋入仕,进而改变等级地位,这个重大变化不能不在地主阶级内部两派之间引起激烈的斗争。世族旧势力虽然已经大大削弱,但仍以族望、门第

---

① 参看本书《杜甫思想简评》一文。
② 唐柳芳《姓系论》:"魏氏立九品,置中正,尊世胄,卑寒士,权归右姓(大姓,即望族)已。"(见《全唐文》卷三七二)
③ 《唐摭言》卷一《散序进士》:"进士科始于隋大业中,盛于贞观、永徽之际;缙绅虽位极人臣,不由进士者,终不为美,以至岁贡常不减八九百人。其推重谓之'白衣公卿',又曰'一品白衫'。其艰难谓之'三十老明经,五十少进士'。"

矜重于世，"虽国势不能排夺"①，并在政治上互相勾结，攫取权力。如李治时的李敬玄，"前后三娶，皆山东士族，又与赵郡李氏合谱，故台省要职，多是其同族婚媾之家"②。这是撇开进士科与庶族争夺权力的一种手段。不少世族的政治代表更公开反对进士科，我们可举唐中叶的几个宰相为例。杨绾认为进士科造成"幼能就学，皆诵当代之诗；长而博文，不越诸家之集"的"积弊"，要求取消③。郑覃"虽精经义，不能为文，嫉进士浮华，开成（836—840）初，奏礼部贡院宜罢进士科"④。权德舆"未尝以科第为资"⑤。说得最明白的是李德裕。他首先申明："臣无名第，不合言进士之非。"这一自辩正好说明阀阅门第之家对进士科的敌视。他接着说："朝廷显官，须是公卿子弟。何者？自小便习举业，自熟朝廷间事，台阁仪范，班行准则，不教而自成。"而"寒士纵有出人之才"，"固不能熟习也"。他家甚至不置《文选》，鄙薄进士科的词章之学，"恶其祖尚浮华，不根艺实"⑥。李德裕在唐后期不失为一位有所建树的宰相，但在进士科问题上，却典型地反映了世族的观点。世族势力的反对虽然一度影响到进士科的一些设施⑦，然而终有唐一代，这一制度仍相沿不变。进士科不仅吸引庶族，甚至也吸引世族。要求取消进士科的杨绾，自己就是进士进身的，而且参加唐玄宗李隆基亲自主持的考试，以诗赋名噪一时。李德

① 《梦溪笔谈》卷二四。
② 《旧唐书》卷八一《李敬玄传》。
③ 《旧唐书》卷一一九《杨绾传》。
④ 《旧唐书》卷一七三《郑覃传》。参看《新唐书》卷四四《选举志》。
⑤ 《国史补》卷中《耻科第为资》。
⑥ 《旧唐书》卷一八上《武宗纪》。参看《新唐书》卷四四《选举志》。
⑦ 《唐会要》卷七六《贡举中·进士》："进士举人，自国初以来，试诗赋、帖经、时务策五道。中间或暂改更，旋即仍旧。"例如《资治通鉴·唐纪三十》载：开元二十五年，玄宗下敕，因"进士以声韵为学，多昧古今"，改试"大经十帖"。

裕在上面我们所引的话之前,也承认他祖父李栖筠在天宝末年因"仕进无他伎(伎,技能。《新唐书》作"岐",指没有其他门路)",不得不举进士。连唐宣宗李忱也以自署"乡贡进士"为荣①。世族反对进士科的失败,其原因不是像某些封建史家那样归结为帝王的"好雕虫之艺",而是皇族地主为了巩固它的政权,通过科举尽可能地扩大它的统治基础,吸收当时日益强大的庶族地主力量参加政权。李世民在端门"见新进士缀行而出",高兴地说,"天下英雄入吾彀中矣"②,就透露出这个消息。

唐代诗人大都是庶族出身的举子。诗歌成为他们进入仕途的捷径。虽然试帖诗由于内容的陈腐和形式的呆板,很少有什么好诗,但以诗取士的制度,对于重视诗歌、爱好诗歌的社会风尚的形成,对于诗人们一般诗歌技巧的培养和训练,对于诗歌艺术经验的积累和研究,无疑起了重要的作用。宋代严羽说:"或问唐诗何以胜我朝? 唐以诗取士,故多专门之学,我朝之诗所以不及也。"③以诗取士,使得整个知识分子阶层几乎都是诗歌作者,确实使诗歌成为唐代文化领域中的一个专门部门,成了知识分子毕生学习、钻研的必修科目。唐诗的繁荣,是离不开这个诗歌大普及的局面的。

与以诗取士的影响相辅相成,诗歌在唐代的社会应用价值得到空前的提高。这在我国古代文学史中是任何一种文学样式在任何时代所罕见的。诗人们可以利用诗歌来博取帝王贵族的赏识,也用它作为傲视上层社会的资本,"千首诗轻万户侯"④。向达官名流干谒求进用诗,送人出使、还乡,慰人贬官、下第,也用诗。因此,诗歌的影响遍于许多社会阶层。元稹、白居易的诗曾传诵于"牛童、马走之

---

① 《唐摭言》卷一五《杂记》。
② 《唐摭言》卷一《述进士上篇》。
③ 《沧浪诗话·诗评》。
④ 杜牧《登池州九峰楼寄张祜》诗。

口","炫卖于市井"之中,写在"观寺、邮候墙壁之上",歌妓演唱,村童竞习①,就是很好的例证。从李世民延请"四方文学之士",备极奖掖,时人羡称"登瀛州"②,到前面已提及的王昌龄等人旗亭听唱的传说,诗人们凭借诗歌赢得了社会的尊重和荣誉。唐诗与社会生活这种特殊的关系,与诗人们的生活、地位如此休戚相关,这种情况,既是唐诗繁荣的反映,也是唐诗繁荣的一种原因。

除了上述社会条件之外,唐诗的繁荣还取决于诗歌自身传统的发展。我国诗歌以《诗经》、《楚辞》为最早的高峰,但四言诗和辞赋在唐以前已经衰落和僵化。一种新的诗体——所谓近体诗,在六朝时逐渐酝酿、发展。齐永明以后诗人讲究声律,创作"新体诗",到梁、陈时更加细密,终于在唐初沈佺期、宋之问手里产生了完整的五律和七律。长篇排律也在唐初出现。五绝源于六朝乐府和文人的联句,到唐初开始流行;七言四句的诗体起于六朝乐歌,文人写作七绝始盛于武则天和中宗李显时期。近体诗经历了长达二百年的逐渐演进的过程,正展示着广阔的发展前景。唐初的两个现象很值得注意:一是有关声律对偶著作的大量出现,一是大型类书的成批刊行,都适应了律诗发展的需要③。而歌行、乐府等古体诗也仍然具有别辟蹊径、另开新面的广大可能。事实上正是如此。唐代诗人为了反映重大社会问题或抒写深刻的政治感慨的需要,更多地运用篇幅较长、格律较宽

---

① 元稹《白氏长庆集序》及白居易《与元九书》。

② 《资治通鉴·唐纪五》。

③ 前者如崔融《唐朝新定诗格》、王昌龄《诗格》、元兢《诗髓脑》等,见唐德宗时曾来华学习的日本和尚空海所著的《文镜秘府论序》。序文中还说,在崔融等人以前,"盛谈四声,争吐病犯"的著作,已是"黄卷溢箧,缃帙满车"了(今大都已佚)。此类唐人著作,还可参看《诗薮·外编》卷三、《唐音癸签》卷三二等。后者如虞世南《北堂书钞》、欧阳询《艺文类聚》、徐坚《初学记》等。虞世南还有《兔园策》,已佚。这些类书编纂的直接目的是为写作骈文、辞赋提供词藻典故,但实际上也为律诗的写作提供资料。

的古体诗,在创作实践中创造出许多新体,形成唐代古体诗的独特面貌。当时其他的文学样式,如骈文已近僵化,短篇小说(传奇)和词在唐代后期才逐渐兴起,戏曲还处在萌芽状态。除了散文在反对骈文的斗争中获得重要成就外,只有诗歌,才具备广阔发展、不断创新的内在条件,是作家们反映生活、述志抒情、驰骋才华的理想领域。这就是唐诗繁荣的一个内在因素。

二

我国古代诗歌在唐以前的长期发展中逐渐形成了一个进步的思想传统。唐代诗人面对自己的时代,广泛而深刻地反映了这个特定历史时期的社会面貌,表现了新的思想特色,从而丰富和发展了这个传统的内容。

唐代诗歌,特别是盛唐诗歌的一个重要主题,是强烈地追求"济苍生"、"安社稷"的理想,热情地向往建功立业的不平凡的生活。李白是惯用大鹏鸟来象征自己的豪迈气概和不羁精神的:"大鹏一日同风起,扶摇直上九万里。假令风歇时下来,犹能簸却沧溟水。"(《上李邕》)杜甫的"致君尧舜上,再使风俗淳"(《奉赠韦左丞丈二十二韵》),正面提出了理想;陈子昂的《登幽州台歌》的巨大感叹也包含着对创业的强烈渴望。杨炯说:"宁为百夫长,胜作一书生。"(《从军行》)王维也说:"忘身辞凤阙,报国取龙庭。岂学书生辈,窗间老一经。"(《送赵都督赴代州得青字》)这两位并不以政治抱负见称于世的诗人,也都表示出从军报国的热情。我国诗歌大量而集中地表现诗人的政治抱负,始于建安时代。曹操的《龟虽寿》、《短歌行》,曹植的《杂诗六首》之五及六、《白马篇》等,都表达了平定战乱的要求,带有那个历史动荡时期所特有的悲壮色彩。这个主题到了两晋南北朝几乎中断。唐代的许多诗人又大量地表达政治理想,充满着积极乐观的精神。李白和杜甫的"布衣卿相"的抱负就是典型的代表。李白在《代寿山答孟少府移文书》中说:"申管、晏之谈,谋帝王之术,奋其智能,愿为辅弼,使寰区大定,海县清一。"杜甫在《自京赴奉先县咏怀五百字》中说:"许身一何愚,窃比稷与契。"这都表现了以前的诗歌中较为罕见的宏图壮志。

这些唐代诗人的政治理想的产生有它的社会和阶级根源。唐初的经济繁荣,政治统一,国力强盛,提高了民族自信心和自豪感,激发了诗人们对于建树功勋的种种幻想。当然,对于这种民族自信心和自豪感也必须进行阶级分析。如前所述,唐代庶族地主阶层作为一种新的政治力量,活跃于历史舞台,他们表现了革新政治的精神。李世民时的魏徵、马周、刘洎,李隆基时的张九龄等,都是庶族出身的著名宰执大臣。从布衣至卿相,不是诗人们一时的狂言大语,而是有现实依据的。总之,唐代这些有代表性的诗人所歌唱的理想,在实质上正是代表了这一阶层的政治要求。

唐代庶族出身的知识分子,大都无视世族门阀那一套家教礼法,思想上狂傲豁达,不拘儒学正宗,行为也放浪不羁,"不护细行",一直被世族所讥笑、鄙弃。其实,他们借助"任侠"的形式,"好语王霸大略"、要"游说万乘"、"喜仗义疏财"等,正是他们的政治理想的另一种说明或补充,他们的纵情狂放有时表现了理想不得实现后的牢骚情绪。而对权贵的蔑视和傲兀,则是一股冲击封建礼教的力量。李白是这种思想的杰出代表。他"一醉累月轻王侯"(《忆旧游寄谯郡元参军》),"天子呼来不上船"(杜甫《饮中八仙歌》),真是"戏万乘若僚友,视俦列如草芥"[1]。在这一点上,他发展了左思、陶渊明、鲍照的反抗权贵的精神,为后代对封建社会有不满情绪的人们所仰慕和学习。然而,这种思想性格有它软弱和消极的一面。由于庶族地主的阶级

---

[1]　苏轼《李太白碑阴记》引夏侯湛赞东方朔语。

属性,李白实际上无法"不屈己,不干人"(《代寿山答孟少府移文书》),无法脱离对封建统治阶级上层人物的依附。他那么严厉地责骂了哥舒翰①,但仍不惜向他"述德陈情",吹嘘他是"天为国家"所造就的"英才"②,就是一个例证。李白又美化了自己的放诞生活和傲世态度,并导向避世退隐、访仙问道的消极倾向,这些容易产生坏的影响。

唐王朝和我国境内各少数民族之间的战争,几乎没有停止过,这是我们多民族国家形成过程中的历史现象。任何一个多民族国家的形成,都经历过国内各民族间的斗争和融合;然而,根据民族斗争实质上是阶级斗争的原则,对于这些战争的性质应该进行具体的分析。大致说来,天宝以前主要是解除少数民族统治者的侵扰,保卫北方和西北地区的和平生产,保卫河西走廊的国际通道;天宝以后转为唐王朝对少数民族的征伐;安史之乱后被侵扰的局势又逐渐形成。边塞诗历来就有歌颂和反对战争两种态度。六朝乐府中的《陇头歌辞》、《出塞》、《入塞》、《从军行》等,偏重于战争苦难的描写;唐诗同时发展了这两方面的内容,而以歌颂较为突出。唐代岑参、高适等边塞诗人正确地歌颂了将士们抵御少数民族统治者侵扰的英雄气概,但他们常常把爱国和封建忠君混淆起来,"丈夫誓许国"(杜甫《前出塞》)和"归来报天子"(王维《从军行》)在他们看来是同一个东西;他们还往往在"所愿除国难,再逢天下平"(张籍《西州》)的理想中,夹杂着"将军天上封侯印,御史台中异姓王"(高适《九曲词》)这一类对功名的庸俗追求。唐代诗人也正确地谴责了统治者的穷兵黩武,揭露了军中苦乐不均的尖锐对立,同情人民的苦难,但有的却抽象地反战,无原则地要求和平,这在中晚唐诗中存在不少的例证。

① 见《答王十二寒夜独酌有怀》、《经乱离后天恩流夜郎忆旧游书怀赠江夏韦太守良宰》等诗。
② 见《述德兼陈情上哥舒大夫》。

　　田园山水的描写也是唐诗的一个重要内容。陶渊明是我国田园诗传统的奠基者。他的田园诗固然表现了安逸闲适的避世思想,但他有"躬耕"的劳动体会,对劳动的农民有较为真切的感情,同时又含有洁身自好、不与统治阶级合作的反抗意味。唐代王维、孟浩然等田园诗人,他们的隐居田园,有的是政治失意后的归宿,有的是正在作官偶居"别业",有的是致仕告退优游养性,有的则是当作仕进的"终南捷径"①,因而大都失去对现实黑暗政治不满的意义;同时,由于他们的生活条件的限制,又大都失去歌颂劳动和劳动人民的内容。不少诗人笔下的"田叟"、"溪翁",实际上是隐士的化身。他们对于陶渊明的追慕,着重在"陶潜任天真,其性颇耽酒"(王维《偶然作》其四),"日耽田园趣,自谓羲皇人"(孟浩然《仲夏归南园寄京邑旧游》),很少认识陶诗的积极内容。因此,唐代以王、孟为代表的田园诗派,其思想价值不宜估计过高。至于农民所受的压迫和剥削,和陶渊明一样,他们也没有接触到。这个主题是后来由像元稹的《田家词》、王建的《田家行》、柳宗元的《田家》、聂夷中的《咏田家》等来发挥的。

　　自然山水是客观存在,反映自然山水的艺术作品却总是渗透着作者的生活情趣和审美要求,因而产生不同的思想意义。六朝时的谢灵运、谢朓是山水诗的著名作者,他们的作品以细致而逼真地描摹山容水态为特点,曾给唐代诗人以有益的影响。在唐代写景诗中,一类是描写祖国山河的壮丽,给人以雄伟的艺术感受,如李白、杜甫等的许多名作,能够加深人们对祖国山河的热爱。唐代诗人差不多写遍祖国的名山大川,留下一幅幅的彩色画卷,是对六朝谢灵运、谢朓以来山水诗的巨大发展。另一类描写的境界比较狭小,给人以幽邃闲寂的感觉,这又常常跟作者的隐逸思想有关联。如王维、孟浩然、储光羲、刘长卿、韦应物的一些作品。自然,它们从发掘自然美的多

---

① 　原语见《新唐书》卷一二三《卢藏用传》。

样性来说,也具有一定的美学价值。

安史之乱是唐代社会矛盾的大爆发,也是唐代由盛而衰的历史转折点。地主阶级和农民阶级这一基本矛盾的尖锐化,交织着已经激化的统治阶级内部矛盾、民族矛盾,形成了唐代后期复杂、混乱、动荡的社会生活的主要内容,也是进步的文学创作的源泉。以阶级斗争为中心的各种矛盾和斗争,极大地深化了诗歌的现实性和思想性,推动了诗歌创作的发展。诗人们正视严酷的现实,收敛起浪漫主义的热情和理想,把揭露社会矛盾、同情人民疾苦作为共同的主题,从而把唐诗的思想内容提到一个新的高度。杜甫的现实主义精神照耀整个诗坛。白居易明确地提出"文章合为时而著,歌诗合为事而作"(《与元九书》)的创作纲领,开创了新乐府运动,其影响一直延续到晚唐。这个主题在我国诗歌史上历代都有吟咏,然而,从作家队伍的广泛和作家的自觉性来看,却是唐代的一个新特点。

其次,唐代诗人对现实生活作了比较全面的观察,因而在反映现实的广阔性上也大大超过了前代。他们从许多方面接触到统治阶级和被统治阶级等重大社会矛盾,诸如统治者的穷奢极侈、横征暴敛、拒谏饰非、斥贤用奸和农夫、织女等被压迫群众的种种痛苦。他们还提出了妇女问题、商人问题及其他社会问题。其中不少方面是前代诗人很少接触或没有接触到的。如反映宫女生活的诗篇,一方面写出这些失去青春和自由的女子的哀怨,另一方面也反映了宫廷中的夺爱争宠钩心斗角的现象。宫廷中的等级壁垒实质上是封建等级制度的反映,同样存在着阶级压迫。虽然有的诗人倾心于宫廷繁华生活的描写,例如王建的若干宫词,但是大多数诗人在一定程度上揭开了宫廷中压迫和被压迫、损害和被损害的内幕。又如随着唐中叶商业经济的发展,出现了不少描写商人活动的诗篇。像元稹的《估客乐》、白居易的《盐商妇》、刘禹锡的《贾客词》、张籍的《贾客乐》《野老歌》、姚合的《庄居野行》等,都揭露了商人"高赀比封君,奇货通幸卿"

(刘禹锡《贾客词》)的豪富,并和农民的贫困作了鲜明的对比。这就比过去《估客乐》等乐府旧题有了更多的现实内容。此外,又出现了许多"愁水复愁风"的商人妇形象,如李白的《长干行》《江夏行》、白居易的《琵琶行》、刘采春的《啰唝曲》等,也为传统的"闺怨"诗扩大了描写领域。

唐代诗人揭露社会矛盾、同情人民疾苦的诗篇具有比前代诗歌更大的批判力量。他们对于由贵妃、权臣、贵宦以及各级官吏、差役所组成的统治机构的腐败和罪恶,大胆加以揭露和谴责,有时甚至把矛头指向皇帝。如杜甫的《兵车行》《忆昔二首》《解闷十二首》、李商隐的《马嵬二首》、曹邺的《捕鱼谣》等,都直接针对最高统治者,或则委婉讥讽,或则尖锐揭发,在我国诗史上是很少见的,引起后代不少文人的惊异①。白居易说自己的诗曾使"权豪贵近者相目而变色","执政柄者扼腕","握军要者切齿"(《与元九书》),正说明这些诗篇的战斗作用。唐代诗人虽然还没有提出许多新的进步思想②,然而他们对社会问题的观察确比前人深入一步。过去也有一些揭露贫富不均的诗歌,杜甫却把这些现象概括为"朱门酒肉臭,路有冻死骨"这样惊心动魄的名句。概括得高由于感受得深。杜甫、白居易等对于阶级对立的事实当然不能达到资产阶级的阶级论的认识水平,更不能和马克思主义阶级论作任何类比,但他们的感受确较深切。杜甫反复地作过这种对比:"朱门任倾夺,赤族迭罹殃"(《壮游》)、"高马达官厌酒肉,此辈(指劳动人民)杼轴茅茨空"(《岁晏行》)。白居易的《伤宅》《买花》《轻肥》《歌舞》等更用全篇对照,使人们对于这个最重大的社会问题获得深刻的印象。晚唐诗人在整个社会动乱的背景

① 　如宋代洪迈《容斋续笔》卷二"唐诗无讳避"条,列举数例,叹为"今之诗人不敢尔也"。
② 　在个别问题上诗人们还是有一些值得重视的见解,如白居易《妇人苦》诗中就反对妇女要守节、男子能再娶的不合理现象。

下,对社会贫富不均所进行的批判,实际上已预示着唐末农民大起义革命风暴的来临。

当然,由于地主阶级的根本属性,唐代诗人不可能怀疑整个封建剥削制度。例如他们反对过重的官税徭役,对劳动人民表示了同情,但是他们对于十倍乃至于二十倍于官税的私家的高额地租剥削①,却一无反映。他们对社会矛盾的揭露,最终目的仍然为了维护封建统治的巩固,防止矛盾激化引起农民起义。至于那些歌颂愚忠、粉饰太平的作品也绝不是少量的存在,即使在一些优秀作品中也往往掺杂着不少封建性的糟粕。我们对待唐诗,和其他文学遗产一样,都必须采取分析、批判的态度。

以上是对唐诗几个重要思想内容的说明。

三

唐诗之所以有卓越的成就,也因为许多作者能够在艺术上推陈出新。"若无新变,不能代雄"②。唐代诗人能学古更能变古。精熟《文选》是唐代诗人普遍的文学修养,但他们的作品很少是"选诗"的翻版,不像后代诗人常常产生一些唐诗的仿制品。这是唐诗艺术的一项宝贵经验。

整个唐诗发展的过程就是推陈出新的过程,不过在那二百八十多年间"因"和"变"的程度时有升降。大致可以分为八个阶段,这里试就各段的"新变"作简括的说明。

(一)唐初三四十年,诗坛沉浸在"梁陈宫掖之风"里。一代"英主"李世民也要做做宫体诗,劝他别做宫体诗的虞世南自己也不免做

---

① 见唐陆贽《陆宣公翰苑集·奏议》卷六《均节赋税恤百姓》中"论兼并之家私敛重于公税"条。
② 梁萧子显《南齐书》卷五二《文学传论》。

宫体诗①。其他宫廷诗人如杨师道、李义府、上官仪等无不追随梁、陈,风格轻靡。只有个别作者,如王绩,诗风平易率真,能自拔流俗,成为例外。

（二）开元前,以四杰、沈、宋、陈子昂、杜审言等为代表的五六十年间的诗风,变化渐多。一方面由于律诗绝句的规范化已经完成,音调圆美谐和;另一方面由于歌行的组织辞赋化,篇幅加大,气势稍见壮阔。更重要的是诗歌题材从宫廷扩展到比较广阔的社会现实,内容充实。虽然还带着六朝的色彩,气象却显然不同了。陈子昂有意打复古的旗号作革新的事业,要拿汉魏风骨来矫正六朝的"采丽竞繁",以《感遇》三十八章为标志的新变,开创了唐代五言古诗的新面貌。

（三）从开元之初到安禄山之乱的前夕,约四十年间,诗歌发展呈跃进的形势。最显著的变化表现在七言歌行,高适、岑参、李白等作家都能突破初唐歌行的形式,以纵肆的笔调,多变的章法,写壮伟宏丽的题材,表现豪迈的气概。尤其是李白,以高度创造的精神,淋漓尽致的笔墨作乐府诗,许多乐府旧题在他的笔下获得新生命。他的歌行打破初唐整齐骈偶的拘束,杂用古文和《楚辞》的句法,比汉魏乐府和鲍照的杂言更加解放,确是一种崭新的诗体。他的五言古诗具备汉魏六朝的多种格调。变古的程度不如七言歌行,然而仍然具有豪放飘逸的特色。大致说来,唐代诗人的古诗比前人写得放,写得尽。明钟惺曾批评唐代五言古诗"不能"或"不肯"减省字句②,这虽然带着偏见,却说中了唐代古诗较放较尽的特点。当然,这并不是不能或不肯减少文字的问题,而是什么内容要求什么表达方式的问题。

---

① 《唐诗纪事》卷一"太宗"条。
② 《唐诗归》卷一五李白《寻鲁城北范居士,失道落苍耳中,见范置酒摘苍耳作》诗,钟惺评云:"事妙诗妙矣,只觉多了数语,减得便好。却又不能,或不肯。唐五言古往往受此病,李杜不免。"

唐代诗人把许多原来只用散文写的内容写进诗,自然会把一些散文的特点带到诗里;而在李白个人,由于意气豪迈、才思横溢,为了表现胸襟,逞足笔力,写得放写得尽也是自然的结果。七言绝句也是唐代乐府歌词常用的形式,李白、王昌龄、王维、王之涣、高适、岑参等都擅长此体,他们的作品是唐代七绝的代表作。

唐代的田园、山水诗在艺术上发展了陶渊明和二谢的传统。这时期的王维、孟浩然都能熔铸陶、谢而自成一家。王维尤其突出,常常用含蓄简省的文字描绘出一幅画境而绝去雕琢的痕迹。

这时期的诗歌,无论古体、近体都不再以组织辞藻为贵,齐、梁以来靡丽之体到此已经基本上扫尽,"六朝锦色"纵有残馀,已经不足为病,反倒是一种点缀了。

(四)从安史之乱前夕到大历初十几年间的诗坛为杜甫的光芒所笼罩。杜甫论诗既承认传统必须继承,又指出历代各有创造,所谓"后贤兼旧制,历代各清规"(《偶题》)。他主张广泛地同时有批判有选择地学习古人,"转益多师"而又"别裁伪体"(《戏为六绝句》其六)。他的创作实践表明他确实能多方面地学习前人的优点,更能创造性地加以发展。推陈出新的成绩超过了同时代的一切作家。

杜甫一生把许多国家变故、民间疾苦、自己的所经所历、所感所思,都写在诗里。诗歌题材在他手里又大大扩展。杜诗形式多创新,首先由于内容的新。他的许多乐府诗直接写当时实事,不但没有"依傍"古题的必要,而且非摆脱古题的限制不可,所以才有"即事名篇"的创举。

在杜甫的五言古诗里,汉、魏、晋、宋诗歌的影响有时还有迹可寻。他从汉乐府和建安诗所吸取的似乎更多些。有时全用古调而青出于蓝①,更多的是融古于今,自成杜体。他的《自京赴奉先县咏怀

---

① 例如《遣兴》(下马古战场)全是建安诗的音调,奔放苍凉,凌驾建安作品之上。

五百字》、《北征》、《壮游》、《送重表侄王砅评事使南海》等篇,沉郁顿
挫,包容博大,夹叙夹议,诗中有文,确是有诗以来未有的奇观。唯有
这样的形式才能诗史似的表现那个时期的重大题材,抒写作者胸中
如山如河的郁积,展放作者碧海掣鲸的笔力,因而最能见出他的
特色。

杜甫和李白的七古同样代表唐代这一诗体的最高成就。杜甫能
用七古表现多样题材,有时叙写生活里的平凡情事也能寄寓深沉的
感慨,如《茅屋为秋风所破歌》、《楠树为风雨所拔叹》等,甚至像《醉为
马坠诸公携酒相看》这样的题材也写成七古,议论滔滔,生发不穷。
这是杜甫以前未曾有过的。

杜甫把律诗发展到完全成熟的阶段。杜诗今存一千四百首,律
诗近九百首。在这么多的律诗里,内容和语言都极少重复,可以想见
其丰富多彩和善于变化。尤其在秦州时期,五言律诗数量多,变化
大,悲壮的特色最显著。晚年在夔州更多律诗,许多著名的七律组诗
和长律都集中在这时期。杜甫自谓"晚节渐于诗律细",往往"不烦绳
削而自合"。像《登高》(风急天高猿啸哀)全篇对仗,《秋兴八首》(昆
明池水汉时功)色泽极浓,但读起来会忘了它是讲究对偶和修饰词藻
的,原因在于感情的激越、内容的动人。这是杜律一大特点。他的有
些七律参用古诗的音调和句法,间有标明为"吴体"的,都是所谓拗
体。这些拗体并非率意为之,而是为了追求别一种声律,有心创造出
来的。读者对于杜诗声律的"细"处,也可以从他的拗体去体会。

杜甫还写了一百首以上的绝句。如果以平仄谐调的歌体绝句为
正格,杜甫有大量的绝句可以称为"变体"或"别调",它们的音调往往
像古乐府或竹枝词,可能受了民歌的影响。

元结和他所选《箧中集》的作者孟云卿等,专尚质朴,是当时诗歌
主流以外的一小股支流。元结诗的生硬处似乎预示着韩愈、孟郊诗
风的特点。

（五）从大历初到贞元中二十餘年是唐诗发展停滞的时期。这时期除韦应物之外没有杰出诗家。刘长卿的古近体诗都近似王维，韩翃的七律近似李颀，顾况、李益有些作品像李白，他们都不能越出开元时诗人的范围，也不能达到开元时诗人的水平。韦应物的古近体诗都可观，白居易说他"五言诗又高雅闲淡，自成一家之体"（《与元九书》）。大历诗人中只有他较为突出。

（六）从贞元中到大和初约三十年间（主要是元和、长庆时期）诗坛又出现大活跃的景象。白居易曾说："诗到元和体变新"（《餘思未尽加为六韵重寄微之》），所谓"变新"实际上包括题材、形式、风格等等方面的发展。例如元稹、白居易、张籍、王建的古题和新题的乐府比李、杜反映了更多方面的现实问题，扩大了社会诗的内容。同时，白居易的新乐府为了明白易晓和便于合乐，有意写得"质而径"、"顺而肆"，就在歌行中增加一种新形式、新风格。又如白居易的《长恨歌》、《琵琶行》和元稹的《连昌宫词》等故事歌行使人耳目一新，韩愈的《陆浑山火一首和皇甫湜用其韵》，大写火神请客的故事，更是新异。用诗来写故事显然是这时期的新风气，可能受当时传奇小说发达的影响。唐代的故事歌行发展了《孔雀东南飞》和《木兰辞》一类的乐府诗，既开创了新的体裁，也扩展了诗歌的题材。此外，刘禹锡、白居易等仿民歌的《竹枝》、《杨柳枝》、《浪淘沙》等词，在绝句中平添一格，同时也丰富了文人诗的内容。

从语言风格来说，元、白尚坦易，代表一种倾向；韩愈、孟郊尚奇险，代表另一种倾向。韩、孟号称善于学古，远则汉魏，近则杜甫，对他们都有影响，但是他们各具特色，都有显著的创造性。在语言上刻苦推敲，追求奇异，是当时的风气，不仅韩、孟如此，卢仝、刘叉、贾岛都在不同程度上表现出这种倾向。柳宗元在山水描写中比王、孟、储、韦更多着意刻划，多少也和这种风气有关。李贺诗的奇诡瑰丽、新辞异彩，妙思怪想，固然也受韩、孟诗风的影响，但他却在韩、白之外自创了独特的艺术风格,不同凡响,别有天地。

　　这时期诗体有进一步散文化的倾向,这在韩愈的诗里最为显著。如果说李、杜诗中有文,韩愈却简直是以文为诗。白居易的古诗一般都写得铺放详尽,滔滔如话,"连用叠调"①。主张诗贵含蓄的人,可能对韩、白这类诗不很满意,但不能否认他们各为诗中一格,它们不但丰富了"唐音",而且影响了后代。

　　(七)从大和初到大中初约二十年间唐诗的艺术还在发展。这时期的作者以李商隐、杜牧最为杰出,不论古体、近体都有成就。他们的长篇五古,继承杜甫《自京赴奉先县咏怀五百字》、《北征》等篇的精神和创作手法,叙事明晰,气势宏伟,题材重大。但尤以李商隐的七律和杜牧的七绝最有特色。李商隐的七律在前人已多方开拓、几乎难以为继的情况下,异军突起,独树一帜。他对语言、对仗、声律和典故,无不经过精心的选择和组织,开阖顿挫,变化万千,造成一种精丽和富于暗示的诗风,成为唐诗灿烂的晚霞。当然,这个特点同时包含着它的长处和短处:诗意隽永、耐人吟诵,但又因堆砌多、跳跃大而晦涩难懂。这对后世发生过好坏不同的影响。杜牧的七绝以清新俊逸的风格见长,在王昌龄、李白等人之后,犹能自成一家。温庭筠旧称与李商隐齐名,他的秾艳虽为唐诗增添一种色彩,但思想和格调是不高的。

　　(八)从大中以后到唐末约六十年,不曾再出现大的作家和新的变革。这时期作者虽多,只是贞元以来各大家的学步者,例如杜荀鹤之于张籍、白居易,方干、李频之于贾岛、姚合,吴融、韩偓之于李商

---

① 　赵翼《瓯北诗话》卷四云:白居易诗"又多创体,自成一格","连用叠调"就是其中的一体。并举诗例云:"如《洛阳有愚叟》五古内'检点盘中饭,非精亦非粝;检点身上衣,无馀亦无缺。天时方得所,不寒又不热;体气正调和,不饥亦不渴'"等。所谓"叠调"就是排比句。

隐、温庭筠。这时期的诗,篇幅狭小,内容虽有感愤时事、现实性强的特点,艺术表现力和创造力都不如以上几个阶段,只能算是唐音的"馀响"了。

从以上的叙述可以看出,唐诗重大的变革和主要的成就都产生于陈子昂时代和李商隐时代之间。其间以李、杜时代最为突出,其次是韩、白的时代。每一时期的艺术成就都和自觉的革新要求密不可分(有时"变新"是在"复古"的口号下进行的),也和继承旧有的优良传统息息相关("风雅比兴"、"汉魏风骨"都在唐诗的发展中起作用)。从唐代诗人的创作实践可以看到"转益多师"、"别裁伪体"的批判继承和"陈言务去"、"词必己出"的创造精神相结合。如果说唐诗在艺术上有值得我们借鉴之处,首先就是这种推陈出新的经验。

再谈唐诗繁荣的原因

——兼答梁超然、皇甫煃同志

在《唐诗发展的几个问题》中，我们说过，"困难不在于描述唐诗繁荣的盛况，而在于正确解释繁荣的原因"。之所以困难，主要由于文学这一对象的复杂性：它作为一种上层建筑，必然要受经济基础的支配；作为社会意识形态，必然要受政治斗争、阶级斗争的制约，要受其他上层建筑如哲学、法律、道德、宗教等的影响；作为一种独特的"更高地飘浮于空中"的意识形态部门，又有自己的内部规律，自己的发展道路。一个文学上繁荣时期的出现，往往是多种条件的综合；而这些条件又不是互相并列的、孤立的；从根本上说，最终取决于经济基础，但它对文学的作用多半是间接的，是通过"政治等等的外衣"发生的。因此，要对这一因果联系作出科学的说明，必须正确运用历史唯物主义的基本原理，又要结合大量具体的史料，这就不是轻而易举了。《唐诗发展的几个问题》一文（以下简称"前文"）就唐诗繁荣的原因作了粗略的论述，一些同志本着共同探讨的精神，提出了有益的商榷意见。本文对其中的一些问题再谈些看法，以期引起进一步的讨论和研究。

一

前文提出了"唐诗的繁荣首先跟唐代的经济高涨和文化高涨是

密不可分的"论点。对此，梁超然同志认为是"把经济的高涨与文学的繁荣看作是成比例的"，并且当成了"文学艺术发展的普遍规律"，"以至出现革命导师所批评过的把唯物主义庸俗化的倾向"①。我们觉得这似是一种误解。

说"唐诗繁荣跟经济高涨密不可分"，只是指明唐代的经济高涨是唐诗繁荣的一种原因，而且是种重要原因。但不能把重要原因当作唯一原因，不能把客观存在的因果制约性看成机械的、形而上学的决定论，推导出像梁文所批评的"首先要有经济的高涨，然后就必然出现唐诗的繁荣"的结论；同时，我们这个论点只是就唐诗而言，根据马克思关于"物质生产和艺术生产不平衡关系"的明确论断和文学史上的明显事实，我们并未把它归结为"文学艺术发展的普遍规律"，前文没有涉及这一点。这在文义和逻辑上似不须赘述。梁文又用较多篇幅论述恩格斯《致康·施米特》一信。我们曾引用其中论及 18 世纪法国和德国哲学繁荣原因的一句话："哲学和那个时代的文学的普遍繁荣一样，都是经济高涨的结果。"梁文批评说："引述恩格斯这半句话来作为经济高涨就必然产生唐诗的繁荣这一论点的论据，甚至把这一论述作为文学艺术发展的普遍规律是简单化了，最少是欠具体、欠科学的。"按照写作的一般通例，引文是不必要也不可能把全篇引出，只能要求所节引的文字意思完整而又不歪曲原意。恩格斯这封著名书简是历史唯物主义的重要文献，全面论述了经济基础支配上层建筑以及这种支配作用如何发生等复杂情况，内容是非常丰富深刻的。我们引用的那句话（不是"半句话"，原文是个整句），旨在说明唐诗的繁荣，和当时法国、德国的文学繁荣一样，也是经济高涨的结果（但不是唯一原因）。这一意思似是完整、明确的，至于"必然产

---

① 《就唐诗繁荣原因提几个问题》，见《文学评论》1979 年第 1 期。以下简称"梁文"。

生"和"普遍规律",恩格斯的信没有这个内容,前文也没有这个意思。在这点上,我们和梁文不存在真正的分歧。

真正的分歧在梁文认为文学繁荣和经济繁荣没有直接联系,而我们认为"密不可分"这不同提法上。梁文说"研究文学艺术、哲学等意识形态的繁荣发展时,决不能和经济的繁荣发展直接地、简单地联系起来"。这论点似可斟酌。社会现象之间的关系,一般说来是复杂的,如说成"简单联系",固然未必妥当,但怎么能完全排除"直接联系"呢? 梁文这论点,说是"马克思主义经典作家的著作里反复地论述了"的,恐不符事实。恩格斯上述书简,明确地把法、德两国文学繁荣和当时的经济高涨"直接联系"起来,他还指出,经济发展的"最终支配作用""多半又只是在它的政治等等的外衣下起作用"的,"多半也是间接发生的",这里用了两个"多半",说明有一部分是直接发生作用的。梁文所引马克思"关于物质生产的发展例如同艺术生产的不平衡关系"的命题,其精神是反对把两者看作"成比例"发展的绝对化观点,但我们不能反过来把"不平衡关系"视为绝对化。至于在社会主义时代,毛泽东同志说过,"随着经济建设的高潮的到来,不可避免地将要出现一个文化建设的高潮",更是前者决定后者的"直接联系"了。

全面考察经济繁荣和文学艺术繁荣的关系,可说有几种不同情况:有时发生直接的因果联系(包括间接的因果联系)。如 18 世纪法、德两国的文学;又如丹纳《艺术哲学》中提到 17 世纪荷兰绘画的勃兴正是它"在欧洲成为最富庶,最自由,最繁荣,最发达的国家的时候",而到 18 世纪初期它的绘画的衰落,"正是荷兰的国势趋于颓唐的时代"(第 8 页),丹纳的这个看法,普列汉诺夫曾称许为"任何马克思的信徒是无条件地同意的"[①];在我国古代文学史上,先秦文学的

---

① 《论一元论历史观之发展》第 156 页。

繁荣离不开春秋战国之交社会经济的繁荣和社会制度的重大变革，宋以后小说戏曲的兴盛显然是商业繁荣和城市发展的结果。有时没有因果联系。如汉代经济高涨，文坛上虽有乐府诗和《史记》等作品，但未形成相应的群星灿烂的局面；建安时代动荡，元代社会落后，却出现诗歌高潮和戏剧繁荣。这说明经济繁荣和文学繁荣的关系既不是完全平衡的，又不是完全不平衡的。

我们认为唐诗繁荣跟唐代经济高涨密不可分，也就是认为两者存在因果联系，主要有以下一些理由：

（一）唐代的经济繁荣，雄厚的社会财富和所造成的安定的社会秩序，为更多的诗人进行写作提供必要的物质条件和良好的创作环境。《全唐诗》收诗近五万首，作者二千二百多人，总九百卷，而时间比唐朝还长五六十年、诗歌创作颇称发达的魏晋南北朝时代，今存诗仅四十五卷（据《全汉三国晋南北朝诗》），其中不少还是乐府民歌。实际上，《全唐诗》远不能算"全"。《全唐诗》所据的一个蓝本是胡震亨《唐音统签》，共一千零三十三卷（内诗一千卷）①，胡氏曾据《旧唐书·经籍志》等八种书目，统计出唐人集六百九十家，八千二百九十二卷，他推测说："约略此八千卷，文笔定四占其三，诗大抵为卷二千止矣。余以千卷签唐音，在亡之数，其犹幸相半也乎？②"那么，唐诗总数应为现存的一倍，约十万首左右，这还是以一定文献为根据的保守估计。要造成这样一支庞大的诗人队伍和如此巨量的作品，在社会经济处于衰颓的时代是不能想象的。我们知道，社会的生产和消费是有一定比例的，脑力劳动者的数量最终是由体力劳动者所能提供的生活物质资料的多少来决定的。显然，唐诗的繁荣只能产生在唐代这样一个经济上升的、成熟的时代。社会的相对稳定也常是创

① 此书卷数，中华书局版《全唐诗·点校说明》作一三三三卷，似误。参看《唐音癸签·叙录》俞大纲《纪〈唐音统签〉》文。
② 《唐音癸签》卷三〇。

作繁荣的必要条件。建安时代固然也属文学兴盛期,但由于战乱频仍,社会动荡,诗人们对黑暗现实政治常作直接的呼喊和抨击,一般说来,来不及精心结撰数量众多容量较大的杰出作品,如李白的《蜀道难》《梦游天姥吟留别》《答王十二寒夜独酌有怀》,白居易的《琵琶行》《长恨歌》等,即如生活在安史之乱的时代的杜甫,他的一些名作,如《自京赴奉先县咏怀五百字》《北征》、三吏、三别、《秋兴八首》等,也产生在流离生活的相对安定时期。

(二)唐代经济繁荣和所造成的国力强大,直接影响到唐诗的创作精神。唐代,特别是盛唐诗歌,表现了前所未有的蓬勃向上、奋发有为的理想。进步理想之花根植于富足的时代土壤。封建知识分子对自己这个值得歌颂的王朝感到无比自豪,激发了他们对于建树功勋的幻想。"一百四十年"的"赫然国容",培养了他们的"大丈夫四方之志",使他们洋溢着"欲穷千里目,更上一层楼"的积极进取的活力。杜甫的《忆昔》诗,在对开元"盛世"的颂赞中,表达了对昔日强盛的倾心,描绘了自己理想政治的蓝图。正是由于这种理想精神的照耀,也使他们更清醒地看透社会的黑暗,他们的批判才那么犀利,那么淋漓尽致。李白对社会黑暗的决绝态度是这个社会曾经带给他的希望和喜悦突然幻灭后的结果。他的希望和喜悦,曾跟他的失望和愤恨同样巨大、深刻。这一进步的创作精神贯穿有唐一代的诗风,甚至在唐末走向衰微时仍承袭不衰。杜牧有诗云:"清时有味是无能,闲爱孤云静爱僧。欲把一麾江海去,乐游原上望昭陵。"(《将赴吴兴登乐游原一绝》)杜牧的时代算不得盛世"清时",但唐太宗的文治武功仍鼓励他努力有所作为,不能清闲、"无能"。唐诗的一个显著特点,即表现于不同题材、体裁中的开阔的境界和昂扬的气象,也是社会富庶、强盛的反映。

(三)经济繁荣还促进了唐诗内容的丰富和发展。唐代的写景诗,比之六朝谢灵运、谢朓等人的作品,更加突出地描绘出祖国山河的雄伟壮丽,并且不局限于东南一隅。在李白的笔下,大自然是一个雄奇非凡、气象万千的世界:"山从人面起,云傍马头生"(《送友人入蜀》)的蜀道,"三峰却立如欲摧,翠崖丹谷高掌开"(《西岳云台歌送丹丘子》)的华山,《庐山谣寄卢侍御虚舟》中庐山的秀丽奇幻,《金陵歌送别范宣》中钟山的形势险要。"黄河西来决昆仑,咆哮万里触龙门"(《公无渡河》),这是黄河奔腾万里、不可驯服的形象;"一风三日吹倒山,白浪高于瓦官阁"(《横江词》),汹涌澎湃的长江又是多么惊心动魄。这个特点的形成,取决于诗人从时代土壤中所孕育的美学理想,壮丽的美只有胸怀壮阔、充满民族自豪感的诗人才能发掘和表现;也取决于诸如交通、旅游等物质条件。这都和经济繁荣有关。不少资料反映唐代水陆交通的畅达。开元时,"东至宋、汴,西至岐州,夹路列店肆,待客酒馔丰溢。每店皆有驴,赁客乘,倏忽数十里,谓之驿驴。南诣荆、襄,北至太原、范阳,西至蜀川、凉府,皆有店肆,以供商旅。远适数千里,不持寸刃"①。这样,以长安为中心,东路经洛阳到开封、商丘,西路至凤翔、成都和甘肃武威,南路到江陵、襄樊,北路到太原、北京,组成一个畅达、安全、方便的交通网。在这个物质基础上,才形成诗人们漫游各地的风尚,增加阅历,扩大交游,给他们的思想和作品烙下深刻的印记。李白留下了一幅幅祖国名山大川的壮丽画卷;杜甫也度过了"放荡齐赵间,裘马颇轻狂"的"快意八九年"(《壮游》)的漫游生活,结交了李白、高适等名诗人,共同赋诗论文,成为他创作的坚实起点。王、孟一派的山水田园诗是随着庄园经济的发展而发展起来的。王维的辋川别墅,有孟城坳、华子冈、文杏馆、斤竹岭、鹿柴等多处建筑,是一所拥有大片土地、包括各种农副业经济以及楼堂馆舍的典型的地主庄园;孟浩然隐居鹿门,也有田产和奴仆;储光羲的终南别业,也是"种桑百馀树,种黍三十亩,衣食既有馀,时

---

① 《通典》卷七《食货典·历代盛衰户口》。

时会亲友"(《田家杂兴八首》其八)。武则天时期开始发达、唐中叶以后普遍繁荣的商业、手工业,也为唐诗的题材开拓了新的领域,对唐诗内容的丰富多彩也有一定的促进。当然,唐代商业发展的经济意义是双重的:一方面说明经济的繁荣,标志着社会产品的丰裕和生产力的较高水平;另一方面,也说明对农民剥削的加重,而且商品生产主要为了满足官僚、地主的生活消费,积累的商业资本又很少扩大再生产,反而转为兼并土地的手段,因此对生产发展又起阻碍作用。这种复杂情况在唐诗中都得到反映。王建《夜看扬州市》、杜荀鹤《送人游吴》《送友游吴越》等,写到扬州、苏州、杭州等地的"夜市"景象,而描写商人、商人和农民的矛盾以及像《琵琶行》中商人妇的生活,更是中国文学发展中的新现象,是宋以后文坛重心由"雅"到"俗"重大转变的预兆。唐诗中还保存了不少手工业发达的珍贵资料,"齐纨鲁缟"、"越瓯"、"宣笔"等成了诗人们吟咏的对象,这都是经济繁荣所带来的新面貌。

（四）经济繁荣为唐诗的发表和流传提供物质手段。唐代当然还没有像近代那样的书报刊物制度,作家的作品主要靠传抄流布。唐代有几种可注意的现象:一是驿寄。白居易在《初与元九别,后忽梦见之,及寤而书适至……》中,讲元稹贬官江陵,途经商州,由"商州使"送诗、信给在长安的白居易;及至江陵,元稹又"寄在路所为诗十七章,凡五六千言"。白居易《祗役骆口驿,喜萧侍御书至,兼睹新诗,吟讽通宵,因寄八韵》的诗题,都反映当时驿寄制度的发展。《唐语林》卷二《文学》中还记载白居易做杭州刺史时,与"吴兴守钱徽、吴郡守李穰"以及在会稽的元稹,"每以筒竹,盛诗来往",更是一种便捷的交流形式。二是投赠、"温卷"。宋赵彦卫《云麓漫钞》卷八说:"唐之举人,先借当世显人,以姓名达之主司,然后以所业投献,逾数日又投,谓之'温卷'。……至进士则多以诗为贽,今有唐诗数百种行于世者是也。"行世的"数百种"唐诗虽恐非全为投赠之用,但这种社会风气是存在的,对诗歌的流传和繁荣也不无关系。三是题壁,这也是诗歌流布的重要方式。有的自题,有的他人所题。白居易自述他的诗"自长安抵江西,三四千里,凡乡校、佛寺、逆旅、行舟之中"都有题写(《与元九书》)。元稹也说,"二十年间,禁省观寺邮候墙壁之上无不书,王公妾妇牛童马走之口无不道,至于缮写模勒(似是复影抄本),炫卖于市井,或持之以交酒茗者,处处皆是"。并说,"自篇章已来,未有如是流传之广者"。(《白氏长庆集序》)对白氏诗歌的赞誉中,反映出唐代传播诗作的多种途径。显而易见,驿寄要靠当时发达的交通,"温卷"、抄本流传也离不开唐代书写工具的发展(如规模颇大的造纸作坊),题壁也往往跟旅店、亭台等建筑业的进步有关,无一不与经济繁荣有联系。诗歌从个人自娱到较广泛地流布于社会,无疑也是刺激唐诗繁荣的因素。

以上列举的四个方面说明经济繁荣对唐诗繁荣存在因果联系,发生过直接的显著影响(社会安定、国力强盛是经济繁荣的结果,又是它的表现和标志),前文中说两者"密不可分",似可成立。

然而,这并不是说经济繁荣立即引起文学繁荣,经济的作用有时快也可能有时慢。就唐代而论,经济的升降和诗歌的盛衰大致可分四个阶段:(一)唐前期一百馀年,经济逐渐上升,"贞观"、"开元"是发展的顶点,这时的诗坛虽有相当的繁荣,但还不是高峰。(二)安史之乱前后的几十年间,经济上跨越了盛衰两个时期,诗坛上出现第一个高峰,拥有李白、杜甫等一大批杰出作家。(三)元和、长庆的所谓"中兴"时期。从元和元年到十四年,唐宪宗对不少叛乱的藩镇进行讨伐,使"五十载已终之土,复入提封;百万户受弊之甿,重苏景化。元和之政,几致升平"①。并依靠东南八道的财政收入,经济得到恢复,特别是工商业有新的发展。诗坛上出现第二个高峰,这是元白、

---

① 《旧唐书》卷一六《穆宗纪》史臣赞。

韩孟的时代。（四）唐末经济由衰颓以至于崩溃，诗坛也日趋衰微。虽有李商隐、杜牧等富有独创性的作家，但从整个情况来看，真是"夕阳无限好，只是近黄昏"了。

以上表明，经济和文学的盛衰在后两个阶段互相一致，而在前两个阶段并不相应。然而，这只能说明经济的影响不一定是立竿见影的，却终究迟早要发生的。唐初一百年虽不是诗歌高峰，但为以后更大的繁荣准备着条件。这里倒有一条中国文学史上的"普遍规律"：每个王朝建立的最初半个或一个世纪，常常是经济已趋成熟而文坛尚未发达时期，如汉初、东晋初、宋初、明初、清初等，唐初也是如此。这除了上层建筑的发展一般后于经济基础发展以外，还有一些具体原因，如唐初承袭齐梁馀风，像唐太宗这样有影响的帝王也爱好和提倡宫体诗，诗歌声律化的完成也还需要一个过程等等，影响了诗歌高潮的早日到来。但是，如前面所述，这时期的经济高涨仍为李杜时代的出现乃至对整个唐代诗歌发生过深刻影响的。

二

前文中曾说过："庶族地主阶层是唐代诗坛的主要社会阶级基础，唐诗的繁荣又决定于这一阶层力量的勃兴和发展。"对此，梁文提出如下的意见：过分强调"世、庶之争"，"过分夸大"皇族地主和世族地主的矛盾以及前者对后者的"贬抑"；"过分夸大"庶族地主的作用，"背离历史唯物主义的根本原则"；最后又说，庶族地主内涵"复杂"，"能不能成为一个统一的阶层"，是"大成问题的"，这就取消了论题。我们现从最后一点谈起。

我们对历史没有研究。前文中已声明："我们采用了有些史学家的观点，把我国封建社会一定时期的地主阶级，划分为皇族地主、世族地主、庶族地主三类。"这样，有助于对地主阶级内部各阶层作出具体的分析,如同列宁所说:"社会划分为阶级,这是奴隶社会、封建社会和资产阶级社会共同的现象,但是在前两种社会中存在的是等级的阶级,在后一种社会中则是非等级的阶级。"①离开对封建等级制的分析,阶级分析将成为一句空话。

在魏晋南北朝时代,存在世、庶之争,这是史学界的公论。魏晋时逐渐定型的世族门阀地主阶层,在经济、政治、婚姻、礼法等方面拥有特权和优越地位。其经济基础是役使私家奴僮、部曲世代为其耕作大量土地,即所谓部曲佃客制;政治上垄断仕途,把持政权;又利用婚姻、礼法等手段,组成以血缘为纽带的宗法性集团,享有特殊的社会声誉。庶族地主尽管像梁文所说,是"包含了非世族的官僚地主、大地主、中小地主、商人地主等"的"复杂的东西",但与世族壁垒森严,判若天壤,即使同为官僚,也有清浊之分。两者形成地主阶级内部的不同阶层,是很明显的。

唐代处于以新的封建等级制代替旧的封建等级制时代,世庶之别带有与前代不同特点。首先是隋末农民起义对世族势力的打击。这次起义最初在山东爆发,首当其冲是山东的世家大族。入唐以来,世族势力在经济上遭到严重削弱,政治上面临尖锐的斗争,但其优越的社会地位仍顽强地维持着。

唐初颁布的均田制,除了农民授田的规定外,还规定贵族官僚授田的办法。其授田数量按官品等级高下而定②。就是说,以对新王朝的功勋为标准,而无视世族门阀等第。唐时仍承认世族对部曲、奴婢的荫庇权,但均田制规定奴婢不授田,世族不能借此而取得土地。到了唐中叶庄田制的大量发展,部曲佃客制更普遍地为地主和佃农间以契约形式固定下来的租佃制所代替。所以,虽然个别世族仍然

---

① 《列宁全集》第六卷第93页注。
② 参看《通典》卷二《食货典·田制》下。

保留原先的大量土地,整个经济势力已严重衰弱,这是与前代不同的情况。世族阶层是在部曲佃客制的基础上形成的,但它一经形成,并不随着经济势力的衰弱而立即消失,它长期形成的在政治上和社会上的优越地位,仍然在起作用,并为恢复其原有的经济利益而斗争。

庶族阶层是与世族阶层互相矛盾,但又互相依存的。既然世族作为阶层仍然存在,庶族阶层的存在就不言而喻了。两者势力消长的记载史不绝书。《太平广记》卷一六五《廉俭》说,范阳大族卢怀慎暴卒,其妻崔氏迷信"奢俭"的因果报应,认为他不会死去,原因是卢"清俭而洁廉,謇进而谦退,四方赂遗,毫发不留",而庶族出身的张说,却"纳货山积,其人尚在"。这个唐玄宗时的故事从侧面反映世庶财力的强弱。元结《问进士》中说到"商贾贱类,台隶下品"在"数月之间"而官至"卿监"、"州县"的情况,表现了庶族政治势力的增长。后来韩愈《符读书城南》诗说:"不见公与相,起身自犁锄? 不见三公后,寒饥出无驴?"这应是唐中叶时的一些社会现象。他的另一首《遣疟鬼》:"咨汝之胄出,门户何巍巍! 祖轩而父顼,未沫于前徽,不修其操行,贱薄似汝稀,岂不忝厥祖,觍然不知归",活画出世家子弟家势衰败的没落景象。

应该说明,如同世族可能发生转化一样,庶族也不是一成不变的。随着经济势力的发展,他们的政治权力也日益扩大,以至成为"近代新门"、新世族;反过来又利用已得的政治权力攫取更大的经济利益,与老世族同样成为兼并土地的能手。杨嬿《复宫阙后上执政书》中说:"今凡称衣冠,罔计顷亩。是奸豪之辈,辐辏其门,但许借名,便曰纳货,既托其权势,遂恣其苞囊。"① 这里的"衣冠",主要指"偶忝微官"的"侥幸辈",即庶族出身的官僚,他们不仅广占田产,而且接受他人的"影覆"以逃差科,来为自己获取实惠。向新贵、新世族

① 《全唐文》卷八六六。

转化,正是庶族阶层的发展要求,也是它作为地主阶级一翼的阶级性的必然表现。这些新世族和庶族在政治上、思想上也是很不相同的。总之,不能因为庶族内涵"复杂"而否认它的客观存在。

世族、庶族以及皇族地主的存在,它们的不同利益必然发生矛盾和斗争。前文中说皇族地主和山东旧族存在"尖锐矛盾",并说"在这一斗争中,皇族地主是和庶族地主站在一起的",梁文则认为"过分夸大"。这应该继续辩明。

李唐皇族所从出的关陇世族,跟山东旧族存在矛盾。首先因为它在声望和历史传统上不如后者。李渊用兵时,曾竭力争取过他们的支持;唐王朝建立后,山东旧族所代表的世族经济对封建国有土地制是一种破坏的因素,在政治上直接影响皇权的权威,矛盾日趋尖锐。《旧唐书》卷七八《张行成传》说,"太宗尝言及山东、关中人,意有同异",张行成劝他"以四海为家,不当以东西为限"而加以褒贬。但唐太宗仍积极着手重新编制封建等级制,一个著名的事例是修订《氏族志》。《氏族志》表面上是为了确立婚姻上的士庶界限,但其实际历史内容是用当朝官爵的品级代替过去门第族望的品级作为新的等级制的标准,目的是为了贬抑山东旧族,提高皇权,也为了调整整个地主阶级内部关系,对庶族之逐步取代世族的地位也有利。这和经济上按新朝爵位官品授田是一致的。唐太宗在否决高士廉所修《氏族志》第一稿时明确地说:"我今定氏族者,诚欲崇树今朝冠冕,何因崔(因避唐太宗讳缺"民"字)幹犹为第一等,只看卿等不贵我官爵耶!不论数代已前,只取今日官品、人才作等级,宜一量定,用为永则。"①我们读他的诏书,"名虽著于州闾,身未免于贫贱,自号膏粱之胄,不取匹敌之仪",对于世族的轻蔑、斥责溢于言表;又说,"往代蠹

---

① 《贞观政要》卷七《礼乐》。

害,咸已惩革;唯此弊风,未能尽变"①,说明世族凭借传统影响,积重难返,成为前代"蠹害"中唯一没有"惩革"的"弊风",这不也透露出斗争的一点"尖锐性"吗? 那么,为什么唐太宗企图"用为永则"的新氏族等级,在武则天统治时又要修订为《姓氏录》呢? 这是为了适应政治局势变化后贵族官僚的新形势,提高武氏政权的权威,从氏族上肯定当时大批入仕庶族的社会地位,更彻底地贯彻以唐代官爵为标准的原则,"悉以仕唐官品高下为准"②。所谓"兵卒以军功致五品者,尽入书限",所谓"搢绅士大夫多耻被甄叙,皆号此书为'勋格'"③,不也反映出庶族的受益和世族的不满吗? 梁文说这"更不是什么世族、庶族之争",并归结为许敬宗"拍武则天的马屁",用历史人物的卑微动机来代替对历史事件实际含义的分析,似有欠缺。后在中宗、玄宗时又有第三次的修订。《新唐书》卷一九九《柳冲传》说:"初,太宗命诸儒撰《氏族志》,甄差群姓,其后门胄兴替不常,冲请改修其书",中宗下诏命柳冲等"共取德、功、时望、国籍之家,等而次之"。结果修成《姓族系录》。这先后三次修订,都维护以勋官品级代替门第身分的新标准。值得注意的是,与上述三次官修氏族志相对立,当时盛行的私修谱牒所表现的维护旧世族的倾向。"代为山东名族"的李守素,"尤工谱学,自晋宋已降,四海士流及诸勋贵华戎阀阅,莫不详究,当时号为'行谱'"④,此人是为老世族扬幡招魂的"活字典"。另一个孔至,"撰《百家类例》,以张说等为近世新族,剟去之",张说的儿子张垍,贵为驸马,权势煊赫,闻后大怒,说:"天下族姓,何豫若事,而妄纷纷邪?"孔至却说:"丈夫奋笔成一家书,奈何因人动摇? 有死不可

---

① 《唐大诏令集》卷一一〇《诫励氏族婚姻诏》。
② 《资治通鉴》卷二〇〇高宗显庆四年。
③ 《旧唐书》卷八二《李义府传》。
④ 《旧唐书》卷七二《李守素传》。

改。"①表示了以生命维护旧族谱牒的决心。更有意思的是有一部《类例》，"其有非士族及假冒者，多不见录，署云相州僧昙刚撰"。后来有人去相州查访，并无其人，原来是"山东士大夫"所撰，"惧嫉于时，故隐其名氏"②。反映了在皇权压力下世族为恢复旧日地位而作的挣扎，我们说"尖锐矛盾"似并不夸大。

顺便说明，前文曾说在皇、世、庶的互相矛盾斗争中，"皇族地主是和庶族地主站在一起的"。梁文却一再把这句话说成"李唐皇族站在庶族地主的立场"，然后加以批评。似也不符原意。"站在一起"并不妨害从各自的利益、立场出发，只是在反对世族这点上有共同性而已。前文已说过，唐王朝是"整个地主阶级对农民阶级的专政"，它是地主阶级不同阶层的共同利益的集中代表者，又是内部关系的调节者。唐初政权在代表整个地主阶级利益的同时，更多地照顾庶族利益，对世族进行"贬抑"，也是事实。上述修订氏族志，下面将谈到的设置进士科是如此，其他如均田制关于奴婢不授田、土地可以自由买卖等，也有这一作用。

庶族势力的勃兴并不意味着世族的立即消亡。尤其是世族的意识形态更是长期存在，并由于世族在政权中的一定力量和王朝新贵们的重视门第而发挥其政治社会作用。张说是洛阳人，却自认范阳张氏，强攀宗枝，而且"好求山东婚姻"③。"荒陬孤生"的名相张九龄是韶州曲江人，却与张说"通谱系"④。高宗时李敬玄"前后三娶，皆山东士族"，他是亳州谯人，却与"赵郡李氏合谱"⑤。甚至连皇家也不免屈己俯就。宪宗时因"十宅诸王既不出阁，诸女嫁不时"，宪宗下

---

① 《新唐书》卷一九九《孔至传》。
② 《太平广记》卷一八四《氏族》引《国史补》，今本《国史补》无此条。
③ 《国史补》卷上。
④ 《新唐书》卷一二六《张九龄传》。
⑤ 《旧唐书》卷八一《李敬玄传》。

诏"令有司取门阀者配焉"①。文宗希望他的两个公主能出嫁世族，曾对宰相说："民间修昏姻，不计官品而上阀阅。我家二百年天子，顾不及崔、卢邪！"因此强令"取世家子以闻"②。这种传统的世族意识形态无疑为世族取得政治好处，梁文曾列举崔氏一门在唐为宰相者达二十二人，就是如此。但这与皇族贬抑世族和世族政治势力逐渐下降的论点并不矛盾。就从崔家来说，唐太宗把《氏族志》第一稿中列为第一的崔民幹降为第三等，唐玄宗几次打算任命崔琳为相，"以族大，恐附离者众，卒不用"③，都可看出皇族对崔家的排斥和忌疑。至于为相的二十二人，情形也很复杂，有的是崔氏博陵二房中于魏末迁入关中、早与关陇世族结合在一起的；有的思想作风已不再严格遵循世族规范，而为世族所不齿。如崔彦昭因是进士出身，被他的表弟所侮慢，说他"不若从明经举"，因为世族在传统上是以淹博经术为荣的④。另一个崔损，"在位无称于人者。身居宰相，母野殡，不言展墓，不议迁祔；姐为尼，殁于近寺，终表不临，士君子罪之"⑤。在素以礼法自矜的世族"士君子"眼里，他不免是不肖子孙了。所以，用这一事例还不足论证世族不受贬抑。

总的说来，唐代的旧世族势力逐渐下降，但在政治上和社会影响上仍有一定的力量；庶族势力上升了，一部分转化为新世族。新旧门阀制度到唐中叶以后大为削弱，最后为唐末农民起义所消灭。沈括论氏族说，"其俗至唐末方渐衰息"⑥，明谢肇淛《文海披沙》卷三《氏族》说："自宋以前，氏族之品最严。……宋颇不论，至今日而澌尽

---

① 《新唐书》卷一四六《李吉甫传》。
② 《新唐书》卷一七二《杜中立传》。
③ 《新唐书》卷一〇九《崔琳传》。
④ 《新唐书》卷一八三《崔彦昭传》。
⑤ 《旧唐书》卷一三六《崔损传》。
⑥ 《梦溪笔谈》卷二四。

矣",这些估计是可信的。

梁文又批评前文对庶族作用"过分夸大","背离历史唯物主义的根本原则"。他的论据有以下两点：

一是"背离"马克思主义关于人民是创造文化的基本力量的原则。我们觉得，这个基本原则当然是正确的，它运用在文学上主要指文学的最终源泉是现实生活，而人民的生活和斗争总是现实生活的中心内容，并影响和制约着整个社会生活；人民的口头创作也为作家文学提供滋养；只有人民的生产劳动才给作家从事创作提供物质条件。这是贯穿整个历史的普遍原则，唐诗也不例外。我们在上面谈到经济繁荣和前文的有关段落都有所涉及。但是，唯其是普遍原则，即任何时代都有人民，那为什么文学史上有时繁荣有时沉寂呢？其次，我们上述论点是讲"诗坛的主要社会阶级基础"，那么，我们不能无视当时人民群众没有文化、几乎丧失文学创作权利的事实，不能无视绝大多数唐诗作者属于封建地主阶级知识分子的事实。离开对诗歌创作者的分析，又怎能说明诗坛的社会阶级基础呢？

二是错误地"把唐诗的思想内容局限为'反映了当时庶族地主阶层的物质生活和社会地位所决定的利益和要求'"。我们之所以采用阶层分析方法，着重指出过庶族阶层的两重性，即既有不享有世族特权、比较了解人民的要求的一面，又有剥削压迫人民、维护封建制度的一面，正是力图正确解释唐代诗人的进步性和局限性，避免对封建地主阶级及其知识分子作"天下老鸦一般黑"式的阶级裁决，也防止把他们轻易地说成"人民诗人"的倾向。

唐诗作者的基本队伍是寒素之家的封建知识分子。他们一般处于封建统治阶级的下层。他们的创作成就与其阶级地位和生活经历息息相关。李白虽有浓厚的门第意识，企图攀附皇族，终究未得社会承认，他的主要创作精神正是对上层权豪贵戚（包括新世族）的尖锐批判。关于杜甫，梁文批评我们把他的思想仅仅局限在庶族之内，这也与事实有出入。前文在论杜甫处说他的"现实主义精神照耀整个诗坛",以他为首的作家,"把揭露社会矛盾、同情人民疾苦作为共同的主题,从而把唐诗的思想内容提到一个新的高度"。梁文所引的那半句"反映了当时庶族地主阶层的物质生活和社会地位所决定的利益和要求",以及紧接的梁文所未引的下半句话"也不能越出庶族地主阶层所越不出的根本的阶级界限",这是我们论定杜甫虽然出身"奉儒守官"家庭但仍为庶族代表诗人时说的。大家清楚,这是运用马克思《路易·波拿巴的雾月十八》中关于 19 世纪 50 年代法国社会民主派是小资产阶级代表的著名论述。杜甫是我国古代诗人中最富于人民性的作家,他在历史条件可能容许的范围内,最大限度地接近人民,反映了人民的一些愿望和要求,这是他的光彩之处。但其整个思想体系仍未根本突破庶族地主的世界观。他的爱民思想和他的庶族立场是一致的,在他的主观上更是如此,从根本点来说,不存在把杜甫的思想"局限"在庶族之内的问题。白居易同情人民的思想也和他的生活实践分不开。他的《论和籴状》就透露这种联系。"和籴"原是趁农民丰收时征购军粮的办法,后来变成不问丰歉、摊购强买的扰民措施。白居易说:"臣久处村间,曾为和籴之户,亲被迫蹙,实不堪命。臣近为畿尉,曾领和籴之司,亲自鞭挞,所不忍睹。"他既有作为"和籴之户"的庶族的生活体验,又有作为下层官吏督责"和籴"的经历,使他"备谙此事,深知此弊"了。从切身的生活实践取得对社会现实的深入认识,是李白、杜甫、白居易走向现实主义、获得创作人民性的主要途径。韩愈在解释李、杜创作成就时就指出受压抑的社会地位和艰苦生活环境的作用:"惟此两夫子,家居率荒凉","翦翎送笼中,使看百鸟翔。"(《调张籍》)其他不少作家也如此。王建《自伤》诗说:"衰门海内几多人?满眼公卿总不亲。四授官资元七品,再经婚娶尚单身。图书亦为频移尽,兄弟还因数散贫。独自在家长似客,黄昏哭向野田春。"这是位出身"衰门"、未入士流的七品官在晚年的生活总结,他的新乐府就是在这样的生活基础上产生的。韩愈的"不平则鸣"说赢得封建社会广大诗人的共鸣,也说明诗坛的主要歌手是地主阶级中那一部分没有多少封建特权、受压抑受歧视的知识分子。唐代的另一些作家思想情况比较复杂:或前期激进后期消沉,或进步落后因素始终交织在一起,这也可从世、庶之别中得到说明。前者如王维。他出身虽系太原王氏,但不如琅邪王氏"世贵",致使他们冒认琅邪①,王维父亲官至汾州司马,也非高品,加以他的生活经历,使他和庶族出身的名相张九龄在政治上十分投契:"所不卖公器,动为苍生谋。贱子跪自陈,可为帐下不? 感激有公议,曲私非所求。"(《献始兴公》)表达了许多盛唐诗人共有的进步理想。他赞美那些"卖药不二价,著书盈万言"的正直高尚的人物,斥责出于"金张门"又有"先人业"的"翩翩繁华子"(《济上四贤咏》其三),都表现出庶族的精神。但后来官位渐高,又成了庄园主,与权豪周旋往还,思想趋向消极,带有世族的腐朽倾向。后者如韩愈。他的思想矛盾实质上是世、庶矛盾的反映。从他的家世看,虽累世为宦,但还算不得高门大族,幼年又贫困;但他家在宣城有一所庄园,在诗文中屡次提到有"百口"奴婢。这些情况对他的生活和文学道路不能不产生影响。他好提拔寒俊,所谓"荐待皆寒羸"(张籍《祭退之》诗),却又主张按封建品级进入国子学等学校,对"至使公卿子孙,耻游太学;工商凡冗,或处上庠"的现象深表不满(《请复国子监生徒状》);他由诗赋而举进士,但又热中为世族所注重的经术,在给经学家殷侑的信中,他不无自夸地说,"愈于进士中,粗为知读经者"(《答殷侍御书》)。在政治上更明显地呈现出进步和落后的矛盾:对与世族勾结的寺院大地主,他声罪致讨;对有鲜明庶族色彩的王叔文革新集团,他深恶痛绝。这些都是世庶矛盾在他身上的反映。唐诗人中当然也有出身世家豪族的贵族诗人,

---

① 《唐语林》卷四《企羡》。

但他们成就往往不高，缺乏代表性，不足以推翻唐代诗坛的主要社会阶级基础是庶族地主阶层的论点。

三

前文认为唐代以进士科为重要内容的科举制度，是唐诗繁荣的一个直接原因。主要理由是：它打破世族对政治的垄断，为庶族入仕大开方便之门，有利于庶族力量的增强；进士科以诗赋取士，是刺激诗歌普及的一个因素。梁超然、皇甫煃同志分别提出质疑①，现作申述。

科举制的产生，只有联系皇族、世族、庶族的斗争才能充分揭示它的意义。作为一种新的官僚选拔制度，它扩大了皇权的统治基础，剥夺了世族操纵选举的特权，适应了庶族的政治要求。在隋唐科举制设立之初，"荫任"还是入仕的重要途径。据《新唐书》卷四五《选举志》、《旧唐书》卷四二《职官志》等记载，亲王、国公以下至从五品以上官员的子孙，可以由门资入仕，最低的官品为从八品下。《新唐书》卷四九《百官志》说，"武德、贞观世重资荫"。武德七年甚至一度恢复中正举人法②，贞观元年也企图恢复③，终因历史条件不同先后作罢。魏元（玄）同在武后垂拱中上疏云："今贵戚子弟，例早求官。或龆龀之年，已腰银艾；或童丱之岁，已袭朱紫。弘文、崇贤之生，千牛、辇脚之徒，课试既浅，技能亦薄，而门阀有素，资望自高"④，反映了武氏统治初年的情况。而且，当时举子以学校举送者为主，而士庶的入学资

---

① 皇甫煃：《唐代以诗赋取士与唐诗繁荣的关系》，见《南京师院学报（社会科学版）》1979 年第 1 期。以下简称"皇甫文"。
② 《资治通鉴》卷一九〇。
③ 《唐会要》卷七四《选部》上。
④ 《通典》卷一七《选举》五《杂议论》中。

格却不平等。高级学府如弘文馆、崇文馆、国子学、太学的生徒,都需五品以上官员子弟,只有四门学,才接受一部分"庶人之俊异者"①,而四门出身者一般很难进入官僚的上层。但从唐太宗起,已陆续扩大庶族入仕的机会。如贞观十五年下诏各州,"搜扬所部士庶之内"的各种优异人物,包括"文章秀异,才足著述"者,"并宜荐举"②,就是一种额外的招荐。进士科也放宽了举子的资历限制,使越来越多庶族出身的知识分子取得考选的权利。"家代无名"的李义府初见唐太宗时曾献诗说,"上林多许树,不借一枝栖?"唐太宗答他:"吾将全树借汝,岂惟一枝!"③他是由进士而位至宰相的。到了开元、天宝年间,进士科成了仕进的主要门径。权德舆为王端所作的神道碑中说:"自开元、天宝间,万户砥平,仕进者以文讲业,无他蹊隧。"④这里的"以文讲业"即指进士科,王端就是开元二十一年的进士。世族李栖筠在天宝七年中进士,他的孙子李德裕后来辩解说,这是因为除进士科外,"仕进无他岐"的缘故⑤。进士科每年录取不多,但进士出身者往往官居要职。杜牧《上宣州高大夫书》中曾列举十九个科举出身的名相名帅,其中如张说、张九龄、苏颋等就是进士出身的庶族,他们都是政治和文学上有影响的人物。进士科地位的日趋重要,以科举入仕代替过去依门第、身分得官,反映出世庶力量对比所发生的变化。

梁文批评前文把科举制"夸大"成"似乎""属于庶族地主所专有";并说"科举制并没有限制世族地主,但对庶族地主倒有被限制的记载"。前者与我们原意有出入。我们只是说科举制有利于庶族的

---

① 《新唐书》卷四四《选举志》。
② 《唐大诏令集》卷一〇二《求访贤良限来年二月集泰山诏》。
③ 《隋唐嘉话》卷中。
④ 《权载之文集》卷一七《唐故尚书工部员外郎赠礼部尚书王公神道碑铭》。
⑤ 《新唐书》卷四四《选举志》。

仕进,使他们得以分享过去世族的特权;我们还论述过随着进士科的发展,它"不仅吸引庶族,甚至也吸引世族",没有认为"似乎庶族地主有专利权似的"。后者则与史实不大符合。梁文引《南部新书》"榜花"之说,认为被录取的庶族举子,每年只有"三、二人","只是出于点缀罢了",但细审此书原文:"(唐宣宗)大中以来,礼部放榜,岁取三、二人姓氏稀僻者,谓之色目人,亦谓之榜花"。梁文引此条,删去"大中以来"四字,把它说成唐代的普遍现象;同时"姓氏稀僻者"并不等于庶族,庶族中也有"姓氏"并不"稀僻"的。唐取庶族进士每年显然不只"三、二人"。徐松《登科记考》所列历代中举者姓名,庶族出身者远过此数。又如李昂"天宝间仕为礼部侍郎,知贡举,奖拔寒素甚多"①。《唐摭言》卷七《好放孤寒》云:"元和十一年,岁在丙申,李凉公(李逢吉)下三十三人皆取寒素。"至于"世族受限制"的记载,也非鲜见。唐文宗大和六年,有人想调和牛李党争,向当时掌权的牛党李宗闵建议:李德裕"有文学而不由科第,常用此为慊慊,若使之知举,必喜矣"。李宗闵"默然有间,曰:'更思其次'"②,有庶族色彩的李宗闵对所掌握的考试铨选大权不肯轻易放弃。会昌四年的一次考试,世族子弟录取不多,唐武宗不满道:"贡院不会我意,不放子弟即太过,无论子弟、寒门,但取实艺耳。"③武宗作为皇权的体现者,有时需要调节"子弟"和"寒门"的矛盾。杜牧在《上宣州高大夫书》中反驳"科第之选,宜与寒士,凡为子弟,议不可进"的观点,指出"科第之设,圣祖神宗所以选贤才也,岂计子弟与寒士也",都从侧面反映出庶族在科举上一度取得优势。把他们当作"点缀",估计似不足。当然,世

---

① 《唐才子传》卷一。
② 《资治通鉴》卷二四四。
③ 《册府元龟》卷六四一。

族利用自己的政治地位和传统影响,占过上风的事,也不胜枚举①;连有的由庶族上升的豪家也插手科举②,说明地主阶级内部的各种势力对进士科的争夺十分激烈。到了唐后期,新旧世族的界限逐渐泯灭,进士科为官僚子弟垄断的趋向愈益明显,它的性质也起了变化。我们把进士科的发展与庶族的勃兴相联系,主要指唐中叶前的情形,尤其对盛唐、中唐诗歌高潮的影响至为突出。

进士科主要考试科目是诗赋,和唐诗繁荣的关系十分密切。沈既济曾描述过整个社会出现"父教其子,兄教其弟,无所易业","五尺童子,耻不言文墨焉"的情况,于是"进士为士林华选,四方观听,希其风采"③。白居易自述:"十五六始知进士,苦节读书。二十已来,昼课赋,夜课书,间又课诗,不遑寝息矣。"(《与元九书》)生动地写出攻诗读书、争取入仕的情景。杨志坚因考不中进士为其妻所弃,他诉说道:"平生志业在琴诗,头上如今有二丝。渔父尚知溪谷暗,山妻不信出身迟。"(《送妻》)表示他攻研诗歌有素,迟早必能中举,从中看到诗和进士乃至诗人生活的密切关系。所以苏辙说,"唐朝文士例能诗"(《题韩驹秀才诗卷一绝》)了。仅以《唐才子传》为例,此书收唐代诗人二七八人,其中考取进士者一七一人,考进士而未中者三十一人,合计二〇二人,占十分之八(还不包括考取其他科目者和入仕途径不详者三十多人)。这个比例是很能说明进士科的设置和唐诗繁荣的关系的。

这里需要讨论"以诗取士"始于何时的问题。史书对此没有明确

---

① 如《唐语林》卷三《方正》云:"崔瑶知贡举,以贵要自恃,不畏外议。榜出,率皆权豪子弟。"

② 如《开元天宝遗事》卷上《豪友》记开元时长安富民王元宝、杨崇义、郭万金等,"各以延纳四方多士,竞于供送,朝之名寮,往往出于门下。每科场文士,集于数家,时人目之为豪友"。这些接受他们"供送"的"科场文士",大约多为庶族举子。

③ 《通典》卷一五《选举》三《历代制》下。

记载。皇甫煃同志的文章根据丰富的材料,对此细致论析,读后很有启发。但他的主要结论认为以诗取士"始于开元年间而定型于天宝之季",并批评前文引的《唐会要》关于始于"国初"的材料,"与史实不符,不足凭信",这仍可商榷。

高宗调露二年,即永隆元年(680),当时主持考试的考功员外郎刘思立建议"进士加试杂文两首",次年下诏施行,此事见于不少史籍记载。当时"杂文"的含义是什么,是否包括诗赋? 这是解决"始于何时"问题的关键。永隆二年的诏令说明之所以在策问以外加试杂文,是为了纠正"进士文理华赡者,竟无甲科","不辨章句、未涉文词者,以人数未充,皆听及第"的偏向①,就是说目的是加强词章方面的考核。后来唐代宗宝应二年(763)礼部侍郎杨绾在抨击这项设置的流弊时追溯道:"至高宗朝,刘思立为考功员外郎,又奏进士加杂文,明经填帖,从此积弊,浸转成俗。幼能就学,皆诵当代之诗;长而博文,不越诸家之集。递相党与,用致虚声,六经则未尝开卷,三史则皆同挂壁"②,把学习诗歌和诸家集中之文的风气归罪于加试杂文,反证了杂文是包括诗在内的。在杨绾以前,洋州刺史赵匡在开元时的奏疏中早已建议:"进士习业,亦请令习《礼记》、《尚书》、《论语》、《孝经》,并一史。其杂文,请试两首,共五百字以上、六百字以下,试笺、表、论、议、铭、颂、箴、檄等有资于用者,不试诗赋。"③这个建议说明"杂文"原先是包括诗赋的,否则用不着特别提出"不试诗赋"了。更明确的记载是《唐摭言》卷一《试杂文》条。其中说:"调露二年,考功员外刘思立奏请加试贴经与杂文,文之高者放入策(应作"第")。寻

① 《唐大诏令集》卷一〇六《条流明经进士诏》。
② 见《旧唐书》卷一一九《杨绾传》、《册府元龟》卷六四〇《贡举部》等。但《新唐书》卷四四《选举志》把"幼能就学,皆诵当代之诗"等句缩写成"皆诵当代之文,而不通经史。"
③ 《通典》卷一七《选举》五《杂论议》中。

以则天革命,事复因循。至神龙元年方行三场试,故常列诗赋题目于榜中矣。"这段文字的前面是讲"试策"的源流和唐初沿用试策的情况。然后讲到刘思立请加杂文;中经武则天时代恢复旧法,不试杂文;最后说到中宗复位的神龙元年,实行包括杂文在内的三场试(即帖经、杂文、试策),于是常有诗赋题目列于榜中。这段专记"试杂文"的材料,不是杂文原先包括诗赋的确证吗?《唐摭言》的作者王定保是唐昭宗时进士,《四库全书总目提要》卷一四〇推许此书"述有唐一代贡举之制特详","不似他家杂录,但记异闻已也"。他的这条记录应是可信的。我们从唐人一般用语和行文里也可找到杂文包括诗赋的旁证①。

再从现存应试诗来看。皇甫文认为现存应试诗以张子容开元元年所作为"最早"。检《文苑英华》卷一八一《省试》二,张子容的应试诗现存两首:《璧月望秋池》和《长安早春》。这说明其中必有一首作于开元元年他中进士以前。如果按"正月乃就礼部试"②的惯例,姑定《长安早春》为开元元年正月之作(其中有"咸歌太平日,共乐建寅春"之句),那么《璧月望秋池》至少应作于开元前一年了(或于州试、府试时作)。我们还发现苏颋的《御箭连中双兔》也收在《文苑英华》卷一八〇《省试》一,沈德潜《唐诗别裁集》卷十七也把它与张子容《长安早春》同注为"试帖"。据晁公武《郡斋读书志》卷四(上)《别集类》,苏颋为"调露二年进

---

① 如开元二十五年正月的一个诏令规定:"其应试进士等唱第讫,具所试杂文及策,送中书门下详复。"(《册府元龟》卷六三九《贡举部》)。穆宗长庆元年重申这一规定。长庆三年礼部侍郎上疏反对这一先放榜、后复核的办法,要求"今年进士堪及第者,本司考试讫,其诗赋先送中书门下详复,候敕却下本司,然后准例大字放榜"(《册府元龟》卷六四〇《贡举部》)。这里的"诗赋"就是前面的"杂文"。又如《太平广记》卷一七九记阎济美举试,赋《天津桥望洛城残雪诗》、《腊日祈天宗赋》,初选录取放榜后,座主对他说:"诸公试日,天寒急景,写札杂文,或有不如法。"叫他们重抄以呈中书门下复核。这里所用"杂文"一词,也即指称前面的一诗一赋。
② 《登科记考·凡例》。

士",则此诗至迟作于刘思立奏请加试杂文的那一年;另据《旧唐书》卷八八《苏颋传》记他开元"十五年卒,年五十八"及"弱冠举进士"等来推算,他中进士之年在永昌元年(689)前后,则此诗所作时间的下限,比调露二年后推九年,但比开元仍提早二十五年。

"杂文"之试"一诗一赋",最早见于著录是开元二十二年颜真卿进士及第,试《梓材赋》、《(武)库诗》①。究竟何时作为定制,不可确考,大概也在开元天宝年间。胡震亨《唐音癸签》卷一八《进士科故实》云:"唐进士初止试策。调露中,始试帖经,经通,试杂文,谓有韵律之文,即诗赋也。"胡氏的这个诠注,对于开元或天宝以来的"杂文"来说,基本是正确的;但对调露时而言,失在一个"即"字,应是杂文包括诗赋而不是全等于诗赋。《金史》卷九五《移剌履传》记移剌履所言:"(唐)高宗时杂以箴、铭、赋、诗",如果用这个"杂"字来解释"杂文",则甚确当。叶梦得《避暑录话》卷下云:"永隆后,进士始先试杂文二篇,初无定名,唐书自不记诗赋所起,意其自永隆始也。"这个推断颇为审慎严谨。

皇甫文的主要结论"始于开元年间而定型于天宝之季",是采用徐松《登科记考》的看法。徐氏此书确是工力之作,但他疏于考证之处也不少。如说"杂文"在"开元间始以赋居其一,或以诗居其一",我们在上面所举苏颋、张子容应试诗,都在开元之前;再单以赋来说,据颜真卿为颜元孙所作神道碑,颜元孙于垂拱元年(685)考中进士,"省试《九河铭》、《高松赋》"②,此为杂文试"赋"之确证,远在开元前约三十年。徐氏又说"杂文之专用诗、赋,当在天宝之季",未免过于武断。前面说过开元二十二年颜真卿曾试过一诗一赋,虽不能遽以论定其时已为杂文的"定制",但也不能完全排除。且此时离"天宝之季"尚有二十多年,其

---

① 见《颜鲁公文集》附录:留元刚《颜鲁公年谱》。
② 《全唐文》卷三四一《朝议大夫守华州刺史上柱国秘书监颜君神道碑铭》。

间开元二十五年(试《花萼楼赋》、《省试七月流火诗》)、天宝十载(试《豹
舄赋》、《湘灵鼓瑟诗》)都有试诗、赋各一首的记载;前述洋州刺史赵匡
开元时所上《举选议》中也已指出"进士者,时共贵之,主司褒贬,实在诗
赋",难道一定要到"天宝之季"才能成为"定制"吗? 皇甫文又引述《文
心雕龙》论杂文不包括诗赋来作论据,但唐时杂文含义可以与刘勰时不
同。又引《唐摭言》来证明令狐楚时所谓杂文也不包括诗,所据是该书
卷五的下列文字:"令狐文公镇三峰,时及秋赋,特置五场试。第一场,
杂文;第二场,诗歌;第三场,表檄。"这段话颇可疑:明明说"五场试",
却只列举了三场内容。查同书卷二记此事是这样的:"元和中,令狐文
公镇三峰,时及秋赋,榜云:'特加置五场。'盖诗、歌、文、赋、帖经为五
场。"看来这记载较准确,原来"特加置五场",不过是三场试常规的稍加
变化:把"杂文"扩大为诗、歌、赋而已。

　　总上所述,高宗调露以后开始杂以诗赋取士的论点仍可成立,前
文所引《唐会要》关于始于"国初"的记载,作为约指,似无甚大错。弄
清这一点,就能较准确地表述以诗取士和唐诗繁荣的关系:它是初
唐诗歌初步繁荣影响到科举制度的结果,又是盛唐诗歌高度繁荣的
一个原因。

　　马克思《〈政治经济学批判〉导言》在提出"物质生产的发展对于
例如艺术生产的发展之不平衡关系"这一著名命题后,曾说:"困难只
在于对这些矛盾作一般的表述。一旦它们的特殊性被确定了,它们
也就被解释明白了。"以上对唐诗繁荣原因的补充说明,离"解释明
白"相距尚远,有的问题如诗歌自身发展的原因等还未涉及,我们愿
意和大家继续探讨。

1979 年 9 月 6 日

(原载《文学评论丛刊》第 7 辑,1980 年 10 月)

杜甫思想简评

杜甫是我国古代最伟大的现实主义诗人,这已为古典文学研究者们所公认。但是,对杜甫的具体认识和评价,还是有分歧的。这里,我想谈谈对杜甫思想的一点粗浅看法。

一、从杜甫的政治理想来看
他的思想的阶级属性

马克思主义经典作家对待人们的各种思想观点,总是力图揭示它们是代表或接近什么阶级、阶层的利益,这些阶级、阶层在当时历史运动中的地位和作用如何,然后评论这种思想观点的历史作用和社会意义。然而在有的杜甫研究论著中,却宣称"人民性是衡量一个作家的崇高准则",于是列举几条人民性的"表现特征",便认为完成了自己的任务。我们知道,文学中的"人民性"是讲文学和人民的关系,主要指文学反映人民的生活,表现人民的思想、感情、利益和愿望。这一思想最早由俄国十二月党人提出,后经别林斯基等几位著名革命民主主义文艺批评家的阐发,使之服务于俄国的解放运动,具有革命性和民主性的进步内容。但是,由于历史条件的限制,他们的社会思想从根本上来说还是历史唯心主义的,未能上升到马克思主义阶级论,在论述人民性时也表现出非阶级观点。如别林斯基就说"人民性是今天美学的起点和终点",把人民性当作评价文学的唯一的、最高的标准。其实,人民是一个政治概念,它是根据不同时代不同国家对革命任务的基本态度来确定的,是一个历史上不断变化的人们的共同体。因此,从来没有什么超阶级、超时代的"人民",也没有什么超阶级、超时代的"人民性",也就不能把抽象的"人民性"作为评价古代作家的"起点和终点"。因为比如同是对人民苦难生活的描绘,不同阶级、阶层的人就会有不同的"起点和终点"。我们并不反对在杜甫研究中运用"人民性"的概念,但不同意抽象地运用,像有的论著把它说成评价杜甫思想的"最高标准"或"终点",这实际上起了掩盖作家思想的阶级实质的作用。毛泽东同志说:"在阶级社会中,每一个人都在一定的阶级地位中生活,各种思想无不打上阶级的烙印。"(《毛泽东选集》第一卷第二七二页)正是因为这样,所以努力揭示作家思想的阶级实质,应该是我们研究工作的指针。

人们的政治观点总是最集中地反映其所属阶级的利益。因此,我们首先从分析杜甫的政治理想入手,来看看他的思想的阶级属性。

杜甫说:"致君尧舜上,再使风俗淳。"(《奉赠韦左丞丈二十二韵》)又说:"致君尧舜付公等,早据要路思捐躯。"(《暮秋枉裴道州手札率而遣兴寄递呈苏涣侍御》)"致君尧舜"是杜甫最高的政治理想,他常常以此自勉也以此勉人。他热情地描绘自己对于远古的追慕:"致君唐虞际,淳朴忆大庭。何时降玺书,用尔为丹青? 狱讼永衰息,岂惟偃甲兵! 凄恻念诛求,薄敛近休明。"(《同元使君春陵行》)在那首著名的《忆昔》中,他所展示的"开元盛世"的动人情景,虽然有着当时社会现实的影子,却也可以看作诗人主观理想的形象表现。理想原是属于未来的东西,但杜甫只能把对悠远历史的乌托邦式的猜想,企待于未来,他的理想也就带有乌托邦的色彩。这是因为在当时的封建生产关系中还没有产生新的因素的缘故。

然而,杜甫的政治理想还包含着若干现实的政治要求。第一,"万役但平均"(《送陵州路使君之任》)。这是杜甫对当时剥削阶级与被剥削阶级的矛盾所提出的一个解决办法。他在很早的一首现实主义名作《兵车行》里，就发出"县官急索租，租税从何出"的呼声。在以后长期的颠沛流离生活中，他始终关注这个问题。直到大历三四年间，在他快要停止一生的歌唱时，他还写下了"况闻处处鬻男女，割慈忍爱还租庸"（《岁晏行》）、"谁能叩君门，下令减征赋"（《宿花石戍》）、"开视化为血，哀今征敛无"（《客从》）这样的诗句。他在《为夔府柏都督谢上表》中说，"先之以简易，闲之以乐业，均之以赋敛，终之以敦劝……"，也把"平均赋役"作为施行"仁政"的重要内容。第二，"众寮宜洁白"（《送陵州路使君之任》）。在杜甫看来，赋役不均、民生凋敝的直接原因是封建官吏们的横征暴敛、贪婪凶残。所以，抨击"奸吏"、"黠吏"、"达官"、"权贵"就成为他诗歌的一个重要主题。"奈何黠吏徒，渔夺成逋逃"（《遣遇》），"庶官务割剥，不暇忧反侧"（《送韦讽上阆州录事参军》），他指出官吏们敲骨吸髓的盘剥，已使人民无法正常生活。他在《朱凤行》中也把他们比作残民以逞的恶禽鸱枭，在《麂》中说，"衣冠兼盗贼，饕餮用斯须"，麂的被吞食象征着人民的被宰割，而"衣冠"人物实际上和"盗贼"并无二致。于是，杜甫幻想着"普天无吏横索钱"（《昼梦》）的世界。第三，"俭约前王体，风流后代希"（《送卢十四侍御》）。"俭约"或"俭德"、"节俭"，这是杜甫对最高统治者的要求。他不时地说："借问悬车守，何如俭德临？"（《提封》）"君臣节俭足，朝野欢呼同。"（《往在》）

拨开杜甫歌唱理想时的浪漫迷雾，就可以发现，他实际上要求一个对人民轻徭薄赋、官吏廉洁奉公、君主励精图治的政治局面。

杜甫的这种政治理想究竟代表什么阶级、阶层的利益呢？

唐代是我国封建社会发展的一个重要阶段，也是封建等级制度重新编制的时代，统治阶级中的世族地主和庶族地主的势力发生了急剧的不同的变化。由于隋末农民大起义对世族地主的打击，新兴的庶族地主的势力日趋发展，并作为一种政治力量，走上了历史舞台①。

杜甫出身于一个世代"奉儒守官"的家庭,"生常免租税,名不隶征伐"(《自京赴奉先县咏怀》),并不像庶族地主那样承担着封建赋役的义务。但是,他的政治理想恰恰反映了当时庶族地主阶层的物质生活和社会地位所决定的利益和要求,也不能越出庶族地主阶层所越不出的根本的阶级界限。

第一,如前所述,杜甫反对过重的赋役,要求给被压迫人民以必要的生活资料,这固然表示了对人民的可贵同情心,但并不离开庶族地主的立场。他的《东西两川说》是一篇值得注意的文章。文中说:"缘边之人,供给之外,未免见劫掠,而还赁其地,豪俗兼有其地而转富",指出农民的口分田被"豪族"所占有;另一方面,破产的农民又在他乡他州"大抵只与兼并豪家力田耳",也就是说,他们由国家"编户"转化为豪强兼并之家的私属。杜甫在文章中大声呼吁政府设法从豪强手中重新招回这些流亡的农民,这说明当世族地主损害了包括庶族地主利益在内的中央政权利益时,杜甫是坚决反对的。然而,在杜甫全部诗歌中,对于当时"二十倍于官税"或"十倍于官税"的"兼并之家"的高额地租剥削②,他却一无反映。(而他写了多少揭露"官税"不合理的诗啊!)这是因为反对世族地主的地租剥削,也就意味着对庶族地主的地租剥削的否定。对于一般的封建地租剥削,杜甫是从来没有也不可能有任何怀疑的。把这两个事实联系起来,正好证明杜甫的庶族地主阶层的立场。

第二,如前所述,杜甫严厉地谴责"奸吏"、"黠吏"、"达官"和"权贵",要求吏治清廉,对官僚机构作些补偏纠弊的改革,这种力图有所建树的政治抱负,也正反映了当时新兴的庶族地主的要求、愿望和情

① 参看本书《唐诗发展的几个问题》、《再谈唐诗繁荣的原因》两文。
② 参看《陆宣公全集》卷二二《均节赋税恤百姓》中《论兼并之家私敛重于公税》条。

绪,杜甫用诗歌的语言说出了他们在政治上想说或已经说了的许多主张。这是十分明显的。

第三,如前所述,杜甫要求皇帝实行"俭德"。《奉酬薛十二丈判官见赠》中说:"文王日俭德,俊乂始盈庭",或者像王安石在《杜甫画像》中揣摩杜甫"常愿天子圣,大臣各伊周"①,这都透露了杜甫实现政治改革的途径:以皇帝为主脑,以贤能的宰执大臣为辅助,自上而下地对若干封建关系进行调整和改良。而杜甫就是以这样的宰执大臣自任的:"许身一何愚,窃比稷与契。"(《自京赴奉先县咏怀五百字》)他这种从布衣到卿相的抱负,不能看成诗人一时的狂言大语,而是有现实依据的。唐太宗时的魏徵,是"少孤贫",曾"出家为道士"②;马周也是"少孤、家窭狭"③;唐玄宗时的张九龄被皇帝问到"卿有何门阀"时,他自称是"荒徼微贱"④,他们都是庶族地主出身的著名宰相。杜甫为了"叹旧怀贤"而写的《八哀诗》,实际上作为"怀贤"的只指第八首"故右仆射相国曲江张公九龄"一人。他写张九龄的志向:"寂寞想土阶(指尧舜之堂高三尺,土阶三等),未遑等箕颍";写张九龄被李林甫排挤后,"退食吟大庭(指《庄子·胠箧篇》所写的大庭氏等十二古帝王的"至德之世"),何心记榛梗",这不正是杜甫所抒写的"致君唐虞际,淳朴忆大庭"(《同元使君春陵行》)的理想吗?在这首诗中,杜甫歌颂了自己阶级的理想人物,处处表现出他们两人之间在政治上和思想上的契合,难怪浦起龙在《读杜心解》中作了"直借曲江作我前身"的断语。还颇有意思的是陆游在《读杜诗》中也把杜甫比作马周:"向令天开太宗业,马周遇合非公谁?后世但作诗人看,使

① 《临川先生文集》卷九。
② 《旧唐书》卷七一《魏徵传》。
③ 《新唐书》卷九八《马周传》。
④ 《旧唐书》卷一〇六《李林甫传》。

我抚几空嗟咨。"①从这些地方也可窥测杜甫与庶族地主阶层的密切关系。

根据以上的简单分析，我们认为，杜甫的政治理想是代表庶族地主阶层的利益的。庶族地主阶层是唐代地主阶级中的开明派，他们比世族地主较容易地接受农民起义的教训，主张在不改变封建剥削制度这一前提下，向农民作出他们可以允许的让步。他们的政治理想、政治主张，在当时的历史条件下，客观上能给人民带来一定的好处，有利于社会生产力的发展；但另一方面，他们的根本目的在于缓和阶级矛盾，巩固地主阶级专政，维护封建剥削制度。这种复杂的作用正是庶族地主阶层的两重性的反映。我们应该用这些观点来评价杜甫的政治理想的意义。有的同志认为，杜甫已经"跳出了他自己的阶级"，"站在人民的立场"，这种颇为流行的"阶级立场转变论"是不符事实的；但有的同志笼统地把杜甫说成地主阶级分子，也是不妥当的，因而也不能更深入地说明杜甫思想的复杂内容及其阶级根源。

二、杜甫思想的两重性

世界上的任何事物总是一分为二的。马克思主义经典作家对于古代优秀作家的思想，总是用一分为二的观点，揭露它的矛盾，区别其进步的东西和落后甚至反动的东西。恩格斯论歌德、巴尔扎克，列宁论托尔斯泰，都是我们熟知的范例。那么，应该如何评价杜甫的思想呢？

一定的阶级立场决定一定的世界观。杜甫的庶族地主阶层的立场，决定了儒家思想是他的世界观的核心。前面所谈的他的政治理想——作为世界观的重要部分，正是基于儒家的"仁政"、"仁民爱物"、"民为贵"等思想原则的。杜甫一生艰苦的生活实践和艺术实

① 《剑南诗稿》卷三三。

践,使他发扬了儒家思想中的积极因素,还不自觉地突破了儒家教条的某些束缚,从而比他的前辈诗人提供了新的东西。然而,作为一个封建知识分子,他又不可能超越封建统治阶级的思想体系,不能不带有他的阶级所固有的落后的东西。

第一,杜甫是封建社会黑暗、腐败现象的勇敢揭露者,又是封建制度的热忱维护者。十年长安的困守是他思想发展的光辉起点。他这样记述当时的窘境:"朝扣富儿门,暮随肥马尘。残杯与冷炙,到处潜悲辛。"(《奉赠韦左丞丈二十二韵》)于是,诗人从自己的痛苦感受出发,开始去观察封建社会的种种黑暗现象,去表现自己阶级的许多污点。在《兵车行》、《新安吏》、《石壕吏》等诗篇中,他揭露了人民被抽丁拉夫的惨痛和县吏差役们的凶狠,针对地方官吏的诛求无厌、欺压人民,他曾敲起了"必若救疮痍,先应去蟊贼"(《送韦讽上阆州录事参军》)的警钟。他还把笔锋指向上层统治集团。《丽人行》暴露了杨国忠及其姐妹们的骄纵跋扈,《潼关吏》指责了损兵折将的哥舒翰。李辅国弄权误国,他愤怒地斥为"亦如小臣媚至尊"、"坐看倾危受厚恩"(《石笋行》);朝廷纵容程元振,他说:"但恐诛求不改辙,闻道婺孽能全生"(《释闷》),对其逍遥法外表示不满。《戏作花卿歌》和《冬狩行》讥讽了与杜甫私谊颇厚的西川牙将花敬定和梓州刺史章彝,一个醉心于内部残杀,一个沉溺于狩猎奢靡,都把动乱的国事丢在脑后。杜甫把许多观察和体会,概括成"翻手作云覆手雨,纷纷轻薄何须数"(《贫交行》)、"攀龙附凤势莫当,天下尽化为侯王"(《洗兵马》)、"自古圣贤多薄命,奸雄恶少皆封侯"(《锦树行》)等诗句。在我国诗史上,杜甫,还有他的好友李白,的确比前代诗人以更广阔的范围、更尖锐的批判性,揭露了封建官僚集团的黑暗窳败的现象。然而,杜甫和这个集团又有着血肉般的联系,他不能脱离对这个集团的依附。奔走权门,投赠应酬,是那个社会一般知识分子所普遍采用的一种从政活动,也是一种谋生手段。杜甫自称"独耻事干谒",实际上仍无法超然。他对封建社会的批判,时时发出痛心、惋惜之情。他批判的目的在于使批判的对象更巩固,他对整个封建剥削制度,特别是君主制度完全是竭诚拥护的,这在下面还要论及。

第二,他真诚地同情人民的疾苦,而又向他们进行恪守封建秩序的说教。安史之乱把杜甫卷入生活的底层,他过着和一般劳动人民相近的饥饿、寒冷、流亡的生活,这使他有可能比较接近人民,体会到人民的情绪和愿望,并对人民产生了深厚的同情心。从早期的"穷年忧黎元,叹息肠内热","默思失业徒,因念远戍卒。忧端齐终南,澒洞不可掇"(《自京赴奉先县咏怀五百字》),直到晚年的"苍生未苏息,胡马半乾坤"(《建都十二韵》),对人民的关切和挚爱,在他是终身不变的。

对统治集团的不满和对人民的同情,加深了杜甫对封建社会阶级对立这一客观现象的感受。在他以前,也曾有过一些揭露贫富悬殊的诗文,而杜甫把这种现象概括成"朱门酒肉臭,路有冻死骨"这样惊心动魄的名句。自然,这两句诗和《孟子·梁惠王》中"庖有肥肉"那段话有明显的继承关系,但不能看作后者的简单翻版。概括得高是由于感受得深。杜甫反复地作这种强烈的对比:"朱门任倾夺,赤族迭罹殃"(《壮游》),"高马达官厌酒肉,此辈杼轴茅茨空"(《岁晏行》),"富家厨肉臭,战地骸骨白"(《驱竖子摘苍耳》)等。生活在第八世纪的杜甫自然不可能像有的同志所说,"能从社会阶级关系"去"认识阶级对立的本质现象",因为尽管阶级对立在人类历史上已存在好几千年,但真正科学地揭示阶级的本质,指出阶级是与特定的生产关系相联系、在经济上处于不同地位的各个社会集团,却是马克思主义的功绩。然而,比较深刻地感受到这种对立的存在,并能在一定程度上克服自己的阶级偏见,指出它的不合理,这确是杜甫的伟大所在。

杜甫是热爱人民的,但他又反对人民作任何摆脱被奴役地位的努力。他在大历年间所写的《甘林》诗中,以无限同情的笔触,记述了一位邻老"时危赋敛数"的哀诉,描写了诗人和他的相对惋叹,但杜甫在结尾时却说:"劝其死王命,慎莫远飞奋!"作了多么令人厌恶的"顺民"说教! 这和《诗经·硕鼠》中所表示的"逝将去女,适彼乐土"的意愿,恰是一个鲜明的对照! 广德元年,杜甫在梓州遇到一场大雨,他一方面为"巴人困军须,恸哭厚土热"的旱象的解除而喜悦,另一方面,针对当时浙江台州袁晁的农民起义,竟写出"安得鞭雷公,滂沱洗吴越"(《喜雨》)的诗句,他的地主阶级的立场也就暴露无遗了。

第三,他对儒家传统礼法有某种怀疑,但归根结底还是一个虔诚的儒者。杜甫在现实中一再碰壁后,对他用以经世济时的儒术,曾经有过某种动摇。他不时说,"儒术诚难起","儒冠多误身","壮士耻为儒","儒生老无成"。在《醉时歌》中甚至激愤地说出:"儒术于我何有哉,孔丘盗跖俱尘埃!"这使后世一些道学先生吓得目瞪口呆,范晞文说:"叱圣人之名,而使之与盗贼同列,嘻! 得罪于名教亦甚焉"①;俞文豹进一步说:"以百世帝王之师,名呼而侪之盗跖,何止得罪于名教!"②杜甫的思想中确有一些"离经叛道"的因素,如《九日寄岑参》写淫雨连天,伤害庄稼,他说:"安得诛云师,畴能补天漏?"《剑门》写剑门天险,军阀恃险作乱,他说:"吾将罪真宰,意欲铲叠嶂。"这种非天非神的艺术幻想也是颇为大胆的。在个人出处问题上,儒家是主张所谓"穷则独善其身,达则兼济天下"的。李白就企图走一条以隐逸求仕进、仕而后隐的道路,达到既获"兼济"之名又得"独善"之利的目的。很多诗人在政治失意后,就消极退隐,养生保性,往往形成前期急进、后期消沉的两截面目,如王维、白居易。杜甫在后期虽然也浮现过一些虚无主义的思想渣滓,但总的说来,是一位始终关心民瘼、关心国事的"政治诗人"。王维说:"晚年惟好静,万事不关心。"

① 《对床夜语》卷三。
② 《吹剑录》。

《酬张少府》)白居易说:"退身江海应无用,忧国朝廷自有贤。"(《舟中晚起》)杜甫却仍然"在家常早起,忧国愿年丰"(《吾宗》),"落日心犹壮,秋风病欲苏"(《江汉》),"济时敢爱死,寂寞壮心惊"(《岁暮》),他的济世宏愿到老未衰。黄彻说他"其穷也未尝无志于国与民;其达也未尝不抗其易退之节,备谋先定,出处一致矣"①;朱弁也说他"穷能不忘兼善,不得志而能不忘泽民"②,都注意到杜甫这个与一般封建文人不同的特点。

但是,杜甫毕竟是个儒家思想的信奉者。他对于有深厚儒教传统的家庭感到十分自豪。他对自己能"蒙恩早厕儒"也觉得是种无上的光荣。虽然他在生活实践中不自觉地突破了儒家思想的某些樊篱,但仍然未离儒家思想的根本——维护封建剥削制度。他写道,"胡命其能久,皇纲未宜绝"(《北征》),"五陵佳气无时无"(《哀王孙》),为自己阶级的永恒存在制造着幻想。同时,他对儒学的复兴,如同王朝的复兴一样,怀着坚定的信念:"周室宜中兴,孔门未应弃。"(《题衡山县文宣王庙新学堂》)尽管他悲愤地自诉"腐儒"、"老儒",然而正如他自己所说:"终愧巢与由,未能易其节。"(《自京赴奉先县咏怀五百字》)终其一生,他立身行事的指导原则仍然是儒家思想。

以上我们就几个主要问题,分析了杜甫思想的两重性。应该说,这些正反方面并不是平列的或孤立的,这些矛盾因素在杜甫特定的人物身上,是错综地统一的。但我们评价杜甫在历史上的功绩,主要应该根据他比前人提供了什么新的东西。在对封建社会的批判,对人民的同情,对封建礼法的某些突破以及下面将要论及的爱国思想等方面,杜甫都极大地丰富和发展了传统的进步思

---

① 《碧溪诗话》卷一〇。
② 《风月堂诗话》卷下。

想,特别在爱民这点上,几乎达到了封建时代诗人的思想顶峰。然而,从根本上说,杜甫又未离开封建统治阶级的思想体系。流行的与"阶级立场转变论"相联系的"世界观转变论",其所以错误,就是无视这个客观事实。自然,杜甫之无法否定封建制度和封建统治阶级的思想体系,这是时代的和阶级的局限,我们指明这种局限,是为了区别古今的界限,更何况有人已经在替杜甫穿上现代的服装,这种指明就更为必要了。但这并不意味着我们企图脱离具体的历史条件去要求杜甫达到他那个时代所不可能达到的高度。因为杜甫的时代条件和阶级条件不是他自觉活动的结果。桃花只能在春天开放,猫头鹰只能在黑夜飞翔,这不是过错,而是无法超越的客观条件的限制。

三、忠君思想和爱国思想

杜甫对君主的态度也是有两重性的。他对封建社会的批判也涉及君主身上。他面对最高统治者的穷奢极欲、开边黩武、横征暴敛、任用佞嬖等现象,或者委婉讥讽,或者尖锐揭发。"国马竭粟豆,官鸡输稻粱"(《壮游》),"斗鸡初赐锦,舞马解登床;帝下宫人出,楼前御曲长"(《斗鸡》),曲折地流露了对宫廷走马斗鸡的奢侈生活的不满。"边庭流血成海水,武皇开边意未已"(《兵车行》),"君已富土境,开边一何多"(《前出塞》),"拓境功未已,元和辞大炉"(《遣怀》),这是对唐玄宗黩武政策的激烈指责。他揭露了皇帝越是要施"恩"于民,人民却越是贫困:"天子多恩泽,苍生转寂寥。"(《奉赠卢五丈参谋琚》)他还描写马厩小儿李辅国勾结皇后操纵政权,而肃宗惧内的丑态:"关中小儿坏纪纲,张后不乐上为忙。"(《忆昔》)这些诗可说是发展了《诗经·节南山》的批判传统,在我国诗史上是很少见的。把杜甫简单地归结为"臣罪当诛兮天王圣明"式的愚忠者，是不符实际的。

但在另一方面，杜甫具有浓厚的忠君思想。苏轼说："古今诗人众矣，而杜子美为首，岂非以其流落饥寒，终身不用，而一饭未尝忘君也欤！"①从此以后，"一饭未尝忘君"差不多成了封建文人对杜甫交口称誉的定评。这是有一定根据的。在杜集中，那种表现诗人歌功颂德、力图效忠的诗篇，确实比比皆是。孟浩然还说过"不才明主弃，多病故人疏"(《岁暮归南山》)颇带愤懑的话，杜甫却说："圣朝无弃物，老病已成翁。"(《客亭》)高适远在边陲，向杜甫表示了个人的忧心如焚："身在南蕃无所预，心怀百忧复千虑。"(《人日寄杜二拾遗》)杜甫在《追酬故高蜀州人日见寄》中，却念念不忘朝廷："遥拱北辰缠寇盗，欲倾东海洗乾坤。"至于"涕泪授拾遗，流离主恩厚"(《述怀》)，"唯将迟暮供多病，未有涓埃答圣朝"(《野望》)，"恋阙丹心破，霑衣皓首啼"(《散愁》)，"众流归海意，万国奉君心"(《长江》)，"意内称长短，终身荷圣情"(《端午日赐衣》)等诗句，更是对君主表示了肝脑涂地、赴汤蹈火的一片"孤忠"。杜甫的忠君思想，正如他自己所说，是像"葵藿倾太阳"那样的一种强烈的阶级本能。

问题的复杂性还在于，在另一些诗歌中，他的忠君思想却和爱国思想交织在一起。这是因为在杜甫的主观上，忠于君主和忠于祖国是同一个概念：国家就是君主的私属，君主就是国家的主宰。安史之乱的性质，目前史学界尚无定论(民族矛盾，或统治阶级内部矛盾，或两者兼具)，然而这次叛乱严重地破坏了社会生产，造成广大人民的深重灾难，却是事实。因而杜甫的平定叛乱、恢复统一的思想，在当时代表着历史前进的要求，也是有一定爱国内容的(在杜甫的主观上，更是明确地把安史之乱看作民族矛盾的)。安史之乱后，吐蕃、回纥等外族威胁唐王朝的安全，杜甫这时所写的大量忧愤时事的诗篇，

---

① 《东坡集·前集》卷二四《王定国诗集叙》。

自然具有明显的爱国精神了。所以,像"乾坤含疮痍,忧虞何时毕"(《北征》),"干戈未偃息,安得酣歌眠"(《寄题江外草堂》),"不眠忧战伐,无力正乾坤"(《宿江边阁》)……这些名句之所以动人,就在于融注着诗人对祖国山河破碎、生灵涂炭的深深悲愤,应该说是爱国思想的光辉表现。但必须指出,杜甫的爱国思想有自己的阶级特征。在这个"十室几人在,千山空自多"(《征夫》)的残破国家中,皇权的衰落却是杜甫注意的中心。"王侯第宅皆新主,文武衣冠异昔时"(《秋兴八首》其四),"洛阳宫殿烧焚尽,宗庙新除狐兔穴"(《忆昔》),"丧乱丹心破,王臣未一家"(《暮春题瀼西新赁草屋》其四),为自己的王朝唱着多么深沉的哀歌!

封建君主是地主阶级的最高政治代表,是地主政权的体现者。地主政权是一切封建特权的基干,是束缚人民特别是农民的最大的绳索。所以,忠君思想是道道地地的封建糟粕,对于我们来说,不论在任何条件下,都必须坚决排斥。而爱国思想则是一种进步思想,它与忠君思想是有原则区别的。如前所述,在杜甫的主观上,把这两者混淆在一起;我们文学研究者的任务是根据具体作品,细致而又严格地划清这两者的界限,并说明杜甫爱国思想的阶级特征,才能正确地评价杜甫,从而有助于读者认清这个问题。

然而在这个问题上,却有种种奇谈怪论。有人说:"忠君不过是他爱国爱民的一种表现形式,而爱国爱民才是他忠君的实际内容。"又有人说:"杜甫的最伟大之处在于他在'忠君'思想支配之下,他'取笑同学翁,浩歌弥激烈',综其一生没有安心做地主的倾向。"还有人说,在杜甫的时代,"皇帝还有他存在的馀地,还有他一定的作用,特别是当外族入侵的时候。换句话说,也就是在那时皇帝还不可能成为非根本否定不可的对象"等等。按照第一种说法,杜甫的忠君只是形式而无内容,这实际上否定了杜甫忠君思想的存在,因为没有内容的事物是不存在的;另一方面,竭力把"忠君"

与"爱国爱民"混合成一个统一的东西,又是混淆精华和糟粕的区别。第二种说法的错误也是显然的。它实质上把忠君思想看作推动杜甫创作的一种进步思想了。杜甫的全部创作历程,一再证明着这样的真理:当他赤绂银章,出入掖庭,被浓厚的"忠君思想"支配时,他就写些庸碌的诗歌,变得迂腐、俗气和渺小;当他和人民接近,密切联系现实,因而爱国爱民思想比较强烈时,他的诗歌就放射出异彩,变得崇高、伟大。十年长安的困守使他获得了《前出塞》、《兵车行》、《丽人行》、《后出塞》、《自京赴奉先县咏怀五百字》等第一批创作硕果;乾元元年在长安供职,生活窒息,一度陷入创作危机;不久,他又被外贬,奔波于潼关道上,才有"三吏"、"三别"等杰作的产生,这都是明明白白的例证。第三种说法是从肯定忠君思想进一步肯定君主制度本身。唐玄宗、肃宗父子在历史上的作用如何,这里不来讨论。我们知道,封建君主制度的产生和发展有其历史的必然性,但决不能由此得出结论说,君主制度本身是合理的,"不可能成为非根本否定不可的对象";某些剥削阶级人物在历史上起过一定进步作用,但决不能由此得出结论说,剥削阶级本身是正当的,"有他存在的馀地"。理由很简单,他们之所以能起某些进步作用,并不是由于君主制度、剥削阶级本身,而是他们在人民群众推动历史发展的过程中,提供了一些客观条件,充当了历史的不自觉的工具,我们决不能由此肯定剥削阶级存在的合理性或正当性。对于广大劳动人民来说,任何剥削阶级都是不合理、不正当的,而人民对这种剥削和压迫的反抗则是合理的、正当的。我们不应该用任何借口来替封建剥削制度、君主制度作辩护。

杜甫的诗歌是我国文化遗产中珍贵的财富,直到今天还值得我们继承和学习,这就更需要对它作出认真的、深入的分析,以便从中吸取有益的养料。而在杜甫研究中,一些有关论著没有坚持批判精神,或者是过分地夸大杜甫某些进步思想的意义,混淆了古今的界限,或者是不敢深入地揭示杜甫进步思想的阶级实质及其时代的、阶级的局限性,或者是替杜甫明显的落后的东西曲意回护等等,这是我们不能同意的。

（原载《光明日报·文学遗产》1965 年 8 月 8 日）

关于杜甫诗歌艺术
特色的一些评论

　　杜甫是我国古代最伟大的现实主义诗人,他以毕生精力从事创作,把我国诗歌艺术推向一个新的高峰。研究和总结杜诗的创作特色和艺术经验,无疑是一项重要的工作。在纪念杜甫诞生1250周年发表的文章中,虽然大都着重于杜诗思想内容的进一步阐发,但在艺术探索方面也有所深入和发展。不过其中有的论点和方法还可以继续讨论,这里提出个人一些粗浅的意见,请大家指正。

一

　　在杜甫研究中,有的同志试图运用现代的某些艺术原理来说明杜诗的特点,这就扩大了探讨的领域,带来新的面貌。但这种运用和说明,必须对艺术原理本身具有正确的认识,同时确实符合杜诗固有的特点,否则难免产生一些生搬硬套的现象。

　　用"典型"来说明杜诗某类诗歌的成就,便是一个例子。冯文炳先生曾以《杜甫写典型》为题,指出典型问题在杜诗中"太显著了","必待今日我们用新的文艺理论的观点才能把问题提高到科学水平,把它肯定下来"①。

────────

① 《杜甫写典型——分析〈前出塞〉、〈后出塞〉》,《东北人民大学人文科学学报》
　　1956年第1期。

有的同志曾对冯先生的这个论点提出过不同意见①,但冯先生在最近发表的《杜甫的价值和杜诗的成就》(1962 年 3 月 28 日《人民日报》)一文中,仍然坚持旧说,并作了一些新的发挥。他说,杜甫的《前出塞》"写了一个'豪杰圣贤兼而有之'(?)的劳动人民出身的兵士的传记","启示我们以典型塑造方法"。冯先生怎样来说明典型的呢?大概有如下三点:第一,《出塞》诗写的是高度的典型人物,必有他所认识的人的生活作素材,"这必然有真人真事",是杜甫"遇见的人物。因为这个人物,诗人给我们写了一个典型";第二,"'三别'同前后《出塞》里没有作者,乃是作者写典型环境典型性格";第三,人物个性分明,性格是发展的②。首先应该指出,第一、第三两点并不符合杜诗的实际情况,冯先生在文章中没有提供任何材料来确定杜甫所依据的"真人真事",也没有具体论述这位还叫不上名儿的"兵士"表现了怎样的"个性"或"性格"? "个性"又如何"分明"? "性格"又怎样"发展"? 其次应该指出,这三点都不能说明典型的性质。典型的塑造并不一定要以"真人真事"为基础,相反,这是极为罕见的情形,文学史上的许多著名的典型,大都是从生活中许多人身上的特征概括而成的;作者是否出场与典型环境典型性格也并无必然联系,在不少写出了典型的短篇小说中,作者往往用"我"的身分加入作品的环境;至于"性格"是指人物的精神特质与心理特质的总和,"个性"一般是指具有个人特点的性格,跟"典型"也不是同一概念。这些都是浅显的道理。胡守仁先生在《杜甫诗简论》(1962 年第 3 期《星火》)中,也认为"杜甫是写典型的能手"。胡先生是用"通过个别表现一般"来论证的,这也不够确切。现实生活中的任何事物和文学中的每一形象,无

---

① 参看乔象钟同志《对于〈杜甫写典型〉一文的意见》,1957 年 3 月 24 日《光明日报》。
② 《杜甫写典型——分析〈前出塞〉、〈后出塞〉》,《东北人民大学人文科学学报》1956 年第 1 期。

一不是个别与一般的统一，都是通过个别表现一般的。个别与一般的对立统一的法则，诚然是认识一切事物，包括认识典型的一把钥匙，但典型并不同于一般的人物形象，它的个别性和普遍性有着特定的要求。也就是说，它的个别性应该是活生生的鲜明生动的个别性，它的普遍性应该是反映社会生活的某些本质方面，因而具有一定社会意义的普遍性；典型就是这样个别性与普遍性的完整的统一体。所以，当我们说一个作家写出了典型时，这就意味着给他最高的评价和荣誉。

　　根据对典型的这种理解，我们再来看看杜甫以至我国古代叙事诗中的人物形象。我国的叙事诗和抒情诗一样，可以追溯到《诗经》①。到了汉魏六朝乐府中，出现了不少优秀的叙事诗，写出了一些具有一定性格的人物。其中如《陌上桑》、《东门行》、《上山采蘼芜》、《孔雀东南飞》、《木兰诗》等，都有较完整的情节，通过人物的对话、行动展示人物的性格特征，反映了广阔的社会生活。《孔雀东南飞》是一部空前伟大的叙事诗，标志着这类诗歌的最高成就。这部长诗的主人公刘兰芝和焦仲卿具有鲜明的个性，并且反映了封建社会的某些本质方面，应该认为是典型，尽管和其他文学典型相比仍然有程度上的差别。另一类如《孤儿行》、《十五从军征》等，用独白的形式来诉述自己的遭遇，概括了这类人物的共同命运和共同的思想感情，相对地说，并不着力于人物独特个性的刻画。乐府民歌的现实主义精神直接为建安黄初的诗人们所吸取，但在艺术面貌上有所改观。虽然仍有少数篇章，像阮瑀的《驾出北郭门行》、陈琳的《饮马长城窟行》以及后来鲍照的《东武吟行》等，学习乐府民歌的上述两种手法，写出了一些人物形象；但当时诗歌的主要特点是加重抒情气氛和华

---

① 这里就汉文学史而言。至于汉族祖先是否像兄弟民族或其他国家一样，也曾产生过类如创世纪等的长篇叙事诗，不得而知；即使产生过，对后世文学似无实际影响。

美的词采,倾向于概括的描写而不专写某个人物。曹氏父子和王粲等的许多名篇大都如此。蔡琰的《悲愤诗》也似偏重于自己悲惨遭遇的咏叹。曹丕《典论·论文》说"诗赋欲丽",陆机《文赋》进一步说"诗缘情而绮靡",这总结了当时作者对诗歌特点的认识,反过来又影响了叙事诗的创作。这种诗歌理论为后世许多诗人所接受,预示了我国故事叙事诗发展的不很乐观的前景。晋宋以后,乐府民歌的现实主义精神遭到中断,这类叙事诗的写作也随之寂寞冷落了。

唐初陈子昂力倡"汉魏风骨",主要指反映现实的创作精神。在杜甫以前,除了像王维的《老将行》、《夷门歌》,王昌龄的《代扶风主人答》、《箜篌引》,以及像李颀《赠张旭》、《送陈章甫》等人物肖像诗外,在诗歌中很少出现人物形象(抒情诗中的抒情主人公又当别论)。杜甫为了真实地反映时代,他的笔下涌现了出征的壮丁、战罢的兵士、下级官吏以及老农、老妇、新娘等劳动群众,这是他创作上的一个重大成就。杜甫写人物,不大采用乐府民歌中那种有情节、有对话、有动作的写法,像"三别"和前后《出塞》用的是独白体,借助于诗中人物对自己生活经历的诉说,反映了当时千千万万受苦人民的命运,从而揭露社会矛盾;或像《兵车行》、《新安吏》、《潼关吏》等用的虽是问答体,但主要借助于被问者的叙述来深刻地反映历史面貌。可以看出,杜甫通过人物的媒介着重于现实生活的反映,而不是在现实生活的背景上集中于人物形象的塑造。他的《无家别》跟《十五从军征》题材相近,字数扩大一倍,主要也不在揭露人物的独特个性,而是更曲折地写出这个兵士重被征调的悲惨遭遇,更深刻地写出这类人物的共同心理体验:"近行止一身,远去终转迷。家乡既荡尽,远近理亦齐!"《石壕吏》呈现了一幅富有戏剧性的客观图景,作者用写意画的笔法,在寥寥百馀字中,就塑造了生动的"老妇"形象,达到了很高的艺术水平。然而它的篇幅毕竟太短,不可能从许多场面、从各种角度来刻画性格,而作为艺术典型应该具有生活形象的全部丰富性和具体性,能给人以浮雕般感觉的"这一个"形象,同时必须高度集中和概括,以致成为生活中某类人物、某种性格的代名词。这样看来,杜甫诗中的人物尽管不乏生动、鲜明之处,特别在描写人物的感慨、体验的深刻性上,尤为出色,但作为典型仍是不够的。这为他的创作意图所决定,也是他所运用的这类诗歌的体裁、手法的特点所制约的。

杜甫以后,白居易《新乐府》中的人物性格描写是有发展的,而他的《长恨歌》以及韦庄的《秦妇吟》、吴伟业的《圆圆曲》等长篇叙事诗,都致力于历史事件的吟唱,也不能说已写出了典型环境的典型性格。

"典型"原是外来的概念,一般已用来分析我国古典小说和戏曲,由于我国叙事诗的具体特点,这个概念能否同样加以广泛运用,我认为是应该慎重考虑的。当然,典型化的原则,即对现实现象进行选择、概括、集中的原则,对于我国不以创造人物形象为主要任务的诗歌(包括抒情诗)也是适用的,但和典型已不是同一问题了。

二

吴调公先生的《青松千尺杜陵诗》(1962 年 4 月 22 日《光明日报》)一文,如副题所标明是探讨杜甫的美学观的(原题"论杜甫诗歌的美学观",似有语病)。明确地提出从美学角度来研究杜甫,目前还不多见。文章中也有一些值得重视的见解。但某些论点似可怀疑,这又与表述较含糊、概念较混乱有关。譬如吴先生两次引用杜句"白鸥没浩荡,万里谁能驯":一次用来"说明他的要求解放精神和他审美特性是悲壮而不是悲哀";一次评为"这是美的生命力的饱满和战斗的淋漓酣畅",又说,"悲而能壮,规定了杜甫的审美特性——醉心于蓬勃的生气"。我们暂不论像"解放"、"美的生命力"、"战斗"这类缺乏特定内容的词语,按照前一句话,"悲壮"是杜甫的"审美特性",而按后一句话,这个"审美特性"又能"规定"另一个"审美特性"——

所谓"蓬勃的生气"。"审美特性"是一个翻译名词，在俄文中是Эстетичсское качество，意思和美的特性、属性、品质、素质等相类。显而易见，它们之间不可能发生规定和被规定的关系，杜诗中的"蓬勃的生气"是由诗人从时代土壤中发展起来的性格、思想、理想所"规定"的，而不能是别的什么东西。

吴先生又说，这种作为"审美特性"的"悲壮"，又"表现为在寂寞之境中的崇高美"。这就是说，"寂寞之境中的崇高美"和"悲壮"是表现和被表现的关系。吴先生紧接着又说：

> 崇高的寂寞给诗人以萧瑟之感，寂寞的崇高又给诗人以快适之感。两者的揉合，便成为杜甫的悲壮、沉郁而兼顿挫的风格。

吴先生的这个主要结论，表述得颇为艰奥。在这里，"崇高"和"寂寞"经历了一番曲折，先产生"萧瑟"和"快适"两种感觉；然后"这两者揉合"，形成了"悲壮"。也就是说，"寂寞——崇高"和"悲壮"又是因果关系了。吴先生所说的"崇高"和"悲壮"是作为美学概念使用的（在文章的其他地方，"崇高"与"崇高美"、"悲壮"与"悲壮美"是通用的）。在西方美学史上，最初提出较为完整的"崇高"概念的，大概是罗马时代的修辞学家郎加纳斯（通译：郎吉努斯）的《论崇高》①，虽然后来不少美学家主张把"崇高"和"美"严格区别②，但通常把"崇高美"（或"壮美"）和"优美"作为美的两大类别，也就是我国古文家姚鼐所说的"阳刚之美"和"阴柔之美"的区分③。悲壮的东西大都是崇高的东

---

① 见《文艺理论译丛》1958 年第 2 期。
② 参看柏克《关于崇高与美的观念的根源的哲学探讨》，见《古典文艺理论译丛》第五册。
③ 《惜抱轩文集》卷六《复鲁絜非书》。

西,但崇高的东西不一定是悲壮的东西。所以悲壮美往往属于崇高美的范畴,它们之间的关系,不是吴先生所说的因果关系或表现和被表现的关系。

如果吴先生这段话中的"崇高"是指伦理概念,像崇高的气节、理想等,对于分析"悲壮"风格的形成,也是不很全面的。杜甫一生的巨大悲剧不仅在于理想和现实的矛盾,即济世救民的伟大抱负和黑暗政治的矛盾,也在于他自己深刻的思想矛盾。他无时不忧黎元,无时不念国家,但把全部希望寄托在毫无希望的皇帝身上;他明知"儒术诚难起"、"许身一何愚",而又物性难夺,执着不移;他真诚地同情人民的痛苦,突破了封建思想的某些束缚,但又同样真诚地维护造成人民痛苦的封建制度,特别是君主制度;等等。正是这多种矛盾的复杂交织,才使杜甫诗中所表现的"悲壮"显得那么突出强烈,那么深刻地烙下了独特的印记。

至于"沉郁顿挫"的风格也不是吴先生所说的"崇高——寂寞"所能形成的。"沉郁顿挫"原是杜甫概括自己早期作品的用语①,我们用来说明杜诗成熟时期的基本风格或主要风格,大致是恰当的。风格是作家的个性在作品中的表现,也是作家作品的思想和艺术特征的统一的表现。杜甫一生的悲剧遭遇、悲剧性格,和他所处的悲剧时代,使他的作品在思想、感情上带有强烈而独特的"悲壮"特色,这是形成"沉郁顿挫"风格的决定因素;同时还有艺术上的因素:浑浩流转而又波澜起伏的布局,苍劲沉雄的诗歌语言,铿铿鞳鞳而又跌宕有致的节奏,乃至反映苦难时代和人民的题材等。像《自京赴奉先县咏怀五百字》、《北征》等代表作中的风格,就是这些因素的结晶体。

吴调公先生在论及杜甫抒情诗时的主要结论也是值得商榷的。他总括杜甫这类诗歌的"深微的美学体验"道:

---

① 见《进雕赋表》。

第一,杜甫的欣赏"静者心多妙",证明了他把自己内心世界作为物色考察,沉潜于心波的底奥,了然于"神与物游"的过程,并找出感情的线索,化为缜密的意脉和律法。……第二,杜甫不仅能把握思路,还能体察自己的内心节奏的回旋。

我们知道,抒情诗主要抒写诗人的主观感受,因而,诗人的"内心世界"确比其他文学样式表现得更直接、更深入。然而,抒情诗的这个特点绝不能掩盖它的两个重要性质:第一,诗人的任何感受、感情都不是先验的,都从现实生活中激发和产生,杜甫自己说得好:"曾为掾吏趋三辅,忆在潼关诗兴多"(《峡中览物》)、"东阁官梅动诗兴"(《和裴迪登蜀州东亭送客逢早梅相忆见寄》);第二,因此,诗人总是通过主观感受的抒发,来反映现实生活,表达自己对生活的热烈评价,帮助读者从他的感受中去认识现实。也就是说,抒情只是反映现实的手段,而不是目的。

吴先生的上述结论是讲构思过程的。那么,在抒情诗的构思过程中,客观事物是不是继续起作用,起什么作用呢?按照吴先生的说法,诗人在构思时的主要任务是在一个差不多封闭的"内心世界"里,"沉潜"在它的"底奥","体察"它的"节奏的回旋",找出感情的"线索",把握"思路"。吴先生虽也提了"神与物游"一笔,但这里的"物"不过是一种附带条件而已。我们认为,构思虽然是诗人主观意识的一种活动,但绝不能离开现实生活这个唯一的源泉。陆机《文赋》说,"情瞳眬而弥鲜,物昭晰而互进","罄澄心以凝思,眇众虑而为言;笼天地于形内,挫万物于笔端"。他是从"情"与"物"、苦心思索与天地万物,也就是主观与客观的统一角度来考察构思时意境的创造的。构思过程有时看来很短暂,实际上却包含对现实生活的反复体验和认识,只有认识越深刻,感情才越强烈,才越能概括出一定历史时期的一定社会集团的普遍感情。诗人对自己"感情波澜"的"体察"也总是紧密结合客观事物并借以得到表现的。赤裸裸的感情呼喊在艺术上往往是无力的,在杜甫诗中尤其少见。我们就以吴先生文中所举的四个例子来看,《题郑县亭子》的"先喜后悲",正是由于"巢边野雀群欺燕,花底山蜂远趁人"的客观景物的引发;《自京窜至凤翔喜达行在所》的"先悲后喜",《羌村》、《赠卫八处士》的"悲喜交集",又是伴随着客观事件的发展而表露的。这类在叙事中抒情,或以叙事为主结合抒情的构思手法,还代表了杜诗一个突出的特色。吴先生虽然承认诗人的感情来自客观生活,但以为客观生活在构思过程中已不那么重要,实际上把抒情诗看成诗人自我世界的自我表现,这是不能令人同意的。

顺便指出,吴调公先生对于"静者心多妙"的理解与原意也有出入。吴先生曾两次称引这句诗,除了上面提到的以外,他又说:"他(指杜甫)赞美的'静者心多妙'正是提倡潜心默察"。查这句诗见于杜甫《寄张十二山人彪三十韵》:"静者心多妙,先生艺绝伦。草书何太古,诗兴不无神"。"静者"即隐者,指山人张彪,有杜甫《苏大侍御涣,静者也。旅于江侧……》诗序、"蔡侯静者意有馀"(《送孔巢父谢病归游江东兼呈李白》)、"贫知静者性"(《贻阮隐居》)等句可证。原诗的意思不过是称颂张彪心妙艺绝、诗书兼美而已。杜甫曾经幻想过"非无江海志,潇洒送日月"(《自京赴奉先县咏怀五百字》)的隐士生活,但早已作了坚决的自我否定。吴先生说杜甫自己"欣赏""静者心多妙","提倡""把自己内心世界作为物色"的"潜心默察",跟他的人生态度和创作精神都是违背的。

三

我国古代的诗歌理论遗产十分丰富,尤其在意境、风格、章法、造句、炼字等方面,都有不少可贵的见解;但前人的艺术分析往往脱离诗歌产生的时代和内容，带有神秘玄虚的唯心主义色彩，在方法上有时也有一些主观片面、牵强附会的地方。只有采取吸收其精华、剔除其糟粕的正确态度，只有用马克思主义文艺科学的理论加以整理和阐明，才能对我们今天的研究有所帮助，否则就会带来不良的影响。

傅庚生先生在《说唐诗的醇美》(1962 年 2 月 25 日《光明日报》)一文中，用不少篇幅来品评杜诗的"醇美"。司空图早就提出过"醇美"，他说："江岭之南"的"醋"和"盐"，只是止于"酸"、"咸"而已；"华之人以充饥而遽辍者，知其咸酸之外，醇美者有所乏耳"①。他所谓的"醇美"，与"韵外之致"、"味外之旨"是同一意思，所指还较清楚，在诗歌批评史上也有一定的地位；但他"韵外之致"的整个理论带有抽象的性质，使人"探之茫茫，索之渺渺，虽极雕肝镂肾，亦终惝恍而无凭"②。我们今天要运用"醇美"这个概念，首先应该明确它的内涵，但在傅先生的文章中，却缺少这种科学的规定。我们知道，风格或诗品是作家作品的思想特征和艺术特征的统一的表现。傅先生说："'醇'似乎是有关诗人思想感情的事，'美'似乎是有关诗人联想想象的事。"这是全文中唯一完整的概括说明，仍然没有揭示出构成"醇美"的思想特征和艺术特征。吴乔以饭喻文、以酒喻诗的说法③，如果从诗歌要求比散文更精练、更集中，而且要有一种诗意和韵味的角度来看，不失为一个巧妙的比喻。傅先生也是喜欢以酒作喻的，我们在他的其他著

① 《司空表圣文集》卷二《与李生论诗书》。
② 清许印芳语，见《诗法萃编》卷六下《与李生论诗书跋》。
③ 吴乔《围炉诗话》卷一："意，喻之米，饭与酒所同出。文，喻之炊而为饭；诗，喻之酿而为酒。"又见他的《答万季埜诗问》。傅先生所引此段，与原书文字不同，不知何据。

作中可以找到一些例证①，倒说得明明白白。傅先生现在这篇文章很多地方只是用比喻来发挥吴乔的"比喻"，如"作诗也好，诂诗也好，都像是在和酒打交道，轻则微醺，重则中酒"等，虽然有的包含了一些艺术直觉，但感觉到的东西不就是理解了的东西；我们也不笼统地反对用譬解的方式说诗，但比喻毕竟不等于认真的科学研究。

傅先生又说："再如杜甫《拨闷》云：'闻道云安麹米春，才倾一盏即醺人。'酒是这般的为好，诗也是这般的为好"。司空图标举韵味说是企图说明诗歌的一般特点，从他的《二十四诗品》来看，对于各种风格倒不加轩轾。傅先生却撇开作品所反映的具体内容，片面地把作为一种风格或诗品的"醇美"当作评价的最高标准，相对地贬低了别种风格的价值，这对创作的多样化是不利的，对文学批评工作似也没有益处。这里不妨再举几个傅先生著作中的例子。在《杜甫诗论》中，他就认为"朱门酒肉臭，路有冻死骨"这样有高度概括力的千古名句，是"捎带地、口号式地提出"的，不够"深沉"，表现了"英气有馀而锻炼不足"（第 231 页）；而《北征》开头一段的好处，"只是平平实实地叙述着，不激动，也不显得剑拔弩张地"（第 54 页）；又认为《兵车行》不如《捣衣》来得"含蓄"（第 112 页），虽然还不是"打肿脸充胖子"，但已"显出吃力来"，像"边庭流血成海水，武皇开边意未已"这样揭露性极强的诗句，也是"英气有馀，而沉郁不足，里面总带有一些宣传的、夸张的味道"（第 92、93 页）等等。这些评论，表现了傅先生的艺术标准：诗人"明说出来便成为口号"（第 93 页），诗不能显出"英气"，不能"剑拔弩张"，诗就要显出温柔敦厚，写得欲吐还吞，若隐若现；同时

---

① 　如《中国文学欣赏举隅》："真情生于至性，真情之文成于至性之人。至性固禀于天者，原如醇酒，惜多注之以生活之水，寖而醨薄，所谓'性相近，习相远'也。"（第 13 页）《杜甫诗论》："一往有深情，是杜甫创作的麹蘖；惟其情深，才不流于儇薄，不同于无行的文人。"（第 159 页）

这些评论实际上已超出艺术分析的范围,涉及对整个作品的评价。由此可见,坚持正确的艺术标准,对具体作品进行实事求是的评估,具有多么重要的意义。

　　傅先生的"醇美"既缺乏明确的内涵,又把它当作最高的评价尺度,因而在具体分析作品时,难免带有主观随意性。如他摘出杜甫《见萤火》中"沧江白发愁看汝,来岁如今归未归"两句,评云:

　　　　上一句白发愁看,是以情即景,偏于以醇抒其情;下一句涉及明年的事,是想象的深化,偏于以美起其情。于是情愈笃,愁愈深,想象愈滋润,诗句也愈益醇美了。

这段话有些地方很难读懂,如"以美起其情","想象愈滋润";有些地方又较含混,如"以情即景","景"指什么? 如果指"汝"(萤火),照一般能理解的说法该是"触景生情",等等。但傅先生认为这两句诗代表了"醇美"的境界,这层意思大概不至于误会,我们就来看看全诗吧:

　　　　巫山秋夜萤火飞,疏帘巧入坐人衣。
　　　　忽惊屋里琴书冷,复乱檐前星宿稀。
　　　　却绕井栏添个个,偶经花蕊弄辉辉。
　　　　沧江白发愁看汝,来岁如今归未归?

这诗约作于大历二年(767)秋,时杜甫客居夔州。诗的主旨是借秋萤来抒发羁旅之愁和乡思之情的。诗的前六句,作者以惊人的体物工力,逼真地刻画出萤火的动态:从入室的萤到室外的群萤乱飞,"却绕"一句,写萤影映入井中,萤光明灭不定的情状,尤为入神。从全诗来看结联,它所抒写的感叹,就显得缺乏相应的吸引人的力量,以致有被前面生动的萤火形象淹没的可能。这首诗在杜集中不能算是最完整的作品,诗的形象描写与作者的主旨存在一定的矛盾。单从结联而论,构思也较一般,在杜集中更是较为平庸的句子,傅先生用它来作为"醇美"的主要例证,也是不能增加读者对"醇美"的了解的。

我国古代的诗论诗话作者,往往用简洁的三言两语来品评作家作品的风格特点,像《文心雕龙·体性》篇、《诗式》、《二十四诗品》等,更企图对文章风格和诗歌风格作全面概括。这些评语一直沿用下来。但实际效果是很不一样的,如在杜甫研究文章中,一类像雄伟、清新、自然、朴素、豪迈、刚劲等,人们有一个基本相同、比较确定的了解;一类像沉郁、顿挫等,各人就似懂非懂,或理解不完全一致;一类像风华、高华、亢亮、亢爽等,读者不懂,作者也未必全懂。所以,对于这些用语,有的仍可沿用;有的就很难说明问题;而有的必须经过科学的解说后才能运用,傅先生所标示的"醇美"就是这种情形。

在这个问题上,还有两种常见的不良现象。一种是用这类词语的堆砌来代替具体的分析。例如有篇文章这样写道:"如《登楼》、《野人送朱樱》、《堂成》、《江村》、《进艇》之类,情景哀乐,浑化无痕,举浓丽、苍茫、嵯峨、萧瑟、雄伟、悲慨而冶于一炉,皆益臻神化"。所举五例,都是五十六字的七律,而照作者的分析,每首却具备那么多的特点。我们姑抄其中的一首如下:

> 清江一曲抱村流,长夏江村事事幽。
> 自去自来堂上燕,相亲相近水中鸥。
> 老妻画纸为棋局,稚子敲针作钓钩。
> 多病所须惟药物,微躯此外更何求!
>
> ——《江村》

这诗是杜甫晚年寓居成都草堂时所作。诗中描绘了清流绕村、燕鸥自在的景色和妻儿棋钓为娱的人事,主要抒发了诗人当时潇洒闲适的心境。全诗纯用白描，语言清淡流利，风格是比较单纯的，哪里兼有"浓丽"、"嵯峨"、"雄伟"等等特色呢？另一种是用前人诗话中的这类评论，来代替自己的分析。如胡应麟在《诗薮·内编》卷五中评杜诗的"壮"美，有"闳大"、"高拔"、"豪宕"、"沉婉"、"飞动"、"整严"、"典硕"等十四种，胡应麟只各用两句摘句来说明彼此的不同，其实有的雷同强为辨别，有的空泛不明其意，但引用者就轻易认可，凭空叫好，并作为自己论证的一部分，这也是不很妥当的。我们很希望古典诗歌研究者将这些传统用语加以系统的整理，结合具体作家作品给予科学的说明，使风格学的研究推进一步。

四

杜甫的创作态度是极其严肃的。他对于诗歌形象、篇章结构、选字造句等各方面都曾呕心沥血，惨淡经营，力求准确而完美地反映现实生活。封建时代的评点家和笺注家们纷纷被这个特点所倾倒，他们固然也探测了杜甫的某些艺术匠心，但往往把他说得浑身都是解数，每字每句都有了不起的讲究，这就违背创作规律了。现在有的文章也或多或少地存在这种倾向的影响。方管先生的《谈〈秋兴八首〉》一文(1962年7月15日《光明日报》)，其中论到《秋兴八首》的一个艺术特点是："八首之中，有声与无声，有色与无色，更代为用，结合得极其巧妙。"在艺术作品中，运用错落有致、浓淡相间、紧松有别的手法，以免单调和呆板，原是常见的。但方先生的具体分析，如"声音之变且以前四首为例"，都按"无声——有声——无声——有声"的格式写成的，据说，"惟其"这样的"声音有节奏"，"方能成为一阕乐章"。我们且读读第三首：

千家山郭静朝晖，日日江楼坐翠微。

> 信宿渔人还泛泛,清秋燕子故飞飞。
>
> 匡衡抗疏功名薄,刘向传经心事违。
>
> 同学少年多不贱,五陵衣马自轻肥。

方先生说:"山郭朝晖,江楼独坐,无声;渔歌隐隐,遥声;燕子飞飞,无声;五陵车马,喧声。"第三句明明只是说渔人泛舟而行(《诗经·小雅·菁菁者莪》《小雅·采菽》:"泛泛杨舟"),怎么出现了"渔歌隐隐"的"遥声"?第八句的五陵衣马不过是想象,并非写实,而且"车声"又从何而来?其实只要结合这首诗的内容,就会看出,诗人在这里并没有"声音更代"的必然的艺术需要。我们读《登楼》,偏偏只有末联"聊为梁甫吟"有声,《宿府》只是第二联有"永夜角声",《白帝》恰恰只是第三联无声;我们读《登高》和《阁夜》,一则前两联有声(猿啸声,木落声,波涛声),后两联无声,一则中两联有声(鼓角声,哭声、歌声),首尾两联无声,也都不合方先生"声音更代"的格式。方先生本来只要把《秋兴》后四首考察一番,他的"格式"也就不会勉强建立了。我们应该重视艺术技巧的总结和研究,但这必须实事求是地从大量的文学现象中进行概括;同时,任何艺术技巧只有在表现具体作品的内容时才有意义,抽象的艺术技巧实际上只是人为的框框。方先生的主观意图是想说明杜诗艺术的变化多样,然而结果反把杜诗简单化和机械化了。

又如有人在分析《望岳》时,用远望、近望、细望、极望来分配四联,并认为"也只有这样的欣赏,矗立于天地间的泰山的巍峨精神才能表现"。现录原诗如下:

> 岱宗夫如何?齐鲁青未了。
>
> 造化钟神秀,阴阳割昏晓。
>
> 荡胸生曾云,决眦入归鸟。

会当凌绝顶，一览众山小。

从全诗复按，乍看似乎不像上面那个例子的牵强，或许还显出鉴赏的细心。但是，完整的诗歌形象并不是各部分形象的简单拼凑，细致的艺术分析也不同于琐碎的割裂。像《望岳》这首诗，前三联是望岳即景，末联"会当凌绝顶，一览众山小"正是从前面写景中所激发的想象，并非实"望"；而这一虚笔又大大提高了全诗的境界，展示了作者年轻时的伟大胸襟。如果把四联解释成并列的"四望"，对于理解全诗生动的脉络是有妨碍的。

应该指出，这个"四望说"并不是这位研究者的自我作古，原是仇兆鳌的创说(见《杜少陵集详注》卷一)。我们应该尊重仇氏注杜的劳绩，但他那种用八股说诗的方法，就往往割裂诗意，穿凿附会。清代施鸿保说他"分章画句，务仿朱子注《诗经》之例，裁配虽均，而浑灏流转之气转致扞格"(《读杜诗说·序》)，倒没有慑于权威，表现了一定的独立探索精神，值得我们深思。

总上所述，在诗歌艺术分析中，我们不能拒绝运用现代某些艺术原理和美学原理，也不能抛弃我国古代丰富的诗歌理论遗产，但必须坚持实事求是的科学态度，防止硬搬或因袭；其次，作为读者，我们要求深入浅出、不晦涩、不玄虚的文风。当然，诗歌的艺术赏析是一个烦难的课题，所谓"只可意会不可言传"的话，也不是全无道理。但是，我们相信更正确的说法应该是可以意会也可以言传，这就有待于研究者们的共同努力。

(原载《文史哲》1964 年第 3 期)

关于韦庄《秦妇吟》评价的两个问题

——兼论古代作家对农民起义的一般态度

本文围绕韦庄及其《秦妇吟》的评价，试图论述两个问题：（一）从韦庄的作品可否称为"诗史"并与杜甫相提并论，谈谈科学类比和庸俗类比的区别；（二）从《秦妇吟》反对农民起义是否是一种"无法超越的局限性"，谈谈古代作家对农民起义的一般态度。

一

科学的历史类比是史学研究的一种重要方法。不同的历史事件、人物或现象往往存在一定意义上的部分相同或相似，对这些相同或相似进行比较分析，就是历史类比。它有助于对历史的深入理解。但是，极为相似的历史现象之间，在不同历史条件下又常常具有完全不同的性质，因此，类比本身不能成为独立的认识方法，它必须在历史唯物主义一般原理的指导下，研究这种或那种历史现象所处的具体历史条件，这是科学类比的必要前提。如果对不同历史现象只作简单的比附，必然推出错误的结论。

有种意见认为：唐末诗人韦庄的作品也可称为"诗史"，能与杜甫抗衡。分析这种意见在历史类比方法上的错误，是有意义的。

在韦庄的政治活动和思想中，确实可以发现和杜甫的某种类似。他的一生，前遇黄巢农民大起义，后逢藩镇割据大混战，是在剧烈动荡的政治局势中度过的。他和杜甫一样,都是唐王朝的维护者。他的反对黄巢起义和杜甫的反对安史之乱,在"忠君"和其他一些问题上似乎又有点近似。唐肃宗李亨是杜甫心目中的"中兴之主",韦庄对僖宗李儇、昭宗李晔也有过这类企望。韦庄说:"铜仪一夜变葭灰,暖律还吹岭上梅。已喜汉官今再睹,更惊尧历又重开。"(《铜仪》)这不正是杜甫的"司隶章初睹,南阳气已新","今朝汉社稷,新数中兴年"(《喜达行在所三首》)的再现吗? 韦庄说:"我为孟馆三千客,君继宁王五代孙。正是中兴磐石重,莫将憔悴入都门。"(《江南送李明府入关》)这使人想到杜甫的《哀王孙》。韦庄说:"开元时节旧风烟"(《洛阳吟》)、"咸通时代物情奢"(《咸通》),这种忆昔伤今的感情也和杜甫《忆昔》(忆昔开元全盛日)十分相像。光启元年(885),唐僖宗刚从四川回到黄巢起义军占领过的长安,又因内部藩将们的逼迫,出奔凤翔;这时,五十多岁的韦庄风尘仆仆地从江南北上"迎驾"。而在一百三十年前,杜甫不也是从安禄山占领下的长安逃往肃宗行在所凤翔吗? 在表面现象上,韦庄走着一条和杜甫十分相似的道路。这对于评价韦庄的思想和行动,确是一种历史的迷惑,难怪有的同志把他和杜甫相提并论了。

不仅如此,韦庄一生对杜甫的崇奉,更增添了这种迷惑。他编选的《又玄集》就把杜甫列为诸诗人之首。杜甫常自称"杜陵野客"(《醉时歌》),他也以"杜陵归客"(《章江作》)自居。韦庄出生于杜甫的故居所在地京兆杜陵,这不是他自觉选择的结果;但他晚年定居成都浣花溪畔,重建草堂,又采取《浣花集》作为自己诗集的名字,临终时还对杜诗"吟讽不辍"(《唐诗纪事》卷六八),却是表明他对杜甫的由衷仰慕。

然而,列宁曾经指出:"如果要作历史类比,那就应当分清并且确切指出不同事件的共同点,否则就不是作历史对比,而是信口开河。"[1]对

---

① 《列宁全集》第十七卷,第57页。

于韦、杜之间的某些类似、"共同点"，必须具体"分清"，才能指出它们的确切意义。因为在一定历史条件下有进步意义的东西，到了另一个环境中可能变为落后、反动的东西。所谓进步、落后和反动，都是根据具体的历史发展阶段来衡量的。

韦庄的反对黄巢起义和杜甫的反对安史之乱，虽然都从维护唐王朝的统治出发，却具有完全不同的意义。《秦妇吟》是韦庄反对黄巢起义的代表作品。这首长诗通过一位从长安逃难出来的贵家姬妾（"秦妇"）的叙说，正面地描写黄巢起义军如何攻占长安，称帝建国，与唐军反复争夺长安以及最后城中被围绝粮的情形。韦庄通过这些重大事件的描写，对农民革命表示了刻骨的仇恨，对起义军的革命暴力作了恶毒的歪曲和夸张。如开头写起义军进长安，先用"扶羸携幼竞相呼"等二十句，总写长安兵乱，极力渲染出一幅"家家流血如泉沸，处处冤声声动地。舞伎歌姬尽暗捐，婴儿稚女皆生弃"的惨不忍睹的图画；接着又分别特写东西南北四邻女伴的不同遭遇，每段八句，写有的被掳，有的被杀，有的投井，有的悬梁，作者就用这种层层铺排的手法来完成"暴露"起义军"残忍"和"野蛮"的目的。长诗对于黄巢进据长安后，称帝封官，建立农民政权，也竭尽其嘲笑、攻击、咒骂之能事："衣裳颠倒言语异，面上夸功雕作字。柏台多士尽狐精，兰省诸郎皆鼠魅。还将短发戴华簪，不脱朝衣缠绣被。翻持象笏作三公，倒佩金鱼为两史。"在韦庄看来，农民政权是对神圣的封建秩序的最大的亵渎，是不可饶恕的叛乱。诗中写到黄巢军在长安后期的情形，也有许多不堪的描绘。总之，反对农民起义是这首长诗的主要内容（不是全部内容）。

农民革命是历史发展的伟大动力。唐末黄巢大起义纵横全国七道（仅河东、陇右、剑南三道除外），行程万里以上，转战南北十年，在前所未有的规模和范围上沉重地打击了封建地主阶级的统治。这次起义虽被血腥镇压了，但它给封建统治的强大打击，决定了唐王朝最后灭亡的命运。黄巢起义的伟大历史功绩是与日月共光辉的。黄巢本人英勇战斗，不屈牺牲，也不愧为杰出的农民领袖。韦庄在反对黄巢起义这点上，充分地表达了封建地主阶级的观点、情绪和愿望，成为他们忠实的代言人。

杜甫生活在另一个时代。安史之乱主要是统治阶级的内部矛盾，带有民族矛盾的色彩。这场战乱延续达九年之久，极大地破坏了中原地区的社会生产力，给广大人民带来巨大的痛苦。杜甫反对安史之乱，尽管也有维护唐王朝统治的目的，但主要的历史作用无疑是进步的，反映了人民的意志和愿望。在晚唐，确有不少人常把安史之乱和黄巢起义一律看待。如崔致远替淮南节度使高骈所写的《檄黄巢书》说："尔曹所作，何代而无。远则有刘曜、王敦，觊觎晋室；近则有禄山、朱泚，吠噪皇家。"（《桂苑笔耕录》卷一一）兵马先锋使兼把截潼关制置使张承范守潼关时的告急表中也说："使黄巢继安禄山之亡，微臣胜哥舒翰之死！"（《资治通鉴》卷二五四）韦庄自己也常把这两个不同的历史事件加以比附，如《立春日作》："九重天子去蒙尘，御柳无情依旧春。今日不关妃妾事，始知辜负马嵬人。"但是，在今天看来，韦庄反对的是正义战争，杜甫反对的是非正义战争，其实质是迥然不同的。更何况杜甫在时代土壤中发展起来的同情人民、热爱人民的思想，尤不是韦庄所能比拟的。因此，《秦妇吟》和产生在同一条潼关——洛阳道上的"三吏"、"三别"等作品，就应给予不同的评价。

这种现象相似、本质相异的情况，有时也在艺术形象和艺术手法中表现出来。《秦妇吟》是用一个"三年陷贼留秦地"的"秦妇"作为故事的叙述人。这类形象在我国诗史中是有继承性的。"昭君出塞"和"文姬归汉"就是两个颇为典型的事例，一直成为诗人们吟唱的题材（如《昭君怨》、《明妃曲》及《胡笳十八拍》的拟作等）。韦庄说："明妃去日华应笑，蔡琰归时鬓已秋"（《绥州作》），对这类故事也非常熟悉并深有感触。许多诗人都运用"佳丽"被掳受辱或"红颜"沦落异乡来寄托他们对时事的忧念或民族思想。如唐代张籍《永嘉行》、孟郊《伤春》、雍陶《哀蜀人为南蛮俘虏五章》等都写到这点(宋代诗歌中也不乏这类形象①)。韦庄笔下的"秦妇",和上述传统诗歌形象是有承续关系的;但他选择这个贵家姬妾是为了便于发泄他对农民起义的阶级仇恨,表达地主阶级的反动立场,这和传统诗歌形象在意义上就大不相同了。从这里我们又可看到,在文学历史长河中出现的类似形象和艺术手法,评论它们的意义时,也不能脱离具体的历史内容,不能脱离作者的思想立场。

唐末农民起义以后出现了藩镇大混战的局面。韦庄这时期的政治思想,是反对藩镇割据和纷争,维护唐王朝的中央集权。这又跟杜甫的政治思想有某种近似。在唐王朝和地方藩镇的矛盾中,韦庄和杜甫都同样站在唐王朝这一方的。但是,相同的统一唐王朝的要求,又包含着不同的历史意义。

韦庄是唐王朝中央集权的忠实拥护者。"千年王气"、"万古坤灵"(《北原闲眺》)是他不可动摇的精神主宰。光启元年,僖宗被李克用、王重荣等藩将逼离长安,韦庄在《闻再幸梁洋》中写道:"才喜中原息战鼙,又闻天子幸巴西。延烧魏阙非关燕,大狩陈仓不为鸡。兴庆玉龙寒自跃,昭陵石马夜空嘶。遥思万里行宫梦,太白山前月欲低。"诗中对君主表达了深沉的眷念和无限的忠忱。因而,"无人说得中兴事"(《洛北村居》)是他最大的悲愤,作一个"中兴社稷臣"(《赠野童》)是他最大的志愿。这是他后期作品的一个重要主题,也是他政治实践的指导思想。

由藩镇割据到统一的中央集权的重建,这是唐末农民大起义后的历史趋势。于是有的同志在评论唐末作家的"统一"主张时认为,"统一总比割据好",而加以全部肯定。其实,问题并不这么简单。更

---

① 参看钱锺书先生《宋诗选注》所选曹勋《入塞》诗及其注(二)。

重要的是：由谁来"统一"？怎样才能实现"统一"？

黄巢起义后，唐王朝已经名存实亡。当时各地藩镇"皆自擅兵赋，迭相吞噬，朝廷不能制。江淮转运路绝，两河、江淮赋不上供，但岁时献奉而已"。中央王朝所能直接控制的，只有"河西、山南、剑南、岭南西道数十州"，"王业于是荡然"，处在分崩离析的状态（《旧唐书》卷一九下《僖宗纪》）。昭宗以后，国力更为衰微，濒于覆亡的前夜。在这种情形下，唐王朝已完全不能担负起统一的历史任务。

不仅如此，它恰恰成为完成这个历史任务的障碍。

第一，唐王朝是不断挑起藩镇纷争的导火线，强藩悍将们都想扮演一下"挟天子以令诸侯"的那个老故事，把唐王朝作为发展自己实力的一张招牌，为争夺这张招牌而争战不休；同时唐王朝又是拖延战乱的一个因素。当时唐王朝已无力对付藩镇，于是采取"以藩制藩"的策略。然而，藩将们懂得，只有拖延战争才能获得政治的、经济的实惠，甚至是自己存在的条件。早在黄巢起义时，不少藩将都留敌自重。山南西道节度使刘巨容大败黄巢义军于荆门时，却止兵不追。他说："朝家多负人，有危难，不爱惜官赏，事平即忘之，不如留'贼'，为富贵作地。"（《新唐书》卷一八六《刘巨容传》）平卢军节度使宋威也说："昔庞勋（曾率徐州戍卒发动兵变）灭，康承训（义成节度使）即得罪。吾属虽成功，其免祸乎？不如留'贼'……"（《新唐书》卷二二五下《黄巢传》）淮南节度使高骈，之所以不去阻拦黄巢义军渡江，任凭义军向北方扩展和壮大，也是由于采纳了部下这样的建议："公勋业极矣！'贼'未殄，朝廷且有口语；况'贼'平，挟震主之威，安所税驾？不如观衅求福，为不朽资也。"（《新唐书》卷二二四下《高骈传》）在藩镇争战中也可以看到一个明显的现象：在对待唐王朝"以藩制藩"的策略时，受命征讨的藩将往往"困朝廷而缓贼"，以取得"缯帛征马赐之无算"（《旧唐书》卷一四三《李全略附同捷传》）；而当藩将之间发生直接利害冲突时，斗争就异常激烈，如李克用为了消灭对手朱全忠，八次要求朝廷下诏讨伐,他自愿出兵而放弃法定的"度支粮饷"(《资治通鉴》卷二五六)。我们知道,藩镇割据和纷争的局面的长期存在,是由于它们之间的政治、经济和军事势力暂时均衡的结果。要统一,就必须经过兼并战争来打破这种均势;打破得越快、越坚决,统一的局面就能越早出现。后来周世宗柴荣努力改革积弊,壮大实力,才开辟了统一全国的道路;宋太祖赵匡胤正是在其基础上结束了长期分裂局面的。然而,唐末的中央王朝恰恰起了维持均势、拖延战争的作用。顾炎武在《日知录》卷九《藩镇》条中提到"夫弱唐者诸侯也;唐既弱矣,而久不亡者,诸侯维之也",这话是有一定道理的,只是他没有看到,拖延唐王朝的灭亡,意味着拖延统一的中央集权的重建,拖延历史的发展进程。

第二,唐王朝又是消耗社会财富的一个肿瘤。在"以藩制藩"中,它必须支出大量的军事费用。藩将们受命出师,就索取各种"赏赍"和"供饷"[①]。"出界粮"就是法定的一种罕见的陋规:"贞元十五年,讨吴少诚,始令度支供诸道出界粮。元和十年,又加其数矣。"(《唐国史补》卷上《诸道出界粮》条)这类陋规在黄巢起义后有增无已。这些战争负担最后都落到已经受着中央和藩镇双重盘剥的人民身上。所以,拖延唐王朝的灭亡,就意味着拖延人民的灾难。

杜甫的时代却不同。在安史之乱的社会大动荡中,唐王朝却是漫无秩序中的秩序的代表,它仍然拥有一定的实力和号召力。即在安史之乱以后,藩镇势力有所发展,但除河北外,还不能持久地据土自专;而中央王朝依恃东南八道的财赋供给,还能支撑局面。中唐时期唐宪宗李纯还取得了讨伐剑南刘辟、镇海李锜、淮西吴元济等的军事胜利,社会生产也有所恢复和发展,形成了封建史家所羡称的"中兴"局面。唐末就不可能再造成一个唐宪宗。懿宗的荒淫,僖宗的童

---

① 参看赵翼《廿二史札记》卷二〇《方镇兵出境即仰度支供馈》条。

愚,固不足论;即如有抱负、有才干的昭宗,也还是做了历史的牺牲品。他的命运最终并不取决于他个人的抱负和才干,而是由社会的政治、经济、军事等形势和条件来制约的。例如他力图铲除宦官的大权独揽、左右王室,然而他不知道宦官的军事势力又是唐王朝抗衡藩镇的一种力量。宦官专权的消灭,也就是唐王朝的灭亡。所以,当天复三年(903)他依靠藩镇朱全忠把最后一批专权的宦官杀戮殆尽时,也就预告着他自己末日的到来。韦庄所盼望的"中兴之主"是历史注定要落空的。

杜甫说过"致君尧舜上"(《奉赠韦左丞丈二十二韵》),韦庄也说"平生志业匡尧舜"(《关河道中》),都把自己的希望寄托在唐朝君主身上。但是,韦庄的拥戴唐室来重建统一的中央集权的要求,虽也反映了结束战乱的善良愿望,却是一种不能实现的可笑幻想,而且是违背历史发展趋势的。杜甫的类似思想,虽然和韦庄同样具有"忠君"的一面,其主要的历史作用却是进步的,两者不能同日而语。

列宁在谈到历史类比时指出:"只是指在一定的条件下,在允许作一般的历史比较的限度内。"①这里的"一定的条件"和"限度",实际上规定了科学的历史类比必须遵守的条件。历史类比必须是代表事物本质特征的两种相似现象之间的类比,以便透过现象看到本质,而不是脱离事物总的联系、不能代表事物本质的个别现象的随意比附;而要真正掌握相似历史现象之间的相同或不同的本质,则又必须把问题"提到一定的历史范围之内",扣紧异时异地的历史条件和阶级斗争形势进行深入的考察,这是"马克思主义理论的绝对要求"②,而不是脱离事物的发展过程、超越"一定的条件"和"限度"的简单等同。这就是科学的历史类比和庸俗的历史类比的主要区别。

① 《列宁全集》第一〇卷,第 114 页。
② 《列宁全集》第二〇卷,第 401 页。

二

《秦妇吟》是韦庄最有代表性的作品。由于某种忌讳，这首长诗未被收入韦庄的《浣花集》，以致长期失传①。1907 年在敦煌发现以来，得到一些研究者的推崇。其中有一种意见认为，韦庄反对农民起义诚然是错误的，但若用"历史主义"来观察问题，这"都是由于作家阶级、时代的局限性"，是不必过分苛求的。我们现在就来评论这种意见。

人们的活动和思想并不是随心所欲、绝对自由的，既定的历史条件、阶级条件和个人有限的活动能力和认识能力，综合成一条客观的界限。这是那个时代、那个阶级所能达到的最高思想成就也都不能超越的界限。这就是所谓"局限性"。我们承认这种局限性，因为我们无意把历史说成一堆错误的积叠，强迫历史按照我们今天的观点去演进。但是，第一，我们不同意把"局限性"作为遁词，取消对于落后、反动思想的应有的批判，也不同意用笼统的"局限性"来抹煞许多行动和思想在性质上或程度上的差别，不对它们进行细致的分析和

---

① 关于《秦妇吟》不载《浣花集》的原因，孙光宪《北梦琐言》卷六曾说："蜀相韦庄应举时，遇黄寇犯阙，著《秦妇吟》一篇。内一联云：'内库烧为锦绣灰，天街踏尽公卿骨。'尔后公卿亦多垂讶，庄乃讳之。时人号'秦妇吟秀才'。他日撰家戒，内不许垂《秦妇吟》障子，以此止谤，亦无及也。"则韦庄的避忌是由于"公卿"的"垂讶"。此为最早记载，似可备一说。但陈寅恪先生却认为韦庄之所以"讳莫如深"是为了避免触怒蜀主王建。他说，《秦妇吟》有冒犯当时洛阳附近屯军杨复光部队之处，而"杨军八都大将之中，前蜀创业垂统之君，端己（韦庄）北面亲事之主（原注：王建），即是其一"，所以长诗就"适触新朝（前蜀）宫闱之隐情"了（见《读秦妇吟》，载《清华学报》1936 年 10 月，11 卷 4 期）。其实，《浣花集》结集于天复三年（据韦蔼《浣花集·序》），当时韦庄虽任西蜀掌书记，但王建尚未称帝，"宫闱之隐情"云云无从谈起；更重要的是《浣花集》中收有许多直接讽刺洛阳屯军的诗篇（如《睹军回戈》、《喻东军》、《重围中逢萧校书》等），故陈先生此说似不足据。

评价;第二,一般说来,"局限性"虽然表现为某个时代的大多数现象,但"大多数"不能作为"局限性"的标准,而应以那个时代的最高思想成就去衡量。

在黄巢起义过程中,唐末地主阶级知识分子的政治动向大致有下列三种类型:

第一种是反对态度,占知识分子中的大多数。如周朴,这个自称"禅是大沩诗是朴,大唐天子只三人"(《赠大沩》)的狂傲者,以更加狂傲的态度敌视起义军:"黄巢至福州,求得朴,问曰:'能从我乎?'答曰:'我尚不仕天子,安能从贼!'巢怒斩之。"(《唐诗纪事》卷七一)但他没有留下这方面的作品。李山甫的《乱后途中》、《送刘将军入关讨贼》,方干的《贼退后赠刘将军》,罗隐的《中元甲子以辛丑驾幸蜀四首》,郑启的《严塘经乱书事》等,都表现出作者的反动立场。而其中最突出的还是要数韦庄。《秦妇吟》用艺术形式集中了地主阶级的一切仇恨,它在攻击的全面、恶毒上大大超过了其他作者。后来以黄巢为题材的作品,如宋代的《新编五代史平话》中的《梁史平话》卷上,元明杂剧中的《李嗣源复夺紫泥宣》、《压关楼叠挂午时牌》等,虽然也不能摆脱封建的阶级偏见,有一些污蔑性的描写,但还没有过分的渲染和丑化;而像明代孟称舜的《英雄成败》还包含这样的意思:唐朝凤翔节度使、参与镇压黄巢起义军的郑畋和黄巢之间,虽然一成一败,但都不失为英雄①。相比之下,《秦妇吟》的反动性确是特别突出的。

第二种是暂时中立或表面中立的态度。当时知识分子中间出现了一股退栖山林的避世潮流。曹松到了洪都西山,吕岩退居终南,来鹏托迹荆襄。比较著名的是司空图。他在大变动中,"间关至河中"(《唐才子传》卷八)。他说,"名应不朽轻仙骨,理到忘机近佛心"(《山

----

① 参看汪栐在开头的眉批(据"诵芬室"本):"黄巢以下第书生,而搅翻世界;郑畋以第仕书生,而整顿残唐,均是英雄伎俩,固不得以成败论也。"

中》），"自此致身绳检外，肯教世路日兢兢"（《退栖》）。后来昭宗召他做官，他果然没有接受。这类人主要为了明哲保身，暂图偷安，等待时机，他们对于唐王朝仍然是不变初衷的。杜荀鹤在《乱后归山》中说得好："此心非此志，终拟致明君。"司空图后来"闻哀帝遇弑，不食扼捥，呕血数升而卒"（《唐才子传》卷八），对于说明这类人的思想动态是有代表性的。

　　第三种是参与或赞助的态度。《旧唐书》卷二〇〇下《黄巢传》称："巢之起也，人士从而附之。或巢驰檄四方，章奏论列，皆指目朝政之弊，盖士不逞者之辞也。"当时确有不少知识分子加入了起义队伍。皮日休就是一个例子①。可惜他参加农民军后的作品几乎没有留下（仅存的《题同官县壁》是否为他所作，有人还怀疑）。然而在他以前写的《文薮》中，时时闪发出一些大胆而可贵的思想光辉。《原谤》中说"呜呼，尧舜大圣也，民且谤之；后之王天下、有不为尧舜之行者，则民扼其吭，捽其首，辱而逐之，折而族之，不为甚矣"，表示了对神圣君权的动摇。这跟当时农民阶级在大起义前夕的革命情绪，也有某种共鸣。在《鹿门隐书》中他指出统治者以标榜仁义礼智信而得天下，得天下后常常五者尽失；他还以伊尹、汤、文王等人自任。这说明他参加起义军并不是偶然的。皮日休的加入义军，在当时条件下不能不说是思想上的一个勇敢的跃进。当然，参加起义军并不等于阶级立场的全部转变或封建世界观的彻底摆脱，这也是需要指明的。

　　在阶级斗争接近决战的那些历史时期，往往会引起统治阶级内部的分化，某些个人（特别是知识分子）会从一方转向另一方。人们

---

①　关于皮日休是否参加起义军问题，历来众说纷纭。《唐诗纪事》、《郡斋读书志》、《唐才子传》、新旧《唐书》、《资治通鉴》等书都主张从军说；只有陆游据尹洙《皮子良墓志》而认为没有从军。陈垣先生《通鉴胡注表微·出处篇》中反驳陆说。萧涤非先生在整理《皮子文薮》的《前言》中考辩更详，从军说似可作定论，请参看。

的政治立场和世界观虽是不很容易转变的,但由于封建知识分子不直接掌握生产资料,对劳动人民进行直接剥削,他们的政治立场和世界观,比起那些直接进行剥削的地主阶级分子,一般说来其稳固性较差。所以在我国农民大起义时期,地主阶级知识分子投入农民军的现象虽在总体上并不很多,但比之地主阶级分子却为数较多(甚至兼有地主身分的知识分子,也比一般的地主分子为数较多)。除了那些混入内部的阶级异己分子外,他们会抱着各种不同的目的被卷入农民起义的浪潮。欧阳修在《论募人入贼以坏其党札子》中特别警告统治者:知识分子可能参加起义军将成为封建王朝的最危险的敌人(《欧阳文忠公文集》卷一○二)。这确是有的放矢的。黄巢起义军中的"士不逞者"是如此,甚至黄巢本人也是一个几次应举而未及第的知识分子。由此可见,把反对农民起义看作地主阶级知识分子根本无法超越的"局限性",这种说法是不符合历史上阶级斗争规律的。

在两次农民革命大风暴之间的阶级斗争相对缓和或阶级矛盾逐步发展的历史时期,一般说来,地主阶级知识分子中间真正同情和支持农民革命的,就极为罕见了。在我国诗史中,可以读到不少描写农民淳朴、善良、勤劳的作品,但几乎没有歌颂农民反抗封建统治的革命性格的诗篇(只有民歌例外)。这时期的知识分子,除了那些继续喋喋不休的肆意诋毁、污蔑外,其中比较开明者往往提出"官逼民反"的思想。南唐刘崇远评论黄巢起义军,就认为他们原是"承平之蒸民",然而"官吏刻薄于赋敛,水旱不恤其病馁。父母妻子,求养无计",于是不得不铤而走险(《金华子》卷下)。张咏认为北宋王小皤、李顺起义是由于"当时布政者,罔思救民瘝","佞罔天子听,所利唯剥削,一方忿恨兴,千里攘臂跃"(《乖崖先生文集》卷二《悼蜀四十韵》)。杜甫说"不过行俭德,盗贼本王臣"(《有感五首》其二),陆游说"彼盗皆吾民"(《疾小愈纵笔作短章》)、"盗贼起齐民"(《两麌》),都可以作为有代表性的言论。后来金圣叹在《批改贯华堂原本水浒传》第五十一回文中夹批里说:"嗟乎,天下者,朝廷之天下也;百姓者,朝廷之赤子也。今也纵不可限之虎狼,张不可限之馋吻,夺不可限之几肉,填不可限之溪壑,而欲民之不畔,国之不亡,胡可得也",也受了这类思想的影响。

但是,从"官逼民反"的思想出发,可以引出不同的结论。一部分知识分子以此对封建官僚机构和军队进行了尖锐的揭发和批判,"致乱唯因酷吏来,刿剥生灵为事业"(贯休《东阳罹乱后怀王慥使君》)表示了对"酷吏"的谴责和对民生疾苦的同情,这是应该肯定的。当然,他们的目的在于唤醒统治者注意,建立一个轻徭薄赋的廉洁政府。正如《共产党宣言》所说:"为了有可能压迫一个阶级,就必须保证这个阶级至少有能够维持它的奴隶般的生存的条件。"地主阶级为了保证供其剥削的劳动人手,他们是可能认识到适当抚存农民的必要,所以"民惟邦本,本固邦宁"(伪《尚书·五子之歌》)之类的道理就为一些人所接受和鼓吹。然而,这部分地主阶级知识分子的这类思想,在这种历史时期里毕竟是很进步的了。

另一部分地主阶级知识分子从承认"官逼民反"的事实出发,却是为了证明加强国家机器的必要,主张采用反动的"剿"、"抚"两手政策,更阴险、更毒辣地镇压人民。南宋大词人辛弃疾在说了"民者国之根本,而贪浊之吏迫使为盗"以后,却向统治者提出了"深思致盗之由,讲求弭盗之术,无恃其有平盗之兵也"的献策(《辛稼轩诗文钞存·淳熙己亥论盗贼札子》)。《包拯集》中的许多文章都一面警告"横敛不已"会引起农民起义的"心腹之患",一面要求派遣官吏前往各地,"体量民间疾苦,假以便宜,俾之抚绥",以求"速得剿除",把革命的怒潮压下去①。前面提到的金圣叹,更是把起义军看作"天下之所共击"的"凶物",要求"有王者作,比而诛之,则千人亦快,万人亦快者也"(《水浒序二》),毫不含糊地表达了维护封建统治的立场。

---

① 参看《包拯集》卷七《请罢天下科率》,卷五《请差京东安抚》、《请速除京东盗贼》等文。

由此可见,地主阶级知识分子所提出的"官逼民反"的思想,可能包含不同的政治目的。其中一些人同情人民疾苦、要求减轻他们过分沉重的负担,这应该给以肯定的历史评价,但又必须看到,他们都不同情和支持农民起义的革命行动,从根本上说都是维护封建剥削制度的。

在历史上民族危机空前严重的时期,地主阶级知识分子对待农民起义的态度,除了那些继续肆意诋毁、污蔑,并把民族危亡归咎于"盗贼"的以外,其中比较开明者往往提出联合农民起义军共同抗御少数民族统治者侵扰的思想,这就是很进步的了。南宋华岳的《平戎十策·取士》篇中,指出取士的八个来源,其中列入了"江湖领袖、山林标准"的"豪杰","曾犯三尺、求脱罪籍"的"罪戾","材气过人、轻犯刑法"的"黥配"等,就是从南宋民族斗争的需要提出的(《翠微北征录》卷一)。南宋遗民龚开居然写了《宋江三十六赞》,推崇宋江"识性超卓","盗贼之圣",也是激于南宋覆亡的历史遗恨(载《癸辛杂识·续集》卷上)。明末清初的作家中更发展了这种思想,并且得到部分的实现。顾炎武对明末农民军原是仇视的,入清以后,他曾一度和农民军联合。因为在他看来,"君臣之分,所关者在一身;华裔之防,所系者在天下"(《日知录》卷七《管仲不死子纠》),因而对农民军也不那么敌对了。即如始终抱着势不两立态度的王夫之,也不得不从农民军那里找寻抗清的出路,甚至认为"唐之授于盗贼,贤于宋之夷狄"(《周易外传》卷二《离》条)。顾炎武的朋友陈忱在《水浒后传》中借李应的口指责蔡京、童贯等说:"我等一百八人……若留得宋公明、卢俊义在此,目今金兵犯界,差我们去拒敌,岂至封疆失守,宗社丘墟!"(第二十七回)同样说出了当时不少知识分子的主张。事实上,在南明时期,农民军已经成为抗清的主要力量。

我们应该承认,这种思想和主张是维护民族利益的表现,在当时历史条件下是有进步作用的。然而,这也不等于同情和支持农民起义,只不过是一种基于自己阶级利害考虑的利用,而且还往往是一种暂时性的利用。王夫之在《宋论》卷一〇中就认为"盗固未可轻用"，"欲抚群盗者，必先之以剿"，更突出地表明他们的地主阶级立场并没有改变。

以上我们就不同历史时期中地主阶级知识分子对于农民起义的态度，作了一个极为粗略的描述。大致说来，在阶级斗争相对缓和、阶级矛盾尚未激化或民族斗争特别激烈的时期，知识分子中间同情和支持农民起义的，确是一种极为罕见的现象，因为不具备相应的历史条件。我们在评论这时期地主阶级知识分子的反对农民起义时，虽也要指明他们的阶级实质，但应从历史条件去说明，不要苛求古人。而在农民革命大发展时期，部分知识分子是可能发生分化而转到农民队伍中来的。这并不奇怪。《共产党宣言》中说："在阶级斗争接近决战的时期，统治阶级内部的、整个旧社会内部的瓦解过程，就达到非常强烈、非常尖锐的程度，甚至使得统治阶级中的一小部分人脱离统治阶级而归附于革命的阶级，即掌握着未来的阶级。"列宁也说："人物和团体从一方转到另一方，这不但可能，而且在每次社会大'动荡'的时候，甚至是必然的。"[1]马克思主义经典作家在这里讲的虽不是地主阶级知识分子转入农民起义军的情况，但都强调在"阶级斗争接近决战的时期"或"社会大'动荡'的时候"，人们的政治立场是会发生"甚至是必然的"转化的，这也适用于我们所论的问题。所以，不能把地主阶级知识分子敌视农民起义，笼统地归结为无法超越的"局限性"。对于处于农民革命风暴时期而敌视革命的韦庄，我们理所当然地要给以必要的批判。

（原载《古典文学论丛》[《复旦学报》增刊]，

上海人民出版社，1980 年）

---

① 《列宁全集》第二十一卷第 131 页。

韦 庄 简 论

一、家世和早年求仕经历

韦庄是唐末五代一位兼长诗、词的著名作家,在我国文学史上占有重要的地位。

韦庄,字端己,约生于唐文宗(李昂)开成元年(公元836年)[①],京兆杜陵(今陕西西安市东南)人。杜陵是唐代大诗人杜甫的故居所在地,这种"同乡"关系加深了韦庄一生对杜甫的崇敬和仰慕。

他出身于贵族官僚家庭,是武后时宰相韦待价的后代(《蜀梼杌》、《资治通鉴》、《唐诗纪事》、《十国春秋》均谓他为玄宗相韦见素之后,实非同出一房),也是诗人韦应物的四世孙。到韦庄时,他的家族却已衰落,父母又早亡故,处境较为寒微。

韦庄青少年时的生活情况,现在知道得很少。从少许诗篇和记载中知道他曾在长安和下邽(今陕西渭南县北)度过天真烂漫的儿童

---

① 关于韦庄生年,夏承焘《韦端己年谱》谓开成元年(公元836年),曲滢生《韦庄年谱》谓大中五年(公元851年),刘星夜《韦庄生年考订》(《光明日报》1957年5月26日)谓大中元年(公元847年)。今采夏说。惟夏说的主要根据为韦庄《镊白》诗,谓此诗作于光启二年,其中有"新年过半百"句,则是年"至少五十一岁"。以此逆推,定生年为开成元年。可见夏说亦是大约之数,故加"约"字。

时代：

> 御沟西面朱门宅，记得当时好弟兄。晓傍柳阴骑竹马，夜偎灯影弄先生。巡街趁蝶衣裳破，上屋探雏手脚轻。今日相逢俱老大，忧家忧国尽公卿。
>
> ——《途次逢李氏兄弟感旧》

> 昔为童稚不知愁，竹马闲乘绕县游。曾为看花偷出郭，也因逃学暂登楼。招他邑客来还醉，儳得先生去始休。今日故人无处问，夕阳衰草尽荒丘。
>
> ——《下邽感旧》

两首诗都是"感旧"之作。前首写寓居长安御沟时的情况。他与李氏兄弟骑竹马，戏塾师，满街扑蝶，上屋捉鸟，活现出一位无忧无虑、顽皮机灵的儿童形象。他在《洪州送西明寺省上人游福建》中说"记得初骑竹马年，送师来往御沟边"，说明其时还与和尚有所接触。当然，他未必预料到在经过长期的生活磨炼后，自己晚年"常供养维摩居士"（贯休《和韦相公见示闲卧》诗注），喜禅好佛。后首写侨居下邽时的情况。《太平广记》卷一七六《幼敏类》说："韦庄幼时，常在下邽县侨居，多与邻巷诸儿会戏。"此诗即写看花、逃学、招人饮酒、向老师撒野，把"不知愁"的神态刻画得淋漓尽致。

成年以后，他很快失去这份快乐的心情。生活给他安排了一条漫长而曲折的科举求仕的道路。《唐才子传》卷一〇说他"少孤贫力学，才敏过人"。但第一次应举就不幸名落孙山。约四十二岁时，他离开一度寓居的鄠县（长安附近）和老家杜陵，东出潼关，寻找门路。在途中，回眺长安，宫阙依然高耸；而一路上秋色萧瑟，令人黯然伤神，他写了《尹喜宅》、《灞陵道中作》、《关河道中》、《题盘豆驿水馆后轩》等诗。他深沉地唱道：

> 槐陌蝉声柳市风，驿楼高倚夕阳东。往来千里路长在，聚散
> 十年人不同。但见时光流似箭，岂知天道曲如弓。平生志业匡
> 尧舜，又拟沧浪学钓翁。
>
> ——《关河道中》

经世济时的壮志无法实现，只得归隐田间，而时光流驶，年复一年，不
禁发出天道不平的愤懑呼声。有时却用萧散简远的笔墨来描绘另一
"驿楼"的景色：

> 极目晴川展画屏，地从桃塞接蒲城。滩头鹭占清波立，原上
> 人侵落照耕。去雁数行天际没，孤云一点净中生。凭轩尽日不
> 回首，楚水吴山无限情。
>
> ——《题盘豆驿水馆后轩》

盘豆驿在河南旧阌乡县西南，从附近的桃林塞，东接蒲城。中两联写
景：鹭立、人耕，是静景；雁飞、云生，是动景。动静结合，轻笔点染，
犹如一幅淡墨"画屏"，跟凭轩远眺者的落寞心情映衬谐和。

　　韦庄到了虢州，一时生活无着，就暂时在涧东村、三堂、朱阳县留
居，心情仍不能完全平静。在其时的诗作中，往往在一幅幅农村风俗画
中透出他的勃郁不平之气：既是"清涧涨时翘鹭喜，绿桑疏处哺牛鸣"
的静谧、安详，也是"儿童见少生于客，奴仆骄多倨似兄"的孤寂、冷遇
（《虢州涧东村居作》）；或者面对山水胜境，却又有"欲别诚堪恋，长归又
未能"的进退失据的惶惑（《渔塘十六韵》）。当然，比起名利场中的炎
凉、倾轧来，农村中遇到赏音知己或悦目美景的机缘毕竟要多些：

> 主人年少多情味，笑换金龟解珥貂！
>
> ——《三堂早春》

何处最添诗客兴，黄昏烟雨乱蛙声。

——《三堂东湖作》

温馨的友情，迷丽的景色给韦庄凄苦的心灵带来一些难得的慰藉。

唐僖宗（李儇）乾符六年（公元 879 年），他又回长安应举。但是，得到的是又一次失败的打击。滞居京华，病贫交迫，他感到全家像浮萍飘荡无依无靠，自己犹如弱燕栖留高檐而不能展翅飞翔，心情日趋沉重："帝里无成久滞淹，别家三度见新蟾。……百口似萍依广岸，一身如燕恋高檐。"（《冬日长安感志，寄献虢州崔郎中二十韵》）

这时，一声晴天霹雳，传来了黄巢农民起义军攻占湖南的消息。原来，唐朝末年，土地兼并愈演愈烈，统治阶级加紧对农民的剥削和掠夺，苛捐杂税，横征暴敛，致使农民纷纷破产，农村生产力遭到大规模的破坏。而"僖宗以幼主临朝，号令出于臣下，南衙北司，迭相矛盾，以至九流浊乱，时多朋党，小人谗胜，君子道消，贤豪忌愤，退之草泽，既一朝有变，天下离心"（《旧唐书·黄巢传》）。加之连年灾荒，逼得各地农民不断起来暴动。最后，终于爆发了以黄巢为首的农民大起义。

作为地主阶级知识分子的韦庄，尽管由于怀才不遇而对现实有所不满，但当农民起义军根本动摇唐王朝的统治时，他就反对农民革命了。他在《又闻湖南荆渚相次陷没》中，慨叹"战馀空有旧山河"的景象，不满"天子只凭红斾壮，将军空恃紫髯多"的无能和无力，发出"几时闻唱凯旋歌"的迫切期待。

然而，韦庄所盼望的"凯旋歌"并没有传来，传来的倒是黄巢起义军渡长江、占洛阳、进据潼关的消息。广明元年（公元 880 年），起义军攻下首都长安，唐僖宗仓皇逃往四川。

韦庄在兵火中与弟妹相失，又重病不起，困居长安城内。第二年才与弟妹相会。这年立春日，他写道：

> 九重天子去蒙尘,御柳无情依旧春。今日不关妃妾事,始知
> 辜负马嵬人。

——《立春日作》

前两句感叹人事全非,景物依旧;后两句对所谓"女宠祸国"的封建历史观提出怀疑,表面上为杨贵妃抱屈,实际上说明目前僖宗出奔是统治集团的自食其果。这又表现出他颇为清醒的认识。但是,这时期他的主要思想是希望出现能够恢复唐朝昔日声威的中兴"奇士","西望翠华殊未返,泪痕空湿剑文斑"(《辛丑年》),对唐僖宗更表达了拳拳"忠贞"之情。

中和二年(公元882年),韦庄逃离长安,到了洛阳。他目睹洛阳乱后的残破,"五凤灰残金翠灭,六龙游去市朝空"(《北原闲眺》),宫楼、市容已不复作为东都时的旧观,"如今父老偏垂涕,不见承平四十年"(《洛阳吟》),则又融注着他自己的"故国"之思。当时洛阳屯驻着东来的援军,但藩将们观望不前,各怀鬼胎,企图保存自己的实力。这对一心盼望"恢复"的韦庄,自然是不能容忍的。去年在长安时他已提出过"底事征西将,年年戍洛阳"(《重围中逢萧校书》)的责问,现在更指斥他们:"止竟有征须有战,洛阳何用久屯军?"(《赠戍兵》)讽喻他们:"四年龙驭守峨嵋,铁马西来步步迟。"(《喻东军》)而这批"官军"竟无耻到连夜逃跑,还满车装着美女归来:"昨日屯军还夜遁,满车空载洛神归。"(《睹军回戈》)这些诗深刻地揭露了唐朝军队的腐败和凶残,是有一定社会意义的,在长诗《秦妇吟》中则有更突出的反映。

二、长篇叙事诗《秦妇吟》

《秦妇吟》是韦庄的代表作。全诗共一千六百六十六字,是现存

唐诗中最长的一首叙事诗,也标志着我国诗歌的叙事艺术的重要发展。

《秦妇吟》的故事和思想内容。中和三年(公元 883 年)的春天,洛阳郊外繁花似锦,行人稀少,诗人碰到一位从长安逃来的贵家姬妾,前去搭话,这位"秦妇"便向他诉说"三年陷贼留秦地"的经过。诗中的故事就是这样开始的。

她先叙述黄巢农民起义军如何攻占长安,她如何被掳;黄巢在城中称帝建国,与"官军"如何反复争夺长安,以及城中被困绝粮的情形;然后讲到她逃难东奔,出潼关、经新安(今河南新安县)、抵洛阳,叙述了这些"官军"占领区的所见所闻。

长诗以正面反映农民大起义为题材,这在以前诗歌中是绝无仅有的;但重要的是诗人对这一题材的理解和态度。韦庄从维护唐王朝统治出发,对起义军多有诋毁。诗中写到起义军进入长安时:

> 家家流血如泉沸,处处冤声声动地。舞伎歌姬尽暗捐,婴儿稚女皆生弃。

以下又分别叙述东西南北四邻的女伴,有的被掳,有的被杀,有的投井自尽,以渲染义军的"暴行"。黄巢进城后,称帝封官,建立农民政权,诗中也予以嘲骂:

> 衣裳颠倒言语异,面上夸功雕作字。柏台多士尽狐精,兰省诸郎皆鼠魅。还将短发戴华簪,不脱朝衣缠绣被。翻持象笏作三公,倒佩金鱼为两史。

其他像"贼"、"寇"、"凶徒"、"妖徒"之类的诬蔑性称呼全篇时见,形成了全诗的一个主要思想倾向。这是不必讳言的。

但是，就在这类描写中，我们可以看出某种历史的真实。诗中夸张起义军进入长安时的混乱情况，恰恰暴露出封建统治者在伟大人民力量面前所表现的仓皇失措和腐败无能；"轰轰崑崑乾坤动，万马雷声从地涌。火逬金星上九天，十二官街烟烘烔"，不正形象地反映了起义军掀天揭地的进军气势吗？前面所说的四邻女子其实都是些大家"闺秀"，所谓"舞伎歌姬尽暗捐"，显然也是豪门显贵之家，就是"秦妇"的身分，也是富贵人家的宠姬，一向过着娇生惯养的优越生活，诗中为世传诵的两句名句"内库烧为锦绣灰，天街踏尽公卿骨"，正道出了起义军打击的主要对象是封建统治阶级，而不是普通人民群众。这些暴露和反映虽然不是韦庄的主观思想，却是诗歌形象本身所具有的客观意义。

《秦妇吟》的另一重要内容是对藩将们拥兵自守的遣责和"官军"劫掠人民的指斥，这表现作者思想中比较进步的方面。诗中有一段金天神（华山山神）的自诉，大意说自己虽为神仙，但对平"乱"无能为力，自觉羞愧，退避山中。作者接着说："神在山中犹避难，何须责望东诸侯？"这实际上是对关东各地藩将们的"责望"和讽刺，反映了统治阶级内部的分崩离析。诗中写到"秦妇"路过新安，遇到一位满脸菜色的白发老翁，他向"秦妇"控诉了"官军"公然抢劫，给人民造成了深重的灾难：

> 千间仓兮万斯箱，黄巢过后犹残半。自从洛下屯师旅，日夜巡兵入村坞。匣中秋水拔青蛇，旗上高风吹白虎。入门下马若旋风，罄室倾囊如卷土。

黄巢过后还留下一半粮食、财物，而"官军"一来竟一扫而光，这个对比绝妙地揭示了"官军"残民以逞的本质。下面更推广一层说："一身苦兮何足嗟，山中更有千万家，朝饥山上寻蓬子，夜宿霜中卧荻花。"在这里，反对农民起义的韦庄却对广大农民群众的痛苦表示了可贵的同情心，这正是他的思想矛盾所在，决定了这首长诗内容的复杂性。

《秦妇吟》的艺术特点。首先，长诗写的是重大历史事件，其中有农民起义军和封建统治阶级的矛盾，又有统治集团内部的矛盾，"官军"和人民的矛盾等等，内容丰富，头绪纷繁，作者精心选择了几个典型性的场面和情节，加以突出的刻画，来反映这种种错综复杂的矛盾；同时，又以"秦妇"作为故事的叙述人，把这些场面和情节一一贯串起来，布局谨严而又脉络分明，使作品成为一个有机的整体。其次，全诗描写生动，形象鲜明，音节谐和响亮，语言明白易懂，颇受白居易长篇叙事诗《琵琶行》等的影响。但也有较为含蓄的地方，如借金天神指斥藩将一段，语气婉转曲折，讽刺鞭挞之意却入木三分。最后，作者运用了铺叙而有层次的艺术手法。如写起义军攻占长安，"扶赢携幼竞相呼"以下二十句，鸟瞰长安兵乱，这是总写；接着又分写东西南北四邻女伴的不同遭遇，每段八句，这是特写。通过这样层层铺排，来完成作者渲染长安兵乱的创作意图。作者选择这个贵家姬妾作为咏唱的主角，也是为了便于反映他对起义军和唐军的态度和看法。没有什么抽象的、孤立的艺术手法，任何艺术手法总是为表达主题服务的。在这样认识的前提下，我们对于《秦妇吟》在诗歌叙事艺术上的成就，可以而且应该作出充分的评价。

《秦妇吟》的失传和发现。这首长诗在当时就流传很广，韦庄并被称为"《秦妇吟》秀才"，名噪一时。《北梦琐言》卷六说："蜀相韦庄应举时，遇黄寇犯阙，著《秦妇吟》一篇。内一联云：'内库烧为锦绣灰，天街踏尽公卿骨。'尔后公卿亦多垂讶，庄乃讳之。时人号'《秦妇吟》秀才'。他日撰家戒，内不许垂《秦妇吟》障子，以此止谤，亦无及也。"大概由于这一忌讳，其弟韦蔼在替他编《浣花集》时，也就没有收入，以致长期失传。直至1907年后，才在敦煌石窟发现了九种手抄本，其最早抄本末署"天复五年（公元905年）乙丑岁十二月十五日，敦煌郡金光明寺学仕张龟写",时韦庄尚在世,离《秦妇吟》写成时代相距仅二十二年。这些抄本的发现,引起了国内外学术界的重视,为研究韦庄和唐诗提供了极其珍贵的材料①。

三、奔走南北十年

三年幕僚生活。《秦妇吟》的结尾说:眼前中原烽火连天,刀兵遍地,只有江南太平无事,城坚物阜,"避难徒为阙下人,怀安却羡江南鬼。愿君举棹东复东,咏此长歌献相公!"诗中的"相公"指当时镇海军节度使周宝。韦庄不久果然到达润州(今江苏镇江市),在周宝府署中当了幕僚。

作为幕僚,他或者参加"满耳笙歌"、"满楼珠翠"的豪华夜宴,"因知海上神仙窟,只似人间富贵家",宛然置身于海上仙境(《陪金陵府相中堂夜宴》),或者随从出猎,对"十里旌旗十万兵"(《观浙西府相畋游》)的盛大排场叹为观止。他暂时忘却了离乱的痛苦,一度生活放浪,风流逸乐。然而,对故乡的感怀仍时时涌起心头:

> 人人尽说江南好,游人只合江南老。春水碧于天,画船听雨眠。　　炉边人似月,皓腕凝霜雪。未老莫还乡,还乡须断肠。
>
> ——《菩萨蛮》

这词说,江南风物令人陶醉,但故乡沉沦,不堪回去,恐要老死江南

---

① 关于各抄本以及《秦妇吟》重为我国学者所知,并加以校勘、笺注和研究等情况,可参看王重民《补全唐诗》文(《中华文史论丛》第 3 辑,1963 年 5 月出版)、《敦煌古籍叙录》"《秦妇吟》"条等。又柴剑虹《〈秦妇吟〉敦煌写卷的新发现》一文(载《光明日报》1983 年 6 月 7 日),其所发现的新卷,与前九种抄本之一(P.2700),原是同一写卷而被割裂为两件,故总数仍为九种抄本。

了。表面上说"莫还乡",骨子里更深一层写出乡思。

北上迎驾不成。中和四年(公元 884 年)六月,黄巢起义军终于在地主阶级的镇压下失败了。第二年三月,唐僖宗从四川还京。但是,统治集团内部争权夺利的斗争却尖锐起来。唐王朝为了挽救财政破产的局面,在大宦官田令孜的策划下,欲将河中节度使王重荣所管辖的安邑、解县两盐地榷课收归中央,遭到王重荣的抗拒。九月,田令孜率军进讨王重荣,王重荣便联合沙陀族酋帅李克用以讨伐田令孜为名,领兵连败唐军,并于十二月进逼长安。唐僖宗回到京城还不过八个月,又不得不出奔凤翔(今陕西凤翔县)。

在中央王朝和地方藩将的矛盾中,韦庄是维护中央集权,站在中央王朝方面的。在《闻再幸梁洋》中说:

> 才喜中原息战鼙,又闻天子幸巴西。延烧魏阙非关燕,大狩陈仓不为鸡。兴庆玉龙寒自跃,昭陵石马夜空嘶。遥思万里行宫梦,太白山前月欲低。

战鼓声刚刚停歇,皇帝又要逃命,遥念僖宗对着凤翔的深山明月,该是多么悲伤! 正是这种辅君复国思想促使年过半百的韦庄决心到凤翔"迎驾",为唐政权效命。

唐僖宗光启二年(公元 886 年)夏天,韦庄渡江北上,很快到了河南中部。但是,藩将们正在河南西部一带厮杀,使他不能径直西行。于是他改渡黄河,绕道山西南部,最后到了相州(今河南安阳),终因道路阻塞折返建康(今江苏南京市)。那时,周宝已被部下驱逐,韦庄不能重作幕僚,便搬到婺州(今浙江金华)暂住。他叹息道:

> 二年辛苦烟波里,赢得风姿似钓翁!
>
> ——《解维》

两年奔波,无功而归,只落得像渔父那样饱经风霜的模样而已。这似乎是这次旅行的一个总结。然而,他在途中写了不少纪游诗,如《自孟津舟西上雨中作》、《含山店梦觉作》、《天井关》、《过内黄县》、《壶关道中作》、《上元县》、《谒蒋帝庙》等。传诵一时的名作《台城》说:

> 江雨霏霏江草齐,六朝如梦鸟空啼。无情最是台城柳,依旧烟笼十里堤。

此诗作于建康。迷濛江雨,排排江草,寂寞啼鸟,使人感到曾在这里建都的六个王朝(吴、东晋、宋、齐、梁、陈)犹如梦幻似的消逝了。惟有柳树苗长如故,使十里长堤烟雾笼罩。落笔凝练,风调凄迷,对唐王朝衰落的现实感慨,寄托在怀古的情思之中。

西行求仕求食,碰壁而回。韦庄在婺州乡间,表面上生活平静,饮酒作诗,并与和尚往还;但境况的窘迫,对时局的忧虑,报国无门的烦恼,异乡作客的飘泊痛苦,都在煎熬着他。不到一年,他又外出奔波,谋求出路。

他从婺州西奔江西、湖南,转湖北,直达巫峡,这已是唐昭宗(李晔)大顺元年(公元890年)的冬天了。他拜谒了巫山庙,凭吊那些与巫山有关的历史人物,听到哀猿乱啼,水声如泣,感念动荡的社会和自己颠沛流离的遭遇,悲伤之情油然而生。他又折回,过江西再返婺州。途中所作纪游诗有《袁州作》、《湘中作》、《西塞山下作》、《齐安郡》、《谒巫山庙》、《钟陵夜阑作》等。在婺州度重阳节时,他写道:

> 异国逢佳节,凭高独苦吟。一杯今日酒,万里故乡心!
> ——《婺州水馆重阳日作》

他对故乡中原的思念越来越不可摆脱,"声声林上鸟,唤我北归秦"

（《遣兴》），"云晴春鸟满江村，还似长安旧日闻"（《闻春鸟》），"为忆长安烂熳开，我今移尔满庭栽"（《庭前菊》），"孤吟尽日何人会，依约前山似故山"（《倚柴关》），啼鸟、花卉、青山，处处勾引起他的乡思。不久，他告别了留居年馀的婺州，北上长安。

四、晚年的仕宦生涯

唐昭宗景福二年（公元 893 年），韦庄在长安应试，再次落第。这给他的打击实在太大了。他想起一生的潦倒贫困，想起留在婺州的全家老小，一会儿埋怨自己秉性老实，不知钻营，一会儿斥责别人对他诽谤和嘲笑，一会儿去请求官僚们提拔自己（见《投寄旧知》、《寄江南诸弟》、《绛州过夏留献郑尚书》诸诗）。第二年，他再度应试，总算考取进士，但已是年近六十的白发老人了。

> 街鼓动，禁城开，天上探人回。凤衔金榜出云来，平地一声雷。　　莺已迁，龙已化，一夜满城车马。家家楼上簇神仙，争看鹤冲天。
>
> ——《喜迁莺》

鼓声咚咚，宫门大开，贴出录取榜文。满城堵塞着车马，家家楼上簇拥着美女，争看这些考取的幸运儿。词中充分表达了作者"春风得意马蹄疾"的欣喜之情。然而，这份心情又很快地消失了。他只得了校书郎的小官，职位卑下，仍然郁郁不得志。在一次出潼关的道中，他遇见一位老友，便对他诉说道：

> 十年身事各如萍，白首相逢泪满缨。老去不知花有态，乱来唯觉酒多情。贫疑陋巷春偏少，贵想豪家月最明。且对一罇开

口笑,未衰应见泰阶平。

——《与东吴生相遇》

唐昭宗乾宁三年(公元897年)七月,凤翔节度使李茂贞领兵攻打长安,唐昭宗跟他的父亲僖宗一样,自己没有军事力量,只好逃到华州(今陕西华县)。韦庄就在华州驾前供职。次年,另一个四川藩将王建攻打东川,昭宗派遣谏议大夫李询为两川宣谕和协使,诏令王建罢兵,韦庄被任为判官同行入蜀。王建不肯听从昭宗的诏令,但很赏识韦庄的才干。

韦庄返唐后,又做过左、右补阙。光化三年(公元900年)七月,他编成《又玄集》,自序称选唐代"才子一百五十人","名诗三百首"(实为一百四十二人,二百九十七首)。此书因续姚合《极玄集》之后,故名。其选取标准以"清词丽句"为宗,表现了他的艺术好尚,与他的诗风也颇一致①。同年十二月,他又奏请昭宗追认前辈诗人李贺、皇甫松、陆龟蒙等为进士,这些诗人都有一定的艺术才能,但生前落拓失意,没有考取进士,引起韦庄的共鸣和同情。昭宗同意了他的请求,他很兴奋,还为陆龟蒙写了一篇祭文《陆龟蒙诔》(今佚)。

这时,地方藩将们的势力越来越大,互相之间的战争十分频繁,其中以朱全忠最为强大,唐政权已是名存实亡。天复元年(公元901年),韦庄再次入蜀,应聘在王建府署中任掌书记,自此在蜀达十年,直至去世。

在做掌书记期间,据传他有一位心爱的姬妾,"资质艳丽,兼善词翰",却被王建看中,占为己有。韦庄十分抑郁痛苦,就写了几首怀念的词,"情意凄怨,人相传播,盛行于时。姬后传闻之,遂不食而卒"

---

① 此书国内久佚,日本存有享和三年(公元1803年)江户昌平坂学问所官板本,古典文学出版社1958年予以影印,又有1978年上海古籍出版社《唐人选唐诗(十种)》排印本。

（杨湜《古今词话》）。

这只是传说。但韦庄当时确有牢骚和不满,他常常说:"有时自患多情病,莫是生前宋玉身"(《奉和左司郎中春物暗度感而成章》),"惟君信我多惆怅,只愿陶陶不愿醒"(《奉和观察郎中春暮忆花言怀见寄四韵之什》)。他还在成都郊外浣花溪畔找到了伟大诗人杜甫的草堂旧址,重建一座茅屋居住。他的诗集名为《浣花集》,表示对杜甫的纪念。

天祐四年(公元907年)四月,朱全忠终于在谋弑唐昭宗后,又废掉他亲手扶立的傀儡唐哀帝,自立为帝,建立梁朝。韦庄看到大唐帝国终于灭亡,便积极拥戴王建称帝,与朱全忠对抗。王建即位,建立前蜀。韦庄被任为左散骑常侍、判中书门下事,替王建制定开国制度、号令、刑法、礼乐规章,为巩固新政权而努力。后官至吏部侍郎平章事(宰相)。身居高位,煊赫一时,就不能和以前穷书生的落魄生涯相比了。但不到三年,至蜀高祖(王建)武成三年(公元910年)八月,他死于成都花林坊,终年约七十五岁,谥号"文靖"。

五、诗词创作的成就

韦庄一生"志业匡尧舜",怀抱辅君复国的理想,但他进入仕途的过程曲折艰难,在政治上始终没有突出的建树。他的主要成就不在政治方面,而在文学创作方面。

他是一位多产的诗、词作家,但大部分作品已经散失。韦蔼在编《浣花集》时就说:韦庄在"庚子(公元880年)乱离前"的作品,大都已佚;到了癸亥岁(公元903年),他才搜集到一千多首。但现存《浣花集》仅存诗二百多首,不足四分之一,可见又亡佚不少。加上后人的陆续增补,今存韦诗共三百多首。他的词向无专集,后人辑得五十多首。

他的诗大都作于仕唐时期,较为广阔地反映了唐末动荡的社会面貌,也反映他飘泊四方的经历和凄苦孤寂的心情。"子期怀旧之辞,王粲伤时之制。或离群轸虑,或反袂兴悲。"(韦蔼《浣花集序》)他的诗因以伤乱、羁旅、写景为主要题材。

一、伤乱诗。他前逢黄巢农民大起义,后遇军阀割据大混战,目睹人民流离失所,家破人亡,十分同情。《悯耕者》说:"何代何王不战争,尽从离乱见清平。如今暴骨多于土,犹点乡兵作戍兵。"《汴堤行》说:"朝见西来为过客,暮看东去作浮尸。绿杨千里无飞鸟,日落空投旧店基。"反映出战乱中人民的悲惨遭遇。他飘游各地时,面对残破的城市和乡村,或写村落荒无人烟,变成虎狼出没之所;或写县城残破不堪,连个官吏都找不到。就是昔日繁华的帝王之居,如今是"满目墙匡春草深,伤时伤事更伤心。车轮马迹今何在,十二玉楼无处寻"(《长安旧里》),"山色不知秦苑后,水声空傍汉宫流。莫怪楚吟偏断骨,野烟踪迹似东周"(《咸阳怀古》)。在《咸通》、《夜景》、《忆昔》等作中,抚今追昔,为唐王朝的衰微唱出深沉的挽歌。他的咏史诗,如《台城》、《金陵图》、《上元县》等,在对南朝史迹的凭吊中,也寄寓他对唐末社会动乱的哀叹,情调凄惋。如《金陵图》说:

> 谁谓伤心画不成,画人心逐世人情。君看六幅南朝事,老木寒云满故城。

韦庄所题的《金陵图》今已不存,这首题画诗却以深永的感慨,耐人玩味的情韵,获得一代又一代的读者。

二、羁旅诗。韦庄一生大部分时间在外地作客漫游,对故乡的怀念是其诗歌的重要主题。除了前面引用者外,其他如《思归》、《江外思乡》、《梦入关》写乡思,《柳谷道中作却寄》等写羁情,《古离别》、《多情》写离情,都较有特色。如《思归》:

> 暖丝无力自悠扬，牵引东风断客肠。外地见花终寂寞，异乡闻乐更凄凉。红垂野岸樱还熟，绿染回汀草又芳。旧里若为归去好，子期凋谢吕安亡。

首两句以柳丝的传统景物发兴乡情。其《古离别》说："晴烟漠漠柳鬖鬖，不那离情酒半酣。更把马鞭云外指，断肠春色在江南。"则以柳丝抒写离情，两者同一机杼。中两联以乐景写哀，使"思归"之意更为曲折深至。结联又跌进一层，写故乡旧交零落已尽，直把满腹"断肠"情愫和盘托出。他的送别诗也为人所重。《升庵诗话》卷八谓"韦端己送别诗多佳。"其《送日本国僧敬龙归》云："扶桑已在渺茫中，家在扶桑东更东。此去与师谁共到，一船明月一帆风。"为中日人民的友好交往留下了可贵的历史回忆。这类羁旅诗，真实地传达出怀乡、伤别、悲游的深切感受，在艺术上相当成熟，表现了封建知识分子多方面的精神面貌，但有些诗情辞哀苦，意绪消沉，反映了他们因无法掌握自己命运而造成的软弱性。

三、写景诗。他的写景诗和诗中的有些写景句子，都能巧妙地抓住自然景物的特点加以形象的表现，情景交融，充满画意。如《登咸阳县望雨》：

> 乱云如兽出山前，细雨和风满渭川。尽日空濛无所见，雁行斜去字联联！

取景疏淡，思致清婉，全诗突出一个"细"字，一幅淡墨烟雨图宛如目前。其他如"牧竖远当烟草立，饥禽闲傍渚田飞。谁家树压红榴折，几处篱悬白菌肥"（《途中望雨怀归》），写雨中农村风光，"半山残月露华冷，一岸野风莲蕚香"（《秋日早行》），写天色未明时的山野景色，都很细致入微，生动贴切。

韦庄在唐末诗坛上有重要地位。翁方纲称他"胜于咸通十哲(指方干、罗隐、杜荀鹤等人)多矣"(《石洲诗话》卷二)。郑方坤把他与韩偓、罗隐并称为"华岳三峰",并指出他"乃香山之替人",继承白居易平易的诗风(《五代诗话·例言》)。他的诗,除《秦妇吟》外,以近体诗见长(《浣花集》十卷均是为近体诗)。其律诗圆稳整赡,音调响亮;绝句则包蕴丰满,发人深省。而清词丽句、情致婉曲为其共同风格。

韦庄的词大都作于仕蜀时期,是前蜀词坛的领袖人物。他也是"花间派"中成就较大的词人,与温庭筠齐名,世称"温韦"。两人在早期文人词中都有突出地位,但其内容、风格并不一致。

首先,温、韦词在题材上虽无多大差别,不外是男欢女爱、离愁别恨、流连光景,但温词主要是供歌妓演唱的歌词,创作个性不鲜明,而韦词却注重于作者感情的抒发,表现出个人独特的色彩。如《菩萨蛮》五首(第二首前已引):

> 红楼别夜堪惆怅,香灯半卷流苏帐。残月出门时,美人和泪辞。　　琵琶金翠羽,弦上黄莺语。劝我早归家,绿窗人似花。
> 如今却忆江南乐,当时年少春衫薄。骑马倚斜桥,满楼红袖招。　　翠屏金屈曲,醉入花丛宿。此度见花枝,白头誓不归!
> 劝君今夜须沉醉,樽前莫话明朝事。珍重主人心,酒深情亦深。　　须愁春漏短,莫诉金杯满。遇酒且呵呵,人生能几何?
> 洛阳城里春光好,洛阳才子他乡老。柳暗魏王堤,此时心转迷。　　桃花春水渌,水上鸳鸯浴。凝恨对残晖,忆君君不知。

这是韦词的代表性作品。学习白居易、刘禹锡《忆江南》的写法,追忆往昔在江南、洛阳的游历,把平生飘泊之感、饱经离乱之痛和思乡怀旧之情融注在一起,蕴情深挚,在使词从"娱宾遣兴"的工具发展成为独立的抒情手段上,有重要的作用。他如《荷叶杯》(绝代佳人难得)、

《浣溪沙》(夜夜相思更漏残)悼念亡姬,也烙下韦庄个人生活和思想的印记。

其次,在风格上韦词不像温词的浓艳华美,而是用清新流畅的白描笔调,表达比较真挚深沉的感情。如《女冠子》(四月十七、昨夜夜半)、《应天长》(别来半岁音书绝)等。有些词还吸取了民间词质朴真率的风格,用直截决绝之语,或写一往情深,或写一腔愁绪。如《思帝乡》(春日游)的"妾拟将身嫁与一生休。纵被无情弃,不能羞。"于直捷中见勃郁;《菩萨蛮》(如今却忆江南乐)的"此度见花枝,白头誓不归",则以终老异乡之"誓",加深表现思乡之苦。陈廷焯《白雨斋词话》卷一说,"韦端己词,似直而纡,似达而郁,最为词中胜境",许昂霄《词综偶评》评韦词"语淡而悲,不堪多读",都指明这一特点。王国维《人间词话》卷上说:"温飞卿之词,句秀也。韦端己之词,骨秀也。"《补遗》又说:"端己词情深语秀……要在飞卿之上。"他把韦词置于温词之上,也是从这点着眼的。

以上两点,对词的发展和风格的多样化都具有促进作用。

（原载《中国历代著名文学家评传》第二卷,
山东教育出版社,1983 年 6 月）

293

况周颐与王国维：不同的审美范式

一、问题的提出

况周颐与王国维是清末民初的两位最重要的词论家。论者多谓况氏代表我国传统词论的终结,王氏则是把西方理论引入词学研究的先驱。对于《人间词话》的评价,随着我国学术现代化进程而越来越高,其论"境界"的九则词话五百馀字,抉幽探微,寻绎无既,好评如潮;而对况氏毕生专力的词学成果,学界的研究却相对薄弱。这种反差的意味值得深思。

而从况、王二人的交流互动中,却发现另一种反差。王氏对况氏其人其词不乏善评,而况氏对王氏词学不置一词,在一冷一热背后,似亦隐藏着更深的旨趣差异。

王国维首次到上海在1898年,进《时务报》馆任书记。但他在上海的词学活动,应从1905年算起,此后几度来往于沪上,时居时离。除以填词自遣外,他的《人间词话》即于1908年开始在上海《国粹学报》第47、49、50期连载。至1910年改定为64则,补署"脱稿"时间"宣统庚戌九月脱稿于京师定武城南寓庐",即今通行本《人间词话》卷上。此王氏手定的部分是评论其词学思想的最基本的文献根据(其他卷下等部分均为他人辑录)。而况周颐从1911年起即定居沪上,直至1926年病故。他的《蕙风词话》的部分写作和整理成书都在此时。

上海当时是东南乃至全国的词学重镇，诸多词学名家聚集一地，词社林立，交游频繁。况、王二人且于1916年同在犹太富商哈同所创立的仓圣明智大学任职（各任《学术丛编》、《仓圣大学杂志》编辑）。细检王氏文集，颇多记况评况文字。如1918年曾作《题况蕙风太守北齐无量佛造像画卷》二首赠诗，有"湖海声名四十年，词人老去例逃禅"之句。1920年梅兰芳遍邀名流作"香南雅集"，王氏应况氏之请，作《清平乐·况夔笙太守索题香南雅集图》酬应之作。王国维还亲书扇面赠况氏，所书者为唐词三首①。这些酬赠、酬应之举说明两人之间关系和谐。王国维还多次评及况氏人品和词作。1917年8月27日他给罗振玉信中，说及"哈园做寿"，座中有况氏，"夔笙在沪颇不理于人口，然其人尚有志节，议论亦平"。"近为翰怡（刘承幹）编《历代词人徵略》，仅可自了耳"②。嘉其"志节"，而于况氏境况拮据深致同情。他又对况氏词集《蕙风琴趣》作过评点，赵万里曾辑录数则编入《人间词话》卷下，如："蕙风词小令似叔原，长调亦在清真、梅溪间，而沉痛过之。彊村虽富丽精工，犹逊其真挚也。天以百凶成就一词人，果何为哉！"说况氏小令可与晏几道比肩，而小晏在王氏心目中，是属于"生香真色"的"唐五代北宋之词"的；其长调稍逊周邦彦，但胜于史达祖，而"沉痛过之"，比之朱祖谋又多一份"真挚"，评价不可谓不高；而"天以百凶成就一词人"一语，更是感慨万千，充满敬意。王国维在私人交往场合，更力主蕙风词胜于彊村。夏承焘《天风阁学词日记》1936年3月22日引张尔田给他的信说："（况）在沪时与彊老合刻《鹜音集》，欲以半唐压倒大鹤（郑文焯），彊老竟为之屈服，愚殊不以为然。惟亡友王静安，则极称之，谓蕙风在彊老之上。蕙风词固自有其

---

① 《蕙风词话》卷四，见《蕙风词话　广蕙风词话》，中州古籍出版社2003年版，第66页。
② 《王国维全集·书信》，中华书局1984年版，第208页。

可传者,然其得盛名于一时,不见弃于白话文豪,未始非《人间词话》之估价者偶尔揄扬之力也。"①《人间词话》于提高况氏声誉有力焉。

然而极为耐人寻味的是,况周颐却未投桃报李,始终未对王氏词论和词作作过任何评论,连当时与况氏过从甚密的同调词家(如朱祖谋等)也鲜有议论。也就是说,王国维对况氏词作有过肯定的评价,而况氏却一无回应。我们知道,况氏《蕙风词话》五卷,是由《玉梅词话》(后易名《香海棠馆词话》)、《餐樱庑词话》等合编而成的(1924),而《玉梅词话》也于1908年发表于《国粹学报》第41、47、48期上,与王氏《人间词话》载于同时同一刊物,一时成为词论双璧。尤在《国粹学报》第47期上,两书同期刊出。况氏《玉梅词话》云:"真是词骨,情真景真,所作必佳",在强调"真"这一点上,倒与王氏枹鼓相应,如合符契。这也表明,他们二人原有太多的切磋互评的机会,却出现这种一冷一热的异常情况。这对正处于词学批评与创作丰收时期的况、王二氏而言,实有探究发覆的必要。

二、若隐若现的"金陵——临桂词派"

这一冷热的强烈反差不是偶然的,首先应从况周颐自身的词学背景上寻找原因。

况周颐具有成熟、系统而深刻的词学思想,而又与他所从出的所谓"临桂词派"脉息相通。蔡嵩云《柯亭词论》"清词三期"条在介绍第一期浙西派与阳羡派,第二期常州派后说:

> 第三期词派,创自王半塘,叶遐菴戏呼为桂派,予亦姑以桂

---

① 《夏承焘集》第五册,浙江古籍出版社、浙江教育出版社1997年版,第435页。

派名之。和之者有郑叔问、况蕙风、朱彊村等。本张皋文意内言外之旨，参以凌次仲、戈顺卿审音持律之说，而益发挥光大之。此派最晚出，以立意为体，故词格颇高；以守律为用，故词法颇严。今世词学正宗，惟有此派。馀皆少所树立，不能成派。其下者，野狐禅耳。故王、朱、郑、况诸家，词之家数虽不同，而词派则同。①

"临桂词派"，与我国文学史上的一些流派称呼一样，并非是具有正规章程、严密组织形式的现代性的社团派别，仅指有着大致相同或相近文学宗旨与志趣的文人群体，甚或仅指一种文学现象或文学趋向。就叶恭绰所"戏呼"的"桂派"来说，这群词人的共同宗旨是"立意"和"守律"，以此二者构成"体"、"用"关系，以追求"词格"和"词法"的高远和严谨。而作为个体，他们的词学渊源即所谓"家数"可以各不相同（如文廷式词宗苏、辛，郑文焯仰攀周、姜之类）。

据唐圭璋《端木子畴与近代词坛》②所描述的师承、从学谱系，则是文廷式、郑文焯、朱祖谋、况周颐均受王鹏运之巨大影响，"王氏年辈较长，影响最大"：一、"文、郑二氏俱与王氏有往还，唱酬极得"；二、"朱氏与王氏游，始从学为词"；三、"况氏则与王氏同在薇省（内阁中书），受王氏之奖掖诱导亦多"。结论是："述文、郑、朱、况四家之词，不可忘王氏。"王鹏运俨然"桂派"领袖了，尽管五大词家中，只有王、况同为广西临桂人（文廷式，江西萍乡人；朱祖谋，浙江归安人；郑叔问，山东高密人）。唐圭璋进而指出，王鹏运又受教于端木埰：

吾乡端木子畴先生，年辈又长于王氏（鹏运），而其所以教王

---

① 唐圭璋编《词话丛编》第五册，中华书局1990年版，第4908页。
② 唐圭璋著《词学论丛》，上海古籍出版社1986年版，第629页。

氏者,亦是止庵(周济)一派。止庵教人学词,自碧山入手。先生
之词曰《碧潋词》,即笃嗜碧山者。王氏之词,亦导源于碧山。先
生尝手书《宋词赏心录》以贻王氏。先生有作,王氏见即怀之。
可见王氏倾倒先生之深。

此文中还提到况周颐也受到端木埰的直接指导:况氏《绮罗香》过拍
有"东风吹尽柳绵矣"句,端木氏对叶虚字"矣"不以为然,况氏终身
"守律綦严,亦未尝非受教于先生(端木氏)也"。唐氏《朱祖谋治词经
历及其影响》①一文,更详细地分析以上诸氏之间的传承关系。此文
以朱祖谋为传叙对象,可注意者二:一是"朱氏学词之师为端木氏,
王氏(鹏运)则在师友之间"。他说,朱祖谋原本工诗,从不作词,四十
以后结交王鹏运,"始专心致志作词",但取径于吴文英,与王氏导源
于王沂孙有异;至其晚年,更以端木埰为词学导师。唐先生写道:

> 吾乡夏仁虎前辈云:"彊村晚年,尝谓余曰:'仆亦金陵词弟
> 子也。'"

朱祖谋明确地自列于端木氏门墙,"金陵词弟子"云云,也隐然可
以"金陵──临桂词派"目之。夏仁虎此语,见于夏氏跋端木埰手批
张惠言《词选》,在这篇跋文中,夏仁虎还说:"清咸、同间,金陵词人在
京朝者,先王父《篆枚堂词》、何青士丈《心盦词》先出,而子畴《碧潋
词》继之,半塘、彊村并问业于丈(端木氏)。"②"金陵词人"一语,也明
示词人群体的确实存在。二是唐氏论及朱祖谋的词学影响,列述龙
榆生、夏承焘、杨铁夫、刘永济诸家;还说到他自己:"余少时就学南

---

① 《词学论丛》,第 1019 页。
② 《张惠言〈词选〉夏仁虎跋》,见《词学论丛》附录二,第 1059 页。

京,虽未曾趋前请益,然读其词作与论著,受益良多。"自认为私淑弟子。朱祖谋学词于端木、半塘,又与况、文、郑等同辈切磋交往频仍,下及门弟子辈,泽被广泛,其纵横交错的师承关系,标志着"金陵——临桂词派"的形成。

这一词派的共同词学宗旨,诚如蔡嵩云所言,大要在"立意"与"守律"两端,作为词"格"层面的"立意",内涵极为丰富,但"重、拙、大"是其中的核心内容。从端木氏手编的《宋词赏心录》到朱彊村的《宋词三百首》,再到唐圭璋的《唐宋词简释》,就是这一词学思想的一脉绵延的示范。

清代晚期的词学流派,无不与选政紧密相连,选本常常成为某一词派最显著的标帜。早在清初,朱彝尊为首的浙西词派,以姜(夔)、张(炎)之"醇雅"为趋归,编选《词综》,造成"家白石而户玉田"的盛况。其末流馌饤寒乞,为人诟病。常州词派起而抗衡,其领袖张惠言《词选》一书,以尊体相号召,以"淫词"、"鄙词"、"游词"为戒(张之弟子金应珪《词选序》)。后周济又编《宋四家词选》,标举王沂孙、吴文英、辛弃疾、周邦彦四家,并指示学词门径为"问途碧山(王沂孙),历梦窗(吴文英)、稼轩(辛弃疾),以还清真(周邦彦)之浑化",试图纠正浙派取径褊狭之弊。戈载《宋七家词选》则从浙西声律派观点选取周邦彦、史达祖、姜夔、吴文英、周密、王沂孙、张炎七家,崇尚守律谨严,但亦受常州派词论之影响(如周、吴地位之提高)。以选本彰显词派,确是最便捷也最易取得成效的方法,也为金陵——临桂词派所采取。

端木埰于光绪中叶与王鹏运同官内阁中书时,曾工楷亲书《宋词赏心录》赠王氏:"幼霞仁棣清玩。"后于1933年改名《宋词十九首》由开明书店影印出版。唐圭璋跋云:"此册所录共十七家词仅十九首,然已兼包周氏四家、戈氏七家之所选,具见拙、重、大之旨,大辂椎轮,此其权舆欤? ……与近日朱古老所选之《三百首》消息相通,一脉绵延,足资印证。"依唐氏见解,"拙、重、大"思想的发端"权舆",应属端木氏。陈匪石跋语亦云："近数十年词风大振,半塘老人遍历两宋大家门户,以成拙、重、大之诣,实为之宗,论者谓为清之片玉。然词境虽愈变愈进,而启之者则子畴先生,《薇省同声》、《碧瀣》居首,非仅以行辈尊也。""亦清季词派之祖灯,洵瑰宝已。"①说明"重、拙、大"说开启于端木氏,当时词界已有共识。此书所选的十九首词,大都为伤怀念远、感念时世之作,复有"一种顿挫往复、沉郁悲凉之致"(唐圭璋跋语),取名"赏心"者,"益知先生胸中一段贞苦微奥之旨,于《楚辞》为近"(王瀣跋语),均可为"重、拙、大"作注。

朱祖谋工于填词,却慎于论词,有关资料甚少。但对"重、拙、大"也曾言及。况周颐《林铁尊半樱词序》曾转述朱氏之语云:

> 明以前无所谓词派,浙西派、常州派之目昉自乾嘉,别黑白而定一尊。常州派植体醇固,有合于重、拙、大之旨。光、宣之间一二作者,尤能超心炼冶,引其绪而益诣其精,入乎常州派之中而不为所囿。即令二张(张惠言、张琦兄弟)、周(济)、董(士锡)复作,有不翕然服膺者乎?②

朱氏从"重、拙、大"角度肯定常州词派,并把自己侪辈看做常州派传人,进而能以超越常州派而自豪。他编选的《宋词三百首》正是实践这一词学思想的标本。此书原编本于1924年在南京刊印,选词人87家,词作300首,当即蜚声词坛。况周颐《序》谓"彊村兹选,倚声者宜人置一编",是学词者欲达到"浑成"词境的"始基",因为此书"大要求之体格神致,以浑成为主旨"。钱基博《现代中国文学史·上编》亦有

---

① 唐、陈两跋均见端木埰选《宋词十九首(一名宋词赏心录)》,开明书店影印本,1933年。
② 林鹍翔撰《半樱词》,1922年排印本。

"阐词学之阃奥，诏后生以途辙"①评语，指明本书非为单纯欣赏诵读之需，而是为阐述特定的词学宗旨，倡导某种审美理想，并为初学填词者指明取径方向。龙榆生《选词标准论》②中，更加推崇备至："信能舍浙、常二派之所短，而取其所长，更从而恢张之，为学词者之正鹄矣"，"晚近词坛，盖悉奉此为圭臬；而以'尊体'诱导来学之词选，至此殆已臻于尽善尽美之境，后来者无以复加矣"。他还发挥况周颐序中的"以浑成为主旨"一语，认为："所谓'浑成'，料即周济所称之'浑化'；衍常州之绪，以别开一宗。"虽不免迹近广告语言，但其中蕴含词学史上"别开一宗"等信息：金陵——临桂词派倡导"重、拙、大"，主要是批判继承浙、常两派的得失，尤其是进一步发扬常州派"推尊词体"的精神。唐圭璋则特为此书作笺，编成《宋词三百首笺》，先于1934年由上海神州国光社初版；后又增加注释，改题《宋词三百首笺注》，由中华书局上海编辑所（即上海古籍出版社前身）于1958年印行。唐氏笺本乃据朱氏"重编稿本"改订，收词人81家，词作283首，已与朱氏原编本不同，故署名"上彊村民重编"，重编本比之原编本，新增11首，删去28首，详见《宋词三百首笺》神州国光社1948年再版本之"附录一"。或以为增删篇目乃唐先生擅自所为，实不确。

朱祖谋《宋词三百首》之所以成为词史中的经典选本，乃是集中了友朋后辈们的见解与智慧，并非朱氏一人之作，代表了这一词派的共同旨趣。况周颐直接参与入选篇目的斟酌取去。《词学季刊》上署名"灵"的一则"补白"《词林新语》（一）记载："归安朱彊村，词流宗师，方其选三百首宋词时，辄携钞帙，过蕙风簃寒夜啜粥，相与探论。继时风雪甫定，清气盈宇，曼诵之声，直充闾巷。"③况氏门人赵尊岳也

① 《现代中国文学史》，岳麓书社1986年版，第285页。
② 《词学季刊》第1卷第2号，1933年8月。
③ 《词林新语》，《词学季刊》第1卷第3号，1933年12月。严迪昌认为"灵"即张尔田，见其所编《近现代词纪事会评》，黄山书社1995年版，第318页。

记述："彊丈居德裕里,蕙师居和乐里,相去里许,排日过从……适与蕙师合定《鸳音集》(指将《彊村乐府》与《蕙风琴趣》合刊为《鸳音集》),以绍半塘老人一脉之传。又选《宋词三百首》,手稿册费,相互斠订,皤然两叟,曼声朗吟,挈节深思,遥馤酬答,馀音嫋嫋,并习闻之。"①

唐圭璋不仅为朱祖谋《宋词三百首》作笺作注,而且一仍其宗旨,踵事增华,编选《唐宋词简释》一书,原为 1940 年重庆中央大学油印讲稿,后由上海古籍出版社 1981 年出版。他在《后记》中说:"余往日于授课之暇,曾据拙重大之旨,简释唐词五十六首,宋词一百七十六首。小言詹詹,意在于辅助近日选本及加深对清人论词之理解。"他明确声言,其编选的指导思想即是"拙、重、大",要对众多"近日选本"起到"辅助"作用,帮助读者"加深"对"清人论词",实即金陵——临桂词派的词学思想的"理解"。

三、对"境界"说的全面质疑

对"重、拙、大"说作出理论性阐释的是况周颐。他多次论及此说,但其定义式的解说反而使人不得其领。何谓"重、拙、大"? 他说:"轻者重之反,巧者拙之反,纤者大之反,当知所戒矣"②,近似同义反复。然而,他与王国维的"境界"说显然是两种不同的对宋词的审美观照,代表不同的词学宗旨。职是之故,况氏及其词学同道,就对《人间词话》采取了不赞一词、视而不见的态度,一时保持集体的沉默。(况氏年长王氏 18 岁,有否不与后辈论难之意,不得而知。)王国维对况氏其人品其词作均作过肯定评价,对其词论却三缄其口,也令人

---

① 赵尊岳著《惜阴堂明词丛书叙录》,《词学季刊》第 3 卷第 4 号(校样,未及出版)。
② 况周颐《词学讲义》,见《蕙风词话 广蕙风词话》,第 151 页。

存疑。

后继者就不再保持沉默了。温和儒雅的唐圭璋先生在 1938 年《斯文》上正式发表《评〈人间词话〉》一文，开篇礼貌性地许以"议论精到"后，通篇予以驳难：对王氏"舍情韵"而专倡"境界"深致不满，"专言境界，易流于质实"；"隔与不隔之说，此亦非公论"；王氏对白石"率意极诋，亦系偏见"；"论柳、周之处，亦不符合实际"；"南宋诸家如梦窗、梅溪、草窗、玉田、碧山各有艺术特色，亦不应一概抹杀"①，等等。直言无讳，情见乎辞，在唐氏论学文字中极为少见。直到 1984 年，他在编定一生论词成果的《词学论丛》一书时，在《后记》中还特意提及此文："在教学中，同学曾询及《人间词话》之优缺点，余谓此书精义固多，但亦有片面性，如强调五代、北宋，忽视南宋；强调小令，忽视慢词；强调自然景色，忽视真情吐露，皆其偏见。至以东坡词为'皮相'，以清真为'倡伎'，以方回为'最次'，以白石《念奴娇》、《惜红衣》为'雾里看花'，以梦窗、梅溪、玉田、草窗、西麓为'乡愿'，以周介存语为'颠倒黑白'，亦皆非公允之论。"对《人间词话》的驳难，至老不变。

华东师范大学教授万云骏先生，与唐氏同为吴梅先生之门人，"就学南京"。1987 年，我在复旦大学主持助教进修班的教学，曾邀请他来讲授词学，他对《人间词话》从四个方面做了系统批驳。今据当时笔记，整理其要点如下。

一、宗尚：重显（鲜明之美，直觉型）轻隐（朦胧之美，品味型）。其表现为：（甲）轻比兴贵赋体；（乙）轻密丽尚疏淡；（丙）斥琢炼尚自然；（丁）贬"间隔"主直露。其结果为：（甲）扬韦抑温，尊后主；（乙）扬欧秦苏辛，抑贺吴王张，于周前

---

① 见《词学论丛》，第 1028—1031 页。

后矛盾;(丙)尚晚唐五代北宋,抑南宋。

二、根源:(甲)独尊小令而贬抑长调;(乙)重炼句而忽视炼章;(丙)重词中有画,而忽视词中之"画中有诗"。(参见叶燮诗论①)

三、矛盾:(甲)理论与鉴赏的矛盾;(乙)观点与观点之间的矛盾。

四、参考:(甲)只取明白如话,不取惨淡经营;(乙)只取放笔直干,不取曲折回环;(丙)于爱国词,只取抗金恢复,不取黍离麦秀。

我注意到万先生在此年曾公开发表过两篇文章:一篇为《对王国维"境界说"的两点疑问》,刊香港《大公报·艺林》,1987年3月16日;一篇为《王国维〈人间词话〉"境界说"献疑》,刊《文学遗产》1987年第4期,但均不及讲演之直率、酣畅。他用二元对立的简洁形式,把双方观点的分歧表达无遗,凡王氏所"轻"者皆为万氏一方的正面主张。人们不难发现,万氏的观点与唐圭璋先生是完全一致的,甚至连表述方式也相似。如唐氏《评〈人间词话〉》云"推王氏之意,在专尚赋体,而以白描为主",即与万氏第一条"轻比兴贵赋体"吻合。至于第四项"参考"所列三点,万氏在课堂上明言,这是唐先生给他信中之语,举以为"参考"。所以,万先生的这次授课,并不是他一个人的见解,甚至不仅仅是唐、万两人的共同见解,而是代表了金陵——临桂词派中前辈词家所未明言或未畅言的见解。比如,万氏在公开发表的那两篇论文中,多次引用《蕙风词话》"烟水

---

① 查叶燮《赤霞楼诗集序》(《己畦集》卷八),画能使"有形者所不能逾",诗能使"有情者所不能逾",又说:"画者,形也,形依情则深;诗者,情也,情附形则显。"也就是说,诗中有画则显,画中有诗则隐(深),万先生重视"词中之'画中有诗'",即重视词中之隐境界。

迷离之致"为"无上乘"境界等说来反驳王氏；又比如"不取黍离麦秀"一点，力图在南宋词作中发掘"黍离麦秀"意蕴，在子畴、半塘、彊村、蕙风的论词言论中，可谓比比皆是，指不胜屈的。这均与王国维迥然有别，尽管他也是清末遗老。还应提及，吴梅与朱祖谋、郑文焯交往甚密，他为《宋词三百首笺注》作序，推重朱氏"得半塘翁词学，平生所诣，接步梦窗"①，其实，他们均对梦窗词情有独钟，声气相通，在词学审美取向上是一致的。

四、"境界"说之我见

对于上述两种词学审美取向均提出异议的，较早的是沈曾植，这是意味深长的。沈曾植长于王国维 27 岁，自 1915 年王氏由罗振玉介绍谒见沈曾植，以古音韵学请益起，一直以师辈视之，当时两人住处颇近，来往十分密切。沈氏时在上海，俨然遗老领袖，主持逸社，朱祖谋等时时参与。沈氏 1916 年且为《彊邨校词图》作序，两人并有词作互赠（如 1914 年沈作《贺新郎〈甲寅重午日沪西麦根路作〉》赠朱，1917 年朱也以《戚氏〈丁巳沪上元夕〉》呈沈）。然而在沈氏《海日楼札丛》卷七中，却对朱祖谋、王国维两人之词学观均有微词：

> 自道光末戈顺卿辈推戴梦窗，周止庵心厌浙派，亦扬梦窗以抑玉田。近代承之，几若梦窗为词家韩、杜。而为南唐、北宋学者，或又以欣厌之情，概加排斥。若以宋人之论折中之，梦窗不得为不工，或尚非雅词胜谛乎？②

① 上彊村民重编、唐圭璋笺注《宋词三百首笺注》，中华书局上海编辑所 1958 年版，第 3 页。
② 沈曾植撰、钱仲联辑《海日楼札丛》，辽宁教育出版社 1998 年 3 月版，第 274 页。又见《词话丛编》第四册，第 3613 页。

　　"近代承之"云云，显指朱祖谋一派；"为南唐、北宋学者"，则非王国维莫属，"欣厌之情"即以一己爱憎评词，用语颇重。在沈曾植的心目中，似已把朱、王两人视作两种不同论词倾向的代表，需予以"折中"。这对我们客观公正地评论这一词学公案，具有方法论的启示作用。

　　王国维是我国传统学术转型为现代学术的奠基人之一，也是开创词学现代化的先驱，这一历史定位是毋庸置疑的。他从光绪二十八年（1902）自日本返国时起，即由传统治学转向"独学之时代"，如饥似渴地钻研西方哲学，"体素羸弱，性复忧郁，人生问题，日往复于吾前，自是始决从事于哲学"。仅在1903年，他先"读康德之《纯理批评》"，却未能了解；又"读叔本华之《意志及表象之世界》一书。叔氏之书，思精而笔锐，是岁前后读二过"，并从叔氏书中获得"通汗德（即康德）哲学关键"①。

　　他特别沉潜于康德、叔本华、尼采三家的哲学、美学、文学思想，于康德著有《汗德像赞》、《德国哲学大家汗德传》、《汗德之事实及其著书》、《汗德之哲学说》、《汗德知识论》、《汗德之伦理学及宗教论》；于叔本华著有《叔本华像赞》、《德国哲学大家叔本华传》、《叔本华之哲学及其教育学说》、《书叔本华遗传说后》、《叔本华与尼采》；于尼采则著有《德国文化大改革家尼采传》、《尼采氏之教育观》等。他1907年为《静庵文集续编》所写的自序中说："余疲于哲学有日矣，哲学上之说，大都可爱者不可信，可信者不可爱"，"近日之嗜好，所以渐由哲学而移于文学"②。1904年写的《〈红楼梦〉评论》称得上是我国第一篇运用西方理论，且具有现代著述范式、批评话语的文学论文。这些都是他进入《人间词话》写作前的学术背景。

---

① 《自序》，《静庵文集续编》，第20页，见《王国维遗书》第五册，上海古籍书店1983年版。
② 《自序二》，《静庵文集续编》，第21页，见《王国维遗书》第五册。

然而《人间词话》的著作体裁，对此书与西学关系的研究，带来了复杂难明的困难。从王国维手自编定的64则词话而论，前面9则论"境界"者为通论之属，标举"境界"为论词准则，剖析境界类别如造境与写境，有我之境与无我之境，优美与宏壮，写实家与理想家，境界大小与优劣等，凡567字①；其他50多则，则仍采取传统直觉式、体悟式的评赏方式，或论析词人，或品评词作，衡鉴词句，最后数则论及创作方法，与一般词话并无二致。除了第18则明引尼采"一切文学，余爱以血书者"来评李后主词外，均无直接征引西人之处。尤其是简约未畅、点到为止的叙述方式，缺少西方著作中逻辑推理、精密思辨的论证结构，这一方面造成后人阐释的自由空间，或与中国旧有典籍相联系，或与西学新说相对勘，论者蜂起，莫衷一是，也难免有"过度阐释"之嫌，反而影响了对此书词学转型的诸多关节点的真切把握。另一方面，用语省简率意，也引起一些误解。

《人间词话》的核心思想是"境界"说，作者既未展开论证，后人众说纷纭，或谓"作品中的世界"，或指作品中"鲜明的艺术形象"，则偏重于作品本身；或谓"不仅是指真实地反映客观现实的图景，也包括了作家主观的感情，它是以主客观统一的概念出现的"，则包括作品、作家两者；或谓"指能为作者所感知并由作者表达在作品中，又为读者所获得的鲜明真切的感受"，那就涵盖作品——作家——读者三个维度了。关于"境界"定义，还可举出许多。其次是"境界"概念之来源，是源出我国古籍或佛典，还是来自西方，抑或两者结合？再次是与"境界"说相关的问题：如境界是否即为"意境"？何以"境界"比之"兴趣"、"神韵"（或气质、格律、神韵）来，更为根本？"无我之境"能否

---

① 此9则以外，王氏尚有其他论境界文字。如《人间词话删稿》中谓："言气质、言格律、言神韵，不如言境界。有境界，本也；气质、格律、神韵，末也，有境界而三者随之矣。"（此据手稿本，人民文学出版社本无"格律"等字）然此则大意已见于前9则之第9则。

存在？这一连串的问题，至今似未能获得确解。

读者未能获得确解的另一原因，又与王国维其时对西学的态度有关。他 1905 年所作《〈静庵文集〉自序》中说："去夏（1904）所作《〈红楼梦〉评论》，其立论虽全在叔氏之立脚地，然于第四章内已提出绝大之疑问。旋悟叔氏之说，半出于其主观的气质，而无关于客观的知识。"1911 年在《国学丛刊序》更进而提出"学无中西"的口号，与"学无新旧"、"学无有用无用"并唱为三。这说明他改变了对西学亦步亦趋的做法，如评《红楼梦》，他直言是运用甚或套用叔本华悲剧观来展开分析的；嗣后他已察觉此一论学途径之不当了。因而在《人间词话》中，他初步采取融汇中西、创立己说的表达方式，特别是他提炼出的一系列概念、论点，读者若不了解其学术资源所自，是很难确切把握的。

比如"有我之境"与"无我之境"，对于这两种境界，王国维因"有我之境，于由动之静时得之"，故归于"壮美"、"宏壮"之境；"无我之境，人惟于静中得之"，故归于"优美"之境。而叔本华《作为意志和表象的世界》中，论及壮美感产生于一种对比："一方面是我们自己作为个体，作为意志现象的无关重要和依赖性，一方面是我们对于自己是认识的纯粹主体这一意识"，由于这种对比和静动的交替，因此在产生壮美感时，"主观的心境，意志的感受把自己的色彩反映在直观看到的环境上"①。这就与王国维所谓的"以我观物，故物皆着我之色彩"，可以相通相释了。叔本华又说，审美主体在产生优美感时，"全部意识为宁静地观审恰在眼前的自然对象所充满"，"人们自失于对象之中了，也即是说人们忘记了他的个体，忘记了他的意志；他已仅仅只是作为纯粹的主体，作为客体的镜子而存在；好像仅仅只有对象

---

① 叔本华著，石冲白译《作为意志和表象的世界》，商务印书馆 1982 年版，第288 页、第 346 页。

的存在而没有知觉这对象的人了。所以人们也不能再把直观者和直观分开了，而是两者已经合一了；这同时即是整个意识完全为一个单一的直观景象所充满，所占据"①。王国维所说的"无我之境"，"不知何者为我，何者为物"，于此也有所着落。另外，王氏 1904 年在《孔子之美育主义》②一文中，已引用宋邵雍"以物观物，性也；以我观物，情也。性公而明，性偏而暗"（《皇极经世全书解·观物外篇十》），其中"以物观物"、"以我观物"二语，也可能为王氏所本。饶宗颐 1955 年《人间词话平议》③中，亦指出："王氏撝康节以论词，人多不知其本。"他说："邵康节曾论圣人反观之道，谓'反观者，不以我观物，而以物观物'（《皇极经世》），王氏之说，乃由此出。"饶氏然后对王国维"以无我之境为高"的见解，进行批驳，认为"为文之际，必须有我"。如此看来，王氏"有我、无我"之说，取径于中西二源，自加镕裁。探明学术资源所自，对于把握王氏论说的本义，无疑是十分重要的。

对于"境界"这个核心观念的探源寻根，却令人有目迷五色之感。在王氏以前，本土文献资料中论"境"、"意境"、"境界"者指不胜屈。饶氏文中已指出司空图、苦瓜和尚、鹿乾岳、王渔洋、袁随园等例，"至于词中提出境界者，似以刘公勇（体仁）为最先。《七颂堂词绎》云：'词中境界，有非诗所能至者，体限之也。'"这些资料所论"境界"，与王氏"境界"虽有相通之处，但又非完全等同。比如佛典《俱舍论颂疏》中所云："功能所托，名为'境界'，如眼能见色，识能了色，唤色为'境界'。"着重于人们眼、耳、鼻等六根所直接感知的外界，王氏论词

---

① 叔本华著，石冲白译《作为意志和表象的世界》，第 249—250 页。
② 原载《教育世界》1904 年第 1 期，总第 69 期，未署名。据佛雏考定，为王氏所作。详其《介绍王国维的美学佚文——〈孔子之美育主义〉》，载《江海学刊》1987 年第 4 期。
③ 原载香港《人生杂志》1955 年 8 月至 9 月连载，收入《饶宗颐二十世纪学术文集》卷一二，台湾新文丰出版有限公司 2003 年版，第 321 页。

多处强调"感受",但若要证实他的"境界"说乃取资于佛典,必得有其他的确证,因为论词重感受几乎是所有词论家的公论,几成俗套。有的学者用叔本华的"理念"说,即后天的"自然物"与先天的"美之预想"之结合,指证为王氏此说之"渊源",虽有相当说服力,然亦不免令人将信将疑,主要原因是王国维自己对"境界"说本身的性质未加阐述,更几乎没有论证。不少为"境界"所下的定义,其实不是境界本身,如谓"境界是情与景、意与象、隐与显、感情与想象的统一",此实为境界之内容;又谓"境界要求文学语言能够直接引起鲜明生动的形象感",此实指境界的写作要求;其他如境界的分类、创作方法的不同(造境、写境)等,都不是境界本身的性质。佛雏说:"美(艺术美)在境界——这是王氏诗学体系的核心。"①可谓一语中的。我以为,王国维境界说的主旨似可提炼为"美在境界"一语,换言之,境界是能提供美的文本独立体。这一解释看似大而无当,或许其包容性正贴近王氏本义,不然,一立"境界"怎能"气质"、"格律"、"神韵","三者随之矣"(还要包容"兴趣")?"境界"应属于外延甚广、层级甚高的概念。

以上从影响比较研究的角度探讨王氏学说的渊源所自,既为帮助理解王氏本义,也为客观地衡定王氏吸收西学的程度与方法。这自然是不够的,还可从现代阐释学的视角作平行比较研究,将王氏学说置于更广阔的中西学术背景中进行互释互融,从而获得更丰富的意义。

《人间词话》中论"隔"与"不隔"处,最易引起质疑,实有误解。朱光潜《诗的隐与显》②、饶宗颐《人间词话平议》以及前述唐圭璋、万云骏等先生,均从诗词境界的隐秀多元并存的角度,批评王国维对"烟

---

① 见《新订人间词话　广人间词话》代序,华东师范大学出版社 1990 年 1 月版,第 3 页。

② 原载《人间世》第 1 卷第 1 期,1934 年。收入《朱光潜全集》第三卷,安徽教育出版社 1987 年版,第 355 页。

水迷离之致"、"隐"的偏见。钱锺书先生发表于 1934 年 7 月的《论不隔》①，直截了当地指出："隐与显的分别跟'不隔'没有关系"，"有人说'不隔'说只能解释显的、一望而知的文艺，不能解释隐的、钩深致远的文艺，这便是误会了'不隔'"。钱先生指出，王国维的"不隔"说，"是接近瑞恰慈（Richards）派而跟克罗齐（Croce）派绝然相反的。这样'不隔'说不是一个零碎的、孤独的理论了，我们把它和伟大的美学绪论组织在一起，为它衬上了背景，把它放进了系统，使它发生了新关系，增添了新意义"。这就是说，阐释学上意义的合理增生是符合学理的。"不隔"只是要求作者能把所写的事物或境界，"得以无遮隐地暴露在读者的眼前"。无论是"显"境界，还是"隐"境界，均需写得如在目前，便是"不隔"。王国维此句在手稿本中原作"问'真'与'不隔'之别"，其"不隔"即是对"真"的追求，真情、真景，"语语都在目前，便是不隔"；把"烟水迷离之致"写得如身临其境，也就达到了"不隔"的要求。"雾里看花当然是隔；但是，如果不想看花，只想看雾，便算得'不隔'了。"对王国维的"不隔"说，钱氏幽默地说："我们不愿也隔着烟雾来看'不隔'说。"从诗歌理论来说，王国维的"不隔"说实无大病。

王国维主张"不隔"，崇尚自然真切，反对使事用典、炼字琢句、泛用代字，在一定诗学范围内是正确的；但他在具体评赏时，却表现出个人欣赏趣味上的偏嗜，引起人们对他主张的质疑，又是可以理解的。如他评姜夔"二十四桥仍在，波心荡，冷月无声"，"数峰清苦，商

---

① 原载《学文》月刊第 1 卷第 3 期，收入《钱锺书散文》，浙江文艺出版社 1997 年版，第 496 页。吴宏一《王静安境界说的分析》说，"以表现技巧论隔与不隔，初以为系笔者创见，尝窃以自喜"，后来才知张世禄、劳幹均持此说。（该文初稿原刊 1967 年，增订稿收入其《清代词学四论》一书，台湾联经出版事业公司 1990 年版，第 295 页。）其实，钱先生《论不隔》（1934）早已明言：王国维的"境界"说等是"艺术内容方面的问题"，"只有'不隔'才纯粹地属于艺术外表或技巧方面的"。

略黄昏雨"，"高树晚蝉，说西风消息"，为"如雾里看花，终隔一层"（第39则），对其《念奴娇》、《惜红衣》两词，再一次给了"隔雾看花之恨"的断语（第36则），又斥其《暗香》、《疏影》为"无一语道着"的（第38则）等，这与况氏一派论词是异趣的。《蕙风词话》卷一记述："曩余词成，于每句下注所用典，半塘辄曰：'无庸。'余曰：'奈人不知何？'半塘曰：'倘注矣，而人仍不知，又将奈何？剡填词固以可解不可解，所谓烟水迷离之致，为无上乘耶。"①"可解不可解"之"烟水迷离之致"在艺术世界中自有其存在的理由，对姜夔的上引词作亦应给予充分的肯定评价，事实上，词学界几乎无人认同王氏对姜词的评赏。看来，王氏的审美趣味偏重于疏朗爽俊、生动直观一路，作为个人欣赏习惯自无不可，但用以指导学术研究，则难免偏颇之责了。沈曾植批评他以"欣厌之情"评词是有道理的。

王国维是传统词学转型为现代词学的先驱，这一历史定位仍然是符合实际的。但对他融注吸纳西学的程度应有客观、适当的估计。毕竟他论"境界"的文字仅 567 字，不少附着其上的意义阐释，恐非王氏原本所实有。陈寅恪《王静安先生遗书序》在总结王国维"学术内容"与"治学方法"时，提出"三目"，其第三目是：

> 取外来之观念，与固有之材料互相参证。凡属于文艺批评及小说戏曲之作，如《红楼梦评论》及宋元戏曲者唐宋大曲者等是也。②

此即引西学治中学一途。《红楼梦评论》明引叔本华的悲剧观来分析

① 《蕙风词话》卷一，见《蕙风词话　广蕙风词话》，第 8 页。
② 《金明馆丛稿二编》，上海古籍出版社 1980 年版，第 219 页。收入《王国维遗书》（第一册）时，删去《唐宋大曲考》一书，殆因此书西学因素未显之故，上海古籍书店 1983 年版，第 1 页。

《红楼梦》，《宋元戏曲考》后改名《宋元戏曲史》，亦见西方文学史观念的影响。陈氏不提颇负盛名的《人间词话》，而《人间词话》两卷本明明是收入他作序的《王国维遗书》的，这不是偶然的疏忽，而关涉到他对此书性质的一种判断。

　　近年引起学界注目的《人间词话》手稿本和王氏学术随笔《三牖轩随录》①，可以从中窥测作者撰写此书的过程，进而探其运思理路。手稿本共114则（未含自删者13则），以"《诗·蒹葭》一篇最得风人深致"一则开端，各条之间散漫无序，当是随想随录之作，初无逻辑结构与理论体系。后来其手定的论"境界"的1至9则，在手稿中分别为第31、32、33、36、37、35、47、49、80则，并不连贯。估计在1908年《国粹学报》发表时，王氏才加以理董，而把论"境界"的9则，集中置于篇端。《三牖轩随录》原连载于1914年9月9日至1915年7月16日的沈阳《盛京时报》，其卷四有"人间词话选"条，共选录31则。首先选录论境界者，在手定本的9条中，只取5条（有我之境与无我之境、优美与宏壮、理想家与写实家等条均落选），继而依次为论李白直到元曲。文前有小引云："余于七八年前，偶书词论数十则。今检旧稿，颇有可采者，摘录如下。"均说明最初写作时，并无统一的规划，更无建立以"境界"说为中心的词论体系的意图。

　　王国维自己对《人间词话》的评价，前后期也存在差异。在《人间词话》中，他认为"境界"说比之严羽"兴趣"说、王士禛"神韵"说来，当为"探本"之论，颇显自信自得。但1925年8月29日王氏《致陈乃乾》信中说："《人间词话》乃弟十四五年之作。……此书亦无底稿，不知其中所言如何。"②似已不大看重。龙榆生更对友人宣称："静庵先

①　《王国维〈人间词〉〈人间词话〉手稿》，浙江古籍出版社2005年8月版。《三牖轩随录》收入赵利栋辑校《王国维学术随笔》，社会科学文献出版社2000年11月版。
②　《王国维全集·书信》，第419—420页。

生老年深悔少作。"①而据龙榆生自述,此语闻之于张尔田,他在《研究词学之商榷》中说:"近人况周颐著《蕙风词话》、王国维著《人间词话》,庶几专门批评之学矣。而王书早出,未为精审,晚年自悔少作(张孟劬先生说)。况氏历数自唐以来、下迄清代诸家之词,抉摘幽隐,言多允当,自有词话以来,殆无出其右者。"②龙氏把"晚年自悔少作"之说,不仅在友朋之间传递,且公之于众,这是较早表示褒况贬王立场的公开言论,值得注意。朱东润先生也转述罗根泽先生语:"罗根泽先生曾告我,王国维先生晚年在清华教书时,有人询以《红楼梦》及论词主张,王辄瞠目以对,说是从来没有这回事。罗先生平生不妄语,我所深知,王尤为众口交推,可是明明有这回事却说没有,盖晚年心有专注,遂不更着意故也。"③如此看来,王氏晚年《人间词话》自评变化的传闻,是可以据信的。朱先生所说的"晚年心有专注",指王氏自辛亥革命后,即从文学研究转向甲骨、金文、古史、地理、古器物等传统学术。如果他知道此书身后备受推崇的情况,可能也会感到是不虞之誉了。

五、理解"重、拙、大"的切入口

"重、拙、大"说的理论阐释者是况周颐。他自述此说受教于王鹏运:"己丑(光绪十五年,1889年)薄游京师,与半塘共晨夕。半塘于词夙尚体格,于余词多所规诫。又以所刻宋元人词,属为斠雠,余自是得阅词学门径:所谓重、拙、大,所谓自然从追琢中出,积心领神会

---

① 龙氏对黄濬所言,见黄氏《花随人圣盦摭忆》,上海书店出版社1998年版,第19页。
② 《词学季刊》第1卷第4号,1934年4月。
③ 朱东润《致林东海函》,见林东海《师友风谊》引,人民文学出版社2007年3月版,第15页。

之，而体格为之一变。"①准确地把"重、拙、大"定位在词的"体格"的范畴。

如何理解"重、拙、大"？有的学者分别从词格（重）、词笔（拙）、词旨（大）三方面来解读，并认为三者又是互为一体的"艺术审美理想"，不失为一种有启发性的见解。但在况周颐那里，词美要素实不止此三点，可以再予添加。他晚年所作《历代词人考略》卷八"柳永"条中，又加了一个"宽"：

> 吾友况夔笙舍人《香海棠词话》云："作词有三要：重、拙、大"，吾读屯田词，又得一字曰"宽"。

此书稿今藏南京图书馆（存唐宋词人部分 37 卷），署名刘承幹，故用刘氏口吻，称"吾友况夔笙舍人"，实乃况氏所编。在他的《词学讲义》中又说："其大要曰雅，曰厚。曰重、拙、大。"②则在"重、拙、大"、"宽"外又可增益"雅"、"厚"。他也论词境："词有穆之一境，静而兼厚、重、大也"③，则又可增"静、穆"。这都说明"重、拙、大"并不是自足性的严密的理论框架，具有开放性和一定的随意性。因而对它的解读，与其采取逐字诠释界义的方法，不如采取通脱融浑的方式，或许更能接近端木埰等人最早提出时的原意。

从端木埰、王鹏运、朱祖谋到况周颐，都具有强烈的末世情怀和遗老情结，经历过改朝换代、天崩地裂的时代剧痛和个人的家国重创，其勃郁难抑，满腔悲愤，需要一种适当的发泄渠道。传承千年之久的词体，恰恰是此时他们寻找到的最好形式。末世情怀和遗老情

---

① 《餐樱词自序》，见《蕙风词话　广蕙风词话》，第 443 页。
② 见《蕙风词话　广蕙风词话》，第 151 页。
③ 《蕙风词话》卷二，见《蕙风词话　广蕙风词话》，第 16 页。

结既影响到他们创作的主调感情类型，也制约着他们词评的审美取向。

王鹏运《南宋四名臣词集·跋》（四印斋本）云：

> 其思若怨悱而情弥哀，吁号幽明，剖通精诚，又不欲以为名也。于是则摧刚藏棱，蕲遏掩抑，所为整顿缔造之意，而送之以馨香芬芳之言，与激昂怨慕不能自殊之音声。盖至今使人读焉而悲，绎焉而慨伉，真洞然大人也，故其词深微浑雄，而情独多。

这里所评的南宋四名臣词，是指赵鼎《得全居士词》、李光《庄简词》、李纲《梁溪词》、胡铨《澹庵长短句》，是王鹏运所合编的集子。他在跋文中对历史上名臣词作内蕴的阐发，明显带有其当下意识，与他自己的时代感受、生命体验融贯一起，表现出对词作中一种真诚而不雕饰、郁伊而不能排解、超越一己之私的"洞然大人"的雄浑深情的追求与祈向。

况周颐也倾心于南宋词，并进而倾心于梦窗词。他在《历代两浙词人小传序》中说："词之极盛于南宋也，方当半壁河山，将杭作汴，一时骚人韵士，刻羽吟商，宁止流连光景云尔？其荦荦可传者，大率有忠愤抑塞，万不得已之至情，寄托于其间，而非'晓风残月'、'桂子飘香'可同日语矣。"竭力彰显南宋词人中的"忠愤抑塞，万不得已之至情"，表达了对执著、真挚和崇高美的赞许；进而特意标举出吴文英："梦翁怀抱清夐，于词境为最宜。设令躬际承平，其出象笔鸾笺，以鸣和声之盛，虽平揖苏、辛，指麾姜、史何难矣！乃丁世剧变，戢影沧洲，黍离麦秀之伤，以视南渡群公，殆义甚焉。"①况周颐也讲究"词境"，

---

① 《蕙风词话 广蕙风词话》，第 446—447 页。

不过他侧重于从"词心"即词人内心世界的角度去理解，与王国维"境界"之重客观性颇有异趣。他推许吴文英"怀抱清复，于词境为最宜"，把清雅脱俗、志节高远的品格当作最佳"词境"的主要构成因素。他又认为吴文英"丁世剧变，戢影沧洲"因而在词中表现了"黍离麦秀之伤"，这只能算是他个人的独特体悟了。因为吴氏的卒年至今尚无确论①，其词中的伤今怀昔之感未必就是宋亡后的"黍离麦秀之伤"，况周颐如此评赏，真是"伤心人别有怀抱"，"借他人之酒杯，浇自己之块垒"了。唐圭璋、万云骏两先生致疑于王国维"不取黍离麦秀"，想来也表示出他们对词中的"黍离麦秀"之感的强调，与王、况等人一脉相承。

朱祖谋说"梦窗系属八百年未发之疑"②，原指"梦窗世系"未明，一般学者引申为吴词用词晦涩而旨意难晓，才成"未发之疑"。此受张炎"七宝楼台"说的影响所致。对于朱氏而言，他对吴词作过长期精心的揣摩，于词中"顺逆、提顿、转折之所在"（杨铁夫《吴梦窗词笺释》选本第一版原序）早已了然于心；今人进入吴词，虽有一定难度，实并非邈不可测。从细心梳理脉理结构入手，注意其时空颠倒错综特点；了解用语的历史渊源，注意其"通感"、夸饰等摛藻特点，还是可以把握的。朱氏所谓的"未发之疑"，恐仍在"重、拙、大"的最终旨意取向上。他在《梦窗词稿序》③中说：

---

① 夏承焘《吴梦窗系年》推其卒年为理宗景定九年（1260）（见《唐宋词人年谱》），吴熊和《梦窗词补笺》（《文学遗产》2007 年第 1 期）考出《水龙吟·送万信年》作于度宗咸淳元年（1265）、《水龙吟·寿嗣荣王》作于咸淳二年（1266），此为吴氏在世具有确证的最后年份，时宋未亡。杨铁夫《吴梦窗事迹考》（《吴梦窗词笺释》，广东人民出版社 1992 年版）认为吴氏有可能卒于德祐二年（1276）元兵攻占临安之后，但所举五首词尚不足以为确证。

② 《彊村老人评词·附录》，《词话丛编》第五册，第 4382 页。

③ 此序张尔田谓乃曹元忠代作，然仍可视作朱氏思想。见张尔田《与榆生论彊村遗文书》："古丈素不作文……王刻梦窗词序为曹某代作。"载《词学季刊》创刊号，1933 年 4 月。

> 梦窗词品在有宋一代，颉颃清真。近世柏山刘氏（刘毓崧）独论其晚节，标为高洁。或疑给谏（王鹏运）亟刊其词，毋亦有微意耶？余知给谏隐于词者也。乐笑翁（周密）题《霜花腴》卷后云："独怜水楼赋笔，有斜阳，还怕登临。愁未了，听残莺啼过柳阴。"古之伤心人别有怀抱，读梦窗词当如此低回矣。

朱氏着眼点在于具"高洁"之"晚节"，由是"词品"为上。怀抱凄婉，低回咏叹，不能自已，朱氏显与梦窗异代沟通，千古同慨了。他点读梦窗词集至于"十数过"，而评语仅得十一字，"力破馀地"和"擩染大笔何淋漓"，所评吴词之句段为"待凭信，拌分钿。试挑灯欲写，还依不忍，笺幅偷和泪卷"[《瑞鹤仙》（晴丝牵绪乱）]和"障滟蜡、满照欢丛，鏊蟾冷落羞度"（《宴清都·连理海棠》）①。前首词指欲将对方所赠信物寄回，但又泪洒信笺，不忍落笔。极写负气不甘、千回百折之状，故谓"力破馀地"，极回肠荡气之致。后首词咏物，用苏轼《海棠诗》"只恐夜深花睡去，高烧银烛照红妆"，谓烛光遍照海棠，遂使月光黯然失色。朱氏品评以"大笔淋漓"，也是别有体悟的。我们联系末世情怀和遗老情结，以及他们对吴文英词的具体品评，倒反而能对"重、拙、大"获得较为切实的理解。

尝试论之，王国维论词，"颇参新学"（施蛰存语，见《花间新集》），以超功利泯利害的文学观为本位，寻找人生困境的解脱，以此提出"境界"等一系列概念，初具理论框架和新质内涵，对建立和发展现代词学提供新思路、新方法。况周颐等人则本常州词派"尊体"绪论，以道德伦理的文学观为本位，深具末世情怀与遗民情结，以此提出"重、拙、大"等说，对词境、词心、词法等一系列命题，阐幽

---

① 《彊村老人评词》，《词话丛编》第五册，第 4379 页。

抉微,更富本土学术特质。这两种词学审美范式既有差别,又能互补,既各有独特的历史贡献,又有客观存在的局限或失误,衡鉴校量,平议为宜。

（原载《文学遗产》2008 年第 2 期）

日本的中国词学研究述评^①

　　中国词学东渐,源远流长。早在唐代,五十二代天皇嵯峨天皇(809—823 年在位)就开始填写汉词,开创了日本填词的历史。他的《渔歌子五首》,仿效张志和《渔父》,两者相隔不足 50 年。当时君唱臣和,上行下效,形成第一个填词热潮。但在我国两宋的词的繁盛时期,日本词界却较沉寂。到了明治时代,出现了森槐南、帛野竹隐、森川竹磎等著名词家,似与我国清代的词学"中兴"东西呼应,掀起了另一个填词热潮。而森槐南同时又是位词评家,他在《槐南词话》中提出过宋词划分"北宗(苏辛)、南派(姜史)"的看法,本书所选铃木虎雄《词源》等文也引述过他在《词曲概论》中关于词的起源的见解。森川竹磎著有《词律大成》20 卷,并创办《诗苑》月刊,刊登汉学家的诗词创作和研究论文。这些都是当代日本词学研究的先导。

　　作为当代日本汉学的一个分支,词学研究是起步较晚,力量不算雄厚,但却取得不少引人注目成绩的重要领域。为了能全面、集中地反映日本学者的词学研究的成果,我们从搜集到的近百篇论文和一些专著中,编译了这本论文集,以供国内词学研究者和爱好者参考。

---

① 　此文为王水照、保苅佳昭编选的《日本学者中国词学论文集》之《前言》,由上海古籍出版社 1991 年 5 月出版;曾先刊载于《学术月刊》1988 年 11 月号。

一

这些论著在选题上的显著特点是全面性和多样性。一般说来，日本汉学界很少出现某一时期的研究"热点"，吸引众多的学者和研究力量专注于某一课题。他们大都从各自的研究范围、学术兴趣、个人特长来选择论题，既不刮"风"，又少交锋，其结果却避免了不少重复劳动，形成某一研究领域在整体上的全面性。本书所选词学论文，即以总论为一辑，词人论为另一辑。词人论中，既有创作，又有理论；而所论词家，从唐五代的温庭筠、韦庄、李煜，到两宋柳永、苏轼、秦观、周邦彦、辛弃疾、吴文英、王沂孙、张炎，直到清代陈维崧、朱彝尊、张惠言乃至王国维等，应该说，词史上的重要作家作品都已囊括，还涉及一些发人深思的词学专题和词学理论，在一定程度上展示出词学研究领域的全貌。

从我们的角度来看日本词学论文的选题，就会发现，有的是我国词学的旧题，有的却涉及我们比较忽略的方面，有的则是全新的论题，因而又给我们以多样丰富的印象。例如词的起源问题，是我国词学中的老大难问题之一，也是日本学者注意较早、用工较深的课题。他们从二三十年代起，就发生过争论。本书所选铃木虎雄《词源》、青木正儿《关于词格的长短句发达的原因》、目加田诚《词源流考》等文就是这场争论的记录，旧题而有新意。我国自宋以来的学者大都认为，长短句词是由诗体添字而成的。如沈括提出就"和声"填实字而歌之，于是成词（《梦溪笔谈》卷五），胡仔提出"杂以虚声，乃可歌耳"（《苕溪渔隐丛话·后集》卷三九），朱熹提出就"泛声""逐一声添个实字，遂成长短句"（《朱子语类》卷一四〇）等，这种"词生于诗"说以及与此相关的"诗亡词然后兴"、"诗衰词然后盛"、"诗退词然后进"等观点，成为几百年来词学研究中的传统看法。其间虽有个别学者提出

"诗词并存"说,如汪森《词综序》说"近体之于词,分镳并骋,非有先后"等,但不占主要地位。铃木虎雄于1922年发表《词源》一文,却着意发挥汪森一派的观点,对我国传统看法提出质疑。他说:"余以为词并不仅由诗之歌唱方法所诱出,乃是广义之'写乐曲及声曲者'。"他还进一步说明"乐曲及声曲"的种种情形:有与律、绝诗相配而歌唱者,有合于律、绝诗,而另加和声辞相配而歌唱者,有直接相配的杂言歌辞者,也有没有歌辞的乐曲等。在他看来,长短句词的来源是多元的,除了从律、绝诗加和声辞者外,更重要的是直接配合乐曲及声曲而独立形成的。所以他说:"可以认为词与诗有关系,也可以认为词与诗没有关系。"这些论断已被后来的研究所基本证实,所以任半塘先生称赞此文为"乃数世纪来空谷之足音"(《唐声诗》上编第271页)。铃木氏此文引起他的学生青木正儿的异议。他认为铃木氏"仅仅注重关于诗对于词的发展有无关系问题的论述,而省略了对词调的长短句是如何产生的这一问题的考察"。他提出词的产生有五种情况,而且随着时代的发展而推移变化:"初盛唐的词采用绝句调。到了中唐,为了突破其单调而对绝句加以变化:(一)或者对句子进行伸缩分裂;(二)或者在泛声、和声中填入实字;(三)或者在乐曲的'间之手'(水照按,指日本歌曲中有乐曲而无曲辞的部分,相当于我国所谓的"过门"之类)中填入实字。依靠这种方法,使调格逐渐发展起来。到了晚唐,词调完全从绝句系统中独立出来;(四)有的顺应乐曲本来的曲调改动句式的长短;(五)有的任凭语言自然和谐写长短不齐的句子。这样词调越来越复杂。"可以看出,他也承认词的来源的多元论,前三因属于"以绝句调为基础而发生变格",后二因属于"不以绝句调为基础而独自发展",但又反对汪森的盛唐时"诗词并存"说,认为"根据也是极其薄弱的"。他的这一看法值得商榷。其实,敦煌发现的资料已足以说明,唐声诗(齐言歌辞)和唐曲子(杂言歌辞)自始即并行发展,不分先后。据《教坊记笺订》,开元、天宝间流传的长短句调,已达 50 个以上。其次,他对(一)(三)(五)三种原因的推测,也略嫌论证不足。最后,他把词的形成过程,实际上归纳为"采用绝句→冲破绝句的单调→摆脱绝句复归乐府长短句,最终完成"三个阶段,这样,词形成的第一步或最初原因仍是绝句,因而在实质上仍维护沈括、胡仔、朱熹等传统观点。但青木氏此文常常结合日本歌唱情况来加以探究,仍给人们不少启迪。目加田诚《词源流考》更明确提出了唐时诗乐、词乐各自独立发展的论点:"唐初歌唱绝句时,绝句就是适应谱的。随后音乐逐渐发生变化,因此,与此相适应的新的长短句产生","新的谱相伴产生新的诗形","词是活生生的歌曲"。针对青木正儿的论文,他说:"应该从歌曲的这一本质进行考察,单单从它的形式出发看问题,机械地进行论说是不行的。"这无疑抓住了考察词的起源问题的关键。他不指名地批评青木氏关于词源于以绝句调为基础而发生的变格的看法,特别是他的"伸缩分裂"说,认为是"本末倒置","其实是长短句风行起来以后,才撷取绝句进行改作演唱的"。他还详细地分析批评朱熹的说法,认为"最初一定是绝句的形式最适应歌唱",原无不适应之处;演唱中并不全都要用和声、散声;即使唱诗之际需用泛声,也不一定要填着实字。结合我国目前唐声诗研究的新成果,他的分析批评也是符合实际的。

直到 70 年代,村上哲见的《对于"词"的认识及其名称的变迁》一文,也主张"诗词并存"说:"唐代既有以诗充当的歌辞,也从一开始起就有了合曲调而作的长短句的歌辞。"他还对铃木氏的论点作了两点补充,以证明"自唐初即已存在长短句的词"。此外讨论这个问题而本书未及收录的论文尚有,如冈村繁的《唐末曲子词文学的确立》(九州大学《文学研究》第 65 辑)等,均可参酌。

但村上氏此文和田森襄《从诗的形式看长短句》(此文及《前言》所提及的其他个别论文,后因限于篇幅,未收入本书),却分别主要从文学样式和句子型式的角度来论述词体的。我们知道,一般所说的

"宋词"的"词"的名称,在唐代尚未出现,而称"曲子"。唐代的"词"字是"辞"的省笔字,多用在变文与大曲。村上氏此文,从"词"的字义和其内容的演变(从文辞、歌辞到韵文的一体)这两个方面来考察"词"的名称,阐明了大致在北宋中叶左右,"词"作为一种独立的文学样式的认识已经成立,并已被固定地称为"词"了。这一考辨有助于从文学体裁上体认词的特质。田森氏之文,纯从词的句式来探讨词的格律。全文采用周密的统计方法,细致而不避繁琐,归纳出中心体和异体(即正体和别体)在句式上的三条规则,颇有价值。此文尽管脱离音乐歌唱,仅从形式上着眼,但对我们今后在清人《词律》、《词谱》的基础上,重新编撰《唐宋词调总谱》,也有一定的参考意义。这类有价值的论题,似应引起我们国内的注意。

又如从艺术效应上对"对仗"进行专题研究,是不少日本诗词论文的题目,而在我国就更为罕见了。本书所选清水茂《对仗和重复》、宇野直人《柳永的对句法》都围绕具体作家作品对此作了深入的研究。清水氏将中国语跟日本语、希腊语相比,认为中国语的特性使对仗能够避免"同字",因而在近体诗中,不能"同字相对",但在词中却是可以的。他具体分析了"人有悲欢离合,月有阴晴圆缺"这一对仗,认为不同于一般的并列关系,而是"比喻或象征关系",其艺术效果却又超过了普通的明喻法。宇野氏指出,在柳永的213首全部词作中,对仗有311句,说明柳永对此的偏爱和执著。他又详细地分析了柳词对仗的上、下句之间的多种关系,指出柳词对仗的独特之处在于力求上、下句之间不是对等地构成一个明确的境界,而是使图像获得单线性的流动;他又分析了对仗在词的总体构成中与上、下文之间的三种关系,指出柳词力求避免对仗与前后句之间产生飞跃或断绝,以使作品保持流畅的、气息悠长的文脉。作者从对仗的角度对柳词的总特色作了出色的补充论证,在柳词研究中另辟蹊径,别开生面。

二

　　跟我国迥异的社会文化背景和汉学研究传统,形成了日本学者独特的研究视角,以及由此展开的研究视野。他们善于"小题大作",从我们看来似乎琐细的题目做出洋洋洒洒的学术论文。这种狭深性的特点同样表现在词学研究中。青山宏《中国诗歌中的落花与伤惜春的关系》、田森襄《词曲所表现的女性美》等可以作为代表。青山氏文,正如题目所示,是专从"落花"这一自然现象跟伤春、惜春等感情的关系来把握宋词的特点的。作者认为,宋词的美主要是纤丽和哀叹之美。而借落花咏叹伤春、惜春的悲哀,就其主题的集中和表现的鲜明来说,已成为宋词的一大特色,充分体现了宋词的纤丽、哀叹之美。这个乍看似乎涵盖面不广的论题,并没有限制论文的深度和广度。作者高瞻远瞩,从整个中国诗史的背景上来考察"落花"这个主题的发生、发展的过程。本文以大量的例证说明:我国南朝梁诗中开始正式出现这一文学现象,但不像宋词中所表现的那样被极度的哀感所笼罩,有的"落花"甚至反而作为衬托春天美景的表现手段,作为美的客体而不是悲哀的对象。到了唐代,杜甫赋予落花以较深的悲哀色彩,才真正达到落花和伤春之情的结合。但只有到了中晚唐,进一步成为普遍的现象(例如在全部唐诗中,含有落花或者有关落花词句的诗篇有一千多首,中晚唐诗约占 3/4)。于是,"中晚唐产生而到五代趋于完善的词,就季节而说,春天占了绝对多数,伤春、惜春之情是其重要的特点之一,这不仅仅是在词的世界中的现象,而且也是整个诗歌中的现象"。也就是说,宋词中落花主题的集中和突出,是中晚唐诗歌演变的必然结果,"而不会有第二种结果"。本文不仅反映出作者深刻的历史意识,把研究对象紧密地放在诗歌历史发展过程中进行考察,而且也表现出诗词贯通的综合研究的眼力。田森氏文是通过仕女图和题仕女图诗来研究词,则是运用词画贯通的综合研究方法。作者从我国仕女图中发现,"只能看到手指和胸口一段,到足下为止整个地用衣裳遮掩住了"。这与词曲中对女性形体的描绘只偏重于"皓腕"、"纤指"等是一致的,而"划袜"的描写,在足部全都隐遮的习俗下,会产生妖艳违礼的心理效应。这些看法饶有新意,颇能帮助人们理解词曲某些意象的深层意蕴。作者最后认为,"用墨和颜料寻求教养、智力、美和略微的肉感的是仕女图,而用语音和音乐表现同样东西的,则是以领悟了仕女图为前提的词曲",文学、音乐和绘画,"在风俗习惯这个舞台背景下面,存在着无法割断的联系"。努力找出不同文艺样式的联接点,并从同一社会习俗中探本溯源,这种打破学科界限、开拓研究领域的尝试是十分可贵的。"狭"而又能达到"深",其中常有一些超越本题以外的内容值得吸取和总结。

村上哲见是一位颇负盛名的日本词学专家,他的《宋词研究·唐五代北宋篇》是一部见解精当、论证严谨、材料充实的力作,并以此荣获文学博士学位。本书选录的几篇专论苏轼、周邦彦的论文,原先单独发表,后成为构成该书的基础。从研究视角来看,体现了微观和宏观的结合,对"狭深性"有所突破。作者不仅擅长缜密的考辨,而且从研究所得的几个重要观念又能自觉地贯串于他的全部研究之中。

第一,历史发展的观念。作者评论词家,绝不把他视作孤立的封闭的存在,而是紧密联系整部词史的发展来确定其历史地位和总的特色。在北宋词坛上,他突出张先、柳永、苏轼、周邦彦四家。(他的《柳耆卿词综论》一文,已译载于我国《词学》第五辑。)他认为,"唐五代词向宋词的实质性的转变期是在北宋第四代君主的仁宗朝(1022—1063)",其时词人,"以晏、欧、张、柳为著名,但从转变来说,以张、柳更值得注目"。张先在我国词学界历来并未引起特别重视,他的论析发前所未发,耳目一新。他说,张先虽然算不上第一流的词人,但他的词,"经常以官僚文人的日常生活为背景,以这种体验中的感怀为主题,因而整个作品的基调比较平淡",以此突破了唐五代词的"超越了一切的具象性,而试图写出忧愁和悲伤等等情感本身,亦即可以说是纯粹的情感世界"。从日常生活的体验和感怀代替纯粹的情感世界,标志着唐五代词向宋词的主要转变,因而是一位"堪与柳永并列的极应予以重视的人物"。他把苏轼词分为四个时期:习作期、独立期、圆熟期、馀响期,前两期也是以接受或超越张先的影响为标准的;他指出,熙宁时苏轼任杭州通判,"已经形成了一个以张子野为中心的爱好词的文人社交界",这个观察也颇新颖独到。(西纪昭的《苏轼初期的送别词》即发挥这一论点,认为苏轼在杭州参加一种类似词社的团体。译文见《词学》第二辑。)作者不仅从词史的演变确定词人的地位和特点,而且又从词人的地位和特点叙述北宋词坛的发展脉络,两者交互辉映,相辅相成,形成一个颇为严整的论证结构。词是抒情艺术,作者认为,唐五代小令是"纯粹抒情",单刀直入,具有单纯的朴素性;柳永在专注抒情这点上是继承,而导入慢词以及绵密的叙述和描写这点上是发展;张先和苏轼则是"具象化的抒情",即与日常生活相融合,导入具象性;到了周邦彦,在非具象性上,回到了"纯粹抒情",是对唐五代词的"回归","但已经不是在同一层次上的回归了",因为周邦彦"根据严正的格律与卓越的修辞,形成了不是直抒其'情',而是深深包藏的表现风格。而且,其中出现了充满无限定的深不见底的情感的世界"。对北宋词坛的这种宏观把握在我国词学研究中还是比较少见的。他对吴文英的评论,也从"周邦彦的后继者"角度立论,其《吴文英(梦窗)及其词》一文,对周、吴词异同的比较,由于处处贯串史的观念,而比一般的平行比较高出一头,精义纷呈。此外,在论述一些具体特征时,也无不贯串史的观念。如论周邦彦咏物词的特征,就与传统咏物诗词作比较,认为周词以"细致微妙地构筑茫漠的情感世界"为旨归,而非追求隐喻性的寄托。

第二,诗词贯通的观念。作者在《宋词研究》的《自序》和《绪言》

中反复强调，"词"作为以抒情为主的韵文样式，同"诗""在根底上有相通之处，在现象上也有各种各样的交错"，因此，对那种"把诗与词当作彼此分立的文学样式的传统认识而缺乏综合地理解它们的观点"，"我感到不满"。他把诗词贯通的观念作为他"研究工作出发点上的基本想法"。如上所述，他把"日常生活的体验和感怀"作为唐五代词向宋词转变的标志，他论苏轼词的特点之一，是超越以前词人所沉溺的感伤，"是以悠闲的观照的态度、或是一种对于人生的达观态度，为其基调的"，这些观点，都与吉川幸次郎在其名著《宋诗概说》中论述宋诗"日常性"、"悲哀的扬弃"、"平静的获得"诸特征，是一脉相承的，都表示了在同一文学审美趋尚影响下词与诗的接近。但是，词与诗的同向运动并不是简单的重合和同化，而是一种矛盾冲突的过程。他在论述苏轼"以诗为词"时说："词为了与诗诀别而成为一种独立的样式，曾不得不尖锐地提出将与诗不同的独特性加以纯粹化的问题。但是到了北宋中期，由于词作为一种不同于诗的样式已经开始在人们的认识中占有了位置，所以词有可能重新在接近诗的方向上扩大其领域，最彻底并最完美地实现这一目标的，可以说就是东坡吧。"就是说，"以诗为词"是以词"别是一家"为前提的，这两种看似对立的词学概念原来是可以统一的。词的正变问题或本色、非本色问题是词史上长期聚讼的一桩公案，作者在诗词综合贯通的观念指导下所提出的新思考，为解决这一公案似已开辟了新的途径。

　　第三，雅俗价值的观念。作者有《雅俗考》一文（见《中国人的人性之探究》，1983 年 2 月创文社版）①，详细地论证了"雅"、"俗"这两个概念的历史演化。它们的最初含义，"雅"指一种鸟，"俗"指风俗习惯；但在魏晋六朝时代，却成为品评人物的整个人格乃至一切精神产

---

① 　《雅俗考》之中译本见《中国典籍与文化论丛》第四辑，1997 年 12 月中华书局版。——1999 年 10 月补注。

物的尺度；到了宋代，"雅俗"作为评价人格及文学艺术方面的标准，更为纯正化和尖锐化，成为成熟的价值观念。作者又在《六朝唐宋的文学艺术论的综合研究》一文中（译文载《国外社会科学》1985 年第 9 期）提出，对于"雅俗"这一对文学评价的根本标准，今后一方面要继续进行理论探讨，另一方面，要"用上述新的观点对各种体裁、各位作者、各部作品等等的个别研究，重新进行认识"。他的词学研究正是部分地实践了对这种"新的观点"的运用，这在《柳耆卿词综论》中更为突出。他指出，柳词中同时存在"雅"、"俗"两类作品，首先跟他作品的内容、主题有关，即其两大中心主题：艳情属于"俗词"，羁旅行役属于"雅词"；其次跟他的经历有关：羁旅实质上是宦游，柳 48 岁中举，因而"雅词"大都是晚年所作。这就清理出柳词意境的扩展同他一生思想发展的对应性轨迹。文中又分析了宋代科举制度的发展与文人"雅"的观念的成熟，分析了柳的艳情词乃是词人要迎合庶民的崇拜心理的结果，而他的羁旅词则体现了文人尚"雅"的价值观和审美观。

　　我国传统词学也有"雅词"、"俗词"之别，大都从语言风格、艺术技巧（如是否用典等）着眼。田中谦二的《欧阳修的词》也指出这一区别，则把语言风格的不同，进一步跟对文人文学的传统风格或继承或突破联系起来考察。伊藤虎丸《张惠言的以"雅俗"观念为中心的词论》一文，在指出张惠言《词选》的标准是"雅"，并引述我国词论史中有关"雅"的论述之后，分析道："词必须'雅'的情况，是随着原来应是'俗'的词，其作为读书人的文学的性格逐步强化而产生的"，"它（指"雅"）的前提，是能够理解和观赏这种美与趣味的、即同作者一起形成某种封闭层的享受者的存在"。"随着读书人作、读书人写的封闭文学性格的强化，'雅'的性格也强化了"。他从传统文人的审美趣味上论述"雅俗"，与田中氏的看法相似，而与村上氏作为价值观念的见解可以互相发明；同时也反映出日本词学界对"雅俗"问题的普遍重视,我国词学同行却尚未足够注意。

三

实证基础上的多元,是这些词学论文在研究方法上的特点。日本学者十分强调对材料的搜集、辨别和整理,尽可能全面地占有有关论题的第一手材料,并视作研究工作的基础。他们那种穷源竟委、求索不止、"打破砂锅问到底"的精神,很值得我们学习。同是注重实证,却并不影响研究方法的多元,而从各个角度、各个方面、各个层次去接近学术真理。他们常用的在实证基础上的研究方法大致有以下几类:

(一)统计法。一个论题在手,必先弄清基本情况,取得确切的数据,从定量分析进而作定性分析。如青山宏《〈花间集〉的词(一)——温庭筠的词》一文,主旨是论述温词以艳丽柔美为特点,从而奠定了传统文人词的基本风格。他先从温词以描写女性为主体着手,指出66首温词中,描写女性者达52首,占4/5。然后指出温词中占很大比重的离别词及其他题材,是"通过春天的季节和晚上或拂晓的时间这个媒介进行展开的"。统计表明:温词中写离怨的有40首,咏春的有52首,写从傍晚到拂晓的有38首,是写白天或不明者的1.6倍。这说明温词所咏的女性是花街柳巷的妓女,因为她们经常发生离别,夜生活是她们的主要生活内容,春天又是携妓冶游的季节。这是数字统计法。作者又列举女性的华丽家具、衣服和首饰,说明"只有花街柳巷的女性才能拥有这些奢侈品"。这是意象统计法。温词以写妓情为主,这是词学界的一般看法,但本文从实证统计的方法所得出的同一结论,仍给我们以牢确不刊而又新鲜的感觉。作者又列举温词中用"残"的词句,说明"美好的事物凋零后的衰残的美",构成了温词的典型风格;并指出"不直接表现作品里的中心情感,而是通过各种意象点染出周围的有关事物,并用这种手法造成一种情绪氛围。故而温词在具体描写何处何情上,具有难以把握的特点。反之,这也给读者提供了自由想象的馀地"。大量例句的排比和精微的艺术鉴赏的结合,论实了温词"用一种氛围构成感觉上的美的世界"的特点,颇具说服力。这种统计法在他的《〈花间集〉的词(二)——韦庄的词》、田森襄《从诗的形式看长短句》等文中也得到运用。这种方法有时不免发生肢解统一形象、破坏艺术感受的偏颇,但应承认,在文学研究的一定范围内仍是相当有效的。

(二)历史追溯法。如前所述,日本学者一般具有较强的历史发展观念,形成一种长期训练而成的定向思维。这既是一种学术意识,也是一种方法论。不管所论问题范围的广狭,他们擅长进行历史性的前因后果的考索。宇野直人的《李后主词境》是从措词即虚字的运用方面来研究李煜词的特点的。他首先着眼于词句上的溯源:如李煜词的"问君能有几多愁,恰似一江春水向东流"(《虞美人》),脱胎于白居易的"欲识愁多少,高于滟滪堆"(《夜入瞿塘峡》),两者都是问答体,但白诗"比较孤立",给人以直觉地投掷出来的印象,李词则"意义的流水更连续地、直线性地传送着",即前者凝重,后者流动,原因即在于"几"、"恰似"这些虚字的运用,使上下句"问"与"答"的基本脉络和构思更为明显。他如李词的"归时休照烛花红,待放马蹄清夜月"(《玉楼春》),也来源于白诗的"夜归何用烛? 新月凤楼西"(《被禊日,游于斗门亭》),由于李词放入"休"、"待"等虚字,也产生同样的艺术效果。这个分析,对于张炎《词源》中所说的"虚字唤起",作了更深一层的发挥,从一个方面揭示了词体富于弹性的原因。然而,本文作者的历史追溯并不至此为止。他进一步指出,这种活用虚字的手法,在温庭筠词中已能看到,但温词中的虚字,不是作为明确表示前句与后句之间的因果关系的媒介物,而是用来强调某个句子中情绪性内容的突出点,如"不道离情正苦"、"风又起"、"水风空落眼前花"中的

"正"、"又"、"空"等字。由此可见,李煜活用虚字而使句子之间的脉络平坦化的手法,"这是一个新的特色"。他还进一步分析由这个特色导致了叙述性、散文性的另一特色,并用同样的方法探求叙述性、故事化倾向在李煜前后、特别在他后世的历史演化。正是这种历史内涵的丰富性加强了论文的广度和深度。

（三）比较法。在两类或两类以上的作家、作品或文学现象之间的比较,可以比优劣、比高下,也可以比特点、比异同,后者似更能揭示文学的本身特点。日本的词学学者似亦侧重于后者。他们常在词人之间进行比较。如青山宏《〈花间集〉的词（二）——韦庄的词》论温韦区别:温词是"通过缥缈、梦幻的想象,向人们展示这个'美的世界'——渐渐衰落的美",韦词"却是运用了直接明晰的手法"。田森襄《诗人和词》则比较白居易和陆游对词的不同的创作态度:前者是偶趋时尚的不稳定的尝试,后者是为了表达诗中所不能表达的内心深处的潜在弱点和不幸。青山宏《秦少游词论稿》在秦词研究中第一次指出秦观的《千秋岁》曾有七位词人与之唱和,共作次韵词九首。作者即予对勘分析,说明随着这些次韵词人跟秦观时代的距离越来越远,逐渐丧失秦观原词的本质和情感精髓,而只在形式上被重视而已。这类分析,又往往表现出把平行比较和渊源、影响的研究结合在一起的特点,也是颇有启发的。松尾肇子的《〈词源〉和〈乐府指迷〉》则对这两部宋末的重要词论著作进行细致缜密的异同比较:张炎、沈义父分别把姜夔、周邦彦作为理想词人,但又并非简单的对立关系,它们是同属当时崇尚"雅词"的词坛思潮影响下的著作。文中对"质实"、"疏快"、"清空"等素称难探底蕴的术语,也作了有益的对比辨析。诗词之间的比较也是日本学者喜用的方法,从中可以对诗、词的本质特性获得更切实的了解。如保苅佳昭《试论词对于苏东坡的意义》,全文即采用苏轼的诗和词对比的方法,从而对"以诗为词"问题提出自己的看法:诗和词"表现手法并不相近,相同的是主题、题材";但词中有时也表现了诗中所没有的作者自身的形象,即"陷于人生悲哀的形象"。至于论文中个别的诗词比较,则更不胜枚举。如萩原正树的《王沂孙的咏物词》,分析王的《水龙吟·落叶》、《齐天乐·萤》两首代表作品,即与隋孔绍安《落叶》、梁简文帝《咏萤》进行对比,认为王沂孙的咏物词常有"我"、"吾"介入,偏重于"主观性的吟咏","将物置入自己的内心,将其时自己的状况、感情及关于自己的过去的回忆等等重合起来加以吟咏",这是王沂孙在物的捕捉方式上区别于大多数咏物诗的特点。

与我国情况不同,日本汉学界并没有关于方法论的专门讨论,而大都遵循各自的研究道路采用对自己最适宜的方法。他们继承以实证为基础的学术传统,却又有所突破和创新。但个别论文则显然受到外来新方法论的影响,然而以实证为基础的传统仍未抛弃。例如中原健二的《温庭筠词的修辞——以提喻为中心》就采用修辞学派文学批评的方法,努力从修辞的艺术角度去探求温词的意蕴和特点。作者认为,温词以写女性为主,但并不具体地描写主人公的心情和动作,而是用女性的容貌与姿态、闺房与家具、器具以及闺房周围的自然,来"提示"主人公形象。其主要手法是"提喻",即以对象的某一"要素"来表示"全体"。其中有两种类型:一种是从全体中抽出的"要素",反过来暗示"全体",一种是不起暗示的作用。前者如温词《菩萨蛮》"藕丝秋色浅,人胜参差剪。双鬓隔香红,玉钗头上风",用衣裳、发饰、两鬓、脸颊、簪这五种要素,构成了这些被分别唤起的形象的交错,但女性主体仅止于被"暗示",而没有具体"表现"女性的整体轮廓;后者如温词《更漏子》的"画屏金鹧鸪"句。"金鹧鸪"是"画屏"的一种要素,但在词中并不反过来"暗示"画屏,而是进一步"表现"画屏,写出"在屏风上闪烁着金色光辉的鹧鸪的形象"。作者拈出的这种"提喻",与我国一般修辞学著作中的"隐喻"不同,"隐喻"是通过两种相异事物(本体、喻体)的组合而成,提喻却是从描写对象中直接抽出其个别要素;也与"借代"不同,"借代"仅止于代称,提喻却有暗示或表现的作用。而且要素"暗示"全体,其本身并不消失,发挥着多种的艺术机能和效果:全体受要素的暗示而得到更好的表现;要素所唤起的形象,比全体自身所唤起的形象往往有更强烈的效果;要素常常可以使人想起好几种对象,拒绝了对象的确定,于是增添了多义性,但同时又迫使读者始终以要素为中心进行欣赏和理解,等等。作者对提喻所发挥的上述种种机能和效果作了详细的论述,还分析了产生这种提喻的过程,不少地方抉微阐幽,启迪心智,也是对温词艺术的一种新的把握。

总之,日本的词学研究已取得引人注目的成绩。尺有所短,寸有所长,它的优点和特点正可弥补我国词学研究的某些不足和空白,而在研究课题、视角、方法等方面对我国正渴求开拓和革新的古典文学研究界,也不无借鉴意义。当然,坦率地说,他们某些论著也有伤于冗长、晦涩难明以及对文献误解的情况,这是毋庸讳言的。

本书是由我和日本大学博士研究生保苅佳昭君共同编选的。他作为高级进修生于 1986 年 9 月至 1988 年 7 月在复旦大学从我专治苏词。在研习苏词之馀,他全力从事本书的编选,还中译了他的日本业师青山宏先生和他自己的论文。他的勤奋和严细给我留下深刻的印象,愿以此书成为我们师弟之谊的美好纪念。本书的选目曾得到几位日本学者的指教,翻译工作则由邵毅平、沈维藩、王群、贺圣遂、康萍和周慧珍诸先生承担,高克勤先生编译了文献目录索引,在此一并表示衷心的谢意。

1988 年 8 月

关于《汲古阁未刻词》知圣道斋钞本的通信

村上哲见教授砚席[①]：

顷阅大作《日本传存〈漱玉词〉二种》(载《词学》第九辑)，介绍贵国庋藏之《汲古阁未刻词》知圣道斋钞本和《漱玉词汇钞》劳权手校本，于版本源流、性质，梳理明晰，考辨缜密，深为感佩。先生多年来致力于绍介贵国所存词籍善本于中土，"以资于日中学术交流"，诚为有功学林之良举。前承以此两种复印件相赠，亦时时摩挲研读。

惟《汲古阁未刻词》彭元瑞知圣道斋钞本，敝国仍有遗存，非如王仲闻、王璠两先生所言"今不知何在"。李一氓先生即收藏此一丛钞，虽为烬馀之物，然犹存 16 册，计三十一家(比贵国大仓文化财团藏本二十二家，总数上多出九家)。

1986 年 12 月，华东师范大学等主办全国第二次词学讨论会期间，北京友人受李一氓先生之托，携此书首册来沪，邀请同好题识，仆亦承命，因得有幸寓目，并抄录书中诸家题跋。此本题"知圣道斋烬馀词。戊辰(1928)春万松兰亭斋邵氏藏"。邵氏，即邵章(1871—1953)，字伯裘、伯絅，号倬盦，浙江仁和人。清光绪二十九年进士，著有《云淙琴趣》四卷。其祖父邵懿辰(1810—1861)，字位西，有《四库简明目录标注》，邵章为之整理并作续录印行于世，为著名版本目录学家。书中有其亲笔题识云：

> 此原本曾售之镇海李氏，越十载复出于厂市。丁卯（1927）
> 夏间被火，书估收其馀重装。家次公为作合，藏入万松兰亭斋。
> 兹记其目如左……
>
> 戊辰春日仁和伯褧邵章

邵章定此本为《汲古阁未刻词》知圣道斋钞本，并谓从黄丕烈（荛
圃）家所出。文中所言之"家次公"即邵瑞彭（1888—1937），字次公，
浙江淳安人。民国初，曾为众议院议员，以反曹锟贿选著名。此书经
他中介由邵章于1928年（戊辰）购藏。所录三十一家，凡五代一家、
北宋五家、南宋十四家、金二家、元九家。北宋五家中，亦有《漱玉
词》，是知彭元瑞当时得到《汲古阁未刻词》原钞本时，曾复钞多份，氓
老藏本与贵国藏本当为同一底本之不同钞本。今氓老已归道山，惜
不能两本对勘，再加探究。

此书已有齐燕铭、顾廷龙等前辈学者题记，均鉴定为知圣道斋钞
本。今录齐先生之文如下：

> 《知圣道斋读书跋·宋未刻词》条云："于谦牧堂得宋元人词
> 二十二帙，题曰《汲古阁未刻词》。行款、字数，与已刻六十家词
> 同。"按，谦牧堂乃清宗室揆叙斋名，邵题谓从黄荛圃所庋毛钞本
> 录出，不知何所据而云然？《书跋》又云："余旧藏李西涯辑《南
> 词》一部，又宋元人小词一部，合此三书，于六十家外又可得六十
> 二种。"邵氏据灵鹣阁、朱彊村、双照楼、四印斋、涉园所刻，统计
> 得五十二家，较之彭元瑞所得者仅缺十家。氓老好词敏求，烬馀
> 之外，搜其全帙，殆可预卜也。
>
> 1978年8月，燕铭

昔毛晋刻《宋六十名家词》后,续有所辑,其子毛扆(斧季)因"叹床头金尽,不能继志",意欲续刻而未成;彭元瑞"于六十家外又可得六十二种",亦有"安得好事者续镌为后集"之企望;今齐先生"预卜"氓老必能"搜其全帙",而氓老遽尔谢世。几代学人之凤愿,未知有否践偿之日,良可怅叹。

然则《汲古阁未刻词》钞本原共几家,确如尊说,颇难考定。毛扆《汲古阁珍藏秘本书目》有云:"宋词一百家。未曾装订。已刻者六十家,未刻者四十家,俱系秘本。细目未及写出,容俟续寄。精抄。一百两。"又:"元词二十家。精抄。尚未装订。十两。"据此,则《未刻词》钞本当在六十家左右(宋四十家,元二十家)。江标《宋元名家词序》云:他于况周颐处借钞知圣道斋本二十二家,馀三十七家因况氏"迟不与借"而未钞,是况氏藏本共五十九家,与毛扆《书目》所言六十家相近,或即为全帙欤?今检日本大仓本、氓老本两本细目,日本本中有十三家为氓老本(存三十一家)所无,两本去其重复,尚得四十四家,洵足珍贵。

专此奉闻,并颂

著祺

王水照拜启

1993 年 2 月

[附记] 此信草就后,偶读吴世昌先生《罗音室学术论著》第二卷,中有《〈知圣道斋烬馀词〉跋》一文(原载香港《大公报》1979 年 11 月 7 日《艺林》副刊),亦题识氓老此本者。吴先生云:氓老本三十一家中,首卷《阳春集》"眉端旧有彭氏校勘异文",如吴先生所云确实,则是此本经由彭元瑞之手的佐证。

今接村上教授覆函(详后),对氓老此本性质提出质疑,读后颇有启发。周叔弢先生在氓老本跋语中,对氓老本与知圣道斋之一般钞本,在格式、用纸上的"微异",有过一种解释。其语云:"彭氏钞本书余所见者,皆用黑格纸,版心较此书(指氓老本)约高寸许,版心下方有'知圣道斋钞校书籍'楷书八字,阳面四字,阴面四字,与此钞本用蓝格纸、无版心八字者微异。或书有多寡,时有先后,因之用纸不能尽同,聊记于此,盖亦不贤者识小之意也。1983年4月周叔弢记,时年九十三。"周先生之说明,亦供参考。

邵章题识云:"知圣道烬馀词卅一家,乃从黄荛圃所庋毛钞本录出者,均汲古刻词所未有。"诚如齐燕铭先生所云:"不知何所据而云然?"然已不能起邵氏于地下,冰释疑点。但黄丕烈跋元大德本《稼轩长短句》时云:"余素不解词而所藏宋元诸名家词独富。如《汲古阁珍藏秘本书目》中所载原稿,皆在焉,然皆精钞旧钞而无宋元椠本。"(见《四印斋所刻词》引)是毛扆书目中一百二十家宋元词之精钞旧钞本,均曾经其庋藏。今陶湘刻印行世之《景汲古阁钞宋金词七种》,每种皆有"毛晋之印"、"毛氏子晋"和"黄丕烈印"、"荛圃"、"平江黄氏图书"等印章,亦是黄氏确曾庋藏毛钞本之证。邵章精于版本目录之学,其语当亦有据,容再续考。

附:

村上哲见教授来函

王水照教授著席:

近辱承手谕,对于小文《日本传存〈漱玉词〉二种》多赐示教,感愧良深,尤其贵国亦有《汲古阁未刻词》犹存一事,颇足启弟蒙,衷心鸣谢。兹冒昧又志两三件事,更请赐教。

尊翰云:"氓老藏本与贵国藏本当为同一底本之不同钞本。"但弟窃谓或其不然。何则?彭文勤(元瑞)卷首识语云:"得宋元人词二十二帙。"此"二十二帙",应作"二十二部"解,以其后录二十二家之目可为证。并且卷末识语亦云："五代一家,宋十五家,元六家,见前(当指卷首识语尾录二十二家)",俱与大仓藏本无不符合。闻"氓老藏本"有三十一家,其内容也与大仓本互有出入,定非出自同一底本者。弟窃疑邵氏得三十一家《未刻词》时,或以《知圣道斋读书跋》中有《未刻词跋》,遽以彼本为此本欤?

江建霞(标)云,从况蘷笙(周颐)转钞彭氏本《未刻词》时,犹有三十七家未及钞。弟窃谓此三十七家未必是汲古阁本。建霞先云汲古未刊本共有二十二家,后云"彭钞旧附一子目,尚录三十七家",似是有别。或乃汲古未刻词二十二家以外,犹有别本三十七家也。

总之,弟谓彭氏所得《汲古阁未刻词》原来只有二十二家。彭氏所转钞当然相同,乃是现大仓藏本。而《汲古阁未刻词》固不止于此。三十一家本应自有其来源。《燕铭题记》云:"邵题谓从黄荛圃所庋毛钞本录出",或乃有此事。但目前未得一见氓老藏本,兹聊述臆见,敬请教正。

专此奉覆,顺颂

文祺

村上哲见顿首

1993 年 5 月

(原载《半肖居笔记》,东方出版中心,1998 年版)

《醉翁琴趣外篇》的真伪与
欧词的历史定位

在前人对欧阳修词的众多评说中,清人冯煦的《蒿庵论词》(即《宋六十一家词选例言》)的一段话最为重要:

> 宋初大臣之为词者,寇莱公、晏元献、宋景文、范蜀公与欧阳文忠并为声艺林。然数公或一时兴到之作,未为专诣;独文忠与元献学之既至,为之亦勤,翔双鹄于交衢,驭二龙于天路。且文忠家庐陵,而元献家临川,词家遂有西江一派。其词与元献同出南唐,而深致则过之。宋至文忠,文始复古,天下翕然师尊之,风尚为之一变。即以词言,亦疏隽开子瞻,深婉开少游。本传云:"超然独骛,众莫能及。"独其文乎哉!独其文乎哉!

冯煦指出:(一)重臣巨公之作已成为宋代前期词坛的一股潮流,而晏殊、欧阳修却是其中具有某种专业性的词家,作品数量最多,"为北宋倚声家初祖"(冯煦评晏殊语);(二)晏欧词"同出南唐",开词中"西江一派";欧词与欧文欧诗一样,除了历史继承性以外,还有"超然独骛,众莫能及"的创造性、开拓性;(三)欧词对欧门乃至宋代词史有重要影响:"疏隽开子瞻,深婉开少游",居于承前启后的关键地位。这里所涉及的欧氏对词的创作观念和态度、晏欧词同异、欧词影响等方面,实际上都可归结到欧词的词史定位问题。

但是,冯煦的这个评估,显然把存在疑义的《醉翁琴趣外篇》排除在外,未把这部分艳词、俗词视为欧氏之作。而为了更准确、全面地评估欧词的历史地位,首先应对《醉翁琴趣外篇》的真伪问题作一番辨析。

在宋代前期的重臣巨公中,欧阳修的词作数量位居翘首。据唐圭璋《全宋词》,寇准存词四首(另孔凡礼《全宋词补辑》补入一首),范仲淹五首,宋祁六首,韩琦二首,文彦博断句一则,司马光三首,晏殊一三六首(《全宋词补辑》补入三首)。上引冯煦一段话中曾列名的范蜀公(范镇),今不见其词作。

今存欧阳修词集包括两个版本系统:(一)《欧阳文忠公近体乐府》三卷,亦即《欧阳文忠公集》卷一三一——一三三。原为南宋庆元二年(1196)罗泌所编定,共收词一九三首。今存南宋吉州本,见吴昌绶双照楼《景刊宋元本词》。《全宋词》对此本进行校勘,删去重复和误入者,著录一七一首。(二)《醉翁琴趣外篇》六卷,共收词二○三首。今存南宋本,亦见双照楼景宋本及四印斋刊本。《全宋词》删去重见于《近体乐府》者一三○首,误入者七首,著录六六首。《全宋词》另辑佚三首,共计二四○首,这个数字不仅远迈寇、范、宋、韩、文、司马诸公,而且超过晏殊,也比当时另外两位著名词人柳永(二一六首)、张先(一六七首)为多。

当然,《醉翁琴趣外篇》大都为艳词,存在真伪聚讼的公案。大抵说来,前人多从维护欧氏大儒名臣地位出发,指为赝作,近人则从人类生存欲望多元化立论,辨其非伪。其实,这类出发点对于作品的辨伪工作并无多少裨益,作品的真或伪,主要应从文献资料和版本源流上进行辨析,才能取得较为可信的结论。《醉翁琴趣外篇》未见宋人公私书目著录,至元代吴师道《吴礼部诗话》中始提及。但在宋人中却有大量为欧氏辨诬的资料,兹略依时代先后排列如下,以见其言论的前后沿承嬗变之迹。

（一）钱愐（哲宗、徽宗时人）《钱氏私志》（宛委堂本《说郛》卷四五）先记欧氏《望江南》词，有"堂上簸钱堂下走，恁时相见已留心"之句，"内翰伯"（钱勰）对其"簸钱"之句予以曲解，指为"盗甥"之事："欧后为人言其盗甥，表云：'丧阙夫而无托，携孤女以来归。'张氏此时年方七岁。内翰伯见而笑云：'年七岁正是学簸钱时也。'"后云："欧知贡举时，落第举人作《醉蓬莱》词以讥之，词极丑诋，今不录。"①

（二）蔡絛（徽宗、钦宗时人）《西清诗话》："欧阳修之浅近者，谓是刘辉伪作。"（见《四库全书总目提要》卷一九八引，今本无）

（三）曾慥（？—1155）《乐府雅词序》（绍兴十六年，1146）："当时小人，或作艳曲，谬为公词，今悉删除。"

（四）王灼（1081—1160?）《碧鸡漫志》卷二（成书于绍兴十九年，1149）："欧阳永叔所集歌词，自作者三之一耳。其间他人数章，群小

---

① 钱愐系钱惟演曾孙，钱俶四世孙，钱镠六世孙。见《宋史》卷二四八《公主传》、卷三一七《钱惟演传》。他在文中所称之"内翰伯"，即钱勰。哲宗时任翰林学士，系钱俶（钱俶异母兄）曾孙，于钱愐为伯父。《宋史》卷四六五《钱忱传》记钱愐兄因"伯父在翰苑，因得识一时名卿"。钱愐当亦从勰游，此条关于"簸钱"的记载，疑即得自伯侄间之戏谈。

　　近阅况周颐编《历代词人考略》卷九（署名刘承幹，藏南京图书馆）"欧阳修"条按语云："欧公《江南柳》之诬，《词苑丛谈》尝辨之矣。周淙《辇下纪事》云：德寿（宋高宗赵构）宫刘妃者，临安人，入宫为红霞帔，后拜贵人（妃）。又有小刘妃者，以紫霞帔转宜春郡夫人，进婕好，复封婉容，皆有宠。宫中号妃为大刘娘子，婉容为小刘娘子。婉容入宫时，年尚幼，德寿赐以词云：'江南柳，嫩绿未成阴。攀折尚怜枝叶小，黄鹂飞上力难禁，留取待春深。'德寿之词，与《默记》所传欧公之作，仅小异耳。钱世昭《私志》称彭城王钱景臻为先王，景臻追封，当在建炎二年。世昭为景臻之孙，愐（景臻三子）之犹子，以时代考之，盖亦南宋中叶矣（《四库全书》于钱世昭、王铚时代，并未考定详确）。窃疑后人就德寿词衍为双调，以诬欧公，世昭遂录入《私志》，王铚因载之《默记》。惟钱穆父固与欧公同时，然公词既可假托，即自白之表、穆父之言，亦何不可造作之有？窃疑欧阳文集中，未必有此表也。"按，此段考证亦见其《蕙风词话》卷四，录供参酌。但欧氏"自白之表"即《滁州谢上表》，见《欧阳文忠公集》卷九〇，并非伪造。

因指为永叔,起暧昧之谤。"

（五）王铚（高宗时人）《默记》："欧知贡举,下第举人复作《醉蓬莱》词讥之。"（见明《尧山堂外纪》卷四八、《词统》卷七引,今本无）

（六）朱熹（1130—1200）《三朝名臣言行录》："（修）后知贡举,为下第刘煇等所忌,以《醉蓬莱》、《望江南》诬之。"（见沈雄《古今词话·词评》卷上、《四库全书总目提要》卷一九八引,今本无）

（七）罗泌《欧阳文忠公近体乐府·跋语》（庆元二年,1196）："其甚浅近者,前辈多谓刘煇伪作,故削之。"

（八）陈振孙（?—约1261）《直斋书录解题》卷二一:欧词"其间多有与《花间》、《阳春》相混者,亦有鄙亵之语一二厕其中,当是仇人无名子所为也。"

（九）俞文豹《吹剑续录》（成书于淳祐三年,1243）："时刘煇挟省闱见黜之恨,赋《醉蓬莱》词以丑之。"

综观这些辨词,却反映出两个事实:（一）在罗泌编定《近体乐府》和南宋中期闽刻的《琴趣外篇》以前,早期流传的欧阳修词集中（如《平山集》、《六一词》之类,见罗泌跋语）,确是存在艳词,曾慥编《乐府雅词》时曾"悉删除",罗泌编《近体乐府》时亦"削之";（二）这一保存艳词的早期欧词集,之所以引发种种不同辨诬之辞,恰恰反证出在当时一般人心目中,此乃欧氏真作。与曾慥同时的铜阳居士《复雅歌词序》（见《古今合璧事类备要》外集卷一一）云:"温、李之徒,率然抒一时情致,流为淫艳猥亵不可闻之语。我宋之兴,宗工巨儒,文力妙于天下者,犹祖其遗风,荡而不知所止。"这里所说的"文力妙于天下"的"宗工巨儒",似非欧阳修莫属。铜阳居士与曾慥都主张崇雅黜俗,但曾氏以"小人"谬托之由来为欧氏作艳词开脱,而铜阳居士虽未指名道姓却毫不含糊地加以谴责,谴责的前提即是确认艳词乃欧氏真作。

我们进一步审察这些辨词,却存在种种破绽。在最早的钱愐、蔡條、王灼、曾慥等人的言论中,钱愐的"落第举人"(指刘辉)造作说,最不可信。不仅时间不合(欧氏"盗甥"案早在庆历五年(1045),离其知贡举的嘉祐二年(1057)已十二年,事过境迁了),且与刘辉经历、品格不符(刘辉旋即为欧氏所识拔中举,其人品德多为时人赞许)。但钱愐编造此说仍有一些原由。在他以前,与欧氏同时且有交往的释文莹,在《湘山野录》卷上中云:"公(欧阳修)不幸晚为憸人构淫艳数曲射之,以成其毁。"叶梦得《石林诗话》卷下记嘉祐二年贡举风波事件后云:举子们"因造为丑语"。这里均指他人作词造语攻击讽刺欧氏,并非嫁名伪托而诬之,钱愐对此亦含糊其词,但坐实《醉蓬莱》一首作品。(《三朝名臣言行录》加上《望江南》,实误读钱愐《钱氏私志》所致,钱氏明云《望江南》原系欧氏己作、真作。)至蔡條,始明确指出嫁名"伪作"说,且点出刘辉之名;并从《醉蓬莱》单首作品增饰为"浅近者"之作皆为伪造。此说罗泌从之,而曾慥则指出"艳曲"为"当时小人"所造作,又是对蔡條之说的进一步推演。而曾、罗二人编集时正依据语言俚俗、内容亵艳这两条标准予以删削。他们或把"伪作"扩大化,从一首具体作品推及"其甚浅近者",或把刘辉这一特指之人普泛化,虚指为"当时小人",算是对"伪作"说的一种弥缝。

王灼则别作新解,谓欧氏编辑词集,收录己作三分之一,复收他人之作三分之二,"群小因指为永叔,起暧昧之谤"。他用"群小"曲解"他人之章"以诬欧公,来代替直接伪托说,可能受到钱愐记其"内翰伯"(钱勰)曲解《望江南》"簸钱"之意的启发(按,欧词"阶上簸钱阶下走"句,乃化用王建《宫词》"暂向玉花阶上坐,簸钱赢得两三筹",并非实写,与其甥女了不相关)。此说较以前的伪托说稍觉圆通,因而颇得一些研究者赞同,并径直推断《醉翁琴趣外篇》为伪书①。此说实

---

① 清陆蓥《问花楼词话》"传闻须慎"条:"欧阳公,宋代大儒,诗文外,喜为长短调。凡小词多同时人作,公手辑以存者,与公无涉。一时忌公者,借口以兴大狱。"又见谢桃坊《欧阳修词集考》,《文献》1986年第2期。

亦多有疑点。第一，欧氏盗甥案，各类史籍记载甚多，其案发经过、结果和背景均甚分明，却无与其艳词有任何关涉的记载，"起暧昧之谤"、"借口以兴大狱"云云，均无着落；第二，欧氏编辑词集，人、己之作并收，此一编集方式，尚不见第二个例子，不知王灼何所据而云然？（王灼之语，或仅泛言欧氏词集中混入他人之作，己作只三分之一而已，并非有意如此编集者。）第三，王灼所见之集，也与《醉翁琴趣外篇》不同。王灼在同书（《碧鸡漫志》卷四）中说："然欧阳永叔所集词内《河传》附越调，亦《怨王孙》曲。"但此首不见于《琴趣》。今本《琴趣》重见于《近体乐府》者达一三〇首，占全书三分之二，也与他所说"自作者三分之一"的比例相距甚远。

今本《醉翁琴趣外篇》，据陶湘《景宋金元明本词叙录》考定为："写刻精整，盖出南宋中叶。""琴趣外篇"并不是欧阳修自定的书名，当是闽中书贾所为。今双照楼影宋本尚收晁补之《晁氏琴趣外篇》、晁端礼《闲斋琴趣外篇》两种（另今又存《山谷琴趣外篇》），应是书贾遴选词家的汇刻丛刊之举，陶湘评其"搜采名流，颇有甄择，非如长沙《百家词》，欲富其部帙、多有滥吹者比，洵宋词之珍秘矣"。而此两晁词集，并无真伪纠葛之事，版本上是可靠的。因此《醉翁琴趣外篇》当亦有底本依据，或即系欧词早期流传之集。沈曾植云"疑即《平山集》之类"，并非欧氏本人或书贾拼凑欧氏真作、他人伪作而成（《菌阁琐谈》），应是合乎情理的推断。

《醉翁琴趣外篇》有不见于《近体乐府》者六六首，其中不少作品与《近体乐府》相类。如《定风波》一组五首，首句皆作"把酒花前欲问□"，四首收于《近体乐府》，一首见《琴趣外篇》；《渔家傲》咏采莲女一组十首，《近体乐府》存六首，《琴趣外篇》存其馀四首；《碧鸡漫志》卷五引江休复《嘉祐杂志》云有《盐角儿令》词牌"欧阳永叔尚制词"，今《盐角儿》二首仅见《琴趣外篇》而不见《近体乐府》，吴昌绶亦据此判断："知《琴趣》别出诸篇，纵复不类，亦必有所本也。"（见《艺风堂友朋书札》第九五〇页；另参看陈尚君《欧阳修著述考》，《复旦学报》1985年第3期）凡此皆可证明《醉翁琴趣外篇》在整体上与欧词早期流传之集的密切关系。当然，其中也有误入之作（《全宋词》已考证并剔出七首），而这是宋人词集的普遍情形，当依版本资料等审慎甄别。要之，现有的种种理由似均不足以动摇欧阳修对此书的主名地位。

王兆鹏、刘尊明《历史的选择——宋代词人历史地位的定量分析》（《文学遗产》1995年第9期）通过现存词作篇数、历代词话中被品评次数、历代词选中入选词作篇数等六项数据统计，欧阳修为宋代十大词人之一，列于辛弃疾、苏轼、周邦彦、姜夔、秦观、柳永之后，位居第七。这是运用计量史学的方法为欧词历史定位的一种结论。若从词作的最显著的外部特征而言，欧词无疑包括雅词与俗词（尤以《醉翁琴趣外篇》为代表）两类，这对后世词人如苏轼、黄庭坚、秦观等，均有导夫先路的开启作用，在宋词雅俗对峙并行与互动互补的演变过程中，也有着颇堪探讨的内蕴。

北宋前期词坛的最具代表性词家，一为晏、欧，一为柳永①。在他们的词作中都有雅词与俗词，但三家实代表不同的文化意义和美学旨趣。

作为"士"，均以入"仕"为人生追求目标，但晏、欧基本成功，柳永则基本失败，扮演了两类不同的社会角色。重臣巨公的晏、欧，不能不把社稷之重、黎民之托作为主导意识，也就是说，他们的第一身分是名宦，然后是学者，最后才是诗人、词家。《东轩笔录》关于晏欧相轻互贬的一则记载（见于《永乐大典》卷一八二二二，今本无），很能说

① 欧阳修（1007—1072）比晏殊（991—1055）年少十六岁。柳永生卒年无法确考，唐圭璋、金启华《柳永事迹新证》（《文学研究》1957年第3期）定其生年约987年，吴熊和定其卒年为约1055年（见《吴熊和词学论集》第206页），则与晏殊年辈相仿，比欧氏年长二十岁左右了。

明此点：

> 欧阳文忠公素与晏公无它，但自即席赋《雪》诗后（按，事见《东轩笔录》卷一一、《临汉隐居诗话》、《消寒诗话》等）稍稍相失。晏一日指韩愈画像语座客曰："此貌大类欧阳修，安知修非愈之后也。吾重修文章，不重他为人。"欧阳亦谓人曰："晏公小词最佳，诗次之，文又次于诗，其为人又次于文也。"岂文人相轻而然耶？

按照欧阳修等的理想人生标准，应是先为人，次为文，最后才是为诗为词，但他正言实反，表面上似在肯定晏词，实在整体人生价值评判上贬抑晏殊。他们作为上层士大夫的社会角色定位，无论自己或他人，都是自觉而不含糊的。

然而，理性上视词为"小道"，却在行为上倾心于词的赏爱与创作。这并不奇怪：一是受制于时代崇尚华靡的风尚。连范仲淹、穆修等人的笔下，也写出"闲上碧江游画鹢，醉留红袖舞鸣灯"（范仲淹《同年魏介之会上作》，《范文忠公集》卷四）与"佳人盼影横哀柱，猥客分光缀艳诗"（穆修《烛》，《河南穆公集》卷一）的旖旎风流的诗句，足见时尚之一斑。二是作为"自然人"的精神补偿与心灵抚慰的需求。以律己严谨著称的司马光也说："浩歌纵饮任天机，莫使欢娱与性违"，"须知会府闲时少，况复边城乐事稀"（《陪诸君北园乐饮》，《司马文正公传家集》卷七），也为"浩歌纵饮"的"欢娱"和及时行乐找到人性本真的根据。于是，词冲破"官身"的种种道德伦常规范，在上层社会舆论眼开眼闭的隙缝中，不可遏制地兴盛起来，形成了宋代精英文化中世俗化的重大倾向，形成了宋代文学中亦雅亦俗、雅俗碰撞交融的文化形态。晏、欧即是前期词坛的代表。

柳永是中国文学史上第一位与"市井"结合并取得突出成就的作

家。我以前曾说他的词作，如他的原名一样也有"三变"：题材内容变，艺术手法变，形式体制变。这一看法是较为浮浅的。如能以精英文化为参照，以"大众文化"为本位的观点切入，或能发掘出柳词创新的更深意义。柳词大都为应歌而作，即为秀秀、英英、瑶卿、虫虫、心娘、佳娘、酥娘、师师、安安、朱玉这类风尘女子"量身定作"，依靠秦楼楚馆、勾栏瓦舍传唱为流布手段，与市井听众的思想感情、欣赏趣味处于频繁迅捷的反馈交流之中，作品的内容必须随着听众文化需求的变化而不断变化，满足他们的新感觉、新趣味，词也成为消闲文化；其次，柳永的这部分词，主要直接诉诸受众的听觉，不像案头文学可以反复地吟诵体味，因此，叙次有序，明白晓畅，成为必需的艺术要求；此外，他的词作，大都完成于率然应命、立时挥就之际，作品带有谋生手段与文化商品性质，因此又不可避免地成为"为文造情"、程式化的制作，以适应当下演唱的需要。柳词的最大文学贡献在于叙述艺术，所谓"屯田蹊径"（杨湜《古今词话》），所谓"屯田家法"（蔡嵩云《柯亭词论》），既表明其叙述艺术的高度成就而自成家数，也包含其程式化、凝固化的一面。其优长在此，其缺失亦在此。况周颐秉承王鹏运的见解，标举"重、拙、大"之说，已为人们所熟知。其晚年所编《历代词人考略》卷八"柳永"条后按语云：

> 吾友况夔笙舍人《香海棠词话》云："作词有三要，重、拙、大。"吾读屯田词，又得一字曰"宽"。宽之一字，未易几及，即或近似之矣，总不能无波澜，屯田则愈抒写愈平淡。林宗云：叔度汪洋如千顷之陂，澄之不清，淆之不浊。吾谓屯田词境亦然。向来行文之法，最忌平铺直叙，屯田却以铺叙擅场，求之两宋词人，政复不能有二。

按，此书署名刘承幹，故用刘氏口吻，称"吾友况夔笙舍人"，实乃况氏所编。这是他晚年对"重、拙、大"之说的重要补充。况氏的"宽"字诀，是对词的叙述艺术某一境界的概括与总结，对"六义"之一"赋"法的补充与发挥，诚为卓识，应引起柳词和词学研究者的重视。因该书不易阅览（仅有抄本，现藏南京图书馆），特予表出。但况氏也忽略了这是以柳永大量程式化的"复制"创作为代价的。近人周曾锦《卧庐词话》云："柳耆卿词，大率前遍铺叙景物，或写羁旅行役，后遍则追忆旧欢，伤离惜别，几于千篇一律，绝少变换，不能自脱窠臼。"所评不免言重，但叙事结构的程式化确为柳词一病。这与大众文化的媚俗过热、制作泛滥的情况有着内在的关联。

面对风靡一时的柳永俗词，晏殊和欧阳修从维护精英文化为本位的角度出发，具有排拒或保持距离的相近的一面，但又有微妙而深刻的差别。据《画墁录》载，柳永曾向晏殊申诉仕途窒碍之不平，晏殊问他是否"作曲子"，柳永答以"只如相公亦作曲子"，晏殊不禁愠然："殊虽作曲子，不曾道'针线慵拈伴伊坐'。"柳永于是碰壁而退。这则记载不一定真实，但真实地反映出晏殊鲜明地维护自身的士大夫文化立场。他尽管也倾注心力于词的写作，"绮艳之词不少"（《四库全书总目》卷一九八），但对于"针线慵拈伴伊坐"（柳永《定风波》词）之类男女情爱表达方式，就认为是轻佻猥媟，有违于"发乎情，止于礼义"（《毛诗序》）的诗训了。其实，柳永此词表达了一对风尘知己追求两情相悦、永伴厮守的正常爱情生活，表现出两性关系的新的内容，然而晏殊一类士大夫一般说来很难认同。晏幾道曾力辩乃父不作"妇人语"（《宾退录》卷一），俞陛云也说晏殊"生平不作妮子语"（《唐五代两宋词选释》），均恐非确当。但确实看到了宋初士大夫的新兴艳词，与柳永笔下真率坦露、恣肆大胆甚至淫媟秽亵的俗艳之词，存在着重要的文化差别。晏殊词以风调闲雅为主，其所作艳词，歌咏对象多为家姬舞娘，与平康北里的私妓不同。他曾选《文选》以后至唐的诗歌为《集选》五卷，"凡风调猥俗而脂腻者皆不载也"（《青箱杂记》

卷五）。他没有向市井大众的美学趋尚跨进一步。

现存资料中我们尚未发现欧阳修与柳永有过什么交往或接触，即使是传闻逸事亦未见。但从欧词本身来看，他一方面接受过柳词的影响，似处于无意学柳却又不免坠入时风流俗之中；另一方面，又颇为矜持，与柳词保持相当距离，透露出士大夫根深蒂固的词学观念，这与晏殊又有一致之处。

王国维《人间词话》指出："词之雅郑在神不在貌。永叔、少游虽作艳语，终有品格。"《草堂诗馀》正集卷五沈际飞评欧词《瑞鹤仙》（脸霞红印枕）云："词以弄月嘲风为主，声复出莺吭燕舌之间，不近乎情不可，邻于郑、卫则甚。景而带情，骚而存雅，不在兹乎？"（此词或谓陆淞词。）我们洗去"雅郑"之说的道学家色彩，不难发现，实已标示出士大夫艳词与柳永式艳词的"雅俗"分界，正代表着精英文化与大众文化的不同背景。欧氏《好女儿令》"眼细眉长，宫样梳妆"，《鹧鸪天》"学画宫眉细细长"，皆描写家姬学画宫女细长眉妆的式样；同是画眉，在柳永笔下，就变得笔致放纵，甚而迹近放肆了："嫩脸修娥，淡匀轻扫。最爱学、宫体梳妆，偏能做、文人谈笑。""锦帐里，低语偏浓；银烛下，细看俱好。那人人，昨夜分明，许伊偕老。"（《两同心》）宋初士大夫的新兴艳词，大都出语婉雅（其语源多用唐诗），描绘仅止于容色声态，不下挑逗性的笔墨，力戒佻薄邪念，把美色当作单纯的鉴赏对象和审美客体，与柳永的俗艳词是各异其趣的。

然而，在语言运用与艺术手法等层面上，欧阳修却与柳永颇多取径相似或相通之处。一是对俚俗语言的共同爱好。沈曾植《菌阁琐谈》云："《醉翁琴趣》颇多通俗俚语，故往往与《乐章》相混。山谷俚语，欧公先之矣。《琴趣》中若《醉蓬莱》、《看花回》、《蝶恋花》、《咏枕儿》、《惜芳时》、《阮郎归》、《愁春郎》、《滴滴金》、《卜算子》第一首、《好女儿令》、《南乡子》、《盐角儿》、《忆秦娥》、《玉楼春》、《夜行船》，皆摹写刻挚，不避亵狎。……所用俗字，如《渔家傲》之'今朝斗觉凋零煞'、'花气酒香相(清)厮酿',《宴桃源》之'都为风流煞',《减字木兰花》之'拨头憁利',《玉楼春》之'艳冶风情天与措',《迎春乐》之'人前爱把眼儿札',《宴瑶池》之'恋眼哝心',《渔家傲》之'低难奔'……"他还对欧氏好用"厮"字举例补充:"欧公词好用'厮'字,《渔家傲》'花气酒香皆(清)厮酿'、'莲子与人长厮类'、'谁厮惹'皆是也。"此类用例,尚可枚举,当是欧氏从市井俗语汲取语料之明证。

二是柳永式的叙述手法的运用。欧词比之晏殊词,明显地加重了叙事成分,注重于交待事件的前后过程,娓娓道来,语脉清通而又婉曲,不少词若与柳词对读,别有潜通暗合之趣。收于《醉翁琴趣外篇》的《玉楼春》(印眉)云:"半幅霜绡亲手剪,香染青蛾和泪卷。画时横接媚霞长,印处双沾愁黛浅。   当时付我情何限,欲使妆痕长在眼。一回忆着一拈看,便似花前重见面。""印眉"是当时男子物恋的一种习俗,欧词曲曲叙来,不仅详说印眉的操作过程,而且作为别后思念的信物。纪实手法而情趣盎然。"印眉"在词中不常见,而柳永《洞仙歌》下半阕有云:"闲暇,每只向、洞房深处,痛怜极宠,似觉些子轻孤,早恁背人沾洒。从来娇纵多猜讶。更对剪香云,须要深心同写。爱揾了双眉,索人重画。忍孤艳冶,断不等闲轻舍。鸳衾下,愿常恁、好天良夜。"此词共一二一字,展现的是风月场中的一幅缠绵缱绻的图景,其叙次较欧词更见繁复,但"爱揾了双眉,索人重画",显然也是这幅图景中的一个突出镜头。

欧阳修的俗词表明,他对当时词坛上的市井世俗化倾向,采取了相当宽容的态度,表现出多元化的美学取向。这一雅俗对峙交融的趋势,为嗣后文人词的发展所延续,一脉承传,不绝如缕,也是宋词流变中的一大景观。至于欧氏雅词的历史作用,笔者将另文阐述。

(原载《词学》第13辑,华东师范大学出版社,2001年1月)

朱孝臧《宋词三百首评注（典藏版）》前言

选本是普及我国古典文学最通行的著述形式，一直受到广大读者的青睐和欢迎。近代学者朱孝臧编选的《宋词三百首》就是一部备受赞誉的宋词入门读本，也是一部蕴含独特词学旨趣的专业选本。

《宋词三百首》的编选初衷是为了指导初学者读词和填词。况周颐在该书序言中说："彊村先生尝选《宋词三百首》，为小阮逸馨诵习之资。"所谓"小阮"，即指侄儿，是用魏晋竹林名士阮籍和阮咸叔侄相亲的典故。因此，《宋词三百首》是朱祖谋为他的子侄辈所编选的一本宋词启蒙读物，目的在于指示初学者读词方法和填词门径。但是，这又是一部反映编选者词学观念和审美旨趣的专业选本。钱基博《现代中国文学史·上编》评价此书"阐词学之阃奥，诏后生以途辙"，指明本书并非为单纯赏析诵习之需，而是为阐述特定的词学宗旨，倡导某种审美理想，并为初学填词者指明取径方向。朱氏门人龙榆生在《选词标准论》中也说："自朱彝尊《词综》、张惠言《词选》、周济《宋四家词选》，乃至近代朱彊村先生之《宋词三百首》，盖无不各出手眼，而思以扶持绝学，宏开宗派为己任。"清初浙西词派的开创者朱彝尊，编选了《词综》一书来标举"醇雅"的词学观念。到了清代后期，常州词派的代表张惠言、周济又先后编选了《词选》和《宋四家词选》，以宣扬"比兴寄托"说和"浑化"境界说。《宋词三百首》就是在这样一种复杂的词学背景之下所编选的一部独具特色的宋词选本。

朱孝臧（1857—1931），原名祖谋，字藿生、古微，号沤尹，又号彊村，浙江归安（今属浙江湖州）人。清光绪八年（1882）举人，次年进士，与王鹏运、郑文焯、况周颐并称清末词坛四大家。早年工诗，至四十岁时方专力于词。他从南宋词人吴文英入径，上窥北宋词人周邦彦，但又不拘一家，晚年又取法苏轼，融会贯通，遂成词坛领袖。叶恭绰在所编《广箧中词》中盛赞其"集清季词学之大成"，"或且为词学之一大结穴"。本书附录夏孙桐所撰《清故光禄大夫前礼部右侍郎朱公行状》，以便读者进一步了解朱祖谋的生平事迹。

《宋词三百首》之所以成为词史中的经典选本，乃是集中了朱祖谋及其友朋后辈们的集体思想，这其中况周颐就是一位很重要的直接参与者。况周颐（1861—1926），原名周仪，字夔笙，号蕙风，又号玉栖词人，广西临桂（今属广西桂林）人。光绪五年（1879）举人，官内阁中书。民国时期，朱、况二人均寓居上海，相去里许，往来密切，经常在一起讨论词学问题。据况氏门人赵尊岳回忆两人编纂《宋词三百首》时的情景："嶓然两叟，曼声朗吟，挈节深思，遥馌酬答，馀音袅袅，并习闻之。"（《〈惜阴堂明词丛书〉叙录》）因此，这部词选的编选旨趣，与况周颐所倡导的"重、拙、大"论词宗旨，有着深刻的联系。

何谓"重、拙、大"？况周颐自己的解释是："轻者重之反，巧者拙之反，纤者大之反，当知所戒矣。"（《词学讲义》）此解近似同义反复，对于初学者仍不得要领。大致说来，词的女性特质，造成不少词作的轻艳、浅巧、纤琐，或如王国维所指责的"淫词"、"鄙词"、"游词"（王氏据金应珪《〈词选〉后序》之旨而发挥）；即在豪放词风的词作中，也不免有叫嚣直露、一览无馀之弊。况氏等人所崇尚的则是深曲厚重、包蕴缜密而又一气浑化的词风。朱孝臧曾四次校勘吴文英的《梦窗词》，他在第三次校勘吴词而写的跋语中说："君特（吴文英的字）以隽上之才，举博丽之典，审音拈韵，习谙古谐。故其为词也，沉邃缜密，脉络井井，缒幽抉潜，开径自行，学者匪造次所能陈其义趣。"认为吴文英词的"沉邃缜密,脉络井井",不是学词者轻易就能获其"义趣"的。朱孝臧的门人杨铁夫,曾随从朱氏专学吴文英词,开始时不能领悟,朱氏"于是微指其中顺逆、提顿、转折之所在",经过三年的揣摩,才渐悟入,于是作《吴梦窗词笺释》一书。吴文英丽密深曲的词风,主要是运用灏瀚之气以表达沉挚之思,因而显得厚重丰腴,耐人寻味。当然也有堆砌晦涩的地方。我们可以从吴文英这个例子来体会"重、拙、大"的含义,同时也可用以把握这部选本的编选旨趣。此书初刻本选词人88家,词作300首,而吴文英词入选达24首,位居第一。

如果说,《唐诗三百首》是一部基本反映唐诗总体风貌的普及性选本;那么,《宋词三百首》就是一部带有编选者词学审美倾向的学术性选本。"重、拙、大"选旨的最终目的,是为了达到自然浑成的审美境界。况周颐在序言中说"彊村兹选,倚声者宜人置一编",是学词者欲达到"浑成"词境的"始基",因为此书"大要求之体格、神致,以浑成为主旨"。龙榆生指出:"所谓'浑成',料即周济所称之'浑化';衍常州之绪,以别开一宗。"(《选词标准论》)龙氏指出"重、拙、大"的理论主张主要源自批判继承浙、常两派的词学旨趣,尤其是进一步发扬常州派"推尊词体"的精神。要而言之,以张惠言为代表的常州词派为了推尊词体而强调词的"比兴寄托"功能。这种"比兴寄托"不仅要"有寄托入",更要能"无寄托出",最后达到虽有寄托而自然无迹的浑成境界,也就是周济在《宋四家词选目录序》中所说的"问途碧山(王沂孙),历梦窗(吴文英)、稼轩(辛弃疾),以还清真(周邦彦)之浑化"。因此,朱祖谋在致夏承焘的信中称吴文英的词是"八百年未发之疑",而况周颐也认为吴词中表现了"黍离麦秀之伤"(《历代两浙词人小传序》),这恐怕都与自然浑成的"比兴寄托"不无关系。因为朱、况二人都怀有浓重的末世情怀和遗老情结,而梦窗词深邃丽密、寄托遥深的特点正好契合了他们的易代之感和审美期待。

此书稿本系朱氏手抄，今藏浙江图书馆，共选词人 86 家，词作 312 首，有朱、况二人批点删改墨迹。稿本改定后于 1924 年正式刊行，计入选词人 88 家，词作 300 首，是为初刻本。当代词学大师唐圭璋先生特为之作笺，编成《宋词三百首笺》，先于 1934 年出版，又于 1947 年再版；后又增加注释，改题《宋词三百首笺注》，由中华书局上海编辑所（即上海古籍出版社前身）于 1958 年重版。值得注意的是，唐氏笺注本的选目与朱氏初刻本颇有出入，1934 年版的"唐笺本"是以朱氏"重编稿本"为底本，选词人 82 家，词作 283 首。1947 年版的"唐笺本"改以 1924 年初刻本为底本，"附录一"据朱氏"重编稿本"补入 8 家 11 首词，删除 20 家词人 28 首词，"附录二"又据朱氏"三编本"增加 2 家 2 首词。1958 年版选目则与 1934 年版同，后多次据以刊印，遂成为当下较为通行之本。

唐笺本流行既广，初刻本反而被人忽视，而这又是朱氏生前唯一正式刊行的版本，选词恰为三百首。故本书选择 1924 年的初刻本为底本，以恢复选本之原貌。词之正文，参校以《全宋词》及各家词别集；并根据《词律》《词谱》进行标点，即句处用逗号（"，"），逗处用顿号（"、"），韵处用句号（"。"），以便广大读者阅读欣赏。

"唐笺本"作为《宋词三百首》第一部正式刊行的注本，广泛采辑前人评语，有助理解原词，后又加以注释，然稍嫌简略。今为适应一般读者阅读之需，加详注释，并另撰评析，以扩大理解空间。同时，遵循唐笺体例，重新汇辑词评（收录刊行于 1949 年之前的著作）。所得于唐氏"评笺"多有补正，读者如有进一步钻研兴趣，不妨与唐氏笺注本一同参阅。另，朱氏原书存在一些词作主名错漏之处，我们均在"评析"之末加按语予以说明。

参加本书注释、评析的撰稿人是（按姓氏笔画排列）：王水照、王述尧、王祥、孔妮妮、史伟、张璟、陈元锋、林岩、赵晓涛、倪春军。本书辑评和补订由倪春军一人承担，这也是他所承担的华东师范大学青年预研究项目和青年跨学科创新团队项目的阶段性成果。本书评注、辑评中存在的缺点和不足,欢迎广大读者指正。

(原载《宋词三百首评注(典藏版)》,

上海古籍出版社,2018 年 5 月)

中国文学史编写工作的教训

——评新编《中国文学发展史》(唐代部分)

  刘大杰先生的《中国文学发展史》(以下简称《发展史》),在四十年代初开始问世,解放后分别在 1957 年、1962 年及 1972 年三次改写印行。初版《发展史》,正像作者自己多次所说,其"关键问题"和"思想基础"是"资产阶级的社会学和进化论的混合物"①。我们知道,在"五四"以来的古代文学史研究领域中,胡适派的唯心主义影响很大,刘先生的这一著作(包括当时其他一些文学史著作)企图从社会环境、经济状况和政治特点等方面去解释和说明文学现象,应该说是一个进步;但他搬用的是弗里契、泰纳、朗宋一类的资产阶级观点(有时连这些观点也未达到),并未接触到文学的阶级内容,与马克思主义的历史唯物论更有很大的距离。解放后,他的前两次修改是有成绩的:虽然仍然保留着资产阶级学术体系,但也表现出学习马列和毛泽东思想的努力,纠正了一些错误观点,加之材料逐步充实,叙述又较流畅明晰,因而成为一部影响较大的著作。

  然而他的第三次修改工作,情况发生巨大逆转。"四人帮"为了篡党夺权而抛出的"儒法斗争贯串古今论",成了他修改工作的指导思想。尤其在 1976 年出版的第二册唐代文学中,全面地贯彻了这个

---

① 《批判〈中国文学发展史〉中的资产阶级学术思想》,见《"中国文学发展史"批判》,第 275 页,中华书局,1958 年。

反动谬论。他不惜抛弃自己原来的学术见解,甚至不顾定评和常识,把活生生的文学发展内容纳入"儒法斗争"的模式,使新版《发展史》沦为"四人帮"的"儒法斗争"的文学版,在理论和学术上也制造了混乱和荒唐,在国内外起了不良的影响。

刘先生这种文学史研究道路上的曲折和反复表明:"四人帮"是人民的大敌,也是科学的大敌,他们造成了学术工作的大破坏、大倒退和大灾难;要取得成绩和进步,只有依靠全面、准确地学习马列和毛泽东思想体系,依靠踏实艰苦的科学实践和探索,而随风转舵、望风落笔则是一条歧途。

一

"四人帮"的喉舌江天、洪途之流炮制了"儒法斗争是文学史主线"这条臆造的"规律",但他们只是零星单篇,碰到难处,大都虚晃几枪,蒙混而去。刘先生却全书(第二册)改"线",几乎把唐代所有的诗人和文学运动都塞入"儒法"两大阵营的序列。全面贯彻,来了个全面暴露,暴露了这个谬论反马克思主义、反科学的实质。

"主线论"的核心是"法家路线决定一切",也就是"法家人物",特别是"法家皇帝"决定文学发展的进程,这是与马克思主义的历史唯物论根本对立的。阶级斗争是历史发展的唯一动力,个别剥削阶级的杰出人物在历史上也能起一定作用,这是由于他们顺应历史发展潮流、充当了历史发展的不自觉工具的结果:这些都是历史唯物论的基本观点,也是说明文学发展历史的基本观点。《发展史》是怎样来描述农民起义和农民阶级斗争的呢? 它说,在唐初,"隋代的农民起义,摧毁了以隋炀帝为代表的儒家路线的反动统治,作为儒家路线阶级基础的豪族地主,在农民起义中,受到了比地主阶级其他阶层更为沉重的打击。在这样的基础上,李世民、武则天能先后推行法家路线,并取得胜利"(第5页)。这个"胜利",自然包括作者精心勾画的"贞观时期的文学"和"武则天时期的文学"的"繁荣"。这就是说,农民起义只是作为"法家人物"登台和"法家文学"发展的清道夫和垫脚石。《发展史》继续说,在唐玄宗以后直至中晚唐的"儒家路线占优势"时期,历史和文学的发展,又是"由于当时阶级斗争仍在不断地冲击豪族地主倒行逆施的儒家政治路线,削弱其力量。这也就使得法家路线不致被儒家路线压得一蹶不振,而仍有相当的力量与之抗衡",所以"在思想文化领域内","法家路线不但没有节节败退",反而"展开了有力的反攻,取得了辉煌的成绩"(第339页)。这也就是说,当"儒家路线"压倒"法家路线"时,农民的阶级斗争就来给"法家路线"撑腰打气,注射强心针,使之起死回生,"有力反攻"。到了晚唐,又由于黄巢农民大起义,促使了"地主阶级的作家明显地分为两派",造就了"主要倾向法家"的皮日休一派(第459页)。多亏农民起义,才使"法家文学"承响接流,不绝如缕。我们认为,唐代,特别是中晚唐复杂动荡的社会生活的主要内容,不是别的,正是地主阶级和农民阶级这一基本矛盾,以及受这一基本矛盾制约的统治阶级内部矛盾、民族矛盾,这是进步文学创作的真正源泉。而在《发展史》看来,农民的起义和农民的阶级斗争不是历史的动力,而仅仅是助力;不是决定文学内容和发展的根本因素,而只是"法家人物"和"法家文学"的附庸和尾巴。

贬低农民的起义和阶级斗争是为了抬高"法家路线"和"法家人物"。《发展史》大力颂扬了李世民和武则天,对武则天尤其倾注"热情",不仅说"她比起唐太宗李世民来,更坚决地执行了法家路线"(第42页),还从章节设置、篇幅安排等方面,千方百计地突出"武则天时期"的文学"成就",其别有一番深微的用心,明眼人一望即知。然而历史事实却不会按作者主观描绘的那样改变。且不说作为先秦特定历史时期的儒法两派的对立,最迟在西汉已经消失,这里不妨先抄点

《通鉴》,看看李世民究竟是个怎么样的"法家"。贞观二年,李世民与臣下谈论梁武帝好佛、梁元帝好《老子》时说:"此深足为戒。朕所好者,唯尧、舜、周、孔之道,以为如鸟有翼,如鱼有水,失之则死,不可暂无耳。"同年,他问大臣王珪:"近世为国者益不及前古,何也?"王珪回答说:"汉世尚儒术,宰相多用经术士,故风俗淳厚;近世重文轻儒,参以法律,此治化之所以益衰也。"李世民对此十分同意。贞观十一年,"以孔子为先圣,颜回配飨"。同年,纠正"刑网稍密"之风,"断狱平允"。贞观十四年,李世民又"大征天下名儒为学官,数幸国子监,使之讲论,学生能明一大经(指《礼记》、《左传》)已上皆得补官",又"命孔颖达与诸儒撰定《五经》疏,谓之《正义》,令学者习之"。贞观二十二年,李世民亲自撰写"《帝范》十二篇以赐太子",内容无非是儒家的那套政治策略。而《发展史》举的几条说明李世民"法家思想"的材料,都有引中和歪曲。如说《帝京篇》"表明了他的法家政治思想",表达了"对秦始皇、汉武帝的追念"(第26页),其实,李世民在序文中明确交代这组诗的主旨,是从首都的建筑繁华,看出"秦皇、周穆、汉武、魏明,峻宇雕墙,穷侈极丽,征税弹于宇宙,辙迹遍于天下,九域无以称其求,江海不能赡其欲,覆亡颠沛,不亦宜乎!"李世民还进一步希望:"庶以尧、舜之风,荡秦、汉之弊。"这不是《发展史》常常用以论断"崇儒反法"的语言吗? 至于李世民的文学主张和文学活动,文学史上向有定评,而《发展史》硬说他是反对"浮艳轻靡的诗风"的。试问,李世民写的《晋书·陆机、陆云传论》,推崇二陆"文藻宏丽,独步当时","叠意回舒,若重岩之积秀","一绪连文,则珠流璧合",最后以"百代文宗,一人而已"相许,这是什么反"浮艳"的"法家文学观点"? 难道在他直接鼓励下的"十八学士"宫廷文人集团,君臣之间不是以写"应制"、"应和"诗作为争奇斗艳的手段吗? 难道被《发展史》斥为初唐"儒家代表"又跟李世民一派"对立"的虞世南,不是李世民一手把他推为当时诗坛的盟主吗? 虞世南死后,李世民不是发过"钟子期死,伯牙不复鼓琴"的感叹吗？李世民本人不是也爱写作"宫体诗"吗？我们并不否认李世民是一位杰出的历史人物,对历史的发展和文学的发展起过一定的作用,但他决不是什么"法家文学"的推动者或代表作家,而是像旧版《发展史》所说,"唐太宗和他的干部臣僚,同样也沉溺在这种宫体的诗风里"(58 年版,中卷第 47 页)。关于武则天,不少同志已指出《发展史》的严重错误,我们只想补充两点:一是强拉队伍。作者为了证明"武则天时期文学"在"法家路线"推动下"呈现出新的气象"(第 44 页),不仅把四杰、陈子昂归入武氏门下,而且把从来不入文学史的刘知幾也拉来充数。可是,所有这些人物在武氏政权下都是不得志的,有的还是坚决的反对派。他们的文学成就和史学成就正是表现在对武氏政权黑暗面的深刻批判。如《发展史》肯定刘知幾的《思慎赋》"写得很出色"(第 84 页),殊不知这篇赋的批判矛头正是武氏政权。《旧唐书·刘子玄传》说,武则天证圣年间,"是时官爵僭滥而法网严密,士类竞为趋进而多陷刑戮,知幾乃著《思慎赋》以刺时,且以见意"。而细读全赋,批判的范围还超出于此。赋的序文说:"历观自古以迄于今,其有才位见称,功名取贵,非命者众,克全者寡。……至若保今(令)名以没齿,传贻厥于后胤,求之历代,得十一于千百。"①联系武则天上台前后对宗室旧臣的大肆杀戮,这段话的言外之旨不是很清楚吗？怎么能说他和陈子昂都是"忠心耿耿地为武则天服务的"？作者为了证明这点,还竭力寻找刘知幾和武则天有同一政治基础,说刘也是"站在庶族地主阶级的立场,反对世族豪门的政治特权"(第 89 页),这也是不符事实的。据《旧唐书·刘子玄传》,他出身名族,是汉代楚孝王嚣的曾孙居巢侯刘恺的后代;他热衷于编写《刘氏家乘》和《谱考》等书,也有用以鉴别"士庶"、防止伪冒的意思;他的门阀之见颇深,他之所以辞去史局职务,也和看不

---

① 《文苑英华》卷九二。

起史局中的庶族人物有关①。把刘知幾这位杰出史学家拉入武则天法家路线的"努力"是徒劳的。二是拔高作品。武则天和刘知幾都为历来文学史所不收,为了抬高他们的"文学"地位,甚至乞灵于呆板木强的庙堂乐章。《全唐诗》仅存的一首刘知幾《仪坤庙乐章》,被说成"艺术上也颇有成就",把"校猎长杨苑,屯军细柳营"这联味同嚼蜡的对仗,誉为"尤见工力"(第84页)。武则天的几首同一性质的乐章,不但吹捧为"气势雄放","笔力高昂",而且说是表达了"她遵循唐初法治路线的决心"(第43页)。例句是:"有截资先化,无为遵旧矩。""有截"、"无为"都是黄老之学的用语,与她的《唐大飨拜洛乐章》中的"乾乾遵后命,翼翼奉先规"意义相类,不过讲些"无为而治"、"休养生息"的套语,与"法治路线"根本无关;再看她同诗中的"崇儒习旧章,偃霸循先旨"等句,照"儒法斗争"的标准来看,不是典型的儒家思想了吗?

　　历史的经验值得重视。在旧版《发展史》中曾经强调过"君主提倡"对文学发展的作用。如说汉赋的"盛极一时",是由于"武宣时代君主贵族的提倡";建安时代"彬彬之盛,大备于时",是由于曹氏父子的"提倡奖励"(初版,上卷第182页);至于唐诗的发展,也是由于唐代"几个有权力的皇帝,无不爱好文艺音乐,提倡风雅"的结果(第273页);在论及"宋词兴盛的原因"时,更明确地把"君主的提倡"列为四大原因之一,等等(下卷第63页)。这种"作用"有时被说成"很大的力量"(下卷第64页),有时被说成"主要推动力"(上卷第233页)。这是露骨的英雄创造历史的唯心史观,理所当然地受到过学术界的批判,作者在尔后的修改中也纠正了这个错误。甚至在新版《发展史》中指责"古人"(?)把唐诗的繁荣,"归功于封建帝王的提倡奖励",是"唯心论的观点"(第9页)。但是,"法家路线决定论"和"法家皇帝

———————————

① 参看《史通》卷一〇《辨识篇》。

决定论"不正是"帝王中心说"的变种和复活吗？他不是从七十年代倒退到四十年代了吗？

"主线论"的另一错误是把文学发展的历史归结为思想观念的抽象发展的历史。《发展史》脱离文学的阶级斗争和社会斗争的真实内容，把一部文学史描写成"法家思想"和"儒家思想"的简单演绎。这不仅是对文学史的歪曲，也是对思想史的歪曲。每一时代的理论思维都是历史的产物，都制约于当代的阶级斗争和社会斗争以及生产斗争和自然科学的水平，依存于经济关系的发展。人们总是一方面从前代文化遗产中取得思想资料，一方面又增添时代的新内容。贯串古今、一成不变的思想学派是没有的，它们在新的历史条件下都要发生变化或变质。道家被改造成黄老政治哲学，墨家的部分思想成为下层社会某类团体的教义，至于作为封建正统思想的儒家，更经历了一个不断演化的过程。它和法家思想的互相排斥早已被互相吸取所代替。儒法的合流标志着地主阶级上升时期革命性的终结，所谓"汉家自有制度，本以霸王道杂之"，就是如此。在这种情形下，《发展史》侈谈什么"法治"、"任人唯贤"之类作为评判唐代"法家思想"的依据，是毫无道理的。如说李世民主张"有功则赏，有罪则刑"是"体现了法家的政策"（第 26 页），难道这不也是儒家的主张吗？甚至把王勃的一句诗"下策图富贵"，也说成"背离儒学的思想倾向"（第 45 页），似乎忘了孔子也有过"富贵于我如浮云"的话头，而法家却是十足的功利主义者。

儒家思想在发展过程中不仅吸取法家的一些内容，而且它的表现形态也随着历史条件的变化而变化，从两汉的以经学形式出现的神学、谶纬之学，到魏晋的玄学、唐代儒佛道三教鼎立和融合，直到宋代吸取佛道而成的儒家新学派——理学。这说明唐代的儒家思想跟孔子原来的学说已有所不同，同时也说明引用孔孟的话不一定就是儒家的思想。儒、佛、道三家都可能你中有我，我中有你。如《发展史》为了编派王维、孟浩然田园诗派是"为儒家政治路线服务"的，就故意无视上述情况。王维晚年所写的《与魏居士书》，的确是他后半生人生哲学的总结。这封信中引用了孔子"无可无不可"的话，《发展史》就说王维的"思想核心是孔学"，"孔、佛并举"而"实以孔学为主。"（第 130 页）但实际上这封信从头到尾都是发挥禅宗的教义。王维信中是这样说的："孔宣父云：'我则异于是，无可无不可。'可者适意，不可者不适意也。……苟身心相离，理事俱如，则何往而不适？"禅宗宣扬只要"明心见性"就可顿悟成佛，不须放弃尘世享受，不须累世修行，是一种快速"成佛"法。它认为"识自本心"，"心"是人人本来就有的"佛性"，是独立于物质的躯壳以外的；"理"，指绝对的无差别的精神本体，"事"，指一定意义上有差别性的现象界。人只要"明心见性"，"身心相离"，也就达到了"理事俱如"的大彻大悟的境界，也就"无可无不可"了。这封信中又说，"异见起而正性隐，色事碍而慧用微"，"等同虚空，无所不遍，光明遍照，知见独存"，都是这类意思。当然，这是主观唯心主义的说教，但说成以"孔学为主"，则大谬不然。从这里也可以看出，人们对于前代的思想资料，往往会加以改造、借用或调和。"法家"学派并没有贯串古今，儒家学派也没有一成不变。

《发展史》把文学史抽象成前代儒法两家思想的展现过程，目的仍然是为了鼓吹"法家思想"是决定作家成败的关键，文学的"精华"就是"法家"观念的显现，是"尊法思想放射出的光辉"。也就是说，作家的思想不是社会存在的反映，只不过是前人思想的再现；人的认识对象只是主观精神的东西，而不是客观现实。这是对马克思主义历史唯物论又一违背。

我们又得回顾一段历史。在旧版《发展史》中曾经存在过把文学史写成抽象的作家的思想性格分析史的错误倾向。作者在旧序中说，"文学史是人类思想感情的发展史"；在分析屈原、司马迁、曹植、陶潜、李白、杜甫、苏轼等作家时,表现得尤为突出。经过批评,有所改正,而现在又旧病复发,并且变本加厉了。这是值得深思的。

编写中国文学史的基本任务,不仅要对我国文学发展过程作出系统的叙述,对代表性作家作品及文学现象作出正确评价,而且要求科学地总结出文学发展的客观规律。我国文学的历史悠久、特点突出、成就辉煌,肯定存在着自己的规律,这种规律是能够被认识的;然而规律是事物的现象或过程之间的本质的、必然的、普遍的内在联系,要认识它们又是很不容易的,这些都是我们探讨文学史规律应有的唯物主义观点和态度。

迄今为止,我们的研究工作还未总结出中国文学史的真正规律。买办资产阶级代表胡适提出过"白话中心说",说"一部中国文学史只是一部文字形式(工具)新陈代谢的历史",根本否认文学发展和社会发展的联系,把规律的探讨引向歧途。1958 年,一些高等学校集体编写的《中国文学史》曾提出过"现实主义与反现实主义"这一"规律",对规律的探讨作了认真可贵的尝试。但是经过实践的检验,暴露了它的不科学性。他们就放弃这个提法,并且和学术界一起,总结教训,取得了经验。这是科学研究中的正常现象。我们不少同志,从一开始就鄙弃和批判《发展史》的"主线论",除了仇恨"四人帮"的倒行逆施、祸国殃民外,这种经验教训也是起了一定作用的。

可是,《发展史》的作者既不认真充分地占有材料,又不以真正的马克思主义为指导,却是趋奉时好,萍流蓬转,不愿接受这种有益的教训。旧事不妨重提。1956 年,他在《文艺报》发表两篇文章,反对"现实主义和反现实主义"这个"规律",他后来承认,这不是他的独立见解,而是受了当时外来理论的影响;到了 1958 年,在一些高校文学史先后出版的形势下,他又承认这两篇文章"引起了不良的效果",确认上述提法是"文学发展史的基本规律",对他"今后写中国文学史和中国文学思想史,将得到很大的帮助"①。不到一年,他又郑重声明,"这个问题,我觉得还可以细致地讨论一下,不要过早地下结论"②。原因何在?原来学术界正在总结经验,并已"细致讨论"了。这样变来变去,决不是科学工作者应有的严肃态度。

检验真理的唯一标准是实践。新版《发展史》把"四人帮"的谬论当作神圣的原则来膜拜,完全颠倒理论和实践的关系,结果在实践面前彻底破产。正像何其芳同志生前批评的那样:"这样著作的生命就比写的时间和改的时间还要短。在社会科学的研究工作中,这是应该引以为戒的。"③

二

毛泽东同志根据历史唯物论的根本原理,精辟地指出:"无产阶级对于过去时代的文学艺术作品,也必须首先检查它们对待人民的态度如何,在历史上有无进步意义,而分别采取不同态度。"(《在延安文艺座谈会上的讲话》)

"对待人民的态度如何"与"在历史上有无进步意义",这是评价古代文学的主要标准。我国封建社会的基本矛盾是农民阶级和地主阶级的矛盾,古代优秀的人民文化,它的民主性和革命性,主要表现在反映农民阶级和广大人民群众对封建统治阶级的不满、批判和反抗,表达他们摆脱封建剥削和压迫的愿望、要求和理想,这是对古代文学进行阶级分析的结果。然而这种分析,又必须放在一定的历史环境中来考察,弄清当时的阶级分野和社会斗争形势,分析这些作家作品对人民群众斗争生活的态度,对历史发展起了怎样的作用,是否

---

① 见《中国文学发展史批判》,第 278 页。
② 《关于〈中国文学发展史〉的批评》,见《文学评论》1959 年第 2 期。
③ 《回忆周恩来同志》,见《文学评论》1978 年第 1 期。

在新的历史条件下突破前人所不能突破的局限性而作出了新贡献。因此,毛泽东同志提出的上述标准,既体现了阶级观点,又体现了历史主义。

然而,"四人帮"抛出的划分"儒、法"的标准,完全是超阶级、超历史的抽象范畴。他们那套"革新和保守"、"爱人民和反人民"、"爱国和卖国"乃至"有作为和无作为"等等,都是没有具体阶级内容和历史内容的凝固不变的模式。《发展史》搬用这套模式,并大肆发挥。通观全书,标准林立,如"法治和礼治"、"统一和分裂",甚至连语言的古奥和通俗也成了标准(第85页),那么,连胡适的《白话文学史》早就可以算是《法家文学史》了。标准的繁多实际上是不要确定的标准,便于搞实用主义,以自己的需要为标准。《发展史》把众多标准最后集中在一点上,就是"以帮划线":一个作家的荣枯褒贬取决于对个别法家和儒家人物(通常是秦始皇和孔子)的态度,这是"四人帮"现实反动政治的"以我划线"在文学史著作中的投影。

《发展史》这些"帮"标准的实质,是反对和取消毛泽东同志的上述正确标准。用"法家爱人民"来取代"对待人民的态度如何"的具体考察,就是一个突出的例子。李白是伟大的诗人,但《发展史》从"法家爱人民"出发,说他对"农妇"、"手工业者"、"村民","奉献自己或哭或赠的诚挚的感情",能与人民在思想感情上互相交融(第174页)。它据以立论的三首诗《哭宣城善酿纪叟》、《宿五松山下荀媪家》、《赠汪伦》,诚然是李诗中比较有名的作品,但第一首一作《题戴老酒店》,纪叟或戴老该是酒店主,不是"手工业者"。第三首中的汪伦,也并非一般"村民",而是个富有的隐者,家有美酒,宴请过李白,有李白《过汪氏别业二首》及清嘉庆十一年刊印的《泾县志》卷二〇《人物·隐逸》可证。这两首诗中李白的悼念和离别之情,都与领受过美酒款待有关。第二首也是感激荀媪给他饭吃。从思想意义来说,更不能说成与人民感情相通。李白的全部作品表明,他同情过人民的苦难,但整个思想体系没有也不可能越出封建知识分子的阶级界限。他和真正的劳动人民之间仍然存在着阶级的鸿沟,把他打扮成"人民诗人"只能是一种非阶级观点。《发展史》又在"儒家反人民"的前提下,指责杜甫"虽说看到了一些民间疾苦的现象",但不能"理解造成民间疾苦的真正根源"(第214页),严厉谴责杜甫对农民起义的反对(第207页)。这样的评论,表面上好像是坚持"对待人民的态度如何"的考察,却是违反历史主义也是实质上违反阶级分析的。阶级分析必须结合具体的、特定的历史条件的分析才能实现。要了解封建社会劳动人民痛苦的真正根源,这是马克思主义才能达到的认识;反对农民起义,一般说来,也是像杜甫这类地主阶级作家在当时具体历史条件下,很难突破的阶级局限。我们指出下面这一点也许是有意义的:杜甫反对的"浙右"袁晁农民起义是被李光弼所镇压的;李白前此一年曾投奔李光弼而因病未成,如果成功,李白很可能会直接参与其事。因病未成,这是偶然性;很可能参与镇压,依据李白的整个阶级立场,这是带有必然性的。因此,这类对杜甫的过火指责,看似义正词严,骨子里软弱无力。

在对待"历史上有无进步意义"这一标准时,《发展史》同样表现出超历史、超阶级的错误。判断一个作家作品有无历史进步性,必然要求把问题提到一定的历史范围之内,具体地分析具体情况;而历史生活的主要内容都和人民群众的阶级斗争直接或间接有关。《发展史》所提出的一些标准都是和这些基本观点对立的。例如,它把主张"统一和分裂"这条标准贯穿于整个唐代,不论初盛中晚,凡是主张唐王朝统一的,都是"法家思想",给以肯定。我们姑不论儒家也是讲《春秋》"大一统"的,即就唐代的历史情况看,这类主张并不是在一切时期都有同样的进步意义。唐末黄巢起义前后,总的历史趋势是由藩镇割据走向重建统一的中央集权,然而,问题的关键在于由谁来统一? 唐王朝在唐末阶级斗争以及由阶级斗争制约的统治阶级内部斗争中,究竟起着怎样的历史作用? 当时唐王朝已经名存实亡,完全不能担当统一的历史任务,反而成了不断挑起藩镇纷争的导火线和拖延战乱的因素,人民群众身受中央政府和地方藩镇的双重压迫和剥削,陷入痛苦的深渊。在当时历史条件下,拖延唐王朝的灭亡,意味着拖延统一的中央集权的重建,拖延人民群众的灾难,拖延历史发展的进程。在唐末,这类主张有时虽也反映了结束战乱的善良愿望,却是一种不能实现的可笑幻想,是违背历史发展趋势的;而在象杜甫那样的时代,这类主张有时虽也有"忠君"的一面,但其主要历史作用是进步的。《发展史》把这条标准绝对化,按照它的逻辑,连人民公敌蒋介石的"国家至上"、"领袖至上"等岂不也有"历史进步性"? 岂非荒谬绝伦!

《发展史》的这些标准在理论上是错误的,而在具体运用时又是十分随意的,一切以"主线论"为转移。元结的《系谟》,要求赋役"简薄均当",刑法"理察平审",任人"校抢材能",被《发展史》说成"体现了法家的政治思想,坚持法治和用人唯贤的精神"(第 226 页),而杜甫同样内容的作品,如"众寮宜洁白,万役但平均","奈何黠吏徒,渔夺成逋逃"等,却被看成"表现了唯心主义的政治观点",属于"儒家思想"(第 214 页)。《发展史》一会儿说,李白和王维的山水诗,前者"壮丽",后者"冷僻幽深","体现出尖锐的政治思想斗争",自然是"儒法斗争"了(第 176 页);一会儿又把与王维具有大致相类风格的柳宗元山水游记和山水诗,誉为"生动形象"、"美丽的景色","真如浮雕一般"(第 263 页),如此等等,不一而足。作者早年说过一句话"文学的好坏本没有什么十分真确的标准"①,倒可移作《发展史》的自白。

《发展史》评价标准的根本错误和随心所欲的运用,造成了这部著作的极大混乱。一是对作家的任意定性。前面说过,李世民是唐

——————————
① 《红楼梦新谈》,见《寒鸦集》,第 167 页。

初浮艳诗风的作俑者,《发展史》偏把他从同道虞世南、上官仪中"拉出",成为反浮艳诗风的领袖;四杰、陈子昂等武氏政权的受压者,又硬"派入"武则天的"法家路线"。儒家明明也有"尊王攘夷"的教条,《发展史》不加论证就说边塞诗派是"法家",而在佛道思想背景下产生的田园诗派,又说成儒家路线的产物,似乎儒家的主要精神不是积极入世而是消极出世。韩愈和柳宗元的思想确有区别,但《发展史》中,古文运动内部被说成存在旗帜鲜明的两派斗争:柳宗元的"革新派"散文传统,上溯魏徵,下贯罗隐;韩愈的"保守派"起自王通("法家"王勃所崇拜的祖父),下迄皇甫湜,一荣一枯,泾渭分明。更为新奇的是新乐府运动和唐传奇也存在"儒法斗争",把在新乐府运动中志同道合的诗友白居易和元稹,强行拆入"儒法"两家,又说"法家"在斗争中发现了传奇,"被有意识地作为向豪族地主和儒家路线进行反击的工具"(第340页),真是从何说起!二是对作家随意褒贬。特别对文学史上一向并称的作家,大加轩轾。讲柳宗元是古文运动的"领导者",这并不错,但整个章名却是《柳宗元与古文运动》,韩愈呢,在题名为《韩愈在古文运动中的地位》小节中,始终找不到"领导者"一类字样,给的最高评语是"仍有其一定的历史地位"(第289页)。元稹的成就不如白居易,但《发展史》说,"白居易是这个运动的领导者,还有张籍、王建以及李绅、唐衢、刘猛、李馀、邓鲂、元稹等人,都参加了这一运动"(第327页),把这位白居易器重的诗友、写出了像《连昌宫词》等优秀作品的元稹,位列最末,实在毫无道理了。为了"扬李抑杜"而制造的种种标准更使人眼花缭乱。说同是反映安史之乱的作品,李比杜高,因为李揭露了"唐玄宗时期的儒家路线",而杜"念念不忘的,是'至尊尚蒙尘'"(第220—221页),说杜甫缺乏李白的反权贵的傲岸精神(第172页),这都是似是而实非的;至于说对人民的态度,"李白的思想境界,要高于杜甫",根据是李白把下层人物"有名有姓地作为诗歌的主题"而杜甫"没有"(第174页),这更为离奇不足评论了。我们认为,李白和杜甫犹如太空的双子星座,照耀着我国古代诗坛。从整体来说,他们二人不能、也不必强分高下,因为第一,虽然他们年岁相近,但其创作属于不同的历史阶段,一个主要反映安史之乱以前,一个主要反映安史之乱以后,历史条件不同;第二,他们各为积极浪漫主义和现实主义的伟大诗人,创作方法不同。他们的各自特点当然也可以比较研究,但这种比较,必须根据具体条件加以正确说明。如在安史之乱的社会大动荡中,唐王朝却是漫无秩序中的秩序的代表,杜甫寄希望于当时的皇权,就不能简单地归结为"儒家思想的束缚"加以一笔抹杀,并作为贬杜的一种口实。《发展史》所造成的这类混乱是惊人的。

如何全面准确地学习和运用毛泽东同志提出的评价古代作家作品的标准,是一个复杂艰难的课题,批判《发展史》的严重错误,将有助于我们对这些标准的深入理解和正确掌握。

三

观点是统帅,材料是基础。我们坚持观点和材料的统一,史和论的统一。这也是文学史编写方法的基本原则。

《发展史》从先验的"主线论"出发,采取实用主义和形而上学的手法歪曲史料,从根本上违背了这一正确的方法论。我们在前面的论述中,也已涉及。这里再归纳几条,以进一步揭露它的反科学性。

一曰"各取所需"。列宁曾经痛斥过研究社会现象时"胡乱抽出一些个别事实和玩弄实例"的手法,是"一种儿戏,或者甚至连儿戏也不如"[1]。《发展史》中正是充斥着这种连儿戏也不如的"儿戏"。据以论证李贺"轻视孔丘,鄙弃儒学"的材料,就是这样。作者一共举了

---

① 《列宁全集》第二十三卷,第 279 页。

三条。第一条是《杨生青花紫石砚歌》的"孔砚宽顽何足云"句,说是"反映出他(李贺)对孔丘的轻视态度"。"孔砚"只是传说并不可靠,李贺当然知道孔子时代还未用砚;诗中是用夸张语言来称赞"端州石工"杨生的工艺水平"巧如神",并没有表示对孔子的褒贬。第二条是《五粒小松歌》"主人堂前多俗儒",用了一个"俗儒",《发展史》马上断言"在李贺的眼里,儒生多是鄙俗一流"。"俗儒"者,鄙俗之儒生也,不能说成"儒生多是鄙俗一流",这是一;"儒",此处即指书生、读书人,并非儒家,这是二;用这样一个用语来证明李贺"鄙弃儒学",小题大作,绝不是科学研究的慎重态度,这是三。第三条是引康骈《剧谈录》一则记载,说"明经"出身的元稹去拜访李贺,李贺不见,说"明经擢第,何事来看李贺?"这个记载不是事实,《发展史》也不得不承认,然而,它笔锋一转,又说这个"小说式"的故事"所表现的李贺的性格,是有其典型意义的",接着就大段引申,一是说李贺看不起"明经",就是"轻儒";二是说李贺不见元稹,就是对"竞趋时名的俗儒,投以极端傲慢的态度"。前提还未落实,推论照样进行。其实,《剧谈录》这个"小说式"的故事,不过反映了唐代重"进士"轻"明经"的一般习俗。"明经"考"经"书入仕,"进士"难道考"法家著作"吗?韩愈不是写了著名的《讳辩》为李贺争取考进士的资格大声疾呼吗?怎么能说由此看出李贺没有"孔、孟的中庸之道",甚至连"半点"也没有?又如《发展史》推崇武则天的"《如意娘》一诗,为抒情名篇"(第43页)。引《柳亭诗话》说李白听了这首诗,"爽然自失",自愧弗如。《柳亭诗话》的作者宋长白,已是清初人。他的这部诗话,是长夏无事,别人"以诗学为请",于是"出吾腹笥,命彼手抄"而成的①。上引这条材料见该书卷二二《石榴裙》条,并未说明所据,看来出诸此人"腹笥"。依照常例,这类材料是不可信的。正如张君房《脞说》说武则天此诗是怀念

---

① 见《柳亭诗话·自序》。

男宠而作,同样无聊不足凭信。《发展史》并不是不讲材料的辨伪,它对于王维凝碧池赋诗、孟浩然遇唐玄宗诵读"不才明主弃"诗等事,虽然这些材料见于正史,都以"近于小说传闻,不可置信"加以正确的否定,为什么对李白此事大肆张扬呢? 说穿了,借贬低李白抬高武则天"文学成就"而已。又是列宁说得好:"因为社会生活现象极端复杂,随时都可以找到任何数量的例子或个别的材料来证实任何一种意见。"①《发展史》玩弄个别材料来为"主线论"立论,因而处处牴牾矛盾,扞格难通了。

二曰任意曲解。《发展史》对材料的解释,或夸大,或歪曲,成为普遍的倾向。为了贬抑杜甫,竟把杜甫总结其创作经验的名句"读书破万卷,下笔如有神",故意加以片面化、绝对化,然后给以"创作方面的读书万能论"的恶谥(第 208 页)。为了拔高"法家"元结,把他的一个自号"漫家"也说成有"鄙视儒学"的含义(第 226 页),其实,元结对"漫家"或"漫郎"有过明确说明:"后家瀼滨,乃自称浪士。及有官,人以为浪者亦漫为官乎,呼为漫郎。"孟浩然的诗写道:"儒道虽异门,云林颇同调。两心喜相得,毕景共谈笑。"这首诗题为《题终南翠微寺空上人房》,表示孟浩然虽与儒道两家异门,却与佛家同调,与空上人两心相得,流连忘返。《发展史》却曲解成"调和儒、道,而又是以儒为主"(第 136 页),从哪里看出这个"为主"? 至于刘禹锡的"请君莫奏前朝曲,听唱新翻《杨柳枝》"这个民歌组诗的开头套语(如白居易《杨柳枝》开篇也说,"古歌旧曲君休听,听取新翻《杨柳枝》")被说成"革新派的政治思想在文学领域中的反映"(第 279 页),这也是难以令人信服的。

《发展史》曲解材料的例子是大量的,尤其在"儒"、"法"两字上所做的文章最为典型。一看到"法"字,就是"法家思想";凡是"儒生"、

---

① 《列宁全集》第二十二卷,第 182 页。

"儒臣"、"儒术"之类大都说成"儒家"。《资治通鉴·唐纪三十》说，"姚崇尚通,宋璟尚法",于是就说他们是"法家思想的人物"(第145页),但原文是:"上(玄宗)即位以来,所用之相,姚崇尚通,宋璟尚法,张嘉贞尚吏,张说尚文,李元纮、杜暹尚俭,韩休、张九龄尚直,各其所长也"。讲的是各人政治作风的特点,与"法家思想"并无关系。刘禹锡的《砥石赋》有"法以砥焉,化愚为智"一句,《发展史》说成"政治上坚持法治","法大行就是政治清平的社会"(第272页)。《砥石赋》是刘禹锡贬官朗州时所写,序文中说,"客曰:'吾闻诸梅福曰:"爵禄者,天下之砥石也。高皇帝所以砺世磨钝。"有是耶!'余感其言,作《砥石赋》"。在上面"法以砥焉,化愚为智"这句引文以后,刘禹锡接着说:"武王得之,商俗以厚;高帝得之,杰材以凑。"很明显,这里的"法"指用"爵禄"驾驭人才之法,把它说成"法家","法家"的产生不是要提早到武王时代了吗? 这真是一字定"法家"。再看"儒"字。说唐王朝在对付"边患"问题上"儒法两条路线的斗争也是很激烈的",例证呢? 是《旧唐书》所说的"儒臣多议于和亲,武将唯期于战胜"(第93页)。儒臣对武将,文对武却变成了"儒"对"法";说高适"具有法家思想倾向",例证呢? 他的诗句:"大笑向文士,一经何足穷。"(第109页)嘲笑"文士",成了"法家",如是"儒士"更不在话下了。但有时也有例外。"法家"岑参的诗说:"儒生有长策,无处豁怀抱。""法家"而自称"儒生",岂非有碍于《发展史》体系,于是马上注明:"诗中的'儒生',是指一般的书生,是唐代诗人所用的习惯语。"(第104页)这倒是说对了的,然而,像杜诗中的"山中儒生旧相识,但话宿昔伤怀抱",与岑诗诗意相通,却不能援用这个惯例,据说"杜甫所说的儒,大都具有'儒家'、'儒学'的意义"(第201页),如果当年杜甫和岑参在酬唱之馀,也互看这类诗,不知怎样交流思想? 更有意思的是刘长卿的"青袍今已误儒生"句,刘长卿非儒非法,《发展史》对这个"儒生"颇费踌躇,只好说:"自叹为儒生所误,颇有深意"(第232页)。"深意"何在?

只因作家尚未"定性",含糊其辞而已。刘先生批评别人"往往断章取义"(第 177 页),看了上面的事实,难道不使人感到"夫子自道"吗?

三曰有选择性的使用"引文"。这是《发展史》实用主义的恶性发展。这种手法颇多,我们只举一种:删节法。引文有删节,只要忠实原意,是允许的,也是必要的。但《发展史》里的删节号却大有文章。它引用高适《东征赋》:"慨魏武之雄图,终大济于横流。用兵戈以威四海,挟天子而令诸侯",就振振有词地说,这是对"法家"曹操的歌颂(第 110 页),然而高适紧接写道:"乃擅命以诛伐,徒矫迹以安刘。吾始未知夫顺逆,胡宁比德于殷周!"对曹操否定多于肯定,不是很清楚吗?《发展史》为了替"扬李抑杜"立论,找来"法家"王安石造声势,说王安石褒李贬杜,"显然可见"(第 224 页)。引证王安石的话说:"杜甫……好句亦自有数;李白……大体俊逸,无疏缪处"。这条材料见于《苕溪渔隐丛话》前集卷一四所引《钟山语录》,把两处删节号补全是:"杜甫固奇,就其分择之,好句亦自有数,李白虽无深意,大体俊逸,无疏缪处。"抑扬轻重之间,仍是对杜甫肯定多些①。删节最多因而也是作伪最突出的,是对刘知幾《自叙》的引用(第 88 页)。《发展史》评《自叙》为"文笔犀利,议论透彻","闪耀着战斗的光辉",自然是刘知幾"法家思想"的有力佐证了。但是,这篇文章的中心思想,是表达刘知幾作《史通》的愿望,是要上继孔子,删定司马迁以来的史书,成为与《春秋》一样的典范之作。所谓"无夫子之名,而辄行夫子之事",就是他追求的目标。《发展史》虽然引了几乎整整一页,却首先把这一重要句子删去了。其他删去的句子有:"昔仲尼以睿圣明哲,天纵多能,睹史籍之繁文,惧览之者不一";"盖仲尼既殁,微言不行";"仲尼有云:罪我者《春秋》,知我者《春秋》,抑斯之谓也",等等。这

---

① 王安石尊杜贬李的材料很多,参看《杜甫画像》诗、《杜工部后集序》、《苕溪渔隐丛话》前集卷六引王定国《闻见录》和《钟山语录》等条。

些句子对于刘知幾的"法家形象"是大为不利的,所以不管删得文理不通,前后失去照应,非删不可,作伪之迹也就昭然若揭了。

文学史编写工作必须从实际出发,必须全面地掌握和研究有关古代文学发展全过程以及必要的政治、经济、社会和文化等方面的材料,然后才能真正阐明文学运动的脉络和轨迹。《发展史》所采用的实用主义态度,是为建立反动的"儒法斗争主线论"服务的,它的反科学性又证明了"主线论"的彻底破产。如同"四人帮"在政治上走向必然灭亡一样,它在理论上和科学上也必然走上穷途末路的绝境。《发展史》从一个侧面有力地证明了这一点。恩格斯说,"资产阶级把一切都变成商品,对历史学也是如此。资产阶级的本性,它生存的条件,就是要伪造一切商品,因而也要伪造历史。伪造得最符合于资产阶级利益的历史著作,所获得的报酬也最多"[1]。真是一针见血,鞭辟入里!

新版《发展史》所包含的教训,值得我们认真总结。要把肃清流毒和总结经验结合起来。我们的文学史研究工作必将在批判和战斗中吸取有益的经验,获得更大的成绩!

(原载《复旦学报》,1978 年第 1 期)

---

[1] 《马克思恩格斯全集》第十六卷,第 573 页。

国人自撰中国文学史"第一部"
之争及其学术史启示

  1904 年(清光绪三十年),林传甲和黄人分别在京师大学堂和东吴大学同时开始了《中国文学史》的编写工作。他们或许没有想到,这一编写活动竟会引发百年来文学史编写的热潮,各种类型的文学史已多至近两千部①,几乎以每年二十部的速度高速产出,正式形成一门中国文学史学科。这一学科在很大程度上受制于中国古代文学研究的水平,但反过来又影响和决定着中国古代文学研究的旨趣、格局和方向。"我家江水初发源",研究文学史早期编著中的一些问题,当能为文学史的继续编写和中国古代文学研究提供一些经验和启示。

----

① 陈玉堂编《中国文学史书目提要》,黄山书社,1986 年 8 月,收 1949 年以前的通史、断代史、分类史等共 346 种(包括外国作者)。吉平平、黄晓静编《中国文学史著版本概览》,辽宁大学出版社,1992 年 6 月,收 1949—1991 年的著作 570 馀种。两书时间相接,合计 900 多种。黄文吉编《中国文学史书目提要》,中国台湾万卷楼图书有限公司,1996 年 2 月,收 1880—1994 年的著作共 1 606 种(包括外国作者)。陈飞主编《中国文学专史书目提要》(上、下卷),大象出版社,2004 年 7 月,收自 20 世纪初至 2000 年底文学专史"正目"共 710 种,"存目"250 种,"外目"1 127 种,"附目"798 种,共 2 885 种。"外目"中大多为非"史"之著作,取例较为宽泛,且收现代文学史著作。陈书后出较备,但不见著录黄人《中国文学史》,恐亦有遗漏。考虑到自 2000 年至今又有不少新著问世,故约计中国文学史已达二千之数。

一、事 实 的 考 辨

国人自撰文学史"第一部"之争，由来已久，直到现在，仍无共识。应该说明，这一争论本身，除了在编写《中国文学史学史》时必须叙明、不能回避外，其实并不具有特殊的学术意义。正像曹雪芹是死于壬午(1762)抑或癸未(1763)的问题一样，除了确定纪念他诞辰200周年的具体年份外，对理解《红楼梦》的伟大艺术成就并无关系。但发生在20世纪60年代的曹雪芹卒年问题的争论，却加深了对"脂评"的认识，对曹氏好友敦敏、敦诚的了解，以及考证手段和方法的开拓，仍是有意义的。同理，我们如果能深入探讨国人面对近现代史上第一次中西文化的大碰撞，面对新传入的"文学"、"文学史"观念和文学史著述体裁，他们颇显匆忙的应对策略，对传统学术的依违心态，乃至他们著书立说的具体社会、政治、文化、教育等背景，从中引出必要的反思，那就不是无谓之争了。

参与"第一部"之争的文学史共有三部，即林传甲《中国文学史》、黄人《中国文学史》和窦警凡《历朝文学史》。兹分别考辨如次。

主张林著为第一部者有郑振铎、容肇祖、胡怀琛、胡云翼、张长弓等人①。如郑氏《插图本中国文学史》云："中国人自著之中国文学史最早的一部，似为出版于光绪三十年(1904年)林传甲所著的一部。"容氏《中国文学史大纲》也说："中国人著的中国文学史，最早的为林传甲所著的一部，出版于光绪三十年(西历1904)，分类叙说，非常芜杂。"与郑氏同意，但删去郑氏的"似为"，口气更为决断。

---

① 郑振铎《插图本中国文学史》，朴社，1932年12月；容肇祖《中国文学史大纲》，朴社，1935年9月；胡怀琛《中国文学史概要》，商务印书馆，1931年8月；胡云翼《新著中国文学史》，北新书局，1932年4月；张长弓《中国文学史新编》，开明书店，1935年9月。

　　林著的全名为《京师大学堂国文讲义中国文学史》,其成书、出版过程颇为清楚。此书前有江绍铨(即江亢虎)序,谓林传甲于"甲辰夏五月来京师,主大学国文席,与余同舍居,每见其奋笔疾书,日率千数百字,不四阅月,《中国文学史》十六篇已杀青矣"。又云:林传甲"乃于匆匆百日间出中国空前之巨作,不已易乎?"甲辰,即 1904 年。说明林氏此年夏开始撰写《中国文学史》十六篇,费时不到四个月,业已"杀青",且肯定其为"中国空前之巨作"。对七万多字之著作称为"巨作",不免过誉;但他认定为"空前"即"第一部"之作,却符合实际。此书开卷又有林传甲目录后《附记》和正文前《题记》两文。《附记》末署"光绪三十年(1904)十二月朔,侯官林传甲记",则已成正式著作形态,且已有讲义印本,供讲授之用。据陈玉堂《中国文学史书目提要》,又有 1906 年印本,署名林归云①。按,此年林传甲已离开京师大学堂,则此印本已非他本人使用的讲义了。后至 1910 年又在《广益丛报》连载,同年 6 月由"武林谋新室"出版,后又一再重印,影响广泛。

　　黄人的著作,其成书、出版过程就颇为复杂,存在不少疑窦。今所见本为国学扶轮社排印本《中国文学史》共 29 册(另苏州大学藏有油印本一册,其内容不见于 29 册之中),但此本无版权页,不知确切出版日期,这是引起"第一部"之争的问题点。主张此书为"第一部"者有钱仲联、王永健、孙景尧等先生②。

---

① 　陈玉堂《中国文学史书目提要》,第 3 页。储皖峰《中国文学史·绪论》亦云林书"并有(光绪)三十二年及宣统二年印本。"(1941 年出版,出版社未详)光绪三十二年即 1906 年。此本我未访到原书。

② 　钱仲联《"苏州奇人"黄摩西评传·序》,见王永健《"苏州奇人"黄摩西评传》,苏州大学出版社,2003 年 3 月,第 2 页。王书章节标题即有"中国第一部古代文学史著述——《中国文学史》的成书过程",但近年王先生的看法有所"修订",见其《先驱者的启示》,《中国雅俗文学研究》第一辑,上海三联书店,2007 年 7 月版,孙景尧《首部〈中国文学史〉中的比较研究》,《复旦学报》1990 年第 6 期。

徐允修《东吴六志·志琐言》中记述当年东吴大学出版国学教科书情况,有云:

> 光绪三十年,西历一千九百又四年,孙校长(东吴大学美籍校长孙乐文)以本校仪式上之布置,略有就绪,急应厘订各科学课本。而西学课本尽可择优取用,唯国学方面,既一向未有学校之设立,何来合式课本,不得不自谋编著。因商之黄摩西先生(即黄人),请其担承编辑主任,别延嵇绍周、吴瞿安两先生分任其事。一面将国学课择要编著,一面即用誊写版油印,随编随课,故编辑之外,又招写手四五人,逐日写印。如是者三年,约计所费已达银元五六千,所编《东亚文化史》、《中国文学史》、《中国哲学史》等五六种。孙校长以此事着手业经三年,理应择要付印。因由黄先生先将《文学史》整理一过。……书虽出版,不合校课之用。正欲修改重印,先生遽归道山,遂致延阁多年。今春(1926)有王均卿先生(王文濡)愿负修改之责,完成合式之本,付诸铅印,不日即可出版矣。①

交代黄氏著书原委甚详。另据黄人之友萧蜕为黄所作的《摩西遗稿序》②,记叙萧于 1909 年往访黄人事:"君所为书,有《中国文学史》……岁己酉(即 1909)访君于苏,出以相示,牛腰巨挺,未曾脱稿。"综合这两条主要材料,黄人《中国文学史》编写、印行、出版过程可排列如下:

> ① 1904 年起,因教学之需,着手编撰讲义,"随编随课","逐日写印";
>
> ② 过了三年,即 1907 年,拟整理付印,黄氏尚需"整理一过";

---

① 徐允修《东吴六志》,苏州利苏印书社,1926 年 8 月。
② 《南社丛刻》第一集,又见《南社丛选》文选卷七。

③ 1909 年,萧蜕访问黄氏,该书"未曾脱稿"。(钱仲联先生有"摩西性极懒"之记述,见《梦苕庵诗话》。)

④ 某时(约 1911 年以后,详下),"书虽出版",但"不合校课之用"。(引录示范作品过于"繁泛"。)

⑤ 1926 年,王文濡拟修改重印。(今日未见此版本,恐未果。)

这就是说,黄人从 1904 年开始撰著,"逐日写印",当年已陆续印出油印本讲义;至 1907 年,初稿已基本完成,但是否已形成正式著作稿,尚不一定,还待黄氏"整理一过"。因为所谓"书虽出版,不合校课之用"者,此已"出版"之书,即是今日所见国学扶轮社印行之书,而国学扶轮社为黄人参与创立,其创立时间一般认为在 1911 年,则此书当在 1911 年以后出版①。因而下接"正欲修改重印,先生遽归道山(1913)",时间上颇为衔接,"正欲"两字,才有着落。

还有若干内证,说明国学扶轮社本至少应在 1907 年以后出版。该书第四编"分论"第一章"文学之起源"第一节"文学定义",有"文与文学"段,曾引及日本太田善男《文学概论》一书。黄人说:"日本大(应作"太")田善男所著《文学概论》第三章第一节云:'文学者,英语谓之利特拉大(literature),自拉丁语之 litera 出,其义为文典,为文字,又为学问,次第随应用而变。'"太田氏此书,作为东京博文馆刊帝

---

① 王永健先生把黄人与王文濡、沈粹芬共同创办"国学扶轮社"于上海,系于宣统三年(1911),见其所著《"苏州奇人"黄摩西评传》,第 13—14 页。我曾见该社于宣统三年(1911)七月三版的《湘绮楼全集》三十卷,书后所附"国学扶轮社精印书目",自《国朝文汇》至《香艳丛书》凡四十五种,各有提要、册数和定价,但无黄人《中国文学史》,则其时(1911)此书似尚未面世。但朱联保《近现代上海出版业印象记》(学林出版社,1993 年 2 月,第 277 页)中认为该社成立于1900 年左右,在 1911 年以前,该社"与乐群书局两家,以 10 万元为商务所盘进",恐记忆有误。但黄人于宣统元年(1909)所作《国朝文汇序》有"此本社所以有《国朝文汇》之选辑也"句,则国学扶轮社之酝酿成立似又在 1911 年之前,录供再酌。

国百科全书之第 154 编，于 1906 年印刷、1907 年才发行的，这也可证明黄人此书必在 1907 年以后才有可能①。黄人又引及来裕恂的《汉文典》商务版，此书也于 1906 年才面世。

有学者据"孙校长以此事着手业经三年，理应择要付印"等，认为 1907 年已有初稿本出版，"内部发行"，此似亦可商。"理应择要付印"不等于已经付印出版。今查《东吴月报》第 11 期（1907 年 6 月印行），其"论说"栏刊载黄人《文学史上》，内容为"华离期及暧昧期，横决力及反动力"，特附注此文乃是"节录正科第一年文学讲义"，这也说明在 1907 年 6 月时并无另外单独出版的该书"初稿本"，故此文直接从随堂所发的"讲义"中"节录"。

应该提到，黄人《中国文学史》国学扶轮社版，在当时流传并不广泛，以致他的友人还不知此书已正式出版。庞树森《石陶梨烟室诗存序》："先生执教吴门，曾撰《中国文学史》十馀万言，稿成而未付梓（今存东吴大学图书馆）。"②此序作于黄人死后四十年。金鹤冲《黄慕庵家传》也说："草创十万言，欲有所修饰，未就而卒。"③记叙稍详者为陈旭轮，他曾任东吴大学图书馆馆长，在其《关于黄摩西》中，明确地说："此书外地见者极少，愚于甲子年（1924）到东吴时，本校图书馆已无存书，而文怡书局尚存十馀部，愚自购两部外，馀为购存东吴图书馆内。后清华文学史教授浦江清兄，曾托购一部，武汉大学史学教授陈其可兄托购一部。"④今苏州大学仅存两部（其中一部尚已残缺），

---

① 参见田口一郎《关于中国最初的〈中国文学史〉》，日本《飚风》第 32 号，1997 年 1 月。

② 钱仲联主编《历代别集序跋综录》（清代卷），江苏教育出版社，2005 年，第 1774 页。

③ 钱仲联主编《明清诗文研究资料集》（第一辑），上海古籍出版社，1986 年 10 月，第 172 页。

④ 原载《文史》半月刊，1934 年第 1 期，转引自王永健《"苏州奇人"黄摩西评传》，第 212 页。

可能还是陈旭轮当年购置之物。这比之林传甲著作之风行一时,不可同日而语。

窦警凡的《历朝文学史》,今仅存作者 1906 年的序刊本,在国家图书馆、上海图书馆、南京图书馆、无锡图书馆均有收藏。但此书也没有版权页,不知确切的出版日期和出版者。一般即以书前作者 1906 年自序而认定为 1906 年出版,实误。把它作为"第一部",最先是刘厚滋《中国文学史钞(上)》(约 1937 年辑成)提出来的。他说:

> 其实梁溪窦警凡的《历朝文学史》之出版年月,虽为清光绪三十二年丙午,当西历一八九七年,据说光绪二十二三年便脱稿了,是不惟先林(传甲)书十年,比 Giles(指翟理斯的英文本《中国文学史》)也早四五年,实在是中国第一部文学史。[①]

其后 1941 年出版的储皖峰《中国文学史·绪论》中也说:"我国人著的《中国文学史》,第一部当推窦警凡的《历朝文学史》见有光绪三十二年(1906)铅印本,序末署'光绪三十二年丙午梁溪振学主人窦警凡序',据可靠传说,他的著稿则甚早。"

刘氏云"据说",储氏更进一步说是"可靠传说",都未能出示证据。且"光绪二十二三年便脱稿了"一语,光绪二十二年为 1896 年,二十三年为 1897 年,1897 年比林传甲书(1904)仅早七年,而非"十年",均有疑问。而现在有学者则又坐实为 1897 年脱稿,1906 年出版了[②]。检阅此书末尾,论及"近有饮冰室文及《天演》、《原富》等书",

---

① 刘厚滋《中国文学史钞(上)》,北京,未标出版者及出版年月,第 5 页。
② 董乃斌等主编《中国文学史学史》:"窦警凡《历朝文学史》脱稿于 1897 年,至 1906 年始出版。"河北人民出版社,2003 年 1 月,第一卷,第 5 页。又见《文汇读书周报》,2003 年 10 月 17 日文。窦书"第一部"问题,在 2002 年 1 月至 3 月间《中华读书报》上有过争鸣,可参看。

按严复所译的《天演论》、《原富》最早分别出版于 1898 年和 1901 年，窦氏此语现既无法证明乃 1906 年成稿时所增添，这也为 1897 年"脱稿"之说，提供一条反证。

窦氏此书，不仅"1897 年脱稿"之说扑朔迷离、踪迹难寻，"1906 年出版"之说也是不符合事实的。据窦氏同里"挚友"顾信成宣统二年(1910)所作《澹远轩文集·序》，叙及窦氏"虽所著只《皇朝掌故》三卷、《读书偶得》四卷、《澹远轩文集》六卷、《绮云楼诗集》四卷、《杂著》一卷，其馀虽未成书，亦各有心得，而'时艺'二十四卷，尤先生精力所萃。稿为先生嗣子俊甫所收藏，异日再谋付梓。今所刻者，《皇朝掌故》以下数种而已"。他还提到，窦氏宣统元年(1909)"易箦之日"，将遗稿交付门人华衮，死后诸门人谋求刊行，却因"沮尼百端，费尤支绌，势将败于垂成，幸先生(窦警凡)侧室江孺人撤环瑱，节衣食，拼挡百金付董理者曹君(曹铨)敦促成之"。由此可知，《读书偶得》等数种书皆在 1909 年窦氏死后所刊。而《历朝文学史》原名即为《读书偶得》，其书端自序即题《文学史——读书偶得序》。今取《历朝文学史》跟《澹远轩文集》、《绮云楼诗集》等对勘合验，发现字体、版式、纸质完全一致，均为四周双边，白口，半页 12 行，每行 33 字，铅字排印，足证同时印行。顾信成序文中说："今所刻者，《皇朝掌故》以下数种而已。"所言不谬，包括《读书偶得》(即《历朝文学史》)在内的"数种"，确是一次推出的。看来，书名改题为《历朝文学史》，也极有可能并非窦氏本意。据他在《读书偶得序》中所称，他的这部书稿"经天纬地"，"极宇宙之文明"，"故名曰天下文学史"，因此，如果要改书名，也应是《天下文学史》这个怪名。现封面由张祖翼题署《历朝文学史》，是否与 1904 年初中西书局出版发行而风行一时的日人笹川种郎《历朝文学史》中译本有关(日文原名为《支那历朝文学史》)，存疑待考，但至少是一股文学史出版热潮影响所致。

窦氏此书共五篇，除《叙文字原始》开篇外，依次为《叙经》、《叙史》、《叙子》、《叙集》，即是单纯的四部分类旧框架，其"文学"观念，完全是我国传统学术观念，实与现代文学观念相去甚远。他介绍"十三经"后说："以上十三部，尊之曰经，内以治身，外以经世，天下承学之士，无人不谈，为千古文学之宗，不可以著述工拙论也。"全书内容均为介绍作者、作品，俨然书目提要；他把《红楼梦》、《镜花缘》、《聊斋志异》归于杂家，列于诸子之中，算是新奇之见。他说："志有之经天纬地曰文，又曰道之显者谓之文"，"盖有天即有道，有道乃有文，文者所以载道也"，"不知蝌蚪之行，苔蜗之篆，无关乎大道者，非吾所谓文也；视听之娱，骄泰之习，无当于礼教者，非吾所谓明也"，"然则极宇宙之文明者，非圣朝其谁与归？故名曰'天下文学史'"。这位同治年间举人、曾任清朝下级官吏的学者，身处内忧外患的时代困境，激发出对"圣朝"极端的自尊自荣。他从文明史等同于文学史的角度，竟把自己这部 106 页、4 万字的小书看做"天下文学史"，实在有点匪夷所思了。

讨论何种著作为"第一部"，首先至少应该满足两个条件：一是具有相对完整的著作形态，虽然不一定做到"齐、定、清"，但非残缺或杂乱的一堆草稿；二是应有一定范围的社会传播和学术影响，这才于学术史具有意义。即便真能确证窦氏此书已于 1897 年"脱稿"，但也只是藏之于行箧而未示人，又无产生任何学术作用的记载（刘厚滋推测窦书"或者也是当时南洋师范学堂等等的课本吧"，经查该校和窦氏生平资料，均无线索）；加之其内容基本上可谓一无"文学"、二无"史"，因而我们在讨论"第一部"时予以忽略不计，想来也是容许的。

"北林南黄"都是国人自撰文学史的开拓者，他们于 1904 年同时着手编撰《中国文学史》，但就著作的完整形态而言，即所谓"杀青"，则无论是校内流行的讲义本（林著 1904 年，黄著 1907 年初具规模），还是面向全国发行的排印本（林著 1906 年或 1910 年，黄著约 1911

年以后），林著都比黄著为早。换言之，国人自撰的"第一部"《中国文学史》应是林传甲的《京师大学堂国文讲义中国文学史》。

二、意义的探寻

讨论哪部著作为"第一部"，仅仅是个时间判断，而不是价值判断。有意思的是，主张林传甲著作为"第一部"的学者，并不给予好评，没有给他带来光荣，反而一再受到指责；而黄人著作，虽然传布未广，却受普遍称善。

最早批评林传甲文学史的可能就是主张它是"第一部"的郑振铎。他在 1922 年 9 月发表在《文学旬刊》上的《我的一个要求》中尖锐地提出质疑："名目虽是'中国文学史'，内容却不知道是什么东西！有人说，他都是抄《四库提要》上的话，其实，他是最奇怪——连文学史是什么体裁，他也不曾懂得呢！"[①]循名责实，从著作体裁性质上否认它是真正的"文学史"。游国恩在新中国成立后，也从这一标准批评林著，尽管他们是同校先后的教师。他说，林著"全书十六篇，凡文字形体、古今音韵、名义训诂、群经、诸子以及二十四史都包括在内。甚至《素问》、《灵枢》、《九章算术》、作文修辞法、虚字用法等，无所不讲。真是广大无边，包罗万象"[②]。学科分类是现代学术的走向与特征，林著却一仍旧章。浦江清《评郑振铎〈中国文学史〉》中说："关于中国文学史之著作，数年来所出虽多，惬心满意之作实少。最早当推已故之黄摩西氏在东吴大学所编讲义，始具文学史之规模，以骈文出之，文辞隽妙。然议论固有独见，考证非其所长。"[③]他推重黄著"始具文学史之规模"，因而许

---

① 见《郑振铎古典文学论文集》，上海古籍出版社，1984 年 1 月，第 36—37 页。
② 《光明日报·文学遗产》，1957 年 1 月 6 日。
③ 《大公报·文学副刊》，1932 年 8 月 1 日。

之为"最早",言外之意林著尚未达到"文学史"的应具"规模",断语甚有分量。他曾记陈旭轮购读黄人之书,后又在清华大学讲授《中国文学史》课程,其评论不是率而为之的。

浦氏的"规模"就是郑氏的"体裁",实包含现代的"文学"、"文学史"、"文学史书写方式"三方面的新观点、新内容。郑、游、浦三位前辈均接受现代学术的洗礼,在西方新的学术分科思潮蜂拥而入的历史语境下,他们异口同声地认为林著承袭传统过多,黄著则新颖可喜,在传统与现代、旧与新的对立碰撞中,对林、黄之著就分别下了"保守"与"先进"的价值衡裁,一褒一贬,态度鲜明。但若从应对外来思潮的不同方式的角度来考虑,探讨各自背后所蕴含的意义,这种褒贬是有值得反思之处的。

林、黄著作均属国人自撰文学史的发轫期,一切尚处草创阶段。两书有一共同特点,即与上世纪初大学的教育改革、学科建立、课程更替紧密相关。文学史书写与大学中文系教学的同步行进,这一特点一直沿承至今。离开这一点,也就不会产出数量如此巨大,且多低水平重复的各种类型的文学史著作了。

林传甲、黄人分别任职的京师大学堂和东吴大学,是两所不同性质的大学,具有不同的教育环境与学术氛围。这也是林、黄二书不同学术取向的直接原因。

先说东吴大学。东吴大学是一所教会学校,校长是美国监理会教士孙乐文,校内多外籍教师,有祁天锡、孙明甫、司马德、巴克蒙戈璧、史旺、密齐尔诸人,校方对于中学与西学,提倡"互相考证免除中外隔膜",中外教员之间"晋接周旋确无国际畛域"①,黄人与章太炎同是当时东吴大学最著名的教授,也是"南社"的重要成员,才情奔放,性格豪爽,学术功底深厚。作为教会学校,东吴大学享有充分自

---

① 徐允修《东吴六志·志师资》。

主的教育理念,不受政府教育主管部门的制约,尽情吸纳欧风美雨的熏陶,在此背景下,黄人操翰落笔,自主选择著书旨趣、框架,无保留地倾心于西方传入的"文学"、"文学史"新观念,其边教、边写、边印的"急就章"的编著方法,适足以表达他随时闪现的并非成熟的可贵见解,发挥独创性与开拓性,"议论奇伟,颇有独见",口碑颇佳,与当时吸收西学、求新求变的学术思潮此呼彼应。黄氏此书由文学史史论、作家作品评论和作品选录三部分组成,前两部分约十多万字,为考察此书学术史价值的主要依据(作品选录部分约一百五十万字,不仅分量奇重,且多随意性)。黄人此书以专论开篇,详细地论述"文学"、"文学史"观念,对文学之"目的"、"起源"、"种类"和文学史之性质和"效用"展开叙说;然后对中国古代文学历史分期描述,沿承西方"上世"、"中世"、"近世"之法,而每世又参酌中国王朝体系依次叙列(仅至明代,缺清代文学部分);在每一朝代时段之下,安排对作家、作品的具体评述。这一纵横交错的模式显然取径于西方文学史体裁样式,与我国"旧学"完全异趣。黄人说:我国"旧学","独无文学史,所以考文学之源流、种类、正变、沿革者,惟有文学家列传(如《文苑传》,而稍讲考据、性理者,尚入别传),及目录(如《艺文志》类)、选本(如以时、地、流派选合者)、批评(如《文心雕龙》、《诗品》诗话之类)而已"。我国传统学术中,如史书、目录、选本、诗文评等,虽具有文学史的个别因素或资料,但前辈学者"初无世界之观念,大同之思想",又易犯"信古"或"趋时"之弊,"划地为牢,操戈入室,执近果而昧远因,拘一隅而失全局,皆因乎无正当之文学史以破其锢见也"(见《总论》"历史文学与文学史"节)。黄人自信己作已达"正当之文学史"之列,发凡起例,开风气之先,并为后来国人自撰文学史立帜树范,黄著已完成了历史任务。浦江清先生许为"始具文学史之规模",就此一类型的文学通史而言,是符合实际的。

　　林传甲的文学史,其学术史上的作用却颇为复杂,这又需从京师大学堂的办学宗旨来理解。

"戊戌政变"被慈禧太后为首的"后党"镇压后,诸项改革措施均被废弃,唯独京师大学堂仍被保留下来。光绪二十八年壬寅(1902),管学大臣张百熙等奏准清廷颁布学堂章程,史称"壬寅学制",规定了大学专门分科,仿照日本学制,分为七科三十五目,其中"文学科",下分"经学、史学、理学、诸子学、掌故学、词章学、外国语言文字学七目"。此"文学科"尚属传统的包罗文史哲的宽泛概念。次年,张百熙邀请张之洞参加《章程》的修订;张之洞反客为主,成为实际的主持者,并由黄陂人陈毅执笔,尽数月之功,完成了《章程》二十册,史称"癸卯学制",以《奏定大学堂章程(附通儒院章程)》正式颁布全国,时在光绪二十九年 11 月 25 日(1904 年 1 月 12 日)。张之洞等还奏请将原设的管学大臣改为总理学务大臣,统辖全国学务;另设京师大学堂总监督,专管大学堂事务。清廷准奏,派孙家鼐为总理学务大臣,张亨嘉为京师大学堂总监督。又以吴汝纶为总教习,日本文学博士、著名汉学家服部宇之吉为正教习,学制改革、课程设置刷新轰轰烈烈地全面展开。林传甲正在此年夏五月到该校任职,赶上了这股学制更替的势头。

在讨论林传甲《中国文学史》时有两个常见的观点,一是从它的十六篇的全书结构设计中研究林氏"独立"的文学史观念,赞其"自创体例,独出机杼";二是认为林著是仿照日人笹川种郎的文学史而成书的。这两点都不符事实,虽已有学者指出,却仍流行如故,实有再次补充论证的必要。

在"癸卯学制"中,有"中国文学门科目"项,列为"主课"的有"文学研究法"、"说文学"、"音韵学"、"历代文章流别"、"周秦至今文章名家"、"周秦传记杂史周秦诸子"等课。其时尚无"中国文学史"的正式课目。以下又分述"研究法"与"讲习法"两项。在"中国文学研究法"下,说明"研究文学之要义"共计四十一项:

一、古文、籀文、小篆、八分、草书、隶书、北朝书、唐以后正书之变迁；

一、古今音韵之变迁；

一、古今名义训诂之变迁；

一、古以治化为文，今以词章为文，关于世运之升降；

一、修辞立诚、辞达而已二语为文章之本；

一、古今言有物、言有序、言有章三语为作文之法；

一、群经文体；

一、周秦传记、杂史文体；

一、周秦诸子文体；

一、史汉三国四史文体；

一、诸史文体；

一、汉魏文体；

一、南北朝至隋文体；

一、唐、宋至今文体；

一、骈、散古合今分之渐；

一、骈文又分汉魏、六朝、唐、宋四体之别。

以上十六项，正是林传甲《中国文学史》十六篇的全部目录，除最后一篇删去一个"又"字外，其他文字全同。这说明林氏规划其书的内容、结构，完全按《章程》编写，在这点上已无发挥他个人学术见解的空间。

"研究法"所指明的"要义"，除了上述十六项外，还有"秦以前文皆有用、汉以后文半有用半无用之变迁"等二十五项，内容更显驳杂：有继续研究各体文章特点的，如"辞赋文体、制举文体、公牍文体、语录文体、释道藏文体、小说文体，皆与古文不同之处"等项；有研究文学的外部关系，如"文学与人事世道之关系"、"文学与国家之关系"、"文学与地理之关系"、"文学与世界考古之关系"、"文学与外交之关系"等项；甚至还包括研究外国语之文法者，如"东文文法"、"泰西各国文法"等①。林传甲在解释未叙及后二十五项时说："大学堂研究文学要义，原系四十一款，兹已撰定十六款，其馀二十五款，所举纲要，已略见于各篇，故不再赘。"此言不为无据；但更实际的原因恐系课时安排紧缩所致：此课每周六小时，半年完成。从内容来看，前十六款大都注重纵向的发展线索，后二十五款则是有关文章的专题讨论。未涉及后一部分，倒能突出此书"史"的性质，与书名"中国文学史"更为贴近。

朱自清在为林庚《中国文学史》(1947 年厦门大学丛书)作序时说："早期的中国文学史大概不免直接间接的以日本人的著述为样本。"取法扶桑成为一时潮流，但林传甲此书却是例外。引起误会的是林氏在书首《附记》和《题记》的两段话："右目次凡十六篇，每篇十八章，总二百八十八章。每篇自具首尾，用'纪事本末'之体也；每章必列题目，用'通鉴纲目'之体也。大学堂章程曰：'日本有《中国文学史》，可仿其意自行编撰讲授。'按，日本早稻田大学讲义，尚有《中国文学史》一帙。"这里明确表明，他的著作，吸取了我国传统史书中"纪事本末"、"通鉴纲目"的体例，与大学堂章程提示者有别。《奏定大学堂章程》在"中国文学门科目"的"讲习法"的说明中，在《历代文章流别》课下，确实叙明"日本有《中国文学史》，可仿其意自行编纂讲授"一句②，林氏引此而自为圆转。林氏又云："传甲学问浅陋，借登大学讲席，与诸君子以中国文学相切磋。……诸君于中国文字，皆研究有素，庶勖其不逮，俾成完善之帙，则传甲斯编，将仿日本笹川种郎《中国文学史》之意以成书焉。"林氏自谦"斯编"尚未达到"完善之帙"，希望在从学"诸君"的协助下，"将仿"笹川氏文学史的样式最后修订成

---

① 璩鑫圭等编《中国近代教育史资料汇编·学制演变》，上海教育出版社，1991年3月，第354—356页。
② 璩鑫圭等编《中国近代教育史资料汇编·学制演变》，第354页。

书,以符大学堂章程之要求。"将仿"乃未然之词,而非已然。今取笹川氏著作对勘,该书卷首为"总说",综论"中国文学之特质"等专题;继而按中国王朝体系划分为九期;评论各时段的作家作品。这与黄人著作为同类范式,林著却与它迥然有别。更有甚者,在其第十四篇十六节"元人文体为词曲说部所荟"中,点名批评"日本笹川氏撰《中国文学史》,以中国曾经禁毁之淫书,悉数录之,不知杂剧院本传奇之作,不足比于古之'虞初',若载于风俗史犹可,笹川载于《中国文学史》,彼亦自乱其例耳",又指责笹川"胪列小说戏曲,滥及明之汤若士,近世之金圣叹,可见其识见污下"。这一批评当然是错误的,但也与大学堂教学方针有关,当年就发生学生因读《野叟曝言》而被校方明令记过的事件。此均证明林著本身并未以笹川之书为样本。

显然,林著的结构设计所体现的文学、文学史观念,与其说是林传甲的,不如说是张之洞们的,它在一定程度上体现了当时的主流思想,带有某种官方色彩。面对建基在文学、文学史新观念之上的文学史著作体裁这个"舶来品",面对西方强势学术思潮的东渐,面对中国传统学术文化所遇到的巨大挑战与危机,我国学人怀着种种急切、紧张、惶惑的心态。窦警凡将他的实质上属于"国学概论"范畴的小书(主张它为"第一部"的刘厚滋语)夸言为"天下文学史",表现出排斥新学的偏激和对固有传统的极端自尊;黄人则毫无顾虑地全面吸纳新传入的著作体裁,虽然他著书的最终旨趣在于弘扬中国文化的伟大杰出,爱国热情洋溢书里书外,与对西学的热情同样急切激烈;林著所体现的当时一部分主张稳健改良的知识精英的心态,颇为微妙、复杂。"中国文学史"一课,在日本大学中,已是一门核心课程。仅早稻田大学当年就有藤田丰八、久保得二、儿岛献吉郎等讲授此课,至今仍留存着他们的讲义。大学堂《章程》的制定者中,亦有人专赴日本考察过教育;林传甲也说"日本早稻田大学讲义,尚有《中国文学史》一帙",他当曾目验(笹川种郎未任职于早稻田大学,故知此部文学史为另一部)。但在课程设置时,却没有明文列入"中国文学史",不像东吴大学那么堂堂正正。国立大学设置"中国文学史"课,要迟至 1913 年民国时期。在《教育部公布大学规程》(1913 年 1 月 12 日部令第 1 号)中,其"文学门"下的"国文学类"内,才列入"中国文学史"课①。而《章程》又不能全然无视,就在"历代文章流别"课下,特意说明可仿日本之《中国文学史》之意"自行编纂讲授",颇有点借"历代文章流别"之名而行"中国文学史"之实的意味。林传甲却感到此课之"教授法,均未详言",而《章程》"所列'研究文学要义',大端毕备,即取以为讲义目次",且径以《中国文学史》为书名了。在质疑传统的巨大声浪中,当时的稳健改良派是新的传统主义者,他们既感受到新学的优越,忙于学制改革,建立新式学科,在中国文学科中提醒注意对外人著作的学习;但又仍然无法摆脱自身所受传统学术的长期熏陶,在外观形貌上似显得步履蹒跚,趋新而不免幼稚可笑,而其内在精神上,又积淀着深厚的本土学术文化的精髓,对自己精神家园的最后坚守。

黄人《中国文学史》以时代为序、以作品作家为中心的体例,显然来源于外来著作形式,也是后世文学通史所采取的最普遍的书写方式,虽然它在当时的影响并不大;林传甲《中国文学史》以篇、章结构全书,与上述通史的一般体例来比照,自然显得颇为落伍,但在早期文学史中,它却是传播最为广泛的一部,从北京、上海到广东都有不同版本问世,随后又迅即退出人们视野,然而仍然留下值得深思的问题。

黄人说"文学史则属于叙述",是对文学事实的历时性系统叙写,也是对历代文学知识的一种有思想的整理。叙写和整理的方式可以多种多样,每种方式必有优点和缺点,不宜以此律彼,互为对手。那种受外来影响甚大的叙写方式,能否很好地对中国文学历史进行描述,抑或与本土学术更接近的叙写方式,能更好地进行描述,我们需

---

① 见璩鑫圭等编《中国近代教育史资料汇编·学制演变》,第 699 页。

要两方面的实践。林著在总体上是尚未成熟的急就章,却包含一些被另一种体例文学史所遮蔽的问题,实能引起人们的警悟,获得今后编写文学史的有益启示。

(一)重提"杂文学"概念。取法外来体例的文学史一般都在书首对"文学"、"文学史"概念作开宗明义的交代,以便为其文学史的叙述对象划界定疆,这也是早期文科类各史的通常做法。冯友兰在回忆他作《中国哲学史》时说:"哲学本一西洋名词。今欲讲中国哲学史,其主要工作之一,即就中国历史上各种学问中,将其可以西洋所谓哲学名之者,选出而叙述之。"①其编写思路和操作方法具有代表性。黄人所用的"文学"概念,就是从英文 literature 而来,他广引外人言论,提炼出六条"文学之特质"(如娱人为目的、摹写感情、不朽之美等),而所论作品之文类,大致包括诗歌、小说、戏曲、散文四种,特别是对小说、戏曲的重视,被认为是文学史现代书写的标志。林传甲此著对小说、戏曲采取排斥态度,又有重文轻诗的倾向,虽然这都是京师大学堂的官方立场所致,但也不能不说是此书的一大疵病。此书于文章(古文、骈文)取资广博,兼收四部乃至医、算各家,在芜杂中却强烈体现其"杂文学"观念。中国自古文史哲融而未分,在哲学、历史及其他应用文字中均有审美的观照,对其写作也提出艺术的要求,然而我们的大多数文学史书写却予以摈弃,随着时间的推移,更有越来越严重的趋势。《中国文学史》应该是具有中国特色的文学史,其文学观念,不应该与英国文学史、法国文学史之类完全等同。"杂文学"是个能够体现中国民族特点的概念,应在现代文学理论的观照下,对其重新分析和评价。"中国文学"不是一个凝固不变的概念,它有一个动态的发展变化过程,从文史哲三位一体中逐渐分野的过程。中国文学史应该描述出"文学"从其他文类中剥离、分疏的轨迹。林

---

① 冯友兰《中国哲学史·绪论》,中华书局,1984 年,第 1 页。

著中"汉以后治化辞章之分"、"唐人以辞章为治化"等章均有散点的考述,惜未见系统。

（二）对文学作品要作汉文字、汉语言分析的提醒。林著文学史以文字、音韵、训诂开篇,素为人们所诟病,确于史例有违。在"研究文学之要义"中,一至三款的内容应属于对"说文学"、"音韵学"两门主课的提示,此点林传甲也自然了解,在正文的自注中常有说明。但他仍然坚持纳入自己的文学史之中,认为可以各有偏重,于文学史不可或缺。这种章节安排很少为后来者所采用,但鲁迅的《汉文学史纲要》第一篇却是"自文字至文章",二至十篇才从《尚书》、《诗经》讲到二司马（相如、迁）。他论述汉字形音义特点,"故斯所函,遂具三美:意美以感心,一也;音美以感耳,二也;形美以感目,三也",充分肯定汉文字之美,是构成"文章"的基础。他这部著作是 1926 年厦门大学的讲义,原名《中国文学史纲》,但未完稿。后来任教厦大的林庚,他的《中国文学简史》是最重视汉文字、汉语言分析的一部著作。他在该书的《导言》中写道:"中国由于文字的特点,使得文学语言从一开始就是世界上最经济、灵活、富于变化的语言,这些特点在最初都更适宜于诗歌的发展,因此中国文学的发展就以诗歌的传统开始了它的道路。……中国戏曲的晚出,与欧洲抒情诗歌直到十八九世纪才逐渐在文坛上全面活跃,正是不同的文字决定了这样的发展。"①特别是他对唐诗的语言诗化的分析,《说"木叶"》中对语言色泽及其不同情感色彩的精细辨析,都是显例。只是在大量文学史中,对汉文字、汉语言的分析几乎处于缺席的地位,把文字、语言分析最大限度地引入我国古代文学和文学史研究,看来是亟待加强的工作。

（三）重视文体研究。林书十六篇,从第七篇到第十六篇,计十篇,均是论文体问题;在未讲授的二十五篇中,从第十七篇到二十三篇计七

---

① 林庚《中国文学简史（上卷）》,古典文学出版社,1957 年,第 15 页。

篇,仍是文体分析,两者共计十七篇。这就是说,在"研究文学之要义"中,文体是最重要的"要义"。与《奏定大学堂章程》同时颁布的《奏定学务纲要》中,对中国各体文就有特别的强调:"中国各体文辞,各有所用。古文所以阐理纪事,述德达情,最为可贵。骈文则遇国家典礼制诰,需用之处甚多,亦不可废。古今体诗辞赋,所以涵养性情,发抒怀抱。……中国各种文体,历代相承,实为五大洲文化之精华。"①

中国文学中的文体问题,有着特殊的意义。毫不夸张地说,文体种类之繁多,辨体理论之成熟,作家对各类文体特征把握之娴熟,在世界文学史中是罕见的。由焦循发端而为王国维光大的"一代有一代之胜"说,讲的就是文体问题。中国文学史上的每次文学新变与繁荣,都与某种新文体的出现或旧文体的重大新变息息相关。文体和文字语言是最能体现中国文学民族特色的两个方面,能为文学史书写提供开拓创新的巨大空间。

中国文学史的"本土化",是对中国文学史的主体性追求,要求回归中国文学的自我体系和叙述方式,以求真正把握中国文学的内在特质。从关注世界性的"文学"到强调民族性的"中国",从学科建制分类上的"文学"到强调作为独特文化表征意义的"中国",似是今后《中国文学史》编写应注意的一个问题。林传甲给了我们提醒,尽管他自己未必意识到。

作者附记:本文初稿曾在2004年11月举行的"中国文学史百年研究国际研讨会"(北京大学中文系、苏州大学文学院联合主办)上宣读过,此次发表前作了修改。

(原载《中国文化》2008年春季号)

---

① 璩鑫圭等编《中国近代教育史资料汇编·学制演变》,第493页。

作品、产品与商品

——古代文学作品商品化的一点考察

一

文学作品本是作家的精神产品,用以自娱或娱人,兼具交际功能,至多当作"敲门砖"获取声誉,初与经济利益无涉。到了形成"润笔"习俗,才与金钱发生瓜葛。史籍中所载的"鬻文自给",乃指代人作文而取得报酬,实与"润笔"同类,并非把自己的诗文当作商品出售。如《旧唐书·李邕传》谓李邕"早擅才名,尤长碑颂",因而"中朝衣冠及天下寺观,多赍持金帛往求其文","时议以为自古鬻文获财,未有如邕者"①。这里缙绅之士和寺观之僧所求之文,应是"碑颂"之属,不是李邕自己原先创作的作品,也不是通过市场渠道而进行的商业交换行为,是产品而非严格经济学意义上的商品。

商业中的买卖双方与"润笔"的供求双方虽在形式上有某些类似,"但必须承认它们在性质上是迥然不同的"②。商品具有使用价值和价值两种属性,前者用以满足人们的某种需要,后者指有人的劳

---

① 刘昫等撰:《李邕传》,《旧唐书》第 8 册,卷一九〇中,第 5043 页,中华书局,1975 年。

② 浅见洋二:《距离与想象——中国诗学的唐宋转型》,第 467 页,上海古籍出版社,2005 年。

动凝结在其中；商品的价格即是其价值的货币表现。而"润笔"仅仅
是使用者对生产者的一种报酬，此种报酬是随意的，随着作者社会声
誉的高低而浮动，不在于作品质量的优劣和作者劳动的多寡。此其
一。商品是通过货币为媒介而进行的交换，"润笔"则可以是钱币，也
可以是其他财物，如韩愈撰《平淮西碑》，唐宪宗以拓本赐韩宏，韩宏
以绢五百匹为谢；皇甫湜为裴度作《福先寺碑》，裴度酬绢九千匹；还
有馈赠鞍马、玉带者，不一而足。此其二。更重要的是，商品要进入
商品市场而自由交换，用以满足全社会人群的需要，就文学作品而
言，乃是满足人们对文化知识的需求和精神审美的需要，而"润笔"的
接受方则锁定为固定的对象，没有形成交换流通的市场机制。因此，
"润笔"中的作品不具备商品所能产生的作用，不承担满足全社会的
知识供给与审美供给的职能。古代文献中的"卖文"、"鬻文"等用语，
与经济学中的"买"、"卖"，含义是不同的。

　　如果从古代文人的评价标准来看，"润笔"更常被视作一种"惭
德"，即有愧于道德的卑贱行为。古人中以"润笔"出名的，大概要数
二"邕"一韩。除上述唐人李邕外，东汉的蔡邕也从"润笔"中获利甚
多。顾炎武《日知录》卷一九"作文润笔"条云："蔡伯喈集中，为时贵
碑诔之作甚多，如胡广、陈寔各三碑，桥玄、杨赐、胡硕各二碑。至于
袁满来年十五，胡根年七岁，皆为之作碑。自非利其润笔，不至为此。
史传以其名重，隐而不言耳。文人受赇，岂独韩退之谀墓金哉！"①顾
氏径指蔡邕"利其润笔"为"文人受赇"，"赇"即贿赂，"受赇枉法"，已
触及犯禁违规了。清人侯七乘《文章不可苟作》引元人李治语云："文
章有不当为者五：苟作，一也；徇物，二也；欺心，三也；蛊俗，四也；不
可示子孙，五也。噫！是道也，自蔡伯喈以来，已不免有惭德

① 顾炎武著，黄汝成集释：《日知录集释》，第 1478 页，上海古籍出版社，
　　1985 年。

矣。"①"润笔"之举,不啻为"五恶俱全"了,因而也影响了其作品的传播与使用。由此可见,"润笔"习俗中的作品,虽然与经济发生了最初的关联,但与进入市场流通领域中的商品仍存在很大的差别。在考察古代文学作品商品化的过程中,将它视作"起点",尚需斟酌。

二

大概从中唐以后,文学作品逐步变成一种特殊商品,进入由买卖双方构成的交易市场,使作品的传播和接受进入一个全新的阶段,影响了文学的传播方式,也影响了文学自身的发展,甚至折射出社会、经济某些具有重要转型特征的变化。

作为商品的文学作品,初期多以手钞本形式出现。五代词人李梦符就以自己词作求售,招摇过市,行为方式奇特。阮阅《诗话总龟》前集卷四六引《郡阁雅谈》说,李梦符在梁开平初年,于洪州(今江西南昌)"与布衣饮酒,狂吟放逸。尝以钓竿悬一鱼向市肆蹈《渔父引》卖其词,好事者争买,得钱便入酒家。其词有千馀首传于江表"②。这位多产词人自作自卖,以换取饮酒钱,还伴随钓竿悬鱼、边歌边舞的动作,招徕买主。吴淑《江淮异人录》卷上说,李梦符的这种怪异作派,被洪州长官认为"狂妄惑众",竟将他逮捕入狱。他在狱中还"献词十馀首,其略曰:'插花饮酒无妨事,樵唱渔歌不碍时。'"③喝酒唱歌,碍你甚事,真是大实话。据说那位洪州长官便放了他。这个故事的真实性不得而知,阮阅将其列入"神仙门",吴淑编进《异人录》,洪州长官也认为妨碍市容,有伤风化,其实只是一种原始的商业促销手

---

① 贺长龄编:《清经世文编》卷五,清光绪十二年思补楼重校本。
② 阮阅:《诗话总龟》前集卷四六,第 447 页,人民文学出版社,1987 年。
③ 吴淑:《江淮异人录》卷上,第 250 页,《宋元笔记小说大观》第 1 册,上海古籍出版社,2001 年。

段而已。在今天目迷五色的市场经济面前，算不得"怪异"，谈不上"放荡自恣"，倒是留下了一则鲜活的商业营销史料。

李梦符自售词作当是采用写本形式，不便于较大批量的生产；在雕版印刷广泛使用以前，尚有刻石拓印的方法。《湘山野录》关于欧阳修《石曼卿墓表》出售情况的记录，就是生动的例证。但这条材料颇多疑似之处，今特录全文，并作稍详解读：

> 欧公撰石曼卿墓表，苏子美书，邵辣篆额。山东诗僧秘演力幹，屡督欧俾速撰，文方成，演以庚二两置食于相蓝南食殿祝讫，白欧公写名之日为具，召馆阁诸公观子美书。书毕，演大喜曰："吾死足矣。"饮散，欧、苏嘱演曰："镌讫，且未得打。"竟以词翰之妙，演不能却。欧公忽定力院见之，问寺僧曰："何得？"僧曰："半千买得。"欧怒，回诟演曰："吾之文反与庸人半千鬻之，何无识之甚！"演滑稽特精，徐语公曰："学士已多他三百八十三矣。"欧愈怒曰："是何？"演曰："公岂不记作省元时，庸人竞摹新赋，叫于通衢，复更名呼云'两文来买欧阳省元赋'，今一碑五百，价已多矣。"欧因解颐。徐又语欧曰："吾友曼卿不幸蚤世，故欲得君之文张其名，与日星相磨；而又穷民售之，颇济其乏，岂非利乎。"公但笑而无说①。

这里记叙欧氏撰写《石曼卿墓表》，由苏舜钦书写，释秘演操办上石事宜。但"以庚二两置食于相蓝南食殿祝讫"句，甚为费解。据江少虞《事实类苑》卷四二，此处作"以车二两置石于相蓝南食殿，砓讫"②，

---

① 文莹：《湘山野录》卷下"欧公撰石曼卿墓表"条，第 59 页，中华书局，1984 年。
② 江少虞：《事实类苑》卷四二，《文渊阁四库全书》第 874 册，第 355 页，台湾商务印书馆，1986 年。

"庚"、"食"、"𤺄"应作"车"、"石"、"碖",谓准备两车石料在寺院南食堂进行打磨,使之平整,以便由苏舜钦书写上石镌刻。"写名之日",《事实类苑》作"写石之日",是。最有兴味的是此则后半段文字:欧阳修本来严禁拓印此碑,然而有人竟用"半千买得"拓本,欧怒责释秘演,秘演戏答云:比起以前用"两文"钱就能买得您的"省元赋"来,"已多他三百八十三矣"。

这里存在一个问题:"半千"为五百文,"多他三百八十三文",则"省元赋"每篇应卖一百一十七文,为什么只卖"两文"呢?《事实类苑》四库全书本中"两文"的"两"作"阙",有的学者或疑"两"字为"误补","或其上下有脱句"。其实,此处并不误,这关涉到宋时钱币使用中的"省陌"、"省钱"之制。自唐末以来,因兵乱频仍,钱荒严重,朝廷诏令以八十五钱为百,后又减为八十、七十七不等。《续资治通鉴长编》卷一八太宗太平兴国二年(977)九月丁酉:"诏所在悉用七十七为百,每千钱必及四斤半以上。"[①]庆历时仍沿此制。如此,"半千"即五百文,实钱为三百八十五文(以七七折计算),"省元赋"卖两文,《石曼卿墓表》之拓印本每件正好比"省元赋"多了三百八十三文。《湘山野录》等的记述相当真实可信。

欧阳修作《石曼卿墓表》在庆历元年(1041),其时此拓本每件要卖到三百八十五文的高价,这固然因由苏舜钦手书、邵𫗧篆额,拓印存真,具有艺术收藏价值;而且也与拓本数量毕竟有限,物以稀为贵的因素有关。欧阳修考中省元在天圣八年(1031),他的试

---

① 李焘:《续资治通鉴长编》卷一八,第412页,中华书局,1979年。又,北宋欧阳修《归田录》卷二云:"用钱之法,自五代以来,以七十七为百,谓之'省陌'。"(李伟国点校,第36页,中华书局,1981年。)南宋洪迈《容斋三笔》卷四"省钱百陌"条记载更详:"唐之盛际,纯用足钱。天祐中,以兵乱窘乏,始令以八十五为百。后唐天成,又减其五。汉乾祐中,王章为三司使,复减三。皇朝因汉制……定以七十七为百。自是以来,天下承用,公私出纳皆然,故名'省钱'。"(洪迈《容斋随笔》,第460页,上海古籍出版社,1996年。)

卷《司空掌舆地之图赋》①每份仅卖两文，价格高低悬殊，原因是"庸人竞摹新赋"，大批量制作，薄利多销。此"摹"字，此处作"摹印"讲，当是雕版印刷。周必大《程元成给事》云："近用沈存中法，以胶泥铜版移换摹印，今日偶成《玉堂杂记》二十八事。"②可证"摹"、"摹印"即指雕版印刷，只是周必大改用胶泥活字印刷，技术更为先进，印数也能增多了。

欧阳修的《石曼卿墓表》和"省元赋"写作时间相距不算很长，两文的字数亦相当，然而印本和拓本的价格相差竟达 192 倍。这充分证明印刷术的优越性：它不仅促进文学作品的流布，同时也为从事此项买卖的人，如此文中的"庸人"或"穷民"带来经济收入，反转来又刺激印本的发展。只是作者本人却分文未得，版税制度的提出，历史条件还未成熟。

至于印本和写本的价格相差，史书上亦不乏记载。《续资治通鉴长编》卷一〇二，仁宗天圣二年（1024）十月辛巳条，引王子融之言，称："日官亦乞模印历日。旧制，岁募书写费三百千，今模印，止三十千。"③就制作日历书而言，写本书的成本价格是印本书的10 倍。

毫无疑问，雕版印刷蕴藏着巨大的商机，而印刷的对象，主要不是单页而是整部书籍，以适应宋代社会普遍高涨的读书风尚，适应广阔的图书市场。范成大《吴郡志》曾记录印行杜甫集而赢利的故事，当是出版史上商业运作的成功范例：

后嘉祐中，王琪以知制诰守郡，始大修设厅，规模宏壮。假

---

① 　王铚：《默记》卷中，第 26 页，中华书局，1981 年。
② 　周必大：《程元成给事》，《文忠集》卷一九八，《文渊阁四库全书》，第 1149 册，第 260 页。
③ 　《续资治通鉴长编》卷一〇二，第 2368 页。

省库钱数千缗。厅既成，漕司不肯破除。时方贵《杜集》，人间苦
无全书，琪家藏本雠校素精，即俾公使库镂版印万本，每部为直
千钱，士人争买之，富室或买十许部，既偿省库，羡馀以给
公厨①。

这段引文，《吴都文粹》卷二在蒋堂《府治重修大厅记》后作为补
记引用过，仇兆鳌《杜诗详注》也曾援引，因为涉及今日所见诸杜集的
祖本，即由王洙原藏、王琪等编校刻印的"二王本"。王琪任姑苏郡守
时，为修建官衙大厅，先向转运使司借款数千缗；大厅落成，转运使司
不肯减免，王琪便设法印行《杜工部集》，一次便印一万部，每部售价
一千文（即一缗），"时人争买之"，所得书款约为一万缗，既偿还了"数
千缗"的借款，还有盈馀留作招待饮宴之费。

这个以印书谋利以抵充建筑费的事例，发生在嘉祐四年（1059），
见王琪《杜工部集后记》，反映了当时出版业的发达：一次能印万部，
这个初印数字在今天也是颇为惊人的。或以为有"夸张的成分"（万
曼《唐集叙录》），但无实据。宋代雕版本印数的其他资料，尚待进一
步检索，但唐代已有"雕印数千本"之例，见范摅《云溪友议》卷下："纥
干尚书泉，苦求龙虎之丹十五馀稔。及镇江右，乃作《刘弘传》，雕印
数千本，以寄中朝及四海精心烧炼之者。"元代更有万部之纪录，如
《农桑辑要》一书，《四库全书总目》卷一○二该书提要云"《永乐大典》
又载有至顺三年（1332）印行万部官牒"，《元史》卷二五《仁宗本纪》
"（延祐二年，1315 年）八月……诏江浙行省印《农桑辑要》万部，颁降
有司遵守劝课"。今尚存元后至元五年（1339）之刻本，足见该书一再

---

① 范成大：《吴郡志》卷六，《宋元方志丛刊》第 1 册，中华书局，1990 年，第
723—724 页。

重印。这说明宋时印行万部杜集,不宜遽断为"夸张"①。著名印刷史学者钱存训曾探讨过"雕印数量估计"问题。他说:"雕版印书,每版可印多少张?每书印制多少部?比较活字排印的效速如何?此类问题,在中国文献中很少提及。"他从外国来华传教士和外交官的著述中,发现了一些珍贵史料:16世纪利玛窦《中国札记》说:"一个熟练的工人,每天可印刷一千五百张。"19世纪的有关著述中,则谓:"一个印刷工人每日工作十小时,可印制三千至六千张;每块书板可初印一万六千张,字迹清楚,其后略加修整,可再印一万张。"②这是宋以后的数据。但只要书板所用木料质地相同,刻字深浅相类,用纸用墨相似,推测宋时每版当也能印制一二万张,因此,初印万部并非绝无可能。沈括《梦溪笔谈》卷一八"技艺"条说到活字印刷优点时,"若止印三二本,未为简易;若印数十百千本,则极为神速"③,"数十百千本"虽是或然数字,但对雕板印数的估计,也有参考价值。此外,王琪此举在具体收支计算上也是吻合的,每部售价一缗,不印万部,是无法偿还"数千缗"的省库建筑借款和成本贷款,而又有盈馀"以给公厨"的。"镂版印万本"即"镂版印万部",这里的"本"与"部"含义相同。

二是书价相对低廉。据王洙写于宝元二年(1039)的《杜工部集记》,这部杜集共有20卷,收诗1 405首,文29篇,卷帙有相当规模,定价一千文,不算昂贵(相当于前述《石曼卿墓表》的两份半拓印本)。当然,对宋时一般生活指数而言,这一书价还是偏高的。熙宁八年

---

① 美国学者艾朗诺教授也注意到这个事例,他也认为"夸大杜甫诗集怎么畅销的嫌疑比较小",见其《书籍的流通如何影响宋代文人对文本的观念》,载《第四届宋代文学国际研讨会论文集》,第105页,浙江大学出版社,2006年。

② 钱存训《中国雕版印刷技术杂谈》,见其《中国书籍、纸墨及印刷史论文集》,第146页,香港中文大学出版社,1992年。

③ 沈括撰,胡道静校注:《新校正梦溪笔谈》,第184页,中华书局,1957年。

(1075)，苏州米价每斗为五十文①，如果从嘉祐四年到熙宁八年，苏州地区的物价没有太大变动的话，则每部杜集，相当于 20 斗米的价钱。

此二王本杜集，实为后世流传的各种杜集之所从出，具有重要的版本价值。明代大藏书家毛晋曾经寓目，惜原本已佚，但毛氏的宋椠补钞本今尚存于上海图书馆。张元济先生曾以九十一岁高龄亲自主持编印工作，将其列入《续古逸丛书》的第四十七种。了解其背后的这段出版曲折，读该书时更觉意味无穷。

另一部柳集之祖，即穆修刻印的本子，就没有如此圆满的商业运作了。穆修刻售柳集事，最早见于杨亿口述的《杨文公谈苑》，该书记穆修事云：

> 晚年得《柳宗元集》，募工镂板，印数百帙，携入京相国寺，设肆鬻之。有儒生数辈，至其肆，未评价直，先展揭披阅，修就手夺取，嗔目谓曰："汝辈能读一篇，不失句读，吾当以一部赠汝。"其忤物如此。自是经年不售一部②。

此段文字又见于《东轩笔录》卷三，亦说"募工镂版，印数百帙。……自是经年不售一部"③。而《曲洧旧闻》卷四云："（穆修）始得韩、柳善本，大喜。……欲二家文集行于世，乃自镂板鬻于相国

---

① 《续资治通鉴长编》卷二六七熙宁八年八月戊午条："吕惠卿曰：……苏州，臣等皆有田在彼，一贯钱典得一亩，岁收米四五六斗。然常有拖欠。如两岁一收，上田得米三斗，斗五十钱，不过百五十钱。"
② 杨亿口述，黄鉴笔录，宋庠整理：《杨文公谈苑》"穆修"条，第 164 页，上海古籍出版社，1993 年。
③ 魏泰撰，李裕民点校：《东轩笔录》卷三，第 30—31 页，中华书局，1983 年。

寺。"①则刻售者不止柳集,还包括韩集②。苏舜钦《哀穆先生文》云:
"后得柳子厚文,刻货之,值售者甚少,逾年积得百缗。"③所记情况小
有出入。

宋时刻书,有官刻、私刻、坊刻及书院刻书等不同。一般而言,官
刻较为精良,坊刻良莠不齐,但均有各自的销售渠道,书院亦有从学
士子的固定购买群体,而个人自刻自售就有较大的不确定因素了。
穆修是位学者,个性又较怪戾,销售不够理想,自可理解。《杨文公谈
苑》等说是"经年不售一部",不免有点夸张;苏舜钦说卖了一年,"积
得百缗"之数。如果原来的印数如《杨文公谈苑》等所言之"数百帙",
那么每部价格也在一缗(一千文)上下,与上述王琪刻印的杜集相埒。
看来穆修尽管运作乏术,还是做到保本有馀的。这说明宋时图书市
场的广大、活跃,对书籍需求量的众多,当然也反映出宋代古文运动
发展的迅猛势头。今《柳河东集》载沈晦《四明新本河东先生集后序》
谓,他在政和四年(1114)重编柳集,所据底本有四,其中一种"大字四
十五卷,所传最远,初出穆修家,云是刘梦得本",最为贵重④。穆修
当年在汴京大相国寺出售不利的柳集,成为今日流传最广的柳集祖
本之一。

宋以前雕版印刷术尚不大发达,且所印大都为日历、佛经、字
书,至宋开始形成规模化产业,结束了以写本为主的流传阶段。文
学作品的刻印和买卖是一种经由市场渠道的商业传播,极大地促

---

① 朱弁撰,孔凡礼点校:《曲洧旧闻》卷四,第142页,中华书局,2002年。
② 穆修《唐柳先生集后序》(《河南穆公集》卷二),仅说他对韩集进行校勘:"独
　赏《韩》以自随,幸会人所宝有,就假取正。凡用力于斯,已蹈二纪外,文始几
　定",才有了他自用的韩集定本。但并没有予以刻印,刻印者似仅止于柳集
　一种。
③ 苏舜钦撰,沈文倬校点:《哀穆先生文》,《苏舜钦集》卷一五,第234页,中华
　书局上海编辑所,1961年。
④ 柳宗元撰:《柳河东集》附录,第854页,中华书局上海编辑所,1961年。

进了诗文作品与读者之间的互动,扩大了传播的覆盖面和流通速度;文学作品之成为商品,融入宋代整个商品经济体系之中,其发展和初步成熟,应是宋代社会转型、经济转轨的一个标志。这是历史性的进步。

三

印本代替写本,直接影响了宋代士人的读书生活。读书是读书人取得自身社会资格的依据,而宋代读书人凭借雕版印刷术的发达,使博览群书不再成为可望而不可即的事情,士人社会的平均知识量远迈前人。我们翻阅现今尚存的近五百部宋人别集,明显地感到其内容之广博,信息之丰盈,知识之密集在唐人别集中就颇为罕见。宋罗璧《罗氏识遗》卷一“成书得书难”条云:“后唐明宗长兴二年,宰相冯道、李愚始令国子监田敏校六经板行之,世方知镂甚便。宋兴,治平以前,犹禁擅镂,必须申请国子监,熙宁后方尽弛此禁。然则士生于后者,何其幸也!”[1]这一“何其幸也”的感叹一直传响到后代。元人吴澄《赠鬻书人杨良辅序》中说:“宋百年间,锓板成市,板本布满乎天下,而中秘所储,莫不家藏而人有。不惟是也,凡世所未尝有与所不必有,亦且日新月益,书弥多而弥易,学者生于今之时,何其幸也!无汉以前耳受之艰,无唐以前手抄之勤,读书者事半而功倍宜矣。”[2]宋代士人家藏典籍的丰富,前人望尘莫及,引起宋人的自豪。《宋会要辑稿》职官二八之一载:“曩时儒生中能具书疏者,百无一二,

---

① 罗璧:《罗氏识遗》卷一,《学海类编》第 7 册,第 458 页,江苏广陵古籍刻印社,1994 年。
② 吴澄撰:《赠鬻书人杨良辅序》,《吴文正公集》卷一九,《元人文集珍本丛刊》第 3 册影印明成化二十年刊本,第 353 页,台湾新文丰出版公司,1985 年。

纵得本而力不能缮写。今士庶家藏典籍者多矣,乃儒者逢时之幸也。"①南宋王明清《挥麈录》前集卷一亦云:"近年所至郡府多刊文籍,且易得本传录,仕宦稍显者,家必有书数千卷。"②印本的广泛流传的确避免了"耳授之艰"和"手抄之勤"的辛苦,大大改善了读书条件,这为宋代士人综合型人才的大量涌现,宋代文学中"学者化"倾向的形成,奠定了基础。

在印本与写本并存,印本逐渐取代写本的过渡时期,尽管印本已显示出印刷方便、传播便捷的巨大优势,但宋代士人在观念上仍保持重写本、轻印本的倾向。他们把写本称作"善本"。叶梦得《石林燕语》卷八云:"唐以前,凡书籍皆写本,未有模印之法,人以藏书为贵。人不多有,而藏者精于雠对,故往往皆有善本。学者以传录之艰,故其诵读亦精详。"③而印本广泛流传后,"学者易于得书,其诵读亦因灭裂"。印本代替写本,改变了士人们的传统阅读习惯和方式,并产生了"诵读灭裂"的流弊。面对印本的蓬勃盛况,苏轼的思考与忧虑更深。他在《李氏山房藏书记》中说:

> 自秦、汉以来,作者益众,纸与字画日趋于简便,而书益多,士莫不有,然学者益以苟简,何哉?余犹及见老儒先生,自言其少时,欲求《史记》、《汉书》而不可得,幸而得之,皆手自书,日夜诵读,惟恐不及。近岁士人转相摹刻诸子百家之书,日传万纸,学者之于书,多且易致如此,其文词学术,当倍蓰于昔人,而后生科举之士,皆束书不观,游谈无根,此又

---

① 徐松辑:《宋会要辑稿》,第 2972 页左上,中华书局,1957 年。
② 王明清:《挥麈录》前集卷一,第 10 页,中华书局上海编辑所,1964 年。
③ 叶梦得撰,侯忠义点校:《石林燕语》卷八,第 116 页,中华书局,1984 年。

何也？①

苏轼指出，秦汉以后，纸代替简帛，书籍益多而学风日益"苟简"；入宋以来，印本代替写本，书籍更为易得，士子们反而"束书不观，游谈无根"，改变了老辈们"皆手自书，日夜诵读，惟恐不及"的刻苦攻读之风。苏轼的思考与忧虑代表了北宋部分士人排拒印本的共同心理，与上述对印本称"幸"的言论恰成对照，两者相反相成，见出人们面对印本这一新生事物时的矛盾态度。

苏轼、叶梦得指出了因印本流行带来了士子"束书不观"和"诵读灭裂"的负面作用，更多的士人关心的是印本比之写本更易产生文本讹舛的弊端。叶梦得《石林燕语》卷八已指出："板本初不是正，不无讹误。世既一以板本为正，而藏本日亡，其讹谬者遂不可正，甚可惜也。"又云："今天下印书，以杭州为上，蜀本次之，福建最下。"原因是"蜀与福建多以柔木刻之，取其易成而速售，故不能工"②。一般说来，文本的准确度，印本不如写本（藏本即是写本）；而福建"麻沙本"更被人们所诟病，斥责之声指不胜屈。周辉《清波杂志》卷八"板本讹舛"条，在指出葛立方《韵语阳秋》把一首苏轼诗误作杜甫诗后，感叹道："此犹可以意会，若麻沙本之差舛，误后学多矣。"③陆游《老学庵笔记》卷七也记载一则趣闻："三舍法行时，有教官出《易》义题云：'乾为金，坤又为金，何也？'"诸生趋前质疑，教官不悟此题有错字，却强为"讲解大概"，"诸生徐出监本，复请曰：'先生恐是看了麻沙本。若

① 苏轼撰，孔凡礼点校：《李氏山房藏书记》，《苏轼文集》卷一一，第359页，中华书局，1986年。
② 叶梦得撰，侯忠义点校：《石林燕语》卷八，第116页，中华书局，1984年。
③ 周辉撰，刘永翔校注：《清波杂志校注》卷八，第334—335页，中华书局，1994年。

监本,则坤为釜也。'"教官大惭①。这两则资料并没有具体指明麻沙本的什么错误,却明确无误地把麻沙本作为"劣本"的同义词,麻沙本的信誉实在不佳。

面对印本取代写本的客观情势,宋代士人所作的上述两点优劣比较,都体现出重写本、轻印本的价值取向,但其所包含的意蕴是各不相同的。以抄书为读书,已是中国知识分子相传千馀年的阅读状态,这种传统习惯甚至成为他们的生存方式。穆修、欧阳修所读韩愈作品,都各有自己亲手传抄并不断校读的"定本",他们的研读过程就是抄校过程。即使在明清以后,士人们仍然保持以抄书为读书的阅读习惯,并深受其益。顾炎武就秉承嗣祖顾绍芾的主张,倡言"著书不如抄书",且身体力行,在四方游学之际,"有贤主人以书相示者则留,或手钞,或募人钞之"②。这一传统读书方法即能精读细读,有助于学子对文本的沉潜玩味,倾力求索而达到深入把握之境。苏轼等人的思考与忧虑有其一定的合理性。但说印本流行造成了士人"束书不观"却有偏颇,两者并无必然的因果关联,实出于面对新兴的书籍形态的一种逆反心理。

至于对麻沙本等坊本的指责,事实显然,毋庸回护;但从商品经济职能等角度来观察,这些指责就有违历史公正了。官刻、私刻、坊刻和书院刻,构成了宋代书业市场的商品构架和体系,它们各自承担着相应的供需职能,适应不同层次人士的不同需求。叶梦得说:"福建本几遍天下,正以其易成故也。"③"易成"必然导致多误,然而非"易成"又不能"几遍天下",满足日益增长的知识需求。

---

① 陆游撰,李剑雄、刘德权点校:《老学庵笔记》卷七,第 94 页,中华书局,1979 年。

② 顾炎武:《钞书自序》,《顾亭林诗文集·亭林文集》卷二,第 30 页,中华书局,1983 年。

③ 叶梦得撰,侯忠义点校:《石林燕语》卷八,第 116 页,中华书局,1984 年。

从商业传播的辐射广度和出版速度来衡量，坊本的重要性实远胜官刻本之上。坊间已形成一套较完整的制作、经销、发行的机制，拥有稳定的出版商、经营商和印刷工人群体，积累了世代相传的、长期的运营经验，因而它处于图书市场的强势地位，占据了最大的市场份额。另一方面，在激烈的商业竞争中又有彼此互补的功效。坊刻本的字句讹误、底本不精、印制粗糙是一目了然的，但它不仅以生产便捷、价格低廉争夺市场，而且在内容上或另觅底本、别出新招，或重新编排、出奇制胜，即便在文献版本学中也具有独特的价值，不可一笔抹杀。

请以现存麻沙本宋集的实物为依据，申说对其所受到的众口一词的指责，应该有所修正。

宋时福建麻沙镇曾以"类编"、"增广"、"大全文集"为书名，编刻、印行多种名家文集，现尚存《类编增广老苏先生大全文集》（今藏国家图书馆）、《类编增广颍滨先生大全文集》（今藏日本内阁文库）、《类编增广黄先生大全文集》（今藏北京大学图书馆）；至于刻于蕲州的《增广司马温公全集》（今藏日本内阁文库），亦属同一类型。苏轼集也有麻沙"大全集"本，惜今已佚。这些"类编"、"增广"、"大全文集"的名目，带有书贾射利的广告色彩。一般说来，刊刻欠精，历来著名书目很少著录，有的还故弄狡狯，滥冒卷数，如《颍滨集》中竟有五处以一卷冒充两卷、五卷、十一卷、十二卷、十四卷者（见卷八一至八二、卷四六至五〇、卷二六至三六、卷一〇至二一、卷六七至八〇），显不足取。

《类编增广黄先生大全文集》有牌记云："麻沙镇水南刘仲吉宅近求到《类编增广黄先生大全文集》计五十卷，比之先印行者增三分之一，不欲私藏，庸镂木以广其传，幸学士详鉴焉。乾道端午识。"此类书或确是书商访得之别本，或只是书商自行编纂，招徕读者。但既然求"增"求"广"，并予分类，则搜讨必有出处，往往有意想不到的收获,实不能一概以"劣本"、"赝本"视之。如此种黄庭坚集,比之现通行之《豫章黄先生文集》即《内集》及《外集》、《别集》等,不仅篇目有逸出者,而且可校正通行三集本文字之讹①。《增广司马温公全集》中新发现的司马光《日记》,更是轰动学界的重大收获②。

上述《老苏集》,卷首目录存卷一至卷八(足本卷数不详),今残存仅四卷,一般认为是北宋末年之麻沙本,比起今存的其他八种宋刻老苏集或三苏选集来,具有独特的内容与价值,已为近来学者们所瞩目。第一,此书一、二两卷,共收诗四十六首,而现存《嘉祐集》仅二十七首,此书除少收《香》一首外,共多出二十首,占苏洵全部诗歌的近半数。这些佚诗的发现,对研究苏洵生平、思想和创作意义重大:一是可以纠正"苏明允不能诗"③的流行看法,从而能更恰当地估定苏洵在宋诗发展史中的地位;二是《初发嘉州》等一组十多首佚诗,作于嘉祐四年(1059)南行赴京途中,是考订、重编苏氏父子的第一个诗文合集《南行集》的第一手资料,有助于对三苏早期创作的研究;三是七古长诗《自尤》(七百字)及其长《序》(二百三十七字),细致真实地记录了苏洵与其妻兄程濬及其子程之才的交恶过程,揭开了苏洵幼女之死的内幕,也是探讨苏洵人生思想嬗变轨迹的一条线索。

此书第三卷"杂论"所收《辨奸论》一文,乃是现存老苏文集中此文的最早出处,也为聚讼纷纭的《辨奸论》真伪问题的解决提供了有力的实证。清李绂首先提出《辨奸论》乃"邵氏(伯温)赝作",而"非老泉作",其主要论据即是苏洵文集"原本不可见","其文始见于《邵氏

---

① 详参刘尚荣《〈类编增广黄先生大全文集〉初探》,载《黄庭坚研究论文集》,第214—224页,江西人民出版社,1989年。
② 详见李裕民《司马光日记校注》一书,中国社会科学出版社,1994年版。
③ 见《后山诗话》引"世语"云,《历代诗话》本,第312页,中华书局,1981年。

闻见录》中,《闻见录》编于绍兴二年"①。而此麻沙本老苏集约刊刻于北宋末年,时间较《邵氏闻见录》为早,这就从根本上动摇了李绂及其赞同者立论的前提。

此书还具有较高的校勘价值。仅举《忆山送人》一诗为例。通行本"道逢尘土客,洗濯无瑕痕"两句,此书上句作"道途尘土容",则为自指,细按全诗,于上下文脉理颇顺;"一月看山岳"句,"山岳"此书作"三岳",承上记游嵩山、华山、终南山,作"三岳"为是;"大抵蜀山峭,巉刻气不温。不类嵩华背,气象多浓繁"四句,"背"字费解,此书作"辈",文义遂通。他如"或时度岗领","领"字,此书作"岭","仰面啜云霞",此书作"仰看啜云霞",均堪参酌。

再论《颍滨集》。此书现存一百三十卷,因缺卷首目录,足本卷数已不可考。但收诗达一千七百多首,按纪行、述怀一百类(附九类编排),其篇数与通行的《栾城集》三集本相同,经对勘,并无缺漏,仅多《开元寺山茶》七律一首(卷六〇),或为新发现的一首苏辙佚诗了。此书的主要价值是蕴藏着繁富的异文,可供纠误或参酌之处不少。兹以此书与新标校本《栾城集》(上海古籍出版社1987年版)、《苏辙集》(中华书局1990年版)相较,举数例如下:

(一)上海古籍本、中华本(以下数例两本均同)《栾城集》卷一《三游洞》:"水满沙土如鱼鳞。"本书卷七"沙土"作"沙上",是。水漫入沙土似不能有鱼鳞之状。

(二)《栾城集》卷四《捣衣石》:"人世迫秋寒,处处砧声早。"本书卷六"人世"作"世人",似更妥帖,且是苏辙常用之语。

(三)《栾城集》卷一六《次莫州通判刘泾韵二首》其二:"敝貂方

① 李绂撰:《书〈辨奸论〉后二则》,《穆堂初稿》卷四五,《续修四库全书》第1422册影印清道光十一年刻本,第110页。

竟苦寒时."本书卷三七"竟"作"觉",是。

（四）《栾城集》卷三五《为兄轼下狱上书》："臣闻困急而呼天,疾痛而呼父母者,人之至情也。"本书卷九八"天"作"天地",是。因下文接云："惟天地父母哀而怜之",《栾城集》夺一"地"字。

（五）《栾城后集》卷二《所寓堂后月季再生与远同赋》："客背有芳丛。""客背"费解,本书卷六○作"堂背",与题"堂后"相合,是。

（六）《栾城后集》卷四《喜雨》："我幸又已多,锄耒坐不执。"本书卷二"坐"作"生",于义较胜。

（七）本书不少诗题加有岁月干支,比《栾城集》更为准确。如《栾城三集》卷一《守岁》、卷三《除夜》,本书卷六分别题作《丙戌守岁》、《庚寅除夜》等。馀例不备举。

以上四种今日尚能目验的坊刻宋人别集,比之官刻本,几乎每种都有可圈可点之处。书商自然追求利润的最大化,却又受到买方取向的制约,如果一味制造伪劣商品,欺骗买主,最终必然遭到市场的惩罚,导致经营失败。朱熹曾说："建阳版本书籍行四方者,无远不至。"①若无自己的特点和优长是无法取得这"几遍天下"的成功的。更何况不少书商本人即具备较高的文化素养（江湖派诗人陈起就是著例）,因而开辟渠道,寻觅新本,设计新颖,版式简约,千方百计与官刻本等争胜。这样,坊刻本与其他刻本处于互动互补的地位。这说明宋时的图书市场已日趋成熟与健康发展,也是中国社会经济发生转型的一种表征。

书香与铜臭,在古代文人的心目中,势同水火,不能相容。然而,经济社会自身的合乎规律的客观发展,使文学作品不可避免地走上商品化的道路,正如《桃花扇》中书商蔡益所之言："何物充栋汗车牛,

---

① 朱熹《建宁府建阳县学藏书记》,《晦庵先生朱文公文集》卷七八,四部丛刊初编本。

混了书香铜臭。"(第二十九出)这又成为文学研究的一个新课题。本文特选取与现今尚有直接关涉或有实物遗存的事例作些考察,尚待全局性的探讨与研究。

(原载《文学遗产》2007 年第 3 期)

《中国大百科全书·中国文学卷》词条十九则

一、《才调集》

唐诗选集。五代后蜀韦縠编选。韦縠,生卒年、字号及籍贯不详,曾在后蜀任监察御史,迁尚书。此书是今存唐人选唐诗中选诗最多最广的一种。共 10 卷,每卷 100 首,共 1 000 首。所选署名诗人180 多人,自初唐沈佺期至唐末五代的罗隐等,广涉僧人、妇女及无名氏。

韦縠自序其选取标准说:"韵高而桂魄争光,词丽而春色斗美。"要求高尚的情韵格调和秾丽的词采才华,即所谓"才调"。这一选取标准有针对五代粗疏浅陋诗风的用意。《叙》中自称"因阅李杜集、元白诗","遂采摭奥妙",而书中却无杜诗,盖因杜诗沉郁顿挫、高古深厚,与其选录标准不合。韩愈诗奇崛艰涩,亦所不取;孟郊仅收《古结爱》一首。所选各时期诗作,以晚唐为主,中唐次之,盛唐较少,初唐寥寥。所选诗人,盛唐突出李白,中唐推崇白居易、元稹,晚唐尤以温庭筠、韦庄、杜牧、李商隐四家诗最多,见出编者旨趣之所在。所取作品虽以秾丽蕴藉的闺情诗为多,但题材亦广,尚有宦游、边塞、咏史、怀古、砭时及忧民之作。

此书编辑体例不严。选录诗人不按时代编次。同一作者重出颇多,李端甚至三见,贾岛同时又收作僧无本。作者舛误及词赋入选的现象也存在。但它搜罗广泛,唐代传诵的名篇保存颇多,并收有诸家本集散佚之作,都有助于文献整理校勘。

有《四部丛刊》影印述古堂本、汲古阁本等,并收入上海古籍出版社 1978 年版《唐人选唐诗(十种)》。另有《二冯评点才调集》10 卷,二冯为清初冯舒、冯班,他们推尊温庭筠、李商隐,借以指斥明末清初崇尚宋诗之风。乾隆间纪昀有《删正二冯评点才调集》2 卷。

二、初 唐 四 杰

初唐文学家王勃、杨炯、卢照邻、骆宾王的合称。《旧唐书·杨炯传》说:"炯与王勃、卢照邻、骆宾王以文诗齐名,海内称为王杨卢骆,亦号为四杰。"

四杰齐名,原指其诗文而主要指骈文和赋而言。《旧唐书·杨炯传》记张说与崔融对杨炯自说"愧在卢前,耻居王后"的评论,《旧唐书·裴行俭传》说他们"并以文章见称"等,所说皆指文。《朝野佥载》卷六记"世称王杨卢骆"后,即论杨炯、骆宾王之"文"为"点鬼簿"、"算博士",所引例证为一文一诗,则四杰齐名亦兼指诗文。后遂主要用以评其诗。杜甫《戏为六绝句》有"王杨卢骆当时体"句,一般即认为指他们的诗歌而言;但也有认为指文,如清代宗廷辅《古今论诗绝句》谓"此首论四六";或认为兼指诗文,如刘克庄《后村诗话·续集》论此首时,举赋、檄、诗等为例。

四杰名次,亦记载不一。宋之问《祭杜学士审言文》说,唐开国后"复有王杨卢骆",并以此次序论列诸人,为现所知最早的材料。张说《赠太尉裴公神道碑》称:"在选曹,见骆宾王、卢照邻、王勃、杨炯",则以骆为首。杜甫诗句"王杨卢骆当时体",一本作"杨王卢骆";《旧唐书·裴行俭传》亦以杨王卢骆为序。

四杰的诗文虽未脱齐梁以来绮丽馀习，但已初步扭转文学风气。王勃明确反对当时"上官体"，"思革其弊"，得到卢照邻等人的支持（杨炯《王勃集序》）。他们的诗歌，从宫廷走向人生，题材较为广泛，风格也较清俊。卢、骆的七言歌行趋向辞赋化，气势稍壮；王、杨的五言律绝开始规范化，音调铿锵。骈文也在词采赡富中寓有灵活生动之气。陆时雍《诗镜总论》说"王勃高华，杨炯雄厚，照邻清藻，宾王坦易，子安其最杰乎？调入初唐，时带六朝锦色"。四杰正是初唐文坛上新旧过渡时期的人物。

三、大历十才子

唐代宗大历时期的十位诗人为代表的一个诗歌流派，他们的共同特点是偏重诗歌形式技巧。姚合《极玄集》卷上"李端"名下注云：李端与"卢纶、吉中孚、韩翃、钱起、司空曙、苗发、崔洞（一作"峒"）、耿沣、夏侯审唱和，号'十才子'。"《新唐书·卢纶传》也说："纶与吉中孚、韩翃、钱起、司空曙、苗发、崔峒、耿沣、夏侯审、李端皆能诗齐名，号'大历十才子'。"葛立方《韵语阳秋》、晁公武《郡斋读书志》、王应麟《玉海》亦采此说。但在宋代，对"十才子"究竟指哪十人，已有异说。南宋计有功《唐诗纪事》载"大历十才子……卢纶、钱起、郎士元、司空曙、李端、李益、苗发、皇甫曾、耿沣、李嘉祐。又云：吉顼、夏侯审亦是。或云：钱起、卢纶、司空曙、皇甫曾、李嘉祐、吉中孚、苗发、郎士元、李益、耿沣、李端。"严羽《沧浪诗话·诗评》把冷朝阳列入"大历才子"，但未明确为"十才子"之一。清人异说更多，见王士禛《分甘馀话》卷三、黄之隽《大历十才子诗跋》（《唐堂集》卷二四）、管世铭《读雪山房唐诗钞》卷一八、翁方纲《石洲诗话》卷二，均有辨析。大概因为原十才子中有几家（如苗发、崔峒、耿沣、夏侯审、吉中孚）今存诗不多，后世诗评家才以己意加以增删，实应以《极玄集》、《新唐书》所记为可信。

十才子大多是失志失意的中下层士大夫，也多半是权门清客。明代胡震亨《唐诗癸签·谈丛》说："十才子如司空（曙）附元载之门，卢纶受韦渠牟之荐，钱起、李端入郭氏贵主之幕，皆不能自远权势。"因而多投献应酬之作。但在他们失意的仕途和战乱的宦旅生活中，也间有反映现实和体验真实的作品。他们都擅长五言近体，善写自然景物及乡情旅思等，语词优美，音律谐和，但题材风格比较单调。清代管世铭指出："大历诸子实始争工字句，然隽不伤炼，巧不伤纤，又通体仍必雅令温醇、耐人吟讽。"（《读雪山房唐诗钞》）这是他们共同的艺术特色。

四、方岳（1199—1262）

南宋诗人、词人。字巨山，号秋崖。祁门（今属安徽）人。绍定五年（1232）进士，授淮东安抚司干官。淳祐中，以工部郎官充任赵葵淮南幕中参议官。后调知南康军。后因触犯湖广总领贾似道，被移治邵武军。后知袁州，因得罪权贵丁大全，被弹劾罢官。后复被起用知抚州，又因与贾似道的旧嫌而取消任命。

洪焱祖说他"诗文四六，不用古律，以意为之，语或天出"（《秋崖先生传》）。他议政论事的文章，流畅平易，且颇有见地。如《轮对第一札子》指斥当时"二三大臣远避嫌疑之时多，而经纶政事之时少，共济艰难之意浅，而计较利害之意深"，被洪焱祖赞为深切之论。在淮南所作《与赵端明书》指责赵葵治军之失，真切直率。他也是南宋后期的骈文名家，所作表、奏、启、策，用典精切，文气纡徐畅达，为当时人所称道。

方岳的诗多反映他罢职乡居时的心情和感慨，如在《感怀》诗中写道："宦情已矣随流去，老色苍然上面来。已惯山居无历日，不知人世有公台。"由此可见其心境之一斑。他曾在《次韵别元可》诗中说过,"书不厌频读,诗须放淡吟",他的诗也以疏朗淡远见长。所以清吴焯评其诗"不失温厚和平之旨,力矫江西派艰涩一路,学者当知之"(《绣谷亭薰习录·集部》"秋崖小稿"条)。不过他也有不少诗作"工于琢镂"(陈讦《宋十五家诗选》),尤其注意对仗的流丽熨贴、新颖工巧。如《山中》"白练带随红练带,木夫容并水夫容。宁消几两生前屐,忽忆当年饭后钟",《感怀》"敲月不知僧某甲,锄烟赖有老畦丁"等。

方岳的词作属辛弃疾派。善用长调抒写国仇家恨。如《水调歌头·平山堂用东坡韵》"醉眼渺河洛,遗恨夕阳中",《喜迁莺·和余义夫行边闻捷》"君莫道,怎乾坤许大,英雄能少。谈笑。鸣镝处,生缚胡雏,烽火传音耗"等。词集中还有不少寿人与自寿之词,往往能于祝寿或自励之中抒发爱国情怀。他的词风慨慷悲壮,豪气不减辛弃疾与刘过,散文化及用经史语入词的倾向也与辛、刘相近。王鹏运《四印斋所刻词》说他的词不在叶梦得、刘克庄之下,亦是比较中肯的评价。

所著《秋崖先生小稿》,明嘉靖本为83卷。其中文45卷,诗38卷(包括词4卷),四库馆臣因其分卷太小,改编为40卷。

五、华　　岳

南宋诗人。字子西。贵池(今属安徽)人。生卒年不详。因读书于贵池齐山翠微亭,自号翠微。武学生。开禧元年(1205),因上书请诛韩侂胄、苏师旦,下建宁(今福建建瓯)狱。韩侂胄诛,放还。嘉定十年(1217),登武科第一,为殿前司官属。密谋除去丞相史弥远,下临安狱,被杖死。

华岳是一位著名的爱国志士,《宋史》入《忠义传》。叶绍翁比

之为陈亮(《四朝闻见录》甲)。王士禛比之为陈东(《翠微南征录》
题词),明佘翘《华子西论》则称赞他"论事似晁错,谋兵似孙武"。
他的文集《翠微北征录》即收开禧三年(1207)所上《平戎十策》和嘉
定元年(1208)所上《治安药石》。两文皆作于下建宁狱时。前篇提
出取士、招军、攻守、赏罚等具体措施以求抗金复国,议论纵横,颇
有识见。后篇讨论战略战术等实际军事问题,亦非书生空言。另
外,《翠微南征录》卷一所收《上宁宗皇帝谏北伐书》写得感情充沛,
忠肝义胆毕现,条分缕析而又激昂慷慨,可与南宋的一些著名奏议
比美。

　　《翠微南征录》除《上宁宗皇帝谏北伐书》外,皆为诗作。其诗
多抒写遭受迫害后的不平和愤慨。《狱中作》、《诉董寺丞》、《呈富
大卿》等狱中诗,抒发了"何当尽沥奸邪血,染作衣裳看孟安"的浩
然正气。《寄六安宰杨渭夫》、《自讼次溪南壁间韵》、《早行述怀》等
一再申述"二陵风雨犹思汉,万里腥膻谁报韩。眼到北盟巾搵血,
心忧南土发冲冠"的复国襟抱。至于《上韩平原》直斥韩侂胄"君家
勋业在盘盂,莫把头颅问属镂,汉地不埋王莽骨,唐天难庇禄山
躯"。这类政治诗,直抒胸臆,直率浅显,不同于当时流行的江西派
的槎枒和江湖派的庸滥。王士禛称其诗"粗豪使气"(《翠微南征
录》题词),吴非说他"肮脏不平,略无忌讳"(《翠微南征录》序),曹
廷栋《宋百家诗存》称他为"诗人之杰",其诗"脱口豪纵,多破胆险
句,锤炼处又极冶衍遒丽",皆主要指这类诗而言。其他题材的诗,
如《田家十绝》写农村风光,《新市杂咏十首》写建宁风土人情,明丽
可喜,颇有生活气息。其写景诗时用浓墨重彩,也有特色。但绝句
喜用数字作对,稍嫌落套,如"风外落花千万片,水边啼鸟两三声"
(《题莲花峰和壁间李次高韵》),"峰回路转六七里,林静鸟啼三四
声"(《宁川冷渡次壁间韵》)等。

　　华岳亦能词,但作品久佚。孔凡礼《全宋词补辑》从《诗渊》中辑

得华词 18 首,除写身世感喟及男女之情外,还有爱国词,如《满江红》"庙社如今",与辛派词风一致。

《翠微南征录》11 卷,有《贵池先哲遗书》本、《四部丛刊》影旧钞本。《永乐大典》引《华赵(希蓬)二先生南征录》,则此书系华、赵合撰;《诗渊》引《南征录》中华、赵唱和词,则原本收词,皆与今本不同。《翠微北征录》12 卷,亦有《贵池先哲遗书》本。

六、《全五代诗》

五代十国诗歌总集。辑者清代李调元(1734—1803)。字羹堂、赞庵、鹤洲,号雨村、童山蠢翁,绵州(今四川绵阳)人。乾隆进士。官广东学政、直隶通永道。著有《童山全集》、《雨村曲话》、《雨村剧话》等。

《全五代诗》编成于乾隆四十年至四十三年(1775—1778)。乾隆《函海》本作 90 卷,后道光、光绪《函海》本则为 100 卷,增荆南齐己诗 9 卷,北汉诗 1 卷,补遗 1 卷。

《全五代诗·凡例》说:"五代诗向无全本,今取昔人所附之唐末、宋初之间者,以成此书。"凡唐人而入五代或五代而入宋者,均加采录,但司空图、吴融等忠于唐室者则不采入。全书以五代十国的朝代国别分卷,计梁 8 卷,唐 2 卷,晋 2 卷,汉 2 卷,周 3 卷,吴 6 卷,南唐 16 卷,前蜀 17 卷,后蜀 4 卷,南汉 1 卷,楚 4 卷,吴越 9 卷,闽 13 卷,荆南 12 卷,北汉 1 卷。朝代国别之下,按作者官爵、隐逸、道释等身分为序。同一作者之诗,又按乐府、四言、五古、七古、五律、五排、七律、七排、五绝、六绝、七绝等诗体排列。有作家小传。并有少量笺注。多取《五代诗话》材料。此书从三百馀种书籍中广采资料,故颇完备,"有断章摘句,靡不收入"(《自序》),为五代诗仅有的较好辑本。

有乾隆《函海》本。又有道光、光绪《函海》本,《丛书集成》本即据以排印。

七、沈　　宋

　　初唐诗人沈佺期和宋之问的合称。他们的五七言近体诗歌作品标志着五七言律体的定型。《新唐书·宋之问传》:"魏建安后迄江左,诗律屡变。至沈约、庾信,以音韵相婉附,属对精密。及之问、沈佺期,又加靡丽,回忌声病、约句准篇,如锦绣成文。学者宗之,号为'沈宋'。"

　　唐初以来诗歌声律化及讲究骈对的趋向日益发展。沈佺期、宋之问等人更在以沈约、谢朓等为代表的永明体基础上,从原来的讲求四声发展到只辨平仄,从消极的"回忌声病"发展到悟出积极的平仄规律,又由原来只讲求一句一联的音节、协调发展到全篇平仄的粘对,以及中间二联必须上下句属对,从而形成完整的律诗。中唐独孤及《皇甫公集序》说:"至沈詹事、宋考功,始裁成六律,彰施五色,使言之而中伦,歌之而成声,缘情绮靡之功,至是乃备。"元稹《唐故工部员外郎杜君墓系铭序》更指出:"沈宋之流,研练精切,稳顺声势,谓之为律诗。由是而后,文体之变极焉。"沈宋以前,像四杰中王勃、卢照邻、骆宾王的律诗,前后失粘的还相当多,且多为五律。沈宋使五律更趋精密,完全定型,如沈佺期的《仙萼亭初成侍宴应制》、《夜宿七盘岭》,宋之问的《麟趾殿侍宴应制》、《陆浑山庄》等;又使七律体制开始规范化,如沈佺期的《兴庆池侍宴应制》、《奉和春日幸望春宫应制》,宋之问的《奉和春初幸太平公主南庄应制》、《三阳宫石淙侍宴应制》等。沈宋都曾为宫廷诗人,所作律诗多为应制奉和之作,内容虽无甚可取,但词采精丽,且数量较多,又大都合律,使律诗的粘对规律逐渐为一般诗人所遵守,影响甚大,为近体诗的建立和发展作出了贡献。

八、《诗归》

自"古逸"至唐诗的选本。明钟惺、谭元春合编,51卷。凡古诗15卷,唐诗36卷。钟、谭二氏均为竟陵(今湖北天门)人,是明末竟陵派的创始者。《诗归》代表该派的文学主张。

钟惺《诗归序》说:"非谓古人之诗以吾所选为归,庶几见吾所选者以古人为归也。"说明书名"诗归"的含意,并针对前七子拟古风气,表明其选诗标准真正符合古人作诗的旨趣。但实际上是通过古、唐诗选评,宣扬钟惺、谭元春的诗论。

《明史·钟惺、谭元春传》说:"自(袁)宏道矫王(世贞)、李(攀龙)诗之弊,倡以清真,惺复矫其弊,变而为幽深孤峭。与同里谭元春评选唐人之诗为《唐诗归》,又评选隋以前诗为《古诗归》。钟、谭之名满天下,谓之竟陵体。"钟惺、谭元春提倡"幽深孤峭"的风格,既反前后七子拟古风气,复纠公安派袁宏道等人浮浅之弊,但亦流于艰涩,此书所选即多取"灵迥朴润"之境,排摈"极肤、极狭、极熟"之诗(钟、谭自序),如《唐诗选》选王维诗3卷,而李白诗仅一卷半,其圈点、评语更体现其主张。如评所选初盛唐诗"皆有一片广大清明气象"(卷二),中晚唐诗"淡至极妙"(卷二五),又于晚唐诗中推崇"气韵幽寒,骨响崎钦,即在至妙之中"的作品(卷三三)。钟、谭二氏学力不足,又有帖括习气,其识解多狭隘偏颇之处。

此书问世后,颇为流行。在明末,即受到钱谦益的抨击,认为结果是导人入"鬼国"、"鼠穴","类五行之诗妖"(《初学集·刘司空诗集序》)。入清后,顾炎武说,当时人们把钟惺奉为"利市之神","又何怪读其所选之诗以为《风》、《骚》再作者耶",指斥为"败坏天下之一人"(《日知录》卷一八)。朱彝尊说:"《诗归》既出,纸贵一时,正如摩登伽女之淫咒,闻者皆为所慑"(《静志居诗话》"谭元春"条)。同时,此书还有擅改原作文字之处,为清代学者指摘。

此书有明万历四十五年(1617)刊本,总称《诗归》。《唐诗归》,有明万历间单行刻本。

（与人合署）

九、宋　代　诗

宋代诗歌在继承唐诗传统的基础上,又有新的发展。在思想内容和艺术表现上有所开拓创造,出现许多优秀诗人作品,形成许多流派,对元、明以后诗歌发展有深远影响,在清代更引起了尊唐、宗宋之争。可见在古代诗歌史上,宋诗是继唐诗而取得显著成就的又一高峰。

宋诗的成就　① 宋诗在思想内容和艺术表现上,都有新的开拓和创造。宋诗比之唐诗,在反映民生疾苦,揭露社会黑暗和表现统治阶级内部政治斗争等方面都有所扩展;特别在民族矛盾异常尖锐剧烈的历史背景下,诗中所抒发的爱国主义精神比唐诗更炽热和深沉,成为南宋诗歌的基调。在艺术旨趣和风格上,则主要向思想、显露、精细方面发展。严羽《沧浪诗话·诗评》评:"诗有词、理、意兴","本朝人尚理而病于意兴,唐人尚意兴而理在其中"。杨慎《升庵诗话》卷八说:"唐人诗主情,去《三百篇》近;宋人诗主理,去《三百篇》却远矣。"今人钱锺书《谈艺录》说:"唐诗多以丰神情韵擅长,宋诗多以筋骨思理见胜。"虽然褒贬态度不同,而指出"理"、"思理"为宋诗特点则同。重情韵者往往含蓄,重思理者则较显露。沈德潜《清诗别裁集·凡例》说:"唐诗蕴蓄,宋诗发露,蕴蓄则韵流言出,发露则意尽言中。"吴乔《围炉诗话》卷一亦指出唐诗重比兴,因而"其词婉而微";宋诗重赋,"其词径以直"。翁方纲《石洲诗话》卷四称:"唐诗妙境在虚处,宋诗妙境在实处。"宋诗又追求精细。《石洲诗话》卷四又说:"诗则至宋而益加细密。盖刻抉入里,实非唐人所能囿也。"颇有见地。所谓"细密"、"刻抉入里",一方面指宋诗对客观事物的描摹刻画,趋于求新、求细,形容尽致,纤微毕现,与汉魏六朝唐诗的浑成凝重各异其趣。如李东阳《怀麓堂诗话》评苏轼诗"情与事无不可尽",就是一例。另一面指宋诗对用典、对仗、句法、用韵、声调等用工更深,日臻周详。如刘克庄《江西诗派小序》中评黄庭坚:"会粹百家句律之长,究极历代体制之变,蒐讨古书,穿穴异同,作为古律,自成一家。虽只字半句不轻出,遂为本朝诗家宗祖。"即指出黄诗在句律、体裁方面的穷极变化。与上述数点相联系,宋诗又呈现出议论化、散文化和以才学为诗的倾向,则对诗歌艺术的发展造成好坏兼具的影响。② 宋代产生了许多杰出的和优秀的诗人。宋代诗人如梅尧臣、苏舜钦、欧阳修、王安石、苏轼、黄庭坚、陈师道、陈与义、陆游、范成大、杨万里等,在中国诗歌史上,都有重要地位,和唐代的一些重要诗人相比,各有特色。他们以自己的优秀诗篇,赢得了后人的称赏。其中特别是苏轼和陆游,人们是把他们和李白、杜甫、白居易等诗人相提并论的。他们的诗歌作品,在某些方面具有典范的意义。③ 宋代产生了数量很大的诗歌作品。宋诗流传至今的,估计要超过《全唐诗》数倍,已知的诗人,估计有 8 000 人左右。宋诗不仅数量大,而且其中确有大量的好诗。那些杰出的和优秀的诗人留下了大量的好作品,即使一些并非特别负有盛名的诗人,也往往有佳篇流传。宋代的诗歌经过了长期的各种探索,一般说来,诗人们都很重视学习唐人,有的偏重模仿,有的力求在学习中创新。前者如宋初的九僧,南宋后期的四灵诗派等;后者则更为普遍,呈现出争奇斗艳、推陈出新的局面。因此,宋诗中流派较多,各种流派之中也常常有发展演变,诗歌的风格也因之丰富起来,不断地产生出大量好诗。

宋诗的发展 严羽《沧浪诗话》曾论到宋诗的流派。一直到清初,研究宋诗的人,大都着眼于流派的演变。而在流派演变之外,同时注意历史发展变化的,始于全祖望《宋诗纪事序》。他讲了宋诗的"四变":一变是仁宗庆历以后;二变是在黄庭坚和江西诗派崛起之时;三变是在四灵派出现以后;四变是宋末。清末民初的陈衍,编选《宋诗精华录》,仿照唐诗,分宋诗为初宋、盛宋、中宋、晚宋四期。他在第一卷开始时说:今略区元丰、元祐以前为初宋,由元丰、元祐尽北宋为盛宋,南渡为中宋,四灵以后为晚宋。他在全祖望"四变"说的基础上作了一些改进,较为合理。

参照陈衍的分期法,可分宋诗为四个时期。第一时期为北宋前期,即从北宋开国到英宗(960—1067)末。第二时期为北宋后期,即从神宗到北宋末(1068—1127)。第三时期为南宋前期,即从南宋初到宁宗开禧末(1127—1207)。第四时期为南宋后期,即从宁宗嘉定初到南宋末(1208—1279)。

北宋前期 宋太祖、太宗、真宗时期,诗人们基本上偏于消极地接受唐诗的影响,还没有来得及积极地创造发展。他们主要师法的是白居易、贾岛、李商隐等人。叶燮《原诗》说:"宋初诗袭唐人之旧,如徐铉、王禹偁辈纯是唐音。"效法白居易的,以王禹偁为代表。王禹偁自称"本与乐天为后进,敢期子美是前身"。清代翁方纲《石洲诗话》说他"五言学杜,七言学白"。实际上他主要学白居易。王禹偁在宋初是一位有成就的诗人,称赞他的人说他和欧、苏相伯仲(《宋诗醹醨集》),但他的诗毕竟没有多少显著的特征。当时学白居易的还有徐铉、李昉等人。

效法贾岛的,主要有九僧和魏野、寇准等人。他们除贾岛外,还效法晚唐其他某些诗人。他们声气相通,成为一个流派,有名于世。

效法李商隐的主要有西昆体。西昆体以诗集《西昆酬唱集》而得名。收入这本诗集的作者有 17 人,其中主要是杨亿、刘筠、钱惟演三人。葛立方《韵语阳秋》说:"西昆体大率效李义山之为,丰富藻丽,不作枯瘠语。"他们效法李商隐的善对偶、用典故、尚辞藻。其诗伤于雕琢堆砌。

苏舜钦、梅尧臣、欧阳修的诗歌创作，主要在仁宗、英宗时期。他们都致力于改变当时的诗风，所针对的是当时流行的西昆体。和他们同时的石介，反对西昆体最激烈，曾作《怪说》加以抨击。欧、梅、苏三人却以他们丰富的创作成果来影响当世。宋诗在很大程度上是沿着他们开创的道路发展前进的。

这一派共同的倾向和特点是重视思想内容，力求摆脱唐诗的风调。梅尧臣《答裴送序意》有"我于诗言岂徒耳，因事激风成小篇。词虽浅陋颇克苦，未到二雅未忍捐。安取唐季二三子，区区物象磨穷年"之句，代表了这一派人对诗歌创作的要求。

由于重视思想内容，他们爱在诗歌中发议论。特别是一些涉及政治、社会问题的较长的诗，往往议论纵横，反复述说，明代袁宏道《雪涛阁集序》说："其弊至以文为诗。""以文为诗"，即散文化，散文化是为了议论化。

由于重视思想内容，他们有意识地矫正晚唐以来直至西昆诗人崇尚近体、专务对偶声律的诗风，因此多作古体，古体在他们的诗集中要占一半以上。

北宋后期　北宋后期的诗歌成为宋代诗歌繁荣时期。这时诗人辈出，形成不同的流派。主宰诗坛风气的是王安石、苏轼、黄庭坚三人。他们的诗歌被称为"荆公体"、"东坡体"、"山谷体"。黄庭坚在当时影响尤大，为江西诗派的开创者。三人之中，王年辈晚于欧，受到欧的推重。苏出欧阳修门下，黄庭坚又出自苏轼门下，从中可以看出北宋后期的诗是欧阳修一派的继承和发展。

王安石、苏轼、黄庭坚等人有共同的倾向和特点：他们都比较重视思想内容，他们写的古体诗，不同程度地有着以文为诗或以议论为诗的习气，这都是接受了欧阳修一派的影响。

王安石早期的诗，叶梦得《石林诗话》说他"少以意气自许，故诗语惟其所向，不复更为含蓄"，这实际是受当时风气影响的表现。到了晚年，讲求诗律精严，陈师道说他"晚年诗伤工"（《王直方诗话》），可见与早年不同。王安石喜欢杜诗，对杜甫评价很高，曾说"杜甫则发敛、抑扬、疾徐、纵横，无施不可……斯其所以光掩前人而后来无继也"（《濠南诗话》引）。他"深得老杜句法"（《苕溪渔隐丛话》），开宋人学杜的风气。

苏轼在接受欧阳修一派的影响方面表现很突出。他在"以文为诗"、"以议论为诗"方面，如果不是超出欧阳修等人，至少不相上下。但是，苏轼为宋代其他诗人不可及处是他的才气奔放、随物赋形。苏诗风格是多方面的，刘克庄《后村诗话》说："坡诗略如昌黎，有汗漫者，有谨严者，有丽缛者，有简淡者。翕张开合，千变万态，盖自以其气魄力量为之，然非本色也。"刘克庄的所谓"非本色"，大约是说他不受一定体制的束缚。苏轼在自己的诗歌创作中放笔快意，纵恣自如，他对于从学的晚辈诗人，也任其自由发展。所以苏轼门下的诗人虽然很多，如秦观、张耒、黄庭坚、晁补之等等，都是一时俊彦，但他们各有特点，不受"东坡体"的限制。

从欧阳修、梅尧臣到王安石、苏轼，一脉相承，完成了自晚唐、西昆以来的一次诗风转变，使得宋诗在唐诗之外开辟了疆土，显出了自己的特色。随后的黄庭坚，就在新的疆土上苦心经营，使得它的特色更加鲜明显著。

黄庭坚写诗，在注重思想内容的同时，用了很大的心思来研究形式技巧。诗歌在他手里，可说是成了专门之学。他下了很大的功夫学杜甫，如《岁寒堂诗话》所说："子美之诗，得山谷而后发明。"他从杜甫那里学拗律。他的拗律数量之多，远远超过杜甫。他极力发展韩愈、梅尧臣以来的那种横空排奡的奇句硬语，使诗中的这类语句给读者留下深刻的印象。他又在运用典故、押韵等方面下功夫，功力超过苏轼。他又很好奇，喜用奇事、奇字等。这些都比较易于学步，因此愿意学黄庭坚的人很多，并形成江西诗派。陈师道本来是苏门六君子之一，见到黄庭坚后，就"尽焚其稿而学焉"（陈师道《答秦觏书》），自认"初无诗法"，见到黄庭坚才学到了"诗法"。此外，如潘大临、谢逸、洪刍、饶节等等，都效法黄庭坚。吕本中作《江西诗社宗派图》，自黄庭坚以下列陈师道等 25 人，成为宋代影响最大、最深远的一个诗歌流派。

南宋前期　江西诗派讲究拗律，喜用硬语，本来容易导致权桠粗犷之病。江西诗派盛行后，这些弊病充分显露出来，引起了人们的不满。陈岩肖《庚溪诗话》说："山谷之诗，清新奇峭……然近时学其诗者……必使声韵拗捩，词语艰涩，曰江西格也，此何为哉？"南宋初期的一些江西派诗人吕本中、陈与义、曾几等，注意到这一点，想作一些补救。这几个人在北宋末期已开始了他们的创作活动，陈与义在南宋只活了 12 年，吕本中只活了 18 年，但他们的创作倾向，和前一个时期的江西诗派中的某些人相比，毕竟有一些区别。吕本中作《夏均父诗集》序，提出"学诗当识活法"，说"谢玄晖有言：好诗流转圆美如弹丸。此真活法也"。方回《瀛奎律髓》称赞他，说"居仁在江西派中，最为流动而不滞者，故其诗多活"。陈与义虽然和黄庭坚、陈师道被列为江西诗派"三宗"，但艺术风格和黄、陈有些不同；同时人张嵲为他作墓志铭，称他的诗"清邃超特，纡馀闳肆"，独具特色。曾几的诗，赵庚夫称为"清于月出初三夜，淡似汤烹第一泉"，也不同于江西诗派的词语艰涩。到此时，江西诗派的变化已是势在必行了。

方回《跋遂初尤先生尚书诗》："宋中兴以来，言诗必曰尤、杨、范、陆。"他们被称为"南宋四大家"，代表了宋代诗歌第二个最繁荣的时期。

"四大家"（尤袤、杨万里、范成大、陆游）中，尤袤的诗集已佚，清尤侗辑有《梁谿遗稿》，只有两卷。陆游、范成大、杨万里流传的作品都很丰富，特别是陆、杨二人，数量之多是惊人的。陆、杨都曾受过江西诗派的影响,但他们在当时能取得那样卓越的成就,就在于最终摆脱江西诗派,自立门户。由于他们和江西诗派有渊源,在诗里难免留下若干江西诗派的痕迹。如《四库全书总目》说杨万里"不免有颓唐粗俚之处",沈德潜《说诗晬语》说陆游"古体近粗"。但是,他们诗歌的风格,就其主要方面来说,恰好和江西诗派相反。如杨万里的诗被称为"清圆"(曾燠),被称为"飞动驰掷"(方回《南湖集序》)。陆游诗被称为"敷腴"(《诚斋集》卷八一《千岩摘稿序》),被称为"熟"(朱彝尊《书剑南集后》),被称为"晚年造平淡"(赵翼《瓯北诗话》)。从这些地方,可以看出陆、杨等人在创立独特的诗歌风格上所作的努力。

这个时期,别具一格的诗人姜夔在《白石道人诗集叙》里写他和尤袤的一段对话:"近过梁谿,见尤延之先生,问余诗自谁氏。余对以异时泛阅众作,已而病其駮如也,三薰三沐,师黄太史氏。居数年,一语噤不敢吐;始大悟,学即病,顾不若无所学之为得,虽黄诗亦偃然高阁矣。先生因为余言:'近世人士喜宗江西,温润有如范致能者乎?痛快有如杨廷秀者乎?高古如萧东夫,俊逸如陆务观,是皆自出机轴,宜有可观者。又奚以江西为?'"从姜夔和尤袤对当时诗歌创作的议论中,可以知道在这个时期,有成就的诗人都在力求突破江西诗派的限制了。

南宋后期 从"永嘉四灵"(见四灵体)开始,宋诗发生了一个新的转变。尤袤、杨万里、范成大、陆游虽矫江西派之弊,但他们的诗,还是上承欧阳修、梅尧臣、苏轼、黄庭坚,"四灵"却转学晚唐,似乎又回到宋初的时代。

"四灵"兴起的动机,是出于矫江西派之弊。徐玑、徐照、翁卷、赵师秀,这四个诗人都是永嘉人,都出于永嘉学派叶适之门。叶适在替徐玑作的《墓志》里说:"初,唐诗废久,君与友徐照、翁卷、赵师秀议曰:'昔人以浮声切响、单字只句计巧拙,盖风骚之至精也;近世乃连篇累牍,汗漫而无禁,岂能名家哉!'四人之语,遂极其工,而唐诗由此复行矣。"这里所谓"唐诗复行",其实是晚唐诗。具体地说是贾岛和姚合的诗,而且主要是姚合。"四灵"主张"以浮声切响、单字只句计巧拙",他们一生的努力就在这方面。他们喜作近体,专工五律,局度狭小。刘克庄《野谷集序》说:"紫芝之言曰:'一篇幸止有四十字,更增一字,吾未如之何矣!'"可见他们的精力不能超出四十字之外。他们写诗不重视思想内容,少用典故,不发议论,少用古体,讲求精工,和欧阳修、梅尧臣以来一直到江西诗派的宋诗传统大不相同。这在当时一些人中间,产生了新鲜的感觉,对于一些腻味于江西诗派的人来说,更能引起兴趣。

江湖派以临安的一个书商陈起刻的《江湖集》而得名。陈起会作诗,结交了一批江湖诗人,即流落不遇或者官位较低的诗人。他在理宗宝庆初刻了一部《江湖集》,收入了刘克庄、曾极等人的一些诗,其中有的诗句触犯了当时宰相史弥远,《江湖集》遭禁,被劈板,史弥远死,禁令始解,陈起又继续刊刻《江湖前集》、《江湖后集》、《江湖续集》等书。陈起所收录的,主要是一些江湖诗人的诗,还收入了一些前辈已故诗人之作。

江湖派在发展过程中形成了自己的特点,它不像"四灵"派那样专精五言,他们古体诗和近体诗都写。诗风比起宋代盛时的诸家来,气格较卑弱,但是,比较真实地反映了宋末一些地位比较低微的士人的思想、生活和情感,写法上也放任而无拘检。江湖诗人中有成就者为戴复古。

宋亡前后的代表诗人,有文天祥、汪元量、谢翱、林景熙、郑思肖等人。他们有的投身抗元斗争,被执不屈,壮烈牺牲;有的转徙流离,悲歌慷慨。他们从"四灵"派、江湖派多写自然景物和个人感触的狭小天地中摆脱出来,写南宋灭亡前后的情况,写他们的斗争经历或"麦秀"、"黍离"之思,被目为"诗史"。他们有的接近杜甫的沉郁悲壮,如文天祥;有的接近李贺、孟郊、贾岛的奇崛幽峭,如谢翱。各家诗往往有其独特的风格,在艺术上也有一定成就。诗歌到四灵、江湖的时代,出现了衰颓的景象,宋末诗人出而振兴,尤以沉郁悲壮的诗篇为宋代诗坛增添了最后的光彩。

宋诗的影响 诗分唐、宋,主要是在于时代风格的差别,而后世诗歌的发展,也基本上未能越出唐、宋诗的风格范围。由于时代风气、个人好尚和艺术见解的不同,形成了尊唐派和宗宋派的长期论争。最早发难攻击苏、黄及江西派,从而开始唐宋诗之争的,是张戒。张戒认为"自汉、魏以来,诗妙于子建,成于李、杜,而坏于苏、黄","苏、黄习气净尽,始可以论唐人诗"(《岁寒堂诗话》卷上)。继之永嘉四灵和江湖派以晚唐为宗,力矫江西派粗硬之弊。严羽《沧浪诗话》又以盛唐为法,"说江西诗病"。这些都是南宋时尊唐抑宋的重要表现。而在金代,王若虚《滹南诗话》卷下斥黄庭坚及江西派为"剽窃之黠者",则夹杂着南北地域的成见。降及明代,前后七子创"诗必盛唐"之说。李梦阳提出不读唐以后书,李攀龙编《古今诗删》这部历代诗歌选本,宋元两代诗竟只字不录。前后七子在当时文坛影响极大,这又引起公安派的不满。袁宏道痛斥他们的复古摹拟,反对"以不唐病宋"(《与丘长孺书》),但直到明末的陈子龙,仍持扬唐抑宋的观点。清代是宋诗受到重视、广为流传的时期,一在清初,一在同治、光绪时代。《四库全书总目》卷一七三说:"当我朝开国之初,人皆厌明代王李之肤廓、钟谭之纤仄,于是谈诗者竞尚宋元。"陈讦《宋十五家诗选叙》亦称:"昔敝于举世皆唐,而今敝于举世皆宋。"吴之振等编选《宋诗钞》大力推广宋诗,叶燮《原诗》提出宋诗后出转精的论点,都提高了宋诗的地位和价值。其时重唐轻宋者亦不乏其人,如朱彝尊、王夫之、毛奇龄以及专主晚唐的冯班、贺裳、吴乔等,但尊宋者亦旗鼓相当,如翁方纲、蒋士铨等。晚清"同光体"盛行,标志着宋诗的"中兴"。这场长期论争,除了门户、地域成见和故作偏激论者外,是有积极意义的。尊唐派往往从批评宋诗缺点和弱点出发,阐发了诗歌的艺术特性,坚持了形象性和抒情性的要求,如刘克庄提出"风人之诗"与

"文人之诗"相对峙的概念;严羽强调的"意兴"也接触到诗歌的形象思维的特性。而宗宋派从诗歌发展流变的角度肯定宋诗,反对"以不唐病宋",坚持了诗歌风格的多样性,亦颇具识见。如叶燮《原诗·内篇》以"地之生木"喻诗歌发展,自《三百篇》为根,唐诗则枝叶垂荫,宋诗则能开花,"而木之能事方毕"。自宋以后之诗,不过花开而谢,花谢而复开。蒋士铨《辩诗》说"唐宋皆伟人,各成一代诗","宋人生唐后,开辟真难为"。陈衍《石遗室诗话》卷一、一四论宋诗继承唐诗但又"力破馀地"、"变本加厉",而形成独特风格。这些观点都对深入认识和研究宋诗的特点(包括优点和缺点)具有重要的作用。

宋诗的流传　宋代的诗歌创作非常丰富。诗人迭出,大诗人一生所作,有达万首以上。据说杨万里一生作诗两万首,陆游今存的诗,也有九千多首。加上宋代印刷业发达,刻印方便,因此出现了大量的诗文集。《宋史·艺文志》所载诗人将近 600 家,所录还不全。但是,亡佚的也不少,即使著名的作家如晏殊、尤袤等,他们的集子也不传,只能看到清人的辑佚。《四库全书》所载宋人诗文集,只有 400来种,还包括了不少辑佚本。明代成化、弘治年间,重刻过一些宋人集。今天看到的明版的宋人集,大部分是这个时期刻的。宋代诗文集散佚严重,当和明代中期排斥宋诗有关。

宋人诗文集的被人注意,开始于明末。潘是仁编选《宋元诗四十三家集》,其中有宋诗 26 家。曹学佺《历代诗选》506 卷,其中有宋诗107 卷。汲古阁也刻印了一些宋诗。到了清初,许多诗人喜学宋诗,搜集整理曾经成为一时风尚:① 重刻宋人诗文集。有些宋代诗人的后裔或同乡,曾取明刊本重刻,宋人诗文集得以刊布流传。② 辑佚。如《晏元献遗文》和《梁谿遗稿》等。《四库全书》馆臣从《永乐大典》中辑出宋人诗文集一百四十馀种,更属规模巨大的辑佚。③ 编录总集。从明末已开始,如文内提到的潘是仁《宋元诗四十三家集》等。清初陆续大规模地进行。如陈焯《宋元诗会》,所选宋诗有 497 家。

陈讦有《宋十五家诗选》。吴之振《宋诗钞》列 100 家,其中未刻的有 16 家。曹庭栋《宋百家诗存》亦列 100 家,不与上二者重复。厉鹗《宋诗纪事》是一部介于总集与诗话之间的书,它选录宋诗,兼附逸评语,收 3 812 家,搜集甚富。清末陆心源又编《宋诗纪事补遗》,较厉鹗《宋诗纪事》增多约三千家。④ 藏书家收集。清初一些藏书家很注意收藏宋人诗文集,如季振宜《沧苇宋元书目》、朱氏《结一庐宋元本书目》、朱彝尊《潜采堂宋元书目》、陆其清《佳趣堂书目》(其书今已大部不明去向)等。这些藏书家对于当时宋诗的收集整理,曾作出一定的贡献。

(与人合署)

十、《唐才子传》

唐五代诗人简要评传汇集。撰者元代辛文房,字良史,西域人,曾官省郎。能诗,与王执谦、杨载齐名。有《披沙诗集》,已佚。

此书对中、晚唐诗人事迹所记尤详,也包括部分五代诗人。按诗人登第先后为序。书中保存了唐代诗人大量的生平资料,对其科举经历的记叙更为详备。传后又有对诗人艺术得失的品评,多存唐人旧说,其中颇有精辟之见。但所述多有失实、谬误之处,如谓骆宾王与宋之问唱和灵隐寺、《中兴间气集》为高适所编、李商隐曾为广州都督等。也有因误解材料而造成错误,如刘长卿传,记权德舆称刘长卿为“五言长城”,而据权德舆《秦徵君校书与刘随州唱和诗序》,实是刘长卿“自以为五言长城”等。

书成于元大德八年(1304)。原本 10 卷,明初尚存,《永乐大典》在“传”字韵内曾录其全书。但此部分《永乐大典》今亦佚。清《四库全书》馆臣从《永乐大典》其他各韵中辑出 243 位诗人的传记,附传 44 人,共 287 人,编为 8 卷。日本《佚存丛书》有 10 卷本,有 278 位诗人的传记,附传 120 人。有清陆芝荣等《佚存丛书》校刻本。又有清《指海》本，以日本本为底本，校以《四库全书》本。1957年古典文学出版社用日本本重印，另附《指海》本校记。

十一、《唐人选唐诗（十种）》

唐诗选集。中华书局上海编辑所编辑。

此书收入现存的十种唐人编选的唐诗选本：① 佚名《唐写本唐人选唐诗》，是敦煌石室发现的唐人写本残卷；② 元结《箧中集》，用《随庵丛书》影刻宋代尹家书籍铺刊本；③ 殷璠《河岳英灵集》，用《四部丛刊》影印明刻本；④ 芮挺章《国秀集》，用《四部丛刊》影印明初刻本；⑤ 令狐楚《御览诗》，用汲古阁本；⑥ 高仲武《中兴间气集》，用《四部丛刊》影印秀水沈氏藏明翻宋刻本；⑦ 姚合《极玄集》，用元代至元刊本；⑧ 韦庄《又玄集》，用古典文学出版社影印日本江户昌平坂学问所官版本；⑨ 韦毂《才调集》，用《四部丛刊》影印述古堂钞本；⑩ 佚名《搜玉小集》，用汲古阁本。

将唐人所选唐诗选本结集刊行，较早的是明代嘉靖时佚名所辑《唐人选唐诗六种》，收《箧中集》、《国秀集》、《河岳英灵集》、《中兴间气集》、《搜玉小集》、《极玄集》6种。后毛晋又于明代崇祯时刊行《唐人选唐诗八种》，增《御览诗》、《才调集》两种。中华书局上海编辑所又增《唐写本唐人选唐诗》、《又玄集》两种，共10种集成此书，现存唐人选唐诗选本大体收罗完备。

这些选本是唐代诗歌高度繁荣的产物。它们的编选大都有一定目的。如《箧中集》，选录沈千运、王季友、于逖、孟云卿、张彪、赵微明、元季川7人诗，共24首。内容多为抒写作者们"无禄位"、"久贫贱"的悲苦和愤懑，亦有反映民生疾苦之作；风格质朴，不事雕饰，且多为五言古诗，对当时流行的"拘限声病，喜尚形似，且以流易为辞"（《箧中集序》）的诗风有针砭作用。《河岳英灵集》选录开元、天宝时自常建至阎防等 24 人诗，共 234 首，但今本实数为 228 首。其选取标准兼顾"声律"、"风骨"，较正确地反映了盛唐诗歌的基本面貌，是十种选本中最受重视的一种。《国秀集序》称选录 90 人 220 首诗，今本实选录开元前后自李峤至祖咏等 85 人 218 首。编选者慨叹"风雅之后"、"礼乐大坏"，标榜"雅正"，内容多为奉和应制、侍宴之作；艺术上不满于"以声折为宏壮，势奔为清逸"，强调"风流婉丽"的形式美和"可被管弦"的音乐性（《国秀集序》），作为盛唐诗歌选本，则是不很全面的。《中兴间气集》选录肃宗、代宗"中兴"时期钱起、郎士元等 26 人诗，共 130 多首，编者声称以"体状风雅，理致清新"为选取标准，大致反映出至德、大历间诗坛的主要面貌。《极玄集》选录王维等 21 人诗，共 100 首，今本实录 99 首。它也以钱起、郎士元等人为主。《又玄集》继《极玄集》之后，"更采其玄者"而编成。此书以"清词丽句"为旨，序称选录 150 人 300 首。今本实录杜甫等 142 人，297 首诗。《才调集》选录温庭筠、韦庄、杜牧、李商隐等诗 1 000 首，则以"韵高而桂魄争光，词丽而春色斗美"（《才调集叙》）为选取标准，所收诗风秾丽，偏重闺情，企图在唐末五代粗疏浅陋诗风之外别树一帜。上述几种选本，大都出于对当时某种诗风的不满，力图通过选本提倡某种风格，影响诗坛，也有为了总结和反映某一时期诗歌面貌和成就的。这类选集都有自序说明各自的诗歌艺术见解，其中《河岳英灵集》、《中兴间气集》并对入选诗人作了简要评论，《极玄集》对诗人仕履作了简注，更可以看出他们对本时代诗歌创作的评价，并有一定的诗史资料的价值。

　　另一类像《御览诗》，选录刘方平、皇甫冉等 30 人诗，共 289 首。此书一名《唐歌诗》、《选进集》、《元和御览》，是奉宪宗之命编选以供他阅读的，所选以"醇正"为旨，从侧面反映出当时上层统治集团的文学好尚，也有一定史料价值。此外像《唐写本唐人选唐诗》，大约为唐中叶人写本，存开元、天宝间李昂、王昌龄等 6 人诗，共 72 首，残 2

首。其中有《全唐诗》中未收作品二十多首,且所收作品与今本字句颇有异同,或所署作者姓名有不同。如孟浩然《望洞庭湖赠张丞相》诗,此书题王昌龄作,且仅存前半首,文字亦与通行本有异。虽系残卷,选录宗旨也难以探求,却存留了颇为珍贵的资料,具有补遗、校勘、考订的价值。

《唐人选唐诗(十种)》,中华书局上海编辑所 1958 年出版。上海古籍出版社据该所 1962 年重印本,作新一版于 1978 年刊行。

十二、《唐诗百名家全集》

唐诗总集。编刻者清代席启寓(1650—1702),字文夏,号约斋。苏州(今江苏苏州)人。官工部虞衡司主事。朱彝尊有《工部主事席君墓志铭》传其事。

此书收唐大历至唐末五代诸家诗集共 100 种。始自刘长卿、钱起,终于五代王周、王贞白,以作家登第年为序。编刻者以李白、杜甫以前诸集善本易得,所以专取中晚唐诗集。除元稹、白居易、皮日休、陆龟蒙四家外,其他中晚唐重要诗人作品搜罗均颇完备。《自序》说:"盖诸家之辑者,各徇所见,务择其精;而余之所刻者,必博采所传,务求其备。"每集大都以宋本为底本,又据《唐文粹》、《文苑英华》、《唐诗纪事》、《唐诗类苑》及其他诗集版本进行校勘、补遗。每集前有作者小传,并附诸家评语,均简明有据。

初刻于康熙四十一年(1702),有洞庭席氏琴川书屋刊本,又有光绪八年(1882)刊本,1920 年扫叶山房石印本等。

十三、《唐诗大系》

唐诗选集。闻一多编选。不分卷。选诗二百六十馀家,一千三百九十多首。按作家生年先后排列。所选突出孟浩然、李白、杜甫、韦应物、白居易、李贺、杜牧、李商隐等人,注意各个作家的代表性作品,能反映出唐代广阔的社会图景和诗人多方面的精神面貌,艺术上也较能显示出各家的特色。它是"五四"以后第一个有较大影响的唐诗选本。

闻一多长期从事唐诗的教学和研究工作,有《全唐诗校勘记》、《全唐诗补编》、《全唐诗人小传订补》、《全唐诗人生卒年考》等未完成稿,均未出版。此书即吸收其部分成果,作了不少考校、评注,书中作者大都系有生卒年,有的可补前人不足,如高适生年。也有不少缺乏根据或错误的,如刘长卿、卢纶、耿沣、司空曙的生年,皇甫冉、李端的生卒年等,且未注明所据原始材料。

此书收入《闻一多全集》辛集《诗选与校笺》中,1948 年开明书店出版。1956 年北京古籍出版社有《诗选与校笺》单行本刊印。

十四、《唐诗鼓吹》

唐代七言律诗选集。传为金代元好问编选。沈德潜《说诗晬语》、罗汝怀《七律流别集述意》等对此提出质疑,但无确据。翁方纲《石洲诗话》卷七既认为"世传《唐诗鼓吹》非出遗山",卷五又说"曹兑斋《读唐诗鼓吹》云:'不经诗老遗山手,谁解披沙拣得金?'兑斋从遗山游,而其言如此,则《鼓吹》之选,信是遗山用意处耶?"曹兑斋诗颇可据信。

此书命名之由,武一昌以为取自《幽闲鼓吹》一书,赵孟頫以鼓吹为军乐,钱谦益以为"夫鼓吹,角声也。……入于角则远"。《四库全书总目》以为乃取义于《世说新语·文学》载孙绰语:"《三都》、《二京》、《五经》鼓吹。"何焯则以为韦庄《又玄集序》有"诗中鼓吹,名下笙簧"之语,书名盖取此(《唐诗鼓吹》何义门评语),大约为宣扬推广之意。书共 10 卷,选七言律诗近六百首,96 家。作者大都为中唐晚唐诗人,对许浑、陆龟蒙、杜牧、李商隐、谭用之等作品选录尤多。入选诗歌多为伤时感怀之作,间有娱情悦志之篇,但风格颇清朗开豁,钱谦益谓此书"主于高华鸿朗,激昂痛快"(《唐诗鼓吹序》),比同时代方回所编律诗选集《瀛奎律髓》取径较高。但编次较乱,初唐盛唐作家杂编其间,还有宋人掺入,选入宋代胡宿诗 23 首之多。明代朱绍、朱积依《唐诗鼓吹》体例,编选《鼓吹续编》,选宋元明七律。

此书有元代郝天挺注本。郝天挺(1247—1313)字继先,木鲁族人,受业于元好问(另有一位郝天挺,为元好问之师),曾官河南行省平章政事,《元史》有传。郝注只释出典,虽简略,颇平实,旧有至大元年(1308)刊本。另有明代廖文炳注本,名《唐诗鼓吹注解大全》,有明万历七年(1579)刊本。清代乾隆时又有《唐诗鼓吹笺注》,为钱朝鼎、王俊臣、王清臣、陆贻典参校本。又有纪昀评本。

十五、《唐诗品汇》

唐诗选集。明代高棅编选。90 卷,选诗 620 家,5 769 首。分体编排,计五古 24 卷,七古 13 卷,附长短句;五绝 8 卷,附六言绝句;七绝 10 卷;五律 15 卷;五排 11 卷;七律 9 卷,附七排。每种体裁入选作者按时代排列。有简要评注。卷首有《历代名公叙论》、《诗人爵里详节》。高棅于明洪武二十六年(1393)完成此书后,又于三十一年增补作者 61 人、诗 954 首为《唐诗拾遗》10 卷,附于书后,足成百卷之数。

高棅为明代"闽中十子"之一,论诗秉承严羽《沧浪诗话》之说,推崇盛唐。"十子"之首林鸿认为,盛唐诗"神秀声律,粲然大备,故学者当以是楷式"。高棅引为"确论"(《凡例》)。高棅又引申严羽分唐诗为"盛唐之诗"、"大历以还之诗"、"晚唐之诗"的主张(《沧浪诗话·诗评》),进一步明确提出初、盛、中、晚的名称。他说,唐诗的发展于"声律、兴象、文词、理致各有品格高下之不同"(《唐诗品汇总叙》),并认为"初唐声律未纯,晚唐气习卑下,卓卓乎其可尚者,又惟盛唐为然"(王偁《唐诗品汇叙》所引)。因于各体之中,又分为九品:正始、正宗、大家、名家、羽翼、接武、正变、馀响、旁流。其《凡例》说:"大略以初唐为正始,盛唐为正宗、大家、名家、羽翼,中唐为接武,晚唐为正变、馀响,方外异人等诗为旁流。间有一二成家特立与时异者,则不以世次拘之"。把唐诗分为初、盛、中、晚,有助于对唐诗发展流变的认识,常为唐诗研究者所采用;但九品之分,缺乏明确标准,不免招人讥议。清代王士禛对此书七古以李白为正宗,杜甫为大家,王维、高适、李颀为名家,即表不满,他以为李、杜均应大家,王维等三家皆为正宗(《香祖笔记》)。清人李慈铭又对王说表示异议,认为杜应为正宗,李为大家,王维等三家为名家(《越缦堂读书记·文学》)。见仁见智,聚讼不已。

此书标举盛唐,原为纠正宋末诗风的卑杂琐细和元代诗风的华丽诡奇之弊,而成为明代前后七子"诗必盛唐"主张的先导。它在明代作为馆阁、家塾课本,流传颇广,影响甚大,但也引起清代如钱谦益、叶燮等人的指责。《四库全书总目》说:"平心而论,唐音之流为肤廓者,此书实启其弊;唐音之不绝于后世者,亦此书实衍其传。功过并存,不能互掩,后来过毁过誉,皆门户之见,非公论也。"

原有明成化间陈炜刻本,明代汪宗尼、汪季舒、陆允中、张恂等以其讹误甚多,加以校订刊印。1982年上海古籍出版社即据汪宗尼本影印出版。

十六、《万首唐人绝句》

唐绝句诗总集。宋代洪迈编。洪迈于宋孝宗淳熙时辑集唐人绝句五千多首,进呈孝宗披阅;后复补辑,备足万首之数,于光宗绍熙三年(1192)进呈,遂成本书。原 100 卷,每卷 100 首。凡七言绝句 75 卷,五言绝句 25 卷。末附六言绝句 1 卷,目录作 37 首,实为 38 首。

洪迈此书汇辑了唐代诸家诗文集、野史、笔记、杂说中的绝句诗,有保存资料的劳绩,但凑满万首,不免滥收,窜入少数非唐人作品。《直斋书录解题》谓其中有宋人之诗,如李九龄、郭震、滕白、王嵒、王初等,甚至将南朝梁代何逊诗 14 首混入。所录诗人亦未严格按时代先后编排,一人之诗分置几处的现象很普遍。

此书收入《四库全书》者,为 91 卷,少五言绝句 9 卷;且 19 至 22 卷,每卷亦不满百首。明代嘉靖陈敬学仿宋刊本作 101 卷(七绝、五绝 100 卷,末附六绝另作 1 卷),19 至 22 卷均足百首,是为完本。1955 年文学古籍刊行社即据以影印,比较通行。清代王士禛批评此书冗滥,从中选出 895 首编为《唐人万首绝句选》7 卷,有《王渔洋遗书》本。

十七、韦庄(约 836—910)

唐末五代诗人、词人。字端己。长安杜陵(今陕西西安东南)人。武后时宰相韦待价之后(一说为玄宗相韦见素之后,其实并非一房),诗人韦应物四世孙。至韦庄时,其族已衰,父母早亡,家境寒微。

生平 韦庄一生经历,可分前后两期。

前期为仕唐时期。广明元年(880)他在长安应举,适值黄巢起义军攻占长安,未能脱走,至中和二年(882)春始得逃往洛阳,次年作《秦妇吟》。后去润州,在镇海军节度使周宝幕中任职。光启元年(885),僖宗还京后,又因李克用逼迫,出奔凤翔、兴元。韦庄出于拥戴唐室之忱,离江南北上迎驾,中途因道路阻塞折返,后在婺州一带客居。景福二年（893）入京应试，不第。乾宁元年（894）再试及第，任校书郎，已年近六十。后昭宗受李茂贞逼迫出奔华州，韦庄亦随驾任职。乾宁四年，奉诏随谏议大夫李询入蜀宣谕，得识王建。后又在朝任左、右补阙等职。这一时期的创作主要是诗歌。今存《浣花集》所收作品即止于光化三年（900），此后无诗作留存。

后期为仕蜀时期。天复元年（901），他应聘为西蜀掌书记，自此在蜀达10年。天祐四年（907），朱全忠灭唐建梁，韦庄劝王建称帝，与之对抗，遂建立蜀国，史称前蜀。他被王建倚为心腹，任左散骑常侍、判中书门下事，制定开国制度。后官至吏部侍郎平章事。在蜀时，他曾于成都浣花溪畔杜甫旧居重建草堂作为住所。这一时期的创作主要是词。今存韦词大部分作于后期。

文学创作　韦庄在唐末诗坛上有重要地位。清代翁方纲称他"胜于咸通十哲（指方干、罗隐、杜荀鹤等人）多矣"（《石洲诗话》），郑方坤把他与韩偓、罗隐并称为"华岳三峰"（《五代诗话·例言》）。他前逢黄巢农民大起义，后遇藩镇割据大混战，自称"平生志业匡尧舜"（《关河道中》），因而忠于唐王朝是他思想的核心，忧时伤乱为他诗歌的重要题材，从而较为广阔地反映了唐末动荡的社会面貌。《悯耕者》、《汧堤行》对战乱中人民所遭受的苦难深表同情。《睹军回戈》、《喻东军》、《重围中逢萧校书》对当时屯居洛阳的援军残害人民、掳掠妇女的丑恶行径作了谴责，同时又对他们拥兵自重、未能积极镇压起义军表示不满。而《铜仪》、《洛北村居》、《北原闲眺》、《辛丑年》等诗，则反映了他对唐室"中兴"的热切期待；《闻再幸梁洋》、《江南送李明府入关》等诗，表示了他对离乱中的君主、皇族多所眷念；《咸通》、《夜景》、《忆昔》等作，更抚今追昔，为唐王朝的衰微唱出了深沉的挽歌。他又有一些出色的怀古诗，如《台城》、《金陵图》、《上元县》等，在对南朝史迹的凭吊中，也寄寓着他对唐末社会动乱的哀叹，情调凄惋。此外，他还有一些诗如《思归》、《江外思乡》、《古离别》、《多情》等，反映了他长期四处飘泊,求官求食的境遇和心情。他的写景诗,如《题盘豆驿水馆后轩》《登咸阳县楼望雨》《秋日早行》等,取景疏淡,思致清婉,也有特色。他以近体诗见长。律诗圆稳整赡,音调响亮,绝句包蕴丰满,发人深省;而清词俪句,情致婉曲,则为其近体诗的共同风格。

韦庄的代表作是长篇叙事诗《秦妇吟》。此诗长达1666字,为现存唐诗中最长的一首。诗中通过一位从长安逃难出来的女子即"秦妇"的叙说,正面描写黄巢起义军攻占长安、称帝建国,与唐军反复争夺长安以及最后城中被围绝粮的情形。思想内容比较复杂,一方面对起义军的所谓"暴行"多所"暴露",另一方面在客观上也反映了义军掀天揭地的声威及统治阶级的仓皇失措和腐败无能;一方面揭露了唐军迫害人民的罪恶,另一方面又夹杂着对他们"剿贼"不力的谴责。它选择典型的情节和场面,运用铺叙而有层次的手法,来反映重大历史事件的复杂矛盾,布局谨严,脉络分明,标志着中国诗歌叙事艺术的发展。韦庄因此诗而被称为"秦妇吟秀才"。由于某种忌讳,韦庄晚年严禁子孙提及此诗,也未收入《浣花集》,以致长期失传。20世纪初始在敦煌石窟发现。

韦庄又是花间派中成就较高的词人,与温庭筠并称温韦。温、韦词在内容上并无多大差别,不外是男欢女爱、离愁别恨、流连光景。但温词主要是供歌伎演唱的歌词,创作个性不鲜明;而韦词却注重于作者感情的抒发,如《菩萨蛮》"人人尽说江南好"5首,学习白居易、刘禹锡《忆江南》的写法,追忆往昔在江南、洛阳的游历,把平生漂泊之感、饱经离乱之痛和思乡怀旧之情融注在一起,情蕴深至。风格上,韦词不像温词那样浓艳华美,而善于用清新流畅的白描笔调,表达比较真挚深沉的感情,如《浣溪沙》(夜夜相思更漏残)、《女冠子》(四月十七)(昨夜夜半)等。他有些词还接受了民间词的影响,用直截决绝之语,或写一往情深,或写一腔愁绪。如《思帝乡》(春日游)的"妾拟将身嫁与,一生休。纵被无情弃,不能羞",于率直中见结郁;

《菩萨蛮》(如今却忆江南乐)的"此度见花枝,白头誓不归",以终老异乡之"誓",更深一层地抒发思乡之苦。陈廷焯《白雨斋词话》说"韦端己词,似直而纡,似达而郁,最为词中胜境",许昂霄《词综偶评》评韦词"语淡而悲,不堪多读",都指明这一特点。王国维《人间词话》认为韦词高于温词,指出"端己词情深语秀","要在飞卿之上";"温飞卿之词,句秀也。韦端己之词,骨秀也",也是从这点着眼的。但韦词间有艳亵语,为其不足处。

本集和研究资料　《蜀梼杌》著录韦庄《浣花集》20卷。《补五代史·艺文志》著录《韦庄笺表》1卷、《谏草》2卷、《蜀程记》1卷、《峡程记》1卷、《韦庄集》20卷、《浣花集》5卷、《又玄集》5卷。今仅存《浣花集》及所选诗《又玄集》,馀皆佚。

《浣花集》为韦庄弟韦蔼所编,蔼序说,韦庄在"庚子(880)乱离前"的作品,大都亡佚;到编集时,他才搜集到1 000多首。然今传《浣花集》仅存诗200多首,尚不足原编四分之一。此集有明正德间朱承爵刻本(《四部丛刊》即据以影印)和晚明汲古阁刻本,皆作10卷,大致以时地分卷,各卷篇数多少不均。《全唐诗》略加归并,编为5卷,内容全同。另《补遗》1卷,大概为后人于结集后所增补。

韦庄词向无专集。《全唐诗》从《花间集》、《尊前集》、《草堂诗馀》等辑录54首。刘毓盘辑有《浣花词》1卷,共55首,刊入《唐五代宋辽金元名家词集六十种》。

近人向迪琮编有《韦庄集》,收韦诗三百多首,词55首,人民文学出版社1958年印行,较为通行。

关于韦庄生平事迹,《蜀梼杌》、《唐才子传》、《十国春秋》均有材料。近人曲滢生有《韦庄年谱》(北平清华园我辈语丛刊社1932出版)。今人夏承焘有《韦端己年谱》(见《唐宋词人年谱》,1979年上海古籍出版社新1版),资料丰富,考订精密,于韦庄一生行迹,钩稽颇详。

十八、《五代诗话》

诗文评。清代王士禛撰，郑方坤删补。郑方坤（1693—?），字则厚，号荔乡。建安（今福建建瓯）人。雍正元年进士。官兖州知府。有《蔗尾集》《经稗》《岭海丛编》《岭海文编》《全闽诗话》等。此书原为王士禛所撰，草创未成，以抄本流传。宋弼予以补辑刊行，为十二卷本。郑方坤又加删补，为十卷本。十二卷本原共 642 条，郑方坤删去 246 条，增入 789 条，共 1 215 条。原本各条，冠以"原"字；增入各条，冠以"补"字。计卷一国主、宗室，卷二中朝，卷三南唐，卷四前蜀、后蜀，卷五吴越、南汉，卷六闽，卷七楚、荆南，卷八宫闱、女仙鬼、缁流，卷九羽士、鬼怪，卷一〇杂缀。大致以朝代国别分卷，下按作者立目，颇便寻检。郑方坤所删各条，或为与诗无关者，或如方干、郑谷等唐人的材料；所增各条，或补作家（如黄滔、欧阳炯等），或补材料（如韦庄共 22 条，其中 21 条皆郑新补），内容丰富，于五代诗人之遗闻轶事搜辑完备，为五代文学史的重要参考资料。每条材料都注明出处。但也有阑入与诗无关材料、作者舛误及贪多务得之病。有《粤雅堂丛书》本，《丛书集成》本即据以排印。

十九、《中兴间气集》

唐诗选集。唐代高仲武编选，或误题孟彦深编选。高仲武，渤海（今山东滨州）人。生卒年、字号不详。诗集 2 卷，选录肃宗至德初（756）到代宗大历末（779）二十多年间作家作品，计 26 人，诗一百三十多首。旧史家称此时为安史乱后之"中兴"时期，书名取此。

此书大致反映出至德、大历间诗坛的主要面貌。编选者推崇钱起、郎士元，把二人列为上、下卷之首。所选多为赠别酬和、流连光景之作,也有少数反映民生疾苦的篇什。在艺术上追求清逸幽远之境,体制多为五言。高仲武《自序》中提出"体状风雅,理致清新"的选取标准,基本符合当时诗风的特点。

此书在每家姓氏之后,都有简短评语,其中不乏精辟见解。如评刘长卿"大抵十首已上,语意稍同,于落句尤甚,思锐才窄也",颇有见地。但也有品评高下失当之处。如评郎士元《别郑礒》开头两句"暮蝉不可听,落叶岂堪闻"为"工于发端",实则"听"、"闻"犯重合掌,微有小疵。郑谷《读前集二首》云:"何事后来高仲武,品题《间气》未公心。"说他不如殷璠《河岳英灵集》品评公允。陆游也指责他"评品多妄"、"议论凡鄙"(《跋中兴间气集》)。

今存《四部丛刊》影印秀水沈氏藏明翻宋刻本,附清代何焯据述古堂影宋抄本所作校记。凡刻本原缺高仲武自序及张众文、章八元、戴叔伦、孟云卿、刘湾五人评语,都见于何焯校记。又有明汲古阁刻本等。现收入上海古籍出版社 1978 年出版的《唐人选唐诗(十种)》。

(原载《中国大百科全书·中国文学卷》,中国
大百科全书出版社 1986 年第 1 版)